dtv

›Mademoiselle Albertine est partie!‹, Mademoiselle Albertine ist fort! – Die Suche nach der Geliebten wird für Marcel, Erzähler und Hauptfigur des Romans, zum Protokoll seines Seelenlebens.

Marcels Liebesgeschichte hat Proust in ›Sodom und Gomorrha‹, in ›Die Gefangene‹ und in ›Die Geflohene‹, Teilen seines Werks ›Auf der Suche nach der verlorenen Zeit‹, ausführlich erzählt. Seinen Plan, eine gestraffte Fassung des Albertine-Romans herauszugeben, hat er nicht verwirklichen können. Die deutsche Erstausgabe dreier vom Autor selbst überarbeiteter Texte entspricht aber diesem Vorhaben, und das so entstandene Romanfragment ist hervorragend geeignet, deutschsprachige Leserinnen und Leser an das berühmte Werk Marcel Prousts heranzuführen.

Marcel Proust, geboren am 10.7.1871 in Auteuil, starb am 18.11.1922 in Paris. Schon als Kind Asthmatiker, lebte er finanziell unabhängig zunächst als Dandy in Paris, ab seinem 35. Lebensjahr völlig zurückgezogen als Schriftsteller. Seit 1913 erschien sein siebenteiliges Epos ›Auf der Suche nach der verlorenen Zeit‹, dessen letzter Teil erst 1927 veröffentlicht wurde.

Der Herausgeber *Hanno Helbling* ist Historiker, Essayist und Übersetzer und war von 1958 bis 1995 Redakteur der ›Neuen Zürcher Zeitung‹.

Marcel Proust

Albertine

Ein Roman aus der
›Suche nach der verlorenen Zeit‹

Herausgegeben, übersetzt
und mit einem Nachwort versehen
von Hanno Helbling

Deutscher Taschenbuch Verlag

Von Marcel Proust
ist im Deutschen Taschenbuch Verlag erschienen:
Der gewendete Tag
›Auf der Suche nach der verlorenen Zeit‹
in den Vorabdrucken
(dtv 12877)

Deutsche Erstausgabe
Juni 2001
Deutscher Taschenbuch Verlag GmbH & Co. KG,
München
www.dtv.de
© 2001 Deutscher Taschenbuch Verlag, München
Umschlagkonzept: Balk & Brumshagen
Umschlaggestaltung unter Verwendung
eines Gemäldes von Edouard Vuillard
Gesetzt aus der Bembo 10/11·
Gesamtherstellung: C. H. Beck'sche Buchdruckerei,
Nördlingen
Gedruckt auf säurefreiem, chlorfrei gebleichtem Papier
Printed in Germany · ISBN 3-423-12883-6

INHALT

VORWORT

Im November 1921 erschien in der Zeitschrift *Les Œuvres Libres* ein »unveröffentlichter und vollständiger Roman« von Marcel Proust mit dem Titel ›Jalousie‹. Der Herausgeber, Henri Duvernois (Pseudonym von Simon Schabacher), wies in einer einleitenden Notiz darauf hin, »daß die Werke von Marcel Proust eine Folge bilden«. Die Leser würden daher in ›Jalousie‹ vielen Personen begegnen, die schon in den früheren Büchern vorkämen, nämlich in ›Du côté de chez Swann‹, ›À l'ombre des jeunes filles en fleurs‹ (Prix Goncourt 1920), ›Le côté de Guermantes‹ und ›Sodome et Gomorrhe‹. Mit dem letzten dieser Titel war das erste, kurze Kapitel des vierten Hauptteils von ›À la recherche du temps perdu‹ gemeint, das im Mai 1921 am Ende des Bands ›Le côté de Guermantes II‹ erschienen war. Tatsächlich bildeten nun zwei Ausschnitte aus dem zweiten Kapitel von ›Sodome et Gomorrhe‹ einen zwar unveröffentlichten, aber keineswegs »vollständigen Roman«: Die entsprechenden Texte stehen im dritten Band der Pléiade-Ausgabe (1988) auf den Seiten 34–136 und 185–198.

Im Februar 1923, drei Monate nach Prousts Tod, ließen *Les Œuvres Libres* einen weiteren Vorabdruck aus ›À la recherche du temps perdu‹ folgen, wieder mit einem Vorwort des Herausgebers, der den Titel des Gesamtwerks auch diesmal nicht erwähnte. Als ›Roman inédit et complet‹ erschien nun ein Teil von ›La prisonnière‹ – im wesentlichen die Seiten 519–541, 563–599, 606–623 und 895–915 des genannten Bandes – unter dem Titel ›Précaution inutile‹. Proust selbst hatte die Publikation noch vorbereitet, gegen den Widerstand Gaston Gallimards, der im Interesse seines Verlags und der von ihm herausgegebenen *Nouvelle Revue Française* versucht hatte, ihn davon abzuhalten.

Kurz vor seinem Tod arbeitete Proust an einer radikal gekürzten Fassung von ›Albertine disparue‹, die für die postume Publikation der ›Recherche‹ nicht verwendet worden ist. Erst 1987 ist sie bei Grasset (dem ersten Verlag des ›Swann‹) erschienen; der Text stimmt, von einzelnen Varianten und Zusätzen abgesehen, mit den Seiten 3–67 und 202–235 des vierten Bandes der Pléiade-Ausgabe (1989) überein. Das vom Autor nur teilweise noch korrigierte Daktyloskript könnte einerseits darauf hindeuten, daß Proust diesen Teil des Romanwerks nicht zu groß werden, nicht zu selbständig hervortreten lassen wollte; andererseits schwebte ihm möglicherweise eine vorläufige Kurzform vor, die einen dritten Roman für *Les Œuvres Libres* abgeben konnte; die beiden Annahmen sind vereinbar, wenn man bedenkt, wie oft Prousts Pläne ihre Richtung gewechselt haben. Auffällig ist, daß ›Précaution inutile‹ – anders als ›La prisonnière‹ – mit dem Satz: »Mademoiselle Albertine est partie!« endet und daß die gekürzte Fassung von ›Albertine disparue‹ – anders als der postum veröffentlichte Text – nicht mit diesem Satz anfängt, also an die zweite Publikation in den *Œuvres libres* anzuschließen scheint.

Ob Proust an einen dritten Vorabdruck in jener Zeitschrift gedacht hat oder nicht – ob in ernsthafter Absicht oder im Sinn eines bloßen Gedankenspiels –, jedenfalls bilden die drei Fragmente, die hier unter den Titeln ›Eifersucht‹, ›Nutzlose Vorsorge‹ und ›Die Flucht‹ zusammengestellt sind, einen Roman, der zwar zum kleinsten Teil »inédit« und bei weitem nicht »complet« ist, der aber – wie schon unser Band »Der gewendete Tag. ›Auf der Suche nach der verlorenen Zeit‹ in den Vorabdrucken« (dtv 12877) – deutschsprachige Leserinnen und Leser an das große Werk Marcel Prousts heranführen kann. Wobei der Titel ›Albertine‹ gleichzeitig zuviel und zu wenig verspricht; denn einerseits wird hier an die beiden früheren Phasen dieser besonderen Geschichte, an die beiden Sommer-Aufenthalte in dem Badeort »Balbec«, nur immer wieder erinnert; und andererseits erscheint uns auf dem Weg zu der späteren Entwicklung des Verhältnisses zwischen dem Erzähler und Albertine eine der großen Szenen aus dem Pariser Gesellschaftsleben: ein Hauptthema der ›Recherche‹.

H. H.

EIFERSUCHT

Da ich keine Eile hatte, auf der Soiree bei den Guermantes zu erscheinen, wo ich vielleicht gar nicht eingeladen war, trieb ich mich noch draußen herum; doch den Sommertag drängte es anscheinend nicht mehr als mich, von der Stelle zu kommen. Obwohl es neun Uhr vorbei war, gab er auf der Place de la Concorde dem Obelisken aus Luxor immer noch seinen rosa Nougat-Ton. Dann veränderte er seine Patina; er gab ihr ein so metallisches Aussehen, daß der Obelisk nicht nur kostbarer wurde, sondern auch schlanker wirkte und beinahe biegsam schien. Man konnte meinen, er lasse sich biegen, man habe das goldene Kleinod vielleicht schon ein wenig verformt. Der Mond stand jetzt am Himmel wie ein behutsam geschältes, dabei aber leicht verletztes Orangenviertel. Doch würde er später aus dem beständigsten Gold sein. Ein einziger kleiner Stern, der sich hinter ihm duckte, würde allein den einsamen Mond begleiten, der seinen Freund beschützte, ihm aber kühner voranging und wie eine unwiderstehliche Waffe, wie ein Symbol aus dem Orient seine breite, strahlende Sichel schwang.

Vor dem Palais der Prinzessin Guermantes traf ich den Herzog von Châtellerault an; ich hatte vergessen, daß mich noch vor einer halben Stunde die Furcht verfolgte – die mich auch bald wieder packen sollte –, ich würde dort hinkommen, ohne eingeladen zu sein. Oft wird man erst lange, nachdem die Gefahr vorüber ist, an die eigene Unruhe erinnert, von der man sich ablenken ließ. Ich grüßte den jungen Herzog und betrat das Palais. Doch zuerst muß ich einen ganz nebensächlichen Umstand erwähnen, von dem man wissen muß, um das Folgende zu verstehen.

An diesem wie an den vorangegangenen Abenden dachte hier jemand sehr an den Herzog von Châtellerault, ohne aber zu wissen, wer er war: der Aufseher und Ansager (»aboyeur«, wie man damals sagte) von Madame de Guermantes. Châtellerault, der als Cousin der Prinzessin durchaus nicht zu ihrem engsten Kreis gehörte, war zum erstenmal eingeladen. Seine Eltern, die sich mit ihr vor zehn Jahren überworfen und vor zwei Wochen wieder ausgesöhnt hatten, waren an dem Abend nicht in Paris und ließen sich durch den Sohn vertreten. Nun war jener Aufseher vor ein paar Tagen auf den Champs-Elysées einem jungen Mann begegnet, den er bezaubernd fand, dessen Identität er aber nicht herausfinden konnte. Dabei hatte sich der junge Mann als ebenso liebenswürdig wie freigebig gezeigt. Jeder Gefallen, den der Türhüter einem so jungen Herrn schuldig zu sein glaubte, wurde im Gegenteil ihm erwiesen. Doch Monsieur de Châtellerault war ebenso ängstlich wie unvorsichtig; er war um so fester entschlossen, sein Inkognito nicht preiszugeben, als er nicht wußte, mit wem er es zu tun hatte; seine Furcht wäre noch viel größer − wenn auch unbegründet − gewesen, wenn er es gewußt hätte. Er war dabei geblieben, sich für einen Engländer auszugeben, und auf alle die drängenden Fragen des Aufsehers, der darauf brannte, jemanden wiederzufinden, der ihn so großzügig beglückt und beschenkt hatte, antwortete er über die ganze Länge der Avenue Gabriel immer nur: »I do not speak French.«

Obwohl der Herzog von Guermantes in dem Salon der Prinzessin Guermantes-Bavière wegen der Herkunft − mütterlicherseits − seines Cousins trotz allem einen ganz leisen Hauch Courvoisierschen Lebensstils wahrnehmen wollte, urteilte man über den wachen Geist und die intellektuelle Überlegenheit der Prinzessin doch allgemein auf Grund einer Neuerung, die man in diesen Kreisen sonst nirgends antraf. Nach dem Essen wurden hier, unabhängig von dem mehr oder weniger anspruchsvollen Charakter der nun folgenden Geselligkeit, die Sessel so angeordnet, daß kleine Gruppen entstanden und man einander je nachdem auch den Rücken zuwandte. Die Prinzessin bewies dann ihren gesellschaftlichen Sinn, indem sie sich zu einer von ihnen setzte, wie um sie zu bevorzugen. Dabei nahm sie sich aber die Freiheit, jemanden aus einer anderen Gruppe herauszugreifen oder heranzuziehen. Kaum hatte sie etwa Monsieur Detaille, der natürlich bereit war, ihr beizupflichten, auf den schönen Hals von Madame de Villemur, die man von hinten in einer anderen Gruppe sitzen sah, aufmerksam gemacht, erhob die Prinzessin auch schon ihre Stimme: »Madame de Villemur, gerade bewundert unser großer Maler, Monsieur Detaille, Ihren Hals.« Madame de Villemur verstand dies als direkte Aufforderung zur Konversation; mit der hohen Geschicklichkeit der geübten Reiterin ließ sie ihren Sessel eine Dreiviertelwendung vollführen, ohne im mindesten ihre Nachbarn zu stören, und saß nun der Prinzessin fast gegenüber. »Sie kennen M. Detaille nicht?« fragte die Hausherrin, der diese gewandte und sittsame Schwenkung noch nicht genügte. »Ihn kenne ich nicht, aber ich kenne seine Werke«, antwortete Madame de Villemur achtungsvoll und verbindlich und mit einer Geistesgegenwart, die viele ihr neideten, wobei sie dem berühmten Maler, den man ihr auf solche Weise nicht förmlich genug vorgestellt hatte, die Andeutung eines Grußes zukommen ließ. »Kommen Sie, Monsieur Detaille«, sagte die Prinzessin, »ich will Sie mit Madame de Villemur bekanntmachen«, worauf diese dem Schöpfer des ›Rêve‹ ebenso kunstvoll, wie sie sich vorhin ihm zugewandt hatte, zu einem Platz verhalf. Und die Prinzessin schob für sich selbst einen Sessel heran; sie hatte Madame de Villemur nur ins Gespräch gezogen, um sich von der ersten Gruppe zu trennen, in der sie die festgesetzten zehn Minuten verbracht hatte, und um eine gleich lange Anwesenheit der zweiten zu gewähren. In einer Dreiviertelstunde hatte sie jeder Gruppe ihren Besuch abgestattet, der jedesmal nur wie zufällig, durch irgendeine Bevorzugung, zustande gekommen war, aber vor allem hervorheben sollte, wie ungezwungen »eine große Dame zu empfangen versteht«. Doch nun begannen die zu der Soiree geladenen Gäste einzutreffen, und die Hausherrin hatte sich in der Nähe des Eingangs zwischen zwei unansehnlichen Hoheiten und der spanischen Botschaftersgattin niedergelassen, aufrecht und stolz in ihrer nahezu königlichen Majestät, die Augen erstrahlend in ihrer eigenen Glut.

Ich stellte mich hinter einigen Gästen an, die vor mir gekommen waren. Ich sah die Prinzessin vor mir. Ihre Schönheit erinnert mich nicht als einzige unter so vielen anderen an jenes Fest; doch das Gesicht der Hausherrin war so vollkommen, war wie eine so schöne Medaille geschnitten, daß es für mich Erinnerungswert bewahrt hat. Die Prinzessin pflegte den Eingeladenen, die sie ein paar Tage vor einer ihrer Soireen antraf, zu sagen: »Nicht wahr, Sie kommen doch?«, als hätte sie den dringenden Wunsch, mit ihnen zu plaudern. Da sie aber mit ihnen gar nichts zu reden hatte, begnügte sie sich bei ihrem Erscheinen damit, das Geplätscher ihrer Konversation mit den beiden Hoheiten und der Botschaftersgattin für einen Augenblick zu unterbrechen, und dankte ihnen, ohne aufzustehen, mit den Worten: »Wie nett, daß Sie gekommen sind«, nicht weil sie fand, daß ihr Gast nett gewesen sei, sondern um es selber zu scheinen, und warf sie dann gleich wieder in den Fluß zurück, indem sie hinzufügte: »Sie finden Monsieur de Guermantes beim Ausgang zum Garten«, so daß man weiterging, um sich umzusehen, und sie in Ruhe ließ. Zu manchen sagte sie auch gar nichts, sondern zeigte ihnen bloß ihre wunderbaren Onyxaugen, als wäre man nur zu einer Ausstellung von Edelsteinen gekommen.

Gleich vor mir war der Herzog von Châtellerault an der Reihe.

Da er in dem Salon jedes Lächeln und jeden Händedruck erwidern mußte, hatte der junge Herzog den Aufseher nicht bemerkt. Der Aufseher aber hatte ihn schon im ersten Moment erkannt. Und seine Identität, die er so dringend hatte erfahren wollen, würde er im nächsten Augenblick kennen. Als er seinen »Engländer« von vorgestern fragte, welchen Namen er ankündigen solle, war er nicht nur aufgeregt, er kam sich auch indiskret, taktlos vor. Es schien ihm, als würde er der ganzen Gesellschaft (die aber nichts ahnen würde) ein Geheimnis offenbaren, dessen er sich auf diese Weise bemächtigt hätte und nun vor der Öffentlichkeit aufdeckte. Und als er die Antwort des Gastes vernahm: »Der Herzog von Châtellerault«, blieb er, von Stolz überwältigt, einen Augenblick stumm. Der Herzog schaute ihn an, erkannte ihn wieder, sah sich verloren, während der »aboyeur«, der seine Fassung wiedergewonnen hatte und in der Heraldik genügend Bescheid wußte, um eine allzu bescheidene Ansage von sich aus zu vervollständigen, mit berufsmäßigem und doch zärtlich gedämpftem Nachdruck ausrief: »Seine Erlaucht der Herzog von Châtellerault.« In die Betrachtung der Hausherrin versunken, die mich noch nicht bemerkt hatte, war ich auf die für mich – wenn auch in anderer Weise als für den Herzog von Châtellerault – bedrohlichen Amtshandlungen des schwarz wie ein Henker gekleideten Herrn noch nicht aufmerksam geworden, den eine bunt livrierte Dienerschar umgab, kräftige Burschen, bereit, einen Eindringling zu packen und vor die Tür zu stellen. Der Türhüter fragte mich nach meinem Namen, den ich ihm ebenso mechanisch nannte, wie sich ein zum Tod Verurteilter an den Block binden läßt. Sogleich hob er majestätisch das Haupt, und bevor ich ihn bitten konnte, mich nicht zu laut anzukündigen, um meine Eigenliebe zu schonen, wenn ich nicht eingeladen wäre, – und die der Prinzessin, wenn ich es wäre, – posaunte er die besorgniserregenden Silben aus mit einer Gewalt, die das ganze Palais hätte erschüttern können.

Der berühmte Huxley (der Onkel dessen, der jetzt in der englischen literarischen Welt eine dominierende Stellung einnimmt) erzählt von einer seiner Patientinnen, daß sie nicht mehr in Gesellschaft zu gehen wagte, weil sie oft auf dem Sessel, den man ihr mit einer verbindlichen Handbewegung anwies, einen alten Herrn sitzen sah. Sie war überzeugt, daß entweder die einladende Geste oder der alte Herr eine Halluzination war, denn man hätte ihr ja keinen schon besetzten Sessel angeboten. Und als ihr Huxley, um sie zu kurieren, befohlen hatte, wieder in Gesellschaft zu gehen, zögerte sie einen bangen Augenblick lang über der Frage, ob nun das freundliche Zeichen, das man ihr gab, das Wirkliche war oder ob sie sich an eine irreale Erscheinung halten und sich vor aller Augen einem leibhaftigen Herrn auf den Schoß setzen werde. Dieses kurze Zögern war qualvoll. Meines vielleicht noch mehr. Von dem Augenblick an, da ich das Donnergrollen meines Namens vernommen hatte wie das Geräusch, das einer Flutwelle vorangehen mochte, war ich genötigt, wenigstens meinen guten Glauben geltend zu machen und so, als würde ich von keinem Zweifel geplagt, mit entschlossener Miene auf die Prinzessin zuzugehen.

Sie bemerkte mich, als ich mich ihr auf ein paar Schritte genähert hatte, und nun konnte ich nicht mehr daran zweifeln, daß ich das Opfer einer Intrige geworden war; denn anstatt sitzen zu bleiben wie für die eingeladenen Gäste, erhob sie sich und trat auf mich zu. Eine Sekunde später konnte ich einen Seufzer der Erleichterung ausstoßen wie Huxleys Patientin, wenn sie Mut gefaßt und sich hingesetzt hatte, den Sessel frei fand und begriff, daß der alte Herr eine Halluzination gewesen war. Die Prinzessin hatte mir lächelnd die Hand gereicht. Sie blieb eine Weile stehen, und aus ihr sprach die besondere Grazie jener Strophe von Malherbe, die mit dem Vers endet:

»Und sie zu ehren stehn die Engel auf.«

Sie entschuldigte sich dafür, daß die Herzogin noch nicht da war, als würde ich mich ohne sie gewiß langweilen. Und um mich so zu begrüßen, hielt sie meine Hand und vollführte zugleich eine anmutige Drehung, deren Wirbel mich mitzog. Beinahe war ich darauf gefaßt, daß sie mir wie die Anführerin eines Cotillons einen Stock mit elfenbeinernem Griff oder eine Armbanduhr überreichen würde. Sie überreichte mir aber nichts dergleichen, und nicht als tanzte sie den Boston, sondern als hörte sie ein hochheiliges Beethoven-Quartett, dessen erhabene Klänge sie nicht zu stören wagte, brach sie die Unterhaltung ab – oder begann sie gar nicht erst – und wies mich nur, immer noch freudestrahlend über mein Erscheinen, dorthin weiter, wo sich Monsieur de Guermantes befand.

Ich entfernte mich und wagte nicht mehr, in ihre Nähe zu kommen, weil ich spürte, daß sie mir nicht das Geringste zu sagen hatte und daß mir diese wunderbare, hohe und schöne Frau von gleichem Adel wie jene großen Damen, die mit solchem Stolz das Schafott bestiegen hatten, bei all ihrem gutem Willen höchstens noch ein Glas Melissengeist hätte anbieten können und nur nochmals wiederholt hätte, was sie mir schon zweimal gesagt hatte: »Sie werden den Prinzen im Garten finden.« Mich dem Prinzen zu nähern, hieß aber meine Zweifel in anderer Form wieder aufleben lassen.

Vor allem mußte ich jemanden finden, der mich ihm vorstellte. Man hörte über alle Gespräche hinweg das unermüdliche Geplauder des Barons Charlus; er unterhielt sich mit

Seiner Exzellenz dem Herzog von Sidonia, den er soeben kennengelernt hatte. Man errät bei dem andern den gleichen Beruf und auch das gleiche Laster. Monsieur de Charlus und Monsieur de Sidonia hatten jeder beim andern unverzüglich das gemeinsame Laster gewittert, daß sie nämlich Monologisten waren in dem Grad, daß sie keine Unterbrechung ertrugen. Da sie beide sofort erkannt hatten, daß das Leiden unheilbar war, wie es in einem berühmten Sonett heißt, hatten sie beide nicht etwa zu schweigen, sondern zu reden beschlossen, unbekümmert darum, was der andere sagte. So war jener wirre Lärm entstanden, der in Molières Komödien durch mehrere Personen hervorgebracht wird, die gleichzeitig Verschiedenes sagen. Dabei war der Baron mit seiner durchdringenden Stimme sicher, daß er die schwache Stimme Monsieur de Sidonias übertönen würde; wodurch sich dieser jedoch nicht entmutigen ließ; denn sowie Monsieur de Charlus während eines Augenblicks Atem holte, wurde die Pause ausgefüllt durch das Gemurmel des spanischen Granden, der seine Rede unbeirrt fortsetzte. Ich hätte Monsieur de Charlus gern gebeten, mich dem Prinzen Guermantes vorzustellen, aber ich fürchtete (mit nur zu gutem Grund), daß er mir böse sei. Ich hatte mich ihm gegenüber höchst undankbar benommen, indem ich zum zweitenmal nicht auf seine Anerbietungen einging und ihm seit dem Abend, an dem er mich so liebevoll nach Hause begleitet hatte, kein Lebenszeichen mehr gab. Und dabei konnte mir die Szene zwischen Jupien und ihm, die ich eben jetzt erst, am Nachmittag beobachtet hatte, nicht etwa als vorweggenommene Entschuldigung dienen. Ich hatte nichts Derartiges geahnt. Zwar hatte ich kurz vorher meinen Eltern, die mir meine Trägheit vorwarfen und tadelten, daß ich mir noch nicht die Mühe gemacht hätte, an Monsieur de Charlus zu schreiben, heftig erwidert, sie wollten mich wohl dazu bringen, auf unschickliche Anträge einzugehen. Doch hatte ich mir nur aus Ärger, und um ihnen etwas möglichst Unangenehmes zu sagen, diese unaufrichtige Antwort einfallen lassen. In Wirklichkeit hatte ich in den Anerbietungen des Barons nichts Erotisches und nicht einmal etwas Sentimentales vermutet. Ich hatte das meinen Eltern aufgetischt wie etwas ganz Absurdes. Doch manchmal wohnt das Künftige in uns, ohne daß wir es wissen, und unsere Worte, die zu lügen glauben, entwerfen eine nahe bevorstehende Wirklichkeit.

Monsieur de Charlus hätte mir meine Undankbarkeit gewiß verziehen. Er zürnte mir aber, daß meine Anwesenheit bei der Prinzessin Guermantes an diesem Abend, wie auch bei ihrer Cousine seit einiger Zeit, seine feierliche Erklärung: »In diese Salons kommt man nur durch mich«, Lügen zu strafen schien. Ein schwerer Fehler, ein vielleicht unsühnbares Vergehen: Ich hatte mich nicht an den hierarchischen Weg gehalten. Charlus wußte sehr wohl, daß viele inzwischen den Verdacht gefaßt hatten, die Donnerkeile, die er gegen Unbotmäßige oder seinem Haß Verfallene schleuderte, seien bei all seiner Wut doch nur Keile aus Pappe, die nicht mehr die Kraft hatten, irgendwen von irgendwo zu vertreiben. Vielleicht meinte er aber, seine weiterhin große, wenn auch verminderte Macht sei noch unversehrt in den Augen von Novizen wie mir. So schien es mir kaum angezeigt, gerade ihn um einen Gefallen zu bitten bei einem Anlaß, wo schon meine Anwesenheit als ironische Widerlegung seiner Ansprüche erschien.

In diesem Augenblick sprach ein ziemlich gewöhnlicher Mensch mich an, der Professor E. Er war überrascht, mich bei den Guermantes anzutreffen. Ich war es nicht weniger, ihm dort zu begegnen, denn man hatte bei der Prinzessin noch nie eine Persönlichkeit dieser Art gesehen, und es kam auch später nicht wieder vor. Er hatte den Prinzen, der schon die Sakramente empfangen hatte, von einer schweren Lungenentzündung geheilt. Und der ganz besonderen Dankbarkeit der Prinzessin war es zuzuschreiben, daß man die Regeln durchbrochen und ihn eingeladen hatte. Da er in diesen Salons keinen einzigen Menschen kannte und nicht endlos allein herumwandern konnte wie ein Abgesandter des Todes, wurde ihm, als er mich erkannt hatte, zum erstenmal in seinem Leben bewußt, daß er mir unendlich vieles zu sagen hatte; so konnte er eine überzeugende Haltung annehmen, und das war einer der Gründe, warum er sich an mich gewandt hatte. Es gab noch einen anderen. Er legte großen Wert darauf, sich niemals in einer Diagnose zu täuschen. Nun hatte er aber so viel zu tun, daß er sich nicht immer genau erinnerte, ob die Krankheit eines Patienten, den er nur einmal gesehen hatte, nach seiner Vorschrift verlaufen war. Man hat vielleicht nicht vergessen, daß ich an dem Abend, als er sich all seine Orden annähen ließ, meine Großmutter nach ihrem Schlaganfall zu ihm gebracht hatte. Seither war einige Zeit vergangen, und er erinnerte sich nicht mehr an die Anzeige, die man ihm damals geschickt hatte. »Ihre Frau Großmutter ist doch gestorben, nicht wahr?« sagte er in einem Ton fast völliger Gewißheit, die eine leise Besorgnis zur Ruhe verwies. »Ah, tatsächlich! Ich wußte es ja von der ersten Minute an, als ich sie sah, meine Prognose war durchaus düster, ich erinnere mich sehr wohl.«

So erfuhr Professor E., oder erfuhr wieder, daß meine Großmutter tot war, und zu seiner Ehre wie zur Ehre der gesamten Ärzteschaft muß ich sagen, daß er dabei keine Genugtuung verriet und vielleicht keine empfand. Die Irrtümer der Ärzte sind nicht zählbar. Gewöhnlich sind sie zu optimistisch, was das Regime des Kranken, und zu pessimistisch, was den Ausgang der Krankheit betrifft. »Wein? Nun, mit Maß genossen, kann er Ihnen nicht schaden, er ist ja im Grunde ein Stärkungsmittel ... Geschlechtsverkehr? Das ist schließlich eine Körperfunktion. Ich habe nichts dagegen, solange Sie sich nicht übernehmen, Sie verstehen mich schon. Jeder Exzeß ist von Übel.« Welche Versuchung für den Patienten, auf zwei grundlegende Heilmittel zu verzichten: das Wasser und die Enthaltsamkeit. Hat man andererseits etwa Herzbeschwerden, zuviel Eiweiß oder dergleichen, so macht man es nicht mehr lange. Ernsthafte, aber funktionale Störungen werden bereitwillig einem imaginären Krebsleiden zugeschrieben. Weitere Besuche sind nutzlos, sie können ein unabwendbares Übel nicht aufhalten. Unterzieht sich der so im Stich gelassene Kranke dann selbst einem strengen Regime, wird gesund oder bleibt zumindest am Leben und zieht auf der Avenue de l'Opéra seinen Hut vor dem Arzt, der ihn schon längst auf dem Père-Lachaise glaubte, wird dieser in seinem Gruß eine ausgesuchte Frechheit sehen. In größeren Zorn könnte der Präsident des Schwurgerichts nicht geraten, wenn vor seiner Nase, harmlos und anscheinend furchtlos, ein Bummler daherspazierte, dem er zwei Jahre zuvor das Todesurteil gesprochen hätte. Die Ärzte (nicht alle natürlich, die bewundernswürdigen Ausnahmen vergessen wir nicht) sind im allgemeinen eher verstimmt über die Widerlegung ihres Wahrspruchs als erfreut über seinen Vollzug. Das erklärt, warum E. bei aller verstandesmäßigen Genugtuung, die er angesichts der Tatsache, daß er sich nicht getäuscht hatte, ohne Zweifel empfand, doch imstande war, mit mir durchaus im Ton der Trauer über das Unglück zu sprechen, das uns getroffen hatte. Ihm lag nichts daran, das Gespräch zu beenden, dem er seine Contenance und einen Grund zum Dableiben verdankte. Er sprach von der großen Hitze, die in jenen Tagen geherrscht hatte, doch obwohl er gebildet war und sich in gutem Französisch hätte ausdrücken können, fragte er mich: »Leiden Sie nicht unter der Hyperthermie?« Denn die Medizin hat seit Molière den einen oder anderen kleinen Fortschritt in ihren Kenntnissen gemacht, aber keinen in ihrem Wortschatz. Er fuhr fort: »Es kommt darauf an, die Schweißausbrüche zu vermeiden, die solch ein Wetter vor allem in diesen heißen Salons verursacht. Sie können ihnen abhelfen, wenn Sie nach Hause kommen und etwas trinken mögen, durch Wärme intus« (was offenbar heißen sollte, durch heiße Getränke).

Das Thema interessierte mich wegen der Umstände, unter denen meine Großmutter gestorben war. Ich hatte vor kurzem gelesen, daß das Schwitzen den Nieren schade, weil es durch die Haut austreten lasse, was einen anderen Weg nehmen sollte, und ich verwünschte die Hundstage, in denen meine Großmutter gestorben war; beinahe hätte ich sie für ihren Tod verantwortlich gemacht. Ich sagte E. nichts darüber, aber er meinte von sich aus: »Der Vorteil dieser sehr heißen Perioden, in denen man reichlich schwitzt, besteht darin, daß die Niere dadurch entlastet wird.« Die Medizin ist keine exakte Wissenschaft.

Professor E. hatte sich an mich gehängt und wünschte nichts anderes, als von mir nicht wegzukommen. Soeben hatte ich aber bemerkt, daß der Marquis de Vaugoubert vor der Prinzessin Guermantes einen Schritt zurücktrat, um ihr mit tiefen Verbeugungen aufzuwarten. Monsieur Norpois hatte mich kürzlich mit ihm bekanntgemacht, und ich hoffte in ihm nun jemanden zu finden, der mich dem Hausherrn vorstellen konnte. Im Rahmen dieses Werks kann ich nicht auf die Jugenderlebnisse Monsieur de Vaugouberts eingehen, die dazu geführt hatten, daß er sich als einer der wenigen Herren der höheren Gesellschaft (vielleicht als einziger) mit Monsieur de Charlus, wie man in Sodom sagt, »im Einverständnis« befand. Doch wenn unser Botschafter bei König Theodosius einige Schwächen mit dem Baron teilte, so erschienen sie bei ihm nur als matter Abglanz. Nur in unendlich gemilderten, sentimentalen und törichten Formen kam bei ihm das Auf und Ab von Zuneigung und Haß zum Ausdruck, in das der Wunsch zu bezaubern und danach die ebenso imaginäre Furcht, verachtet oder zumindest durchschaut zu werden, den Baron immer wieder stürzten. Aber wie sehr auch seine Enthaltsamkeit – ein »Platonismus«, dem er um seiner Karriere willen seit der Examenszeit jede Sinnenlust opferte –, seine törichte Erscheinung und seine intellektuelle Bedeutungslosigkeit dieses Wechselspiel ins Lächerliche zogen, es war bei Monsieur de Vaugoubert doch zu erkennen. Während jedoch der Baron seine maßlosen Lobeserhebungen mit wahrhaft rhetorischem Glanz vortrug und mit dem feinsten, beißendsten Spott würzte, der einen Menschen für immer brandmarkte, gab Monsieur de Vaugoubert im Gegenteil seine Neigung auf die abgedroschene Art eines letztrangigen Menschen der höchsten Kreise und der Beamtenschaft zu erkennen und brachte seine Vorwürfe (die wie bei Monsieur de Charlus zumeist auf reiner Erfindung beruhten) mit unablässigem, aber geistlosem Übelwollen zum Ausdruck, das um so unangenehmer berührte, als es gewöhnlich im Widerspruch zu den Äußerungen stand, die der Botschafter vor einem halben Jahr getan hatte und nach einiger Zeit vielleicht wieder tun würde: ein Gleichmaß des Wechsels, das den verschiedenen Lebensphasen Monsieur de Vaugouberts eine fast astronomische Poesie verlieh, obwohl sonst niemand so wenig wie er an ein Gestirn erinnerte.

Der Gruß, mit dem er den meinen erwiderte, glich in keiner Weise einem Gruß des Barons. Monsieur de Vaugoubert gab ihm, außer dem ganzen Gehabe, das für ihn zu der großen Welt und zur Diplomatie gehörte, etwas Kavaliermäßiges, eine Frische und Heiterkeit, die bekunden sollten, daß er sich seines Lebens freue (während er innerlich an den Enttäuschungen einer Laufbahn ohne Aussicht auf Beförderung und unter der Drohung eines unfreiwilligen Ruhestands laborierte) und daß er jung, männlich und attraktiv sei, während er sah – und sich nicht einmal mehr vor den Spiegel wagte, um zu sehen –, wie sich die Falten an einem Gesicht festsetzten, das er sich noch immer verführerisch gewünscht hätte. Nicht daß er wirkliche Eroberungen hätte machen wollen; schon der Gedanke daran ängstigte ihn wegen der Nachrede, des Aufsehens, der Erpressungen. Seit er mit Rücksicht auf seine Karriere am Quai d'Orsay von beinahe noch kindlichen Ausschweifungen zu völliger Enthaltsamkeit übergegangen war, hielt er wie ein Tier im Käfig Ausschau nach allen Seiten, mit Blicken, die Furcht, Begierde und Dummheit verrieten. Die Dummheit ging bei ihm so weit, daß er sich nicht überlegte, daß die Gassenbuben von einst keine Jungen mehr waren, und wenn ein Zeitungsverkäufer ihn ankrähte: »La Presse«, überlief es ihn weniger vor Begehrlichkeit als vor Schrecken, da er sich erkannt und entlarvt glaubte.

Doch wenn Monsieur de Vaugoubert seine Sinnenlust der Undankbarkeit des Quai d'Orsay geopfert hatte, sein Herz kam mitunter – und deshalb hätte er so gerne noch Eindruck gemacht – plötzlich in Wallung. Gott weiß, mit wie vielen Briefen er das Ministerium belästigte, mit welchen Schachzügen er arbeitete, wie oft er den Kredit von Madame de Vaugoubert in Anspruch nahm, die man auf Grund ihrer stattlichen Erscheinung, ihrer hohen Geburt, ihres männlichen Auftretens und namentlich dank der Mittelmäßigkeit ihres Gatten für hochbegabt, für die eigentliche Inhaberin des Botschafterpostens hielt – um ohne stichhaltige Begründung einen jungen Mann ohne jedes Verdienst in den Stab der Gesandtschaft eintreten zu lassen. Wenn allerdings ein paar Monate später der unbedeutende Attaché ohne den Schatten einer bösen Absicht den Anschein erweckt hatte, als begegne er Monsieur de Vaugoubert mit Kälte, wandte der Botschafter, der sich verraten oder verschmäht glaubte, den gleichen hysterischen Eifer, mit dem er ihn vorher begünstigt hatte, zu seiner Bestrafung auf. Er setzte Himmel und Erde in Bewegung, damit man ihn abberufe, und der Vorsteher des Auswärtigen Amtes erhielt täglich einen Brief: »Worauf warten Sie noch, um mich von diesem Taugenichts zu befreien? Helfen Sie ihm mit ein bißchen Drill auf. Man muß ihm den Brotkorb höher hängen!« Der Posten eines Attachés beim König Theodosius war daher wenig erfreulich. Sonst aber war Monsieur de Vaugoubert dank seinem vollkommenen gesellschaftlichen *bon sens* einer der besten Vertreter der französischen Regierung im Ausland. Als später ein angeblich qualifizierterer Mann ihn ersetzte, ein Erzdemokrat, der über alles Bescheid wußte, dauerte es nicht mehr lange bis zum Ausbruch des Kriegs zwischen Frankreich und dem Land, wo König Theodosius regierte.

Monsieur de Vaugoubert grüßte, ebenso wie Monsieur de Charlus, nicht gern als erster. Beide zogen es vor, einen Gruß zu erwidern, weil sie stets fürchteten, es sei demjenigen, dem sie die Hand gereicht hätten, seit ihrer letzten Begegnung irgendwelcher Klatsch über sie zu Ohren gekommen. Bei mir stellte sich die Frage nicht, ich war als erster auf Monsieur de Vaugoubert zugegangen, schon weil er der Ältere war. Er erwiderte meinen Gruß mit Verwunderung und Entzücken, wobei seine Augen hin und her wanderten, als stünde da auf beiden Seiten Schneckenklee, den er nicht rupfen durfte. Ich hielt es für schicklich, mich zuerst Madame de Vaugoubert vorstellen zu lassen und ihn erst dann zu ersuchen, daß er mich mit dem Prinzen bekanntmache. Daß ich seine Frau kennenlernen wollte, schien ihn um seinet- wie um ihretwillen zu freuen, und er führte mich entschlossenen Schrittes zu der Marquise. Dort aber blieb er, indes er mich ihr mit Handbewegungen und Blicken und allen möglichen Zeichen der Wertschätzung präsentierte, stumm und entfernte sich nach ein paar Sekunden mit unruhiger Miene, um mich mit seiner Frau allein zu lassen. Sie nun hatte mir sofort die Hand gereicht, ohne aber zu wissen, wem diese Liebenswürdigkeit galt, und ich erriet, daß Monsieur de Vaugoubert vergessen hatte, wie ich hieß, vielleicht auch mich gar nicht erkannt hatte, mich dies aber aus Höflichkeit nicht merken lassen wollte und deshalb die Vorstellung zu einer bloßen Pantomime gemacht hatte. So war ich nicht weiter als zuvor; wie konnte ich mich dem Hausherrn von einer Dame vorstellen lassen, die meinen Namen nicht kannte. Außerdem sah ich mich jetzt gezwungen, einige Augenblicke mit Madame de Vaugoubert zu plaudern. Und das paßte mir aus zwei Gründen nicht. Ich legte keinen Wert darauf, ewig dazubleiben, denn ich hatte mit Albertine (der ich eine Loge für ›Phèdre‹ gegeben hatte) verabredet, daß sie kurz vor Mitternacht zu mir kommen würde. Ich war gewiß nicht in sie verliebt; indem ich sie an dem Abend zu mir kommen ließ, folgte ich einem rein physischen Bedürfnis, obwohl es die sehr heiße Jahreszeit war, da die freigesetzte Sinnlichkeit eher die Geschmacksnerven heimsucht und nach Erfrischung verlangt. Mehr als nach dem Kuß eines jungen Mädchens dürstet man nach einem Orangenwasser, wünscht sich ein Bad oder möchte den glatt geschälten, safterfüllten Mond betrachten, der den Himmel erquicken würde. Trotzdem gedachte ich bei Albertine – die mich doch auch an die Kühle des Meers gemahnte – die Sehnsucht loszuwerden, die viele reizende Gesichter bei mir hinterlassen würden (denn zu der Abendgesellschaft der Prinzessin waren nicht nur Damen eingeladen, sondern auch junge Mädchen).

Andererseits hatte das bourbonische, grämliche Gesicht der imposanten Madame de Vaugoubert nichts Anziehendes.

Man sagte im Ministerium ohne jeden bösen Hintergedanken, daß in dieser Ehe der Mann die Röcke und die Frau die Hosen anhabe. Und darin steckte mehr Wahrheit, als man wohl meinte. Denn Madame de Vaugoubert war ein Mann. Ob sie immer so gewesen oder erst so geworden war, wie ich sie sah – im einen wie im anderen Fall hat man es mit einem der anrührendsten Wunder der Natur zu tun, und besonders im zweiten mit einer Übereinstimmung zwischen Menschen- und Pflanzenwelt. Nach der einen Annahme – daß Madame de Vaugoubert schon immer so erdrückend männlich war – gibt die Natur durch eine diabolisch-wohltätige List dem jungen Mädchen das täuschende Aussehen eines Mannes. Und der junge Mann, der die Frauen nicht mag und der diesem Mangel abhelfen will, findet den beglückenden Ausweg, daß er eine Braut entdeckt, in der er einen Lastträger sehen kann. Wenn die Frau im Gegenteil zunächst keine männlichen Züge aufweist, nimmt sie ganz unbewußt nach und nach solche an, um ihrem Mann zu gefallen, durch Mimikry wie gewisse Pflanzen, die das Aussehen der Insekten annehmen, die sie anlocken wollen. Das schmerzliche Gefühl, nicht geliebt zu werden, weil sie kein Mann ist, macht sie zum Mann. Auch unabhängig von dem Fall, der uns hier beschäftigt, stellt man ja bei so vielen durchaus normalen Eheleuten fest, daß sie einander ähnlich geworden sind und manchmal sogar ihre Eigenschaften ausgetauscht haben. Ein großer deutscher Diplomat, der Fürst von Bülow, hatte eine Italienerin geheiratet. Allmählich bemerkte man auf dem Pincio, wie sehr der deutsche Gatte die italienische Eleganz und die italienische Prinzessin die deutsche Grobheit angenommen hatte. Um aber von dieser Regel bis zu ihrem Gegenpol abzuweichen: Jedermann kennt den hervorragenden französischen Diplomaten, dessen Herkunft nurmehr sein Name, einer der vornehmsten des Orients, verrät. Je reifer, je älter er geworden ist, um so mehr ist der Orientale, den man niemals in ihm vermutet hatte, zum Vorschein gekommen, und wenn man ihn sieht, vermißt man den Fez, der ihn vervollständigen würde.

Madame de Vaugoubert – um auf Lebensformen zurückzukommen, wie sie dem großen Diplomaten, dessen traditionsreich geformte Silhouette wir erwähnten, ganz fremd sind – verkörperte jenen Typus, der unsterblich geworden ist im Bild der Pfalzgräfin, die stets Reitkleidung trägt und die, nachdem sie von ihrem Gatten nicht nur die Männlichkeit, sondern auch die Schwächen der männerliebenden Männer angenommen hat, in ihren Klatschbriefen die Beziehungen zwischen allen Männern am Hof Ludwigs XIV. namhaft macht. Einer der Gründe, die noch zu der männlichen Erscheinung von Frauen wie Madame de Vaugoubert beitragen, ist der, daß die Vernachlässigung durch ihren Gatten und die Scham, die sie darüber empfinden, nach und nach alles Weibliche in ihnen absterben lassen. Sie übernehmen schließlich die Vorzüge und die Mängel, die der Gatte nicht hat. Sie werden, so wie er immer leichtfertiger, verweichlichter und geschwätziger wird, allmählich zu dem reizlosen Mahnmal der Tugenden, die er ausüben sollte.

Spuren von Überdruß, Groll und Erniedrigung verdunkelten die regelmäßigen Gesichtszüge Madame de Vaugouberts. Zu meinem Unbehagen merkte ich, daß sie mich aufmerksam und mit Neugier betrachtete, als einen der jungen Männer, die Monsieur de Vaugoubert gefielen, als einen von denen, die sie so gern hätte sein wollen, da nun ihr alternder Gatte es mit der Jugend hielt. Sie musterte mich so eindringlich, wie Leute aus der Provinz in einem Neuheiten-Katalog das Modell studieren, das die dort abgebildete junge Person so gut kleidet, jene selbe Person, die auf jeder Seite wieder erscheint, trügerisch vervielfacht zu verschiedenen weiblichen Wesen durch ihre veränderten Stellungen und die wechselnde Bekleidung. Die pflanzenhafte Anziehung, die ich auf Madame de Vaugoubert ausübte, war so stark, daß sie mich am Arm faßte, um sich von mir zu einem Glas Orangenwasser führen zu lassen. Aber ich machte mich los mit der Entschuldigung, daß ich schon bald wieder gehen müsse und noch nicht einmal dem Hausherrn vorgestellt worden sei.

Bis zum Ausgang in den Garten, wo er mit einigen Leuten plauderte, war es nicht weit. Doch die Entfernung kam mir so bedrohlich vor, als hätte ich durch ein Trommelfeuer gehen müssen, um sie hinter mich zu bringen.

Viele Frauen, von denen ich meinte, daß sie mich vorstellen könnten, hielten sich im Garten auf, wo sie gar nicht genug Bewunderung an den Tag legen konnten und doch nicht recht wußten, was sie mit sich anfangen sollten. Solche Festlichkeiten sind eigentlich immer verfrüht. Sie gewinnen ihre volle Realität erst am nächsten Tag, wenn sie denen zu denken geben, die nicht eingeladen waren. Ein wirklicher Schriftsteller, der die dumme Eitelkeit sehr vieler Literaten nicht teilt und der nun bei einem Kritiker, der ihn immer aufs höchste bewundert hat, die Namen von mittelmäßigen Autoren, nicht aber den seinen zitiert findet, hat nicht die Muße, sich mit diesem vielleicht verwunderlichen Umstand zu beschäftigen:

seine Arbeit nimmt ihn in Anspruch. Aber eine Dame der Gesellschaft, die nichts zu tun hat und die im *Figaro* liest: »Gestern haben der Prinz und die Prinzessin Guermantes eine große Soiree gegeben«, sagt zu sich selbst: »Nicht möglich! Vor drei Tagen habe ich eine Stunde lang mit Marie Gilbert gesprochen, und davon hat sie mir nichts gesagt!«, und sie zerbricht sich den Kopf darüber, was sie den Guermantes zuleide getan haben könnte. Bei den Empfängen der Prinzessin war es freilich oft ebensosehr an den Eingeladenen wie an den Nichteingeladenen, sich zu wundern. Sie brachen herein, wenn man sie am wenigsten erwartete, und galten Leuten, an die sich die Gastgeberin seit Jahren nicht mehr erinnert hatte. Und fast alle Gesellschaftsmenschen sind viel zu unbedeutend, als daß sie von ihresgleichen anders als nach dem Maß ihrer Beliebtheit beurteilt würden; wer eingeladen ist, findet sie reizend, wer übergangen wird, läßt kein gutes Haar an ihnen. Daß nun die Prinzessin oft auch Personen nicht einlud, mit denen sie befreundet war, mochte daher rühren, daß sie »Palamède« zu verstimmen fürchtete, der sie exkommuniziert hatte. Ich konnte also sicher sein, daß sie mit Monsieur de Charlus nicht über mich gesprochen hatte; sonst wäre ich nicht hier gewesen. Jetzt lehnte er – neben dem deutschen Botschafter – am Geländer der großen Treppe, die vom Garten zum Palais herauführte; so waren die Gäste, obwohl sich drei oder vier bewundernde Damen um ihn geschart hatten, beinahe gezwungen, ihn zu begrüßen. Er grüßte zurück, wobei er die Leute bei ihren Namen nannte. Man hörte also: »Guten Abend, Monsieur du Hazay, guten Abend, Madame de la Tour du Pin Verclause, guten Abend, Madame de la Tour du Pin Gouvernet, guten Abend, Philibert, guten Abend, meine liebe Frau Botschafter« usw. Es klang wie ein fortgesetztes Kläffen, unterbrochen durch gütige Ermahnungen und Fragen (die Antworten hörte er sich nicht an), die Monsieur de Charlus in milderem Ton, gekünstelt, um Gleichgültigkeit zu markieren, und leutselig äußerte: »Geben Sie acht, daß die Kleine sich nicht verkühlt, in den Gärten ist es immer ein wenig feucht. Guten Abend, Madame de Brantes. Guten Abend, Madame de Mecklembourg. Ist die junge Dame auch hier? Hat sie das entzückende rosa Kleid an? Guten Abend, Victurnien.« Aus diesem Benehmen sprach Dünkel – Monsieur de Charlus wußte, daß er ein Guermantes war, der auf diesem Fest eine Hauptrolle spielte. Doch es war nicht nur Dünkel: Für einen solchen ästhetischen Kenner nahm schon allein das Wort »Fest« den Sinn des Ausgesuchten und Üppigen an, den es haben kann, wenn das Fest nicht bei vornehmen Leuten, sondern auf einem Bild von Carpaccio oder Veronese gegeben wird. Und noch wahrscheinlicher ist, daß sich der deutsche Fürst, der er war, das Fest im ›Tannhäuser‹ vorstellte und sich selber als Markgraf, der am Eingang zur Wartburg ein herablassendes gutes Wort für jeden der Gäste hat, während das lange, hundertmal wiederholte Thema des berühmten Marschs ihren Einzug in das Schloß oder in den Park begleitet.

Aber ich mußte mich jetzt entscheiden. Dort unter den Bäumen sah ich zwar Frauen, mit denen ich mehr oder weniger gut bekannt war, die mir aber verändert erschienen, weil sie bei der Prinzessin und nicht bei ihrer Cousine waren und ich sie nicht vor einem Meißener Teller sitzen sah, sondern unter den Zweigen einer Kastanie. Es lag nicht an der eleganten Umgebung. Wäre sie auch viel bescheidener gewesen als bei »Oriane«, ich hätte die gleiche Verwirrung empfunden. Es muß nur in unserem Wohnraum das elektrische Licht ausgehen und durch Petrollampen ersetzt werden, so scheint uns alles verwandelt. Meine Unschlüssigkeit fand ein Ende, da Madame de Souvré sich näherte. »Guten Abend«, sagte sie zu mir. »Haben Sie die Herzogin von Guermantes schon lange nicht mehr gesehen?« Sie tat sich dadurch hervor, daß sie solchen Sätzen einen Tonfall verlieh, der bewies, daß sie nicht einfach so geistlos daherredete wie jene Leute, die nicht wissen, was sie sagen sollen und die einen tausendmal auf eine oft nur sehr flüchtige gemeinsame Bekanntschaft ansprechen. Sie sah mich vielmehr mit feiner Bedeutsamkeit an, um mich wissen zu lassen: »Glauben Sie nicht, daß ich Sie nicht erkannt habe. Sie sind der junge Mann, den ich bei der Herzogin von Guermantes gesehen habe. Ich erinnere mich sehr wohl!« Leider war die Protektion, die mir ihre anscheinend törichte, der Absicht nach zarte Bemerkung anbot, überaus brüchig, und sie zerfiel, sobald ich von ihr Gebrauch machen wollte. Wenn es darum ging, ein Ansuchen bei einer hochgestellten Persönlichkeit zu unterstützen, verstand es Madame de Souvré, den Bittsteller glauben zu machen, daß sie ihn empfehle, und gleichzeitig bei der großen Persönlichkeit den Eindruck zu erwecken, daß sie ihn nicht empfehle; durch dieses doppelsinnige Verhalten sicherte sie sich die Dankbarkeit des einen, ohne eine Verpflichtung gegenüber dem anderen einzugehen. Als ich sie, durch ihren Gunstbeweis ermutigt, um den Gefallen bat, mich dem Prinzen vorzustellen, nutzte sie einen Augenblick, da der Hausherr nicht in unsere Richtung schaute, um mich mütterlich um die Schultern zu fassen, und indem sie dem abgewandten Gesicht des Prinzen zulächelte, der sie nicht sehen konnte, schob sie mich auf ihn zu mit einer vermeintlich protegierenden und absichtlich unwirksamen Bewegung, die mich sozusagen am Ausgangspunkt stranden ließ. So tapfer sind die vornehmen Leute.

Eine Dame, die auf mich zutrat und mich mit Namen begrüßte, war es nicht minder. Während wir plauderten, suchte ich nach dem ihren; ich erinnerte mich sehr wohl, daß ich bei einem Essen neben ihr gesessen hatte, ich erinnerte mich an Dinge, die sie gesagt hatte. Aber meiner gespannten Aufmerksamkeit gelang es nicht, in dem Raum, wo sich diese Erinnerungen befanden, ihren Namen zu entdecken. Und doch war er da. Mein Nachdenken hatte sich gleichsam auf ein Spiel mit ihm eingelassen, um seine Umrisse, seinen Anfangsbuchstaben festzuhalten und ihn schließlich als Ganzen ans Licht zu bringen. Das war verlorene Mühe; ich spürte ungefähr seine Masse, sein Gewicht, doch seine Formen waren mir undurchsichtig, und wenn ich sie mit dem finsteren Gefangenen verglich, der in der Nacht meines Inneren kauerte, sagte ich mir: »Das ist es nicht.« Ich wäre durchaus imstande gewesen, die schwierigsten Namen zu erfinden. Doch leider sollte ich nicht erfinden, ich mußte wiederherstellen. Jedes geistige Tun ist leicht, wenn es sich nicht an die Wirklichkeit halten muß. Hier war ich gezwungen, mich an sie zu halten. Und endlich kam der Name mit einemmal ganz: »Madame d'Arpajon«. Vielmehr, er kam eigentlich nicht; er erschien mir wohl kaum aus eigenem Antrieb. Ich glaube auch nicht, daß all die belanglosen Erinnerungen, die sich auf diese Dame bezogen und die ich hartnäckig um Hilfe bat (durch Ermahnungen wie: »Das ist doch die Freundin von Madame de Souvré, die Victor Hugo so naiv und so voller Schrecken und Grausen bewundert«), ich glaube nicht, daß all diese Erinnerungen, die zwischen mir und ihrem Namen hin und her flatterten, irgend etwas dazu beitrugen, ihn wieder flott zu machen. In dem großen Versteckspiel, das im Gedächtnis gespielt wird, wenn man einen Namen wiederfinden will, gibt es keine Annäherungsgrade. Man sieht nichts – und plötzlich erscheint der Name so, wie er ist, und ganz anders, als er sich anzukündigen schien. Nicht er ist es, der zu uns kommt. Ich glaube eher, daß wir uns von Tag zu Tag allmählich fortbewegen aus der Zone, wo ein Name sichtbar ist, und durch Konzentration, durch eine Willensanstrengung, die meinen Blick schärfte, war ich mit einem Schlag aus dem Halbdunkel wieder zu klarer Sicht vorgedrungen. Wenn es Übergänge zwischen dem Vergessen und der Erinnerung gibt, sind sie jedenfalls unbewußt. Denn die Namen sind falsch, durch die wir etappenweise vorangehen, bevor wir den richtigen finden, und bringen uns ihm nicht näher. Sie sind nicht einmal echte Namen, sondern oft bloße Lautverbindungen, die in dem wirklichen Namen nicht vorkommen. Der geistige Arbeitsgang vom Nichts zur Wirklichkeit ist freilich so geheimnisvoll, daß jene falschen Lautungen doch provisorische Stützen sein könnten, die man uns ungeschickt anbietet, um uns zu dem richtigen Namen weiterzuhelfen. »Bei alledem«, wird der Leser sagen, »erfahren wir nichts über die mangelnde Hilfsbereitschaft der Dame; aber da Sie sich schon so lange aufgehalten haben, Herr Autor, gönnen Sie mir noch die wenige Zeit für die Feststellung, daß es bedenklich ist, wenn ein junger Mann, wie Sie es waren (oder wie Ihr Held es war, wenn nicht Sie es gewesen sind), schon ein so schwaches Gedächtnis hatte, daß er sich nicht an den Namen einer Dame erinnerte, die er sehr wohl kannte.« Gewiß, Herr Leser, das ist bedenklich. Und noch trauriger, als Sie denken, wenn man spürt, wie hier die Zeit sich ankündigt, da Namen und Wörter aus dem klaren Bewußtsein schwinden und wir für immer darauf verzichten müssen, uns selber die Menschen zu nennen, die uns am nächsten standen. Es ist allerdings bedenklich, daß man sich von Jugend auf bemühen muß, Namen wiederzufinden, die man gut kennt. Wenn diese Schwäche aber nur solche Namen beträfe, die man kaum kennt und die man sich gar nicht unbedingt merken wollte, so hätte sie auch ihre Vorteile. »Und welche, wenn ich bitten darf?« Nun, mein Herr, allein der Schaden läßt uns die Mechanismen erkennen und verstehen und erlaubt es uns, sie zu zerlegen; sonst wüßten wir nichts von ihnen. Ein Mensch, der jeden Abend wie ein Klotz auf sein Bett fällt und nicht mehr lebt, bis er wieder erwacht und aufsteht – wird ein solcher Mensch jemals, wenn er schon keine großen Entdeckungen macht, doch wenigstens kleine Beobachtungen über den Schlaf anstellen? Kaum weiß er ja, ob er schläft. Ein wenig Schlaflosigkeit bringt uns den Schlaf etwas näher, wirft in diese Nacht etwas Licht. Ein Gedächtnis, das nie versagt, regt uns nicht dazu an, die Arbeit des Gedächtnisses zu studieren. »Schön und gut; aber hat nun Madame d'Arpajon Sie dem Prinzen vorgestellt?« Nein, aber schweigen Sie jetzt und lassen Sie mich weitererzählen.

Madame d'Arpajon war noch feiger als Madame de Souvré, aber ihre Feigheit ließ sich eher entschuldigen. Ihr war bewußt, wie wenig sie in der Gesellschaft immer gegolten hatte. Durch ihre Liaison mit dem Herzog von Guermantes hatte sich ihre Autorität noch vermindert; daß er sie sitzen ließ, gab ihr den Rest. Die Verstimmung, die mein Wunsch, dem Prinzen vorgestellt zu werden, bei ihr bewirkte, äußerte sich in einem Schweigen, mit dem sie naiverweise den Anschein zu erwecken glaubte, als hätte sie mich nicht gehört. Sie merkte nicht einmal, daß sie in ihrem Ärger die Brauen zusammenzog. Oder vielleicht merkte sie es, nahm den Widerspruch in Kauf und benutzte ihn, um mir stumm, aber darum nicht weniger beredt, meine Indiskretion zu verweisen.

Überdies war Madame d'Arpajon sehr verstimmt, weil viele Blicke auf einen Renaissance-Balkon gerichtet waren, wo an der Ecke der Brüstung statt einer der damals so beliebten hohen Skulpturen die nicht weniger ragende Gestalt der herrlichen Madame de Surgis sich vorneigte, die jetzt im Herzen des Herzogs von Guermantes den Platz von Madame d'Arpajon einnahm. Unter dem leichten weißen Tüll, der sie vor der nächtlichen Kühle schützte, sah man den sanft bewegten Körper der Siegesgöttin. Ich konnte nun meine Zuflucht nur noch bei Monsieur de Charlus suchen. Ich hatte alle Zeit (denn er tat, als sei er in seine vorgespiegelte Whistpartie vertieft), die absichtliche, kunstvolle Einfachheit seines Fracks zu bewundern, der dank ein paar Kleinigkeiten, wie sie einzig ein Schneider hätte ausmachen können, als eine schwarz-weiße »Harmonie« von Whistler erschien; oder eher schwarzweiß-rot, denn an einem breiten Band trug Monsieur de Charlus über der Hemdenbrust das Kreuz des Malteserordens aus schwarz-weiß-rotem Email. In diesem Augenblick wurde die Partie unterbrochen, weil Madame de Gallardon in Begleitung ihres Neffen herantrat, des Vicomte de Courvoisier, eines jungen Mannes von hübscher Statur und dreistem Auftreten: »Cousin«, sagte Madame de Gallardon, »darf ich Ihnen meinen Neffen Adalbert vorstellen? Adalbert, dein berühmter Onkel Palamède, von dem du immer wieder reden hörst.« »Guten Abend, Madame de Gallardon«, antwortete Monsieur de Charlus. Und ohne den jungen Mann auch nur anzusehen, fügte er hinzu: »Guten Abend, Monsieur«, mit so mürrischer Miene und in so scharf unhöflichem Ton, daß jedermann höchst erstaunt war. Vielleicht wollte der Baron – der wußte, daß Madame de Gallardon seinen Lebenswandel verdächtig fand und immer wieder der Versuchung erlag, darauf anzuspielen – ihr nichts in die Hand geben, womit sie ein liebenswürdiges Verhalten gegen ihren Neffen hätte ausschmücken können, und darüber hinaus ein deutliches Zeugnis seiner Gleichgültigkeit gegenüber jungen Leuten ablegen; vielleicht fand er, dieser Adalbert habe in seiner Haltung den Worten der Tante nicht ehrerbietig genug entsprochen; vielleicht wünschte er einem so einnehmenden Cousin später einmal näherzukommen und wollte sich zuerst durch einen Angriff eine vorteilhafte Ausgangslage sichern, so wie die Herrscher eine diplomatische Aktion durch eine militärische vorbereiten.

Es war nicht so unwahrscheinlich, wie ich meinte, daß sich Monsieur de Charlus herbeilassen würde, mich vorzustellen. Einerseits hatte dieser Don Quixote im Lauf der letzten zwanzig Jahre gegen so viele Windmühlen gekämpft – gegen Verwandte, denen er vorwarf, sie hätten sich ihm gegenüber ungebührlich verhalten –, er hatte so oft verfügt, daß »eine Person, die man unmöglich empfangen kann«, bei diesen oder jenen Guermantes nicht eingeladen werde, daß diese allmählich Angst bekamen, sie müßten sich mit allen Leuten überwerfen, die sie gut mochten, und bis zu ihrem Lebensende auf neue, interessante Bekanntschaften verzichten, nur um sich dem unerklärlichen Donnergroll eines Verwandten zu fügen, dem man womöglich Weib, Bruder und Kind hätte aufopfern sollen. Da er klüger war als die anderen Guermantes, bemerkte Monsieur de Charlus wohl, daß man seinen Bannsprüchen nur noch jedes zweite Mal Rechnung trug, und da er fürchten mußte, es werde sich eines Tages herausstellen, daß man ihn selbst nicht mehr brauchte, hatte er zu resignieren begonnen und, wie man sagt, seine Preise herabgesetzt. Und andererseits konnte er zwar einer verabscheuten Person über Monate und Jahre hinweg das Leben vergällen – er hätte nicht geduldet, daß man sie einlud, und hätte sich eher wie ein Lastträger mit einer Königin geprügelt; denn auf den Rang seines Gegenübers kam es ihm nicht mehr an –, aber seine Zornausbrüche waren zu häufig, um nicht bloßes Stückwerk zu sein. »Der Schwachkopf, der elende Lümmel! daß der mir befördert wird, wohin er gehört, in die Kloake, wo er nur leider die Hygiene der Stadt in Gefahr bringt«, konnte er schreien, auch ganz für sich allein, wenn er einen Brief las, der ihn unehrerbietig dünkte, oder wenn er sich an eine Äußerung erinnerte, die man ihm zugetragen hatte. Doch eine neue Wut über einen zweiten Schwachkopf verscheuchte die andere, und zeigte der erste sich unterwürfig, war das ihm zugedachte Unwetter vergessen, es war nicht schwer genug gewesen, um die Grundlage beständigen Hasses zu schaffen. So wäre es mir vielleicht trotz seiner Verstimmung gelungen, mich von ihm dem Prinzen vorstellen zu lassen; aber in meinem Übereifer und aus der Befürchtung heraus, er könnte argwöhnen, ich sei auf gut Glück hergekommen, um dank seiner Protektion dann bleiben zu können, kam ich auf den unglücklichen Gedanken, hinzuzufügen: »Ich kenne sie ja sehr gut, die Prinzessin ist sehr freundlich zu mir.« »Nun schön, wenn Sie also mit ihnen bekannt sind, wozu soll ich Sie noch vorstellen«, gab er schroff zurück, wandte mir den Rücken und nahm die Partie mit dem Nuntius, dem deutschen Botschafter und einer mir unbekannten Persönlichkeit wieder auf.

Da drang aus der Tiefe der Gärten, wo einst der Herzog von Aiguillon seltene Tiere aufziehen ließ, ein Geräusch an mein Ohr, ein Schnüffeln, das alle Erlesenheiten des Abends einsog und sich nicht eine entgehen lassen wollte. Das Geräusch näherte sich, und ich ging aufs Geratewohl in seine Richtung, so lange, bis ich das leise Wort »Guten Abend« vernahm, das in dem Tonfall, den Monsieur de Bréauté ihm verlieh, nicht dem rostig-schartigen Klang eines Messers am Schleifstein glich und erst recht nicht dem Ruf des äckerverwüstenden Frischlings, sondern der Stimme eines möglichen Retters. Weniger einflußreich als Madame de Souvré, aber nicht so von Grund auf ungefällig wie sie, viel unbefangener als Madame d'Arpajon im Verkehr mit dem Prinzen, vielleicht im Unklaren über meine Situation im Guermantes-Kreis, vielleicht aber auch besser darüber unterrichtet als ich, machte er es mir im ersten Augenblick doch nicht ganz leicht, seine Aufmerksamkeit auf mich zu ziehen, denn er wandte sich mit geweiteten Nüstern und zuckenden Nasenflügeln nach allen Seiten und ließ sein Monokel spielen, als stünde er vor fünfhundert Meisterwerken. Da er aber von meinem Anliegen hörte, nahm er es mit Wohlgefallen auf, geleitete mich zu dem Prinzen und stellte mich ihm vor mit einer vulgärzeremoniellen Feinschmeckermiene, als böte er ihm einen Teller Süßgebäck an. So liebenswürdig der Herzog von Guermantes, wenn er wollte, einen Gast empfing – kameradschaftlich, herzlich, vertraulich gestimmt –, so kalt und feierlich und von oben herab erschien mir der Gruß des Prinzen. Kaum verzog er das Gesicht zu einem Lächeln; er redete mich tiefernst mit »Monsieur« an. Ich hatte den Herzog oft über die Dünkelhaftigkeit seines Cousins spötteln hören. Doch schon bei den ersten Worten des Prinzen, die in ihrer Kälte und Würde allerdings den denkbar größten Gegensatz zu Basins Ausdrucksweise bildeten, begriff ich, daß hier der Herzog, der einen beim ersten Besuch als seinesgleichen behandelte, der eigentlich Hochmütige und von den beiden Vettern der Prinz der wirklich bescheidene war. Mir schien, aus seiner Zurückhaltung spreche ein stärkeres Gefühl, nicht der Gleichheit – das wäre ihm gar nicht eingefallen–, aber immerhin des Respekts, den man einem tiefer Gestellten zugestehen kann, wie das in jeder streng hierarchischen Ordnung vorkommt, etwa beim Gerichtshof oder in einer Fakultät, wo ein Oberstaatsanwalt oder ein Dekan im Bewußtsein ihres hohen Amtes vielleicht mehr echte Bescheidenheit und für den, der sie kennt, bei aller herkömmlichen Würde mehr Güte und schlichte Herzlichkeit hegen als moderner Gesinnte unter dem Anschein der Ungezwungenheit und munterer Kameradschaft. »Gedenken Sie die Laufbahn Ihres Herrn Vaters einzuschlagen?« erkundigte er sich kühl, aber interessiert. Ich beantwortete seine Frage so kurz wie möglich, weil ich begriff, daß er sie nur aus Höflichkeit gestellt hatte, und ging weiter, damit er sich neu angekommenen Gästen zuwenden konnte.

Ich bemerkte Swann, wollte mit ihm sprechen, doch in diesem Augenblick sah ich, daß der Prinz nicht stehen geblieben war, um den Gruß des Gatten von Odette zu erwidern, sondern ihn mit der Gewalt einer Saugpumpe in den Hintergrund des Gartens zog – gewisse Leute behaupteten sogar, »um ihn vor die Tür zu stellen«.

Meine Aufmerksamkeit wurde unter all diesen Menschen so hin und her gerissen, daß ich erst am übernächsten Tag aus den Zeitungen erfuhr, es habe den ganzen Abend ein tschechisches Orchester gespielt und bengalisches Feuer sei ununterbrochen abgebrannt worden; ich kam aber einigermaßen zur Besinnung, da mir einfiel, ich könnte den berühmten Springbrunnen von Hubert Robert besichtigen.

Schon aus der Ferne sah man den Wasserstrahl, auf einer Lichtung eingepflanzt in einigem Abstand vor schönen Bäumen, von denen manche so alt waren wie er selbst; schlank und unbeweglich ragte er und ließ nur das leichteste Aussprühen seines blassen, zitternden Wedels vom Windhauch bewegen. Das achtzehnte Jahrhundert hatte seinen Konturen ihre reine Eleganz gegeben, doch da es den Stil seines Strahls bestimmt hatte, war das Leben in ihm anscheinend zum Stillstand gekommen; aus der Entfernung wirkte es eher wie ein Kunstgebilde, als daß man das Wasser empfand. Sogar die feuchte Wolke, die sich an seinem Scheitelpunkt fortwährend bildete, bewahrte den Charakter des Zeitalters so gut wie jene, die sich rings um die Schlösser von Versailles am Himmel versammeln. Doch aus der Nähe erkannte man, daß sich getreu dem vorgezeichneten Plan, wie die Bausteine eines alten Palastes, doch stets neue Wassermassen in ihrem Aufstreben nur dadurch den ursprünglichen Weisungen des Architekten fügten, daß sie gegen sie zu verstoßen schienen; denn ihre tausend einzelnen Strahle konnten allein aus der Ferne den Eindruck eines einzigen Aufschwungs erwecken. In Wirklichkeit wurde dieser Aufschwung ebensooft unterbrochen wie der aussprühende Niederfall, während er mir von weitem unbiegsam, dicht, lückenlos erschienen war. Kam man näher heran, sah man diesen vermeintlich ganz linearen Zusammenhang an allen Punkten des aufsteigenden Strahls, überall dort, wo er sich hätte brechen müssen, dadurch gesichert, daß ein paralleler Strahl von der Seite her einsprang, um weiter hinauf als der erste zu steigen, und selbst wieder auf einer Höhe, wo nun auch er ermattete, durch einen dritten abgelöst wurde. Stand man davor, sah man Tropfen von der Wassersäule kraftlos herabfallen und unterwegs ihren aufsteigenden Brüdern begegnen, die bisweilen zerrissen, von einem Luftwirbel am Rand des unaufhörlichen Sprudelns erfaßt und dahingeweht wurden, bis sie in das Becken zurückstürzten. Durch ihr Zurückbleiben, durch ihre Bewegung im Gegensinn und mit ihrem schlaffen Dunst durchkreuzten und verwischten sie das gerade Aufstreben und die Spannung des Stengels, auf dem eine längliche Wolke stand, aus tausend Tröpfchen gebildet, doch scheinbar unzerbrechlich und unveränderlich, goldbraun getönt, welche rasch und unbeirrt in die Höhe stieg, um zu den Wolken am Himmel zu stoßen. Zum Unglück konnte ein

Windstoß sie schräg zu Boden treiben, und manchmal wich auch einfach ein ungehorsamer Wasserstrahl von seiner Bahn ab; hielt man sich dann nicht in gehörigem Abstand, so wurden die unvorsichtigen Betrachter bis auf die Knochen durchnäßt.

Einer dieser kleinen Zwischenfälle, die fast nur beim Aufkommen der Brise eintraten, ging ziemlich schlimm aus. Man hatte Madame d'Arpajon erzählt, der Herzog von Guermantes – der in Wirklichkeit noch nicht da war – sei mit Madame de Surgis in den Galerien aus rosa Marmor, zu denen man von außen her durch den doppelten Säulengang über dem Rand des Beckens gelangte. In dem Augenblick nun, als Madame d'Arpajon eine der Kolonnaden betrat, drehte ein heftiger Stoß warmer Brise den Wasserstrahl ab und übergoß Madame d'Arpajon von oben bis unten; das Wasser schoß durch ihr Décolleté ins Innere ihres Kleids, und die schöne Dame war so durchnäßt, als hätte man sie in ein Bad gesteckt. Da erscholl nicht weit von ihr ein taktmäßiges Dröhnen, laut genug, um von einer ganzen Armee gehört zu werden, dabei aber satzweise gegliedert, als sei es nicht für die Gesamtheit, sondern für jede Abteilung der Truppe einzeln bestimmt; es war der Großfürst Wladimir, der aus vollem Hals lachte, als er die überflutete Madame d'Arpajon sah; der Anblick, so rühmte er später, sei etwas vom Ergötzlichsten gewesen, das er jemals erlebt habe. Und als ein paar mitfühlende Menschen dem Großfürsten zu verstehen gaben, ein teilnehmendes Wort von ihm wäre wohl angebracht und der Frau vielleicht angenehm, die sich inzwischen mit ihrem Schultertuch abgetrocknet hatte und bei ihren doch mehr als vierzig Jahren ganz ohne Beistand ihre Haltung wiedergewonnen hatte, obwohl das tückische Wasser über den Brunnenrand lief, war der gutherzige Moskowiter bereit, ein übriges zu tun, und kaum waren die letzten militärischen Trommelwirbel seines Lachens verebbt, hörte man ein noch heftigeres Dröhnen. »Bravo, Alte!« schrie der Großfürst und klatschte in die Hände wie im Theater. Madame d'Arpajon wußte es nicht zu schätzen, daß man ihre Gewandtheit auf Kosten ihrer Jugend pries. Und als jemand, der wegen des rauschenden Wassers nicht einmal das Gedonner des Großfürsten gehört hatte, sie ansprach: »Ich glaube, seine Kaiserliche Hoheit hat etwas zu Ihnen gesagt«, antwortete sie: »Nein, zu Madame de Souvré.«

Ich ging durch die Gärten zurück und stieg die Treppe wieder hinauf, wo nach dem Weggang des Prinzen, der sich mit Swann entfernt hatte, die Gästeschar um Monsieur de Charlus anwuchs, so wie in Versailles während einer Abwesenheit Ludwigs XIV. die Gesellschaft bei »Monsieur«, seinem Bruder, zahlreicher wurde. Unterwegs wurde ich durch den Baron aufgehalten; gleichzeitig näherten sich hinter mir zwei Damen und ein junger Mann, um ihn zu begrüßen. »Wie nett, Sie hier zu sehen«, sagte er und reichte mir die Hand. »Guten Abend, Madame de la Trémoïlle, guten Abend, meine liebe Herminie.« Da er sich aber daran erinnerte, was er mir über seine Rolle als Hauptperson im Palais Guermantes gesagt hatte, empfand er offenbar das Bedürfnis, das ihm Unangenehme, das er nicht hatte abwenden können, mit einer scheinbaren Genugtuung aufzunehmen, die durch seine grandseigneurale Überheblichkeit und seine hysterische Spottlust sogleich die Form übertriebener Ironie annahm: »Es ist nett«, wiederholte er, »vor allem aber sehr komisch.« Und er brach in ein Gelächter aus, das seiner Freude und zugleich der Unmöglichkeit, sie in Worte zu fassen, Ausdruck verlieh; während einige Leute, die wußten, wie unzugänglich er war und wie sehr er andererseits zu kränkenden »Ausfällen« neigte, sich neugierig näherten und mit fast ungehöriger Hast herbeieilten. »Nun seien Sie mir nicht böse«, sagte er, indem er mir sanft auf die Schulter klopfte; »Sie wissen ja doch, daß ich Sie gut leiden kann. Guten Abend, Antioche, guten Abend, Louis-René. Haben Sie sich den Springbrunnen angeschaut?« fragte er mich mehr feststellend als forschend. »Er ist hübsch, nicht wahr? Er ist wunderbar. Natürlich würde er noch gewinnen, wenn man einiges wegließe; dann würde es in Frankreich nichts Vergleichbares geben. Aber auch so, wie er ist, gehört er zum Besten. Bréauté wird Ihnen sagen, daß es falsch war, Lampions anzubringen, weil man vergessen soll, daß er diese abgeschmackte Idee hatte. Aber es ist ihm doch kaum gelungen, den Brunnen zu verunstalten. Es ist viel schwieriger, ein Meisterwerk zu verderben, als es zu schaffen. Und wir haben schon immer dunkel geahnt, daß Bréauté nicht so begabt ist wie Hubert Robert.«

Ich schloß mich wieder den Gästen an, die aus dem Garten zurückkamen. »Haben Sie meine entzückende Cousine Oriane lange nicht mehr gesehen?« fragte mich die Prinzessin, die ihren Sitz beim Eingang vor kurzem aufgegeben hatte und mit der ich in die Salons zurückging. »Sie kommt heute abend gewiß; ich habe sie noch am Nachmittag gesehen. Sie hat es mir versprochen. Übrigens werden Sie doch am Donnerstag mit uns beiden zum Abendessen bei der Königin von Italien sein, in der Botschaft. Da werden alle erdenklichen Hoheiten kommen, es wird zum Fürchten sein.« Die Hoheiten konnten der Prinzessin Guermantes, in deren Salons es von ihnen wimmelte und die »meine süßen Coburgs« im gleichen Ton wie »meine süßen Hunde« sagte, keine Angst machen. Daß es zum Fürchten sein werde, sagte sie bloß aus Dummheit, die bei den großen Herrschaften noch größer ist als die Eitelkeit. Über ihren eigenen Stammbaum wußte sie weniger als ein Geschichtslehrer. Und was ihre Verbindungen anging, so hielt sie darauf, zu zeigen, daß sie die Spitznamen kannte. Sie fragte mich, ob ich in der kommenden Woche bei der Marquise de la Pommelière, die man öfters »la Pomme« nannte, zum Abendessen sein würde; und als ich verneint hatte, schwieg sie eine Weile. Dann setzte sie nur aus dem Antrieb, unabsichtliches Bescheidwissen, Banalität und Übereinstimmung mit dem allgemeinen Stil vorzuführen, hinzu: »Eine sehr sympathische Frau, la Pomme.«

Eben als die Prinzessin mit mir sprach, hielten der Herzog und die Herzogin von Guermantes ihren Einzug! Zunächst aber konnte ich nicht auf sie zugehen, weil mich die Frau des türkischen Botschafters festhielt. Sie wies auf die Hausherrin, von der ich gerade kam, packte mich am Arm und rief aus: »Welch entzückende Frau, die Prinzessin! Wie stellt sie alle in den Schatten! Ich glaube, wenn ich ein Mann wäre«, setzte sie mit einem Anflug von orientalisch-vulgärer Sinnlichkeit hinzu, »würde ich mein Leben diesem himmlischen Geschöpf weihen.« Ich erwiderte, daß ich sie in der Tat reizend fände, aber mit ihrer Cousine, der Herzogin, näher bekannt sei.

»Aber das ist doch kein Vergleich«, sagte die Botschaftersgattin. »Oriane ist eine reizende Dame, die ihren Stil von Mémé und Babal hat, aber Marie-Gilbert *ist jemand*.«

Ich mag es nie besonders, wenn man mir so kategorisch erklärt, was ich von den Leuten halten soll, die ich kenne. Und nichts sprach dafür, daß die Frau des türkischen Botschafters über die Herzogin von Guermantes sicherer urteilen konnte als ich. Andererseits rührte mein Ärger über diese Dame auch daher, daß die Fehler einer uns bekannten Person, sogar die eines Freundes, für uns wahre Giftstoffe bilden, gegen die wir zum Glück geimpft sind. Ohne aber irgendwelche wissenschaftlichen Vergleiche anzuführen und von Anaphylaxie zu reden, können wir sagen, daß im Kern unserer freundschaftlichen oder rein gesellschaftlichen Beziehungen eine vorübergehend geheilte, aber anfallweise wieder auftretende Feindseligkeit steckt. Man leidet gewöhnlich nicht sehr unter jenen Giften, solange der andere sich »natürlich« verhält. Da aber die türkische Botschaftersgattin »Babal« und »Mémé« sagte, um Leute zu erwähnen, die sie nicht kannte, hob sie die Wirkung des Gegengifts auf, das sie mir sonst erträglich machte. Sie ging mir auf die Nerven, was schon deswegen ungerecht war, weil sie sich nicht so ausdrückte, um glauben zu machen, sie sei mit »Mémé« auf du und du, sondern weil sie nur flüchtig unterrichtet war und die vornehmen Herren so nannte, wie es ihrer Meinung nach der Landessitte entsprach.

Es war noch nicht lange her, daß mir dieselbe Dame aus der diplomatischen Welt bei »Oriane« mit dem Ausdruck ernster Überzeugung erklärt hatte, die Prinzessin Guermantes sei ihr entschieden unsympathisch. Ich zog es vor, bei diesem Meinungsumschwung nicht zu verweilen: Die Einladung zu dem Fest dieses Abends hatte ihn herbeigeführt. Die Botschaftersgattin war vollkommen ehrlich, als sie mir sagte, die Prinzessin Guermantes sei ein himmlisches Geschöpf. Das war stets ihre Meinung gewesen. Da sie aber bisher noch nie bei der Prinzessin eingeladen war, hatte sie es für notwendig gehalten, dem Nicht-eingeladen-Sein die Form eines absichtlichen und grundsätzlichen Nicht-Hingebens zu geben. Da man sie nun hergebeten hatte und dies von nun an wohl weiter tun würde, kam ihre Sympathie frei zum Ausdruck. Um die Meinungen, die man sich von den Leuten bildet, zu drei Vierteln zu erklären, braucht man nicht bis zum Liebeskummer oder bis zur politischen Kaltstellung zu gehen. Das Urteil bleibt in der Schwebe: Eine verweigerte oder erhaltene Einladung gibt den Ausschlag. Im übrigen war die türkische Botschaftersgattin – wie die Herzogin von Guermantes, die mit mir die Salons musterte, fand – »ein Segen«. Sie war ungemein nützlich. Die wirklichen Sterne der Gesellschaft sind es müde, in ihr zu erscheinen. Wem daran liegt, sie anzutreffen, der muß oft in eine andere Hemisphäre hinüberwechseln, wo sie so gut wie allein sind. Aber solche Frauen wie die Gattin des türkischen Botschafters, die in der Gesellschaft ganz neu sind, glänzen in ihr ohne Unterlaß und, wenn man so sagen kann, überall gleichzeitig. Sie sind nützlich bei Anlässen jener Art, die man Soiree oder »Raout« nennt und zu denen sie sich noch als Todkranke schleppen ließen, um nichts zu versäumen. Sie sind die Statisten, auf die man jederzeit zählen kann, darauf erpicht wie sie sind, sich niemals ein Fest entgehen zu lassen. Für die törichten jungen Leute, die nicht wissen, daß es sich da um falsche Sterne handelt, sind sie daher das Feinste vom Feinen, und man müßte sie darüber belehren, daß Madame Standish, die sie nicht kennen und die abseits vom Treiben der Gesellschaft ihre Kissen brodiert, eine mindestens ebenso große Dame ist wie die Herzogin von Doudeauville.

Im Alltagsleben hatten die Augen der Herzogin von Guermantes etwas Abwesendes und leicht Melancholisches; sie ließ sie nur jedesmal, wenn es einen Freund zu begrüßen galt, geistvoll aufleuchten, ganz als wäre dieser Freund eine amüsante Bemerkung, ein reizender Einfall, ein Leckerbissen, bei dem das Gesicht des Kenners den Ausdruck feinschmeckerischen Vergnügens annimmt. Doch an den großen Empfängen, wo sie nach allen Seiten grüßen mußte, war es ihr zu beschwerlich, dieses Leuchten jedesmal wieder erlöschen zu lassen. So wie ein literarischer Habitué, der im Theater das neueste Werk einer Bühnengröße sehen wird, schon an der Garderobe seine Gewißheit, von dem Abend nicht enttäuscht zu werden, bezeugt, indem er die Lippen zu einem kundigen

Lächeln schürzt und seinen Blick zu komplizenhafter Zustimmung auffrischt, machte die Herzogin, sowie sie eintrat, Licht. Oriane warf, während sie ihren Abendmantel ablegte, dessen herrliches Tiepolo-Rot ihren Halsschmuck, eine wahre Montur aus Rubinen, freigab, den letzten raschen, genau überprüfenden Schneiderinnenblick der Gesellschaftsdame auf ihr Kleid und vergewisserte sich, daß ihre Augen nicht weniger strahlten als ihre andern Juwelen. Umsonst stürzten »wohlmeinende« Menschen, unter ihnen Monsieur de Janville, auf den Herzog zu, um ihn am Eintreten zu hindern: »Ja wissen Sie denn nicht, daß der arme Mama im Sterben liegt; man hat ihm soeben die Sakramente gespendet.«

»Ich weiß, ich weiß«, erwiderte Monsieur de Guermantes und drängte sie zurück, um einzutreten. »Das Viatikum hat die beste Wirkung getan«, fügte er hinzu und lächelte beim Gedanken an die Redoute, die er nach der Soiree des Prinzen unter keinen Umständen versäumen wollte. »Wir wollten niemanden wissen lassen, daß wir zurück sind«, sagte die Herzogin zu mir, ohne zu ahnen, daß die Prinzessin sie im voraus Lügen gestraft hatte, als sie mir erzählte, sie habe ihre Cousine gesehen und sie versprechen lassen, sie würde kommen. Nach einem niederschmetternden, fünf Minuten währenden Blick auf seine Gemahlin sagte der Herzog zu mir: »Ich habe Oriane von Ihren Zweifeln erzählt.« Da sie nun sah, daß die Zweifel unbegründet gewesen waren und daß sie nichts unternehmen mußte, um sie zu zerstreuen, nannte die Herzogin sie absurd und machte mir scherzhafte Vorwürfe: »Welche Idee – zu meinen, Sie seien nicht eingeladen! Und dann war ja doch ich noch da. Meinen Sie, ich hätte Ihnen keine Einladung zu meiner Cousine verschaffen können?« Sie hat später in der Tat viel schwierigere Dinge für mich getan; und doch hütete ich mich, aus ihren Worten zu schließen, daß ich zu besorgt gewesen sei. Ich begann das genaue Gewicht der gesprochenen oder stummen Sprache aristokratischer Liebenswürdigkeit zu erkennen, einer Liebenswürdigkeit, die sich glücklich schätzt, Balsam zu sein für das Gefühl der Unterlegenheit derer, auf die sie angewandt wird, aber nicht in dem Grad, daß dieses Gefühl ganz verschwinden würde; denn damit würde sie sich um ihren eigenen Sinn bringen. »Aber Sie sind doch unseresgleichen – wenn Sie nicht höher stehen«, schienen die Guermantes mit ihrem ganzen Verhalten zu sagen; und sie sagten es auf die denkbar freundlichste Weise, damit man sie liebte, damit man sie bewunderte, aber nicht damit man ihnen glaube; die Liebenswürdigkeit für echt zu halten, war schlechte Erziehung. Ich erhielt denn auch wenig später eine Lektion, die mich vollends und mit letzter Genauigkeit über die Ausdehnung und die Grenzen gewisser Formen der aristokratischen Liebenswürdigkeit belehrte. Es war bei einer Matinee der Herzogin von Montmorency zu Ehren der Königin von England; da bildete sich ein kleiner Zug, der sich zum Buffet bewegte, und an seiner Spitze schritt die Monarchin am Arm des Herzogs von Guermantes. In diesem Augenblick kam ich herein. Mit seiner freien Hand gab mit der Herzog über eine Entfernung von mindestens vierzig Metern hinweg tausend freundschaftliche, auffordernde Zeichen, die zu bedeuten schienen, daß ich mich ohne Scheu nähern könne, man werde mich schon nicht anstelle der Chester-Sandwiches ungekocht aufessen. Da ich es aber nun in der Hofsprache ziemlich weit gebracht hatte, näherte ich mich um keinen Schritt, sondern verneigte mich tief aus meinen vierzig Metern Entfernung, ohne zu lächeln, so wie ich es vor einer mir kaum bekannten Person getan hätte, und setzte dann meinen Weg in der entgegengesetzten Richtung fort. Hätte ich ein Meisterwerk geschrieben, die Guermantes würden mir weniger Anerkennung gezollt haben als für diesen Gruß. Er entging weder den Augen des Herzogs, der an jenem Tag immerhin mehr als fünfhundert Menschen zu grüßen hatte, noch denen der Herzogin, die meiner Mutter bei der nächsten Begegnung davon erzählte und sich wohl hütete, ihr zu sagen, ich hätte es falsch gemacht und hätte mich nähern sollen; ihr Mann habe über meinen Gruß gestaunt, so ungemein vielsagend sei er gewesen. Man entdeckte an diesem Gruß immer neue Vortrefflichkeiten, und erwähnte nur die nicht, die vor allem geschätzt wurde, nämlich meine Zurückhaltung, und man machte mir immer neue Komplimente, von denen ich merkte, daß sie weniger eine Belohnung für das Vergangene waren als eine diskrete

Mahnung für die Zukunft von der Art, wie der Leiter einer Erziehungsanstalt zu seinen Schülern sagt: »Vergeßt nicht, liebe Kinder, daß diese Preise weniger für euch als für eure Eltern bestimmt sind, damit sie euch nächstes Jahr wieder kommen lassen.« Und so konnte auch Madame de Marsantes, wenn jemand aus einer andern Gesellschaftsschicht in ihren Kreis trat, die Zurückhaltung derer nicht genug rühmen, »die man findet, wenn man sie sucht, und die die übrige Zeit nicht von sich hören lassen«: nicht anders, als wenn man einem Bediensteten, der schlecht riecht, zu verstehen gibt, daß das Baden für die Gesundheit das Allerbeste ist.

Während ich mich, noch ehe die Herzogin aus der Vorhalle hereingekommen war, mit Monsieur de Guermantes unterhielt, vernahm ich eine Stimme, wie ich sie in ihrer Art von nun an stets wiedererkennen würde. In diesem besonderen Fall war es die Stimme von Monsieur de Vaugoubert, der mit Monsieur de Charlus plauderte. Ein Kliniker muß nicht einmal warten, bis der Patient sein Hemd auszieht, er braucht seine Atmung nicht abzuhorchen, die Stimme genügt ihm. Wie oft hat mich später in einem Salon der Tonfall oder das Lachen eines Mannes frappiert, der sich zwar ganz gewissenhaft an seine Berufssprache oder an die Ausdrucksweise seines Milieus hielt, vornehme Strenge oder plumpe Vertraulichkeit hervorkehrte, und dessen falsche Intonation doch genügte, um wie die Stimmgabel dem Klavierstimmer meinem geübten Ohr zu melden: »Das ist ein Charlus.« In diesem Augenblick zog das gesamte Personal einer Botschaft vorbei, das Monsieur de Charlus grüßte. Obwohl ich diese Art Krankheit am selben Tag erst entdeckt hatte (als ich Monsieur de Charlus und Jupien beobachtete), hätte ich keine Diagnose erstellen, nicht fragen und nicht auskultieren müssen. Monsieur de Vaugoubert aber warf Monsieur de Charlus, während sie sprachen, einen fragenden Blick zu. Dabei hätte er von seinen jugendlichen Anfechtungen her Bescheid wissen müssen. Der Invertierte glaubt der einzige seiner Art auf Erden zu sein; erst später bildet er sich – wieder eine Übertreibung – ein, die einzige Ausnahme sei der Normale. Doch Monsieur de Vaugoubert, ehrgeizig und scheu, wie er war, hatte sich schon lange nicht mehr den Freuden, die ihm bestimmt waren, hingegeben. Die Männerliebe hatte sich auf sein Leben ausgewirkt wie der Eintritt in einen Orden. Sie und sein Lerneifer an der École des Sciences Politiques hatten ihn seit seinem zwanzigsten Jahr der christlichen Keuschheit geweiht. Und da jeder Sinn, von dem man keinen Gebrauch mehr macht, an Lebenskraft einbüßt und allmählich verkümmert, hatte auch Monsieur de Vaugoubert, so wie der Zivilisationsmensch nicht mehr über die Körperkraft und das feine Gehör des Höhlenmenschen verfügt, den besonderen Scharfblick verloren, der bei Monsieur de Charlus selten versagte; und bei offiziellen Essen, sei es in Paris oder im Ausland, gelang es dem Diplomaten nicht einmal mehr, diejenigen zu erkennen, die unter ihren Uniformen eigentlich seinesgleichen sein konnten. Ein paar Namen, die Monsieur de Charlus – erbost, wenn man auf sein Laster anspielte, aber stets gerne bereit, das der andern bekanntzumachen – erwähnte, riefen bei Monsieur de Vaugoubert ein lustvolles Staunen hervor. Nicht daß es ihm nach all den Jahren eingefallen wäre, daraus irgendwelchen Nutzen zu ziehen. Aber diese schnellen Offenbarungen warfen – vergleichbar jenen in Racines Dramen, wenn Athalie und Abner erfahren, daß Joas aus Davids Geschlecht ist, und Esther im Königspurpur kundtut, daß sie aus dem jüdischen Volk stammt – ein neues Licht auf die Gesandtschaft von X oder auf eine bestimmte Abteilung des Außenministeriums und ließen die beiden Palais im nachhinein ebenso geheimnisvoll erscheinen wie den Tempel zu Jerusalem oder den Thronsaal in Susa. Angesichts der jungen Leute einer Botschaft, die alle dem Baron die Hand gaben, verfiel Monsieur de Vaugoubert in Staunen wie Élise, wenn sie in ›Esther‹ ausruft:

»Himmel, welch großer Schwarm unschuldiger
　　　　　　　　Schönheiten
Entdeckt sich meinem Blick und naht von allen Seiten.
Welch liebenswürd'ge Scham malt sich in ihren Zügen!«

Um noch genauer Bescheid zu wissen, warf er Monsieur de Charlus lächelnd einen töricht fragenden und begehrlichen Blick zu. »Aber ja, natürlich«, sagte der Baron mit der wissenden Miene eines Gelehrten, der zu einem Ungebildeten spricht. Und nun wandte Monsieur de Vaugoubert (was den Baron sehr verdroß) seinen Blick nicht mehr von den jungen Sekretären ab, die der Botschafter von X in Frankreich, ein altes Schlachtroß, nicht zufällig ausgesucht hatte. Monsieur de Vaugoubert sprach nicht; ich sah nur, wie er schaute. Weil ich aber seit meiner Kindheit gewohnt war, die Sprache der Klassiker auch dem Stummen zu leihen, ließ ich die Augen Monsieur de Vaugouberts jene Verse sprechen, mit denen Esther Élise erklärt, daß Mardochée als eifriger Diener seiner Religion darauf gehalten hat, ausschließlich Mädchen dieses Glaubens in den Dienst der Königin zu stellen.

> »So läßt die Liebe, die er unserm Volke trägt,
> Die Töchter Zions nun diesen Palast erfüllen
> Wie Blüten zart und jung, vom Schicksal vielbewegt,
> Verpflanzt wie ich in so entlegenen Gefilden.
> An einem Ort, zu dem kein frevles Auge dringt,
> Strebt er (der vortreffliche Botschafter) in seinem Sinn
> sie schön heranzubilden.«

Dann aber sprach Monsieur de Vaugoubert nicht mehr nur mit den Augen. »Wer weiß«, sagte er nicht ohne Schwermut, »ob es das in dem Land, wo ich von amtswegen bin, nicht auch gibt.« »Wahrscheinlich schon«, antwortete Monsieur de Charlus, »angefangen bei König Theodosius, von dem ich aber nichts Sicheres weiß.« »O nein, gewiß nicht!« »Dann darf man nicht derart danach aussehen. Und er hat dieses Gezierte, den ›meine Liebe‹-Ton, der mir von allen der Widerwärtigste ist. Ich möchte nicht auf der Straße mit ihm gesehen werden. Und eigentlich müssen Sie ihn doch von dieser Seite her kennen, er ist bekannt wie ein bunter Hund.« »Sie sind da völlig im Irrtum. Übrigens ist er reizend. An dem Tag, als der Vertrag mit Frankreich geschlossen wurde, hat mich der König umarmt. Ich bin nie so gerührt gewesen.« »Da hätten Sie ihm sagen sollen, was Sie sich wünschen.« »Oh! mein Gott, wo denken Sie hin – wenn er nur einen Verdacht hätte! Aber ich bin da ganz ruhig.« Und ich zitierte für mich:

»Dem König ist noch jetzt verborgen, wer ich bin,
Und dies Geheimnis hält die Lippen mir verschlossen.«

Dieser halb stumme, halb gesprochene Dialog hatte nur wenige Augenblicke gedauert, und ich hatte mit der Herzogin von Guermantes erst ein paar Schritte durch den Salon getan, als eine kleine, dunkle, ausnehmend hübsche Dame sie festhielt:
»Ich muß Sie unbedingt sehen. D'Annunzio hat Sie in einer Loge bemerkt und hat in einem Brief an die Prinzessin T. geschrieben, er habe nie etwas so Schönes gesehen. Er würde sein ganzes Leben hingeben, um zehn Minuten mit Ihnen sprechen zu können. Aber auch wenn Sie nicht können oder nicht wollen, der Brief ist in meinem Besitz. Sie müßten sich mit mir verabreden. Es gibt da gewisse Dinge, die ich Ihnen hier nicht sagen kann. Ich sehe, Sie erkennen mich nicht«, setzte sie, zu mir gewandt, hinzu; »ich habe Sie bei der Prinzessin von Parma kennengelernt (bei der ich nie gewesen war). Der Zar meint, Ihr Vater sollte Botschafter in St. Petersburg werden. Wenn Sie am Dienstag kommen können, wird Iswolski gerade da sein, Sie könnten sich mit ihm darüber unterhalten. Ich habe ein Geschenk für Sie«, sagte sie wieder zu der Herzogin, »das ich niemandem machen würde als Ihnen. Drei Handschriften von Ibsen, die er mir durch seinen alten Krankenwärter hat bringen lassen. Ich werde eine für mich behalten und Ihnen die beiden anderen geben.«
Dem Herzog von Guermantes behagte das alles nicht. Da er nicht sicher war, ob D'Annunzio und Ibsen gestorben waren oder noch lebten, sah er schon vor sich, wie Dichter und Dramatiker seine Frau besuchten und sie in ihre Werke brachten. Die vornehmen Leute stellen sich die Bücher gern als eine Art Würfel vor, der an einer Seite offensteht: Auf diese Weise läßt der Autor die Personen, denen er begegnet, ungesäumt in sein Buch »eingehen«. Das ist offensichtlich nicht ehrenhaft, und diese Menschen haben keine Lebensart. Freilich wäre es nicht ohne Reiz, ihnen *en passant* zu begegnen, denn dank ihnen kann man einem Buch oder einem Artikel entnehmen, was »dahintersteckt«, was sich »unter der Maske verbirgt«. Am klügsten ist es bei alledem doch, sich an die toten Autoren zu

halten. Das wirklich »Passende« fand Monsieur de Guermantes nur bei dem Herrn, der im *Gaulois* die Nachrufe schrieb. Der begnügte sich wenigstens damit, am Anfang seiner Berichte über die Trauerfeiern, bei denen der Herzog sich eingeschrieben hatte, seinen Namen zu erwähnen. Wenn es ihm lieber war, nicht genannt zu werden, schrieb er der Familie des Verstorbenen einen Brief und versicherte sie seiner tiefen Betrübnis. Wenn diese Familie dann in die Zeitung setzen ließ: »... zitieren wir unter den eingegangenen Briefen denjenigen des Herzogs von Guermantes ...«, so war das nicht die Schuld des Berichterstatters, sondern des Sohnes, der Brüder, des Vaters der Verstorbenen, die der Herzog zu Ehrgeizlingen erklärte und mit denen er künftig nichts mehr zu tun haben wollte; weil er sich über die Bedeutung der Redensarten nicht im klaren war, nannte er das »ein Hühnchen rupfen«. – Die Namen Ibsen und D'Annunzio riefen also ein Stirnrunzeln des Herzogs hervor, der noch in der Nähe stand und die verschiedenen Anerbietungen von Madame Timoléon d'Anoncourt gehört hatte. Das war eine reizende Frau, so bezaubernd an Geist wie an Schönheit, daß sie sich schon mit einem dieser Vorzüge beliebt gemacht hätte. Da sie aber nicht aus den Kreisen stammte, in denen sie jetzt lebte, und es zunächst nur auf einen literarischen Salon abgesehen hatte, und da sie nacheinander, stets aber ausschließlich, die Freundin – nicht die Geliebte, denn sie war durchaus sittenrein – jedes großen Schriftstellers gewesen war, der ihr alle seine Manuskripte schenkte und Bücher für sie schrieb, kam ihr diese literarische Vorzugsstellung im Faubourg Saint-Germain, wo der Zufall sie eingeführt hatte, zugute. Nun nahm sie eine gesellschaftliche Position ein, in der sie über ihre bloße Gegenwart hinaus keine Gunstbeweise mehr austeilen mußte. Doch da sie seit je gewohnt war, sich nützlich zu machen, gefällig zu sein, einen Dienst zu erweisen, blieb sie dabei, obwohl es nicht mehr notwendig war. Immer hatte sie ein Staatsgeheimnis zu enthüllen, konnte einem den Zugang zu einem großen Herrn verschaffen oder das Aquarell eines Meisters verkaufen. All diese unnützen Dienstleistungen hatten wohl etwas Schwindelhaftes, aber sie machten ihr Leben zu einer Komödie der funkelnden Verwirrung, und immerhin brachte sie die Ernennung von Präfekten und Generälen zustande.

Während sie neben mir herschritt, ließ die Herzogin von Guermantes das azurblaue Licht ihrer Augen dahinschwimmen, aber ins Unbestimmte, an den Leuten vorbei, die sie nicht einladen wollte und die sie oft schon von weitem als bedrohliche Klippe wahrnahm. Wir gingen ein doppeltes Spalier von Gästen entlang, die wohl wußten, daß sie die Herzogin nie kennenlernen würden, die sie aber wenigstens wie eine Sehenswürdigkeit ihrer Frau zeigen wollten. »Ursula, komm schnell, schau dort, das ist die Herzogin von Guermantes, die sich mit dem jungen Mann unterhält.« Und man spürte, es fehlte nicht viel, daß sie auf Stühle gestiegen wären, um besser zu sehen, wie beim Vorbeimarsch am 14. Juli oder beim »Grand Prix«. Das lag nicht daran, daß der Salon der Herzogin aristokratischer gewesen wäre als der ihrer Cousine. Bei ihr sah man Leute, die die Prinzessin, vor allem aus Rücksicht auf ihren Gatten, nie eingeladen hätte. Nie wäre hier Madame Alphonse de Rothschild empfangen worden, die mit Madame de Trémoïlle und Madame de Sagan ebenso eng befreundet war wie mit Oriane und oft bei dieser zu Gast war. Dasselbe galt für den Baron Hirsch, der vom englischen Thronfolger bei ihr eingeführt worden war – aber nicht bei der Prinzessin, der er mißfallen hätte –, und es galt für einige große Persönlichkeiten aus bonapartistischen und selbst aus republikanischen Kreisen, für die sich die Herzogin interessierte, die aber der Prinz als überzeugter Royalist nicht empfangen hätte. Sein ebenso grundsätzlicher Antisemitismus machte auch für die anerkannteste Feinheit keine Ausnahme, und Swann, dessen Freund er seit jeher war, den er aber als einziger Guermantes »Swann« und nicht »Charles« nannte, empfing er deshalb, weil er wußte, daß dessen Großmutter, Protestantin und Frau eines Juden, die Mätresse des Herzogs von Berri gewesen war, – er versuchte von Zeit zu Zeit an die Legende zu glauben, Swanns Vater sei ein natürlicher Sohn des Herzogs gewesen. Unter dieser zwar falschen Voraussetzung war Swann, Sohn eines Katholiken – des Sohnes eines Bourbonen – und einer katholischen Mutter, ein Christ reinsten Wassers.

»Ach, Sie kennen diese Herrlichkeiten nicht?« sagte die Herzogin, die mit mir über das Palais unserer Gastgeber sprach. Nachdem sie aber den »Palast« ihrer Cousine gepriesen hatte, beeilte sie sich, hinzuzufügen, daß sie ihre »bescheidene Hütte« tausendmal vorziehe. »Hier ist es wunderbar, zu Besuch zu sein. Aber ich würde vor Kummer sterben, wenn ich zu Bett gehen müßte in Zimmern, wo so viele historische Ereignisse stattgefunden haben. Das gäbe mir das Gefühl, nach der Schließung übrig geblieben zu sein, im Château von Blois oder Fontainebleau oder [sogar im Louvre, und als einziges Mittel gegen den Trübsinn hätte ich die Gewißheit, in dem Zimmer zu sein, wo Monaldeschi ermordet wurde. Als Schlummertrunk ist das nicht das Richtige. Aber da ist ja]* Madame de Saint-Euverte. Wir waren eben bei ihr zum Abendessen. Da sie morgen ihre alljährliche Großveranstaltung steigen läßt, meinte ich, sie sei schlafen gegangen. Aber sie kann kein Fest auslassen. Hätte dieses hier auf dem Land stattgefunden, sie wäre auf einen Kremser gestiegen, um es nicht zu verpassen.«

Tatsächlich war Madame de Saint-Euverte an dem Abend weniger um des Vergnügens willen gekommen, ein Fest bei den andern nicht zu versäumen, als um den Erfolg ihres eigenen sicher zu stellen, die letzten Anhänger zu rekrutieren und *in extremis* die Truppen zu inspizieren, die sich tags darauf an ihrer Garden Party glanzvoll zu bewähren hatten. Denn die Gäste bei den Saint-Euverte-Festen waren seit langem nicht mehr die gleichen wie einst. Die Herrschaften aus dem Guermantes-Kreis, die früher so spärlich gesäten Herzoginnen, hatten allmählich, von der Hausherrin mit Aufmerksamkeiten überhäuft, ihre Freundinnen bei ihr eingeführt. Gleichzeitig hatte Madame de Saint-Euverte in ebenso langsam fortschreitender Arbeit, doch im entgegengesetzten Sinn, die Zahl der Personen vermindert, die man in der feinen Gesellschaft nicht kannte; man hatte die eine, dann die andere nicht mehr angetroffen. Eine Zeitlang bewährte sich das System der Massenabfertigungen, zu denen man die Verstoßenen bitten konnte, damit sie sich untereinander vergnügten und man sie nicht zu

* Ergänzt nach dem Text der Pléiade-Ausgabe.

Festen, über die Stillschweigen bewahrt wurde, mit den Herrschaften einladen mußte. Worüber konnten sie sich beklagen? Sie bekamen doch *(panem et circenses)* süßes Gebäck und ein schönes Musikprogramm. So kam es, daß in den letzten Jahren, gewissermaßen symmetrisch zu den beiden Herzoginnen, die einst hierher geraten waren, um in den Anfängen des Salons Saint-Euverte wie zwei Karyatiden seinen schwanken Giebel zu stützen, nur zwei Personen noch aus der schönen hier versammelten Welt heraustraten, die alte Madame de Cambremer und die Gattin eines Architekten, die eine schöne Stimme besaß und die man immer wieder bitten mußte, etwas zu singen. Da sie aber bei Madame de Saint-Euverte keinen Menschen mehr kannten, um ihre entschwundenen Gefährtinnen trauerten und merkten, daß sie störten, sahen sie aus, als würden sie demnächst erfrieren wie zwei Schwalben, die nicht rechtzeitig das Weite gesucht haben. Auch wurden sie im folgenden Jahr nicht mehr eingeladen; Madame de Franquetot unternahm einen Vorstoß zugunsten ihrer Cousine, die so überaus musikliebend war. Doch da sie keine verbindlichere Zusage erlangen konnte als: »Aber bitte, man kann immer hereinkommen, um Musik zu hören, wenn einem das Freude macht, das ist kein Verbrechen!«, fand Madame de Cambremer die Einladung nicht dringend genug und verzichtete.

Bei einer solchen Umgestaltung, wie sie Madame de Saint-Euverte bewerkstelligt hatte – ein Salon voller Aussätzigen war zu einem anscheinend hocheleganten Salon voller Herzoginnen geworden –, konnte man sich wundern, daß die Frau, die am nächsten Tag das glanzvollste Fest der Saison geben würde, am Vorabend noch einen letzten Appell an ihre Truppen richten mußte. Das lag aber daran, daß der hohe Rang ihres Salons nur für die existierte, deren gesellschaftliches Leben ausschließlich darin besteht, die Berichte im *Gaulois* oder im *Figaro* über die Festlichkeiten zu lesen, ohne je dort gewesen zu sein. Diesen Weltmännern oder -damen, die nur in der Zeitung von der Welt etwas sehen, genügte die Aufzählung der englischen, österreichischen usw. Botschaftersgattinnen, der Herzoginnen von Uzès, La Trémoïlle usw. usw., daß sie glauben konnten, der Salon Saint-Euverte sei der erste von

Paris, während er einer der letzten war. Nicht daß die Berichte gelogen hätten. Die meisten Botschaftersgattinnen und Herzoginnen waren tatsächlich dagewesen. Doch jede von ihnen war auf Beschwörungen hin, durch Gefälligkeiten genötigt und in dem Gefühl gekommen, Madame de Saint-Euverte eine hohe Ehre zu erweisen. Solch eher gemiedene als begehrte Anlässe, zu denen man geht, um einer Pflicht zu genügen, können nur den Leserinnen der Gesellschaftschronik etwas vormachen. Sie übersehen eine wirklich feine Einladung, wo die Hausherrin alle Herzoginnen haben konnte, die darauf brannten, unter den Erwählten zu sein, sie hat aber nur zwei oder drei gebeten und ihre Namen nicht in die Zeitungen setzen lassen. Solche Gastgeberinnen, die den heutigen Einfluß der Presse verkennen oder verachten, sind große Damen für die Königin von Spanien, aber von der Öffentlichkeit werden sie nicht beachtet; denn jene weiß und diese ahnt nicht, wer sie sind.

Madame de Saint-Euverte war keine dieser großen Damen, und so kam sie voller Beutelust, um für den nächsten Abend alles einzusammeln, was sie eingeladen hatte. Monsieur de Charlus gehörte nicht dazu, er hatte sich stets geweigert, bei ihr zu erscheinen. Aber er war mit so vielen Leuten zerstritten, daß sie dies seinem Charakter zuschreiben konnte.

Allein wegen der Herzogin von Guermantes hätte sich Madame de Saint-Euverte freilich nicht herbemühen müssen; die Einladung war persönlich erfolgt, und Oriane hatte sie mit der reizenden Bereitwilligkeit angenommen, deren Blendwerk zu höchster Vollendung bei den Akademiemitgliedern gelangt, von denen der Kandidat weichgestimmt weggeht, weil er nicht mehr bezweifelt, daß ihre Stimme ihm sicher ist. Aber da war nicht nur Oriane. Würde der Fürst von Agrigent kommen? Und Madame de Durfort? Um alles im Auge zu haben, hatte es Madame de Saint-Euverte für tunlich erachtet, selber zu kommen; einschmeichelnd bei den einen, gebieterisch gegen die andern, verhieß sie dunkel andeutend allen so unvorstellbare Ergötzlichkeiten, wie man sie nur einmal erleben werde, und jedem versprach sie, daß er bei ihr die erwünschte Person oder die für ihn wichtige Persönlichkeit antreffen werde. Und dieses Amt, mit dem sie einmal im Jahr bekleidet war – gewissen rituellen Chargen in der Antike vergleichbar – als diejenige, die am nächsten Tag die bedeutendste Garden Party der Saison geben wird, verlieh ihr eine Machtvollkommenheit des Augenblicks; denn ihre Gästeliste war gemacht und abgeschlossen, und auf ihrem langsamen Gang durch die Salons der Prinzessin konnte sie nach und nach ein »Sie werden mich morgen nicht vergessen« in jedes Ohr träufeln und hatte zugleich die stolze Genugtuung dieses eines Tages, daß sie weiterlächelnd ihren Blick abwenden konnte, um eine häßliche Person oder einen Landbaron zu vermeiden, dem eine Schulfreundschaft den Zugang zu dem Prinzen verschafft hatte und dessen Anwesenheit kein Gewinn für ihre Party gewesen wäre. So traf sie, schlichte Madame de Saint-Euverte, mit ihren Späheraugen eine Auswahl aus der Gästeschar der Soiree bei der Prinzessin. Und dabei hielt sie sich für eine wahre Herzogin von Guermantes.

Auch dieser stand es nicht so frei, zu lächeln und zu grüßen, wie man meinen könnte. Wenn sie jemanden nicht grüßte, lag das zum Teil sicher daran, daß sie nicht wollte: »Eine langweilige Person«, sagte sie dann, »soll ich etwa mit ihr eine Stunde lang über ihre Soiree sprechen?«

Man sah eine sehr dunkelhaarige Herzogin vorüberziehen, die ihre Häßlichkeit und ihre Dummheit sowie auch gewisse Seitensprünge nicht aus der Gesellschaft, aber aus ein paar besonders feinen Kreisen verbannt hatten. »Ah!« murmelte Madame de Guermantes mit dem unbestechlichen Scharfblick des Kenners, dem man ein falsches Schmuckstück zeigt, »das wird hier eingeladen!« Der bloße Anblick der halb verfemten Herzogin mit ihrem Gesicht voller schwarzer Haarwurzeln genügte ihr schon, um die Soiree als mittelmäßig zu bewerten. Sie war mit dieser Dame erzogen worden, verkehrte aber nicht mehr mit ihr; sie erwiderte ihren Gruß nur mit einem sehr kühlen Kopfnicken. »Ich kann nicht verstehen«, sagte sie, wie um sich bei mir zu entschuldigen, »daß uns Marie Gilbert mit diesem ganzen Abschaum einladen kann. Da kommt ja Krethi und Plethi. Das war bei Mélanie Pourtalès viel besser eingerichtet. Sie konnte den Heiligen Synod und die reformierte

Gemeinde zu Gast haben, wenn es ihr paßte, aber uns ließ man wenigstens an den Tagen nicht kommen.«

Doch oft geschah es* aus Scheu, weil ihr Mann sie hätte zurechtweisen können; er wollte nicht, daß sie Künstler und dergleichen empfing (die Prinzessin protegierte viele, und man mußte hier aufpassen, daß man nicht von einer berühmten deutschen Sängerin angesprochen wurde); und auch vor Verstößen gegen nationalistische Grundsätze mußte sie sich hüten, die sie zwar vom gesellschaftlichen Standpunkt wie Monsieur de Charlus, dem Stil der Guermantes entsprechend, geringschätzte (ließ man jetzt doch, um den General-stab zu verherrlichen, einem plebejischen General den Vortritt vor manchen Herzögen), denen sie aber im Bewußtsein, als politisch unzuverlässig zu gelten, so weit entgegenkam, daß sie Angst davor hatte, Swann in diesem antisemitischen Milieu die Hand geben zu müssen. Was dies betraf, konnte sie sich aber schnell beruhigen, da sie hörte, der Prinz habe Swann nicht eintreten lassen und habe mit ihm »eine Art Streit« gehabt. Sie unterhielt sich lieber nicht öffentlich mit dem »armen Charles« und zog es vor, ihn im stillen zu verwöhnen.

»Und die dort, was ist das nun wieder?« rief Madame de Guermantes beim Anblick einer etwas seltsam aussehenden und so einfach schwarz wie eine Arme gekleideten kleinen Dame, die sich ebenso wie ihr Gatte vor der Herzogin ver-beugte. Sie erkannte sie nicht, und so unverschämt, wie sie sein konnte, warf sie wie beleidigt den Kopf zurück und blickte sie an, erstaunt und ohne zu grüßen. »Was ist das für eine Person, Basin?« fragte sie verwundert, während Monsieur de Guermantes, um die Unhöflichkeit der Herzogin gutzuma-chen, die Dame grüßte und dem Mann die Hand drückte. »Madame de Chaussepierre natürlich! Das war jetzt sehr unhöflich von dir.« »Ich weiß nicht, was Chaussepierre ist.« »Der Neffe der alten Chanlivault.« »Ich kenne das alles nicht. Wer ist die Frau, warum grüßt sie mich?« »Gerade *das* kennst du sehr wohl, sie ist die Tochter von Madame de Charleval,

---

* ...daß sie jemanden nicht grüßte (Fortsetzung des vorletzten Abschnitts nach dem späteren Einschub über die dunkle Herzogin).

Henriette Montmorency.« »Ah, ja, die Mutter habe ich sehr gut gekannt, sie war reizend und auch sehr geistreich. Warum hat sie all diese Leute geheiratet, die ich nicht kenne? Du sagst, sie heißt Chaussepierre?« und sie buchstabierte den Namen mit forschender Miene, als fürchtete sie, sich zu täuschen. Der Herzog warf ihr einen vernichtenden Blick zu. »Chaussepierre zu heißen ist nicht so lächerlich, wie du anscheinend meinst! Der alte Chaussepierre war der Bruder der schon erwähnten Chanlivault, der Madame de Sennecour und der Vicomtesse du Merlerault. Das sind gute Leute.« »Ah! Schluß jetzt«, rief die Herzogin, um wie eine Tierbändigerin jeden Anschein zu vermeiden, als könnten die drohenden Blicke der Raubtiere sie einschüchtern. »Basin, du bist wirklich gut. Ich weiß nicht, woher du diese Namen hast, aber ich gratuliere. Chaussepierre wußte ich nicht, aber Balzac habe ich auch gelesen, du bist nicht der einzige, und sogar Labiche habe ich gelesen. Chanlivault gefällt mir, Charleval finde ich nicht übel, aber Merlerault schlägt wirklich alles. Und zugegeben, Chaussepierre ist auch nicht schlecht. Daß du das alles zusammengebracht hast – unglaublich. Sie wollen doch ein Buch schreiben«, sagte sie zu mir; »da müssen Sie sich Charleval und du Merlerault merken. Etwas Besseres finden Sie nicht.« »Er zieht sich bloß einen Prozeß auf den Hals und kommt ins Gefängnis; du gibst ihm sehr schlimme Ratschläge, Oriane.« »Ich hoffe für ihn, daß er sich an jüngere Leute wenden kann, wenn er schlimme Ratschläge hören und vor allem befolgen will. Aber solange er nichts Schlimmeres machen will als ein Buch!« Ziemlich weit von uns hob sich eine junge Frau, ein stolzes Wunder an Schönheit, ganz in Weiß, Tüll und Diamanten, sanft von der Menge ab. Die Herzogin von Guermantes schaute hinüber, wie sie vor einer ganzen Gruppe sprach, die ihre Anmut herbeigelockt hatte. »Ihre Schwester ist überall die Schönste; reizend ist sie heute abend«, sagte Madame de Guermantes, während sie sich einen Stuhl nahm, zu dem Prinzen Chimary, der eben vorbeiging. Der Oberst de Froberville (sein Onkel war der General gleichen Namens) setzte sich neben uns, ebenso Monsieur de Bréauté, während Monsieur de Vaugoubert, tänzelnd aus lauter Höflichkeit (die er auch beim Tennis nicht aufgab, wo er hochgestellte Persönlichkeiten um die Erlaubnis bat, den Ball abzufangen, und so die Partie unfehlbar verlor), wieder zu Monsieur de Charlus ging (um den sich inzwischen der unendlich lange Rock der Gräfin Molé gewikkelt hatte, die er unter allen Frauen am höchsten zu verehren behauptete) – und zwar in dem Augenblick, als das Personal einer weiteren Pariser Gesandtschaft den Baron grüßte. Monsieur de Vaugoubert wandte sich beim Anblick eines besonders intelligent aussehenden jungen Sekretärs mit einem Lächeln, das sichtlich nur eine einzige Frage ausdrückte, zu Monsieur de Charlus. Der Baron hätte vielleicht nicht ungern jemanden bloßgestellt; daß aber das vielsagende Lächeln eines andern ihn selber bloßstellen konnte, verdroß ihn. »Ich weiß gar nichts, behalten Sie Ihre Neugier bitte für sich. Sie läßt mich mehr als kalt. Übrigens setzen Sie in dem besonderen Fall auf die allerfalscheste Karte. Der junge Mann ist meiner Meinung nach genau das Gegenteil.« Monsieur de Charlus sagte in seinem Ärger über die kompromittierende Anspielung eines Dummkopfs nicht die Wahrheit. Der Sekretär wäre da eine Ausnahme in dieser Gesandtschaft gewesen. Sie war tatsächlich aus sehr verschiedenen und zum Teil äußerst mittelmäßigen Personen zusammengesetzt; wer nach den Gründen suchte, die zu ihrer Wahl geführt haben konnten, fand keinen anderen als die Homophilie. Indem man an die Spitze dieses kleinen Sodom einen Missionschef gesetzt hatte, der im Gegenteil die Frauen mit der komischen Übertreibung eines Revuedirektors liebte, der sein Travestiten-Bataillon in Reih und Glied antreten läßt, war man anscheinend dem Gesetz der Gegensätze gefolgt. Allem zum Trotz, was er vor Augen hatte, glaubte er nicht an die Homophilie. Er bewies das auch gleich, indem er seine Schwester mit einem Geschäftsträger verheiratete, einem Invertierten, den er für einen Schürzenjäger hielt. So wurde er zu einem etwas peinlichen Fall, und man ersetzte ihn durch einen Botschafter, der die Einheitlichkeit der Mannschaft gewährleistete. Andere Botschaften versuchten mit dieser zu wetteifern, aber sie konnten ihr den Preis nicht streitig machen (gleich wie beim *concours général* ein bestimmtes Gymnasium ihn jedesmal erhält), und mehr als zehn Jahre mußten vergehen, bevor andersartige Attachés diesem perfekten Ensemble beitraten und ein anderes ihm schließlich die anrüchige Palme entreißen und sich an die Spitze setzen konnte.

Da Madame de Guermantes nicht mehr fürchten mußte, sich durch eine Unterhaltung mit Swann zu kompromittieren, war sie nur noch neugierig, worüber er mit dem Prinzen gesprochen hatte. »Wissen Sie, wovon die Rede war?« fragte der Herzog Monsieur de Bréauté. »Ich habe gehört«, antwortete dieser, »daß es um ein kleines Theaterstück ging, das der Schriftsteller Bergotte bei den Swanns aufführen ließ. Ein reizendes Stück, nebenbei bemerkt. Es scheint aber, daß der Schauspieler in der Maske Gilberts aufgetreten ist und daß der Herr Bergotte auch wirklich ihn darstellen wollte.« »Ach nein – das hätte ich gern gesehen, wie einer Gilbert nachmacht«, sagte die Herzogin mit verträumtem Lächeln. »Wegen dieser kleinen Aufführung«, sagte Monsieur Bréauté und schob seinen Nagetierkiefer vor, »hat Gilbert nun Swann zur Rede gestellt, aber Swann hat sich damit begnügt, ihm zu antworten – was jedermann sehr geistreich fand –: ›Aber keine Spur, da ist nicht die leiseste Ähnlichkeit, Sie wirken viel läppischer!‹ Dabei scheint es«, wiederholte Monsieur de Bréauté, »daß dieses kleine Stück reizend war. Madame Molé war da, sie hat sich köstlich amüsiert.« »Was, Madame Molé geht da hin?« sagte die Herzogin überrascht. »Ah, das wird Mémé eingefädelt haben. Darauf läuft es in diesen Häusern doch immer hinaus. Eines schönen Tages ist jedermann dort, und ich, die ich grundsätzlich nicht hingehe, bin die einzige, die sich langweilt in ihrem Winkel.« Nach Monsieur de Bréautés Geschichte hatte sich die Einstellung der Herzogin (wenn nicht zum Swann'schen Salon, so doch zu der Möglichkeit, Swann demnächst zu begegnen) geändert. »Die Erklärung, die Sie uns da geben«, sagte Oberst Froberville zu Monsieur de Bréauté, »stimmt in keiner Weise. Ich weiß, wovon ich rede. Der Prinz hat Swann schlicht und einfach einen Verweis erteilt und hat ihm ›bedeutet‹, wie unsere Väter sagten, daß er sich nicht mehr bei ihm blicken lassen solle, wenn er solche Meinungen ausposaunt. Und meiner Ansicht nach hat mein Onkel Gilbert mit diesem Verweis nicht nur tausendmal recht, er hätte schon vor mehr als einem halben Jahr Schluß machen sollen mit einem erwiesenen Dreyfus-Anhänger.«

Der arme Monsieur de Vaugoubert war jetzt aus einem zaudernden Tennisspieler zu einem willenlosen Tennisball geworden, den man aufs Geratewohl abgibt; er landete vor der Herzogin und bezeigte ihr seine Verehrung. Er wurde nicht gut aufgenommen, denn Oriane war fest davon überzeugt, daß alle Diplomaten oder Politiker aus ihren Kreisen Dummköpfe seien.

Monsieur de Froberville war, ob er wollte oder nicht, in den Genuß der Vorzugsstellung gekommen, die den Militärpersonen in der Gesellschaft eingeräumt wurde. Unglücklicherweise war die Frau, die er geheiratet hatte, eine zwar echte, aber völlig mittellose Verwandte der Guermantes, und da ihm selbst sein Vermögen abhanden gekommen war, fehlte es ihnen auch an Verbindungen; sie gehörten zu den Leuten, die man übergeht, es sei denn bei solch besonderen, günstigen Gelegenheiten wie dem Tod oder der Heirat eines Verwandten. Dann nahmen sie wahrhaft teil an der Gemeinschaft der großen Welt, so wie die Taufscheinkatholiken nur einmal im Jahr zur Kommunion gehen. Sie wären sogar in einer sehr bedrängten Lage gewesen, hätte nicht Madame de Saint-Euverte, eingedenk ihrer Zuneigung zu dem verstorbenen General Froberville, ihren Haushalt nach Kräften unterstützt, indem sie die beiden kleinen Töchter mit Kleidern und mit Taschengeld für ihre Unterhaltung versah. Aber der Oberst, der als wackerer Mann galt, war keine dankbare Seele. Er war neidisch auf die Prachtentfaltung, die seine Wohltäterin ohne Maß und Unterlaß betrieb. Die jährliche Garden Party war für ihn, seine Frau und seine Kinder ein unvergleichliches Vergnügen, das sie für nichts auf der Welt hätten missen mögen, das aber vom Gedanken an die Triumphgefühle Madame de Saint-Euvertes vergiftet wurde. Die Zeitungsmeldungen über das Fest, die nach einem detaillierten Bericht noch verschwörerisch ankündigten: »Wir werden auf diesen schönen Anlaß zurückkommen«, die zusätzlichen Mitteilungen danach, während mehrerer Tage, über die Toiletten der Damen – all das schmerzte die Frobervilles so, daß sie vor diesem einzigen Fest des Jahres, das ihnen sicher war, doch jedesmal auf schlechtes Wetter hofften, das den Erfolg beeinträchtigen könnte, das Barometer befragten und im voraus das Heranrücken eines Gewitters genossen, das die Garden Party verderben würde.

»Ich will jetzt nicht über Politik reden, Froberville«, sagte Monsieur de Guermantes, »aber was Swann betrifft, so kann ich ganz offen sagen, daß sein Benehmen uns gegenüber unverzeihlich war. Er hat sich von uns, er hat sich vom Herzog von Chartres in die Gesellschaft hineinprotegieren lassen, und nun höre ich, daß er ein erklärter Dreyfusard ist. Nie hätte man das von ihm gedacht, von einem solchen Feinschmecker, einem positiven Geist, einem Sammler, einem Liebhaber alter Bücher, Mitglied des Jockey-Clubs, der sich allgemeiner Achtung erfreute, die guten Adressen kannte, uns den besten Port schickte, den man nur trinken kann, ein Kunstliebhaber, ein Familienvater. Ah! ich habe mich schwer getäuscht. Ich rede ja nicht von mir, ich bin bekanntlich ein alter Esel, auf den keiner zu hören braucht, ein Niemand. Aber nur schon um Orianes willen hätte er das nicht tun dürfen, er hätte sich öffentlich von den Juden und von den Gefolgsleuten des Verurteilten lossagen müssen.

Ja, bei der Freundschaft, die er von meiner Frau stets erfahren hat«, fuhr der Herzog fort, der offensichtlich fand, Dreyfus für einen Hochverräter zu halten, was immer man im stillen darüber dachte, sei ein Ausdruck der Dankbarkeit für die Weise, wie man im Faubourg Saint-Germain aufgenommen worden war, »hätte er sich distanzieren müssen. Fragen Sie Oriane, sie hat wirkliche Freundschaft für ihn empfunden.« In der Meinung, durch einen schlichten und ruhigen Ton würden ihre Worte noch dramatischer und aufrichtiger, sagte die Herzogin mit einer Schulmädchenstimme, als ließe sie bloß die Wahrheit aus ihrem Mund treten − einzig ihren Augen gab sie einen leicht melancholischen Ausdruck −: »Das stimmt wirklich, ich habe keinen Grund, es abzustreiten, ich war Charles aufrichtig zugetan.« »Da sehen Sie's, sie sagt es ohne mein Zutun. Und da treibt er nun die Undankbarkeit auf die Spitze und nimmt Partei für Dreyfus!«

»À propos Dreyfus«, sagte ich, »es scheint, daß der Fürst Von für ihn ist.« »Ah! gut daß Sie von ihm sprechen«, rief der Herzog, »ich hätte sonst noch vergessen, daß ich am Montag bei ihm zum Abendessen eingeladen bin. Aber Dreyfusard oder nicht, bei ihm ist mir das ganz egal, denn er ist Ausländer. Ich kümmere mich keinen Deut darum. Bei einem Franzosen ist das etwas anderes. Swann ist allerdings Jude. Aber bis heute bin ich – verzeihen Sie, Froberville – so schwach gewesen, zu glauben, ein Jude könne Franzose sein, ich meine, ein anständiger Jude, ein jüdischer Weltmann. Und das war Swann im vollen Sinn des Wortes. Nun! er zwingt mich zu dem Eingeständnis, daß ich mich getäuscht habe, denn er nimmt Partei für diesen Dreyfus (der – schuldig oder nicht – überhaupt nicht zu seinem Kreis gehörte, dem er gar nie begegnet wäre) und gegen eine Gesellschaft, die ihn aufgenommen hatte, die ihn als einen der Ihren behandelte. Es ist wirklich so, wir haben uns alle für Swann verbürgt, ich hätte auf seinen Patriotismus geschworen wie auf meinen eigenen. Und so lohnt er es uns! Ich hätte das nie von ihm erwartet. Ich hielt ihn für besser. Er war ein Mann von Geist (in seiner Art, wohlverstanden). Er hatte sich freilich schon diese schreckliche Heirat geleistet. Und ja – wissen Sie, wen diese Heirat sehr geschmerzt hat? Meine Frau. Oriane gibt sich oft den Anschein, als sei sie ein wenig gefühllos. Aber im Grunde fühlt sie sehr stark.« Madame de Guermantes, aufs angenehmste berührt von dieser Darstellung ihres Charakters, hörte bescheiden zu und sagte kein Wort, aus Scheu, die Lobrede gutzuheißen, und vor allem aus Furcht, sie zu unterbrechen. Hätte Monsieur de Guermantes über dieses Thema eine Stunde lang weiter gesprochen, sie würde sich noch weniger gerührt haben, als wenn sie Musik gehört hätte. »Nun also: ich weiß noch, wie gekränkt sie sich fühlte, als sie von Swanns Heirat erfuhr; sie fand, das sei unrecht von jemandem, der von uns soviel Freundschaft erfahren hatte. Sie mochte Swann sehr gern; es hat ihr großen Kummer gemacht. Nicht wahr, Oriane?« Madame de Guermantes hielt es für richtig, auf eine so direkte Frage zu antworten: sie betraf eine Tatsache, die es ihr erlaubte, ganz unabsichtlich die Lobsprüche zu bestätigen, die nun wohl beendet waren. In schüchternem, einfachem Ton und mit einer Miene, die um so einstudierter wirkte, als sie »empfunden« sein wollte, sagte sie sanft und zurückhaltend: »Es ist wahr, Basin hat recht.« »Und das ging ja noch an. Was will man, die Liebe ist die Liebe, obschon sie sich meiner Meinung nach in gewissen Grenzen halten sollte. Ich würde einem jungen Mann noch verzeihen, einem kleinen Grünschnabel, der sich von Illusionen hinreißen läßt. Aber Swann, ein gescheiter Mensch von bewährtem Takt, ein gewiegter Kunstkenner, ein guter Freund des Herzogs von Chartres. Ah! ich habe mich schwer getäuscht.« Der Ton, in dem Monsieur de Guermantes das sagte, war dabei durchaus sympathisch, ohne eine Spur von Gewöhnlichkeit, wie er sie nur zu oft an den Tag legte. Er sprach betrübt und leicht grimmig, doch atmete alles an ihm jene sanfte Würde, die aus bestimmten salbungs- und ruhevollen Gestalten Rembrandts, etwa aus dem Bürgermeister Six, spricht. Man merkte, daß sich die Frage der Amoral von Swanns Verhalten in der Dreyfus-Affäre für den Herzog nicht einmal stellte, so wenig gab es zu zweifeln; er empfand darüber den Kummer eines Vaters, der zusehen muß, wie ein Kind, für dessen Erziehung er die größten Opfer gebracht hat, die hervorragende Situation, zu der er ihm verholfen hat, willentlich zerstört und mit seinen Streichen, die den Grundsätzen oder den Vorurteilen der Familie zuwiderlaufen, einen geachteten Namen entehrt. Und doch hatte der Herzog kein so tiefes und schmerzliches Erstaunen erkennen lassen, als er erfahren hatte, daß Saint-Loup zu Dreyfus hielt. Seinen Neffen betrachtete er aber als einen jungen Menschen, der auf einen Abweg geraten war und bei dem man sich über nichts wundern mußte, bis er sich einmal bessern würde, während Swann das war, was Monsieur de Guermantes einen »gestandenen Mann, einen Mann in erstklassigen Verhältnissen« nannte. Und dann – und vor allem – hatten nun die Ereignisse über längere Zeit hinweg die These von Dreyfus' Unschuld, historisch gesehen, anscheinend zum Teil bestätigt, doch war die Dreyfus-feindliche Opposition dadurch nur um so heftiger, war aus einer zunächst rein politischen eine soziale Bewegung geworden. Die »Affäre« war jetzt eine Frage des Militarismus, des Patriotismus, und die Wellen des Zorns, die sie in der Gesellschaft aufwühlte, hatten die Gewalt annehmen können, die der Anfang eines Sturms noch nicht kennt. »Und dann«, fuhr Monsieur de Guermantes fort, »hat Swann auch vom Standpunkt seiner geliebten Juden, da er sie unbedingt unterstützen muß, eine Riesendummheit gemacht – wie man noch sehen wird. Er beweist, daß sie alle heimlich verbündet und daher so gut wie gezwungen sind, einen Menschen ihrer Rasse zu unterstützen, auch wenn sie ihn gar nicht kennen. Das ist eine öffentliche Gefahr. Wir sind ihnen offensichtlich zu weit entgegengekommen, und was sich Swann da leistet, wird um so größeres Aufsehen machen, als er geschätzt und sogar empfangen wurde und so ungefähr der einzige Jude war, den man kannte. Man wird sagen: *Ab uno disce omnes.*« (Einzig die Befriedigung darüber, in seinem Gedächtnis ein so passendes Zitat im richtigen Augenblick gefunden zu haben, erhellte als stolzes Lächeln die melancholischen Züge des verratenen Grandseigneurs.)

Ich hätte gar zu gern gewußt, was sich zwischen dem Prinzen und Swann wirklich zugetragen hatte, und den zweiten hätte ich sehen wollen, wenn er noch nicht fortgegangen war. »Wissen Sie«, sagte die Herzogin, der ich diesen Wunsch gestand, »ich lege keinen besonderen Wert darauf, ihn zu sehen, nachdem ich gerade bei Madame de Saint-Euverte gehört habe, er möchte es noch erleben, daß ich mit seiner Frau und seiner Tochter zusammenkomme. Mein Gott – es schmerzt mich unendlich, daß er krank ist, aber zunächst einmal hoffe ich, es wird nicht so schlimm sein. Und dann ist das doch auch kein Grund, das wäre wirklich zu einfach. Ein talentloser Schriftsteller brauchte da nur zu sagen: ›Wählt mich in die Académie, meine Frau liegt im Sterben, und ich möchte ihr diese letzte Freude machen.‹ Es gäbe keine Salons mehr, wenn man verpflichtet wäre, alle Sterbenden kennenzulernen. Mein Kutscher könnte mir sagen: ›Meiner Tochter geht es sehr schlecht, bitte sorgen Sie dafür, daß mich die Prinzessin von Parma empfängt.‹ Ich habe Charles sehr, sehr gern, und es wäre mir schrecklich, ihm das abzuschlagen; so lasse ich es lieber nicht so weit kommen, daß er mich darum bittet. Ich hoffe von ganzem Herzen, daß er nicht sterben muß, wie er behauptet; sollte es aber tatsächlich geschehen, so wäre das nicht der

rechte Moment für mich, die beiden Frauenzimmer kennenzulernen, die mir fünfzehn Jahre lang den besten Freund ab-
spenstig gemacht haben und die ich dann am Hals hätte, ohne
dafür wenigstens ihn sehen zu können, weil er ja tot wäre!«

Inzwischen hatte aber Monsieur de Bréauté an der Zurecht-
weisung weitergekaut, die er von Oberst Froberville hatte
hinnehmen müssen. »Ich zweifle nicht an der Richtigkeit Ihrer
Darstellung, lieber Freund«, sagte er, »die meine stammt aber
aus bester Quelle. Ich habe sie von dem Prinzen de la Tour
d'Auvergne.«

»Es wundert mich, daß ein Kenner wie Sie noch von dem
Prinzen de la Tour d'Auvergne spricht«, unterbrach ihn der
Herzog von Guermantes, »Sie wissen doch, daß er nichts
weniger ist als das. Es lebt nur noch ein einziges Mitglied
dieser Familie, Orianes Onkel, der Herzog von Bouillon.«

»Der Bruder von Madame de Villeparisis?« fragte ich; ich
erinnerte mich, daß diese Dame eine geborene Bouillon war.
»Ganz recht. Oriane, Madame de Lambresac grüßt dich.« Und
wirklich konnte man sehen, wie augenblicksweise, gleich einer
Sternschnuppe, ein schwaches Lächeln erschien und wieder
dahinschwand, das die Herzogin von Lambresac jemandem
zudachte, den sie erkannt hatte. Anstatt sich aber zu einer
Bekräftigung, zu einer stummen und dennoch klaren Aussage
zu verdichten, versank dieses Lächeln beinahe sofort in einer
Art idealer Verzückung, die nichts unterschied, während der
fromm geneigte Kopf den segenspendenden Gestus vollzog,
mit dem sich ein hoher, leicht vertrottelter Geistlicher der
kommunizierenden Damenwelt zuwendet. Madame de Lambresac war alles andere als vertrottelt. Aber diese besondere Art
veralteter Vornehmheit kannte ich schon. In Combray und in
Paris hatten alle Freundinnen meiner Großmutter die Gewohnheit, bei einem gesellschaftlichen Anlaß mit so seraphi-
scher Miene zu grüßen, als hätten sie in der Kirche, während
der Wandlung oder bei einer Beerdigung, jemanden aus ihrer
Bekanntschaft bemerkt und ließen nun ein sanftes Nicken
wieder in ihr Gebet übergehen. Was der Herzog von Guermantes nun sagte, entsprach meiner Assoziation: »Sie haben
den Herzog von Bouillon ja gesehen. Er kam gerade aus

meiner Bibliothek, als Sie hineingingen, ein ganz weißhaariger kleiner Herr.« Das war der Mann, den ich für einen Kleinbürger aus Combray gehalten hatte und an dem ich jetzt, da ich es mir überlegte, eine Ähnlichkeit mit Madame de Villeparisis wahrnahm. Schon die Übereinstimmung des verdämmernden Grüßens von Madame de Lambresac mit jenem der Freundinnen meiner Großmutter hatte mir gezeigt, wie in engen und geschlossenen Kreisen, ob sie nun kleinbürgerlich oder hochadlig sind, die alten Sitten noch fortleben und uns wie einen Archäologen das wieder auffinden lassen, was die Erziehung und die von ihr reflektierte Seelenlage zur Zeit des Vicomte d'Arlincourt und der Loïsa Puget sein mochte. Noch deutlicher erinnerte mich jetzt die vollkommen gleiche Erscheinung des Herzogs von Bouillon und eines kleinbürgerlichen Altersgenossen aus Combray an etwas, das mich schon überrascht hatte, als ich Saint-Loups Großvater mütterlicherseits – La Rochefoucault – auf einer Daguerrotypie sah, wo er in seiner Kleidung, in seiner Miene, in seiner ganzen Art und Weise sehr meinem Großonkel glich: daß sich die gesellschaftlichen wie die individuellen Unterschiede, aus einiger Entfernung gesehen, nicht mehr von der Einheit eines Zeitalters abheben. Die ähnliche Kleidung und auch der Gesichtsausdruck, in dem der Geist der Epoche sich spiegelt, sind in Wahrheit für eine Person soviel wichtiger als ihre Kaste – die nur wichtig ist für die Eitelkeit des Betreffenden und für das Bild, das die anderen sich von ihm machen –, daß man nicht durch die Galerien des Louvre laufen muß, um sich klarzumachen, daß ein Grandseigneur der Zeit Louis-Philippes mehr einem Bürger der Zeit Louis-Philippes gleicht als einem Grandseigneur der Zeit Ludwigs XV.

In diesem Augenblick grüßte ein langhaariger bayrischer Musiker, den die Prinzessin Guermantes protegierte, die Herzogin. Sie antwortete mit einem Kopfnicken, aber Monsieur de Guermantes wandte sich in seiner Entrüstung darüber, daß seine Frau einen Menschen grüßte, den er nicht kannte, der sonderbar aussah und seiner Meinung nach einen sehr schlechten Ruf hatte, mit einem derart bedrohlich forschenden Blick zu ihr um, als wollte er sagen: »Was will denn dieser Bärenhäuter da?« Nun war Madame de Guermantes ohnehin in einer schwierigen Lage, und hätte der Musiker sich der gepeinigten Gattin erbarmen wollen, er wäre so schnell wie möglich verschwunden. Doch sei es, weil er nicht hinnehmen wollte, daß ihm vor allen Leuten und inmitten der ältesten Freunde des Herzogs, deren Gegenwart ihn zu seiner stummen Geste bewogen haben mochte, diese Demütigung widerfahren war, und weil er zeigen wollte, daß er Madame de Guermantes mit gutem Recht, und nicht ohne sie zu kennen, gegrüßt hatte – sei es, weil er in einem Augenblick, da er sich eher auf seinen Kopf hätte verlassen sollen, dem dunkeln und unwiderstehlichen Drang zu einer Taktlosigkeit gehorchte und zu diesem Zweck das Protokoll beim Wort nahm: Der Musiker trat näher und sagte zu Madame de Guermantes: »Ich möchte Ihre Durchlaucht um die Ehre bitten, seiner Durchlaucht vorgestellt zu werden.« Madame de Guermantes war zu bedauern. Doch auch als betrogene Ehefrau war und blieb sie die Herzogin von Guermantes, und es durfte nicht aussehen, als hätte sie nicht mehr das Recht, ihrem Gatten die Leute ihrer Bekanntschaft vorzustellen. »Basin«, sagte sie, »erlaube, daß ich dir Monsieur d'Herweck vorstelle.«

»Ich frage Sie schon gar nicht, ob Sie morgen zu Madame de Saint-Euverte gehen«, sagte Oberst Froberville zu Madame de Guermantes, um die Peinlichkeit zu verscheuchen, die durch das unangebrachte Begehren des Herrn von Herweck entstanden war. »Ganz Paris wird dort sein.« Indessen wandte sich der Herzog mit einer einzigen Bewegung seiner ganzen Person dem taktlosen Musiker zu und stand ihm nun gegenüber, gewaltig, stumm und aufgebracht, gleich einem zürnenden Jupiter, blieb sekundenlang unbeweglich so stehen, die Augen blitzend vor Zorn und Erstaunen, die gekrausten Haare wie aus einem Krater emporschießend. Nachdem er durch seine herausfordernde Haltung allen Anwesenden vor Augen geführt hatte, daß er den Musiker aus Bayern nicht kannte, kreuzte er dann seine weiß behandschuhten Hände hinter dem Rücken, und als machte nur diese eine Bewegung es ihm noch möglich, der geforderten Höflichkeit zu genügen, ließ er sich nach vorn kippen und grüßte den Musiker mit einer so tiefen, so von Wut und Verblüffung geprägten, so jähen und heftigen Verbeugung, daß der zitternde Künstler zurückwich, noch während er sich verneigte, um einem schweren Kopfstoß in die Brust zu entgehen. »Ach nein«, sagte die Herzogin zu dem Obersten, »ich werde eben nicht in Paris sein. Ich sollte es vielleicht nicht zugeben, aber ich habe, so alt wie ich bin, die Glasscheiben von Montfort-l'Amaury noch nie gesehen. Es ist eine Schande, aber es ist so. Und um meiner selbstverschuldeten Unwissenheit abzuhelfen, habe ich mir vorgenommen, morgen dorthin zu fahren.« Monsieur de Bréauté lächelte fein. Er begriff sehr wohl, daß diese Kunstreise für die Herzogin, die so lange hatte leben können, ohne die Kirchenfenster von Montfort-l'Amaury zu sehen, nicht plötzlich die Dringlichkeit eines Notfalls annahm und sich nach einer Wartezeit von fünfundzwanzig Jahren ohne Gefahr noch um vierundzwanzig Stunden hätte verschieben lassen. Was die Herzogin vorhatte, war einfach ein Erlaß im Stil der Guermantes, wonach der Salon Saint-Euverte keine wirklich gute Adresse war, sondern ein Ort, wo man als Zierde für den Bericht im *Gaulois* eingeladen wurde, ein Haus, das zu höchster Eleganz gerade denen – oder allenfalls der einen – verhalf, die man dort nicht sehen würde. Das leise Ergötzen Monsieur de Bréautés, erhöht noch durch den poetischen Reiz, den man in der Gesellschaft verspürte, wenn Madame de Guermantes etwas tat, das man in der eigenen, weniger hohen Stellung nicht hätte tun können, das einem aber durch seinen bloßen Anblick das Lächeln abnötigte, mit dem der an seine Scholle gebundene Bauer zusieht, wie sich freiere, vom Glück verwöhntere Menschen oberhalb seiner Sphäre bewegen – dieses leise Ergötzen hatte nichts mit der heimlichen, aber heftigen Freude zu tun, die Monsieur de Froberville sogleich empfand.

So sehr mußte Monsieur de Froberville sich bemühen, sein Lachen zu unterdrücken, daß er rot wurde wie ein Puter, und dennoch drängten sich freudige Schluchzer zwischen seine Worte, als er im Ton des Erbarmens sagte: »Oh! die arme Tante Saint-Euverte, davon wird sie krank werden! Nein! die Ärmste, sie wird ihre Herzogin nicht haben, welch ein Schlag! Das könnte sie umbringen«, fügte er hinzu und krümmte sich vor Lachen. Und in seiner Begeisterung zappelte er mit den Füßen und rieb sich die Hände. Mit einem Auge und nur einem Mundwinkel lächelte Madame de Guermantes ihm zu; sie wußte seine liebenswürdige Absicht zu schätzen, aber er langweilte sie auch entsetzlich, und so beschloß sie, sich von ihm zu verabschieden.

»Ja, sehen Sie, jetzt *muß* ich Ihnen Adieu sagen.« Sie erhob sich, melancholisch ergeben, als wäre das ein Unglück für sie. Im Zauberbann ihrer blauen Augen glaubte man von ihrer sanft musikalischen Stimme die poetische Klage einer Fee zu vernehmen. »Basin will, daß ich noch für eine Weile zu Marie hinübergehe.« In Wirklichkeit war es ihr verleidet, Froberville zuzuhören, der sie gar nicht genug um ihre Fahrt nach Montfort-l'Amaury beneiden konnte, wo sie doch sehr wohl wußte, daß er von jenen Kirchenfenstern zum erstenmal hörte und andererseits für nichts auf der Welt den Empfang bei Madame de Saint-Euverte versäumt hätte. »Auf Wiedersehen, ich habe kaum mit Ihnen gesprochen, so ist es immer in Gesellschaft, man sieht sich nicht, man sagt nicht, was man einander sagen möchte, aber so ist es überall im Leben. Hoffen wir, es sei nach dem Tod besser eingerichtet. Wenigstens braucht man dann endlich kein Décolleté mehr. Aber auch das ist nicht sicher. Man trägt vielleicht an den großen Festen seine Knochen und Würmer zur Schau. Und warum nicht? Sehen Sie nur Mutter Rampillon – wo bleibt da noch der Unterschied zu einem Skelett in offenem Kleid? Es ist freilich ihr gutes Recht, bei ihren mindestens hundert Jahren. Sie war schon ein *monstre sacré,* als ich in der Gesellschaft debütierte. Ich glaubte, sie sei schon längst gestorben; das wäre auch die einzige Erklärung für den Anblick, den sie uns bietet – eindrücklich und sakral. Der reinste *Campo Santo.*« Die Herzogin hatte Froberville stehen lassen; er trat nochmals näher: »Nur ein letztes Wort . . .« »Was gibt es denn noch?« fragte sie ein wenig unwirsch und von oben herab. Und er – denn er fürchtete, sie könnte sich wegen Montfort-d'Amaury im letzten Augenblick anders besinnen –: »Ich wollte Ihnen aus Rücksicht auf Madame de Saint-Euverte nicht davon sprechen, aber da Sie ja nun nicht hingehen werden, kann ich Ihnen sagen, daß mich

das um Ihretwillen freut; denn bei ihr hat man die Röteln.«
»Oh! mein Gott!« sagte die Herzogin, die Angst vor Krankheiten hatte. »Mir macht das aber nichts, ich hatte die Röteln
schon, und zweimal kann man sie nicht bekommen.« »Das
sagen die Ärzte; ich kenne Leute, die sie schon viermal hatten.
Jedenfalls sind Sie gewarnt.« Er selbst hätte die angeblichen
Röteln tatsächlich haben und ihretwegen das Bett hüten
müssen, um auf das seit so vielen Monaten erwartete Fest im
Hause Saint-Euverte zu verzichten. Die Freude, dort so viele
feine Leute zu sehen! Und die noch größere Freude festzustellen, daß einiges schief ging; und vor allem die Freude, noch
lange nachher sich des Umgangs mit jenen zu rühmen und
dieses zu übertreiben oder zu erfinden und darüber zu klagen.

Ich benutzte den Aufbruch der Herzogin, um ebenfalls
aufzustehen und in das Rauchzimmer hinüberzugehen, wo
ich nach Swann fragen wollte. Unterwegs begegneten wir
zwei jungen Leuten, deren große und ungleiche Schönheit
von derselben Frau herrührte. Es waren die beiden Söhne von
Madame de Surgis, der neuen Geliebten des Herzogs von
Guermantes. Die vollkommene Erscheinung ihrer Mutter
strahlte von beiden aus, doch von jedem anders. Bei dem
einen war die königliche Haltung von Madame de Surgis in
die Schwingungen eines männlichen Körpers übergegangen,
und die gleiche glühende Blässe durchströmte, rötlich verklärt,
die marmornen Wangen der Mutter und dieses Sohnes; aber
sein Bruder hatte die griechische Stirn, die vollkommene
Nase, den Hals einer Statue, die geweiteten Augen erhalten; so
gewährte ihre doppelte, aus verschiedenen Gaben der Göttin
gebildete Schönheit den abstrakten Genuß der Betrachtung,
daß die Ursache dieser Schönheit außerhalb ihrer selbst liege –
so, als verkörperte sich das Besondere ihrer Mutter in zwei
verschiedenen Gestalten; als wäre der eine dieser jungen Menschen die Statur und die Farbe seiner Mutter, der andere aber
ihr Blick gleich jenen göttlichen Wesen, die nur die Kraft und
die Schönheit des Jupiter oder der Minerva hatten. Bei allem
Respekt vor Monsieur de Guermantes, den sie »einen großen
Freund unserer Eltern« nannten, hielt es der Ältere doch für
ratsam, die Herzogin nicht zu grüßen, deren Abneigung gegen

seine Mutter er kannte, auch wenn er vielleicht ihren Grund nicht erriet, und als er uns sah, wandte er seinen Kopf leicht zur Seite. Der Jüngere, der seinen Bruder stets nachahmte, weil er sich, dumm und obendrein kurzsichtig wie er war, keine eigene Meinung gestattete, gab seinem Kopf die gleiche Neigung, und beide glitten sie auf das Spielzimmer zu, einer hinter dem anderen, wie zwei allegorische Figuren.

In dem Augenblick, da ich zu diesem Raum kam, hielt mich die Marquise de Citri auf, immer noch schön, aber fast schäumend vor Wut. Sie stammte aus einer vornehmen Familie und hatte sich ihren Wunsch nach einer glanzvollen Heirat erfüllt, indem sie den Marquis de Citri ehelichte, dessen Urgroßmutter eine Aumale-Lorraine war. Doch kaum hatte sie dieses Ziel erreicht, als ihre verneinende Sinnesart ihr einen Abscheu vor den Menschen der höchsten Kreise eingab, der das Leben in Gesellschaft dennoch nicht ausschloß. Bei einem Empfang machte sie sich nicht nur über jedermann lustig, sondern ihr Spott war dermaßen heftig, daß noch das Lachen nicht grimmig genug war und in ein Zischen überging. »Ah«, sagte sie zu mir und wies auf die Herzogin von Guermantes, die sich schon ein wenig entfernt hatte, »mir ist es unfaßlich, daß sie ein solches Leben führen kann.« War das die Sprache einer zürnenden Heiligen, die nicht begreift, warum die Heiden nicht von selbst zur Wahrheit gelangen, oder einer Anarchistin, die es nach einem Blutbad gelüstet? Jedenfalls war der Ausfall so ungerechtfertigt wie nur möglich. Zunächst unterschied sich das Leben Madame de Citris kaum – die Empörung abgerechnet – von jenem, das Madame de Guermantes »führte«. Madame de Citri war bestürzt, mitansehen zu müssen, daß Oriane zu der übermenschlichen Opfertat fähig war, an einer Soiree bei der Prinzessin Guermantes teilzunehmen. Nun verhielt es sich in dem besonderen Fall zwar so, daß Madame de Citri die Prinzessin (die wirklich sehr liebenswert war) gut mochte und wußte, daß sie ihr eine große Freude machte, wenn sie kam. Daher hatte sie für diesen Tag eine Tänzerin abbestellt, die sie für genial hielt und die sie in die Geheimnisse des russischen Balletts einweihen sollte. – Ein weiterer Grund, der die geballte Wut der Marquise über den

Anblick der Grüße austeilenden Herzogin einigermaßen ent-
wertete, lag darin, daß Oriane die freilich viel weniger fort-
geschrittenen Symptome derselben Krankheit aufwies, die
Madame de Citri verzehrte. Und da bestimmte Eigenschaften
eher dazu befähigen, die Fehler anderer zu ertragen als unter
ihnen zu leiden, wird ein überdurchschnittlich begabter
Mensch im allgemeinen weniger als ein Dummkopf auf die
Dummheit der anderen achten. Madame de Guermantes wäre
zu solchem Nihilismus (der über das Gesellschaftliche hinausging) berechtigter gewesen als Madame de Citri.

Wir haben die Geistesart der Herzogin schon ausführlich
beschrieben; sie hatte nichts mit hoher Intelligenz zu tun,
beruhte aber immerhin auf Gewandtheit des Denkens, auf der
Gewandtheit, die dazu befähigt, sich wie ein Übersetzer ver-
schiedener Sprachformen zu bedienen. Nichts dergleichen
gab Madame de Citri das Recht, Eigenschaften zu verachten,
die so sehr den ihren glichen. Sie fand alle Welt stumpfsinnig,
doch im Gespräch und in ihren Briefen zeigte es sich, daß sie
den Leuten, die sie geringschätzte, kaum ebenbürtig war. Ihr
Zerstörungsdrang ging aber so weit, daß zu der Zeit, da sie
dem Gesellschaftsleben so gut wie entsagt hatte, auch ihre
anderen Interessen nach und nach seinem furchtbaren Wirken
erlagen. Auf Empfänge hatte sie verzichtet, um Konzerte zu
besuchen; nun erkundigte sie sich: »Mögen Sie das – Musik
hören? Ach, mein Gott, es kommt auf die Stimmung an. Aber
wie langweilig das sein kann. Ach! Beethoven, *la barbe!*« Für
Wagner, dann für Franck und Debussy gab sie sich nicht
einmal mehr die Mühe, *la barbe* zu sagen, sie begnügte sich
damit, auf ihrem Gesicht die Bewegung des Rasierens anzudeuten. Bald gab es nichts mehr, das nicht langweilig war. »Die
schönen Dinge sind alle so langweilig. Ah! die Malerei – zum
Verrücktwerden.« »Wie recht Sie doch haben, Briefe schreiben
ist fürchterlich langweilig.« Schließlich erklärte sie das Leben
selbst für besonders langweilig, ohne daß man wußte, womit
sie es verglich.

Vielleicht spielte die Erinnerung daran mit, was mir Madame de Guermantes über diesen Raum gesagt hatte, als ich
zum erstenmal bei ihr zum Abendessen war, aber tatsächlich

erschien mir das Spiel- oder Rauchzimmer mit seinem bilder-
geschmückten Fußboden, mit den Dreifüßen, den Götter-
und Tierfiguren, die einen von allen Seiten anschauten, mit
den ausgestreckten Sphinxen auf den Armlehnen der Sessel
und besonders mit dem riesigen Tisch aus Marmor oder
emailliertem Mosaik, der von etruskisch und ägyptisch inspi-
rierten Symbolen bedeckt war, so recht wie ein magisches
Gemach. Monsieur de Charlus aber saß vor dem schimmern-
den und bedeutungsträchtigen Tisch, ohne eine Karte anzu-
rühren, ohne zu bemerken, was um ihn her vorging, ohne zu
beachten, daß ich hereingekommen war, und sah ganz wie ein
Zauberer aus, der seine ganze Willens- und Verstandeskraft
einsetzt, um ein Horoskop zu erstellen. Nicht nur traten ihm
die Augen aus dem Kopf wie einer Pythia auf ihrem Dreifuß,
er hatte auch, damit nichts sein Bemühen störe, das ihn von
den einfachsten Bewegungen abhielt wie einen Mathematiker,
der sich nicht stören läßt, ehe er sein Problem gelöst hat, die
Zigarre vor sich hingelegt, die er eben noch im Mund hatte
und die zu rauchen er nicht mehr die geistige Freiheit besaß.
Wenn man die beiden Gottheiten wahrnahm, die der Sessel
ihm gegenüber auf seinen Armlehnen trug, hätte man glauben
können, der Baron versuche das Geheimnis der Sphinx zu
entdecken, wäre es nicht eher das eines jungen, lebenden
Ödipus gewesen, der sich auf eben diesem Sessel niedergelassen hatte, um zu spielen. Die Figur, auf die Monsieur de
Charlus mit solcher Anstrengung all seine geistigen Kräfte
versammelte und die in Tat und Wahrheit nicht zu denen
gehörte, die man gewöhnlich *more geometrico* studiert, ergab
sich für ihn aus den Umrissen der Gestalt des jungen Marquis
de Surgis; so sehr war Monsieur de Charlus in sie vertieft, als
seien sie ein magisches Wort, das er enträtseln, oder ein alge-
braisches Problem, dessen Formel er ableiten wollte. Die sibyl-
linischen Zeichen und Bilder vor ihm auf dem Tisch erschienen als das Zauberbuch, mit dessen Hilfe der alte Hexenmei-
ster erkennen würde, in welche Richtung das Schicksal des
jungen Mannes sich wende. Plötzlich merkte er, daß ich ihn
ansah, hob den Kopf, als erwachte er aus einem Traum, lächelte mir zu und wurde ein wenig rot. In diesem Moment trat

der andere Sohn von Madame de Surgis zu seinem Bruder, um in seine Karten zu schauen. Als Monsieur de Charlus von mir vernahm, daß sie Brüder waren, konnte er seine Bewunderung für eine Familie nicht verbergen, die solch herrliche und so verschiedene Meisterwerke hervorbrachte.

Endlich sah ich zu meiner Freude, daß Swann hereinkam; das Zimmer war so groß, daß er mich nicht gleich bemerkte. In meine Freude mischte sich Trauer – eine Trauer, von der die anderen Gäste vielleicht nicht berührt wurden, die aber bei ihnen in jener Faszination bestand, die von den unerwarteten und besonderen Formen eines nahen Todes ausgeht, eines Todes, der jemandem »im Gesicht geschrieben steht«. Und so hefteten sich alle Blicke, auf fast ungezogene Weise verblüfft, mit zudringlicher Neugier, ja Grausamkeit und in besorgt-beruhigter Selbstbesinnung (*memento quia pulvis* vermischt mit *suave mari magno,* wie Robert gesagt hätte) auf dieses Gesicht, an welchem die Krankheit die Wangen ausgezehrt hatte wie an einem abnehmenden Mond, so daß sie allein noch unter einem bestimmten Winkel – demjenigen, unter dem Swann sich selbst anschaute – die körperlose Kulisse bildeten, der nur eine Augentäuschung den Anschein der Rundung verleihen kann. Sei es durch das Schwinden dieser Wangen, die ihr kein Gegengewicht mehr boten, sei es durch die vergiftende Wirkung der Arteriosklerose, die sie rötete wie der Alkohol oder verformte wie das Morphium, erschien Swanns Pulcinello-Nase, die sich lange Zeit in ein angenehmes Gesicht eingefügt hatte, riesig, geschwollen und dunkelrot, eher wie die eines alten Hebräers als die eines interessanten Valois. Vielleicht trat auch in diesen letzten Tagen die charakteristische Prägung seiner Rasse stärker hervor, zur gleichen Zeit wie die moralische Solidarität mit den anderen Juden, eine Solidarität, die Swann anscheinend sein Leben lang vergessen hatte und die nun durch seine tödliche Krankheit, die Dreyfus-Affäre und die antisemitische Propaganda wiedererweckt worden war. Es gibt Juden von durchaus vornehmer und weltläufiger Art, in denen sich zu einer bestimmten Lebensstunde wie in einem Theaterstück ein Flegel und ein Prophet für ihren Auftritt bereithalten. Swann war in das Alter des Propheten eingetreten. Aus seinem Gesicht waren unter der Einwirkung der Krankheit ganze Partien verschwunden, wie von einem Eisblock, der schmilzt, ganze Stücke abfallen; und so war er freilich sehr verändert. Doch ich mußte mir eingestehen, daß er sich noch viel mehr in seinem Verhältnis zu mir verändert hatte. Ich konnte nicht mehr begreifen, wie ich diesen hervorragenden, hochgebildeten Mann, dem ich keineswegs ungern begegnete, früher einmal mit solchem Geheimnis hatte umgeben können, daß sein Erscheinen auf den Champs-Elysées mir Herzklopfen verursachte und ich mich scheute, seiner seidegefütterten Pelerine nahezukommen, und daß ich an der Tür der Wohnung, in der solch ein Wesen lebte, nicht klingeln konnte, ohne von unsäglicher Angst und Verwirrung ergriffen zu werden; dies alles war nicht nur von seiner Wohnung, sondern auch aus seiner Person verschwunden, und eine Unterhaltung mit ihm konnte mir angenehm sein oder nicht, berührte aber nicht im geringsten mein Nervensystem.

Und dann, wie sehr hatte er sich auch verändert, seit ich ihn – vor ein paar Stunden erst – im Arbeitszimmer des Herzogs von Guermantes getroffen hatte! War es tatsächlich zu einer Szene zwischen ihm und dem Prinzen gekommen, und war er von ihr erschüttert? Die Annahme drängte sich nicht unbedingt auf. Die geringsten Anstrengungen, die man einem Schwerkranken abfordert, werden für ihn rasch zu einem übermäßigen Kraftaufwand. Setzt man ihn, wenn er ohnehin müde ist, auch noch der Hitze einer Soiree aus, so zerfällt sein Gesicht und wird bläulich, wie es in wenigen Stunden bei einer überreifen Birne geschieht oder bei Milch, die gerinnen will. Zudem hatte Swanns Haar sich stellenweise gelichtet, es rief nach dem Kürschner, wie Madame de Guermantes zu sagen pflegte, und sah aus wie eingemottet, und schlecht eingemottet. Ich wollte gerade das Rauchzimmer durchqueren und auf Swann zugehen, als mir unglücklicherweise eine Hand auf die Schulter schlug:

»Guten Abend, mein Lieber, ich bin für achtundvierzig Stunden in Paris. Ich wollte zu dir kommen, man hat mir gesagt, du seist hier, so verdankt meine Tante dir die Ehre meiner Anwesenheit bei ihrem Fest.« Es war Saint-Loup. Ich sagte ihm, wie schön ich das Haus fände. »Ja, es sieht enorm historisch aus. Ich finde es todlangweilig. Setzen wir uns ja nicht zu Onkel Palamède, sonst werden wir ihn nicht mehr los. Gerade ist Madame Molé weggegangen – augenblicklich seine Favoritin –, und da ist er jetzt ganz verloren. Es muß ein toller Anblick gewesen sein, er ist nicht von ihrer Seite gewichen, er hat erst von ihr abgelassen, als er sie in den Wagen gesetzt hatte. Ich bin meinem Onkel nicht böse, aber ich finde es komisch, daß mein Familienrat, der immer so streng zu mir war, ausgerechnet aus den Verwandten besteht, die es am buntesten treiben, angefangen bei einem so notorischen Lebemann wie Onkel Charlus, meinem Gegenvormund, der so viele Frauen gehabt hat wie Don Juan und in seinem Alter noch immer nicht abschirrt. Man hat einmal daran gedacht, mich unter Kuratel zu stellen. Als aber all diese alten Schwerenöter zusammenkamen, um die Frage zu prüfen, und mich kommen ließen, um mir Moral zu predigen und mir zu sagen, welchen Kummer ich meiner Mutter mache – ich meine, sie hätten einander nicht anschauen können, ohne zu lachen. Sieh dir die Zusammensetzung des Rats an, es ist, als hätte man absichtlich die ausgewählt, die unter die meisten Röcke gegriffen haben.« Von Monsieur de Charlus abgesehen, bei dem das Staunen meines Freundes auch nicht gerechtfertigt war, aber aus anderen Gründen – und aus solchen, über die ich später anders dachte –, hatte Robert durchaus Unrecht, wenn er es ungewöhnlich fand, daß ein junger Mann weise Lehren zu hören bekam von Verwandten, die über die Stränge geschlagen hatten und es immer noch taten.

Selbst wenn hier bloß Atavismen, Familienähnlichkeiten im Spiel wären, könnte es gar nicht anders sein, als daß der Onkel, der die Moralpredigt hält, etwa die gleichen Untugenden hat wie der Neffe, den er tadeln soll. Und dabei braucht der Onkel nicht einmal zu heucheln, denn er läßt sich von der allgemeinmenschlichen Fähigkeit täuschen, bei jedem neuen Umstand zu meinen, da handle es sich »um etwas anderes« – eine Fähigkeit, die es einem erlaubt, künstlerische oder politische oder andere Irrtümer zu übernehmen, ohne zu merken, daß es dieselben sind, die man vor zehn Jahren für Wahrheiten hielt, als man gerade eine andere Malerschule verdammte, sich wegen einer anderen politischen Affäre erregte, und denen man abgeschworen hat, um ihnen nun erneut zu verfallen, weil man sie in einer anderen Verkleidung nicht wiedererkennt. Und selbst wenn die Fehler des Neffen nicht die gleichen sind wie die des Onkels, können sie immer noch bis zu einem gewissen Grad dem Gesetz des Erbgangs gehorchen, denn nicht immer gleicht die Wirkung der Ursache wie die Kopie dem Original, und sogar dann, wenn die Fehler des Onkels schlimmer sind, kann er sie mühelos für weniger schlimm halten.

Monsieur de Charlus machte jetzt Robert – der von den wirklichen Neigungen seines Onkels nicht wußte – empörte Vorhaltungen und wäre zu dieser Zeit, aber auch schon damals, als er seine eigene Veranlagung noch gegeißelt hatte, durchaus imstande gewesen, Robert vom Standpunkt des Weltmanns für weitaus schuldiger als sich selbst anzusehen. War Robert in dem Augenblick, da sein Onkel den Auftrag erhalten hatte, ihn zur Raison zu bringen, nicht fast schon unmöglich geworden? Wie wenig hatte gefehlt, daß der Jokkey-Club ihn abgewiesen hätte, und war er nicht verlacht worden wegen seiner maßlosen Geldverschwendung für eine Frau der untersten Kategorie, wegen seiner Freundschaft mit Leuten – Schriftstellern, Schauspielern, Juden –, von denen nicht einer zur Gesellschaft gehörte, wegen seiner Gesinnungen, die sich in nichts von denen der Landesverräter unterschieden, und wegen des Kummers, den er den Seinen bereitete? Wie hätte sich diese anstößige Aufführung mit dem Leben des Barons Charlus vergleichen lassen, der seinen Status als Guermantes nicht nur zu behaupten, sondern noch zu erhöhen gewußt hatte, der in der Gesellschaft ein äußerst bevorzugtes, umworbenes und umschmeicheltes Wesen war und der als Gemahl einer Prinzessin Bourbon, einer bedeutenden Frau, seine Gattin glücklich gemacht und ihrem Andenken einen eifrigeren und gewissenhafteren Kult geweiht hatte, als man es in diesen Kreisen gewohnt war – ein ebenso treuer Gatte wie ein guter Sohn!

»Bist du denn sicher, daß Monsieur de Charlus so viele

Mätressen hatte?« fragte ich, nicht etwa in der teuflischen Absicht, Robert das Geheimnis zu verraten, hinter das ich gekommen war, aber einigermaßen gereizt durch die Selbstsicherheit, mit der er einen Irrtum verkündete. Er beantwortete meine vermeintliche Naivität nur mit einem Achselzucken. »Ich werfe es ihm ja auch nicht vor; ich finde, er hat ganz recht.« Und er begann mir eine Theorie vorzutragen, die ihn in Balbec entsetzt hätte, wo er über die Verführer nicht scharf genug hatte urteilen können; nur die Todesstrafe war ihm für ihr Treiben streng genug gewesen. Er ging so weit, mir die Bordelle anzupreisen. »Nur dort findet man das Passende – das Maßwerk, wie wir beim Regiment sagen.« Nicht nur empfand er keinen Ekel mehr vor solchen Häusern wie damals, als ich in Balbec auf sie angespielt hatte, sondern er sprach von ihnen jetzt so, daß ich ihm sagte, in ein Bordell habe Bloch mich eingeführt; aber Robert erklärte, wo Bloch hingehe, das sei wohl »das Letzte, das Paradies des Armen«. »Es kommt übrigens darauf an: wo war es denn?« Ich antwortete ausweichend, denn ich erinnerte mich, daß man dort ja für zwanzig Franken die Frau bekam, die Robert so sehr geliebt hatte. »Jedenfalls werde ich dir viel bessere zeigen, in denen man tolle Frauen findet.« Als ich ihn bat, mich so bald wie möglich an die Orte zu führen, die er kannte und die ganz gewiß weit besser waren als das Haus, das Bloch mir gezeigt hatte, bedauerte er aufrichtig, daß er das diesmal nicht könne, weil er schon morgen wieder abreise. »Wenn ich das nächste Mal hier bin«, sagte er. »Du wirst sehen«, fügte er geheimnisvoll hinzu, »es gibt da sogar junge Mädchen. Eine kleine Mademoiselle de ... d'Orgeville, glaube ich – ich werde es dir noch genau sagen, die Tochter ganz wohlgeborener Leute; die Mutter ist ungefähr eine La Croix-l'Évêque, sie gehören zur Crème, sogar ein wenig verwandt, wenn's mir recht ist, mit meiner Cousine Oriane. Übrigens muß man die Kleine nur sehen, so merkt man, daß sie aus gutem Haus ist (ich spürte, wie auf Roberts Stimme für einen Moment der Schatten des Guermantes'schen Hausgeistes fiel; wie eine Wolke zog er vorbei, doch in großer Höhe und ohne still zu stehen). Das sieht nach einer wunderbaren Gelegenheit aus. Die Eltern sind immer krank und können sich nicht um sie kümmern. Was soll's, die Kleine will sich nicht langweilen, und ich verlasse mich darauf, daß du das Kind unterhalten wirst.« »Oh! und wann kommst du wieder?« »Ich weiß nicht; wenn du nicht unbedingt eine Herzogin brauchst (der Titel einer Herzogin ist für Aristokraten der einzige, der einen besonders leuchtenden Rang meint, so wie man im Volk von einer Prinzessin spricht), haben wir da in einer anderen Kategorie die erste Kammerzofe von Madame Putbus.«

In diesem Augenblick kam Madame de Surgis auf der Suche nach ihren Söhnen in den Salon. Als Monsieur de Charlus sie sah, trat er mit einer Liebenswürdigkeit auf sie zu, die sie um so angenehmer überraschte, als sie auf ein sehr frostiges Verhalten des Barons gefaßt war, der stets als Beschützer seiner Schwägerin Oriane auftrat und als einziger in der Familie – die sich mit den Launen des Herzogs aus Rücksicht auf seine Erbschaft und aus Eifersucht auf die Herzogin nur allzu leicht abfand – die Mätressen seines Bruders unerbittlich von sich fern hielt. So hätte sich Madame de Surgis das Verhalten, das sie von dem Baron zu befürchten hatte, sehr wohl erklären können, begriff aber nicht im mindesten, warum er sie mit einem ganz entgegengesetzten Betragen überraschte. Er sagte ihr, wie sehr er ihr einst von Jacquet gemaltes Porträt bewundere. Die Bewunderung steigerte sich zu Begeisterung, die zum Teil wohl den Zweck hatte, die Marquise am Weitergehen zu hindern – sie zu »binden«, wie Robert von den feindlichen Heeren sagte, deren Bestände man an einem bestimmten Punkt festhalten will –, die aber vielleicht auch echt war. Wenn nämlich jedermann seine Freude daran hatte, in den Söhnen der Marquise die königliche Haltung und die Augen der Mutter bewundern zu können, mochte der Baron ein entgegengesetztes, aber nicht weniger lebhaftes Vergnügen empfinden, wenn er in der Mutter die Reize der Söhne gebündelt wiederfand, wie in einem Porträt, das nicht selbst ein Verlangen erregt, aber die ästhetische Bewunderung, die es hervorruft, durch jenes nährt, das es wiedererweckt. Ein solches Verlangen verlieh Jacquets Bild jetzt nachträglich einen sinnlichen Reiz, und in diesem Moment hätte Monsieur de

Charlus es gern erworben, um an ihm die physiologische Abstammung der beiden jungen Surgis zu studieren.

»Du siehst, ich habe nicht übertrieben«, sagte Robert. »Schau doch, wie sich mein Onkel um Madame de Surgis bemüht. Und das wundert mich nun doch. Wenn Oriane es wüßte, wäre sie außer sich. Es gibt doch wirklich Frauen genug, daß er sich nicht gerade auf die stürzen muß«, fügte er hinzu; wie alle Menschen, die nicht verliebt sind, stellte er sich vor, man wähle die Person, die man lieben wird, nach reiflicher Erwägung und auf Grund aller möglichen Vorzüge und Rücksichten. Und dabei redete Robert von Monsieur de Charlus, den er für einen Frauenschwärmer hielt, in seinem Groll allzu leichtfertig. Nicht immer ist man ungestraft der Neffe von jemandem. Sehr oft überträgt sich eine erbliche Gewohnheit früher oder später durch dessen Vermittlung. Man könnte so eine ganze Porträtgalerie unter dem Titel eines deutschen Lustspiels, ›Der Neffe als Onkel‹, zusammenstellen, wo man sehen würde, wie der Onkel eifersüchtig, wenn auch unfreiwillig dafür sorgt, daß sein Neffe ihm immer ähnlicher wird.

»Wovon sprachen wir? Ah! von der großen Blonden, der Zofe von Madame Putbus. Sie mag auch die Frauen, aber das wird dir egal sein; wirklich, ich habe nie etwas Schöneres gesehen.« »Dann ist sie wohl der Giorgione-Typ?« »Über und über Giorgione! Ah! was kann man nicht alles tun in Paris – hätte ich nur die Zeit. Und dann nimmt man sich eine nächste. Denn weißt du, die Liebe, das ist ja Schwindel, ich bin da geheilt.« Zu meiner Überraschung stellte ich fest, daß er auch von der Literatur geheilt war; bei unserer letzten Begegnung war mir nur aufgefallen, daß er von den Literaten enttäuscht war (»fast lauter Pack und Co.«, hatte er gesagt), was sich mit seinem berechtigten Groll auf gewisse Freunde Rachels erklären ließ. Sie hatten ihr nämlich eingeredet, sie werde nie etwas können, wenn sie sich von Robert, »einem Menschen anderer Rasse«, beeinflussen lasse, und hatten sich mit ihr über ihn lustig gemacht, in seiner Gegenwart, bei den Essen, zu denen er sie einlud. In Tat und Wahrheit war die Liebe zur Literatur bei Robert nicht tief gegangen, sie kam nicht aus seinem inneren Wesen, war nur ein Produkt seiner Liebe zu Rachel und war wie sie dahingeschwunden, zugleich mit seinem Abscheu vor Lebemännern und seiner religiösen Verehrung weiblicher Tugend.

»Wie apart diese beiden jungen Leute aussehen; schauen Sie nur, Marquise, wie sie ganz in das Spiel vertieft sind«, sagte Monsieur de Charlus, indem er Madame de Surgis auf ihre Söhne hinwies, als wüßte er nicht, wer sie seien. »Es müssen zwei Orientalen sein, sie haben diese besonderen Gesichtszüge; vielleicht sind es Türken«, setzte er hinzu, um nochmals seine angebliche Ahnungslosigkeit zu beweisen sowie eine unbestimmte Antipathie anzudeuten, die den Eindruck vorbereiten sollte, als gälte die Liebenswürdigkeit, der sie dann weichen würde, einzig der Tatsache, daß es sich um die Söhne von Madame de Surgis handelte, und wäre allein dem Umstand zu verdanken, daß der Baron nun wisse, wer sie seien. Möglich ist auch, daß Monsieur de Charlus mit der ihm angeborenen Unverschämtheit, die er so gerne spielen ließ, die Minute nutzte, in der man noch meinen konnte, er kenne den Namen der beiden jungen Leute nicht, um sich auf Kosten von Madame de Surgis zu unterhalten und so althergebrachte Späße zu treiben wie Scapin, wenn er die Gelegenheit benutzt, seinen verkleideten Herrn zu verprügeln.

»Das sind meine Söhne«, sagte Madame de Surgis und errötete, was ihr nicht passiert wäre, wenn sie gewitzter und deswegen nicht tugendhafter gewesen wäre. Sie hätte dann begriffen, daß die Miene völliger Gleichgültigkeit oder scherzhafter Geringschätzung, die Monsieur de Charlus gegen einen jungen Mann an den Tag legte, ebensowenig seine wahren Gefühle ausdrückte wie die ganz oberflächliche Bewunderung, die er einem weiblichen Wesen bezeugte. Die Frau, die er mit den schmeichelhaftesten Lobsprüchen bedachte, hätte eifersüchtig sein können auf einen Mann, dem er einen Blick zuwarf, während er mit ihr sprach, und den er danach nicht bemerkt haben wollte. Denn jener Blick war ein anderer Blick als der, den Monsieur de Charlus für Frauen hatte; ein besonderer Blick, der aus der Tiefe kam und der sich auch auf einer Soiree unweigerlich auf junge Leute richten mußte, so wie die Blicke eines Schneiders seinen Beruf verraten, weil sie unwillkürlich an den Kleidern hängenbleiben.

»Oh! wie merkwürdig«, erwiderte Monsieur de Charlus einigermaßen unverschämt und gab sich den Anschein, als müßte er seine Gedanken einen langen Weg machen lassen, damit sie ihn zu einem Sachverhalt führten, der so ganz anders war als der, den er angenommen hatte. »Aber ich kenne sie ja nicht«, fügte er hinzu, aus Besorgnis, er könnte etwas zuviel Antipathie bekundet und so die Marquise davon abgebracht haben, ihn mit den beiden bekanntzumachen. »Würden Sie mir erlauben, sie Ihnen vorzustellen?« fragte Madame de Surgis ganz schüchtern. »Du lieber Gott – wie Sie meinen, mir soll es recht sein, ich bin freilich kaum ein besonders unterhaltsamer Mensch für so junge Leute«, leierte Monsieur de Charlus, zögernd und kühl wie jemand, dem man eine höfliche Geste abnötigt.

»Arnulphe, Victurnien, kommt rasch her«, rief Madame de Surgis. Victurnien stand sofort auf. Arnulphe, der nicht weiter sah als bis zu seinem Bruder, folgte ihm fügsam.

»Jetzt sind die Söhne an der Reihe«, sagte Robert. »Es ist zum Totlachen. Noch beim Schoßhund will mein Onkel gutes Wetter machen. Und wo er die jungen Gecken verabscheut. Und schau, wie ernsthaft er ihnen zuhört. Hätte ich sie ihm vorstellen wollen, er hätte mich zum Teufel geschickt. Nun muß ich aber Oriane guten Tag sagen. Ich habe in Paris so wenig Zeit, daß ich hier möglichst alle Leute sehen will, bei denen ich sonst Karten abgeben müßte.«

»Wie wohlerzogen sie mir vorkommen«, sagte Monsieur de Charlus gerade, »welch nette Manieren sie haben.« »Finden Sie?« fragte Madame de Surgis entzückt.

Swann hatte mich bemerkt und kam zu Saint-Loup und mir heran. Die jüdische Lustigkeit war bei Swann weniger subtil als die Witzigkeit des Weltmanns. »Guten Abend«, sagte er zu uns. »Mein Gott! alle drei beisammen, man wird meinen, das Syndikat habe sich versammelt. Man wird sich noch umsehen, wo da die Kasse ist!« Er hatte nicht bemerkt, daß Monsieur de Beaucerfeuil hinter ihm stand und ihn hörte. Der General runzelte unwillkürlich die Stirn. Ganz in unserer

Nähe hörten wir die Stimme des Barons: »Sie heißen also Victurnien, wie im ›Antikenkabinett‹?« sagte Monsieur de Charlus, um die Unterhaltung mit den beiden jungen Leuten in die Länge zu ziehen. »Von Balzac, ja«, antwortete der ältere Surgis, der nie eine Zeile dieses Schriftstellers gelesen hatte, dem aber sein Professor vor ein paar Tagen gesagt hatte, daß er den gleichen Namen wie d'Esgrignon trug. Madame de Surgis war entzückt von der Brillanz ihres Sohnes und Monsieur de Charlus hingerissen von soviel Gelehrsamkeit.

»Loubet soll ganz auf unserer Seite sein; ich habe das aus sicherer Quelle«, sagte Swann zu Saint-Loup, aber diesmal leise, damit der General ihn nicht hörte; die republikanischen Verbindungen seiner Frau gewannen an Interesse für ihn, seit die Dreyfus-Affäre ihn völlig in Beschlag nahm. »Ich sage Ihnen das, weil ich weiß, daß Sie in unserem Lager stehen.«

»Durchaus nicht«, erwiderte Robert. »Sie täuschen sich. Das ist eine üble Geschichte, und es tut mir leid, daß ich mich darauf eingelassen habe. Ich hatte da nichts zu suchen. Heute würde ich mich heraushalten. Ich bin Soldat und in erster Linie für die Armee. Willst du einen Augenblick hier bei Monsieur Swann bleiben«, sagte er zu mir, »ich komme gleich wieder, ich will nur meine Tante begrüßen.« Ich sah dann aber, daß er sich mit Mademoiselle d'Aubressac unterhielt, und es schmerzte mich, daß er mir über seine Verlobung mit ihr nicht die Wahrheit gesagt hatte. Zu meiner Erleichterung erfuhr ich später, daß er ihr erst eine halbe Stunde zuvor von Madame de Marsantes vorgestellt worden war, die ihn verheiraten wollte; die Aubressac waren sehr reich.

»Endlich«, sagte Monsieur de Charlus zu Madame de Surgis, »finde ich einen jungen Mann, der gelernt und gelesen hat und weiß, wer Balzac ist. Um so mehr freut mich das, als ich ihm da begegne, wo das am seltensten geworden ist, unter meinesgleichen, bei einem der Unsern« – wie er betonte. Die Guermantes konnten sich lange den Anschein geben, als seien für sie alle Menschen gleich; bei den großen Anlässen, wo sie mit wohlgeborenen Leuten zusammen waren und namentlich auch mit weniger wohlgeborenen, denen sie schmeicheln wollten und konnten, tischten sie ihre alten Familienerinnerungen bereitwillig auf. »Früher«, fuhr der Baron fort, »verstand man unter Aristokraten die Besten, dem Verstand und dem Herzen nach. Und da sehe ich nun zum erstenmal unter uns jemanden, der von Victurnien d'Esgrignon weiß. Oder doch nicht zum erstenmal. Wir haben auch einen Polignac und einen Montesquiou.« Monsieur de Charlus wußte, daß der doppelte Vergleich die Marquise betören mußte. »Aber Ihre Söhne haben ja auch etwas mitbekommen, ihr Urgroßvater mütterlicherseits besaß eine berühmte Sammlung von Werken des achtzehnten Jahrhunderts. Ich werde Ihnen meine eigene zeigen, wenn Sie mir einmal die Freude machen, bei mir zu essen«, sagte er zu dem jungen Victurnien. »Ich kann Ihnen ein interessantes Exemplar des ›Cabinet des Antiques‹ zeigen, mit handschriftlichen Korrekturen Balzacs. Es wird mir ein Vergnügen sein, die beiden Victurnien einander gegenüberzustellen.«

Ich brachte es nicht über mich, Swann sich selbst zu überlassen. Er hatte das Stadium der Müdigkeit erreicht, wo der Körper des Kranken nur noch eine Retorte ist, in der man chemische Reaktionen beobachten kann. Auf seinem Gesicht traten kleine stahlblaue Punkte hervor, die nicht mehr zur lebenden Substanz zu gehören schienen und den Geruch ausströmten, der den Aufenthalt in einem Chemie-Klassenzimmer nach den »Experimenten« so schwer erträglich macht. Ich fragte ihn, ob er mir nicht erzählen wolle, worüber er mit dem Prinzen Guermantes so lange gesprochen habe. »Doch«, sagte er, »aber begleiten Sie zuerst Monsieur de Charlus und Madame de Surgis; ich warte hier auf Sie.«

Monsieur de Charlus hatte nämlich Madame de Surgis vorgeschlagen, aus dem zu heißen Raum in einen andern hinüberzugehen und sich dort für einen Augenblick hinzusetzen; und statt ihre Söhne aufzufordern, sich der Mutter anzuschließen, hatte er mich darum gebeten. So gab er sich, nachdem er die beiden geködert hatte, den Anschein, als läge ihm nichts an ihnen. Und bei dem geschädigten Ruf von Madame de Surgis-le-Duc tat er andererseits mir damit keinen besonderen Gefallen.

Wir hatten uns eben erst in eine Nische gesetzt, an der man

schwer vorbeikam, als sich fatalerweise Madame de Saint-Euverte, eine Zielscheibe der Bosheiten des Barons, ihr näherte. Vielleicht, weil sie die unguten Gefühle, die sie Monsieur de Charlus eingab, nicht wahrhaben oder ihnen mit offener Gleichgültigkeit begegnen wollte, vor allem aber [um zu zeigen]*, daß sie einer Dame, die mit ihm so vertraulich plauderte, nahestand, bedachte sie die berühmte Schönheit mit einem wegwerfend freundschaftlichen Gruß, den Madame de Surgis nicht ohne einen Seitenblick auf den Baron mit einem unverschämten Lächeln beantwortete. Nun war aber die Nische so eng, daß Madame de Saint-Euverte, als sie ihre Suche nach Gästen für den morgigen Tag fortsetzen wollte, nicht an uns vorbeikam, und im Bestreben, vor der Mutter der beiden Jungen als großer Spötter zu glänzen, wollte sich Monsieur de Charlus diesen kostbaren Augenblick nicht entgehen lassen. Eine ungeschickte Frage, die ich ihm ohne böse Absicht stellte, lieferte ihm den Anlaß zu einer Tirade, die sich die arme Saint-Euverte, so wie sie hinter uns feststeckte, Wort für Wort mitanhören mußte. »Ob Sie es glauben oder nicht«, sagte er zu Madame de Surgis, »dieser junge Frechdachs« – und er zeigte auf mich – »hat sich ohne die leiseste Rücksicht auf die Verschwiegenheit solcher Bedürfnisse bei mir erkundigt, ob ich zu Madame de Saint-Euverte ginge, was wohl heißen soll, ob ich die Kolik hätte. Ich würde jedenfalls versuchen, mir anderswo zu behelfen als bei einer Person, die meiner Erinnerung nach ihren hundertsten Geburtstag gefeiert hat, als ich anfing, in Gesellschaft – also nicht zu ihr – zu gehen. Und dabei wäre es doch hochinteressant, gerade ihr zuzuhören. Welche historischen Erinnerungen – gesehen und miterlebt in den Zeiten des Ersten Kaiserreichs und der Restauration! Und wie viele intime Geschichten, die gewiß nicht ›saintes‹, aber sicher sehr ›vertes‹ waren, nach dem locker gebliebenen Tanzbein des ehrwürdigen Irrwischs zu schließen. Was mich hindern würde, sie nach diesen erregenden Episoden zu fragen, ist die Empfindlichkeit meiner Geruchsnerven. In ihre Nähe zu kommen genügt schon. Ich sage mir: ›Oh, mein Gott, was

* Nach der späteren Fassung ergänzt.

ist mit meinem Abtritt passiert‹, dabei ist es bloß die Marquise, die den Mund aufgetan hat, um mich zu irgend etwas einzuladen. Und hätte ich nun das Unglück, dahin zu gehen – Sie können sich denken, zu welch riesiger Tonne der Abtritt anwachsen würde. Sie hat aber einen geheimnisvollen Namen, der mich immer an jenen dummen ›dekadenten‹ Vers erinnert: ›Ah! verte, combien verte était mon âme ce jour-là …‹* Aber ich bin auf reineres Grün angewiesen. Man sagt mir, die unermüdliche Jägerin gebe ›Garden Parties‹; ich würde das ›Einladungen zu Kloakenspaziergängen‹ nennen. Gehen Sie da hin?« fragte er Madame de Surgis, was nun ihr wieder unangenehm war. Da sie dem Baron gegenüber so tun wollte, als ginge sie nicht hin, und doch lieber ihr Leben verkürzt als die Matinee bei Madame de Saint-Euverte versäumt hätte, mußte sie einen Mittelweg aus der Verlegenheit suchen, indem sie vorgab, nicht sicher zu sein. Diese Unsicherheit nahm aber eine so töricht dilettantische und so armselig kleinbürgerliche Form an, daß Monsieur de Charlus das Risiko einging, Madame de Surgis zu kränken, obwohl er sie doch für sich einnehmen wollte, und einfach zu lachen begann, um ihr zu zeigen, daß das nicht verfing.

»Ich bewundere immer die Leute, die Pläne machen; ich sage oft im letzten Moment ab. Ein Problem mit einem Sommerkleid kann alles ändern. Ich werde einer Eingebung des Augenblicks folgen.«

Mich für mein Teil empörte die abscheuliche kleine Rede, die Monsieur de Charlus gehalten hatte. Ich hätte die Veranstalterin von Garden Parties mit Wohltaten überhäufen mögen. Leider sind in der Gesellschaft, wie in der Politik, die Opfer so feige, daß man den Henkern nicht lange böse sein kann. Madame de Saint-Euverte, der es gelungen war, sich aus der Nische herauszuwinden, die wir versperrten, streifte im Vorübergehen unwillentlich den Baron, und in einer snobisti-

---

* »Wie grün war meine Seele an jenem Tag«: aus einem parodistischen Gedicht von Gabriel Vicaire und Henri Beauclair. Die ›Poèmes décadents d'Adoré Floupette‹ trugen den Haupttitel ›Déliquescences‹ (wörtlich »Zerfließbarkeiten«), in der Buchausgabe der ›Recherche‹ steht daher »déliquescent« anstatt »décadent«.

schen Anwandlung, die bei ihr allen Zorn zunichte machte, vielleicht sogar in der Hoffnung, durch einen (und gewiß nicht den ersten) Vorstoß ein Gespräch anzuknüpfen, rief sie: »Oh, Verzeihung, Monsieur de Charlus! Ich habe Ihnen hoffentlich nicht wehgetan!« – als kniete sie sich vor ihren Meister hin. Der Baron würdigte sie keiner anderen Antwort als eines breiten ironischen Grinsens und gestand ihr nur ein »Guten Abend« zu, das sie noch zusätzlich kränken mußte, weil er sich damit den Anschein gab, als bemerkte er ihre Anwesenheit erst, nachdem sie ihn als erste gegrüßt hatte. Und würdelos in einem Grade, daß ich für sie litt, wandte sie sich zu mir, nahm mich zur Seite und sagte mir ins Ohr: »Was habe ich denn Monsieur de Charlus getan? Es wird behauptet, ich sei ihm nicht fein genug«, und sie lachte aus vollem Hals. Ich lachte nicht mit. Einerseits fand ich es töricht, daß sie tat, als glaubte sie oder als wollte sie glauben machen, in Wahrheit sei niemand so fein wie sie. Andererseits nehmen die Leute, die über das, was sie sagen, laut lachen, obwohl es nicht lustig ist, die Heiterkeit auf ihre eigene Rechnung und ersparen es uns, an ihr teilzunehmen.

»Andere behaupten, er sei verstimmt, weil ich ihn nicht einlade. Aber dazu ermutigt er mich wirklich nicht sehr. Es ist, als schmollte er mit mir (der Ausdruck erschien mir schwach). Versuchen Sie, das herauszufinden und sagen Sie es mir morgen. Und wenn er bereut und mitkommen will, bringen Sie ihn mit. Jede Sünde findet Vergebung. Es würde mich sogar freuen, schon weil Madame de Surgis sich ärgern würde. Ich gebe Ihnen *carte blanche*. Sie haben in all diesen Dingen das feinste Gespür, und es soll nicht aussehen, als bettelte ich um Gäste. Mit Ihnen rechne ich jedenfalls fest.«

Ich überlegte, daß es Swann ermüden mußte, auf mich zu warten. Auch wollte ich wegen Albertine nicht zu spät nach Hause kommen, verabschiedete mich also von Madame de Surgis und Monsieur de Charlus und ging in das Spielzimmer zurück zu meinem Kranken. Ich fragte ihn, ob er bei dem Gespräch im Garten dem Prinzen tatsächlich das gesagt habe, was Monsieur de Bréauté (den ich nicht nannte) uns weitererzählt hatte. Er mußte lachen: »Daran ist kein, aber auch kein

Wort wahr, es ist reine Erfindung. Wirklich kaum zu glauben, diese spontane Erzeugung des Irrtums. Ich frage Sie nicht, wer Ihnen das gesagt hat, aber es wäre hochinteressant, in einem so engen Rahmen von einem zum andern zurückzuverfolgen, wie die Geschichte entstanden ist. Und warum möchte man überhaupt wissen, was mir der Prinz gesagt hat? Die Leute sind schon sehr neugierig. Ich bin nie neugierig gewesen, außer als ich verliebt war und eifersüchtig. Und was habe ich dabei schon erfahren! Sind Sie eifersüchtig?« Ich sagte ihm, ich sei nie eifersüchtig gewesen und wisse nicht einmal, was Eifersucht sei. »Nun, da gratuliere ich Ihnen. Ein wenig eifersüchtig zu sein, ist aus zwei Gründen gar nicht so schlimm. Einem Menschen, der nicht neugierig ist, verhilft es dazu, sich für das Leben der anderen, oder wenigstens einer anderen, zu interessieren. Und es läßt einen die Annehmlichkeit des Besitzes empfinden: daß man mit einer Frau in den Wagen steigt, sie nicht allein fahren läßt. Das gilt aber nur für die ersten Anfänge der Krankheit oder für die Zeit, da man fast ganz geheilt ist. Dazwischen ist die Eifersucht die schrecklichste aller Folterqualen. Und ich muß auch gestehen, daß ich die beiden Annehmlichkeiten, von denen ich sprach, selten erfahren habe: die erste durch meine Schuld, weil mir die Begabung zu längerem Nachdenken fehlt; die zweite wegen der Umstände, durch die Schuld der Frau – ich meine, der Frauen –, auf die ich eifersüchtig war. Aber das tut nichts. Selbst wenn man nicht mehr an den Dingen hängt, ist es nicht ganz gleichgültig, daß man an ihnen gehangen hat; denn das hatte stets Gründe, die den andern entgingen. Von der Erinnerung an jene Gefühle spüren wir, daß sie nur in uns lebt; wir sehen sie nur, wenn wir in uns hineinschauen. Sie finden diesen idealistischen Ton vielleicht komisch, aber ich will damit sagen, daß ich das Leben sehr geliebt habe und daß ich die Künste sehr geliebt habe. Ja – und jetzt, da ich ein wenig zu müde bin, um noch mit den andern zu leben, erscheinen mir meine früheren, meine ganz persönlichen Gefühle als etwas sehr Wertvolles; das ist der Wahn aller Sammler. Ich tue mein Herz für mich auf wie eine Art Schaukasten und betrachte nacheinander die vielen Lieben, von denen die andern nichts wissen werden. Und von dieser Sammlung, an der ich heute noch mehr hänge als an den andern, sage ich mir − ein wenig wie Mazarin von seinen Büchern −, dabei aber ganz ohne Bangigkeit, daß es sehr ärgerlich sein wird, all das zurückzulassen. Was aber das Gespräch mit dem Prinzen betrifft, so werde ich nur einem davon erzählen, und dieser eine sind Sie.« Doch mich störte nun, daß Monsieur de Charlus, der in das Spielzimmer zurückgekommen war, ganz in unserer Nähe von seiner Konversation nicht abließ. »Und lesen auch Sie? Und was tun Sie?« fragte er Graf Arnulphe, der nicht einmal Balzacs Namen kannte. Doch seine Kurzsichtigkeit, die bewirkte, daß er alles sehr klein sah, gab ihm den Anschein, als blicke er von sehr weit her, so daß in seinen Augen − seltene Poesie bei einem griechischen Götterbild − geheimnisvoll ferne Sterne erschienen.

»Könnten wir nicht ein paar Schritte durch den Garten tun?« fragte ich Swann, während Graf Arnulphe mit einem Lispeln, das eine unvollständige Entwicklung, zum mindesten seines Geistes, anzuzeigen schien, die Frage des Barons selbstgefällig und naiv beantwortete: »Oh! ich halte es mehr mit Golf, Tennis, Fußball, Wettlauf, vor allem Polo.« So hatte Minerva sich aufgespalten und war in der einen oder anderen Stadt nicht länger die Göttin der Weisheit, sondern verkörperte mit einem Teil ihrer selbst eine rein sportliche, hippische Gottheit, »Athena Hippia«. »Aha!« antwortete Monsieur de Charlus mit dem jenseitigen Lächeln des Intellektuellen, der sich gar nicht bemüht, seinen Spott zu verbergen, der sich dabei aber den andern so überlegen fühlt und die Intelligenz derer, die noch am wenigsten dumm sind, so sehr verachtet, daß er sie kaum von denen unterscheidet, die es ganz besonders sind, solange ihm diese auf andere Weise behagen. Indem er mit Arnulphe sprach, verlieh ihm Monsieur de Charlus seiner Meinung nach einen Rang, den alle Welt anerkennen und um den sie ihn beneiden mußte. »Nein«, erwiderte Swann, »ich bin zu müde, um zu gehen; setzen wir uns lieber in eine Ecke, ich kann nicht mehr stehen.« Das stimmte; doch nur schon, daß er zu plaudern begann, gab ihm etwas von seiner Lebhaftigkeit wieder. Denn noch die tiefste Müdigkeit hängt, namentlich bei nervösen Menschen, zu einem Teil von der Aufmerksamkeit ab – davon, daß man an sie denkt. Man ist müde, sobald man fürchtet, es zu sein, und um seine Müdigkeit zu überwinden, braucht man sie nur zu vergessen. Nun war Swann gewiß nicht einer jener unermüdlichen Ausgepumpten, die verwelkt und entkräftet daherkommen, sich kaum auf den Beinen halten, im Gespräch aber aufleben wie eine Blume im Wasser und während Stunden aus ihren eigenen Worten Kräfte schöpfen, die sie unglücklicherweise nicht auf die Menschen übertragen, die ihnen zuhören und die in dem Maße ermatten, wie der Redende wacher und wacher wird. Aber Swann gehörte zu der starken jüdischen Rasse, an deren Lebensenergie und an deren Widerstand gegen den Tod offenbar auch die Individuen teilhaben. So wie die Rasse selbst durch die Verfolgung, ist jeder einzelne durch seine besondere Krankheit geschlagen und wehrt sich in schrecklichen Todesqualen, die jede wahrscheinliche Frist überschreiten können, noch wenn man von ihm nichts mehr sieht als einen Prophetenbart unter einer gewaltigen Nase, die sich zu den letzten Atemzügen weitet, bevor die Stunde der rituellen Gebete kommt und der Vorbeizug der entfernten Verwandten beginnt, die sich mechanisch fortbewegen wie auf einem assyrischen Fries.

Um uns hinsetzen zu können, entfernten wir uns von der Gruppe, die der Baron, die beiden jungen Surgis und ihre Mutter bildeten; dabei konnte sich Swann nicht enthalten, lange begehrliche Blicke aus geweiteten Kenneraugen auf die Büste Madame de Surgis' zu heften. Er setzte sein Monokel auf, um besser zu sehen, und während er mit mir sprach, warf er von Zeit zu Zeit einen Blick auf die Dame. »Das also war, Wort für Wort, mein Gespräch mit dem Prinzen«, sagte er, als wir uns gesetzt hatten, »und wenn Sie sich daran erinnern, was ich Ihnen vorhin gesagt habe, werden Sie nun sehen, warum ich gerade Sie ins Vertrauen ziehe. Und noch einen weiteren Grund werden Sie eines Tages erfahren. ›Mein lieber Swann‹, sagte Prinz Guermantes zu mir, ›Sie werden mir verzeihen, wenn es so ausgesehen hat, als ginge ich Ihnen in letzter Zeit aus dem Weg.‹ (Ich hatte nichts dergleichen bemerkt, da ich krank war und mich selber von allen Leuten fernhielt.) ›Zunächst hatte ich sagen hören – und natürlich voraussehen müssen –, daß Sie von der unglückseligen Affäre, die unser Land entzweit, eine der meinen durchaus entgegengesetzte Auffassung haben. Und es wäre mir außerordentlich peinlich gewesen, wenn Sie sich in meiner Gegenwart zu ihr bekannt hätten. Mich bewegte diese Sache so sehr, daß die Prinzessin vor etwa zwei Jahren, als sie den mit ihr verschwägerten Großherzog von Hessen sagen hörte, Dreyfus sei unschuldig, ihm nicht nur lebhaft widersprach, sondern mir gar nichts davon erzählte, um mir keinen Verdruß zu machen. Etwa zur selben Zeit war der Kronprinz von Schweden in Paris, und da er vermutlich gehört hatte, die Kaiserin Eugénie sei eine Dreyfus-Anhängerin, meinte er, es handle sich um die Prinzessin (eine sonderbare Verwechslung, wie Sie zugeben werden: eine Frau von dem Rang der Prinzessin und eine Spanierin, die viel weniger wohlgeboren ist, als man sagt, und bloß mit einem Bonaparte verheiratet), und sagte zu ihr: ›Prinzessin, ich bin doppelt glücklich, Sie zu sehen – weiß ich doch, daß Sie über die Dreyfus-Affäre denken wie ich, was mich nicht wundert, da Ihre Durchlaucht ja Bayerin ist.‹ Das zog dem Prinzen die Antwort zu: ›Hoheit, ich bin nur noch eine französische Prinzessin und denke wie alle meine Landsleute.‹ Nun kam mir aber, mein lieber Swann, auf Grund eines Gesprächs mit dem General Baucerfeuil vor etwa anderthalb Jahren der Verdacht, daß man in der Prozeßführung nicht etwa einen Irrtum, sondern schwere Gesetzwidrigkeiten begangen habe.‹«

Wir wurden durch die Stimme des Barons unterbrochen (Swann legte keinen Wert darauf, daß jemand seinen Bericht mit anhöre) – Monsieur de Charlus, der Madame de Surgis an uns vorbei hinausbegleitete (ohne aber auf uns zu achten), war stehengeblieben und versuchte sie noch einmal festzuhalten, sei es ihrer Söhne wegen, sei es aus dem Bedürfnis, die Minute nicht enden zu lassen, das bei den Guermantes ein banges Verharren erzeugte. Swann erzählte mir aus diesem Anlaß ein wenig später etwas, das dem Namen Surgis-le-Duc für mich alle Poesie raubte, die ich aus ihm herausgehört hatte. Die Marquise von Surgis-le-Duc nahm eine viel höhere gesellschaftliche Stellung ein und hatte viel vornehmere Verwandte als ihr Vetter, Graf Surgis, der in dürftigen Verhältnissen auf seinem Gut lebte. Doch das Wort, mit dem der Titel endete, »le Duc«, hatte keineswegs den Ursprung, den ich ihm zugeschrieben und in meiner Phantasie mit Namen wie Bourgl'Abbé oder Bois-le-Roi zusammengebracht hatte. Sondern ein Graf Surgis hatte während der Restauration ganz einfach die Tochter eines steinreichen Industriellen geheiratet, eines Monsieur Leduc oder Le Duc, des Sohns eines Herstellers chemischer Produkte: der reichste Mann seiner Zeit und Pair des Königreichs. König Karl X. hatte für das Kind aus dieser Ehe das Marquisat Surgis-le-Duc geschaffen, weil das Marquisat Surgis in der Familie schon bestand. Der angefügte bürgerliche Name war für diesen Zweig dank seinem riesigen Vermögen kein Hindernis gewesen, sich mit den ersten Familien Frankreichs zu verbinden. Und die jetzige Marquise Surgis-le-Duc hätte bei ihrer so glanzvollen Herkunft eine unvergleichliche Stellung einnehmen können. Von einem bösen Geist getrieben, hatte sie eine völlig gesicherte Situation verschmäht und war aus dem Ehestand geflüchtet, um das anstößigste Leben zu führen. Die Gesellschaft aber, von der sie mit zwanzig Jahren nichts hatte wissen wollen, als sie ihr zu Füßen lag, fehlte ihr schmerzlich, als sie dreißig war und seit zehn Jahren nur noch von wenigen treuen Freundinnen gegrüßt wurde, und so hatte sie sich daran gemacht, mit größter Mühe, Stück um Stück, das zurückzuerobern, was sie bei ihrer Geburt besessen hatte (ein Hin und Zurück, das nicht selten vorkommt).

Die Freude, die sie empfinden würde, wenn sie den Verkehr mit den großen Herrschaften, ihren Verwandten, von denen sie sich einst losgesagt hatte und die sich ihrerseits von ihr losgesagt hatten, wieder aufnehmen könnte, schrieb sie den Kindheitserinnerungen zu, die sie mit ihnen teilen wollte. Und indem sie das sagte, um ihren Snobismus zu kaschieren, war sie vielleicht ehrlicher, als sie glaubte. »Basin ist meine ganze Jugendzeit«, erklärte sie an dem Tag, als er für sie wieder da war. Und das stimmte ein wenig. Aber sie hatte sich verrechnet, als sie ihn zu ihrem Geliebten machte. Denn alle

Freundinnen der Herzogin von Guermantes nahmen Partei für sie, und so stand Madame de Surgis ein zweiter Abstieg auf der schiefen Ebene bevor, die sie mit solcher Mühe wieder erklommen hatte. »Nun denn«, sagte Monsieur de Charlus gerade, um die Unterhaltung noch zu verlängern. »Grüßen Sie das schöne Porträt von mir. Wie geht es ihm? Was hat es weiter vor?« »Ja, wissen Sie denn nicht«, antwortete Madame de Surgis, »daß ich es nicht mehr habe? Es hat meinem Mann nicht gefallen.« »Nicht gefallen! Ein Meisterwerk unserer Zeit, ebenbürtig der ›Duchesse de Châteauroux‹ von Nattier und dabei mit dem Anspruch, eine nicht weniger majestätische und mörderische Göttin zu verewigen. Oh! der kleine blaue Kragen! Selbst Vermeer hat nie einen Stoff mit größerer Meisterschaft gemalt – was wir nicht zu laut sagen wollen, damit Swann nicht über uns herfällt, um den Meister von Delft zu verteidigen.« Die Marquise wandte sich um, lächelte Swann zu, der aufstand, um sie zu grüßen, und reichte ihm die Hand. Ob aber bei ihm in dieser Endphase seines Lebens die moralische Zucht der Gleichgültigkeit auf die Meinung der Leute gewichen war, oder ob er nicht mehr die physische Kraft hatte, eine aufwallende Begierde zu verbergen – in dem Augenblick, da Swann der Marquise die Hand gab und ihren Busen von oben und ganz aus der Nähe sah, versenkte er einen aufmerksamen, selbstvergessenen, fast besorgten Blick in die Tiefen ihres Décolletés, und seine vom Duft der Frau berauschten Nüstern zuckten wie die Flügel eines Schmetterlings, der eine Blüte entdeckt hat, auf die er sich niederlassen will. Dann riß er sich von dem Schwindel los, der ihn erfaßt hatte, und Madame de Surgis, obwohl peinlich berührt, unterdrückte ihrerseits einen tiefen Seufzer, so ansteckend ist die Begierde. »Der Maler war beleidigt«, sagte sie zu Monsieur de Charlus, »und hat es zurückgenommen. Es soll jetzt bei Diane de Saint-Euverte sein.« »Ich kann nicht glauben«, erwiderte der Baron, »daß ein Meisterwerk einen so schlechten Geschmack hat.«

»Er spricht mit ihr über ihr Porträt. Ich würde ebensogut wie Charlus mit ihr über dieses Porträt reden«, sagte Swann zu mir in absichtlich gedehnt-spitzbübischem Ton. »Und mir würde das gewiß mehr Vergnügen machen als Charlus«, setzte er hinzu. Ich fragte ihn, ob es stimme, was man von Monsieur de Charlus erzähle; womit ich doppelt log, denn ich wußte nicht, daß man je etwas von ihm erzählt hätte, wußte dafür aber seit kurzem sehr wohl, daß das, was ich meinte, stimmte. Swann zuckte die Achseln, wie wenn ich etwas Absurdes gesagt hätte. »Er ist allerdings ein wunderbarer Freund. Aber ich muß doch wohl kaum hinzufügen, daß das rein platonisch ist. Er ist empfindsamer als andere, weiter nichts; und weil er es andererseits mit den Frauen nie sehr weit treibt, hat man den unsinnigen Gerüchten, von denen Sie sprechen, vielleicht Glauben schenken können. Charlus mag seine Freunde sehr lieben, aber Sie können sicher sein, daß sich das stets nur in seinem Kopf und in seinem Herzen abgespielt hat. Nun haben wir hoffentlich einen Augenblick Ruhe. Prinz Guermantes fuhr also fort: ›Ich muß gestehen, daß mir der Gedanke einer möglichen Gesetzwidrigkeit bei der Prozeßführung äußerst unangenehm war – da Sie ja wissen, wie ich die Armee vergöttere. Ich sprach nochmals mit dem General, und leider blieb mir nun gar kein Zweifel mehr. Ich sage Ihnen ganz offen: Der Gedanke, daß hier ein Unschuldiger die schimpflichste Strafe erleiden könnte, war mir bei alledem überhaupt nicht gekommen. Aber da es um eine Gesetzwidrigkeit ging, studierte ich jetzt, was ich nicht hatte lesen wollen, und wurde alsbald von Zweifeln verfolgt, die sich nicht mehr auf die Gesetzwidrigkeit bezogen, sondern auf die Frage von Schuld oder Unschuld. Ich meinte, ich könne darüber mit der Prinzessin nicht sprechen. Gott weiß, daß sie ebenso französisch geworden ist, wie ich es bin. Nun habe ich aber seit dem Tag, an dem ich sie heiratete, einen solchen Stolz darein gelegt, unser Frankreich in seiner ganzen Schönheit zu zeigen, und das für mich Herrlichste, seine Armee – daß ich es nun nicht über mich brachte, ihr meinen Argwohn zu offenbaren, auch wenn er tatsächlich nur einigen Offizieren galt. Ich stamme aber aus einer Familie von Militärs, und ich wollte nicht glauben, daß Offiziere sich irren könnten. Ich sprach noch einmal mit Beaucerfeuil, er gab zu, daß sträfliche Machenschaften begangen worden waren, daß der Bordereau vielleicht nicht von Dreyfus stammte, daß aber der klarste Beweis für seine Schuld vorliege. Das war die Akte Henry. Und ein paar Tage später erfuhr man, daß sie eine Fälschung war. Von da an las ich täglich – was ich vor der Prinzessin verheimlichte – *Le Siècle* und *L'Aurore;* bald blieb mir kein Zweifel mehr, ich konnte nicht mehr schlafen. Ich entdeckte meine moralischen Nöte unserem Freund, dem Abbé Poiré, bei dem ich zu meinem Erstaunen dieselbe Gesinnung vorfand; ich ließ ihn Messen für Dreyfus, seine unglückliche Frau und seine Kinder lesen. Als ich nun eines Morgens zu der Prinzessin ging, sah ich, wie ihre Zofe etwas verstecken wollte, das sie in der Hand hielt. Ich fragte sie lachend, was das denn sei, sie wurde rot und wollte es mir nicht sagen. Ich habe das größte Vertrauen zu meiner Frau, aber dieser Zwischenfall beunruhigte mich sehr, und sicherlich auch die Prinzessin, der ihre Zofe davon erzählt haben mußte; denn meine liebe Marie sprach während des Essens danach kaum ein Wort mit mir. Am selben Tag fragte ich den Abbé Poiré, ob er am folgenden Tag meine Messe für Dreyfus lesen könnte.‹ Auch das noch!« rief Swann halblaut und unterbrach sich. Ich hob den Kopf und sah den Herzog von Guermantes auf uns zukommen. »Pardon, Kinder, daß ich euch störe. Mein junger Freund«, sagte er zu mir, »ich bin von Oriane zu Ihnen abgeordnet. Marie und Gilbert haben Sie noch zum Abendessen gebeten, mit nur fünf oder sechs Personen: die Prinzessin von Hessen, Madame de Ligné, Madame de Tarante, Madame de Chevreuse, die Herzogin Arenberg. Leider können wir aber nicht bleiben, weil wir zu einer Art kleiner Redoute gehen.« Nun geben wir jedesmal, wenn wir für einen bestimmten Augenblick etwas vorhaben, einer an solche Verrichtungen gewöhnten Person den Auftrag, die Uhr im Auge zu behalten und uns rechtzeitig zu mahnen. Und jetzt erinnerte mich, wie ich es gewünscht hatte, dieser Diener in uns selbst daran, daß Albertine, an die ich in diesen Stunden kaum mehr gedacht hatte, gleich nach dem Theater zu mir kommen sollte. So schlug ich die Einladung aus. Nicht weil ich nicht gern bei der Prinzessin Guermantes gewesen wäre. Es können eben mehrere Arten des Vergnügens zur Wahl stehen, und das richtige ist dasjenige, für das man ein anderes aufgibt. Dieses letztere aber kann, wenn es offensichtlich, ja, das einzige offensichtliche ist, über jenes erste hinweg-täuschen, es beruhigt die Eifersüchtigen oder führt sie hinters Licht und verwirrt das Urteil der Leute. Dabei würden ein kleines Glücksgefühl oder ein flüchtiger Schmerz genügen, daß wir es dem anderen opferten. Oft ist eine dritte Art von ernsteren, aber wesentlicheren Freuden für uns noch nicht greifbar, die erst dadurch Gestalt annimmt, daß sie Leid und Entmutigung weckt. Dies aber sind die Freuden, denen wir uns später verschreiben werden. Um ein ganz zweitrangiges Beispiel zu geben: Ein Militär wird in Friedenszeiten das Gesellschaftsleben der Liebe opfern; ist aber der Krieg erklärt, wird er die Liebe (auch ohne daß der Gedanke einer patrioti-schen Pflicht dabei mitspielen muß) der noch stärkeren Lei-denschaft opfern, dem Kampf.

Swann konnte lange sagen, er sei glücklich, mir seine Ge-schichte zu erzählen, ich merkte doch, daß unser Gespräch zu so später Stunde und bei seinem leidenden Zustand eine Anstrengung war, wie sie jemand, der weiß. daß er sich durch Übermaß, durch zu langes Aufbleiben ruiniert, beim Nach-hausekommen bitter bereut, ungefähr so, wie die Verschwen-der über den unsinnigen Aufwand verzweifelt sind, den sie wieder getrieben haben, sich aber dadurch nicht hindern lassen, am nächsten Tag das Geld aus dem Fenster zu werfen. Von einem bestimmten Grad der Schwäche an, ob sie vom Alter oder durch Krankheit verursacht sei, wird jedes Ver-gnügen, das auf Kosten der Schlafgewohnheiten geht, jede Abweichung von der Regel zu einer Belastung. Man redet weiter, aus Höflichkeit oder aus einer Erregung heraus, aber man weiß, daß die Zeit, zu der man noch einschlafen kann, schon vorbei ist, und man kennt auch die Vorwürfe, die man sich in den Stunden der Schlaflosigkeit und der Müdigkeit machen wird, die danach folgen. Und selbst das momentane Vergnügen ist schon vorbei. Körper und Geist sind nicht mehr mit den Kräften versehen, dank denen auch für sie ein Genuß würde, was den Gesprächspartner zu unterhalten scheint; sie gleichen einer Wohnung am Tag der Abreise oder des Umzie-hens, wo einem die Besuche zur Last werden, die man auf Koffern sitzend und den Blick auf die Uhr gerichtet empfängt.

»Endlich sind wir allein«, sagte er; »ich weiß gar nicht mehr, wo ich war. Ich habe Ihnen doch erzählt, daß der Prinz den Abbé Poiré gefragt hatte, ob er seine Messe für Dreyfus lesen könnte? ›Nein‹, sagte er mir (ich sage »mir« sagte Swann, weil der Prinz mit mir sprach, verstehen Sie?), ›man hat heute morgen schon eine bei mir bestellt, gleichfalls für ihn.‹ ›Dann gibt es also außer mir noch einen Katholiken, der von seiner Unschuld überzeugt ist?‹ ›Es sieht ganz so aus.‹ ›Die Überzeugung dieses andern Parteigängers ist aber wohl weniger alt als die meine.‹ ›Und doch hat mich dieser Parteigänger schon Messen lesen lassen, als Sie Dreyfus noch für schuldig hielten.‹ ›Ah, ich verstehe, das ist nicht jemand aus unseren Kreisen.‹ ›Im Gegenteil!‹ ›Tatsächlich? es gibt Dreyfus-Anhänger unter uns? Sie machen mich neugierig; ich würde mich gern mit ihm aussprechen, wenn ich ihn kenne, diesen seltenen Vogel.‹ ›Sie kennen ihn.‹ ›Und wie heißt er?‹ ›Prinzessin Guermantes.‹ Und ich hatte gefürchtet, die nationale Gesinnung meiner lieben Frau, ihren Glauben an Frankreich zu verletzen, während sie sich scheute, an meine religiösen Überzeugungen, an meine patriotischen Gefühle zu rühren. Dabei dachte sie wie ich, nur schon länger als ich. Und was ihre Zofe verstecken wollte, als ich ins Zimmer kam, und was sie täglich für sie besorgte, war die *Aurore*. Mein lieber Swann, von diesem Augenblick an dachte ich an die Freude, die es Ihnen machen würde zu hören, wie wir in unserer Auffassung dieser Sache übereinstimmen; verzeihen Sie mir, daß ich es Ihnen nicht früher gesagt habe. Wenn Sie sich in meine Lage versetzen – wie ich gegen die Prinzessin glaubte schweigen zu müssen –, werden Sie verstehen, daß es mich Ihnen noch mehr entfremdet hätte, wenn ich wie Sie und nicht anders als Sie gedacht hätte. Das Thema war mir unendlich peinlich. Je mehr ich glaube, daß ein Irrtum, ja ein Verbrechen begangen worden ist, um so mehr blutet mir das Herz um unserer Armee willen. Ich hätte nie gedacht, daß die Überzeugung, die Sie mit mir teilten, Sie in gleicher Weise schmerzen könnte wie mich, bis man mir vor ein paar Tagen sagte, Sie wiesen die Beschimpfung der Armee und das Bündnis der Dreyfus-Anhänger mit ihren Beleidigern entschieden zurück. Das hat den Ausschlag gegeben; freilich ist es mir schwergefallen, Ihnen zu gestehen, was ich von gewissen Offizieren halte – wenigen, zum Glück –, aber ich bin erleichtert, weil ich mich Ihnen nicht mehr fernhalten muß, und vor allem, weil Sie wohl spüren, daß ich nur solange anders als Sie gesinnt war, als mir der Urteilsspruch nicht zweifelhaft schien. Sowie mir ein Zweifel kam, konnte ich nichts anderes mehr wünschen als die Wiedergutmachung des Irrtums.‹ Ich muß schon sagen, daß diese Worte des Prinzen Guermantes mich tief bewegt haben. Wenn Sie ihn kennten wie ich, wenn Sie wüßten, welchen Weg er zurücklegen mußte, um dahin zu kommen, würden Sie ihn bewundern, und er verdient es. Dabei erstaunt mich seine Haltung nicht, er ist ein so grader Mensch!« Swann vergaß, daß er mir am Nachmittag im Gegenteil erklärt hatte, die Auffassungen in der Dreyfus-Affäre würden vom Atavismus bestimmt. Höchstens zugunsten der Intelligenz hatte er eine Ausnahme gemacht, weil sie bei Saint-Loup den Atavismus überwunden und aus ihm einen Dreyfusard gemacht hatte. Nun hatte er gesehen, daß dieser Sieg nicht von Dauer war und daß Saint-Loup im anderen Lager stand. So übertrug er jetzt dem redlichen Herzen die Rolle, die vorher der Intelligenz zugefallen war. Wir werden immer nachträglich entdecken, daß unsere Gegner für ihre Parteinahme einen Grund hatten, der gewiß nicht in einer vielleicht berechtigten Auffassung liegt, und daß die Leute, die unsere Meinung teilen, durch Intelligenz (wenn wir uns nicht gut auf ihre Moral berufen können) oder durch Gradheit (wenn ihre Einsicht nicht ausreicht) zu ihr gekommen sind.

Für Swann waren jetzt alle Personen ohne Unterschied intelligent, die seiner Meinung waren, sein alter Freund Prinz Guermantes und mein Schulkamerad Bloch, von dem er früher nichts hatte wissen wollen und den er nun zum Essen einlud. Bloch war begeistert, als er von Swann erfuhr, daß der Prinz ein Dreyfusard sei. »Man sollte ihn bitten, unsere Eingabe für Picquart zu unterzeichnen; ein solcher Name würde großen Eindruck machen.« Swann aber verband die glühende Überzeugung des Juden mit der diplomatischen Zurückhaltung des Weltmanns, dessen Stil er sich zu gründlich angeeignet hatte, um ihn so spät wieder aufgeben zu können; er weigerte sich, Bloch zu einer solchen – sei es auch nur »spontanen« – Aufforderung an den Prinzen zu ermächtigen: »Er kann so etwas nicht unterzeichnen, man soll nichts Unmögliches verlangen«, sagte er immer wieder. »Er ist ein reizender Mensch, der einen weiten Weg zurückgelegt hat, um zu uns zu kommen. Er kann uns sehr nützlich sein. Wenn er das unterschriebe, würde er sich lediglich bei seinen Leuten kompromittieren, würde unseretwegen bestraft, würde sein Bekenntnis vielleicht bereuen und von ihm abrücken.« Swann verweigerte sogar seine eigene Unterschrift. Er sagte, ein jüdischer Name könnte nur ungünstig wirken. Und er heiße zwar alles gut, was die Revision des Prozesses angehe, wolle aber nichts mit der antimilitaristischen Kampagne zu tun haben. Er trug, was er bisher nie getan hatte, den Orden, den er 1870 als ganz junger Soldat erhalten hatte, und ließ seinem Testament die Verfügung hinzusetzen, daß ihm – entgegen seinen früheren Bestimmungen – als Ritter der Ehrenlegion die militärischen Ehren erwiesen würden. So fand sich dann bei der Kirche von Combray eine ganze Schwadron jener Kavalleristen ein, deren Zukunft einst Françoise beweint hatte, wenn sie einen Krieg kommen sah. Kurzum, Swann weigerte sich, die Eingabe Blochs zu unterzeichnen, und so galt er zwar weit herum als fanatischer Dreyfusard, mein Kamerad aber fand ihn lau, nationalistisch und militärfreundlich.

Um sich in dem Raum nicht von seinen vielen Freunden verabschieden zu müssen, gab mir Swann nicht die Hand, als er ging, aber er sagte: »Sie sollten Ihre Freundin Gilberte besuchen kommen. Sie ist anders geworden, erwachsener; Sie würden sie gar nicht wiedererkennen. Sie würde sich sehr freuen!« Ich liebte Gilberte nicht mehr. Sie war für mich wie eine Verstorbene, die man lange beweint hat, dann kam das Vergessen, und wenn sie auferstünde, könnte man sie einem Leben, das nicht mehr für sie eingerichtet ist, nicht mehr einfügen. Es lag mir nichts mehr daran, sie zu sehen, und nicht einmal mehr, ihr zu zeigen, daß ich sie nicht zu sehen brauchte, wie ich mir das für die Zeit, da ich sie nicht mehr lieben würde, Tag für Tag vorgenommen hatte, als ich sie liebte.

Jetzt wollte ich Gilberte nur noch zu verstehen geben, daß ich von Herzen gewünscht hätte, sie wiederzusehen, und daß ich durch Umstände daran gehindert worden sei, die man »unabhängig vom eigenen Willen« nennt, die aber tatsächlich nur dann für eine gewisse Dauer eintreten, wenn ihnen der Wille keinen Widerstand leistet. So antwortete ich auf die Einladung Swanns nicht etwa mit Zurückhaltung, sondern nahm ihm, bevor ich mich von ihm trennte, das Versprechen ab, seiner Tochter genau zu erklären, warum ich sie nicht hätte besuchen können und noch eine Zeitlang darauf verzichten müsse. »Und ich schreibe ihr ja, sobald ich nach Hause komme«, fügte ich hinzu. »Und sagen Sie ihr, daß dies ein Drohbrief sein wird; denn in ein oder zwei Monaten werde ich völlig frei sein, und dann wehe ihr, ich werde noch öfter bei Ihnen sein als damals.«

Bevor ich mich von Swann trennte, sagte ich ihm noch etwas über seine Gesundheit. »Nein, ganz so schlimm ist es nicht«, antwortete er. »Im übrigen bin ich, wie ich Ihnen ja sagte, recht müde und schicke mich in das, was kommen mag. Es wäre aber schon sehr ärgerlich, vor dem Ende der Dreyfusaffäre zu sterben. All diese Schurken haben noch mehr als einen Pfeil im Köcher. Ich bin sicher, daß sie schließlich den Kürzeren ziehen, aber immerhin sind sie sehr mächtig und finden überall Unterstützung. Im Augenblick, da es am besten geht, bricht alles ein. Ich möchte gern noch erleben, daß Dreyfus rehabilitiert und Picquart Oberst wird.«

Als Swann gegangen war, kehrte ich in den großen Salon zurück, zur Prinzessin Guermantes, von der ich damals nicht wußte, wie eng ich mit ihr eines Tages verbunden sein würde. Ihre Leidenschaft für Monsieur de Charlus blieb mir vorerst verborgen. Ich stellte nur fest, daß Monsieur de Charlus von einer bestimmten Zeit an, ganz ohne gegen die Prinzessin in eine jener Aversionen zu verfallen, auf die man bei ihm gefaßt sein mußte, und bei unverminderter, vielleicht noch vermehrter Zuneigung zu ihr, jedesmal ungehalten und gereizt schien, wenn man ihm von ihr sprach. Er setzte nie mehr ihren Namen auf die Liste der Personen, die er zum Abendessen sehen wollte.

Ich hatte zwar schon früher einen sehr boshaften Herrn aus der Gesellschaft sagen hören, die Prinzessin sei ganz verändert, sie habe sich in Monsieur de Charlus verliebt; doch diese Nachrede war mir abgeschmackt vorgekommen und hatte mich erzürnt. Allerdings war mir aufgefallen, daß die Aufmerksamkeit der Prinzessin, wenn ich etwas von mir erzählte und zwischendurch Monsieur de Charlus erwähnte, sofort um einen Grad anstieg wie bei einem Kranken, der zerstreut und unbeteiligt zuhört, wenn wir von uns sprechen, und erfreut aufhorcht, wenn er auf einmal den Namen des Übels wiedererkennt, das ihn befallen hat. Sagte ich also: »Da hat mir Monsieur de Charlus berichtet . . .«, nahm die Prinzessin den durchhängenden Zügel ihrer Aufmerksamkeit wieder auf. Und einmal, als ich in ihrer Gegenwart gesagt hatte, Monsieur de Charlus interessiere sich jetzt sehr lebhaft für jemanden, ohne aber zu sagen, was für ein Jemand das sei, bemerkte ich mit Erstaunen, wie in den Augen der Prinzessin jener flüchtige Wechsel eintrat, der gleichsam eine Furche durch die Pupille zieht und von einem Gedanken herrührt, den unsere Worte unwissentlich in dem Menschen, mit dem wir sprechen, ausgelöst haben, einen geheimen Gedanken, der sich nicht in Worte übertragen wird, aber aus den Tiefen, die wir aufgerührt haben, zu der für einen Augenblick veränderten Oberfläche des Blicks emporsteigt. Doch wenn meine Worte die Prinzessin bewegt hatten, war mir nicht klar geworden, in welcher Weise.

Nur wenig später begann sie mir aber fast ohne Umwege von Monsieur de Charlus zu sprechen. Wenn sie auf die Gerüchte anspielte, die ein paar wenige Leute über den Baron in Umlauf setzten, dann nur in dem Sinn, daß es sich um absurde und niederträchtige Erfindungen handle. Doch andererseits sagte sie: »Ich finde, daß eine Frau, die sich in einen so hochstehenden Menschen wie Palamède verliebte, die Überlegenheit und die Hingabe aufbringen müßte, um ihn als ganze Person zu verstehen, ihn anzunehmen, so wie er ist, seine Freiheit zu respektieren, seine Anwandlungen – und nur versuchen müßte, ihm über seine Schwierigkeiten hinwegzuhelfen, ihm in seinen Nöten beizustehen.« Mit solch unbestimmten Worten verriet die Prinzessin doch, was sie auf gleiche Art wie manchmal auch Monsieur de Charlus selbst zu veredeln suchte. Oft genug habe ich den Baron zu Leuten, die noch zweifelten, ob man ihn verleumde oder nicht, sagen hören: »Ich, der ich viele Höhen und viele Tiefen durchlebt und jegliche Menschengattung gekannt habe, Diebe so gut wie Könige – ja, ich muß sagen, mit einer leisen Vorliebe für die Diebe –, der ich der Schönheit in allen ihren Formen nachgejagt bin . . .« Worte, in denen er – geschickt, wie er meinte – Gerüchten entgegentrat, von denen man gar nicht wußte, daß sie umgingen, oder durch die er zum Vergnügen oder aus Vorsicht, um der Wahrscheinlichkeit willen, der Wahrheit einen freilich nur in den eigenen Augen ganz kleinen Platz einräumte, mit denen er aber manchen Leuten ihre letzten Zweifel über ihn nahm und anderen, die noch keine hatten, die ersten einflößte. Im Geist des Schuldigen hat die Schuld ihr unsicherstes Versteck. Weil er beständig über sie Bescheid weiß, kann er nicht abschätzen, wie wenig bekannt sie der Allgemeinheit ist, wie leicht eine glatte Lüge geglaubt würde, und gibt sich umgekehrt keine Rechenschaft darüber, wie wenig Wahrheit in Worten, die er für unverfänglich hält, stecken muß, damit die anderen das Geständnis heraushören. Und bei alledem wäre es völlig falsch, sie verschweigen zu wollen; denn es gibt keine Laster, die in der großen Welt nicht bereitwillige Förderung fänden, und es ist schon vorgekommen, daß die Einrichtung eines Schlosses auf den Kopf gestellt wurde, damit eine Schwester bei ihrer Schwester schlafen konnte, sowie man gemerkt hatte, daß ihre Liebe nicht nur schwesterlich war. Was mir aber die Liebe der Prinzessin mit einemmal offenbarte, war ein bestimmtes Ereignis, auf das ich nicht näher eingehe, weil es zu der ganz anderen Geschichte gehört, in der Monsieur de Charlus eine Königin sterben ließ, statt den Friseur zu versäumen, der ihn mit dem Brenneisen für einen Omnibusschaffner herrichten sollte, von dem er sich erstaunlich eingeschüchtert fühlte. Erwähnen wir immerhin, um die Liebesgeschichte der Prinzessin hier zu beenden, welche kleine Begebenheit mir die Augen öffnete. Ich war an dem Tag allein mit ihr im Wagen. Als wir an einer Post vorbeikamen, ließ sie anhalten. Sie hatte ihren Lakaien nicht mitgenommen. Sie zog einen Brief halb aus ihrem Muff und schickte sich zum Aussteigen an, um ihn in den Kasten zu werfen. Ich wollte sie zurückhalten, sie machte eine abwehrende Bewegung, und schon gaben wir uns wechselseitig darüber Rechenschaft, daß ihr Verhalten sie bloßstellte und meines indiskret war: sie schien ein Geheimnis zu hüten, und dabei störte ich sie. Sie faßte sich als erste wieder, wurde plötzlich sehr rot, gab mir den Brief, und nun mußte ich ihn auch nehmen, doch als ich ihn in den Kasten warf, sah ich, ohne es zu wollen, daß er an Monsieur de Charlus adressiert war.

Um aber auf jene erste Soiree bei der Prinzessin Guermantes zurückzukommen, so ging ich ihr nun Adieu sagen, denn der Herzog und die Herzogin sollten mich mitnehmen und hatten es sehr eilig. Monsieur de Guermantes wollte sich aber noch von seinem Bruder verabschieden. Madame de Surgis hatte ihm zwischen Tür und Angel noch sagen können, daß sich Monsieur de Charlus gegen sie und ihre Söhne reizend benommen habe. Diese freundliche Geste des Bruders – seine erste in solchem Zusammenhang – rührte ihn tief und rief in ihm Familiengefühle wach, die ihn ohnehin nie sehr lange verließen. Während wir im Begriff waren, uns von der Prinzessin zu verabschieden, wollte er Palamède, ohne sich ausdrücklich bei ihm zu bedanken, seine innige Verbundenheit zeigen, sei es daß er sich wirklich dazu gedrängt fühlte, sei es damit der Baron sich einpräge, welche Beachtung ein Verhalten wie das seine an diesem Abend bei einem Bruder finde – so wie man in der Absicht, für die Zukunft eine Assoziationenreihe von wohltuenden Erinnerungen herzustellen, einem Hund, der sich brav aufgeführt hat, ein Stück Zucker gibt. »Nun, lieber Bruder«, sagte der Herzog und hielt Monsieur de Charlus fest, indem er ihn liebevoll unter den Arm faßte. »Da geht man also an seinem älteren Bruder vorbei und sagt ihm nicht einmal Guten Tag. Ich sehe dich nie mehr, Mémé, und du weißt nicht, wie du mir fehlst. Gerade habe ich in alten Papieren herumgesucht und bin auf Briefe von Mama gestoßen, die alle so voller

Liebe für dich sind.« »Danke dir, Basin«, sagte Monsieur de Charlus mit veränderter Stimme; er konnte nie ohne Rührung von ihrer verstorbenen Mutter sprechen. »Du solltest mir erlauben, in Guermantes einen Pavillon für dich einzurichten«, fuhr der Herzog fort. »Wie schön«, sagte die Prinzessin zu Oriane, »diese Harmonie zwischen den beiden Brüdern.« »Ah, ich glaube wohl, solche Brüder findet man nicht so bald wieder. Ich werde Sie mit ihm einladen«, versprach mir die Herzogin. »Sie stehen doch gut mit ihm? ... Aber was haben sie sich denn noch zu sagen«, setzte sie hinzu, beunruhigt, weil sie nicht recht hörte, was sie redeten. Sie war stets ein wenig eifersüchtig, wenn sich Monsieur de Guermantes darüber freute, mit seinem Bruder von einer Vergangenheit sprechen zu können, über die er sich seiner Frau gegenüber zurückhielt. Sie spürte, daß sie immer dann, wenn sie die Brüder so glücklich beisammen sah und sich ihnen in ihrer Neugier und Ungeduld näherte, den beiden nicht willkommen war. An diesem Abend kam aber zu dieser Eifersucht noch eine andere hinzu. Während nämlich Madame de Surgis dem Herzog von den Liebenswürdigkeiten seines Bruders erzählt hatte, damit er sich bei ihm bedanke, hatten sich ergebene Freunde des Ehepaars Guermantes verpflichtet gefühlt, der Herzogin zu melden, daß man die Geliebte ihres Gatten mit seinem Bruder hatte plaudern sehen. Und Madame de Guermantes war sehr betroffen gewesen. »Denk doch, wie schön wir es damals in Guermantes hatten«, sagte der Herzog gerade zu Monsieur de Charlus. »Wenn du im Sommer dann und wann kämest, könnten wir wieder unser glückliches Leben führen. Erinnerst du dich an den alten Courveau: ›Warum ist Pascal verwirrend? weil er ver ... ver ...‹« »Wirt ist«, antwortete Monsieur de Charlus, als antwortete er immer noch seinem Lehrer. »Und warum ist Pascal verwirrt? – er ist ver ... er ist ver ...« »Führend.«[*] »Sehr gut, Sie haben bestanden, Sie erhalten gewiß eine Ehrenmeldung, und die Frau Herzogin wird Ihnen ein chinesisches Wörterbuch schenken.« [»Du erinnerst dich also noch, Basin, daß ich

---

[*] »... trou ... trou ...« »Blé.« – »trou ... trou ...« »Blanc.«

zu der Zeit eine China-Passion hatte.«]* »Und ob ich mich erinnere, Mémé; und die alte Vase, die Hervey de Saint-Denis dir mitgebracht hatte, sehe ich noch. Du hast uns damit gedroht, daß du für den Rest deines Lebens nach China übersiedeln würdest, so begeistert warst du von dem Land; du hast schon damals gern lange Streifzüge unternommen. Ah, du warst ein besonderer Typ, man kann sagen, in nichts hast du je die Vorlieben der gewöhnlichen Leute geteilt ...« Das hatte er aber kaum gesagt, als er einen roten Kopf bekam; er wußte Bescheid, wenn nicht über den Lebenswandel seines Bruders, so doch über den Ruf, in dem er stand. Da er mit ihm darüber nie sprach, war es ihm um so peinlicher, etwas gesagt zu haben, das man als Anspielung verstehen konnte, und noch peinlicher, daß man ihm das nun anmerkte. »Wer weiß«, meinte er nach einer Sekunde des Schweigens, um das eben Gesagte zu überspielen, »ob du dich in eine Chinesin verliebt hattest, noch bevor du so viele weiße Frauen geliebt und ihnen gefallen hast, nach einer gewissen Dame zu urteilen, die du heute Abend so gut unterhieltest; sie war entzückt von dir.« Der Herzog hatte sich vorgenommen, nicht von Madame de Surgis zu sprechen, aber in der Verwirrung, die sein ungeschicktes Gerede über ihn gebracht hatte, war er auf das nächstliegende Thema gekommen, auf eben dasjenige, das in dem Gespräch nicht berührt werden sollte, obschon es der Anlaß dazu gewesen war. Aber Monsieur de Charlus hatte den roten Kopf seines Bruders bemerkt. Und so wie die Schuldigen zeigen wollen, daß es ihnen nichts ausmacht, wenn in ihrer Gegenwart das Vergehen, von dem man tut, als hätten sie es nicht begangen, erwähnt wird, und es für klug halten, eine gefährliche Unterhaltung weiterzuführen, gab er zur Antwort: »Das freut mich, aber ich möchte auf deine Worte von vorhin zurückkommen, die mir sehr wahr scheinen. Du sagtest, ich hätte mit den Begriffen der gewöhnlichen Menschen nie übereingestimmt, und da hast du ganz recht; du sagtest, ich hätte besondere Neigungen.« »Aber nein«, verwahrte sich Monsieur de Guermantes, der sich tatsächlich nicht so aus-

---

* Nach der bereinigten Fassung ergänzt.

gedrückt hatte und vielleicht nicht daran glaubte, daß er so bei dem Bruder auf einen wirklichen Sachverhalt gestoßen war. Und hielt er sich denn für berechtigt, ihm die Hölle heiß zu machen wegen Eigentümlichkeiten, die jedenfalls viel zu ungewiß oder heimlich waren, um die überragende Stellung des Barons zu schädigen? Vielmehr sagte er sich, wenn das hohe Ansehen seines Bruders nun seinen Mätressen zugute komme, verdiene das wohl auch ein paar Gefälligkeiten von seiner Seite; wäre ihm in diesem Augenblick ein Männer-Verhältnis seines Bruders bekannt geworden, Monsieur de Guermantes wäre in der Hoffnung auf die Unterstützung des Barons und in andächtiger Erinnerung an vergangene Zeiten darüber hinweggegangen, hätte die Augen zugedrückt und wenn nötig auch Beistand geleistet.»Wirklich, Basin; guten Abend, Palamède«, sagte die Herzogin, die sich vor Ärger und Neugier nicht mehr zu halten wußte,»wenn ihr beschlossen habt, die Nacht hier zu verbringen, bleiben wir besser gleich zum Souper. Ihr laßt Marie und mich seit einer halben Stunde stehen.« Nach einer vielsagenden Umarmung trennte sich der Herzog von seinem Bruder, und wir gingen zu dritt die monumentale Treppe des Palais der Prinzessin hinunter.

Auf beide Seiten der obersten Stufen verteilt standen Paare, die darauf warteten, daß ihr Wagen vorfuhr. Die Herzogin hielt sich hoch aufgerichtet und weit links auf der Treppe neben ihrem Mann und mir, schon in ihren Tiepolo-Mantel gehüllt, das Rubinband um ihren Hals, von Frauen- und Männeraugen verschlungen, die das Geheimnis ihrer Schönheit und Eleganz zu ergründen suchten. Auf derselben Stufe wie Madame de Guermantes, aber am anderen Ende, wartete Madame de Gallardon auf ihren Wagen; sie hatte seit langem jede Hoffnung aufgegeben, daß ihre Cousine sie jemals besuchen werde, und wandte ihr den Rücken zu, um sie nicht gesehen zu haben und um – vor allem – nicht den Beweis zu liefern, daß Oriane sie nicht grüßte. Madame de Gallardon war sehr verstimmt, denn einige Herren in ihrer Umgebung hatten sich genötigt gefühlt, ihr von Madame de Guermantes zu sprechen.»Ich lege überhaupt keinen Wert darauf, sie zu sehen«, hatte sie geantwortet.»Und ich habe soeben festgestellt, daß sie anfängt zu altern; sie kann sich anscheinend nicht damit abfinden, Basin sagt es selbst. Das verstehe ich allerdings, denn da sie nicht intelligent ist und boshaft wie der Teufel und keine Lebensart hat, muß sie ja spüren, daß ihr rein gar nichts bleibt, wenn sie nicht mehr schön ist.«

Ich hatte meinen Mantel angezogen, was Monsieur de Guermantes, der sich vor Erkältungen fürchtete, beim Hinuntergehen tadelte, weil es hier noch zu warm war. Und die Generation der Adligen, die mehr oder weniger durch die Schule Dupanloups gegangen ist, spricht (mit Ausnahme der Castellane) ein so schlechtes Französisch, daß sich der Herzog so ausdrückte: »Man zieht den Mantel besser erst an, wenn man ins Freie kommt, wenigstens *prinzipiell*.« Ich sehe unseren Abgang noch vor mir, ich sehe noch vor mir – wenn ich dieses Porträt nicht versehentlich in den Rahmen jenes Treppenhauses einfüge – den Prinzen Sagan bei seinem wohl letzten Erscheinen auf einer Soiree, wie er der Herzogin durch einen so weiten Schwung seines Zylinders in der weißbehandschuhten Hand, die mit der Gardenie im Knopfloch zusammenspielte, die Reverenz erwies, daß man erstaunt war, nicht einen Federhut der alten Zeit vor sich zu haben, aus der eine Reihe von Ahnenbildern in dem Gesicht dieses großen Herrn originalgetreu wiedererschien. Er blieb nur einen Augenblick vor ihr stehen, aber auch die Haltung eines Augenblicks genügte bei ihm, ein lebendes Bild, eine historische Szene entstehen zu lassen. Und da er seither gestorben ist, mir aber zu seinen Lebzeiten nur einmal erschienen war, ist er für mich eine Gestalt der Geschichte – oder wenigstens der Gesellschaftschronik – geworden, so daß ich mich manchmal wundere, wie eine Frau, ein Mann meiner Bekanntschaft, seine Schwester, sein Neffe sein können.

Während wir die Treppe hinunterstiegen, kam uns mit einem Ausdruck der Ermattung, der ihr gut zu Gesicht stand, eine Frau entgegen, die man für etwa vierzigjährig halten konnte, obschon sie älter war. Das war die Prinzessin Orvillers, eine natürliche Tochter, wie es hieß, des Herzogs von Parma, in deren weicher Stimme ein unbestimmt österreichischer

Akzent hörbar war. Sie stieg herauf, groß und leicht vorgeneigt, in einem Kleid aus weißer, geblümter Seide; ihre reizende Brust hob und senkte sich, erschöpft und mit fliegendem Atem, unter einem Behang aus Diamanten und Saphiren. Mit dem Kopfschütteln einer königlichen Rassestute, die ihr perlenbesetztes, unschätzbar wertvolles und unbequem schweres Zaumzeug stört, richtete sie dahin und dorthin ihre bezaubernden, sanften Blicke, deren Bläue in ihrem allmählichen Verblassen noch unwiderstehlicher wurde, und hatte für die meisten Gäste, die da am Gehen waren, ein freundliches Kopfnicken. »Sie kommen ja zu einer netten Zeit, Paulette!« sagte die Herzogin. »Ach, es tut mir so leid, aber es war mir wirklich physisch unmöglich«, antwortete die Prinzessin Orvillers, die solche Ausdrücke von Madame de Guermantes übernommen hatte, aber mit ihrer natürlichen Anmut und in dem aufrichtigen Ton vorbrachte, den eine deutsche Färbung ihrer so weichen Stimme verlieh. Es klang, als spielte sie auf gewisse nicht so schnell zu erklärende Lebensumstände an und nicht auf die verschiedenen Soireen, von denen sie gerade kam, die aber nicht der Grund ihrer Verspätung waren. Prinz Guermantes hatte seiner Frau während langer Jahre verboten, Madame d'Orvillers zu empfangen; als der Bann aufgehoben wurde, beantwortete sie die Einladungen nur damit, daß sie jeweils ihre Karte abgeben ließ, um den Anschein zu vermeiden, sie sei begierig, ihnen Folge zu leisten. Nachdem sie es zwei oder drei Jahre lang so gehalten hatte, kam sie selber, aber sehr spät, wie nach einer Theateraufführung. Auf diese Weise gab sie zu verstehen, daß ihr an der Soiree oder daran, bei ihr gesehen zu werden, nichts liege; vielmehr statte sie einfach dem Prinzen und der Prinzessin einen Besuch ab, einzig um ihretwillen, aus Sympathie, in dem Augenblick, da drei Viertel ihrer Gäste gegangen waren und sie »mehr von ihnen hatte«. »Oriane ist wirklich auf die unterste Stufe gesunken«, knurrte Madame de Gallardon. »Ich kann Basin nicht verstehen, daß er sie mit Madame d'Orvillers sprechen läßt. Monsieur de Gallardon hätte mir das nie erlaubt.« Meinerseits hatte ich in Madame d'Orvillers jene Frau wiedererkannt, die mir in der Nähe des Palais Guermantes lange, schmachtende Blicke zuwarf, sich umwandte, vor den Schaufenstern stehenblieb. Madame de Guermantes stellte mich vor, Madame d'Orvillers war reizend, weder übertrieben liebenswürdig noch abweisend. Sie schaute mich an wie jeden anderen, mit ihren sanften Augen ... Doch nie mehr sollte ich, wenn ich ihr wieder begegnete, eines jener Zeichen erhalten, mit denen sie sich anzubieten schien. Gewisse besondere Blicke, die ein Wiedererkennen anzudeuten scheinen, werden einem jungen Mann von bestimmten Frauen – und von bestimmten Männern – nur bis zu dem Tag zuteil, an dem sie ihn kennenlernen und feststellen, daß er mit Leuten befreundet ist, denen sie selbst nahestehen.

Es wurde gemeldet, daß der Wagen vorgefahren war. Madame de Guermantes raffte ihren roten Rock auf, wie um hinunterzugehen und einzusteigen, aber sei es aus schlechtem Gewissen, sei es um ihrer Cousine eine Freude zu machen und vor allem die Eile zu nutzen, zu der sie bei diesem lästigen Tun offensichtlich gezwungen war, sah sie sich um, als hätte sie Madame de Gallardon eben erst bemerkt, ging über die ganze Länge der Treppenstufe hinweg auf sie zu und gab ihr die Hand. »Wie lange es her ist!« sagte sie zu der entzückten Dame, und um nicht all das erklären zu müssen, was diese Formel an Bedauern sowie an begründeten Entschuldigungen enthielt, schaute sie sich erschrocken nach dem Herzog um, der mit mir schon beim Wagen stand und tatsächlich tobte, als er sah, daß seine Frau sich bei Madame de Gallardon aufhielt und die anderen Wagen am Vorfahren hinderte. »Oriane ist doch immer noch sehr schön!« sagte Madame de Gallardon. »Ich muß über die Leute lachen, die erzählen, wir stünden nicht gut miteinander; wenn wir uns aus Gründen, über die wir niemandem Rechenschaft schuldig sind, während Jahren nicht sehen können, haben wir doch zu viele gemeinsame Erinnerungen, um nicht verbunden zu bleiben; und im Grunde weiß sie sehr wohl, daß sie mir mehr zugetan ist als vielen Leuten, die sie tagtäglich sieht und die ihr nicht ebenbürtig sind.« Madame de Gallardon glich den verschmähten Liebhabern, denen man unbedingt glauben soll, daß sie mehr geliebt werden als die, denen ihre Angebetete den Vorzug gibt. Indirekt aber bewiesen die Lobreden, die sie der Herzogin spendete und mit denen sie ohne Bedenken ihrem gerade erst geäußerten Urteil widersprach, daß Madame de Guermantes über die Lebensregeln verfügte, von denen sich eine große Dame in ihrer Karriere leiten lassen soll: Erweckt ihr schönstes Abendkleid nicht nur Bewunderung, sondern auch Neid, so muß sie augenblicklich eine Treppe überqueren können, um ihn zu entwaffnen. »Gib wenigstens acht, daß deine Schuhe nicht naß werden«, sagte der Herzog, immer noch wütend, weil er hatte warten müssen.

Während der Rückfahrt war der Abstand zwischen den roten Schuhen und meinen eigenen in der engen Kutsche naturgemäß klein, und Madame de Guermantes, die sogar fürchtete, sie hätten sich berührt, sagte zum Herzog: »Dieser junge Mann wird mir noch sagen müssen, was in jener Karikatur steht: ›Madame, sagen Sie nur gleich, daß Sie mich lieben, aber trampeln Sie nicht so auf meinen Schuhen herum.‹« Ich war in meinen Gedanken freilich nicht bei Madame de Guermantes. Seit mir Saint-Loup von einem hochgeborenen Mädchen, das in ein Bordell ging, und von der Zofe der Baronin Putbus gesprochen hatte, bildete eine Verbindung zwischen diesen beiden Personen das Ziel all der Sehnsüchte, die so viele Schönheiten zweier Kategorien von Tag zu Tag in mir weckten, einerseits Prachtstücke aus dem gewöhnlichen Volk, majestätische Kammerfrauen in großen Häusern, die stolzgeschwellt »wir« sagen, wenn sie von Herzoginnen sprechen, und andererseits junge Mädchen, die ich nicht einmal auf der Straße vorüberfahren oder -spazieren sah, von denen ich nur den Namen in einem Ballbericht zu sehen brauchte, um mich in ihn zu verlieben; ich schlug ihn gewissenhaft im Kalender der Schlösser nach, wo sie den Sommer verbrachten (wobei ich mich oft von einem ähnlichen Namen irreleiten ließ), und träumte davon, wie ich bald in die Ebenen des Westens, bald in die Dünen des Nordens, bald in die Kiefernwälder des Südens zu ihnen zog. Doch konnte ich lange die köstlichste Körperlichkeit dem Ideal gemäß, das mir Saint-Loup skizziert hatte, zu einem Modell des lasterhaften jungen Mädchens und der Zofe von Madame Putbus verschmelzen, es fehlte meinen beiden Skulpturen das, was ich erst erkennen würde, wenn ich sie sähe, der Charakter einer jeden, die Persönlichkeit dieser beiden Schönheiten, die ich besitzen wollte. Ich würde mich während der Monate, in denen ich eine Kammerfrau vorzog, vergeblich bemühen, mir diejenige von Madame Putbus vorzustellen. Und doch, welche Ruhe verschaffte es mir, nachdem mich beständig mein wirres Verlangen nach so vielen flüchtigen Wesen verfolgt hatte, deren Namen ich oft gar nicht kannte, die wiederzufinden ohnehin schwer, kennenzulernen noch schwerer, zu erobern vielleicht unmöglich war, nun dieser ganzen verstreuten, flüchtigen, anonymen Schönheit doch wenigstens zwei ausgewählte Proben mit ihren Erkennungszeichen entnommen zu haben, die ich mir sicherlich aneignen würde, wann immer ich wollte. Die Zeit, da ich mich auf diese Freude einlassen würde, schob ich hinaus, so gut wie den Beginn meiner Arbeit; doch die Gewißheit, sie mir zu verschaffen, sobald ich wollte, machte sie mir beinahe entbehrlich, gleich jenen Schlafmitteln, die nur greifbar sein müssen, damit man auch ohne sie einschläft. Ich begehrte auf dieser Welt nur zwei Frauen, deren Gesicht ich mir zwar nicht vorstellen konnte, deren Namen mir Saint-Loup aber genannt hatte und für deren Willfährigkeit er mir einstand. Was er mir an diesem Abend mitgeteilt hatte, machte meinem Vorstellungsvermögen zu schaffen und wirkte andererseits als angenehme Entspannung, als dauerhafte Beruhigung meines Willens.

»Nun«, sagte die Herzogin, »von Ihren Ballvergnügungen abgesehen – kann ich Ihnen nicht irgendwie nützlich sein? Gibt es einen Salon, in den Sie gern von mir eingeführt würden?« Ich meinte dazu, der einzige, auf den ich Lust hätte, sei wohl leider zu wenig fein für sie. »Wer ist es denn?« fragte sie drohend und rauh, fast ohne den Mund zu öffnen. »Die Baronin Putbus.« Jetzt tat sie, als sei sie im Ernst aufgebracht. »Ah! nein, so etwas! Ich glaube, Sie machen sich über mich lustig. Ich weiß nicht einmal, durch welchen Zufall ich den Namen dieses Trampeltiers kenne. Das ist ja die Hefe der Gesellschaft. Sie könnten mich ebensogut bitten, Sie meiner Näherin vorzustellen. Oder nicht einmal, denn meine Näherin ist sehr nett. Sie sind nicht ganz bei Trost, mein Ärmster.

Tun Sie mir wenigstens den Gefallen, zu den Leuten, denen ich Sie vorgestellt habe, höflich zu sein, Ihre Karte bei ihnen abzugeben, sie zu besuchen und ihnen nicht von der Baronin Putbus zu sprechen, die ihnen nicht bekannt ist.« Ich fragte, ob Madame d'Orvillers nicht ein wenig leichtlebig sei. »Oh, ganz und gar nicht! Da verwechseln Sie wohl zwei Personen. Sie ist, wenn schon, eher spröde. Nicht wahr, Basin?« »Ja«, sagte der Herzog, »ich glaube jedenfalls nicht, daß es je etwas über sie zu reden gab.«

»Wollen Sie nicht mit uns zu dem Maskenball kommen?« fragte er dann. »Ich würde Ihnen einen venezianischen Mantel leihen, und ich kenne jemanden, dem das eine Riesenfreude machen würde, nicht nur Oriane, das versteht sich von selbst, sondern ich meine die Prinzessin von Parma. Sie singt unablässig Ihr Lob, sie schwört nur auf Sie. Und Sie haben das Glück, daß sie – angereift, wie sie ist – absolut sittenrein ist. Sonst hätte sie Sie gewiß zu ihrem Kavalier erkoren, zu ihrem Galan, wie man das in meiner Jugend genannt hat.«

Mir lag nichts an dem Maskenball, wohl aber an meiner Verabredung mit Albertine. Daher lehnte ich ab. Der Wagen hielt, der Lakai ließ das Tor öffnen, die Pferde piaffierten, bis es weit offen stand, und der Wagen fuhr in den Hof ein. »Auf ein andermal«, sagte der Herzog. »Ich bin es schon manchmal ein wenig leid gewesen, so nahe bei Marie zu wohnen«, sagte die Herzogin; »ich habe sie sehr gern, aber etwas weniger gern sehe ich sie. Und heute abend habe ich es besonders bedauert, weil ich dadurch so wenig Zeit für Sie hatte.« »Vorwärts, Oriane, keine Vorträge.« Die Herzogin hätte mich gern für einen Augenblick hereingebeten. Sie und der Herzog lachten sehr, als ich mich damit entschuldigte, daß ich eben jetzt den Besuch eines jungen Mädchens erwartete. »Sie haben mir eine sonderbare Empfangszeit für Ihre Besuche«, meinte sie.

»Los, meine Liebe, wir müssen uns beeilen«, sagte der Herzog zu seiner Frau. »Es ist viertel vor zwölf, und bis wir uns kostümiert haben ...« Er stieß vor seiner Tür auf zwei Damen, die sie streng bewachten; sie trugen Stöcke und hatten sich nicht gescheut, zur Nachtzeit von ihren Höhen herabzusteigen, um einen Skandal zu verhüten. »Basin, wir mußten Sie unbedingt benachrichtigen, weil man Sie sonst noch auf dieser Redoute gesehen hätte: Der arme Amanien ist vor einer Stunde gestorben.« Der Herzog war einen Augenblick lang erschrocken. Er sah den fabelhaften Maskenball hinschwinden, da ihm nun die verwünschten Berglerinnen berichtet hatten, daß Monsieur d'Osmond tot war. Er faßte sich jedoch sehr schnell und fertigte die Cousinen mit einem Wort ab, das sowohl seine Entschlossenheit bewies, auf ein Vergnügen nicht zu verzichten, als auch seine Unfähigkeit verriet, die französische Ausdrucksweise zu meistern: »Gestorben! Nicht doch, da wird übertrieben!« Und ohne sich weiter um die beiden Verwandten zu kümmern, die mit ihren Bergstökken den nächtlichen Aufstieg antraten, beeilte er sich, seinen Kammerdiener nach dem Stand der Dinge zu fragen: »Ist mein Helm gekommen?« »Jawohl, Euer Durchlaucht.« »Hat er auch ein kleines Loch, durch das ich atmen kann? Ich habe, hol's der Teufel, keine Lust zu ersticken!« »Jawohl, Euer Durchlaucht.« »Herrgott, ist das ein Unglücksabend! Oriane, ich habe vergessen, Babal zu fragen, ob die Schnabelschuhe für dich sind.« »Aber, mein Guter, der Gewandmeister der Opéra Comique ist ja da, er wird es uns sagen. Ich meine, zu deinen Sporen passen sie nicht.« »Also los, zum Gewandmeister«, sagte der Herzog. »Adieu, mein Lieber, ich würde Sie gern hereinbitten, damit Sie sich bei der Anprobe amüsieren. Aber wir kämen ins Plaudern, es ist gleich Mitternacht, und wir dürfen nicht zu spät kommen, sonst ist das Fest nicht komplett.«

Auch ich hatte es eilig, von Monsieur und Madame de Guermantes fortzukommen. ›Phèdre‹ war um halb zwölf zu Ende. Albertine hatte inzwischen Zeit gehabt, herzukommen, sie mußte schon da sein. Ich ging sofort zu Françoise. »Ist Mademoiselle Albertine hier?« »Es ist niemand gekommen.« Mein Gott, hieß das, niemand würde kommen? Ich war aus dem Geleise geworfen; Albertines Besuch schien mir jetzt um so wichtiger, als er mir weniger sicher war.

Auch Françoise war ungehalten, aber aus einem ganz anderen Grund. Sie hatte für ihre Tochter eine ausgiebige Mahlzeit hergerichtet. Doch als sie mich kommen hörte und nicht mehr die Zeit fand, das Geschirr wegzuräumen und das Nähzeug auf den Tisch zu legen, wie wenn da gearbeitet und nicht soupiert würde, sagte sie zu mir: »Sie hat gerade einen Löffel Suppe gegessen; ich habe sie dazu gebracht, ein Hühnerbein abzunagen« – um so die Mahlzeit der Tochter, als wäre es strafbar, daß sie reichlich sein sollte, auf ein Nichts zu verringern. Auch wenn ich jeweils den Fehler machte, während des Mittag- oder Abendessens in die Küche zu kommen, tat Françoise so, als ob man schon fertig wäre, und entschuldigte sich sogar damit, daß sie ein »Häppchen« oder einen »Mundvoll« verzehrt habe. Man war aber schnell außer Sorge, wenn man die vielen Schüsseln auf dem Tisch stehen sah, die Françoise bei meinem plötzlichen Eintreten nicht rechtzeitig, wie ein Übeltäter, der sie nicht war, verschwinden lassen konnte. Dann fuhr sie fort: »Los, zu Bett jetzt, du hast dich heute genug abgerackert (denn nicht nur sollte es so aussehen, als koste uns ihre Tochter nichts und es fehle ihr am Notwendigsten, sondern sie arbeite sich dazu noch zu Tode für uns). Du bist nur im Weg hier, und vor allem störst du den jungen Herrn, der auf Besuch wartet. Los, geh hinauf«, wiederholte sie, als müßte sie ihre Autorität geltend machen, um ihre Tochter ins Bett zu schicken, die nur anstandshalber noch da war, seit ihr Souper danebengegangen war, und sich von selber verzogen hätte, wenn ich noch fünf Minuten geblieben wäre. Und zu mir sagte sie in ihrem schönen, volkstümlichen und doch auch ein wenig persönlichen Französisch: »Monsieur sieht ihr ja an, daß ihr der Schlaf im Gesicht steht.« Ich war sehr froh, mich nicht mit ihrer Tochter unterhalten zu müssen.

Ich sagte schon, daß sie aus einer kleinen Ortschaft kam, die dem Dorf ihrer Mutter benachbart war und sich dennoch von ihm durch die Bodenbeschaffenheit, die Bebauung, den Dialekt und vor allem durch gewisse Eigenheiten der Einwohner unterschied. Daher verstanden die »Metzgerin« und die Nichte von Françoise einander sehr schlecht, hatten aber das eine gemeinsam, daß sie sich auf einem Botengang stundenlang bei der Schwester oder bei der Cousine aufhielten, weil es ihnen nie gelang, eine Unterhaltung von sich aus zu beenden; und im Lauf solcher Unterhaltungen verflüchtigte sich der Auftrag, mit dem sie weggegangen waren, so völlig, daß sie bei der

Rückkehr auf die Frage: »Nun, ist der Marquis de Norpois um viertel nach sechs zu sprechen?« sich nicht einmal an den Kopf schlugen und sagten: »Ach, das habe ich vergessen«, sondern: »Oh, ich habe Monsieur nicht so verstanden, daß er das wissen wollte; ich meinte, er ließe nur grüßen.« Wenn sie so »nicht den Kopf hatten« für etwas, das ihnen vor einer Stunde gesagt worden war, konnte man ihnen andererseits unmöglich etwas ausreden, das sie einmal gesagt hatten. So wußte die Metzgersfrau von ihrer Schwester, daß uns die Engländer im Jahr siebzig zugleich mit den Preußen angegriffen hatten, und obschon ich ihr erklärte, daß das Unsinn sei, wiederholte sie alle drei Wochen im Lauf einer Unterhaltung: »Das ist wegen des Kriegs, den uns die Engländer im Jahr siebzig zusammen mit den Preußen erklärt haben!« »Aber ich habe Ihnen doch hundertmal gesagt, daß das nicht stimmt.« Darauf antwortete sie – und bewies damit, daß ihre Überzeugung kein bißchen ins Wanken geriet –: »Man muß ihnen ja deswegen nicht böse sein. Seit anno siebzig ist viel Wasser – usw.« Ein andermal predigte sie den Krieg gegen England, was ich mißbilligte, und sagte: »Natürlich ist gar kein Krieg immer besser; aber wenn es sein muß, dann lieber gleich. Wie mir mein Bruder erklärt hat, ruinieren uns die Handelsverträge seit dem Krieg mit den Engländern anno siebzig. Wenn wir sie erst besiegt haben, lassen wir keinen einzigen Engländer mehr herein, der nicht dreihundert Franken Eintrittsgeld zahlt, so wie wir jetzt, um nach England zu kommen.«

Zusammen mit großer Rechtschaffenheit und mit einer unbeugsamen Entschlossenheit, sich von ihren Reden nicht abbringen zu lassen und zwanzigmal dort wieder anzusetzen, wo man sie unterbrochen hatte – was diesen Reden die unerschütterliche Zuverlässigkeit einer Bach-Fuge verlieh –, war dies die Art und Weise der kaum fünfhundert Einwohner jenes kleinen Dorfs zwischen seinen Weiden und Kastanien, seinen Kartoffel- und Rübenfeldern.

Die Tochter von Françoise dagegen sprach, weil sie sich für eine moderne Frau hielt, die keinen ausgetretenen Pfaden mehr folgte, Pariser Jargon und ließ sich keinen dazugehörigen Scherz entgehen. Da sie sah, daß ich Besuch erwartete, tat sie so, als glaubte sie, ich hieße Charles. Ich war so naiv, ihr zu sagen, das stimme nicht, worauf sie versetzen konnte: »Ach, ich glaubte doch ... Und da habe ich mir gesagt: Charles attend* (Charlatan).« Das war nicht sehr geschmackvoll. Aber schon eher traf es mich, als sie zum Trost für Albertines Verspätung erklärte: »Da können Sie warten bis anno Schnee. Sie kommt jetzt nicht mehr. Ah! diese Gören von heute!«

So unterschied sich ihre Redeweise von der ihrer Mutter; merkwürdiger war aber, daß die Redeweise ihrer Mutter von der ihrer Großmutter abwich, die aus Bailleau-le-Pin stammte, einer Ortschaft ganz in der Nähe des Dorfs von Françoise; die Dialekte waren ein wenig verschieden, ebenso wie die beiden Landschaften. Das Dorf der Mutter von Françoise lag an einem Hang, der sich nach einer Schlucht hin senkte und wo vorwiegend Weiden standen. Und andererseits gab es in Frankreich, sehr weit von dort, einen Landstrich, wo man fast genau den gleichen Dialekt sprach wie in Méséglise. Als ich das entdeckte, verdroß es mich gleichzeitig; denn ich traf Françoise eines Tages in eifriger Konversation mit einer Hausangestellten, die von dort stammte und jenen Dialekt sprach. Sie verstanden einander ungefähr, ich verstand sie gar nicht, das war ihnen bewußt, und doch blieben sie in meiner Gegenwart – entschuldigt, wie sie meinten, durch die Freude über ihre Landsmannschaft trotz der weit auseinanderliegenden Heimatorte – bei dieser Fremdsprache, so wie Leute, die nicht wollen, daß man sie versteht. Diese Übungen in Sprachgeographie und Domestikenkameradschaft setzten sich Woche für Woche in unserer Küche fort, ohne mir das leiseste Vergnügen zu machen.

Da der Pförtner jedesmal, wenn das Haustor aufging, auf einen elektrischen Knopf drückte, um im Treppenhaus Licht zu machen, und da kein Mieter mehr außer Haus war, ging ich nun gleich aus der Küche in den Vorraum zurück und setzte mich hin, um die Stelle im Auge zu behalten, wo die Glastür zu unserer Wohnung von der etwas zu schmalen Bespannung nicht ganz bedeckt wurde und das Halbdunkel des

---

* »Charles wartet.«

Treppenhauses durch einen senkrechten, lichtlosen Streifen hereinließ. Wenn dieser Streifen mit einemmal eine goldblonde Farbe annähme, würde Albertine unten ins Haus treten und zwei Minuten später bei mir sein; niemand sonst konnte um diese Zeit noch kommen. Und so blieb ich sitzen, ohne meine Augen von dem Streifen abwenden zu können, der hartnäckig düster blieb; ich beugte mich weit vor, um mir nichts entgehen zu lassen; doch konnte ich lange hinschauen, der schwarze Strich verweigerte mir trotz meines inständigen Wunschs die begeisterte Hochstimmung, die über mich gekommen wäre, wenn ihn ein plötzlicher, vielsagender Zauber in einen leuchtenden goldenen Stab verwandelt hätte. Mich zu quälen wegen dieser Albertine, an die ich bei der Soiree der Guermantes keine drei Minuten gedacht hatte! Doch mit dem Wiedererwachen der Gefühle von einst, da ich auf andere Mädchen und vor allem auf Gilberte wartete, wenn sie lange nicht kam, bereitete mir nun die Aussicht, auf ein rein körperliches Vergnügen verzichten zu müssen, eine grausame seelische Qual.

Ich trat den Rückzug in mein Zimmer an, und Françoise folgte mir. Sie fand, da ich nun von der Soiree zurück sei, brauchte ich die Rose in meinem Knopfloch nicht mehr, und trat auf mich zu, um sie wegzunehmen. So erinnerte sie mich nur wieder daran, daß Albertine ausbleiben könnte, und nötigte mich zu gestehen, daß ich ihretwegen so elegant wie möglich sein wollte; und mein Ärger verdoppelte sich, als ich mich heftig losriß, dabei die Blume beschädigte und Françoise sagte: »Besser hätten Sie mich machen lassen, statt sie so zuzurichten.« Jedes Wort von ihr machte mich rasend. Unter der Abwesenheit des Erwarteten leidet man so, daß man die Anwesenheit eines anderen nicht erträgt.

Françoise ging aus dem Zimmer, und ich überlegte, wenn es jetzt so weit gekommen sei, daß ich Albertine zu gefallen suchte, sei es doch ärgerlich, daß ich ihr an den Abenden, da ich sie kommen ließ, um unsere Zärtlichkeiten wieder aufzunehmen, so oft schlecht rasiert, mit einem mehrtägigen Bart, unter die Augen gekommen war. Ich spürte, daß sie mich aus Gleichgültigkeit allein ließ. Um mein Zimmer für den Fall, daß sie doch noch käme, ein wenig zu schmücken, legte ich einen der hübschesten Gegenstände, die ich besaß, zum erstenmal seit Jahren wieder auf den Tisch neben meinem Bett: den türkisverzierten Umschlag, den mir Gilberte für Bergottes Broschüre hatte machen lassen und der so lange zusammen mit der Achatkugel neben mir liegen mußte, während ich schlief. Mehr noch vielleicht, als daß Albertine noch immer nicht kam, schmerzte mich ihre Anwesenheit in einem »Anderswo«, das ich nicht kannte; und hätte ich meine Freundin in kürzeren Abständen gesehen, so hätte aus diesem schmerzlichen Gefühl – trotz allem, was ich Swann noch vor kaum einer Stunde über meine Unfähigkeit zur Eifersucht gesagt hatte – ein angstvoller Zwang werden können: wissen zu müssen, wo und mit wem sie ihre Zeit verbrachte. Ich getraute mich nicht, nach Albertine zu schicken, dafür war es zu spät, aber in der Hoffnung, sie würde in einem Café, wo sie mit Freundinnen soupieren mochte, auf den Gedanken kommen, mich anzurufen, betätigte ich den Umschalter, so daß die Verbindung zwischen dem Postbureau und der Portierloge unterbrochen und in mein Zimmer geleitet wurde. Wenn man um diese Zeit einen Fernsprecher in dem kleinen Gang zu dem Zimmer von Françoise hätte einschalten können, wäre das weniger umständlich und störend, aber nutzlos gewesen. Die Fortschritte der Zivilisation gestatten es jedem Menschen, unerwartete Fähigkeiten oder neue Mängel an den Tag zu legen, die seine Freunde für ihn einnehmen oder ihn für sie unerträglicher machen. So hatte Edisons Erfindung es Françoise erlaubt, sich eine neue Unart zuzulegen, nämlich den Gebrauch des Telephons zu verweigern, wie nützlich und wie dringend er auch sein mochte. So oft man es ihr beibringen wollte, gelang es ihr zu entwischen, gleich wie andere vor einer Impfung davonlaufen. Daher war das Telephon in meinem Zimmer angebracht, und damit meine Eltern nicht gestört würden, hatte man seine Klingel durch einen Summer ersetzt. Aus Furcht, ihn nicht zu hören, rührte ich mich nicht. So unbeweglich saß ich, daß ich zum erstenmal seit Monaten das Ticken der Stutzuhr wahrnahm. Françoise kam herein, um etwas aufzuräumen. Sie wollte mich unterhalten, aber dieses

Geplauder war mir zuwider, weil sich meine Stimmung unter seinem einförmig banalen Fortgang von Minute zu Minute veränderte, von der Furcht in Beklemmung, von der Beklemmung in endgültige Enttäuschung hinüberwechselte. Ich spürte, wie wenig die unbestimmt gleichmütigen Antworten, die ich Françoise glaubte geben zu müssen, zu meinem unglücklichen Gesichtsausdruck paßten, und schützte rheumatische Schmerzen vor, um diesen Gegensatz zu erklären; dann wieder fürchtete ich, wegen Françoise, die zwar nur halblaut sprach (nicht wegen Albertine, mit der sie schon längst nicht mehr rechnete), den Anruf zu überhören, der doch nicht kommen würde. Endlich ging Françoise zu Bett; ich dämpfte den Nachdruck, mit dem ich sie entließ, damit das Geräusch ihres Abgangs das Telephon nicht übertönen konnte. Und ich begann von neuem zu horchen, zu leiden; wenn wir warten, vollzieht sich die doppelte Übermittlung vom Ohr, das die Geräusche aufnimmt, zum Geist, der sie überprüft, und vom Geist zum Herzen, dem er die Ergebnisse weitergibt, so geschwind, daß wir seine Dauer gar nicht wahrnehmen können und daß es uns vorkommt, als hörten wir unmittelbar mit dem Herzen.

Ich litt Qualen unter der immer wieder auflebenden, immer noch wachsenden und nie erfüllten Erwartung eines Anrufs; so gepeinigt, war ich an dem höchsten Punkt der Spirale meiner angstvollen Einsamkeit angelangt, als ich vernahm, wie mit einemmal aus der Tiefe des volkreichen nächtlichen Paris zu mir heran, vor meinen Bücherschrank, sublim und mechanisch wie das geschwungene Tuch oder die Hirtenschalmei im ›Tristan‹, das Summen des Telephons drang. Ich stürzte mich darauf, es war Albertine. »Stör ich dich nicht, wenn ich zu solcher Unzeit anrufe?« »Aber nein«, sagte ich mit unterdrücktem Jubel, denn was sie über die Unzeit sagte, sollte sie gewiß für ihr spätes Kommen entschuldigen und nicht dafür, daß sie nicht kam. »Du kommst also?« fragte ich in gleichgültigem Ton. »Nun ... nein, wenn du mich nicht unbedingt brauchst.«

Ein Teil von mir, mit dem sich der andere vereinigen wollte, war in Albertine. Sie mußte kommen, aber das sagte ich ihr nicht gleich, denn nun standen wir ja in Verbindung, und ich dachte, ich könne sie auch in der letzten Sekunde noch nötigen, zu mir zu kommen oder mich zu ihr kommen zu lassen. »Ja«, sagte sie, »ich bin schon fast zu Hause und schrecklich weit weg von dir; ich hatte deine Nachricht nicht recht gelesen. Gerade hab ich sie wiedergefunden, und da bekam ich Angst, du könntest auf mich warten.« Ich merkte, daß sie log, und aufgebracht, mehr aus dem Bedürfnis, sie zu quälen als sie zu sehen, wollte ich nun, daß sie käme. Doch ich hielt darauf, zuerst abzulehnen, was ich gleich nachher anstreben würde. Wo war sie aber? In ihre Worte mischten sich andere Töne: das Horn eines Radfahrers, Gesang einer Frau, ferne Blechmusik waren ebenso klar zu vernehmen wie die geliebte Stimme, als sollte ich hören, daß es wirklich Albertine in ihrer momentanen Umgebung war, die jetzt hier bei mir war, wie ein Erdklumpen, den man mit allen seinen Gräsern nach Hause gebracht hat. Die Geräusche, die ich vernahm, drangen auch an ihre Ohren, und ihre Aufmerksamkeit litt unter ihnen: kleine Wahrheiten ohne Zusammenhang mit dem Thema, für sich selbst genommen nutzlos, doch desto notwendiger, um uns die Wirklichkeit des Wunders zu offenbaren; schlichte, reizvolle Züge, Andeutungen einer Pariser Straße, zugleich auch die schmerzhaft eindringenden Züge eines unbekannten Abends, der Albertine nach der ›Phèdre‹ davon abgehalten hatte, zu mir zu kommen.

»Zuerst einmal möchte ich dir sagen, daß es mir nicht darum geht, dich kommen zu lassen«, sagte ich; »um diese Zeit wäre mir das sehr lästig, ich bin todmüde. Und dann – all die Umstände. Ich will nur festhalten, daß ein Mißverständnis nicht möglich war. Du hast meinen Brief beantwortet; du hast geschrieben, das sei abgemacht. Was konntest du damit meinen, wenn du mich nicht verstanden hattest?« »Ich schrieb, das sei abgemacht, aber dann erinnerte ich mich eben nicht mehr so recht, was da abgemacht war. Aber ich merke, du bist verärgert, das ist mir unangenehm. Es tut mir leid, daß ich in die ›Phèdre‹ gegangen bin. Hätte ich gewußt, daß daraus solche Geschichten würden ...«, fügte sie hinzu, wie alle Leute, die einen Fehler gemacht haben und sich nun anstellen, als würfe man ihnen einen anderen vor. »Phèdre‹ hat mit meinem Ärger nichts zu tun; ich habe dir ja selbst gesagt, du solltest hingehen.« »Dann bist du mir also jetzt böse, und es ist schade, daß es heute abend zu spät ist, sonst wäre ich zu dir gekommen; aber ich komme morgen oder übermorgen, um es wiedergutzumachen.« »Oh, bitte nein, Albertine, wenn du mir schon den Abend verdorben hast, laß mich jetzt wenigstens für eine Zeitlang in Frieden. Ich bin die nächsten vierzehn Tage oder drei Wochen nicht frei. Höre, wenn es dir unangenehm ist, daß es bei dieser unguten Stimmung bleibt, und vielleicht hast du im Grund ja recht, ist es mir immer noch lieber, Müdigkeit hin oder her, wo ich so lange auf dich gewartet habe und du noch unterwegs bist, daß du gleich kommst, und ich trinke Kaffee, um mich wachzuhalten.« »Könnten wir das nicht auf morgen verschieben? Es ist nämlich jetzt schwierig . . .« Als ich sie so sich entschuldigen hörte und es schon klang, als käme sie nicht, spürte ich, wie sich mit meinem Wunsch, das samtene Gesicht wiederzusehen, das schon in Balbec meine Tage auf den Augenblick hingelenkt hatte, da ich vor dem malvenfarbigen herbstlichen Meer jene rosenrote Blüte antreffen würde, ein ganz anderes Element auf schmerzhafte Weise verbinden wollte. Das übermächtige Verlangen nach einem Menschenwesen, ich hatte es in Combray kennengelernt, als ich hätte sterben mögen, wenn mir meine Mutter durch Françoise sagen ließ, daß sie nicht zu mir heraufkommen könne. Der Versuch dieses alten Gefühls, sich mit dem anderen, neueren zu vereinigen, das bloß Lust an der farbigen Oberfläche, an der rosigen Hautfarbe einer Strandblüte war, führte oft nur zur Entstehung eines neuen Körpers (im chemischen Sinn), der nach ein paar Augenblicken wieder zerfällt. An jenem Abend jedenfalls, und noch während längerer Zeit, blieben die beiden Elemente getrennt. Aber schon bei den letzten Worten, die ich am Telephon gehört hatte, begann mir klarzuwerden, daß Albertines Leben (nicht körperlich zwar) mir so fern war, daß ich mich immer auf beschwerliche Erkundungen einlassen mußte, um seiner habhaft zu werden, und außerdem, daß dieses Leben so angelegt war wie eine Feldschanze und zur größeren Sicherheit wie eine

von denen, die man später »getarnt« nannte. Albertine gehörte
auf einer gesellschaftlich höheren Stufe zu jenen Leuten, denen
die Türhüterin einen Brief, den wir hintragen lassen, zu übergeben verspricht, sobald sie nach Hause kommen – bis wir
eines Tages merken, daß die Person, die wir irgendwo getroffen und der wir dann geschrieben haben, niemand anders als
diese Türhüterin ist. Sie wohnt also – wenn auch in der
Portierloge – wirklich in dem Haus, das sie uns genannt hat
und das wiederum ein kleines von ihr beaufsichtigtes Stunden-
hotel ist; oder sie gibt als Adresse einen Ort an, wo sie Kom-
plizen hat, die uns ihr Geheimnis nicht preisgeben werden,
von wo man ihr unsere Briefe zustellt, wo sie aber nicht wohnt
und höchstens ihre Sachen gelassen hat: Existenzen, die über
fünf oder sechs Rückzugspositionen verfügen, so daß jemand,
der diese Frau sehen oder Bescheid wissen will, zu weit rechts
oder zu weit links, zu weit vorn oder zu weit hinten anklopft
und vielleicht monate-, vielleicht jahrelang nichts heraus-
bekommt. Über Albertine, das spürte ich, würde ich nie etwas
erfahren, ich würde mich in der Vielfalt, in dem Gewirr von
wahrheitsgetreuen und erlogenen Einzelheiten niemals zurechtfinden. Und das würde immer so sein, außer wenn ich sie
einsperrte (man kann aber ausbrechen), es würde so bleiben bis
zuletzt. An jenem Abend durchdrang mich diese Gewißheit
erst als Beunruhigung, die aber das Gefühl in mir weckte, es sei
mein Erschauern vielleicht die Vorwegnahme langer Leiden.

»Nein, nein«, antwortete ich, »ich habe dir schon gesagt,
daß ich vor drei Wochen nicht frei sein werde, weder morgen
noch an einem anderen Tag.« »Gut, dann ... also, dann komme ich ... es ist mir unangenehm, denn ich bin bei einer
Freundin, die ...« Ich merkte, sie hatte nicht damit gerechnet,
daß ich auf ihr Angebot eingehen würde, ihre Bereitschaft zu
kommen war also nicht ehrlich, und nun wollte ich sie in die
Enge treiben. »Was geht mich deine Freundin an, komm oder
komm nicht, das ist deine Sache, ich habe dich nicht gebeten
zu kommen, du hast es mir selbst vorgeschlagen.« »Reg dich
nicht auf, ich springe in eine Droschke und bin in zehn
Minuten bei dir.« So würde nun aus den nächtlichen Tiefen
von Paris, die jetzt schon gemäß dem Aktionsradius eines

fernen Wesens ihre unsichtbare Botschaft bis in mein Zimmer hatten dringen lassen, nach dieser ersten Ankündigung sie selbst aufsteigen und erscheinen, die Albertine, der ich einst unter dem Himmel von Balbec begegnet war, als die Kellner des Grandhotels beim Tischdecken vom Licht der sinkenden Sonne geblendet wurden und durch die weit offenen Fenster unmerklich die Abendlüfte vom Strand, wo die letzten Spaziergänger noch verweilten, in den riesigen Speisesaal zogen, wo sich die ersten Gäste noch nicht hingesetzt hatten, und als in dem Spiegel hinter der Anrichte der rote Rumpf und, länger, der graue Rauch widerschienen vom letzten Dampfer nach Rivebelle. Ich dachte nicht mehr darüber nach, warum sich Albertine verspätet haben konnte, und als Françoise hereinkam und sagte: »Mademoiselle Albertine ist da«, war es bloß Verstellung, daß ich nicht einmal den Kopf hob, um zu antworten: »Wie, so spät kommt Mademoiselle Albertine noch?« Als ich aber Françoise doch anschaute, wie aus Neugier auf ihre Antwort, die auf die scheinbare Aufrichtigkeit meiner Frage eingehen sollte, erkannte ich mit Bewunderung und mit Unwillen, daß Françoise in der Kunst, die leblosen Kleider zusammen mit den Gesichtszügen sprechen zu lassen, der großen Berma nicht nachstand; sie hatte sie ihrem Mieder beigebracht, ihren Haaren, von denen sie die ganz weißen wie einen Geburtsschein vorwies, und ihrem von Müdigkeit und Gehorsam gebeugten Nacken. Sie klagten für sie, daß sie in ihrem Alter mitten in der Nacht aus dem Schlaf, aus der Wohligkeit ihres Bettes gerissen worden war und sich in aller Hast hatte anziehen müssen, auf die Gefahr hin, sich eine Lungenentzündung zu holen. Damit es nun ja nicht so aussehe, als entschuldigte ich mich für Albertines spätes Kommen, sagte ich: »Jedenfalls ist es sehr gut, daß sie gekommen ist; nichts könnte mir lieber sein«, und ließ meiner Freude freien Lauf. Sie blieb nur so lange ungemischt, bis ich die Antwort von Françoise gehört hatte. Ohne sich mit einem Wort zu beklagen, sogar bemüht, wie es schien, einen unwiderstehlichen Husten so gut wie möglich zu unterdrücken, und ihr Tuch so zusammengezogen, als fröre sie, begann sie mir alles zu erzählen, was sie Albertine, nicht ohne sich zuvor nach ihrer Tante zu erkundigen, gesagt hatte. »Und dann sagte ich ihr, Monsieur habe sicher gefürchtet, daß Mademoiselle nicht mehr komme, weil das nicht mehr die Zeit dafür war, es ist ja bald Morgen. Aber sie war offenbar irgendwo gewesen, wo sie sich gut amüsierte, denn sie hat mir gar nicht gesagt, es tue ihr leid, daß sie Monsieur habe warten lassen, sie hat mir gesagt, wie wenn ihr alles egal wäre: ›Besser spät als nie.‹« Und Françoise fügte etwas hinzu, das mir ins Herz schnitt: »Damit, daß sie so redete, hat sie sich verraten. Sie hätte sich vielleicht gern verstellt, aber ...«

Ich brauchte mich nicht sehr zu wundern. Ich habe eben schon gesagt, daß Françoise von ihren Botengängen selten etwas zu melden wußte; nur darüber, was sie selbst gesagt hatte, verbreitete sie sich gern, auf Kosten der Antwort, die man erwartete. Wiederholte sie aber ausnahmsweise, was ihr unsere Freunde gesagt hatten, dann konnte das noch so wenig sein, sie verstand es doch immer, ihm notfalls auf Grund des Gesichtsausdrucks oder des Tons, der nach ihrer Versicherung dazugehört hatte, eine kränkende Note zu geben. Sie konnte es buchstäblich hinnehmen, daß ein Lieferant, zu dem wir sie geschickt hatten, grob zu ihr gewesen war – was sie sich vermutlich bloß einbildete –, wenn nur diese Grobheit dadurch, daß sie sich gegen sie richtete, die uns vertrat, die in unserem Namen gesprochen hatte, indirekt uns traf. Man hätte ihr lediglich sagen können, sie habe sich verhört, sie leide an Verfolgungswahn, es seien nicht alle Kaufleute gegen sie verschworen. Auch waren die Gefühle dieser Leute mir gleichgültig. Albertines Gefühle hingegen nicht. Und indem Françoise mir den ironischen Ausspruch: »Besser spät als nie!« hinterbrachte, beschwor sie für mich augenblicklich die Freunde herauf, mit denen Albertine ihren Abend beschlossen hatte, bei denen es ihr also besser gefiel als bei mir. »Sie ist komisch, sie hat ein Fladenhütchen auf, dazu ihre Kulleraugen, das sieht lustig aus, vor allem mit ihrem Mantel, den hätte sie besser stoppen lassen*, er ist ganz kaputt«, sagte

---

* »... envoyer chez *l'estoppeuse*«, statt »la *stoppeuse*« (Kunststopferin) »stoppen«; alte Form von »stopfen«.

Françoise noch, als müßte sie über Albertine lachen; denn sie teilte nur selten meine Meinungen, hatte aber um so mehr das Bedürfnis, die ihren bekanntzugeben. Ich wollte mir nicht einmal anmerken lassen, daß ich die spöttische Geringschätzung aus ihrem Lachen heraushörte, aber um Françoise nichts schuldig zu bleiben, sagte ich ihr, obwohl ich den Hut, von dem sie sprach, gar nicht kannte: »Was Sie ein Fladenhütchen nennen, ist etwas ganz Entzückendes.« »Will heißen, es ist überhaupt nichts«, gab Françoise, diesmal mit unverhohlener Verachtung, zurück. Leise und langsam, weil meine lügenhafte Erwiderung nicht meinen Zorn, sondern die Wahrheit ausdrücken sollte, und doch ohne Zeit zu verlieren, denn Albertine sollte nicht warten müssen, gab ich Françoise eine grausame Antwort: »Sie sind sehr gut«, sagte ich honigsüß, »Sie sind eine liebe Person, Sie haben tausend Vorzüge, aber Sie sind immer noch gleich weit wie an dem Tag, da Sie nach Paris kamen, was Ihre Kenntnisse sowohl in Kleiderfragen wie in korrekter Aussprache angeht und was das Vermeiden von Schnitzern betrifft.« Das war ein besonders törichter Vorwurf, denn die französischen Wörter, die wir mit solchem Stolz korrekt aussprechen, sind selber nur »Schnitzer« gallischer Zungen, die das Latein oder das Sächsische entstellt haben; unsere Sprache ist ja nichts anderes als die fehlerhafte Aussprache einiger anderer.

Der Geist der Sprache im lebendigen Prozeß, in der Vergangenheit und in der Zukunft des Französischen – auf sie hätten mich die Fehler von Françoise aufmerksam machen müssen. War ihre »*estoppeuse*« anstelle der »*stoppeuse*« nicht ebenso merkwürdig wie jene Tiere, die aus längst vergangenen Zeiten noch überleben, die Giraffe, der Walfisch, die uns zeigen, durch welche Zustände sich die Tierwelt entwickelt hat? »Und«, fuhr ich fort, »was Sie in all den Jahren nicht gelernt haben, werden Sie auch nie lernen. Machen Sie sich nichts daraus, Sie sind trotzdem eine sehr tüchtige Person und können ein hervorragendes Rindfleisch in Aspik zubereiten; und noch tausend andere Dinge. Der Hut, der Ihnen einfach vorkommt, ist die Kopie eines Huts der Prinzessin Guermantes, der fünfhundert Francs gekostet hat. Und ich habe auch vor, Mademoiselle Albertine demnächst einen noch schöneren zu schenken.« Ich wußte, daß sich Françoise über nichts so ärgerte wie darüber, daß ich Geld ausgab für Leute, die sie nicht mochte. Sie antwortete etwas, das in einer plötzlichen Atemnot unterzugehen schien. Als ich später erfuhr, daß sie an einer Herzkrankheit litt, schlug mir das Gewissen, weil ich mir das grimmige und unergiebige Vergnügen, ihr solche Antworten zu erteilen, nie versagt hatte. Françoise haßte Albertine auch deshalb, weil sie arm war, also zu meiner »gehobenen Stellung« nichts beitragen konnte. Sie lächelte jedesmal wohlgefällig, wenn ich bei Madame de Villeparisis eingeladen war; andererseits war sie ungehalten, weil von Albertine keine Gegenseitigkeit zu erwarten war. Ich mußte schließlich Geschenke erfinden, die ich von ihr erhalten haben wollte und an die Françoise keinen Augenblick glaubte. An der fehlenden Gegenseitigkeit nahm sie vor allem Anstoß, wo es um die Verköstigung ging. Daß sich Albertine von Mama zum Abendessen einladen ließ, ohne daß wir auch zu Madame Bontemps gebeten wurden, erschien ihr als ein Verstoß gegen die guten Sitten, den sie mit einem Sprüchlein aus Combray zu tadeln pflegte:

»Wir wollen mein Brot essen.«
»Das freut mich gar sehr.«
»Jetzt laß uns dein Brot essen.«
»Mich hungert nicht mehr.«[*]

Ich tat, als müßte ich einen Brief schreiben. »Wem schreibst du?« fragte Albertine im Hereinkommen. »Einer hübschen Freundin, Gilberte Swann. Kennst du sie nicht?« »Nein.« Ich wollte Albertine keine Fragen über ihre Abendunterhaltung stellen; ich spürte, daß ich ihr Vorwürfe machen würde, und spät wie es war, hätten wir keine Zeit, uns so weit zu versöhnen, daß wir noch zu Küssen und Zärtlichkeiten kämen. Mit ihnen begann ich also gleich in der ersten Minute. »Ich

[*] Nach der bereinigten Fassung; im Vorabdruck sinnwidrig *ton pain* statt *mon pain* und *le mien* statt *le tien*.

möchte jetzt einen rechten Kuß, Albertine.« »So viele du willst«, sagte sie mit ihrer ganzen Großzügigkeit; nie war sie mir schöner erschienen. »Noch einen? Du weißt doch, daß ich das sehr, sehr mag.« »Und ich noch tausendmal mehr«, sagte sie. »Oh, welch hübschen Umschlag du da hast!« »Nimm ihn, ich schenke ihn dir zur Erinnerung.« »Wie lieb du doch bist . . .« Man wäre von allem Überschwang für immer geheilt, wenn man versuchte, an die Frau, die man liebt, als der Mann zu denken, der man sein wird, wenn man sie nicht mehr liebt. Der Umschlag, die Achatkugel Gilbertes, all das hatte seine Bedeutung einst nur aus einer inneren Verfassung erhalten, da es für mich nun irgendein Umschlag, eine beliebige Kugel war.[*]

Meine Eifersucht aber, die Albertine galt, ging nicht auf jenen Abend, dem eine allzu lange Abwesenheit folgte, zurück. Diese Eifersucht, die meine Existenz aus dem Gleichgewicht bringen sollte, die ein Verhängnis war für mein Leben und für Albertines Leben das Ende, war durch drei kleine Zwischenfälle geweckt worden, von denen ich hier noch berichten will und die sich nicht in Paris ereigneten, sondern in Balbec.

An dem ersten Abend, da ich in Balbec an Albertine schrieb, konnte ich in meinem Zimmer nicht allein sein. Ich hörte jemanden gefühlvoll Stücke von Schumann spielen. Es kommt allerdings vor, daß Menschen – und sogar solche, die wir besonders gern haben – von der Trauer oder von der Erregung, die wir ausstrahlen, übergenug haben. Aber keine Person wird je zu der Macht gelangen, uns so zu erbittern wie ein Klavier.

Albertine hatte mich die Zeiten vormerken lassen, zu denen sie nicht da sein, sondern jeweils für ein paar Tage zu einer Freundin gehen würde, und hatte mir auch die Adressen angegeben für den Fall, daß ich sie an einem dieser Abende brauchte; die Freundinnen wohnten alle nicht weit von Balbec. Ich hatte die Adressen aufgeschrieben, meinte aber, ich

[*] Die folgenden Sätze (bis »allein sein«) leiten zu einem anderen Teil von ›Sodome et Gomorrhe‹ über. Vgl. das Vorwort.

würde diese Tage eher dazu benutzen, Madame Verdurin zu besuchen. Unser Verlangen nach verschiedenen Frauen hat ja nicht immer die gleiche Kraft. Eines Abends können wir auf eine Frau nicht verzichten, die uns danach für einen oder zwei Monate kaum mehr beunruhigen wird. Und auch von diesen Wechseln abgesehen, mit denen wir uns hier nicht beschäftigen können, ist nach dem großen Kraftaufwand der körperlichen Liebe die Frau, deren Bild unserer augenblicklichen Altersschwäche noch zusetzt, eine Frau, die man fast nur auf die Stirn küssen würde.

Ich sah Albertine selten und nur an den weit auseinanderliegenden Abenden, an denen ich auf sie nicht verzichten konnte. Wenn ein solches Verlangen mich überkam und sie sich nicht nahe genug bei Balbec aufhielt, daß Françoise hingehen konnte, bat ich den Liftboy, seine Arbeit etwas früher zu beenden, und schickte ihn nach Épreville, nach Sogne, nach Saint-Frichoux. Er kam in mein Zimmer, wobei er aber die Tür offen ließ, denn obwohl er seinen sehr anstrengenden Dienst, der früh um fünf Uhr mit verschiedenen Reinigungsarbeiten begann, gewissenhaft versah, konnte er sich nicht dazu aufraffen, eine Tür zu schließen, und wenn man ihn darauf hinwies, daß sie noch offen stand, kehrte er um, und indem er alle seine Kräfte aufbot, gab er ihr einen leichten Stoß. Mit dem demokratischen Selbstbewußtsein, das ihn auszeichnete und das man in den freien Berufen nicht findet, wo die eher zahlreichen Standesgenossen – Anwälte, Ärzte, Schriftsteller – nur jeweils einen anderen Anwalt, Arzt oder Schriftsteller als Fachgenossen bezeichnen, verwendete er mit Recht einen Ausdruck, der den Angehörigen einer beschränkten Körperschaft, wie zum Beispiel den Mitgliedern der Académie, vorbehalten ist, und sagte: »Ich sorge dafür, daß mich mein Kollege vertritt«, womit er einen Pagen meinte, der an jedem zweiten Tag den Lift bediente. Dieses Selbstbewußtsein hielt ihn nicht davon ab, sein »Gehalt«, wie er es nannte, aufzubessern, indem er für seine Botengänge Trinkgelder entgegennahm, was ihn bei Françoise verhaßt gemacht hatte. »Ja, wenn man ihn zum erstenmal sieht, da würde man ihn ohne Beichte ins Himmelreich lassen, aber an anderen

Tagen ist er so höflich wie ein Gefängnistor. Das sind alles Schnorrer« – die Kategorie, zu der sie einst Eulalie gerechnet hatte und zu der für sie leider auch Albertine jetzt schon gehörte, woraus eines Tages so viel Unglück entstehen sollte; denn sie sah immer wieder, wie ich Mama um Dinge bat, die ich meiner wenig bemittelten Freundin schenken wollte, kleinen Kram nur, den sich aber Françoise selbst schon zugedacht hatte; und das fand Françoise unverzeihlich, weil Madame Bontemps nur über ein Mädchen für alles verfügte. Rasch hatte der Liftboy das Kleidungsstück abgelegt, das ich seine Livree genannt hätte, er aber seinen Waffenrock hieß, und erschien mit einem Strohhut und einem Spazierstock, in straffer Haltung und gemessenen Schrittes, denn seine Mutter hatte ihm eingeschärft, nie wie ein Arbeiter oder wie ein Laufbursche auszusehen. So wie die Wissenschaft einem Arbeiter, der am Feierabend kein Arbeiter mehr ist, durch Bücher zugänglich wird, so verhalfen der Strohhut und ein Paar Handschuhe dem Liftboy zu seiner Eleganz, wenn er am Abend keine Gäste mehr zu befördern hatte und sich wie ein junger Chirurg, der seinen Kittel, oder der Quartiermeister Saint-Loups, der seine Uniform ausgezogen hat, als vollendeter Weltmann vorkam. Dabei legte er Ehrgeiz und auch Fertigkeit an den Tag, wenn es darum ging, seinen Käfig zu bedienen und mit dem Gast nicht zwischen zwei Stockwerken stekkenzubleiben. Doch seine Sprache war mangelhaft. Ich sah seinen Ehrgeiz bestätigt, wenn er von dem Concierge, der sein Vorgesetzter war, als »meinem Concierge« im selben Ton sprach, wie jemand, der in Paris das besitzt, was der Page ein »Herrschaftshaus« genannt hätte, von seinem Pförtner spricht. Zu der Sprache des Liftboys gehörte auch die Merkwürdigkeit, daß er täglich wohl fünfzigmal »Ascenseur!« rufen hörte, selbst aber dabeiblieb, »accenseur« zu sagen.

Mit gewissen Dingen ging einem dieser Liftboy entsetzlich auf die Nerven; was immer ich ihm sagen mochte, er unterbrach mich mit einem »Ja natürlich!« oder »Ja eben!« Damit meinte er entweder, daß ich da etwas sagte, das jedermann hätte sagen können, oder er schrieb sich selbst das Verdienst zu, mich darauf gebracht zu haben. Dieses »Ja natürlich!« oder

»Ja eben!« kam, mit dem größten Nachdruck vorgebracht, alle zwei Minuten aus seinem Mund und bezog sich auf Dinge, die er sich nie hätte einfallen lassen; darüber ärgerte ich mich so, daß ich nun unverzüglich das Gegenteil sagte, um ihm zu zeigen, daß er keine Ahnung hatte. Doch so unvereinbar meine zweite Behauptung mit der ersten war, er antwortete auch da wieder mit »Ja natürlich!« oder »Ja eben!«, als wären das Worte, ohne die es nicht geht. Ich verzieh ihm auch schwer, daß er bestimmte Ausdrücke, die zu seinem Beruf gehörten und daher in ihrem wörtlichen Sinn durchaus passend gewesen wären, im übertragenen Sinn gebrauchte, um ihnen eine − wie er sich einbildete − geistreiche Note zu geben; so zum Beispiel das Wort »pedalen«, das er nie verwendete, wenn er mit dem Fahrrad unterwegs gewesen war. Hatte er sich aber zu Fuß beeilen müssen, um pünktlich zu sein, sagte er: »Da habe ich aber pedalen müssen!« Der Liftboy war ziemlich klein, unansehnlich gebaut, eher häßlich. Das hinderte ihn nicht, jedesmal, wenn man ihm von einem hochgewachsenen, schlanken und gutaussehenden jungen Mann sprach, zu sagen: »Ja, ja, ich weiß schon: einer, der genau meine Statur hat.« Und eines Tages, als ich eine Antwort von ihm erwartete und jemanden die Treppe heraufkommen hörte, öffnete ich in meiner Ungeduld die Zimmertür und sah einen Pagen, schön wie Endymion, mit wunderbar ebenmäßigen Zügen, der zu einer Dame bestellt war, die ich nicht kannte. Als der Liftboy zurück war und ich ihm erzählte, wie ungeduldig ich ihn erwartet und schon gemeint hätte, er komme herauf, es sei aber ein Page vom Hotel Normandie gewesen, sagte er: »Ja, ja, ich weiß schon, welcher das war; es gibt dort nur einen, er ist gleich groß wie ich, und er sieht mir zum Verwechseln ähnlich; man könnte uns ohne weiteres für Brüder halten.« Auch wollte er immer schon in der ersten Sekunde alles verstanden haben, so daß er jedesmal, wenn man ihm etwas auftrug, sofort erklärte: »Ja, ja, ja, ja, ich verstehe schon«, und das mit solcher Selbstverständlichkeit und so intelligentem Ausdruck, daß ich mich eine Zeitlang täuschen ließ; aber die Menschen sind, wenn man sie nach und nach kennenlernt, wie ein Metall, das sich in einer chemischen

Verbindung verändert, und man kann zusehen, wie sich ihre Vorzüge, manchmal auch ihre Mängel verlieren. Als ich ihm meine Aufträge für seinen Botengang zu Albertine geben wollte, sah ich, daß er die Tür nicht geschlossen hatte; ich machte ihn darauf aufmerksam, weil niemand zu hören brauchte, daß ich Albertine kommen ließ; er fügte sich meinem Wunsch und kam wieder, nachdem er die Tür etwas weniger weit offen gelassen hatte. »Nur um Ihnen einen Gefallen zu tun. Es ist außer uns niemand mehr auf der Etage.« Gleich darauf hörte ich eine, dann zwei, dann drei Personen vorbeigehen. Das störte mich wegen der möglichen Indiskretion, vor allem jedoch, weil ich sah, daß es ihn keineswegs überraschte, und weil es das ganz gewöhnliche Hin und Her war. »Ja, das ist nur das Zimmermädchen von nebenan, das seine Sachen holt. Oh, das hat nichts zu bedeuten, der Weinkellner bringt seine Schlüssel zurück. Nein, nein, das ist nichts, sprechen Sie ruhig, es ist mein Kollege, der seinen Dienst antritt.« Und da mich die Gründe, aus denen all diese Leute vorbeigingen, nicht darüber beruhigten, daß sie mich hören konnten, ging er auf meinen ausdrücklichen Befehl hin, um die Tür nicht etwa zu schließen, das wäre über die Kräfte dieses Radfahrers gegangen, der sich ein »Moto« wünschte, aber er schob sie ein wenig zu. »So haben wir alle Ruhe.« Wir hatten sie in dem Grad, daß eine Amerikanerin hereinkam, sich entschuldigte, weil sie sich in der Tür geirrt hatte, und sich wieder verzog. »Sie sollen die junge Dame für mich abholen«, sagte ich, nachdem ich selber die Tür mit aller Kraft zugeworfen hatte (worauf ein weiterer Page erschien, um sich zu vergewissern, daß da kein Fenster offen stand). »Sie erinnern sich: Mademoiselle Albertine Simonet. Es steht ja auch auf dem Umschlag; Sie brauchen ihr nur zu sagen, das sei von mir, sie wird sehr gern kommen«, fügte ich hinzu, um ihn zu ermutigen und mich nicht unnötig zu demütigen. »Ja natürlich.« »Nein gar nicht, es ist überhaupt nicht ›natürlich‹, daß sie gern kommt. Von Berneville hierherzukommen ist sehr unbequem.« »Ich verstehe!« »Sie sagen ihr, sie soll mit Ihnen kommen.« »Ja, ja, ja, ja.« Der gute Eindruck, den mir dieses »Ich verstehe« gemacht hatte, war verflogen, da ich nun wußte, wie automatisch es kam und wieviel Ungefähr und Einfalt sich unter seiner vermeintlichen Zuverlässigkeit verbargen. »Wann können Sie zurücksein?« »Ich brauche nicht lang«, sagte der Liftboy (»J'ai pas pour bien longtemps« – er übertrieb die von Bélise erlassene Vorschrift, die Wiederholung des »pas« nach dem »ne« zu vermeiden, und begnügte sich stets mit nur einer Negation). »Ich kann sehr gut hingehn. Gerade jetzt ist der Ausgang aufgehoben, weil wir zum Mittagessen eine Gesellschaft mit zwanzig Gedecken hatten. Und dabei war ich an der Reihe für den Ausgang. Es ist ganz recht, daß ich dafür am Abend ein wenig ausgehe. Ich nehme das Rad. So komm ich schnell hin.« Und nach einer Stunde war er wieder da und sagte: »Monsieur hat warten müssen, aber ich habe das Fräulein jetzt da. Sie ist unten.« »Ah, danke; und der Concierge ist mir nicht böse?« »Monsieur Paul? Der weiß nicht einmal, wo ich war. Auch der Chefportier hat nichts gesagt.« Einmal aber, als ich ihm gesagt hatte: »Sie müssen sie mir unbedingt herbringen«, teilte er mir grinsend mit: »Ich habe sie nicht gefunden. Sie ist ja nicht dort. Ich habe nicht länger warten können; ich hatte Angst, daß es mir geht wie meinem Kollegen, der vom Hotel geschickt worden ist« (denn der Liftboy sagte zwar »rentrer« – wieder eintreten – anstelle von »entrer«, wenn es sich um eine erste Anstellung handelte, dafür aber ließ er, zur Milderung des Sachverhalts, wenn er ihn betraf, oder um ihn sanfter und perfider anzudeuten, wenn es um einen anderen ging, das »r« von »renvoyer« weg und sagte: »Ich weiß, daß er geschickt – statt ›weggeschickt‹ – worden ist«). Er grinste nicht aus Bosheit, sondern weil er schüchtern war. Er glaubte seinen Fehler dadurch zu verkleinern, daß er ihn belächelte. Und auch wenn er sagte: »Sie ist ja nicht dort«, meinte er nicht, ich hätte das wissen sollen. Er war im Gegenteil sicher, daß ich es nicht wußte, und eben das machte ihm Angst. Er sagte »Sie ist ja nicht dort«, um sich selbst die Qualen zu ersparen, die er hätte durchmachen müssen, während er mich ins Bild setzte.

Nie sollte man denen zürnen, die den Mund zu einem Lächeln verziehen, wenn man sie bei einem Fehler ertappt. Sie wollen sich nicht über uns lustig machen, sondern sie fürchten unseren Unwillen. Bezeigen wir großes Erbarmen, begegnen wir mit großer Sanftmut denen, die lachen. Dem Liftboy hatte seine Verlegenheit nicht nur gleich einem veritablen Anfall eine apoplektische Röte ins Gesicht getrieben, sie hatte auch seine Redeweise verändert; er sprach auf einmal ganz familiär. Er erklärte mir schließlich, daß Albertine nicht in Épreville war und erst um neun Uhr zurückkommen sollte; wenn sie aber »gelegentlich« – womit er »zufällig« meinte – schon früher zurückkäme, würde man ihr die Bestellung ausrichten, und jedenfalls müßte sie vor ein Uhr morgens bei mir sein.

Mein quälender Argwohn begann indessen noch nicht an dem Abend Gestalt anzunehmen. Den Anlaß dazu gab vielmehr – und ich erzähle das hier schon, obwohl es erst ein paar Wochen später geschah – eine Bemerkung Cottards. Albertine und ihren Freundinnen war es an dem Tag eingefallen, mich in das Casino von Incarville zu bestellen; und ich wäre dort – zu meinem Glück – nicht zu ihnen gestoßen (denn ich wollte Madame Verdurin besuchen, die mich schon mehrmals eingeladen hatte), wäre mein Zug nicht durch eine zeitraubende Betriebsstörung gerade in Incarville aufgehalten worden. Während ich hin und her wanderte und darauf wartete, daß der Schaden behoben würde, traf ich plötzlich auf Doktor Cottard, der zu einer Konsultation nach Incarville gekommen war.

Ich zögerte fast ein wenig, ihm guten Tag zu sagen, da er auf keinen meiner Briefe geantwortet hatte. Aber die Liebenswürdigkeit gibt sich nicht bei jedermann auf die gleiche Art zu erkennen. Cottard, der von seiner Erziehung her nicht auf dieselben Regeln des richtigen Verhaltens festgelegt war wie die Menschen der höheren Gesellschaft, steckte voll guter Absichten, die man nicht kannte und an die man nicht glaubte bis zu dem Tag, an dem er Gelegenheit hatte, sie kundzutun. Er entschuldigte sich, er hatte meine Briefe erhalten, er hatte den Verdurins gesagt, daß ich hier sei, sie wollten mich unbedingt sehen, und er riet mir, sie zu besuchen. Er wollte mich sogar an demselben Abend zu ihnen bringen, denn er hatte vor, wieder das Bähnchen zu nehmen und zum Abendessen hinzufahren. Da ich noch zauderte und er wegen der Reparaturarbeiten auf seinen Zug warten mußte, traten wir auf meinen Vorschlag in das kleine Casino, eines jener Lokale, die mir am Abend meiner ersten Ankunft so trübselig erschienen waren; nun aber war es erfüllt vom Trubel der jungen Mädchen, die miteinander tanzten, weil es an Kavalieren fehlte. Andrée schlitterte auf mich zu. Ich hatte eben noch vorgehabt, gleich wieder fort und mit Cottard zu den Verdurins zu gehen, aber nun lehnte ich sein Angebot endgültig ab, weil mein Wunsch, bei Albertine zu bleiben, übermächtig wurde. Ich hatte sie lachen hören. Und dieses Lachen beschwor auch die rosigen Hautfarbtöne herauf, die duftenden Oberflächen, an denen es sich zu reiben und von denen es, herb, sinnlich und verheißungsvoll wie der Geruch von Geranien, ein paar körperhafte, aufreizende und geheime Teilchen mit sich heranzutragen schien.

Eines der Mädchen, das ich nicht kannte, setzte sich ans Klavier, und Andrée forderte Albertine zu einem Walzer auf. Glücklich bei dem Gedanken, daß ich mit meinen Freundinnen hier bleiben würde, saß ich in dem kleinen Casino und bemerkte zu Cottard, wie gut sie doch tanzten. Er aber, mit seinem besonderen ärztlichen Blick und mit seinen schlechten Manieren – er beachtete nicht, daß ich die Mädchen kannte, obwohl er natürlich gesehen hatte, daß ich sie grüßte – antwortete mir: »Ja, nur ist es sehr unvorsichtig von ihren Eltern, daß sie ihren Töchtern ein solches Benehmen erlauben. Meine Töchter dürften mir nicht hierherkommen. Sind sie wenigstens hübsch? Ich kann ihre Gesichter nicht recht erkennen. Sehen Sie nur«, fügte er hinzu und wies auf Andrée und Albertine, die langsam, eng umschlungen tanzten, »ich habe mein Lorgnon nicht bei mir und sehe es nicht genau, aber ich bin überzeugt, diese beiden sind jetzt beim höchsten Genuß angelangt. Es ist zu wenig bekannt, daß die Frauen die Lust vor allem mit den Brüsten empfinden. Und bei ihnen, sehen Sie, berühren sie sich vollständig.« In der Tat hatte sich dieser enge Kontakt zwischen Andrée und Albertine nicht gelockert. Ich weiß nicht, ob sie hörten oder errieten, was Cottard meinte, aber sie lösten sich ein wenig voneinander, ohne ihren Tanz zu unterbrechen. Andrée sagte jetzt etwas zu Albertine, und diese lachte in demselben vollen, fortklingenden Ton, den ich eben gehört hatte. Diesmal aber war die Unruhe, die er mir zutrug, nur noch quälend; es war, als zeigte Albertine – als gäbe sie Andrée zu verstehen –, daß sie einen lustvollen Schauer und vielleicht mehr empfand. Ihr Lachen klang wie die ersten oder die letzten Akkorde eines unbekannten Festes. Ich brach mit Cottard zusammen auf, im Gespräch mit ihm, von ihm abgelenkt, und dachte nur augenblicksweise an die Szene zurück, die ich gesehen hatte.

Dabei war die Unterhaltung mit Cottard nicht interessant. Es kam sogar in diesem Augenblick ein bitterer Ton hinein; denn wir hatten soeben den Doktor du Boulbon bemerkt, der aber uns nicht sah. Er hielt sich für einige Zeit auf der anderen Seite der Bucht von Balbec auf, wo er großen Zulauf hatte. Und Cottard, der zwar stets erklärte, in den Ferien praktiziere er nicht, hatte gehofft, er würde dort ausgewählte Patienten behandeln können; doch da war ihm nun du Boulbon im Weg. Der in Balbec ansässige Arzt störte Cottard nicht. Er war bloß ein sehr gewissenhafter Praktiker, der über alles Bescheid wußte, der für jedes noch so kleine Jucken sofort die geeignete Kombination von Salbe, Waschungen und Einreibungen verschrieb. Aber er war keine Berühmtheit. Einen kleinen Verdruß hatte er Cottard freilich verursacht. Dieser nämlich war, seit er seinen Lehrstuhl mit demjenigen für spezifische Heilverfahren vertauschen wollte, Spezialist für Vergiftungserscheinungen geworden. Die Vergiftungserscheinungen, eine verderbliche Erfindung der Medizin, haben den Apothekern zu neuen Etiketts verholfen, auf denen von jedem Produkt erklärt wird, es sei (ganz im Gegensatz zu ähnlichen Medikamenten) vollkommen ungiftig. Das ist jetzt die maßgebliche Reklame; höchstens ganz unten, in kaum lesbaren Buchstaben, überlebt noch die Versicherung, das Heilmittel sei zuverlässig aseptisch. Außerdem dienen die Vergiftungserscheinungen der Beruhigung des Kranken, der zu seiner Freude erfährt, daß seine Lähmung ein rein toxisches Übel ist. Nun hatte ein Großherzog, der ein paar Tage in Balbec verbrachte und dem ein Auge angeschwollen war, Cottard kommen lassen, der als Gegenleistung für einige Hundert-Franc-Scheine (weniger nahm der Professor für seine Bemühungen nicht) als Ursache des Übels eine Vergiftung feststellte und eine Entgiftungskur anordnete. Da das Auge nicht abschwoll, wandte sich der Großherzog an den kleinen Arzt von Balbec, der innerhalb von fünf Minuten ein Staubkorn entfernte. Am nächsten Tag war die Entzündung verschwunden. Gefährlicher war indessen ein anderer Rivale, ein berühmter Nervenarzt. Das war ein rotgesichtiger, leutseliger Mann, den der Umgang mit nervösen Zerrüttungserscheinungen nicht daran hinderte, sich sehr wohl zu befinden, der aber auch seine Patienten mit seinem lauten und fröhlichen »Guten Tag« und »Auf Wiedersehen« beruhigte; mit seinen athletischen Armen konnte er immer noch behilflich sein, ihnen die Zwangsjacke anzulegen. Doch wenigstens war er, wie tüchtig er auch sein mochte, ein Spezialist. Und so entlud sich Cottards ganzer Zorn auf du Boulbon. Ich machte mich indessen auf den Rückweg, ließ den Professor ziehen und versprach ihm, seine Freunde, die Verdurins, bald zu besuchen. Der Schmerz, den mir seine Äußerung über Albertine und Andrée zugefügt hatte, ging tief, doch die schlimmsten Qualen fühlte ich nicht sogleich; es ging mir wie mit gewissen Giften, die erst nach einer gewissen Zeit zu wirken beginnen.

Albertine kam trotz der Versicherungen des Liftboys, der sie hatte abholen wollen, an jenem Abend nicht. Die Reize einer Person sind zweifellos weniger oft der Grund, warum man sie lieben muß, als etwa ein Satz wie: »Nein, heute abend bin ich nicht frei.« Man achtet kaum auf diesen Satz, wenn man mit Freunden zusammen ist, man ist den ganzen Abend vergnügt, man beschäftigt sich nicht mit einem bestimmten Bild; es ist in die richtige Lösung getaucht worden; kommt man nach Hause, findet man es, der Film ist entwickelt und vollkommen klar. Man stellt fest, wie sehr man am Leben hängt, an dem Leben, das man tags zuvor für nichts hergegeben hätte; denn man fürchtet sich zwar noch immer nicht vor dem Tod, aber an Trennung wagt man nicht mehr zu denken.

Dabei litt ich – nicht von ein Uhr (der Zeit, die der Liftboy bestimmt hatte), sondern von drei Uhr an – nicht mehr wie früher unter dem Gefühl, daß die Aussicht auf Albertines

Kommen schwand. Die Gewißheit, daß sie nicht kommen würde, gewährte mir völlige Ruhe und Entspannung; diese Nacht war ganz einfach eine Nacht wie viele andere, in denen ich Albertine nicht sah – so legte ich es mir zurecht; und sowie sich der Gedanke, daß ich sie am nächsten oder an einem anderen Tag sehen würde, von ihrem nicht weiter angefochtenen Ausbleiben löste, wurde er zu einem Wohlgefühl.

In solchen Stunden des Wartens rührt die Bangigkeit mitunter von einem Medikament her, das man genommen hat. Der Leidende deutet sie falsch und glaubt sich wegen der Frau zu ängstigen, die nicht kommt. Die Liebe entsteht dann wie gewisse nervöse Störungen aus der ungenauen Erklärung eines lästigen Unbehagens. Eine Erklärung, die zu berichtigen nutzlos ist, wenigstens was die Liebe betrifft, ein Gefühl, das (ganz unabhängig von seiner jeweiligen Ursache) immer auf einem Irrtum beruht.

Als Albertine mir am nächsten Tag schrieb, sie sei eben erst nach Épreville zurückgekommen, habe also meine Nachricht nicht rechtzeitig erhalten und würde, wenn es mir recht sei, noch diesen Abend kommen, meinte ich hinter den Worten ihres Briefs – wie schon hinter denen, die sie mir früher einmal am Telephon gesagt hatte – zu spüren, daß da Vergnügungen und Personen im Spiel waren, die sie mir vorgezogen hatte. Wieder durchdrang mich die schmerzliche Neugier, zu wissen, was sie wohl getan hatte, und so mochte ich auch für einen Augenblick glauben, daß mich die Liebe, die man als Möglichkeit stets in sich trägt, an Albertine fesseln würde; doch sie bewegte sich nur ein wenig an Ort und Stelle, und ihre letzten Regungen vergingen wieder, ohne daß sie sich in Gang gesetzt hätte.

Während meines ersten Aufenthalts in Balbec hatte ich – und hatte vielleicht auch Andrée – den Charakter Albertines nicht richtig eingeschätzt. Ich hatte es naiver Leichtfertigkeit zugeschrieben, wenn alle meine Bitten sie nicht davon abhalten konnten, sich an einer Garden Party, einem Spazierritt auf Eseln, einem Picknick zu beteiligen. Als ich zum zweitenmal in Balbec war, kam mir der Verdacht, diese Leichtfertigkeit sei nur vorgetäuscht, die Garden Party bloß vorgeschoben, wenn nicht erfunden. Das Wirkliche vollzog sich unter dem für mich Sichtbaren, ich konnte auf meiner Seite des Fensters, das alles andere als durchsichtig war, nicht erkennen, was auf der anderen wahr sein mochte. Eines Tages erging sich Albertine in den leidenschaftlichsten Zärtlichkeitsbeweisen und schaute dabei auf die Uhr, weil sie eine Dame besuchen mußte, die in Infreville – wie sie mir erzählte – täglich um fünf empfing. Da ein Verdacht mich quälte und ich mich außerdem nicht wohl fühlte, bat und beschwor ich Albertine, bei mir zu bleiben. Das kam nicht in Frage (vielmehr, es blieben ihr nur gerade noch fünf Minuten), weil die Dame sich ärgern würde, die wenig gastfreundlich, empfindlich und, wie Albertine sagte, todlangweilig war, »Aber man kann doch einen Besuch ganz gut einmal seinlassen.« »Nein, meine Tante hat mir beigebracht, daß man vor allem anderen höflich sein muß.« »Ich habe aber schon sehr oft gesehen, daß du unhöflich warst.« »Das ist etwas anderes, diese Dame wäre mir böse und würde mir bei der Tante etwas einbrocken. Ich komme schon so nicht allzugut mit ihr aus. Sie legt Wert darauf, daß ich einmal dorthin gehe.« »Aber wenn die Dame doch täglich Besuche empfängt.« Hier merkte Albertine, daß sie sich »verplaudert« hatte und änderte ihre Taktik. »Sie empfängt wirklich jeden Tag, aber heute habe ich mich bei ihr mit Freundinnen verabredet. Das ist dann weniger langweilig.« »Also ziehst du mir diese Dame und deine Freundinnen vor; lieber, als daß du einen vielleicht etwas langweiligen Besuch in Kauf nimmst, läßt du mich allein, krank und verzweifelt.« »Das wäre mir doch egal, wenn der Besuch mich langweilte, aber ich kann meine Freundinnen nicht im Stich lassen. Ich bringe sie in meinem Wägelchen nach Hause, sie hätten ja sonst keine Fahrgelegenheit.« Ich machte Albertine darauf aufmerksam, daß es bis um zehn Uhr abends Züge gab. »Das stimmt, aber es kann ja sein, daß die Dame uns auffordert, zum Essen zu bleiben; sie hat gern Gäste.« »Dann lehnt ihr eben ab.« »Das würde die Tante auch wieder ärgern.« »Außerdem könnt ihr dort essen und dann den Zehn-Uhr-Zug nehmen.« »Da ist etwas dran.« »Sonst könnte ich nie auswärts essen und mit der Bahn zurückkommen. Aber hör, Albertine, wir machen etwas ganz Einfaches: Ich merke, daß die Luft mir guttun wird; da du den Besuch bei der Dame nicht fahren lassen kannst, begleite ich dich nach Infreville. Keine Angst, ich komme nicht bis zur ›Tour Élisabeth‹ (die Villa der Dame), ich werde weder die Dame noch deine Freundinnen sehen.« Albertine sah aus wie vor den Kopf geschlagen. Sie brachte kein Wort mehr heraus. Dann sagte sie, die Seebäder bekämen ihr nicht. »Oder stört es dich, wenn ich mitkomme?« »Wie kannst du so etwas sagen, du weißt ganz gut, daß es mir die größte Freude macht, mit dir auszugehen.« Ein plötzlicher Umschwung war eingetreten. »Da wir also jetzt einen Spaziergang machen«, sagte sie, »warum könnten wir nicht nach der anderen Seite gehen, Richtung Quellehome, wir würden dann miteinander essen. Das wäre doch nett. Auf dieser Seite von Balbec ist es viel schöner. Von Infreville und von all den spinatgrünen Winkeln hab ich allmählich genug!« »Aber die Freundin deiner Tante wird böse sein, wenn du sie nicht besuchst.« »Ach, sie wird sich auch wieder beruhigen.« »Nein, man soll die Leute nicht ärgern.« »Aber sie wird es nicht einmal merken, sie empfängt Tag für Tag; ob ich morgen oder übermorgen oder in acht oder in vierzehn Tagen hingehe, das ist alles noch früh genug.« »Und deine Freundinnen?« »Oh, die haben mich oft genug versetzt. Jetzt bin ich einmal dran.« »Auf der Seite, die du vorschlägst, gibt es aber nach neun keinen Zug mehr.« »Darauf kommt's doch nicht an! Neun Uhr ist grade richtig. Und wegen des Rückwegs soll man sich nie von etwas abhalten lassen. Man findet immer ein Wägelchen, ein Fahrrad, und sonst hat man seine Beine.« »Man findet immer, Albertine, wie du daherredest! Auf der Seite nach Infreville, ja, weil da ein kleiner Badeort an den anderen stößt. Aber nach Quellehome, das ist etwas anderes.« »Auch von dort, das verspreche ich dir, bring ich dich heil und gesund zurück.« Ich merkte, daß Albertine meinetwegen auf einen Plan verzichtete, den sie mir nicht verraten wollte, und daß es da jemanden gab, der ohne sie ebenso unglücklich sein würde wie ich. Nun sah sie, daß sie ihr Vorhaben nicht ausführen konnte, weil ich sie begleiten wollte, und gab es auf. Sie wußte, daß sich das wieder gutmachen ließ. Wie alle Frauen, in deren Leben verschiedene Dinge im Gang sind, hatte sie einen nie versagenden Rückhalt: Zweifel und Eifersucht. Nicht daß sie versucht hätte, sie zu erregen, im Gegenteil. Wer aber liebt, ist so argwöhnisch, daß er die Lüge immer gleich wittert. Und Albertine, die nicht besser war als irgendeine andere, wußte aus Erfahrung (und ohne zu ahnen, was sie der Eifersucht zu verdanken hatte), daß sie stets sicher sein konnte, mit denen wieder zusammenzukommen, die sie an einem Abend im Stich gelassen hatte. Die unbekannte Person, der sie nicht Wort hielt, würde darunter leiden, würde sie (und zwar eben deshalb, was Albertine aber nicht wußte) noch mehr lieben, und um nicht länger zu leiden, würde sie von sich aus wieder zu ihr kommen, so wie auch ich es vielleicht getan hätte. Doch ich wollte sie nicht quälen und mich nicht abmühen, nicht auf die schreckliche Bahn der Nachforschungen, der Überwachung in all ihren vielen Formen geraten. »Nein, Albertine, ich will dir dein Vergnügen nicht verderben, geh du zu deiner Dame in Infreville oder meinethalben zu der Person, die dahintersteckt. Der wahre Grund, warum ich nicht mitkomme, ist der, daß du es nicht wünschst, daß der Spaziergang, den du mit mir machen würdest, nicht der ist, den du vorhattest; das hast du bewiesen, indem du dir mehr als fünfmal widersprachst, ohne es zu bemerken.« Die arme Albertine fürchtete, sie habe sich unversehens in schwerere Widersprüche verwickelt. »Es ist sehr wohl möglich, daß ich mir widersprochen habe. Die Meerluft nimmt mir allen Verstand. Ich verwechsle fortwährend die Namen.« Wie zum Beweis, daß sie nicht viele zärtliche Versicherungen hätte aufwenden müssen, damit ich ihr glaubte, traf mich das Eingeständnis, das einen – wie ich nun sah – doch erst schwachen Verdacht bestätigte, bis ins Tiefste. »Also gut! Dann soll es so sein«, sagte sie in tragischem Ton und nicht ohne auf die Uhr zu schauen, um festzustellen, ob sie sich bei dem andern verspäte, da ich ihr nun einen Vorwand lieferte, den Abend nicht mit mir zu verbringen. »Du bist so gemein. Ich stelle alles auf den Kopf für einen schönen Abend mit dir, und nun willst du nicht und wirfst mir noch vor, daß ich lüge. So grausam warst du noch nie. Das Meer wird mein Grab sein, ich werde dich nie wiedersehen. (Das Herz klopfte mir, als sie das sagte, und dabei war ich sicher, daß sie am nächsten Tag wiederkäme; was auch geschah.) Ich gehe ins Wasser.« »Wie Sappho!« »Noch eine Beleidigung! Du zweifelst nicht nur an dem, was ich sage, sondern auch an dem, was ich tue.« »Aber, mein Schatz, das war ganz ohne Absicht gesagt, ich schwöre es dir; du weißt doch, daß sich Sappho ins Meer gestürzt hat.« »Doch, doch, du hast gar kein Vertrauen zu mir.« Sie sah auf der Wanduhr, daß es zwanzig vor fünf war, fürchtete sich zu verspäten und wählte den kürzesten Abschied (für den sie sich freilich ent-schuldigte, als sie am nächsten Tag – an dem jene andere Person wahrscheinlich nicht frei war – zu mir kam), sie rannte davon und rief »Lebwohl für immer« mit der Miene einer Verzweifelten. Und vielleicht war sie wirklich verzweifelt. Denn da sie besser als ich wußte, was sie in diesem Augenblick tat, und gegen sich selbst zugleich strenger und nachsichtiger war als ich, mochte sie doch nicht ganz sicher sein, ob ich sie nach diesem Abgang noch sehen wollte. Ich glaube, es lag ihr an mir – in dem Grade, daß die andere Person eifersüchtiger war als ich selbst.

Als wir ein paar Tage danach im Tanzsaal des Casinos von Balbec waren, kamen die Schwester und die Cousine Blochs herein, die beide sehr hübsch geworden waren, die ich aber mit Rücksicht auf meine Freundinnen nicht mehr grüßte; denn die Jüngere, die Cousine, lebte vor aller Welt mit der Schauspielerin zusammen, die sie während meines ersten Auf-enthalts in Balbec kennengelernt hatte. Andrée hörte, wie jemand ganz leise darauf anspielte, und sagte zu mir: »Oh! in diesem Punkt geht es mir ganz wie Albertine, nichts widert uns beide so an wie das.« Und Albertine hatte, während sie auf unserem Kanapee mit mir sprach, den beiden übelbeleumde-ten Mädchen den Rücken zugewandt; aber ich hatte bemerkt, daß zuvor, als Mademoiselle Bloch und ihre Cousine erschie-nen waren, in die Augen meiner Freundin jene plötzliche, ernste Aufmerksamkeit getreten war, die dem Gesicht des mutwilligen jungen Mädchens mitunter etwas Nachdenk-liches, ja Schwermütiges gab und bei ihr eine traurige Stim-mung hinterließ. Albertine hatte die Augen sogleich auf mich gerichtet, aber sie blickte immer noch merkwürdig starr und verträumt. Mademoiselle Bloch und ihre Cousine waren schließlich weggegangen, nachdem sie sehr laut gelacht und wenig schickliche Schreie ausgestoßen hatten; ich fragte Albertine, ob die kleine Blonde (eben die Freundin der Schauspielerin) nicht dieselbe sei, die tags zuvor den Preis beim Blumenkorso gewonnen hatte. »Ach, ich weiß gar nicht«, sagte Albertine, »gibt es da eine Blonde? Weißt du, die interessieren mich wirklich nicht, ich habe sie keinen Augenblick angesehen. Gibt es da eine Blonde?« fragte sie ihre drei Freundinnen, forschend und unbeteiligt. Da es sich um Personen handelte, denen Albertine täglich am Strand begegnete, schien mir, als ginge diese Ahnungslosigkeit ein wenig zu weit, um aufrichtig zu sein. »Sie haben ja wohl auch uns nicht weiter angeschaut«, sagte ich, vielleicht um Albertine, in der kaum bewußten Annahme, sie könnte sich etwas aus Frauen machen, über ein Bedauern hinwegzuhelfen, indem ich sie darauf hinwies, daß sie die Aufmerksamkeit dieser beiden jedenfalls nicht erregt hatte und daß, allgemeiner gesprochen, auch die verdorbensten Frauen es nicht auf junge Mädchen abgesehen haben, die sie nicht kennen. »Sie haben uns nicht angeschaut?« antwortete Albertine unbesonnen, »sie haben die ganze Zeit nichts anderes getan.« »Aber das kannst du doch nicht wissen«, sagte ich, »du hast ihnen ja den Rücken zugewandt.« »So – und das hier?« erwiderte sie und zeigte auf einen großen Spiegel an der gegenüberliegenden Wand, den ich nicht bemerkt hatte und durch den sie, wie ich jetzt begriff, die ihr angeblich unbekannten Mädchen fortwährend angestarrt hatte, die schönen Augen voll ernster Aufmerksamkeit.

Nutzlose Vorsorge

Schon in der Frühe, das Gesicht noch zur Wand gekehrt und bevor ich im Fenster, über den großen Vorhängen, den Farbton des Tageslichts wahrnahm, wußte ich, wie das Wetter war. Die ersten Straßengeräusche hatten es mir verraten, je nachdem ob sie gedämpft und verwischt durch die Feuchtigkeit oder wie Pfeile vibrierend in der hallenden Leere eines geräumigen, kalten und klaren Morgens zu mir drangen: Dem Rumpeln der ersten Trambahn hatte ich abgehört, ob es sich im Regen verstimmt hatte oder ins Himmelblau unterwegs war. Und vielleicht war auch diesen Geräuschen voraus schon eine schnellere, tiefer dringende Botschaft durch meinen Schlaf geglitten, um ihm das traurige Vorgefühl eines Schneefalls zu übermitteln oder in ihm ein kleines Geistwesen so viele Lobgesänge zu Ehren der Sonne anstimmen zu lassen, daß diese Hymnen mir schließlich, wenn ich noch schlafend zu lächeln begann und sich meine geschlossenen Lider auf blendendes Licht gefaßt machten, eine verwirrende Weckmusik zutrugen. Überhaupt nahm ich zu dieser Zeit das Leben der Außenwelt hauptsächlich in meinem Zimmer wahr. Ich weiß, daß Bloch erzählte, er habe bei seinen abendlichen Besuchen gehört, daß gesprochen wurde; da meine Mutter in Combray war und er in meinem Zimmer nie jemanden antraf, nahm er an, ich führe Selbstgespräche. Als er viel später erfuhr, daß Albertine damals bei mir wohnte, wurde ihm klar, daß ich sie vor jedermann versteckt gehalten hatte, und nun meinte er, er begreife endlich, warum ich in jener Lebensphase nie hätte ausgehen wollen. Er täuschte sich. Und das war sehr verzeihlich, denn die Wirklichkeit ist zwar folgerichtig, aber nie ganz voraussehbar. Wer über das Leben eines anderen etwas erfährt, das genau zutrifft, zieht unverzüglich Schlüsse daraus, die nicht stimmen, und sieht in dem neu entdeckten Faktum die Erklärung für Dinge, die gar nichts mit ihm zu tun haben.

Wenn ich jetzt darüber nachdenke, daß bei unserer Rückkehr von Balbec meine Freundin gekommen war, um in Paris unter demselben Dach mit mir zu wohnen, daß sie auf eine geplante Kreuzfahrt verzichtet hatte, daß ihr Zimmer – das Kabinett meines Vaters mit den Tapisserien – zwanzig Schritte von dem meinen entfernt war und daß sie an jedem Abend, bevor sie zu sehr später Stunde von mir wegging, ihre Zunge in meinen Mund gleiten ließ wie ein tägliches Brot, wie eine nährende Speise, geweiht beinahe wie alles Fleisch, dem die Leiden, die wir seinetwegen erduldet haben, zuletzt eine geistige Anziehungskraft verleihen, dann drängt sich mir zum Vergleich nicht die Nacht auf, die ich mit der Erlaubnis des Hauptmanns von Borodino in der Kaserne verbringen durfte – ein Gunstbeweis, der mich doch nur von einem vorübergehenden Unbehagen geheilt hatte –, sondern jene Nacht, in der mein Vater die Mutter in dem kleinen Bett neben dem meinen schlafen ließ. So verschieden können die Umstände sein, unter denen das Leben uns wieder einmal von einem Leiden befreien muß, das unüberwindlich schien – so entgegengesetzt bisweilen, daß es beinahe als Sakrileg erscheint, wenn wir feststellen, daß es dieselbe Gnade ist, die uns gewährt wird!

Wenn Albertine von Françoise gehört hatte, daß ich im Dunkel meines Zimmers, bei noch zugezogenen Vorhängen, nicht mehr schlief, hatte sie keine Bedenken wegen der kleinen Geräusche, die bei der Morgentoilette in ihrem Bad entstanden. Oft blieb ich dann nicht länger liegen und ging in ein Badezimmer hinüber, das neben dem ihren lag und ein angenehmer Aufenthalt war. In früheren Zeiten gab ein Theaterdirektor Hunderttausende aus, um den Thron, auf dem die Diva als Kaiserin saß, mit echten Smaragden zu schmücken. Das russische Ballett hat uns darüber belehrt, daß einfache Lichteffekte in richtiger Verteilung ebenso prachtvolle und vielfältigere Juwelen herbeizaubern. Diese schon weniger stoffliche Ausstattung ist aber immer noch nicht so reizvoll wie die, mit der morgens um acht Uhr die Sonne jene vertauscht, die wir zu sehen gewohnt waren, wenn wir erst gegen Mittag aufstanden. Unsere Badezimmer hatten keine klaren Fenster, damit man uns von außen nicht sehen konnte: Die

Scheiben waren in altmodischer Weise durch einen künstlichen Reif gekräuselt. Die Sonne ließ dieses Glasgewebe mit einem Mal gelb, dann golden erscheinen, und indem sie in mir einen früheren jungen Mann, den die Gewohnheit seit langem verborgen hielt, sanft wieder aufdeckte, versetzte sie mich in einen Erinnerungsrausch, so als stünde ich draußen im Freien, vor vergoldetem Laub, in dem auch ein Vogel nicht fehlte. Denn ich hörte Albertine unaufhörlich pfeifen:

»Die Schmerzen sind Narren,
Und welch ein Narr ist erst, wer auf sie hört.«

Ich liebte sie zu sehr, um ihren schlechten musikalischen Geschmack nicht heiter zu belächeln. Madame Bontemps war im letzten Sommer von dem Chanson entzückt gewesen; bald jedoch hatte sie gehört, daß man es albern nannte; danach forderte sie Albertine nicht mehr auf, es zu singen, wenn Gäste da waren; stattdessen wollte sie nun hören:

»Ein Abschiedslied entsteigt den aufgewühlten Quellen.«

Daraus wurde dann wieder »ein Gassenhauer von Massenet, mit dem uns die Kleine die Ohren malträtiert«.

Eine Wolke zog vorüber, das Sonnenlicht schwand, und ich sah den sittsamen und belaubten Vorhang aus Glas erlöschen und zu Grau verblassen.

Zwischen unseren ganz gleichen Badezimmern (dasjenige, in dem Albertine war, hatte Mama, für die es am anderen Ende der Wohnung noch eines gab, nie benützt, um mich nicht zu stören) war die Trennwand so dünn, daß wir miteinander sprechen konnten, während wir uns wuschen, und unsere Unterhaltung nur durch das Wassergeräusch unterbrochen wurde: ein intimer Austausch, wie ihn im Hotel die Enge der Unterkunft, die nahe Nachbarschaft der Zimmer oftmals erlaubt, wie er aber in Paris so selten ist.

An anderen Tagen blieb ich im Bett und träumte vor mich hin, solange ich wollte, denn es war verboten, in mein Zimmer zu kommen, bevor ich geklingelt hatte; und weil die elektrische Klingel über meinem Bett unbequem angebracht war, brauchte ich dafür so viel Zeit, daß ich es oft müde wurde, nach ihr zu greifen, und lieber allein blieb, auch wohl eine Weile halb und halb wieder schlief. Ganz gleichgültig ließ mich Albertines Anwesenheit dennoch nicht. Daß sie sich von ihren Freundinnen getrennt hatte, war geeignet, meinem Herzen neues Leid zu ersparen und gewährte ihm eine Ruhe, einen Stillstand beinahe, der es wohl heilen würde. Doch diese Ruhe, zu der mir meine Freundin verhalf, brachte mir eher Schmerzlosigkeit als Freude. Gewiß, auch manche Freude erlaubte sie mir wieder, die der übergroße Schmerz mir verwehrt hatte, aber diese Freuden verdankte ich nicht etwa Albertine, die ich kaum mehr hübsch fand, mit der ich mich langweilte und zu der ich gar keine Liebe mehr fühlte, vielmehr genoß ich sie dann, wenn Albertine nicht bei mir war. So ließ ich sie, um den Vormittag zu beginnen, nicht sogleich kommen, vor allem bei schönem Wetter nicht. Für einige Augenblicke blieb ich noch allein mit jenem kleinen Geistwesen in meinem Innern, das singend die Sonne grüßte und von dem ich wußte, daß es mich glücklicher machte als Albertine. Unter denen, die sich zu unserem Selbst zusammenfügen, sind es nicht die sichtbarsten, die uns die wichtigsten sind. Wenn einst meine Krankheit sie eine nach der anderen zu Boden geworfen hat, werden mir zwei oder drei noch bleiben, die ein besonders zähes Leben haben – ein Philosoph etwa, der nur glücklich ist, wenn er zwischen zwei Werken, zwischen zwei Empfindungen ein Gemeinsames ausgemacht hat.

Aber der letzte von allen, könnte er nicht – so habe ich mich schon gefragt – jenes Männchen sein, das so sehr einem anderen glich, das der Optiker von Combray in sein Schaufenster gestellt hatte, damit es das Wetter ansage, das seine Kapuze abnahm, wenn die Sonne schien, und sie wieder anzog, wenn es gleich regnen würde. Ich weiß wohl, daß dieses Männchen nur an sich denkt; ich mag unter einer Atemnot leiden, die erst ein Regen lindern wird, es kümmert sich nicht darum, und wenn die so ungeduldig erwarteten ersten Tropfen fallen, wird es mißmutig und stülpt sich verdrossen seine Kapuze über. Wenn aber meine Stunde kommt und alle meine anderen »Ichs« schon tot sind – ich glaube, dann wird sich das kleine barometrische Wesen, während ich meine Seele aushauche, beim Anblick eines Sonnenstrahls glücklich fühlen, die Kapuze abnehmen und singen: »Ah! es wird endlich schön.«

Ich klingelte nach Françoise. Ich schlug den *Figaro* auf. Ich suchte darin, fand aber den Artikel nicht, oder was ich dafür hielt und der Zeitung zugesandt hatte: den kürzlich wieder-entdeckten, leicht überarbeiteten Text, den ich einst beim Anblick der Kirchtürme von Martinville im Wagen des Doktors Percepied geschrieben hatte. Dann las ich den Brief von Mama. Sie fand es sonderbar und anstößig, daß ein junges Mädchen allein bei mir wohnte. Am ersten Tag vielleicht, im Augenblick der Abreise von Balbec, als sie mich so unglücklich sah und mich ungern allein gehen ließ, war meine Mutter noch froh gewesen, als sie hörte, daß Albertine mit uns fuhr, und als sie sah, wie man in dem Bähnchen neben unseren Reisekoffern (den Koffern, neben denen ich die Nacht im Hotel von Balbec weinend verbracht hatte) auch die schmalen und schwarzen Albertines verstaute, die mir wie Särge erschienen waren und von denen ich nicht wußte, ob sie das Leben oder den Tod ins Haus bringen würden. Aber danach hatte ich nicht einmal gefragt und war nur voller Freude gewesen, da ich an dem strahlenden Morgen, nach dem Schrecken, in Balbec bleiben zu müssen, Albertine mit mir nahm. Wenn sich aber Mama diesem Vorhaben anfangs nicht widersetzt hatte (und freundlich mit Albertine sprach, wie eine Mutter, deren Sohn schwerverletzt ist und die seiner jungen Gefährtin für ihre hingebende Pflege dankbar ist), mißbilligte sie es jetzt, da es allzu vollständig ausgeführt wurde und sich der Aufenthalt des jungen Mädchens bei uns, und erst noch in Abwesenheit meiner Eltern, hinzog. Trotzdem kann ich nicht sagen, daß meine Mutter ihre Mißbilligung mir gegenüber jemals geäußert hätte. So wie sie sich früher nicht mehr getraut hatte, mir meine Nervosität, meine Trägheit vorzuwerfen, so hielt jetzt eine Scheu – die ich vielleicht nicht ganz wahrnahm oder nicht wahrnehmen wollte – Mama davon ab, mir durch ihre Vorbehalte gegenüber dem Mädchen, mit dem ich mich zu verloben gedachte, womöglich das Leben schwer zu machen, mich später meiner Frau zu entfremden und, wenn sie selbst nicht mehr da wäre, mein Gewissen zu belasten wegen des Kummers, den ich ihr durch meine Heirat mit Albertine bereitet hätte. Lieber gab sie sich den Anschein, als billigte sie eine Wahl, von der sie mich offenbar nicht mehr abbringen konnte. Doch alle, die sie damals sahen, haben mir gesagt, man habe ihr nicht nur das Leid um den Tod ihrer Mutter, sondern auch eine beständige Sorge ansehen können.

Diese geistige Anstrengung, dieser innere Widerstreit bewirkte, daß Mama von fliegender Hitze an den Schläfen heimgesucht wurde; immer wieder mußte sie die Fenster öffnen, um sich abzukühlen. Aber einen Entschluß vermochte sie nicht zu fassen, aus Furcht, mich ungünstig zu beeinflussen und mein vermeintliches Glück zu stören. Sie brachte es nicht einmal über sich, mich davon abzuhalten, daß ich Albertine vorläufig im Hause behielt. Sie wollte nicht strenger erscheinen als Madame Bontemps, die das vor allem anging und die es nicht anstößig fand – was meine Mutter erstaunte. Es war ihr indessen nicht recht, uns beide allein lassen und eben jetzt nach Combray verreisen zu müssen, wo sie vielleicht monatelang festgehalten würde (und tatsächlich auch wurde), weil meine Großtante sie über diese ganze Zeit hinweg Tag und Nacht in Anspruch nahm. Dort wurde ihr alles erleichtert durch die Güte und Aufopferung Legrandins, der sich keiner Mühe entzog und Woche für Woche seine Rückkehr nach Paris hinausschob, obwohl er meine Tante nicht näher kannte, einfach weil sie eine Freundin seiner Mutter gewesen war, und dann auch, weil er merkte, daß der Todkranken seine Pflege wohltat und sie ihn nicht entbehren konnte. Der Snobismus ist eine schwere Krankheit der Seele, bleibt jedoch begrenzt und zerstört sie nicht ganz.

Ich aber war, im Gegensatz zu Mama, sehr froh über ihre Abreise nach Combray; denn wäre sie dageblieben, hätte ich fürchten müssen, sie könnte die Freundschaft (die zu verheimlichen ich Albertine nicht bitten konnte) zwischen dem jungen Mädchen und Mademoiselle Vinteuil entdecken. Das wäre für meine Mutter ein unüberwindliches Hindernis gewesen, nicht nur für eine Heirat, über die ich – wie sie mich bat – meiner Freundin noch nichts Verbindliches sagen sollte und an die ich selbst immer weniger denken mochte, sondern auch für Albertines zeitweiliges Verbleiben im Hause. Von diesem schwerwiegenden Grund wußte sie aber nichts, und dank dem befreienden Vorbild meiner Großmutter, die George Sand bewundert und die Tugend als Adel des Herzens verstanden hatte, und andererseits durch meinen eigenen verderblichen Einfluß war Mama nachsichtig geworden gegenüber Frauen, deren Verhalten sie, wären es bürgerliche Freundinnen in Paris oder Combray gewesen, früher oder selbst heute noch streng beurteilt hätte, deren Seelengröße ich ihr aber pries und denen sie vieles verzieh, weil sie mich gern hatten. Trotzdem, und auch abgesehen von der Frage der Schicklichkeit, glaube ich nicht, daß sich Mama mit Albertine hätte vertragen können, denn sie hatte von Combray, von Tante Léonie, von ihrer ganzen Familie her bestimmte Ordnungsbegriffe bewahrt, von denen meine Freundin nicht die leiseste Ahnung hatte.

Nie hätte sie eine Tür zugemacht, und andererseits hätte sie sich, wenn eine Tür offen stand, nicht eher gescheut, hereinzukommen, als ein Hund oder eine Katze. Es war ihr etwas unbequemer Charme, daß sie hier weniger wie ein junges Mädchen als wie ein Haustier wohnte, das in ein Zimmer kommt und wieder hinausgeht, das überall da ist, wo man es nicht vermutet, und das sich − von Grund auf beruhigend für mich − auf mein Bett warf und sich neben mir einen Platz suchte, wo sie liegen blieb, ohne sich zu rühren und ohne zu stören, wie eine menschliche Person es getan hätte. Doch schließlich fügte sie sich meinen Schlafenszeiten; sie versuchte nicht mehr hereinzukommen und vermied sogar jedes Geräusch, bevor ich geklingelt hatte. Diese Regel hatte Françoise ihr beigebracht.

Sie gehörte zu jenen Dienstboten von Combray, die den Rang ihrer Herrschaft kennen und sich ihrer selbstverständlichen Verpflichtung bewußt sind, dafür zu sorgen, daß man ihr nichts, was ihr zusteht, schuldig bleibt. Wenn Françoise von einem fremden Besucher ein Trinkgeld erhielt, das sie mit dem Küchenmädchen teilen sollte, hatte der Spender sein Geldstück noch kaum aus der Hand gegeben, so sagte Françoise schon ebensoschnell wie diskret und energisch dem

Mädchen Bescheid, das nicht bloß etwas murmelte, sondern sich freimütig und gewandt bedankte, so wie Françoise es sie gelehrt hatte.

Der Pfarrer von Combray war kein Genie, doch auch er wußte, was sich gehörte. Unter seiner Anleitung war die Tochter protestantischer Verwandten von Madame Sazerat zum Katholizismus übergetreten, und die Familie hatte sich ihm gegenüber tadellos benommen; man sprach von einer Heirat des Mädchens mit einem Adligen von Méséglise. Die Eltern des jungen Mannes schrieben, um Erkundigungen einzuziehen, einen sehr hochmütig gehaltenen Brief, worin sie auch die protestantische Herkunft beanstandeten. Der Pfarrer von Combray antwortete in einem solchen Ton, daß der Adlige von Méséglise tief beschämt einen ganz anderen Brief schrieb, in dem er angelegentlich darum bat, sich mit dem Mädchen verbinden zu dürfen.

Daran, daß Albertine auf meinen Schlaf nun Rücksicht nahm, kam Françoise kein besonderes Verdienst zu. Alles an ihr war Tradition. An ihrem Stillschweigen oder an einer Antwort, die keinen Widerspruch zuließ, da ihr meine Freundin in aller Unschuld hatte zumuten wollen, bei mir einzutreten oder mich um etwas zu bitten, erkannte Albertine bestürzt, daß sie sich in einer besonderen Welt mit unbekannten Sitten und unumstößlichen Lebensgesetzen befand. Sie hatte ein Vorgefühl davon schon in Balbec erhalten, aber in Paris versuchte sie nicht einmal mehr, sich zu widersetzen, und wartete jeden Morgen geduldig mein Klingeln ab, bevor sie ein Geräusch zu machen wagte.

Die Erziehung, die ihr Françoise angedeihen ließ, war auch für unsere alte Haushälterin selber heilsam: ihr Geseufze, das seit unserer Rückkehr von Balbec nicht aufgehört hatte, ließ nach. Ihr war nämlich in dem Augenblick, da wir in den Zug stiegen, eingefallen, daß sie vergessen hatte, sich von der Gouvernante des Hotels zu verabschieden, einer schnauzbärtigen Person, die den Etagendienst beaufsichtigte und Françoise kaum kannte, aber einigermaßen höflich behandelt hatte. Françoise wollte unbedingt umkehren, aus dem Zug steigen, zum Hotel zurückfahren, der Gouvernante Adieu sagen und erst am nächsten Tag abreisen. Die Vernunft und vor allem der Schrekken, den Balbec mir plötzlich einflößte, hielten mich davon ab, ihr den Gefallen zu tun, sie aber litt danach an einer krankhaften, fiebrigen Verstimmung, die auch der Luftwechsel nicht zum Verschwinden brachte und die in Paris noch andauerte. Denn nach dem Verhaltenskodex von Françoise, wie ihn die Bildwerke von Saint-André-des-Champs illustrieren, ist es nicht verboten, den Tod eines Feindes herbeizuwünschen, ja, auch selber herbeizuführen, aber ein schreckliches Vergehen ist es, nicht zu tun, was sich gehört, eine Höflichkeit nicht zu erwidern, abzureisen wie der letzte Flegel, bevor man der Hotelgouvernante Adieu gesagt hat. Die immer wieder aufsteigende Erinnerung an diese versäumte Abschiedszeremonie hatte Françoise während der ganzen Fahrt eine Röte in die Wangen getrieben, die einem Angst machen konnte. Bis wir in Paris waren, weigerte sie sich, zu essen und zu trinken, wahrscheinlich eher, weil ihr diese Erinnerung einen »richtigen Magendruck« verursachte (jede Gesellschaftsschicht hat ihre eigenen Krankheitsbilder), als weil sie uns damit bestrafen wollte.

Was meine Mutter bewog, mir jeden Tag einen Brief zu schreiben, in dem ein Wort von Madame de Sévigné nicht fehlen durfte, war unter anderem die Erinnerung an meine Großmutter. Mama schrieb mir: »Madame Sazerat hat uns zu einem Frühstück eingeladen, wie nur sie es zubereiten kann: Deine Großmutter hätte Madame de Sévigné zitiert und gesagt, solch ein Frühstück entziehe uns dem Alleinsein, ohne uns in Gesellschaft zu bringen.« In einem meiner ersten Briefe an sie schrieb ich törichterweise: »An diesen Zitaten würde dich deine Mutter sofort erkennen.« Drei Tage später hatte ich ihre Antwort: »Mein Kind, um mir von *meiner Mutter* zu sprechen, hättest du dich nicht auf Madame de Sévigné berufen sollen. Sie hätte dir so erwidert, wie sie an Madame de Grignan schrieb: ›Ihnen bedeutete sie also nichts? Ich dachte, ihr wart verwandt.‹«

Ich hörte nun aber, wie meine Freundin in ihr Zimmer ging oder aus ihm kam. Ich klingelte, denn um diese Zeit sollte Andrée mit dem Chauffeur der Verdurins kommen, Morels Freund, um Albertine abzuholen. Mit Albertine hatte ich von der fernen Möglichkeit einer Heirat gesprochen, aber ohne sie ihr jemals förmlich vorzuschlagen; und als ich ihr einmal sagte: »Wer weiß, vielleicht wäre das ja möglich«, hatte sie nur traurig lächelnd den Kopf geschüttelt und geantwortet: »Ach nein, das wäre es nicht«, womit sie meinte: »Ich bin zu arm.« Und während ich nun zwar weiterhin sagte: »Das steht in den Sternen«, wenn es sich um Zukunftspläne handelte, tat ich alles, um sie zu zerstreuen, ihr das Leben angenehm zu machen und vielleicht unbewußt auch den Wunsch, mich zu heiraten, auf diese Weise in ihr zu wecken. Sie selber lachte über all diesen Luxus.

»Andrées Mutter, die würde Augen machen, wenn sie mich als reiche Damé sähe, so eine wie sie, eine Dame mit ›Pferden, Wagen und Gemälden‹, wie sie das nennt. Was, davon habe ich dir nie erzählt? Oh, das ist eine Nummer! Mich wundert nur, daß sie die Gemälde für ebenso wertvoll hält wie Pferde und Wagen.«

Man wird noch sehen, daß sich Albertine trotz einer manchmal dummen Redeweise, die ihr geblieben war, erstaunlich entwickelt hatte, was mir freilich ganz gleichgültig war; die geistigen Vorzüge einer Frau haben mich stets so wenig interessiert, daß ich nur aus Höflichkeit der einen oder anderen etwas dazu gesagt habe. Nur die seltsame Begabung von Françoise[*] war vielleicht geeignet, mir Eindruck zu machen. Ich mußte wider Willen ein wenig lächeln, wenn sie zum Beispiel die Abwesenheit Albertines benutzte, um hereinzukommen und mich so anzureden:

»Himmlische Gottheit, hier auf einem Bett niedergelassen!«

»Aber Françoise«, sagte ich, »warum denn ›himmlische Gottheit‹?«

»Oh, wenn Sie glauben, Sie hätten etwas mit denen gemein, die auf unserer elenden Erde wandeln, dann irren Sie sehr!«

»Aber warum ›niedergelassen‹? Sie sehen doch, daß ich einfach im Bett liege.«

---

[*] Hier anstelle von »Céleste«: den Vornamen der Haushälterin Prousts – Céleste Albaret – trägt in ›Sodome et Gomorrhe‹ eine Angestellte des Hotels von Balbec; die Übertragung auf Françoise scheint ein kaum begründeter redaktioneller Eingriff zu sein.

»Sie liegen nie einfach. Hat man je einen Menschen so liegen sehen? Niedergelassen haben Sie sich. Ihr Schlafanzug, schneeweiß jetzt, und dazu die Bewegungen Ihres Halses – wie eine Taube sehen Sie aus.«

Albertine drückte sich jetzt, auch wo es um Plattheiten ging, ganz anders aus als das kleine Mädchen, das sie noch vor wenigen Jahren in Balbec gewesen war. Von einem politischen Ereignis, das sie mißbilligte, konnte sie erklären: »Das ist ja enorm.« Und vielleicht etwa zu jener Zeit lernte sie, von einem Buch, das ihr schlecht geschrieben schien, zu erklären: »Es ist interessant, aber geschrieben ist es wirklich wie mit dem Besen.«

Das Verbot, bei mir einzutreten, bevor ich geklingelt hatte, amüsierte sie sehr. Sie hatte unsere Gewohnheit, in Zitaten zu reden, übernommen und verwendete solche aus den Theaterstücken, die sie in der Klosterschule kennengelernt und von denen ich ihr gesagt hatte, daß sie mir lieb waren; so verglich sie mich stets mit Ahasver: »Der Tod ist dem gewiß, der sich erkühnt, ihm ungerufen zu erscheinen; nichts schützt vor diesem unheilvollen Spruch – nicht Rang und nicht Geschlecht: ein jeder macht sich gleicherweise schuldig. Mir selbst gilt das Gebot wie jeder anderen, und ohne daß ich mich ihm melden dürfte, muß ich, um ihn zu sprechen, warten, bis er mich sucht oder mich rufen läßt.«

Auch körperlich hatte sie sich verändert. Ihre länglichen blauen Augen waren noch länger geworden, sie hatten nicht mehr die gleiche Form; ihre Farbe war wohl noch dieselbe, doch schien es, als seien sie in den flüssigen Zustand übergegangen. Wenn Albertine sie schloß, so war es, als würden Vorhänge vor die Aussicht aufs Meer gezogen. An diesen Teil von ihr erinnerte ich mich vor allem, Abend für Abend, wenn wir uns trennten. Dagegen überraschte mich jeden Morgen ihr krauses Haar wie etwas Neues, noch nie Gesehenes. Was gibt es aber Schöneres als diesen gelockten Kranz schwarzer Veilchen über dem lächelnden Blick eines jungen Mädchens. Die Freundschaft spricht mehr aus dem Lächeln; doch die glänzenden, blühenden kleinen Locken, näher verwandt mit dem Fleisch, das in ihnen zum Wellengekräusel wird, nehmen die Sinne gefangen.

Kaum war sie ins Zimmer gekommen, sprang sie auf mein Bett, und manchmal erging sie sich in Betrachtungen über die Art meiner Intelligenz, schwor in ehrlichem Überschwang, lieber würde sie sterben als mich verlassen: das war an den Tagen, da ich mich rasiert hatte, bevor ich sie kommen ließ. Sie gehörte zu den Frauen, die sich über die Ursachen ihrer Gefühle keine Rechenschaft geben können. Das Vergnügen, das eine frische Gesichtshaut ihnen gewährt, erklären sie sich mit den menschlichen Vorzügen dessen, der ihr künftiges Glück zu bedeuten scheint, ein Glück allerdings, das sich nach und nach vermindern und weniger notwendig werden kann, wenn man seinen Bart wieder wachsen läßt.

Ich fragte sie, was sie vorhabe. »Ich glaube, Andrée will mich zu den Buttes-Chaumont mitnehmen, die ich noch nicht kenne.« Natürlich konnte ich nicht erraten, ob bei so vielen Worten gerade unter diesem eine Lüge versteckt lag. Doch hatte ich Vertrauen zu Andrée; sie würde mir jederzeit sagen, wohin sie mit Albertine ging.

In Balbec hatte ich, wenn ich von Albertine genug hatte, daran gedacht, Andrée eine Lüge aufzutischen: »Meine liebe Andrée, wenn ich Sie nur früher wiedergesehen hätte! Sie hätte ich geliebt. Doch nun ist mein Herz vergeben. Aber wir können uns trotzdem oft sehen, denn meine Liebe zu einer andern verursacht mir großen Kummer, und Sie würden mir helfen, Trost zu finden.« Drei Wochen später waren diese lügenhaften Worte wahr geworden. Vielleicht hatte Andrée in Paris gemeint, ich hätte tatsächlich gelogen und ich liebte sie, so wie sie es ohne Zweifel in Balbec geglaubt hätte. Denn die Wahrheit ändert sich für uns dermaßen, daß die anderen sich schwer darin zurechtfinden.

Und da ich wußte, daß sie mir alles erzählen würde, was sie und Albertine taten, hatte ich sie gebeten, und sie hatte sich bereit erklärt, sie fast täglich abzuholen. So würde ich unbesorgt zu Hause bleiben können. Daraus, daß Andrée zu dem »kleinen Trupp« gehörte, leitete ich das Vertrauen ab, daß sie bei Albertine alles erreichen würde, was ich von ihr wollte. Tatsächlich hätte ich ihr jetzt ganz wahrheitsgemäß sagen können, sie sei imstande, mir Ruhe zu geben. Andererseits hatte ich Andrée (die gerade in Paris war und darauf verzichtet hatte, wieder nach Balbec zu fahren) deshalb zur Begleiterin meiner Freundin gewählt, weil Albertine mir erzählt hatte, wie sich ihre Freundin zu mir hingezogen fühlte, damals in Balbec, als ich im Gegenteil fürchtete, ihr lästig zu sein; hätte ich das gewußt, meine Wahl wäre vielleicht auf Andrée gefallen.

»Wie, das wußtest du nicht?« fragte Albertine, »und wir haben doch unter uns darüber gelacht. Daß du nicht bemerkt hast, daß sie deine Art zu sprechen und zu denken annahm! Vor allem, wenn sie gerade von dir kam, fiel das auf. Sie brauchte uns nicht zu sagen, ob sie dich gesehen hatte. Wenn sie kam und eben bei dir gewesen war, sah man es in der ersten Sekunde. Wir schauten einander nur an und lachten. Sie war wie ein Köhler, der nicht aussehen will wie ein Köhler, und dabei ist er ganz schwarz. Ein Müller braucht nicht zu sagen, daß er ein Müller ist, man sieht ja das Mehl an ihm und die Stelle, wo er seine Säcke getragen hat. Bei Andrée war das genauso, sie bewegte die Augenbrauen wie du, und ihren langen Hals, und überhaupt. Wenn ich ein Buch mitnehme, das in deinem Zimmer war, und draußen darin lese, weiß man immer noch, daß es von dir kommt, weil der Geruch von deinen scheußlichen Räucherstäbchen daran hängengeblieben ist. Das sind Kleinigkeiten, irgendwie, aber ganz lustig. Jedesmal, wenn jemand dich gerühmt hatte und anscheinend große Stücke auf dich hielt, war Andrée völlig verzückt.«

Trotz allem riet ich, um sicher zu sein, daß da nicht ohne mein Wissen etwas geplant worden war, für heute nicht zu den Buttes-Chaumont, sondern lieber nach Saint-Cloud oder sonst irgendwohin zu fahren.

Es war gewiß nicht so, und ich wußte das auch, daß ich Albertine liebte. In der Liebe setzen sich vielleicht nur die Regungen fort, die ein Gefühl in der Seele ausgelöst hat. Solche Regungen hatten meine ganze Seele aufgewühlt, als Albertine mir in Balbec von Mademoiselle Vinteuil sprach; aber sie waren zur Ruhe gekommen. Ich liebte Albertine nicht mehr; nichts war geblieben von dem nun überwundenen Leiden, das in der Eisenbahn, in Balbec über mich gekommen war, als ich von Albertines frühen Jahren hörte, von ihren möglichen Besuchen in Montjouvain. Über all dies hatte ich lange nachgedacht; jetzt war ich geheilt. Aber für Augenblicke ließ Albertine mich durch eine bestimmte Art, sich zu äußern, auf nicht näher erklärbare Weise vermuten, daß sie in ihrem noch kurzen Leben schon viele Huldigungen erfahren und mit Vergnügen, ja mit Lust entgegengenommen hatte. So sagte sie in gleichgültigem Zusammenhang: »Ist das wahr? Ist das wirklich wahr?« Hätte sie gefragt wie eine Odette: »Darf man dieser dicken Lüge glauben?«, so würde mich das durchaus nicht beunruhigt haben; denn die lächerliche Formulierung hätte die törichte Banalität eines Frauenspruchs aufgewiesen. Aber dieses forschende »Ist das wahr?« erweckte einerseits den Eindruck, Albertine könne die Dinge nicht von sich aus beurteilen und berufe sich auf das Zeugnis der andern, als fehlten ihr deren Fähigkeiten (sagte man ihr: »Jetzt sind wir schon eine Stunde unterwegs«, oder: »Es regnet«, so fragte sie: »Ist das wahr?«). Andererseits war dieses Unvermögen, die äußeren Erscheinungen selbst zu beurteilen, leider doch nicht die wahre Ursache des »Ist das wahr? Ist das wirklich wahr?« Eher schien es, als wären das die Antworten des frühreifen Mädchens gewesen, dem man gesagt hatte: »Ich bin noch keiner begegnet, die so hübsch war wie Sie«; »Ich bin so verliebt in Sie, ich bin in einem ganz schrecklichen Zustand.« Versicherungen, auf die Albertine kokett und bescheiden eingegangen war mit ihrem »Ist das wahr? Ist das wirklich wahr?«, das ihr mir gegenüber nur noch dazu diente, auf eine Feststellung mit einer Frage zu antworten: »Du hast mehr als eine Stunde geschlafen.« »Ist das wahr?«

Obwohl ich mich durchaus nicht in Albertine verliebt fühlte, und obwohl mir die Augenblicke, die wir zusammen verbrachten, keine besondere Freude machten, sorgte ich mich doch weiter darum, wie sie sich die Zeit vertrieb; ich war von Balbec geflohen, um sicher zu sein, daß sie diese oder jene Person nicht mehr sehen konnte, aus Angst, sie könnte es mit ihr treiben – lachend, vielleicht über mich lachend –, und meine Abreise war ein geschickter Zug gewesen, der all den üblen Beziehungen mit einem Schlag ein Ende machen sollte.

Und Albertine war so überaus passiv, es fiel ihr so leicht, zu vergessen und sich zu fügen, daß diese Beziehungen tatsächlich abgebrochen und meine Ängste überwunden waren. Aber die Angst kann ebenso viele Gestalten annehmen wie die unbestimmte Bedrohung, der sie gilt. Solange sich meine Eifersucht nicht in neuen Personen verkörperte, hatte ich nach den erlittenen Qualen eine Zeitlang Ruhe. Doch einer chronischen Krankheit genügt der geringste Vorwand, damit sie wieder auflebt, so wie auch das schlimme Tun des Menschen, der unsere Eifersucht geweckt hat, nach einer Enthaltsamkeitspause beim kleinsten Anlaß wieder beginnen kann. Es war mir gelungen, Albertine von ihren Mitspielerinnen zu trennen und so meine Wahnvorstellungen auszutreiben; man konnte sie dazu bringen, die Personen zu vergessen, konnte ihre Verbindungen abschneiden, aber auch ihre Neigung zu jenen Vergnügungen war chronisch und wartete vielleicht nur auf Gelegenheiten. Und solche bot Paris so gut wie Balbec.

In welcher Stadt sie auch war, sie brauchte nicht zu suchen; denn das Übel steckte nicht nur in Albertine, sondern auch in anderen, denen jede Gelegenheit zu einer Ausschweifung recht ist. Ein Blick der einen, der von der andern sofort verstanden wird, bringt die beiden Ausgehungerten zusammen. Und einer gewandten Person fällt es leicht, sich den Anschein zu geben, als sähe sie nicht, und sich fünf Minuten später der Frau zu nähern, die begriffen und in einer Seitenstraße gewartet hat, wo sie sich mit zwei Worten verabreden. Wer wird es je wissen? Und wenn Albertine den Kontakt fortsetzen wollte, wie einfach war es für sie, mir zu sagen, sie möchte diesen oder jenen Ort in der Umgebung von Paris wiedersehen, der ihr gefallen hatte. So genügte es aber, daß sie zu spät nach Hause kam, daß ihre Spazierfahrt unerklärlich lange gedauert hatte – unerklärlich und dabei vielleicht ganz leicht zu erklären, ohne daß man auf ein Abenteuer schließen mußte –, damit mein Leiden wieder auflebte und sich diesmal an Vorstellungen knüpfte, die nicht aus Balbec stammten und die ich wie die früheren würde zerstören wollen, als könnte durch die Beseitigung einer momentanen Ursache ein angeborenes Übel geheilt werden. Ich bedachte nicht, daß ich mit diesen Zerstörungsaktionen, bei denen mir Albertines Fähigkeit, sich umzustellen und die Person zu vergessen, ja beinahe zu hassen, die sie eben noch geliebt hatte, bisweilen einem jener Unbekannten, mit denen sie sich nach und nach vergnügt hatte, einen tiefen Schmerz zufügte – und das vergeblich; sie würden aufgegeben, ersetzt werden, und parallel zu dem Weg, den all diese leichthin begangenen Treuebrüche Albertines säumten, war für mich unerbittlich ein anderer vorgezeichnet, den kurze Aufschübe kaum unterbrachen, so daß mein Leiden, hätte ich darüber nachgedacht, nur mit Albertine oder mit mir selbst enden konnte. Ja, schon bald nach unserer Ankunft in Paris war mir, da die Auskünfte Andrées und des Chauffeurs über die Spazierfahrten, die sie mit meiner Freundin unternahmen, mir nicht genügt hatten, die Umgebung von Paris ebenso unerträglich geworden wie die von Balbec, und ich war mit Albertine für ein paar Tage verreist. Doch überall war die Ungewißheit darüber, was sie tat, dieselbe gewesen; die Möglichkeit, daß es etwas Schlimmes war, ebenso groß, die Überwachung noch schwieriger; so war ich mit ihr wieder nach Paris gekommen. Ich hatte tatsächlich gemeint, wenn ich Balbec verließe, entreiße ich Albertine auch Gomorrha; aber ach, Gomorrha war über die ganze Welt verbreitet. Und halb durch meine Eifersucht, halb aus Unkenntnis jener Freuden (ein sehr seltener Fall) hatte ich unbewußt die Regeln des Versteckspiels entworfen, in dem mir Albertine immer entwischen würde.

Ich überfiel sie mit meinem Verhör: »Ach! übrigens, Albertine: Träume ich, oder hast du mir einmal gesagt, daß du Gilberte Swann kennst?« »Doch, ja, das heißt, sie hat mich im Unterricht angesprochen, weil sie die Hefte zur französischen Geschichte hatte, sie war sogar sehr nett, sie hat sie mir geliehen, und ich habe sie ihr bei der nächsten Gelegenheit zurückgegeben.« »Gehört sie zu den gewissen Frauen, die mir zuwider sind?« »Oh, überhaupt nicht, ganz im Gegenteil.«

Doch anstatt sie so auszuforschen, wandte ich oftmals die Energie, die ich nicht aufbrachte, um Albertine zu begleiten, dafür auf, mir ihre Unternehmung vorzustellen, und sprach ihr davon mit dem Eifer, den die unausgeführten Pläne nicht abnützen. Ich bekundete ein so dringendes Bedürfnis, eine bestimmte Glasscheibe der Sainte-Chapelle wiederzusehen, und ein solches Bedauern, das nicht mit ihr allein tun zu können, daß sie mir zärtlich zusprach: »Aber, mein Liebster, wenn dir so sehr daran liegt, warum gibst du dir nicht einen Ruck und kommst mit uns? Wir warten so lange du willst, bis du bereit bist. Und wenn du lieber allein mit mir kommst, kann ich ja Andrée wieder nach Hause schicken, sie kommt dann ein andermal.« Doch eben daß sie mich bat, mit ihr auszugehen, gab mir die Ruhe, die es mir leichter machte, zu Hause zu bleiben.

Ich bedachte nicht, daß die Apathie, mit der ich Andrée oder dem Chauffeur auftrug, Albertine zu überwachen, und so durch sie meine Unruhe beschwichtigen ließ, in mir die Prozesse des Vorstellungsvermögens und die Eingebungen des Willens behindern und lähmen mußte, die uns instandsetzen, das Vorhaben eines anderen zu erraten und zu durchkreuzen. Mir ist die Welt der Möglichkeiten freilich von Natur aus schon immer zugänglicher gewesen als die der wirklichen Umstände. Man lernt so die Seele kennen, aber man läßt sich von den Personen täuschen. Meine Eifersucht wurde durch Bilder geweckt, durch einen Schmerz; sie richtete sich nicht nach der Wahrscheinlichkeit. Nun kann es aber im Leben der Menschen sowie der Völker einen Augenblick geben (auch in meinem Leben kam er dann eines Tages), da ein Polizeipräsident, ein klarblickender Diplomat, ein Verantwortlicher für die Sicherheit des Staates gebraucht wird, der nicht nach allen vier Himmelsrichtungen dem Möglichen nachsinnt, sondern richtig überlegt und sich sagt: »Wenn Deutschland das erklärt, dann will es jenes andere tun, nicht irgend etwas anderes, sondern wenn nicht dies, dann das, und vielleicht hat es damit schon angefangen.« »Wenn diese Person geflüchtet ist, dann nicht nach a, b oder d, sondern nach c, und unsere Nachforschungen müssen da und da ansetzen« usw. Diese Fähigkeit, die bei mir nicht besonders entwickelt war, ließ ich zu meinem Unglück erlahmen, verkümmern; sie schwand dahin, da ich mir angewöhnte, unbesorgt zu sein, wenn andere für mich die Aufsicht übernahmen. Den Grund, aus dem ich es so haben wollte, hätte ich Albertine ungern genannt. Ich sagte ihr, der Arzt verordne mir Bettruhe. Das stimmte nicht. Und hätte es gestimmt, so wären seine Vorschriften für mich kein Hindernis gewesen, meine Freundin zu begleiten. Ich bat sie gutzuheißen, daß ich nicht mitkäme. Ich will nur einen der Gründe, einen wohlbedachten Grund nennen. Wenn ich mit Albertine ausging, mußte sie mich nur für einen Augenblick allein lassen, und gleich war ich unruhig, ich stellte mir vor, sie habe vielleicht mit jemandem gesprochen oder auch nur jemanden angesehen. Sowie sie nicht ausgezeichneter Laune war, meinte ich schon, sie habe wohl meinetwegen ein Vorhaben aufgeben oder verschieben müssen. Die Wirklichkeit ist immer nur ein Köder: Wir folgen ihm zu einem Unbekannten, dem wir nicht sehr nahe kommen. Es ist besser, nicht zu wissen, so wenig wie möglich zu denken und so der Eifersucht keinen Anhaltspunkt zu geben. Leider werden aber die Störungen, wenn nicht die Außenwelt sie hervorbringt, durch das Innenleben herbeigeführt; da ich Albertine nicht begleitete, trugen die Zufälle, die mir auf meinen einsamen Gedankengängen begegneten, oft jene kleinen Wirklichkeitsfragmente zu, die wie Magnete etwas Unbekanntes zu sich heranziehen, das dann zu schmerzen beginnt. Man kann lange unter einer luftdichten Glasglocke leben, die Gedankenverbindungen, die Erinnerungen treiben weiter ihr Spiel. Doch diese inneren Störungen traten nicht sofort auf; wenn Albertine eben erst zu ihrer Spazierfahrt aufgebrochen war, war ich wenigstens für eine Weile noch neu belebt durch das Erhebende des Alleinseins.

Ich genoß so für mein Teil die Freuden des beginnenden Tags; allein durch meinen Wunsch, sie auszukosten − die eigenwillige, ganz persönliche Lust −, wären sie mir nicht zugänglich geworden; es mußte auch das besondere Wetter dieses Morgens in mir die Bilder der Vergangenheit wachrufen und mir zugleich die gegenwärtige Wirklichkeit zusichern, die allen Menschen offensteht, sofern nicht ein zufälliger und daher unmaßgeblicher Umstand sie zwingt, zu Hause zu bleiben. An manchen schönen Tagen war die Kälte so groß, die Verbindung zur Straße so ausgedehnt, daß es schien, als hätten sich die Hauswände geöffnet, und jedesmal, wenn die Trambahn vorüberfuhr, klang ihr Läuten, als schlüge ein silbernes Messer gegen ein gläsernes Haus. Doch vor allem hörte ich in mir selbst einen neuen Ton, den die innere Geige anstimmte. Ihre Saiten werden durch die einfachen Unterschiede der Außentemperatur, der Beleuchtung gestrafft oder entspannt. In unserem Selbst – einem Instrument, das die Gleichförmigkeit des Gewohnten zum Schweigen gebracht hat – geht der Gesang aus diesen Differenzen, diesen Wechseln hervor: aus der Quelle aller Musik; an bestimmten Tagen läßt uns das Wetter sogleich von einer Note zu einer anderen übergehen. Wir finden die vergessene Melodie, die wir mit mathematischer Notwendigkeit hätten voraushören können, und in den ersten Augenblicken singen wir sie, ohne sie zu kennen. Nur solch innere, obgleich von außen hereingekommene Umwandlungen erneuerten die Umwelt für mich. Verbindungstüren, die seit langem zugesperrt waren, öffneten sich in meinem Gehirn. Das Leben bestimmter Städte, die Heiterkeit gewisser Spaziergänge nahmen in mir ihren Platz wieder ein. Ganz eingestimmt auf die schwingende Saite, hätte ich mein trübes früheres und mein künftiges Leben, wie sie von dem Radiergummi der Gewohnheit getilgt waren, für diesen so besonderen Zustand hingegeben.

Wenn ich Albertine auf ihrer langen Ausfahrt nicht begleitete, streifte mein Geist um so weiter umher, und da ich diesen Vormittag nicht mit meinen Sinnen hatte auskosten wollen, genoß ich in meiner Vorstellung alle ähnlichen, schon erlebte wie noch mögliche Vormittage, oder genauer: eine bestimmte Grundform des Vormittags, die ich in all ihren gleichartigen Erscheinungen unverzüglich wiedererkannt hatte; denn die frische Luft wendete selbst die richtigen Seiten, und ich hatte das Evangelium des Tages vor mir, daß ich es lesen konnte in meinem Bett. Dieser ideale Vormittag versah meinen Geist mit einer dauerhaften, allen verwandten Vormittagen gemeinsamen Wirklichkeit und trug mir eine freudige Stimmung zu, die mein geschwächter Zustand nicht verminderte; denn da unser Wohlbefinden viel weniger aus guter Gesundheit als aus einem unverbrauchten Überschuß an Energie entsteht, können wir es ebensogut durch Verminderung unserer Tätigkeit wie durch Vermehrung unserer Kräfte erlangen. Der Überschuß, den ich in meinem Bett beisammenhielt, ließ mich auffahren und innerlich in die Höhe springen, so wie sich eine Maschine, die nicht von der Stelle kommt, im Leerlauf dreht.

Françoise kam herein, um Feuer zu machen, und warf, um es anzufachen, ein wenig Reisig hinein; sein Geruch, während des ganzen Sommers vergessen, zog um den Kamin einen magischen Kreis, in dem ich mich selbst erblickte, wie ich saß und las, bald in Combray, bald in Doncières; ich war in meinem Zimmer in Paris so guter Dinge, wie wenn ich im Begriff war, zu einem Spaziergang auf dem Weg nach Méséglise aufzubrechen oder Saint-Loup und seine Kameraden aufzusuchen, die im Land draußen Dienst taten. Oft ist das Vergnügen, mit dem jeder Mensch die Bilder wiedersieht, die sein Gedächtnis bewahrt hat, am lebhaftesten für die, denen es einerseits die Tyrannei der Krankheit verwehrt, in der Natur nach ähnlichen Bildern zu suchen, und denen andererseits die tägliche Hoffnung, gesund zu werden, das Vertrauen gibt, daß sie es bald werden tun können; so verhält man sich zu seinen Vorstellungen noch als Verlangender und Erwartender, man betrachtet sie nicht als bloße Erinnerungsbilder. Hätten sie aber für mich nichts anderes mehr sein und hätte ich sie nur noch im Gedächtnis wiedersehen können, sie hätten in mir und aus mir durch eine identische Wahrnehmung den Knaben, den Jüngling wiederhergestellt, der sie gesehen hatte. Nicht nur das Wetter draußen oder die Gerüche im Zimmer änderten sich, sondern in mir traten die Lebensalter auseinander, eine Person nahm die Stelle der anderen ein. Der Geruch des brennenden Reisigs in der kalten Luft war wie ein Stück Vergangenheit, eine unsichtbare Eisscholle, die sich aus einem früheren Winter gelöst hatte und durch mein Zimmer trieb, dabei von bestimmten Düften und Helligkeiten wie von verschiedenen Jahren durchzogen, in die ich wieder eintauchte, die in mich eindrangen, noch bevor ich sie an dem frohen Gefühl längst aufgegebener Hoffnungen wiedererkannte. Die Sonne kam herein bis zu meinem Bett und schien durch die Wand meines durchsichtig gewordenen Körpers, erwärmte mich, ließ mich aufglühen wie Kristall. Und ein Genesender, ausgehungert und schon im Genuß all der Speisen, die man ihm noch verwehrt, fragte ich mich, ob mir die Heirat mit Albertine nicht das Leben verderben würde, weil ich der Aufgabe, mich einem anderen Menschen zu widmen, nicht gewachsen wäre, weil ihre beständige Anwesenheit mich zwänge, außerhalb meiner selbst zu leben, und weil mir die Freuden des Alleinseins auf immer genommen würden.

Und nicht diese allein. Selbst wenn man von seinem Tag nur Wünsche erwartet, gibt es doch solche – nicht mehr von Dingen, sondern von Menschen hervorgerufene –, die wesentlich individuell sind. Wenn ich aufstand und zum Fenster ging, um für einen Augenblick den Vorhang wegzuziehen, verhielt ich mich nicht einfach wie ein Musiker, der für einen Moment den Klavierdeckel aufklappt: Ich wollte nicht bloß überprüfen, ob auf dem Balkon und auf der Straße das Sonnenlicht ganz so gestimmt war wie in meiner Erinnerung, ich wollte auch eine Wäscherin sehen mit ihrem Korb, eine Bäckersfrau in ihrer blauen Schürze, ein Milchmädchen mit Brustlatz und Ärmeln aus weißem Tuch und mit dem Haken, an dem die Milchflaschen hingen, eine hochmütige Blondine, die hinter ihrer Erzieherin herging – ein Bild, das sich durch die Besonderheit weniger Linien von jedem anderen ebenso unterschied wie ein musikalisches Motiv durch den Unterschied zweier Noten, und das ich gesehen haben mußte, damit es meinem Tag nicht an Zielen fehlte, die er meinem Verlangen nach Glück vorsetzen konnte. Wenn aber der Anblick von Frauen, die ich mir nicht von vornherein hätte vorstellen können, meine frohen Gefühle vermehrte und wenn dies mir die Straße, die Stadt, die Welt begehrenswerter und ihre Erforschung lohnenswerter erscheinen ließ, so sehnte ich mich eben deshalb danach, gesund zu werden, auszugehen und, ohne Albertine, frei zu sein. Wie oft habe ich in dem Augenblick, da die Unbekannte, von der ich nun träumen würde, bald zu Fuß, bald mit der ganzen Schnelligkeit ihres Automobils vorbeikam, darunter gelitten, daß mein Körper nicht meinem Blick folgen konnte, der sich ihrer bemächtigte – daß er nicht wie durch einen Schuß aus dem Fenster die Flucht des

Gesichts aufzuhalten vermochte, in dem die Verheißung eines Glücks mich erwartete, das ich in meiner Klause nie genießen würde.

Albertine dagegen hatte mir nichts mehr zu bieten. Von Tag zu Tag schien sie mir weniger hübsch. Nur das Verlangen, das sie in den anderen weckte und dessentwegen ich, wenn ich es bemerkte, wieder zu leiden begann und sie ihnen streitig machen wollte, erhob sie in meinen Augen auf einen hohen Schild. Sie war wohl fähig, mir Schmerz zu bereiten, aber keinerlei Freude. Durch das Leiden allein blieb das lästige Verhältnis erhalten. Sowie es schwand – und mit ihm die Notwendigkeit, es zu lindern, die meine Aufmerksamkeit wie eine quälende Ablenkung ganz in Anspruch genommen hatte –, fühlte ich, daß sie mir nichts war und daß wohl auch ich ihr nichts bedeutete. Ich war unglücklich, da dieser Zustand andauerte, und bisweilen wünschte ich mir, etwas Schreckliches zu erfahren, das sie getan und das uns entzweit hätte, solange ich noch krank war; später hätten wir uns versöhnen und eine andere, weniger beengende Verbindung eingehen können.

Inzwischen nahm ich tausend Umstände, tausend Vergnügungen zu Hilfe, um ihr in meiner Nähe die Illusion des Glücks zu verschaffen, von dem ich spürte, daß ich es ihr nicht zu geben vermochte. Ich hatte mir vorgenommen, nach Venedig zu fahren, sowie ich gesund würde, aber wie konnte ich das tun, wenn ich mit Albertine verheiratet wäre, wo ich mich schon in Paris höchstens aus Eifersucht aufraffte, um mit ihr auszugehen. Selbst wenn ich den ganzen Nachmittag zu Hause blieb, folgte ich ihr in Gedanken auf ihrer Spazierfahrt und zog einen fernen, blauen Horizont, ließ einen unbestimmten, beweglichen Landstreifen um die Mitte, die ich selbst war, entstehen. »Was könnte mir Albertine alles ersparen«, sagte ich mir, »welche Ängste um eine Trennung, wenn sie auf einem ihrer Ausflüge den Entschluß faßte, nicht mehr zurückzukommen, da ich ja von einer Heirat nicht mehr gesprochen habe, – wenn sie zu ihrer Tante reiste, ohne daß ich ihr Adieu sagen müßte.« In meinem Herzen vernarbte die Wunde, und so begann es sich von dem meiner Freundin zu lösen, ich konnte sie in meiner Vorstellung von mir entfernen, ohne zu leiden.

Gewiß würde sie, wenn sie mich nicht mehr hätte, einen anderen heiraten, und solange sie frei blieb, würde es vielleicht zu jenen Abenteuern kommen, vor denen mir schauderte. Doch das Wetter war so schön, ich war so sicher, daß sie am Abend zurückkommen würde, daß ich durch einen Willensakt sogar den Gedanken an ihre möglichen Verfehlungen in einen Teil meines Gehirns verbannen konnte, wo er nicht wichtiger war, als es die Ausschweifungen einer imaginären Person für mein wirkliches Leben gewesen wären. Indem ich die geschmeidig gewordenen Scharniere meines Denkens spielen ließ, hatte ich mit einer Energie, die ich in mir als körperlich und als seelisch zugleich, als Bewegung der Muskeln und als geistigen Aufbruch empfand, den Zustand dauernder Besorgnis überwunden, auf den ich bisher verwiesen war, und begann mich in freier Luft zu bewegen; der Gedanke, alles aufzuopfern, damit Albertine an der Heirat mit einem andern und an Affären mit Frauen gehindert würde, nahm sich in meinen Augen ebenso widersinnig aus wie in denen eines Menschen, der sie nicht gekannt hätte.

Die Eifersucht gehört zu jenen wechselhaften Krankheiten, deren Ursache eigenwillig, tyrannisch, immer gleich bei demselben Kranken, bei einem andern oft eine ganz andere ist. Manche Asthmatiker können ihre Anfälle nur dadurch lindern, daß sie die Fenster aufreißen, bei starkem Wind und in reiner Höhenluft atmen, andere müssen mitten in der Stadt in ein raucherfülltes Zimmer flüchten. Es gibt kaum einen Eifersüchtigen, dessen Eifersucht nicht gewisse Abstriche zuließe. Der eine nimmt hin, daß er betrogen wird, aber man muß es ihm sagen; der andere schickt sich darein, wenn man es ihm verheimlicht; so verhalten sich beide etwa gleich ungereimt, denn der zweite ist allerdings der Betrogenere, insofern man die Wahrheit vor ihm verbirgt, aber dem ersten muß diese Wahrheit zur Nahrung, zur Mehrung und zur Erneuerung seines Leidens dienen.

Dazu aber kommt, daß diese entgegengesetzten Irrgänge der Eifersucht oft über die Worte hinausführen, ob sie nun auf Bekenntnisse dringen oder sie abweisen. Es kommt vor, daß jemand nur auf die Frauen eifersüchtig ist, die mit seiner

Geliebten anderswo eine Beziehung haben, daß er es ihr aber ermöglicht, sich einem anderen Mann hinzugeben – mit seiner Billigung und in seiner Nähe, und wenn nicht geradezu vor seinen Augen, so doch unter seinem Dach. Bei älteren Männern, die eine junge Frau lieben, ist dies häufig der Fall. Sie empfinden die Schwierigkeit, ihr zu gefallen, sind oft auch unfähig, sie zu befriedigen; und lieber als hintergangen zu werden lassen sie zu, daß jemand bei ihnen ein- und ausgeht, mit dem sich die Frau vergnügen kann, der ihr aber keine Ränke einflüstern wird. Für andere gilt das genaue Gegenteil; in einer Stadt, die sie kennen, lassen sie ihre Geliebte nicht eine Minute weggehen und halten sie wie eine Sklavin, aber sie sind damit einverstanden, daß sie für einen Monat in ein Land verreist, das sie nicht kennen; denn was sie dort tun wird, können sie sich nicht vorstellen. Was nun Albertine anging, so gab es für mich diese beiden schmerzstillenden Selbsttäuschungen. Ich wäre nicht eifersüchtig gewesen, wenn sie sich in meiner Nähe vergnügt hätte, von mir noch ermutigt und so ganz unter meiner Aufsicht, daß ich nicht fürchten mußte, belogen zu werden; und vielleicht wäre ich es auch dann nicht gewesen, wenn sie in ein Land gereist wäre, das mir so unbekannt und in so weiter Ferne lag, daß ich mir nicht hätte vorstellen können, wie sie dort lebte, und weder imstande noch versucht gewesen wäre, danach zu forschen. Im einen Fall hätte vollkommene Kenntnis, im anderen ebenso vollkommene Unwissenheit meinen Zweifel beseitigt.

Das Tageslicht nahm ab, und die Erinnerung ließ mich in eine frühe und frische Lebensluft zurücksinken, die ich mit gleicher Wonne einatmete wie Orpheus die reinen, auf Erden unbekannten Lüfte der elysischen Gefilde. Doch der Tag ging zu Ende, und mich überfiel die Trostlosigkeit des Abends. Ich schaute unwillkürlich nach der Uhr, um festzustellen, wie viele Stunden bis zu Albertines Rückkehr noch fehlten; ich sah, daß mir Zeit genug blieb, mich anzukleiden und hinunterzugehen, um die Hausbesitzerin, Madame de Guermantes, nach gewissen hübschen Kleidungsstücken zu fragen, die ich meiner Freundin schenken wollte. Bisweilen traf ich die Herzogin unten im Hof, wenn sie ausging, um Besorgungen zu machen, auch bei schlechtem Wetter zu Fuß, mit flachem Hut und im Pelzmantel. Ich wußte sehr wohl, daß sie für viele intelligente Leute nichts weiter als eine Dame wie andere auch war – daß der Titel einer Herzogin von Guermantes nichts mehr bedeutet, seit es keine Herzog- und Fürstentümer mehr gibt –, aber ich hatte nach meiner Weise, mich an Menschen und Orten zu freuen, einen anderen Gesichtspunkt gewählt. Alle Schlösser der Landstriche, deren Herzogin, Fürstin, Vicomtesse sie war, schien mir die Dame, die in ihrem Pelz dem schlechten Wetter trotzte, mit sich zu tragen, so wie die Figuren an einem Portal in ihren Händen die Kathedrale halten, die sie erbauen ließen, oder die Stadt, die sie einst verteidigt hatten. Doch diese Schlösser, diese Wälder konnte allein mein geistiges Auge in der linken Hand der Dame im Pelz, der Cousine des Königs, erkennen. Meine leiblichen Augen erblickten da nur den Regenschirm, mit dem sich die Herzogin ohne Umstände wappnete, wenn das Wetter unsicher war. »Man weiß nie – es ist vorsichtiger, wenn ich weit weg bin und für einen Wagen mehr verlangt wird, als ich bezahlen kann.« Worte wie »Mehr als ich bezahlen kann« und »Das übersteigt meine Mittel« kehrten bei ihr beständig wieder, ebenso wie »Ich bin zu arm«, ohne daß man recht begriff, ob sie so redete, weil sie, reich wie sie war, es lustig fand, sich als arm auszugeben, oder weil es ihr elegant schien, als die hohe Aristokratin, die gern ihre Ländlichkeit herauskehrte, auf Reichtum keinen solchen Wert zu legen wie die Leute, die bloß reich sind und die Armen verachten. Es handelte sich aber vielleicht eher um eine Gewohnheit, die sie in einer Zeit angenommen hatte, als sie schon reich war, aber noch nicht so reich, daß die Unterhaltskosten ihrer vielen Besitzungen sie nicht in einige Verlegenheit gebracht hätten; man sollte nicht meinen, sie suche das zu verheimlichen. Die Dinge, von denen man besonders oft im Scherz spricht, sind im allgemeinen gerade die, von denen man behelligt wird, von denen man aber nicht behelligt scheinen will, wobei man vielleicht noch auf den zusätzlichen Vorteil hofft, daß die Person, mit der man eben spricht, aus der scherzhaften Behandlung der Sache den Schluß ziehen werde, es verhalte sich gar nicht so.

Doch meistens konnte ich um diese Tageszeit damit rechnen, daß ich die Herzogin zu Hause antreffen würde, und das war mir lieb, denn so fiel es mir leichter, sie des langen und breiten um die Auskünfte zu bitten, die Albertine haben wollte. Und wenn ich so hinunterging, bedachte ich kaum mehr, wie seltsam es war, daß ich die geheimnisvolle Madame de Guermantes meiner Kindheit nur zu einem einfachen praktischen Zweck aufsuchte, gleich wie man das Telephon gebraucht, einst ein übernatürliches Gerät, über dessen Wunder man staunte und das man jetzt gedankenlos benutzt, um den Schneider kommen zu lassen oder ein Eis zu bestellen.

Ich greife aus den Tagen, an denen ich bei Madame de Guermantes verweilte, einen heraus, an dem sich ein kleiner Zwischenfall ereignete, dessen schlimme Bedeutung mir völlig entging und mir erst viel später klar wurde. An jenem Spätnachmittag hatte mir Madame de Guermantes, die meine Vorliebe für Flieder kannte, einige Zweige geschenkt, die aus dem Süden Frankreichs gekommen waren. Als ich dann von der Herzogin zurückkam, war Albertine wieder zu Hause, und auf der Treppe traf ich mit Andrée zusammen, die der betäubende Duft der Blumen, die ich mitbrachte, anscheinend störte.

»Ihr seid schon zurück?« fragte ich. »Wir sind eben erst gekommen, aber Albertine mußte etwas schreiben und hat mich fortgeschickt.« »Hat sie vielleicht etwas Bedenkliches vor?« »Überhaupt nicht, ich glaube, sie schreibt an ihre Tante, aber sie wird von Ihrem Flieder nicht begeistert sein, sie mag keine starken Gerüche.« »Dann war das eine schlechte Idee von mir! Ich will Françoise sagen, sie soll ihn auf den Absatz der Hintertreppe stellen.« »Sie werden doch nicht glauben, Albertine merke nicht, daß Sie nach Flieder duften. Tuberosen und Flieder, das sind die betäubendsten Gerüche; mir scheint übrigens, Françoise ist einkaufen gegangen.« »Wie komme ich dann hinein? Ich habe den Schlüssel heute nicht mitgenommen.« »Oh! Sie brauchen nur zu klingeln, Albertine macht Ihnen auf. Und vielleicht ist Françoise inzwischen zurückgekommen.«

Ich verabschiedete mich von Andrée. Auf mein erstes Klingeln kam Albertine, um mir zu öffnen, was sich ziemlich umständlich anließ, denn Françoise war nicht da, und Albertine wußte nicht, wo man Licht machte. Schließlich konnte sie mich einlassen, ergriff aber die Flucht vor dem Flieder. Ich stellte ihn in die Küche; inzwischen ließ Albertine ihren Brief liegen (ich verstand nicht warum) und beeilte sich, in mein Zimmer zu gehen, von dort aus nach mir zu rufen und sich auf mein Bett zu legen. Dies alles kam mir, wie gesagt, in dem Augenblick ganz natürlich, höchstens ein wenig konfus, jedenfalls unwichtig vor. Sie wäre aber beinahe mit Andrée überrascht worden und hatte ein wenig Zeit gewonnen, indem sie überall das Licht ausmachte, war zu mir hinübergegangen, damit ich ihr zerwühltes Bett nicht sähe, und hatte so getan, als sei sie am Schreiben gewesen. Aber man wird all dies später sehen – all das, wovon ich nie erfahren habe, ob es stimmte. Von diesem einen Zwischenfall abgesehen, nahm danach alles seinen gewöhnlichen Gang, wenn ich von der Herzogin zurückkam. Weil Albertine nicht wußte, ob ich vor dem Abendessen noch mit ihr ausgehen wolle, fand ich jeweils im Vorzimmer ihre Sachen – Hut, Mantel und Schirm –, die sie liegen ließ, wie es gerade kam. Sowie ich beim Hereinkommen diese Dinge sah, zog in das Haus eine Lebensluft ein, die ich atmen konnte. Ich spürte, daß anstelle einer dünn gewordenen Atmosphäre das Glück es erfüllte. Ich war von meiner Trübsal befreit, durch den Anblick jener Nichtigkeiten besaß ich Albertine, ich eilte zu ihr.[*]

Da, mit einem Mal, erinnerte ich mich: ich hatte eine erste Albertine gekannt; dann hatte sie sich unversehens in eine andere, die jetzige, verwandelt. Für diese Verwandlung konnte ich niemanden als allein mich selbst verantwortlich machen. All das, was sie mir leicht, ja gern gestanden hätte, als wir gute Kameraden gewesen waren, blieb ungesagt, seitdem sie glaubte, ich liebe sie, oder seit sie, vielleicht ohne geradezu an Liebe zu denken, den inquisitorischen Drang eines Menschen spürte, der wissen will, unter dem Wissen zwar leidet und doch mehr zu erfahren sucht.

[*] Hier fehlen die Sätze von »Les jours, où je ne descendais pas ...« bis »... que je n'était pas seul« (III, 564 f.).

Seither hatte sie mir alles verheimlicht. Sie kehrte vor meinem Zimmer um, wenn sie meinte, ich sei mit einer Freundin oder auch nur mit einem Freund zusammen – wo sie doch früher so lebhaft aufgehorcht hatte, wenn ich von einem Mädchen sprach: »Sie sollte herkommen, es würde mir Spaß machen, sie kennenzulernen.« »Sie hat aber, was du eine üble Art nennst.« »Eben, das wäre doch um so lustiger.« Da hätte ich vielleicht alles erfahren können. Und sogar damals noch, als sie in dem kleinen Casino von Balbec ihre Brüste von denen Andrées gelöst hatte, war das vermutlich nicht meinetwegen geschehen, sondern weil Cottard dabei war, dem sie zweifellos zutraute, daß er sie ins Gerede bringen würde.

Und doch hatte sie schon damals begonnen, sich einzukapseln, die vertraulichen Mitteilungen waren ihr nicht mehr über die Lippen gekommen, ihr ganzes Gebaren war zurückhaltend geworden. Dann hatte sie alles abgelegt, was mich hätte beunruhigen können. Den Bereichen ihres Lebens, die ich nicht kannte, suchte sie im Bündnis mit meiner Unwissenheit einen möglichst harmlosen Charakter zu geben. Und jetzt hatte sie sich vollkommen umgestellt; wenn ich allein war, ging sie geradewegs in ihr Zimmer, nicht nur weil sie nicht stören, sondern weil sie mir zeigen wollte, daß ihr nichts an den andern gelegen sei. Es gab nur etwas, das sie nie mehr für mich tun würde, das sie nur zu der Zeit getan hätte, als es mir gleichgültig gewesen und ihr eben deshalb leicht gefallen wäre: gestehen. Ich würde immer, wie ein Richter, darauf angewiesen sein, unsichere Folgerungen aus unbedachten Äußerungen zu ziehen, die sich vielleicht auch erklären ließen, ohne daß man auf eine Schuld schloß. Und immer würde sie meine Eifersucht spüren, würde in mir den Richter sehen.

Unsere Verlobung begann einem Prozeß zu gleichen, und Albertine nahm das furchtsame Verhalten einer Schuldigen an. Sie wechselte jetzt das Thema, wenn das Gespräch auf Personen kam, Männer oder Frauen, die noch nicht alt waren. Was ich von ihr wissen wollte, hätte ich sie fragen sollen, als sie bei mir noch keine Eifersucht vermutete. Diese Zeit muß man nutzen. Dann erzählt uns die Freundin von ihren Vergnügungen und sogar von ihrer Methode, sie vor den anderen zu verbergen. Jetzt hätte sie mir nicht mehr wie in Balbec gestanden (teils weil es der Wahrheit entsprach, teils um sich dafür zu entschuldigen, daß sie zu mir nicht zärtlicher war; denn daß ich mich um sie bemühte, war ihr schon damals lästig und zeigte ihr, daß sie mir weniger Zärtlichkeit zuwenden mußte als andern, um mehr als von andern dafür zu empfangen) – sie hätte mir nicht mehr gestanden wie damals: »Ich finde es dumm, sich anmerken zu lassen, daß man jemanden liebt; ich mache es gerade umgekehrt: Wenn mir jemand gefällt, tue ich so, als gäbe ich nicht auf ihn acht. Dann merkt niemand etwas.«

Und das hatte dieselbe Albertine mir gesagt, die sich heute so offenherzig gab und so gleichgültig gegen jedermann! Jetzt hätte sie mir diese Regel nicht mehr verraten! Sie wandte sie nur noch an, wenn sie in unserer Unterhaltung von dieser oder jener Person, die mich beunruhigen konnte, erklärte: »Ah! ich weiß gar nicht, ich habe sie nicht angeschaut, sie ist zu belanglos.« Und von Zeit zu Zeit machte sie mir, um etwas vorwegzunehmen, das ich hätte erfahren können, ein Geständnis von der Art, die der Tonfall schon Lügen straft, bevor man die Wirklichkeit kennt, die sie verbiegen und verharmlosen soll.

Wenn ich Albertines Schritte hörte und mich froh und behaglich fühlte bei dem Gedanken, daß sie an dem Abend nicht mehr ausgehen würde, schien es mir gleichzeitig wunderbar, daß für das junge Mädchen, von dem ich einst glaubte, ich würde es niemals kennenlernen, der tägliche Heimweg nichts anderes war als der Weg zu mir. Das geheimnisvoll-sinnliche Wohlgefühl, das ich in Balbec nur flüchtig, andeutungsweise erfahren hatte, als sie eines Abends ins Hotel kam, um zu übernachten, war nun etwas Ganzes, Festes geworden und erfüllte meine zuvor leere Wohnstatt mit einem beständigen Vorrat an häuslicher Geborgenheit, der bis in die Gänge hinausdrang und von dem sich alle meine Sinne bald in Wirklichkeit, bald in meiner Vorstellung, wenn ich allein war und auf Albertines Rückkehr wartete, friedlich nährten. War gerade ein Freund bei mir, wenn ich hörte, wie die Tür ihres Zimmers zuging, dann beeilte ich mich, ihn zu verabschieden, und ließ ihn nicht aus den Augen, bevor ich ganz sicher war, daß er die Treppe hinabging, auf der ich ihn allenfalls noch über ein paar Stufen begleitete.* Er sagte mir, ich würde mich erkälten, und gab mir zu verstehen, daß es bei uns eiskalt und sehr zugig war und daß er für kein Geld in diesem Haus wohnen würde.

Über diese Kälte beklagte man sich, weil sie eben erst eingesetzt hatte und man noch nicht an sie gewöhnt war; doch aus demselben Grund weckte sie in mir eine frohe Empfindung, zusammen mit der Erinnerung an jene ersten Winterabende, an denen ich einst, aus der Ferne zurückgekehrt, um die vergessenen Vergnügungen von Paris wiederzufinden, ins Tingeltangel ging. Ich kam denn auch singend wieder die Treppe herauf, nachdem ich meinen alten Schulfreund verabschiedet hatte. Die schöne Jahreszeit hatte auf ihrer Flucht die Vögel mit sich genommen. Aber andere, unsichtbare und im Innern verborgene Musikanten waren an ihre Stelle getreten. Und der eisige Luftzug, über den Bloch sich beklagt hatte, ging als köstlicher Hauch durch die offenen Türritzen unserer Wohnung; so überschwenglich wie die schönen Sommertage von den Vögeln des Waldes wurde er von den unvergeßlich geträllerten Kehrreimen eines Fragson, eines Mayol oder eines Paulus begrüßt.

Auf dem Flur kam Albertine mir entgegen. »Während ich meine Sachen ablege, schicke ich dir Andrée herüber, sie ist schnell heraufgekommen, um dir guten Abend zu sagen.«

Und noch in dem großen grauen Schleier, den ich ihr in Balbec geschenkt hatte, unter ihrem Chinchilla-Barett ging sie in ihr Zimmer zurück, als hätte sie erraten, daß mir Andrée, von der sie in meinem Auftrag überwacht wurde, nun gleich mit unzähligen Einzelheiten und mit dem Bericht über eine Begegnung der beiden mit einer Bekannten einen klareren Begriff von den Gegenden geben würde, durch die sie ihr Ausflug, meiner Vorstellung nicht erreichbar, während des ganzen Tages geführt hatte.

Andrées Charakterschwächen traten jetzt stärker hervor: Sie war nicht mehr so anziehend wie damals, als ich sie kennenge-

---

* Von »Er sagte mir ...« bis »... oder eines Paulus begrüßt«: nur im Vorabdruck.

lernt hatte. Eine Art bitterer Unruhe sprach aus ihr, die sich jederzeit zusammenballen konnte wie ein Unwetter auf dem Meer, wenn ich nur eben auf etwas zu sprechen kam, das für Albertine und für mich erfreulich war. Das änderte nichts daran – vielmehr hat es sich oft bestätigt –, daß Andrée mir mehr, und liebevoller als liebenswürdigere Leute, zugetan war. Aber das leiseste Glücksgefühl, das man ihr zeigte, ohne es gerade ihr selbst zu verdanken, rief bei ihr eine nervöse, unwirsche Reaktion hervor, so wie man auffährt, wenn jemand eine Tür zuschlägt. Die Leiden, an denen sie nicht teilhatte, ließ sie gelten, nicht aber die Freuden; wenn sie sah, daß ich krank war, grämte sie sich, bedauerte mich, hätte mich gepflegt. Aber ich mußte nur eine nebensächliche Befriedigung zeigen – ein Buch zuklappen, mich mit Wohlbehagen recken und sagen: »Ah, ich habe zwei so angenehme Stunden mit diesem amüsanten Buch verbracht« –, so stieß ich mit denselben Worten, über die sich meine Mutter oder Albertine oder Saint-Loup gefreut hätte, bei Andrée auf Ablehnung oder vielleicht einfach auf nervöses Unbehagen. Was mir wohltat, weckte bei ihr eine Gereiztheit, die sie nicht verheimlichen konnte.

Bedenklichere Schwächen kamen hinzu. Als ich eines Tages auf den jungen Mann zu sprechen kam, dem ich mit dem »kleinen Trupp« in Balbec begegnet war und der so gut über Spiel, Turf, Golf und so wenig über sonst irgend etwas Bescheid wußte, setzte Andrée ein höhnisches Lächeln auf. »Wissen Sie, daß sein Vater gestohlen hat? Es wäre fast zu einer öffentlichen Untersuchung gegen ihn gekommen. Sie spielen sich nur um so mehr auf, aber ich mache mir ein Vergnügen daraus, es jedermann zu erzählen. Ich wollte, sie würden mich wegen übler Nachrede anklagen. Eine Aussage würde ich machen!« Ihre Augen funkelten. Nun erfuhr ich jedoch, daß der Vater nichts Unkorrektes getan hatte und daß Andrée das ebensogut wie sonst jemand wußte. Sie hatte aber geglaubt, der Sohn wolle nichts von ihr wissen, und hatte ihn in Verlegenheit, in Verruf bringen wollen; sie hatte einen ganzen Roman erfunden, in dem man sie als Zeugin auftreten ließ; über der Wiederholung aller Einzelheiten, die sie aussagen würde, hatte sie vielleicht selbst vergessen, daß sie nicht stimmten.

So hätte ich sie in ihrer jetzigen Seelenverfassung auch ohne ihre kurzen Haßausbrüche, nur schon wegen der übelwollenden Empfindlichkeit, die um ihre wärmere und bessere wahre Natur einen bitteren, kalten Reif legte, lieber nicht sehen mögen. Aber die Auskünfte, die nur sie mir über meine Freundin geben konnte, waren mir zu wichtig, als daß ich eine so seltene Gelegenheit, sie zu erhalten, vernachlässigt hätte. Andrée kam herein und schloß die Tür hinter sich; sie hatten eine Freundin angetroffen, von der mir Albertine nie etwas gesagt hatte. »Was haben sie gesprochen?« »Ich weiß es nicht; eben weil Albertine nicht allein war, habe ja ich weggehen können, um Wolle zu kaufen.« »Wolle zu kaufen?« »Ja; Albertine hatte mich darum gebeten.« »Ein Grund mehr, es nicht zu tun; vielleicht wollte sie, daß Sie weggingen.« »Aber sie hatte mich darum gebeten, bevor wir ihre Freundin antrafen.« »Ah!« sagte ich und konnte wieder atmen.

Mein Verdacht meldete sich sofort wieder; wer wußte denn, ob sie mit ihrer Freundin nicht schon verabredet war und dafür gesorgt hatte, daß sie allein sein konnte, wenn sie dann wollte? Und überdies, war meine alte Annahme, daß Andrée nicht nur die Wahrheit sage, auch sicher falsch? Vielleicht hielten Andrée und Albertine zusammen. Empfindet man Liebe, sagte ich mir in Balbec, so richtet sich unsere Eifersucht vorwiegend auf das Tun der betreffenden Person; man spürt, daß man von seiner Liebe vielleicht schnell geheilt wäre, wenn sie einem alles erzählte. Wer Eifersucht fühlt, kann sie noch so geschickt verbergen; der andere, dem sie gilt, entdeckt sie sehr bald und verhält sich nun seinerseits geschickt. Er sucht uns über das hinwegzutäuschen, was uns betrüben könnte, und es gelingt ihm auch: Warum sollte dem, der nicht gewarnt ist, ein belangloses Wort die Lügen enthüllen, die es verheimlicht? Er fällt uns nicht auf, mit Zagen gesprochen, wird er ohne Aufmerksamkeit gehört. Später, wenn wir allein sind, besinnen wir uns, und nun scheint uns der Satz nicht mehr ganz mit der Wirklichkeit übereinzustimmen. Aber erinnern wir uns genau? Unwillkürlich scheint in uns ein ähnlicher Zweifel an dem Satz und an der Zuverlässigkeit unseres Gedächtnisses aufzusteigen, wie wenn wir in gewissen nervösen Zuständen nicht mehr wissen, ob wir den Riegel vorgeschoben haben; wir versuchen uns zu erinnern, und es gelingt uns beim einundfünfzigsten so wenig wie beim ersten Mal: als könnten wir unendlich oft wieder anfangen und würden nie zu einer genauen und befreienden Erinnerung kommen. Immerhin können wir die Tür einundfünfzigmal wieder verriegeln. Der beunruhigende Satz hingegen bleibt, unsicher gehört, im Vergangenen, und es steht nicht in unserer Macht, ihn wieder hervorzuholen. Und so strengen wir unsere Aufmerksamkeit für andere Sätze an, die gar nichts verbergen, während das einzige Heilmittel – das wir aber zurückweisen – darin bestünde, nichts zu wissen, um nicht noch mehr wissen zu wollen.

Sowie die Eifersucht sich bemerkbar macht, erscheint sie der Person, der sie gilt, als ein Argwohn, der den Betrug rechtfertigt. Und wir haben ja auch im Bestreben, etwas zu erfahren, selbst damit angefangen, den andern zu täuschen, zu lügen. Andrée und Aimé versprechen uns wohl, nichts zu sagen, aber halten sie sich daran? Bloch hat nichts versprechen können, weil er gar nicht eingeweiht war, und Albertine wird auf Grund von »Überschneidungen«, wie Saint-Loup gesagt hätte, auch dem kürzesten Gespräch mit jedem dieser drei Menschen entnehmen, daß wir lügen, wenn wir so tun, als wäre ihr Tun uns gleichgültig und als stünde es uns nicht zu, sie zu überwachen. Meinem beständigen, unbestimmt-schmerzlosen Zweifel, der sich zur Eifersucht verhielt wie der Beginn des beruhigend-nebelhaften Vergessens zur Trauer, folgte so das kleine Bruchstück, das mir Andrée nach Hause brachte, und ließ sofort neue Fragen entstehen; dadurch, daß ich einen Ausschnitt aus der weiten Region erkundete, die mich umgab, hatte ich dort nur zurückweichen lassen, was uns nie erkennbar wird, wenn wir es uns vorstellen möchten: das wirkliche Leben eines anderen. Ich fragte Andrée noch weiter aus, während Albertine, um nicht zu stören und mir für mein Verhör, von dem sie ahnen mochte, alle Zeit zu lassen, drüben ihren Kleiderwechsel in die Länge zog.

»Albertines Onkel und ihre Tante mögen mich anscheinend gut leiden«, sagte ich unüberlegt, ohne an Andrées Charakter zu denken. Sofort sah ich, daß es in ihrem Gesicht zu gären begann wie in überständigem Sirup; es schien für immer trüb geworden. Ihr Mund nahm einen bitteren Zug an. Nichts blieb ihr mehr von der Jugendfrische, die in dem Jahr meines ersten Aufenthalts in Balbec trotz ihrer Kränklichkeit von ihr wie von allen Mädchen des kleinen Trupps ausgegangen war und die sich nun, allerdings einige Jahre später, so schnell verlor. Aber unabsichtlich ließ ich sie wieder aufleben, noch ehe Andrée zum Abendessen nach Hause ging.

»Heute hat mir jemand in den höchsten Tönen von Ihnen gesprochen«, sagte ich. Ein Freudenstrahl erhellte sogleich ihren Blick; sie sah aus, als liebe sie mich wirklich. Sie vermied es, mich anzuschauen und lachte ins Unbestimmte hinaus; ihre Augen waren auf einmal ganz rund geworden. »Wer denn?« fragte sie mit naiver Neugier. Ich sagte es ihr, und sie war glücklich, wer immer es sein mochte. Dann wurde es Zeit, daß sie ging, und nun kam Albertine wieder zu mir; sie hatte ihre Kleider abgelegt und trug einen der hübschen Morgenmäntel aus Crêpe de Chine oder eins der japanischen Hauskleider, die ich mir von Madame de Guermantes hatte beschreiben lassen und für die ich zum Teil noch zusätzliche Angaben von Madame Swann erhalten hatte – in einem Brief, der mit den Worten begann: »Als ich nach Ihrem langen Schweigen Ihren Brief wegen meiner *tea gowns* las, glaubte ich eine Geisterstimme zu vernehmen.«

An den Füßen trug Albertine schwarze, brillantengeschmückte Schuhe, die Françoise in ihrer Wut »Schlarfen« nannte; sie hatte vom Salonfenster aus gesehen, daß Madame de Guermantes am Abend im Haus ebensolche trug. Etwas später hatte meine Freundin auch Pantoffeln, die einen aus goldfarbenem Wildleder, andere aus Chinchilla, und sie zu sehen war mir lieb, denn sie alle ließen erkennen (was andere Schuhe nicht getan hätten), daß Albertine bei mir wohnte. Sie besaß auch Dinge, die nicht von mir kamen, einen schönen goldenen Ring zum Beispiel, an dem ich die gespreizten Flügel eines Adlers bewunderte. »Meine Tante hat ihn mir gegeben«, sagte sie. »Sie ist doch manchmal sehr nett. Er macht mich alt, denn sie hat ihn mir zum zwanzigsten Geburtstag geschenkt.«

Albertine hatte an all diesen hübschen Dingen viel mehr Freude als die Herzogin; denn wie alles, was uns eine Sache vorenthält (so für mich meine Krankheit, die das Reisen so schwierig und so begehrenswert machte), gibt auch die Armut, großzügiger als der Überfluß, den Frauen viel mehr als die Kleider, die sie nicht kaufen können, nämlich das Verlangen nach diesen Kleidern und damit ihre wahre, genaue und gründliche Kenntnis. Albertine, die sich diese Dinge nicht hatte leisten können, und ich, der ich sie besorgte, um ihr eine Freude zu machen, waren wie Studenten, denen die Bilder, die sie so gern in Dresden und Wien sehen möchten, schon längst vertraut sind. Die reichen Frauen dagegen sind inmitten all ihrer Hüte und Kleider wie die Besucher eines Museums, die der Rundgang durch die Sammlung nur betäubt, ermüdet und langweilt, weil es sie gar nicht nach ihm verlangt hat.

Ein Barett, ein Zobelmantel, ein Schlafrock von Doucet mit rosa gefütterten Ärmeln – für Albertine, die solche Dinge bemerkt, sich gewünscht, mit der wählerischen Gründlichkeit des Begehrens in allen ihren Teilen erkundet und ausgeschieden hatte, so daß sich Futter oder Schärpe vor einem noch leeren Raum wunderbar abhob – und für mich, der versucht hatte, mir von Madame de Guermantes erklären zu lassen, worin das Besondere, Exklusive und Elegante des Stücks und der unnachahmliche Stil des berühmten Herstellers bestanden –, für uns konnten sie eine Bedeutung annehmen, einen Zauber gewinnen, die sie für die Herzogin, deren Wünsche schon im voraus erfüllt waren, bei weitem nicht hatten und die auch mir ein paar Jahre zuvor noch nicht aufgefallen waren, wenn ich diese oder jene elegante Frau auf einem ihrer langweiligen Gänge zu den Schneiderinnen begleitete.

Und eine elegante Frau wurde Albertine nach und nach wirklich. Denn jedes Kleidungsstück, das ich ihr machen ließ, war dank der Anleitung durch Madame de Guermantes oder Madame Swann das feinste in seiner Art, und allmählich besaß sie viele. Aber das änderte nichts daran, daß ihr zuerst jedes für sich gefallen hatte. Wenn man von einem Maler, dann von einem anderen begeistert ist, kann man schließlich das ganze Museum bewundern, und diese Bewunderung hat nichts Kaltes, denn sie ist aus je besonderen und zu ihrer Zeit ausschließlichen Vorlieben entstanden, die sich am Ende zusammengefunden und ausgesöhnt haben.

Dabei war Albertine nicht oberflächlich; sie las viel, wenn sie allein war, und sie las mir vor, wenn sie mit mir zusammen war. Sie war ungewöhnlich klug geworden. Sie pflegte zu sagen (und täuschte sich): »Ich darf gar nicht daran denken, wie dumm ich ohne dich geblieben wäre. Widersprich mir nicht. Du hast mir eine Welt voller Ideen aufgetan, von denen ich keine Ahnung hatte, und das wenige, das ich geworden bin, verdanke ich dir allein.«

Man hat schon gesehen, daß sie von meinem Einfluß auf Andrée ähnlich sprach. Ob sie wohl beide ein Gefühl für mich hatten? Und was waren Albertine und Andrée, je für sich genommen? Um das zu wissen, müßte man euch in unbewegliche Figuren verwandeln, dürfte nicht mehr die beständige Erwartung hegen, in der ihr als immer wieder andere erscheint; um euch festzubannen, dürfte man euch nicht mehr lieben, dürfte nichts mehr wissen von eurem nicht endenden, stets verwirrenden Kommen, ihr jungen Mädchen – wiederkehrender Strahl in dem Wirbel unseres atemlosen Wartens auf eueren Anblick, den wir kaum noch erkennen in der schwindelnden Schnelle des Lichts. Diese Schnelle, sie wäre uns vielleicht unbekannt, und alles würde uns unbeweglich erscheinen, triebe uns nicht ein geschlechtlicher Anreiz euch zu, ihr stets wieder anderen, stets unsere Erwartung übertreffenden Tropfen Gold. Ein junges Mädchen gleicht jedesmal so wenig der, die sie das letztemal war (sie zerstört, sowie wir sie sehen, ihr erinnertes Bild, das Ziel unseres Verlangens), daß die natürliche Stetigkeit, die wir ihr zuschreiben, etwas Künstliches ist und nur der Verständigung dient. Man hat uns von einem jungen Mädchen gesagt, es sei liebevoll, zärtlich und überaus feinfühlig. Unsere Vorstellung glaubt das aufs Wort, und wenn ihr rosiges Gesicht unter dem blonden Lockenkranz zum erstenmal vor uns erscheint, dann fürchten wir fast, diese allzu tugendhafte Schwester könnte uns eben durch ihre Vorzüge kaltlassen und nie die Geliebte werden, die wir uns gewünscht haben. Wie vieles vertrauen wir ihr nun an, wieviel nehmen wir uns gemeinsam vor, gleich in der ersten Stunde, da wir uns auf ihr edles Gemüt verlassen. Aber nach ein paar Tagen bereuen wir, daß wir uns ihr so sehr anvertraut haben, denn bei der zweiten Begegnung redet das rosige Mädchen wie eine geile Furie. Die aufeinanderfolgenden Gesichter eines jungen Mädchens, wie sie uns nach dem Pendelschlag weniger Tage ein rosiges Aufleuchten zeigt, machen es sogar fraglich, ob nicht ein äußeres *movimentum* ihr Aussehen verändert hat, und das konnte bei meinen jungen Mädchen von Balbec geschehen sein.

Da rühmt man uns die zarte Reinheit einer Jungfrau. Doch dann merkt man, daß uns ein bißchen mehr Pfeffer besser gefiele, und redet ihr zu, sich dreister zu geben. War sie nun eigentlich eher das eine als das andere? Vielleicht nicht, doch sie war wohl imstande, zu den verschiedensten Möglichkeiten im schwindelerregenden Lauf des Lebens einen Zugang zu finden. Eine andere, deren ganze Attraktion in einer Art Unerbittlichkeit lag (die wir auf unsere Weise zu zähmen gedachten), wie etwa in Balbec die ruchlose Springerin, wenn sie im Flug die Köpfe entsetzter alter Herren streifte – wie enttäuschte sie uns, wenn wir uns zu Liebeserklärungen hinreißen ließen beim Gedanken an ihre Rücksichtslosigkeit gegen andere, und nun fing sie damit an, daß sie uns erklärte, sie sei schüchtern, sie wisse anfangs nie etwas Vernünftiges zu sagen, sie werde sich erst nach zwei Wochen ruhig mit uns unterhalten können. Der Stahl war zu Watte geworden, wir würden nicht mehr versuchen können, etwas zu brechen, da sie von sich aus alle Festigkeit eingebüßt hatte. Von sich aus, vielleicht aber durch unsere Schuld; die zarten Worte, die wir an die Härte richteten, mochten sie wohl bewogen haben, zart zu sein; eine Berechnung mußte dabei nicht mitspielen.

Das betrübte uns zwar, und doch war es nur halb so ungeschickt; denn die Dankbarkeit für ihre große Sanftmut konnte uns möglicherweise zu mehr verpflichten als das Hochgefühl angesichts ihrer gebändigten Grausamkeit. Wer weiß, ob wir eines Tages sogar diesen strahlenden jungen Mädchen sehr klar umrissene Wesensarten zuschreiben werden; dann aber haben wir unser Interesse für sie verloren, und für unser Herz ist ihr

Kommen nicht mehr die Erscheinung, die es sich anders vorgestellt hat und deren jedesmal neue Gestalt es erschüttert. Sie sind unbeweglich geworden dank unserer Gleichgültigkeit, die sie dem verstandesmäßigen Urteil unterwirft. Einem Urteil, das bei alledem nicht viel eindeutiger sein wird; denn hat es erst erkannt, daß sich der hauptsächliche Fehler der einen zum Glück bei der andern nicht fand, wird es auch feststellen, daß andererseits jenem Fehler ein wertvoller Vorzug entsprach. So gehen aus dem irrigen Urteil des Verstands, der erst dann ins Spiel kommt, wenn das Interesse erloschen ist, geklärte und feste Charakterbilder junger Mädchen hervor, aus denen wir nicht klüger werden als aus den überraschenden Gesichtern, die uns immerfort erschienen, wenn unsere Freundinnen sich uns Tag für Tag, Woche um Woche mit der atemlosen Schnelligkeit unserer Erwartung darstellten, ohne daß wir bei diesem ununterbrochenen Wettlauf eine Einteilung, eine Rangordnung herstellen konnten. Für unsere Gefühle – wir haben davon schon zu oft gesprochen, um es nochmals zu sagen – bedeutet eine Liebe sehr oft nicht mehr als die Assoziation eines Mädchenbilds [mit dem Herzklopfen während eines endlosen, vergeblichen Wartens]*, da uns die junge Dame hat sitzen lassen. All dies gilt nicht nur für die phantasiebegabten jungen Leute, die es mit den wandelbaren jungen Mädchen zu tun haben.

Zu der Zeit, bei der unsere Erzählung angelangt ist, hatte die Nichte Jupiens, wie ich seither erfahren habe, ihre Meinung über Morel und über Monsieur de Charlus anscheinend geändert. Mein Chauffeur hatte sie in ihrer Liebe zu Morel bestärkt, indem er ihr ein unendliches Zartgefühl rühmte, das er dem Geiger zuschrieb und an das sie nur zu gern glaubte. Andererseits wurde Morel nicht müde, ihr Monsieur de Charlus als seinen Peiniger darzustellen, und sie schloß daraus auf die Bösartigkeit des Barons, ohne von seiner Liebe zu ahnen. Auch mußte sie feststellen, daß Monsieur de Charlus ihr Zusammensein stets tyrannisch beaufsichtigte. Und zu alledem kam noch hinzu, daß sie Damen der Gesellschaft über die abscheuliche Bosheit des Barons reden hörte. Seit kurzem

* Nach der Pléiade-Ausgabe ergänzt.

hatte sich nun ihr Urteil von Grund auf geändert. Sie hatte bei Morel (den sie aber weiterhin liebte) wahre Abgründe der Bosheit und Gemeinheit entdeckt, die freilich durch eine oft wiederkehrende Zuwendung und echte Sensibilität ausgeglichen wurden, und bei Monsieur de Charlus eine unvermutete und unbegrenzte Güte, die sich mit Härten vermischte, von denen sie nichts wußte. So war sie darüber, was der Geiger und sein Gönner je für sich selber waren, zu keinem klareren Urteil gekommen als ich über Andrée, die ich doch täglich sah, und über Albertine, die mit mir lebte.

An den Abenden musizierte sie für mich, wenn sie mir nicht vorlas, oder sie spielte Dame mit mir, oder wir plauderten, und ich unterbrach sie beim einen wie beim andern, um sie zu umarmen. Unser Verkehr war einfach und seine Einfachheit erholsam. Gerade die Leere, in der Albertines Leben sich abspielte, brachte die Folgsamkeit und den Eifer hervor, mit denen sie sich ganz nach meinen Wünschen richtete.

Hinter diesem Mädchen spielten, wie hinter dem purpurnen Licht, das unter den Vorhängen meines Zimmers in Balbec hindurchschien, während draußen die Musiker ihr Konzert gaben, die bläulichen Wellen des Meeres in ihrem Perlmutterglanz. War sie nicht wirklich (sie, die von mir nun ein so vertrautes Bild in sich trug, daß ich nach ihrer Tante vielleicht der Mensch war, den sie am wenigsten von sich selbst unterschied) jenes junge Mädchen, das ich in Balbec zum erstenmal gesehen hatte, mit ihrem flachen Polohut, ihrem lachend-eindringlichen Blick, unbekannt noch, ein schmaler Schattenriß vor der Meeresflut. Wenn man diese Bilder im Gedächtnis unversehrt wiederfindet, staunt man über ihre Unähnlichkeit mit der Person, die man kennt, und man begreift, welche Modellierarbeit die Gewohnheit von Tag zu Tag leistet. In dem Zauber, der in Paris, in meiner Häuslichkeit, von Albertine ausging, lebte das Verlangen fort, das in mir jener übermütige Zug blühender Mädchen am Strand geweckt hatte, und so wie Rachel für Saint-Loup den Reiz des Theaterlebens auch dann noch bewahrte, als sie es seinetwegen aufgegeben hatte, dauerte in dieser fern von Balbec bei mir eingesperrten Albertine das Erregte und Ordnungswidrige, das unruhig Nichtige, unstet Begehrliche des Lebens im Meerbad fort. So sicher war sie verwahrt, daß ich sie an manchen Abenden nicht einmal aus ihrem Zimmer in meines herüberkommen ließ – sie, der einst alle nachlaufen mußten, die ich auf ihrem Fahrrad kaum erwischen und nicht einmal der Liftboy mir bringen konnte, so daß ich nicht mehr auf ihr Kommen hoffte und dennoch die ganze Nacht auf sie wartete.

War Albertine damals vor dem Hotel nicht die große Schauspielerin des flammenden Strandes gewesen, Eifersucht weckend auf ihrem Gang über jene natürliche Bühne, wenn sie mit niemandem sprach, die Stammgäste aufstörte, über ihre Freundinnen herrschte, und war diese begehrte Schauspielerin nicht eben sie, die ich dem Theater entzogen, bei mir einge-sperrt hatte und die jetzt allen, die sie begehren und umsonst nach ihr suchen mochten, verborgen war, bald in meinem Zimmer, bald in dem ihren, wo sie zeichnete oder ziselierte?

In jenen ersten Balbec-Tagen schien sich Albertine auf einer Ebene zu bewegen, die neben der meinen und getrennt von ihr lag, sich ihr aber näherte (als ich Elstir besuchte) und in sie überging, so wie sich in Balbec, dann in Paris und wieder in Balbec unsere Beziehung allmählich veränderte. Wie verschie-den waren ja auch die beiden Ansichten von Balbec – wo bei meinem ersten wie beim zweiten Aufenthalt dieselben Mäd-chen vor demselben Meer aus denselben Villen gekommen waren! Konnte ich in den Freundinnen Albertines, so wie ich sie im zweiten Jahr kannte, als ihre Vorzüge und Mängel in ihren Gesichtern deutlich zu lesen waren, jene geheimnisvoll-unbe-schriebenen Wesen wiedererkennen, die einst nicht den Sand vor der Tür ihrer Hütte knirschen ließen, nicht im Vorbeigehen die Tamarisken erzittern lassen konnten, ohne daß mir das Herz schlug? Sie hatten die großen Augen von damals nicht mehr, gewiß schon deshalb, weil sie keine Kinder mehr waren, aber auch weil jene reizenden Unbekannten, die Gestalten auf der verzauberten Bühne des ersten Jahrs, denen ich immerzu nach-forschte, für mich kein Geheimnis mehr hatten. Jetzt waren sie einfach nur Mädchen in ihrer Jugendblüte, die sich meinen Launen fügten, und ich war nicht wenig stolz, unter ihnen die schönste Rose gepflückt und allen Blicken entzogen zu haben.

Zwischen den beiden so ungleichen Balbec-Szenen lag die mehrjährige Zwischenzeit in Paris, auf deren langen Verlauf sich Albertines viele Besuche verteilten. In den verschiedenen Jahren meines Lebens sah ich sie auf verschiedene Weisen mir zugeordnet, und das ließ mich die Schönheit der Zwischenräume, der langen Perioden empfinden, während deren ich sie nicht sah und vor deren durchsichtigem Hintergrund sich mein Bild des rosigen Mädchens durch geheimnisvolle Schatten und entschiedene Vertiefungen umformte. Nicht nur die Erscheinungen aber, in denen sie mir nach und nach entgegengetreten war, auch die großen Vorzüge des Verstands und des Herzens, die Schwächen ihres Charakters – die einen gleich unerwartet für mich wie die anderen – überlagerten sich, und so hatte sich Albertine im Aufkeimen und Vervielfachen ihrer selbst, in dunkel-leibhaftem Aufblühen aus einem ganz unbeträchtlichen in ein schwer zu ergründendes Wesen verwandelt. Die menschlichen Wesen, selbst jene, von denen wir so oft geträumt haben, daß sie uns nur ein Bild zu sein schienen, eine Figur von Benozzo Gozzoli, die sich von einem grünlichen Hintergrund abhebt, und von denen wir glauben mochten, sie veränderten sich nur mit unserem Blickwinkel, mit der Distanz, aus der wir sie sahen, mit der Beleuchtung – diese Wesen verwandeln sich ja in der gleichen Zeit, da sie für uns andere werden, auch selbst, und die Gestalt, die einst so einfach vor dem Meer sich abgezeichnet hatte, war reicher geworden, fester gefügt, schien gewachsen. Und nicht nur das abendliche Meer lebte für mich in Albertine fort, sondern mitunter auch das Schlummern des Meers auf dem Strand in mondhellen Nächten.

Wenn ich bisweilen aufstand, um aus dem Kabinett meines Vaters ein Buch zu holen, und meine Freundin mich gebeten hatte, sich inzwischen auf meinem Bett hinlegen zu dürfen, war sie von dem langen Ausflug am Vor- und Nachmittag in der frischen Luft so müde geworden, daß ich sie,[*] auch wenn

---

[*] Eine Fußnote der Redaktion der *Œuvres libres* weist hier mitten im Satz auf die etwas anders ausgewählten Abschnitte hin, die am 1. November 1922 unter dem Titel ›La regarder dormir‹ in der *Nouvelle Revue Française* erschienen waren. Vgl. den im Vorwort erwähnten Band ›Der gewendete Tag‹, S. 324–329.

ich nur einen Augenblick aus dem Zimmer gegangen war, schlafend fand. Ich weckte sie nicht.

Ganz ausgestreckt auf meinem Bett, in einer so natürlichen Haltung, wie niemand sie hätte erfinden können, erinnerte sie an eine langstielige Blume, die man dort hingelegt hätte, und so war es ja auch. Ich fand die Fähigkeit zu träumen, die ich sonst nur in ihrer Abwesenheit hatte, neben ihr wieder in diesen Augenblicken, als wäre sie im Schlaf zu einem pflanzenhaften Wesen geworden. So verwirklichte ihr Schlaf in einem gewissen Maße die Möglichkeit der Liebe; wenn ich allein war, konnte ich an sie denken, aber sie fehlte mir, ich besaß sie nicht. Wenn sie da war, sprach ich mit ihr, aber ich war zu sehr von mir selber getrennt, um denken zu können. Wenn sie schlief, brauchte ich nicht mehr zu sprechen, ich wußte, daß sie mich nicht mehr anschaute, ich mußte nicht mehr an der Oberfläche meiner selbst leben.

Indem sie die Augen schloß, das Bewußtsein verlor, hatte Albertine eines nach dem anderen die verschiedenen Kennzeichen ihres Menschseins abgelegt, die mich von dem Tag an beirrt hatten, da ich sie kennenlernte. Nur noch das unbewußte Leben der Pflanzen, der Bäume regte sich in ihr, ein Leben, dem unseren ferner und fremder, das mir dennoch eher gehörte. Ihr Ich entzog sich nicht immerfort wie dann, wenn wir uns unterhielten, auf den Auswegen des uneingestandenen Gedankens, des Blicks. Sie hatte alles zurückgerufen, was von ihr draußen geblieben war, sie hatte Zuflucht genommen, sich eingeschlossen und zusammengefaßt in ihrem Körper. Wenn ich sie mit meinem Blick, mit meinen Händen festhielt, hatte ich jenes Gefühl, sie ganz zu besitzen, das ich nicht hatte, wenn sie wach war. Ihr Leben war mir unterworfen, es hauchte mir seinen leichten Atem entgegen.

Ich lauschte diesem murmelnden Ausströmen, das geheimnisvoll, sanft wie ein Zephir des Meers war, zauberhaft wie der Mondschein ihres Schlafs. Solange er dauerte, konnte ich von ihr träumen und sie doch anschauen, und wenn er tiefer wurde, konnte ich sie berühren, sie küssen. Was ich dann empfand, war eine Liebe vor etwas so Reinem, so Unstofflichem, so Geheimnisvollem, wie ich sie vor jenen unbeseelten

Geschöpfen verspürt hätte, welche die Schönheiten der Natur sind. Und wirklich war Albertine, wenn sie tiefer schlief, auch die Pflanze nicht mehr, die sie gewesen war; ihr Schlaf, an dessen Ufer ich mit einem frischen Lustgefühl träumte, dessen ich niemals müde geworden wäre, das ich unendlich lang hätte auskosten mögen, war für mich eine ganze Landschaft. Ihr Schlaf legte etwas ebenso Ruhiges, ebenso Sinnlich-Köstliches neben mich hin wie jene Vollmondnächte in der Bucht von Balbec, wenn das Meer sanft wie ein See wird, wenn sich die Zweige kaum regen, wenn man im Sand liegend endlos die Wellen sich brechen hört.

Beim Hereinkommen war ich auf der Schwelle stehengeblieben, um ja kein Geräusch zu machen, und hatte kein anderes gehört als das ihres Atems, der in Abständen, gleichmäßig aussetzend auf ihren Lippen verging, auch er wie die Wellen, doch gedämpfter und sanfter. Und während mein Ohr dieses göttliche Geräusch aufnahm, schien es mir, als verdichte sich in ihm die ganze Person, das ganze Leben der zauberhaften Gefangenen, die da vor meinen Augen ausgestreckt lag. Wagen konnten mit großem Lärm auf der Straße vorbeifahren, ihre Stirn blieb gleich unbewegt und gleich rein, ihr Atem gleich schwerelos, zurückgenommen auf das Aushauchen der notwendigsten Luft. Wenn ich dann sah, daß ihr Schlaf nicht gestört würde, trat ich vorsichtig näher, setzte mich auf den Stuhl neben dem Bett, auf das Bett selbst.

Ich habe bezaubernde Abende verbracht, wenn ich mit Albertine plauderte oder spielte, aber nie so wohltuende, wie wenn ich ihr beim Schlafen zusah. Sie hatte schon im Gespräch und beim Kartenspiel etwas so Natürliches, wie es keine Schauspielerin nachahmen könnte; eine Natürlichkeit zweiten Grads bot mir ihr Schlaf. Ihr Haar, das an dem rosigen Gesicht herabgefallen war, lag nun neben ihr auf dem Bett, und mitunter hatte eine einzelne, gerade Strähne die gleiche perspektivische Wirkung wie die mondbeschienenen schlanken und blassen Bäume, die man ganz aufrecht im Hintergrund der an Raphael erinnernden Bilder von Elstir stehen sieht. Waren Albertines Lippen geschlossen, schienen sich dagegen ihre Augenlider, von meinem Platz aus gesehen, so wenig zu berühren, daß ich mich beinahe fragen konnte, ob sie auch wirklich schlief. Und doch gaben diese gesenkten Lider ihrem Gesicht die vollkommene, von den Augen nicht unterbrochene Einheit. Es gibt Menschen, deren Antlitz eine unerwartete Schönheit und Würde gewinnt, sobald ihm der Blick fehlt.

Mit meinen Augen maß ich die vor mir liegende Albertine. Dann und wann durchlief sie eine leichte, nicht zu erklärende Unruhe, wie wenn ein Windhauch für ein paar Augenblicke das Laub bewegt. Sie griff nach ihrem Haar, und da sie das nicht so tat, wie sie gewollt hätte, bewegte sich ihre Hand von neuem dorthin, so zielbewußt und so willentlich, daß ich sicher war, sie würde gleich aufwachen. Aber nein, sie wurde wieder ruhig in ihrem Schlaf, den sie nicht verlassen hatte. Von nun an blieb sie reglos. Sie hatte eine Hand auf die Brust gelegt, den Arm so kindlich-arglos hingegeben, daß ich bei ihrem Anblick das Lächeln unterdrücken mußte, zu dem uns die kleinen Kinder durch ihren Ernst, ihre Unschuld und ihre Anmut reizen.

Mir, der ich mehrere Albertine in einer einzigen kannte, schien es, als sähe ich noch manch andere so vor mir liegen. Ihre Brauen, geschwungen wie ich sie nie gesehen hatte, umgaben die Wölbung ihrer Lider wie ein zartes Seeschwalbennest. Rassen, Atavismen, Laster hatten sich niedergelassen auf ihrem Gesicht. Sooft sie ihrem Kopf eine andere Stellung gab, brachte sie eine neue, für mich oft unerwartete Frau hervor. Es schien mir, als besäße ich in ihr unzählige junge Mädchen. Ihre nach und nach tieferen Atemzüge hoben jetzt regelmäßig ihre Brust und auf ihr die gekreuzten Hände, ihre Perlen, die von derselben Bewegung auf verschiedene Weisen verschoben wurden wie die Boote, die Ankerketten, die das bewegte Wasser zum Schaukeln bringt. Wenn ich dann merkte, daß ihr Schlaf seine volle Tiefe erreicht hatte: daß ich mich nicht mehr an Klippen des Bewußtseins stoßen würde, die das Meer des tiefen Schlafs jetzt bedeckte, faßte ich mir ein Herz und sprang geräuschlos auf das Bett, ich legte mich neben sie hin, ich schlang einen Arm um sie, ich drückte meine Lippen auf ihre Wangen und auf ihr Herz, legte da und dort auf ihren

Körper meine frei gebliebene Hand, die durch die Atemzüge der Schlafenden nun auch, wie die Perlen, gehoben wurde; ich selbst wurde durch die gleichmäßige Bewegung leise gewiegt, ich hatte mich eingeschifft auf Albertines Schlaf. Er verschaffte mir manchmal ein weniger reines Vergnügen. Ich brauchte dazu keine Bewegung zu machen, ich ließ nur mein Bein an dem ihren liegen, so wie man ein Ruder nachziehen läßt und es von Zeit zu Zeit in eine leichte Schwingung versetzt, gleich dem pausierenden Flügelschlag jener Vögel, die in der Luft schlafen. Ich wählte mir, um sie anzuschauen, den Winkel, aus dem ihr Gesicht ganz selten zu sehen, dann aber so schön war.

Man versteht zur Not, daß die Briefe, die jemand uns schreibt, einander ungefähr gleichen und von der Person, die wir kennen, ein so anderes Bild zeichnen, daß sie eine zweite Persönlichkeit darstellen. Doch wieviel seltsamer ist es, daß eine Frau mit einer anderen zusammengefügt ist, wie Doodica mit Rosita, einer Frau, deren Schönheit einen andern Charakter darstellt, und daß man die eine nur von der Seite, die andere nur von vorn sehen kann. Wenn ihr Atemholen lauter wurde, konnte man es für die Atemlosigkeit der Lust halten, und wenn die meine am Ziel war, konnte ich Albertine küssen, ohne daß ich ihren Schlaf unterbrach. Es schien mir in solchen Augenblicken, als hätte ich sie vollständiger besessen, wie ein Stück stumme Natur, ohne Bewußtsein und ohne Widerstand. Die Wörter, die ihr bisweilen im Schlaf entschlüpften, beunruhigten mich nicht; ihr Sinn war mir verschlossen, und auf welche unbekannte Person sie auch hindeuten mochten, es war meine Hand, meine Wange, auf der ihre Hand mitunter durch einen leichten Schauer belebt wurde und sich ein wenig zusammenzog. Ich genoß ihren Schlaf mit einer besänftigenden, entspannten Liebe, so wie ich auch stundenlang der Brandung zugehört hätte.

Vielleicht muß ein Mensch imstande sein, uns sehr leiden zu lassen, damit er uns in gnädigeren Stunden dieselbe besänftigende Ruhe spenden kann, wie die Natur sie uns schenkt. Ich brauchte ihr nicht zu antworten wie dann, wenn wir uns unterhielten, und hätte ich selbst geschwiegen, wie ich es auch tat, wenn sie sprach, ich wäre bei ihr, indem ich sie sprechen hörte, doch nicht in solche Tiefe gedrungen. Als ich fortfuhr, das Gemurmel ihres reinen Atems, das so beruhigend war wie ein unmerklicher Windhauch, von Moment zu Moment zu vernehmen und aufzufangen, war eine ganze körperliche Existenz vor mir und war für mich da; so lange, wie ich einst auf dem Strand im Mondschein gelegen hatte, wäre ich nun dort geblieben, um sie anzuschauen, um ihr zuzuhören.

Bisweilen konnte man meinen, die See werde rauh, ein Unwetter mache sich auch in der Bucht bemerkbar, und ich horchte nun auf das Grollen ihres Atems, auf ihr Schnarchen. Manchmal zog sie, wenn ihr zu heiß war, schon halb im Schlaf ihren Kimono aus und warf ihn auf meinen Sessel. Während sie weiterschlief, sagte ich mir, daß ihre Briefe in der Innentasche dieses Kimonos steckten, da sie dort alle versorgte. Eine Unterschrift, eine Verabredung hätte genügt, um sie einer Lüge zu überführen, einen Verdacht zu zerstreuen. Wenn ich merkte, daß Albertine recht tief schlief, erhob ich mich vom Fußende des Betts, wo ich sie lange angeschaut hatte, ohne mich zu bewegen; ich machte einen Schritt, von brennender Neugier gepackt, im Gefühl, daß sich da auf dem Sessel ihr heimliches Leben mir auftat, schlaff und wehrlos. Vielleicht machte ich diesen Schritt auch deshalb, weil es schließlich anstrengend wurde, reglos die Schlafende anzusehen. Und so schlich ich, beständig hinter mich blickend, ob Albertine nicht erwache, bis zu dem Sessel. Dort blieb ich stehen und schaute lange auf den Kimono, so wie ich Albertine lange Zeit angeschaut hatte. Aber ich habe − und das war vielleicht falsch − den Kimono nie berührt, habe nie in die Tasche gegriffen, die Briefe angeschaut. Wenn ich schließlich einsah, daß ich mich nicht entschließen würde, schlich ich zurück zu dem Bett und schaute Albertine wieder beim Schlafen zu − ihr, die mir nichts sagen würde, während ich über der einen Lehne des Sessels den Kimono hängen sah, der mir vielleicht vieles gesagt hätte. Und so wie die Leute für hundert Francs am Tag ein Zimmer im Hotel von Balbec nehmen, um Meerluft zu atmen, fand ich es ganz natürlich, für sie noch mehr auszugeben: Ihr Atem war dicht an meiner Wange, in ihrem Mund, den ich mit dem meinen ein wenig öffnete und aus dem ihr Leben auf meine Zunge überging.

Doch dem Vergnügen, sie schlafen zu sehen, das gleich beglückend war, wie ihr Leben zu spüren, machte ein anderes Vergnügen ein Ende: sie erwachen zu sehen. Es war um einen Grad tiefer, geheimnisvoller, es war die Freude darüber, daß sie bei mir wohnte. Gewiß war ich glücklich, wenn sie am Nachmittag aus dem Wagen stieg, um in die Wohnung zurückzukehren. Noch glücklicher war ich, wenn sie aus der Tiefe des Schlafs die letzten Stufen der Treppe ihrer Träume heraufstieg und nun in meinem Zimmer dem Bewußtsein und dem Leben wiedergegeben wurde, sich einen Moment lang fragte: Wo bin ich? und sich beim Anblick der Gegenstände um sie her, der Lampe, deren Licht sie kaum blinzeln ließ, antworten konnte, daß sie zu Hause sei, da sie nun feststellte, daß sie bei mir erwachte. In diesem köstlichen ersten Moment der Ungewißheit schien mir, als nähme ich wieder vollständiger von ihr Besitz; denn statt daß sie jetzt nach einer Ausfahrt in ihr Zimmer trat, würde mein Zimmer, sowie sie es wiedererkannt hätte, sie umfassen, sie einschließen, und ihre Augen würden kein Erstaunen verraten, sie würden so ruhig bleiben, wie wenn sie gar nicht geschlafen hätte.

Das Zögern ihres Erwachens war in ihrem Schweigen, nicht in ihrem Blick zu erkennen. Sobald sie wieder sprechen konnte, sagte sie: »Mein« oder »Mein Liebster«, und auf beides folgte mein Taufname – so daß sie, gäbe man dem Erzähler den Namen des Autors dieses Buchs, gesagt hätte: »Mein Marcel«, »Mein liebster Marcel«. Von da an ließ ich es nicht mehr zu, daß man mich in der Familie so anredete und damit den köstlichen Worten, die mir Albertine sagte, den Vorzug der Einzigkeit raubte. Während sie so zu mir sprach, verzog sie wie schmollend den Mund und ließ daraus einen Kuß entstehen. So rasch sie eben erst eingeschlafen war, so schnell war sie wieder erwacht.[*]

Nicht mein veränderter Standort in der Zeit, nicht die Tatsache, daß ich ein junges Mädchen vor mir sah, wie es

[*] Ende der schon von der *Nouvelle Revue Française* abgedruckten Passage.

unter der Lampe saß, in einem anderen Licht als in dem der Sonne, wenn sie den Strand entlangging – nicht dieser wirkliche Zuwachs, diese persönliche Zunahme waren die Ursache, nicht sie machten den Unterschied aus zwischen Albertines jetzigem Anblick und der Weise, wie ich sie anfangs in Balbec gesehen hatte. Noch mehr Jahre hätten diese beiden Bilder voneinander trennen können, ohne eine so vollständige Verwandlung herbeizuführen: Sie hatte sich wesentlich und plötzlich vollzogen, als ich erfuhr, daß meine Freundin sozusagen unter der Obhut von Mademoiselle Vinteuils Freundin aufgewachsen war. Wenn ich früher hingerissen war, weil ich in Albertines Augen etwas Geheimnisvolles zu sehen glaubte, war ich jetzt nur noch glücklich, wenn es mir gelang, aus diesen Augen, ja aus den Wangen, die Spiegel sein konnten wie ihre Augen, sanft und doch schnell wieder unmutig, jedes Geheimnis zu verbannen.

Das Bild, das ich suchte, bei dem ich zur Ruhe kam, vor dem ich hätte sterben mögen, war nicht mehr das Bild von Albertine, deren Leben ich nicht kannte, sondern einer Albertine, die ich so gut wie nur möglich kannte (und deshalb konnte diese Liebe nur dauern, wenn sie unglücklich blieb, eben weil sie das Bedürfnis nach dem Geheimnisvollen nicht stillte), einer Albertine, die nicht eine ferne Welt widerspiegelte, sondern die sich nichts anderes wünschte – und es gab Augenblicke, da es tatsächlich so schien –, als mit mir zusammen und mir ganz ähnlich zu sein, einer Albertine, die nicht ein Bild des Unbekannten, sondern nur ein Abbild dessen war, was mir gehörte. Wenn eine Liebe so entsteht, aus einer Stunde des Bangens, das einem Menschen gilt, aus der Ungewißheit, ob man ihn festhalten könne oder ob er sich entziehe, dann trägt diese Liebe das Zeichen des Umschwungs, der sie hervorgebracht hat, sie erinnert sehr wenig an das, was wir vorher gesehen hatten, wenn wir an diesen selben Menschen dachten. Und jene ersten Eindrücke, die ich damals am Meer von Albertine hatte, mochten zu einem kleinen Teil in meiner Liebe zu ihr fortbestehen: In Wirklichkeit nehmen die früheren Eindrücke nur einen kleinen Platz in einer solchen Liebe ein, in ihrer Gewalt, ihrem Leiden, ihrem Bedürfnis nach

Güte, ihrer Suche nach Zuflucht bei einer friedlichen, beschwichtigenden Erinnerung, wo man verharren und nichts mehr erfahren möchte von ihr, die man liebt, selbst wenn es da etwas Schlimmes zu hören gäbe – selbst wenn man sich nur an die früheren Eindrücke hielte, ist eine solche Liebe doch aus sehr anderem Stoff gemacht! Bisweilen löschte ich das Licht, bevor sie hereinkam. Im Dunkeln, kaum von einem Feuerschein gelenkt, legte sie sich zu mir. Bloß mit den Händen, mit den Wangen erkannte ich sie, ohne daß meine Augen sie sahen, die Augen, die sich oft davor fürchteten, sie verändert zu finden. Vielleicht gab ihr diese blinde Liebe das Gefühl, es sei mehr Zärtlichkeit um sie als sonst.

Wenn ich den Freund verabschiedet hatte, kleidete ich mich aus und legte mich hin; Albertine saß auf meinem Bett, und wir nahmen unser Spiel oder unser Gespräch wieder auf, das wir durch Küsse unterbrachen; und im Begehren, das uns einzig Anteil nehmen läßt am Dasein und am Wesen eines Menschen, bleiben wir uns selbst so treu – ob wir auch andererseits die von uns Geliebten immer wieder verlassen –, daß mich einmal, als ich im Spiegel sah, wie ich Albertine (»mein kleines Mädchen«, sagte ich zu ihr) umarmte, mein schwermütig-leidenschaftlicher Gesichtsausdruck, den ich einst auch bei der nun vergessenen Gilberte hatte und eines Tages vielleicht bei einer anderen haben würde, wenn ich Albertine jemals vergäße, daran gemahnte, daß ich jenseits alles Persönlichen (das der Instinkt uns jedesmal für das einzige Wahre halten läßt) die Pflichten einer schmerzlich-verzehrenden Anbetung erfüllte, der Jugend und der Schönheit der Frau eine Opfergabe darbrachte. In meinem Bedürfnis, allabendlich Albertine so bei mir zu haben, verband sich aber mit diesem Begehren, das ein »ex voto« der Jugend und auch der Erinnerung an Balbec weihte, noch etwas, das mir zumindest in der Liebe bisher fremd gewesen und doch in meinem Leben nichts ganz Neues war.

Es bestand in einer friedenspendenden Kraft, wie ich sie nicht mehr verspürt hatte seit jenen fernen Abenden in Combray, als sich meine Mutter über mein Bett beugte und mir mit einem Kuß die Ruhe schenkte. Damals hätte ich mich freilich gewundert, wenn man mir gesagt hätte, ich sei nicht durch und durch gut und ich könnte sogar eines Tages jemanden einer Freude berauben. Ich kannte mich damals sicherlich schlecht; denn die Freude, Albertine bei mir im Haus zu haben, war viel weniger ein Gewinn für mich als ein Beweis dafür, daß ich einer Welt, wo sich jeder an ihr hätte freuen können, das blühende Mädchen entzogen hatte, das zwar mir selber kein großes Glück schenkte, aber es wenigstens den andern versagte. Der Ehrgeiz, der Ruhm wären mir gleichgültig gewesen. Noch weniger war ich fähig, Haß zu empfinden. Und doch bedeutete die körperliche Liebe für mich einen Triumph über viele Nebenbuhler. Sie war, ich kann es nicht oft genug wiederholen, vor allem ein friedenspendender Akt.

Ehe Albertine nach Hause gekommen war, mochte ich an ihr gezweifelt, mochte sie mir in jenem Zimmer in Montjouvain vorgestellt haben; saß sie dann aber in ihrem Schlafrock mir gegenüber oder am Fußende meines Betts, wenn ich – wie meistens – liegen geblieben war, konnte ich ihr meine Zweifel anheimstellen; wie der Gläubige, der sich dem Gebet überläßt, trug ich sie ihr zu, auf daß sie mich von ihnen entbinde. Den ganzen Abend hatte sie, schalkhaft auf meinem Bett zusammengerollt, wie eine große Katze mit mir spielen können; ihre kleine rosige Nase wurde noch kleiner durch einen schelmischen Blick, wie er manchen etwas vollen Gesichtern ihre Feinheit verleiht, und gab ihr einen entflammten, trotzigen Ausdruck, eine Strähne ihres langen schwarzen Haars war ihr über die rosenfarbene Wange gefallen, und mit halb geschlossenen Augen und ausgebreiteten Armen schien sie sagen zu wollen: »Tu mit mir, was du willst« – wenn sie dann zu mir herankam, um mir gute Nacht zu sagen, ehe sie wegging, war es die nun so vertraut gewordene süße Wärme, die ich auf beiden Seiten ihres kräftigen Halses küßte; seine Haut konnte mir damals nie braun und grobkörnig genug sein, als hätten diese robusten Eigenschaften für Albertines Güte und Zuverlässigkeit einstehen können.

»Kommst du morgen mit uns, großer Taugenichts?« fragte sie mich, bevor sie wegging. »Wohin wollt ihr fahren?« »Das hängt vom Wetter und von dir ab. Hast du überhaupt etwas geschrieben, mein lieber Schatz? Nicht? Da hat es sich ja gelohnt, nicht mit uns zu kommen! Hast du übrigens meinen Schritt erkannt, als ich vorhin nach Hause kam? Hast du erraten, daß ich es war?« »Natürlich. Wie könnte man sich da täuschen – würde man nicht unter Tausenden den Schritt seiner kleinen Schnepfe heraushören? Sie soll mir erlauben, daß ich ihr die Schuhe ausziehe, bevor sie schlafen geht – mach mir die Freude. Du bist so reizend und rosig in all diesen weißen Spitzen.«[*]

Nun war es an Albertine, mir gute Nacht zu sagen und mir von beiden Seiten den Hals zu küssen; ihre Haare liebkosten mich wie ein Flügel mit spitzen und weichen Federn. So ungleich diese beiden Friedensküsse auch waren, Albertine ließ ihre Zunge in meinen Mund gleiten, sie schenkte sie mir wie eine Gabe des Heiligen Geistes, reichte mir ein Viatikum, hinterließ mir als Wegzehrung eine Ruhe, die beinahe so sanft war, wie wenn meine Mutter am Abend in Combray ihre Lippen auf meine Stirn drückte.

Das war meine Antwort: Mitten unter den Bekundungen der Sinnlichkeit wird man andere wiedererkennen, solche meiner Mutter und meiner Großmutter; denn nach und nach wurde ich allen meinen Verwandten ähnlich, meinem Vater, der – auf freilich ganz andere Weise als ich, denn die Dinge wiederholen sich nur sehr abgewandelt – dem Wetter so große Aufmerksamkeit schenkte, und nicht nur meinem Vater, sondern mehr und mehr auch meiner Tante Léonie. Sonst hätte ich Albertines wegen ausgehen müssen, um sie nicht allein, nicht ohne meine Aufsicht zu lassen. Tante Léonie, die von Frömmigkeit strotzte – ich hätte schwören können, daß ich nicht das mindeste mit ihr gemeinsam hatte, daß ich in meiner Vergnügungssucht so verschieden wie möglich war von dieser Besessenen, die nie ein Vergnügen gekannt hatte und von morgens bis abends ihren Rosenkranz betete – ich, der darunter litt, kein Schriftstellerleben führen zu können, während sie die einzige in der Familie war, die noch nicht

---

[*] Der folgende kurze Abschnitt steht nur im Vorabdruck der *Œuvres libres*.

begriffen hatte, daß Lesen etwas anderes als ein Zeitvertreib sein konnte, der aber als solcher selbst in der Osterzeit am Sonntag gestattet war, welcher jede ernste Beschäftigung ausschließt, um einzig durch das Gebet geheiligt zu werden. Obwohl ich nun aber Tag für Tag in einem je besonderen Unbehagen den Grund fand, doch wieder liegen zu bleiben, war dennoch ein Menschenwesen (nicht Albertine, nicht ein Mensch, den ich liebte – ein Wesen, das größere Gewalt über mich hatte als ein geliebter Mensch) in mich eingedrungen und konnte durch seinen Machtspruch meinen eifersüchtigen Argwohn zum Schweigen bringen oder mich wenigstens hindern, ihm auf den Grund zu gehen; und das war Tante Léonie. Nicht genug, daß ich die Ähnlichkeit mit meinem Vater übertrieb, indem ich nicht nur wie er das Barometer befragte, sondern selbst ein lebendes Barometer wurde, ließ ich mir von Tante Léonie befehlen, das Wetter von meinem Zimmer und von meinem Bett aus zu beobachten. Und nun sprach ich mit Albertine bald so, wie das Kind, das ich in Combray gewesen war, mit meiner Mutter, bald so, wie meine Großmutter mit mir gesprochen hatte.

Die Seele des Kindes, das wir gewesen, und die Seele der Toten, aus denen wir hervorgegangen sind, werfen uns mit vollen Händen ihre Schätze und ihre schlimmen Lose zu, sobald wir ein bestimmtes Alter überschritten haben, und fordern ihren Teil an den Gefühlen, die uns jetzt bewegen und in die wir sie zu etwas Neuem verschmelzen, nachdem wir das Bild ihres einstigen Daseins getilgt haben. So mischte meine ganze Vergangenheit seit meinen frühesten Jahren und länger noch die Vergangenheit meiner Eltern in meine ungeläuterte Liebe zu Albertine den Zauber einer zugleich kindlichen wie mütterlichen Zärtlichkeit. Wir müssen von einer bestimmten Stunde an alle unsere Verwandten empfangen, so wie sie von weither kommen und sich um uns versammeln.

Noch ehe Albertine mir gehorcht und ihre Schuhe ausgezogen hatte, begann ich ihr Hemd aufzuknöpfen. Die kleinen, hochsitzenden Brüste waren so rund, daß sie weniger zu ihrem Körper zu gehören als Früchte zu sein schienen, die an ihm gereift waren; und ihren Bauch (der die Stelle verbarg, wo er beim Mann verunziert wird wie durch einen Haken, der an einer freigelegten Statue steckengeblieben ist) begrenzte am Zusammenschluß der Schenkel eine doppelt gewölbte Linie so ruhevoll, so still in sich zurückgenommen wie der Horizont, wenn die Sonne verschwunden ist. Sie zog die Schuhe aus und legte sich zu mir.

O großes Doppelbild des Mannes und der Frau in ihrer Suche nach der Vereinigung dessen, was die Schöpfung getrennt hat, in der Unschuld der ersten Tage und mit der Demut des gekneteten Lehms – Eva, erstaunt und ergeben vor dem Mann, an dessen Seite sie erwacht, so wie er selber erwacht ist, allein noch vor Gott, der ihn geformt hat. Albertine verschränkte die Arme hinter ihrem schwarzen Haar, die Hüfte aufgewölbt, das Bein herabsinkend in der Biegung eines Schwanenhalses, der sich dehnt und auf sich selbst zurückbiegt. Nur wenn sie ganz auf der Seite lag, war mir der Anblick ihres Gesichts (das von vorn so gut und so schön war) zuwider, es sah verzerrt aus wie gewisse Karikaturen von Leonardo, es schien etwas Bösartiges, Gewinnsüchtiges zu verraten, die Verschlagenheit einer Spionin, deren Gegenwart mir unerträglich gewesen wäre und die diese Seitenansicht entlarvt hätte. Sogleich griff ich nach Albertines Gesicht und drehte es mir wieder zu.

»Sei so gut, versprich mir zu arbeiten, wenn du morgen nicht mitkommst«, sagte sie, während sie ihr Hemd wieder zuknöpfte. »Ja, aber zieh den Schlafrock noch nicht an.« Manchmal schlief ich auch neben ihr ein. Im Zimmer war es kalt geworden, man mußte Holz nachlegen. Ich versuchte, nach der Klingel hinter mir zu greifen, ich tastete alle Kupferstäbe ab, zwischen denen sie nicht hing, es gelang mir nicht; Albertine war aus dem Bett gesprungen, damit uns Françoise nicht nebeneinander liegen sähe, und ich sagte zu ihr: »Nein, leg dich noch einen Moment wieder hin, ich kann die Klingel nicht finden.«

Süße, heitere, unschuldige Augenblicke dem Anschein nach, in denen gleichwohl die Möglichkeit großen Unglücks heranwächst. Im Leben der Verliebten kann es nach den strahlendsten Momenten unversehens Pech und Schwefel regnen, danach aber haben wir nicht den Mut, unsere Lehre aus dem Unglück zu ziehen, und bauen unverzüglich von neuem am Hang des Kraters, aus dem nur die Katastrophe kommen kann. Ich war unbesorgt gleich denen, die ihr Glück für beständig halten. Eben weil dieses Glücksgefühl sein muß, damit es den Schmerz zeugt – und in Abständen wird es sich auch wieder einstellen, um ihn zu lindern –, können die Männer mit anderen und sogar mit sich selbst ehrlich sein, wenn sie sich rühmen, eine Frau ganz für sich zu haben, obschon im Inneren ihrer Beziehung insgeheim, uneingestanden oder bloß durch Fragen und Nachforschungen ungewollt bekundet, eine schmerzliche Unruhe umgeht. Sie aber hätte nicht entstehen können ohne das Glücksgefühl, das ihr voranging, und da auch die wiederkehrenden guten Momente notwendig sind, um den Schmerz erträglich und einen Bruch vermeidbar zu machen, steckt im Verleugnen der heimlichen Hölle, die das Zusammenleben mit dieser Frau ist, ja im Zurschaustellen einer Intimität, die man als Wonne ausgibt, auch etwas Wahres: eine allgemeine Verknüpfung der Wirkung mit der Ursache, eine von mancherlei Weisen, die Erzeugung von Schmerz zu ermöglichen.

Es überraschte mich nicht mehr, daß Albertine da war und daß sie am nächsten Tag nur mit mir oder unter Andrées Aufsicht ausgehen würde. Diese Gewohnheiten eines gemeinsamen Lebens, diese großen Linien, die mein Dasein begrenzten und niemanden eindringen ließen als einzig Albertine, und so auch (auf der mir noch unbekannten Ebene meines späteren Lebens, die dem Grundriß eines Architekten für viel später zu errichtende Bauwerke glich) die fernen, parallelen und weitergeführten Linien, durch die sich in mir wie eine abseits gelegene Klause die etwas starre und eintönige Formel meiner künftigen Lieben abzeichnete, waren tatsächlich in jener Nacht in Balbec gezogen worden, als Albertine mir in der Eisenbahn gestanden hatte, bei wem sie aufgewachsen war, und ich sie um jeden Preis gewissen Einflüssen entziehen und sie ein paar Tage lang nicht aus den Augen lassen wollte. Die Tage waren einander gefolgt, die Gewohnheiten waren automatisch geworden, aber wie bei jenen Riten, nach deren ursprünglicher Bedeutung die Historiker suchen, hätte ich auf die Frage, was dieses Einsiedlerleben bedeute, in das ich mich einschloß, so daß ich nicht einmal mehr ins Theater ging, antworten können (und nicht antworten mögen), es sei aus der Angst eines Abends entstanden und aus dem Bedürfnis, mir dann ein paar Tage lang zu beweisen, daß die Frau, deren anstößige Jugendgeschichte ich erfahren hatte, nun außerstande war, sich − wenn sie das wollte − den gleichen Versuchungen auszusetzen. Ich dachte nicht mehr oft an diese Möglichkeit, aber sie würde mir doch undeutlich bewußt bleiben. Daß ich sie von Tag zu Tag zerstören mußte − oder zu zerstören suchte −, war gewiß der Grund, warum es mir so wohltat, die Wangen zu küssen, die nicht schöner waren als viele andere auch; unter allen etwas tieferen Lustgefühlen dauert die Gefahr beständig fort.

Ich hatte Albertine versprochen, mich an die Arbeit zu machen, wenn ich nicht ausgehen würde, aber am nächsten Tag war es, als hätte das Haus unseren Schlaf benützt, um eine wundersame Reise zu machen; ich erwachte bei anderem Wetter, in einem anderen Klima. Man arbeitet nicht in dem Augenblick, da man in einem fremden Land ankommt und sich seinen Lebensbedingungen anpassen muß. Für mich war aber jeder Tag ein neues Land. Wie hätte ich meine eigene Trägheit in den Formen, die sie von Mal zu Mal annahm, wiedererkennen können?

An Tagen mit trostlos schlechtem Wetter, wie man es nannte, hatte nur schon der Aufenthalt in dem Haus, das ein gleichförmig andauernder Regen umschloß, das sanfte Behagen, die beruhigende Stille, den Reiz einer Meerfahrt; an einem klaren Tag dann wieder, wenn ich im Bett bewegungslos liegen blieb, ließ ich die Schatten wie von einem Baumstamm um mich kreisen. Und wieder andere Male hatte ich beim ersten Glockenklang von einem benachbarten Kloster einen der stürmischen, wirren und milden Tage erkannt, die so vereinzelt wie frühe Kirchgängerinnen den düsteren Himmel mit ihren vom lauen Wind vermischten und zerstreuten Schneeschauern kaum weiß färben; Tage, an denen die Dächer nach einem Regenguß, den ein Windstoß oder ein Sonnenstrahl wegtrocknet, glucksend noch abtropfen und in der Erwartung, daß der Wind wieder zu wechseln beginne, im kurzlebigen Sonnenschein, der sie aufglänzen läßt, den irisierenden Schiefer glätten; Tage, die von so vielen Wetterumschlägen, Stürmen, Gewittern erfüllt sind, daß sie der Untätige nicht als verloren betrachtet, weil ihn die Tätigkeit, die gleichsam stellvertretend für ihn die Atmosphäre entfaltet hatte, in Atem hielt; Tage, vergleichbar den Zeiten des Aufruhrs oder des Kriegs, die dem schwänzenden Schüler nicht leer erscheinen, weil er in der Umgebung des Palais de Justice oder beim Lesen der Zeitungen meinen kann, das Vorgefallene verhelfe ihm, als Ersatz für die nicht geleistete Arbeit, zu einem Gewinn für sein Denkvermögen und zu einer Entschuldigung für sein Nichtstun; Tage, nicht unähnlich denen einer einschneidenden Krise, die jemand, der nie etwas getan hat, glücklich überstehen will, um fortan ein arbeitsames Leben zu führen; eines Morgens zum Beispiel geht er zu einem Duell unter besonders gefährlichen Bedingungen, und nun, da er im nächsten Augenblick tot sein wird, ermißt er auf einmal den Wert eines Lebens, das er für ein Werk oder auch nur für Vergnügungen hätte nutzen können und aus dem er gar nichts zu machen wußte. »Wenn ich jetzt nicht sterben sollte«, sagt er sich, »wie unverzüglich würde ich mich an die Arbeit machen und wie königlich würde ich mich amüsieren.«

Und wirklich hat das Leben in seinen Augen mit einemmal einen größeren Wert gewonnen, weil er nun all das hineinlegt, was es wohl bringen könnte, und nicht das wenige, das er sich sonst von ihm geben läßt. Er sieht es so, wie er es sich wünscht, und nicht als das, was er seiner Erfahrung nach aus ihm machen kann, nämlich etwas höchst Mittelmäßiges. Es hat sich in einem einzigen Augenblick mit Mühe und Arbeit, mit Reisen, mit Bergbesteigungen, mit all dem Schönen erfüllt, das ein schlimmer Ausgang seines Duells verunmöglichen könnte – als hätten seine schlechten Gewohnheiten es nicht schon zuvor und mit oder ohne Duell auch für alle Zukunft unmöglich gemacht. Er kommt nach Hause und ist nicht einmal verwundet, aber er findet dieselben Umstände wieder, die ihn am Vergnügen, am Wandern, am Reisen, an allem hindern, wovon er in der Furcht eines Augenblicks geglaubt hat, der Tod könne es ihm rauben; aber das kann auch das Leben. Und was die Arbeit angeht – der Ausnahmezustand bewirkt eine Steigerung dessen, was im Menschen schon angelegt war, Fleiß bei dem Fleißigen, Faulheit beim Faulen –, so nimmt er Urlaub.

Ich tat wie er und wie ich immer getan hatte, seit für mich feststand, daß ich schreiben würde; vor langem hatte ich das beschlossen, aber mir war, als sei es gestern geschehen, denn ein Tag nach dem anderen hatte für mich nicht gezählt. So überließ ich auch diesen untätig seinem Gang durch seine Regengüsse, seine Aufhellungen und nahm mir vor, morgen zu arbeiten. Da aber war ich nicht mehr der gleiche; unter einem wolkenlosen Himmel war in dem goldenen Klang der Glocken nicht nur Licht wie im Honig,[*] sondern das Gefühl von Licht (und dazu der fade Geschmack der Marmeladen, denn oft war in Combray der Klang wie eine Wespe auf unserem abgeräumten Tisch noch verblieben). An diesem Tag mit seiner strahlenden Sonne von morgens bis abends mit geschlossenen Augen zu liegen, war erlaubt und gebräuchlich, heilsam und angenehm, es entsprach der Jahreszeit so wie das Schließen der Fensterläden bei großer Hitze.

Bei solchem Wetter hatte ich am Anfang meines zweiten Aufenthalts in Balbec die Geigen des Orchesters im Wechsel mit dem bläulichen Aufschäumen der steigenden Flut gehört. Wieviel mehr besaß ich Albertine jetzt! Es gab Tage, an denen der Stundenschlag einer Glocke auf seinem tönenden Rund einen so frischen, so kräftig aufgetragenen Belag aus Nässe und Licht trug, daß er wie eine Übersetzung für Blinde oder auch eine Übertragung des Regen- oder des Sonnenzaubers in Musik war. In diesem Augenblick konnte ich mir mit geschlossenen Augen in meinem Bett vorstellen, daß alles sich

---

[*] Ein Hinweis auf die unscheinbaren, schwer zu beurteilenden Unterschiede zwischen dem Vorabdruck und der Buchausgabe: In unserem Text steht: »Mais je n'y étais plus le même; sous un ciel sans nuages, le son doré des cloches ...«: in dem Pléiade-Band liest man: »Mais je n'y étais plus le même sous un ciel sans nuages; le son ...«

übertragen ließ und daß eine nur hörbare Welt ebenso vielfältig wie die andere sein könnte. Träge zog ich Tag um Tag von neuem wie in einem Boot flußaufwärts und sah vor mir immer neue verzauberte Erinnerungen erscheinen, die ich nicht wählte, die mir eben noch unsichtbar gewesen waren und die mir nun mein Gedächtnis eine nach der anderen vorführte, ohne daß ich sie hätte wählen können – träge setzte ich durch die vereinigten Zeiträume meinen Spaziergang im Sonnenlicht fort.

Jene Morgenkonzerte in Balbec lagen nicht weit zurück. Und doch hatte ich mich damals noch wenig um Albertine gekümmert. Ich hatte sogar in den ersten Tagen nach meiner Ankunft noch nicht gewußt, daß sie in Balbec war. Von wem hatte ich es denn erfahren? Ach ja, von Aimé. Es war an einem schönen Sonnentag wie diesem. Aimé freute sich, da er mich wiedersah. Aber Albertine mag er nicht. Nicht alle können sie mögen. Ja, er hat mir gesagt, sie sei da. Woher er es wußte? Ah! Er hatte sie angetroffen, er fand, sie sei nicht anständig. Nun sah ich Aimés Bericht von einer anderen Seite an, und auf einmal explodierte mein Nachdenken, das heiter über die glückseligen Wasser gekreuzt war, als sei es auf eine unsichtbare, gefährliche Mine gestoßen, die an diesem Punkt der Erinnerung heimtückisch ausgelegt worden war. Er hatte mir gesagt, er habe sie angetroffen und gefunden, sie sei nicht anständig. Was hatte er damit sagen wollen? Ich hatte verstanden, er meine ein ordinäres Benehmen; denn um ihm im voraus zu widersprechen, hatte ich erklärt, sie sei wohlerzogen. Aber er hatte ja vielleicht andeuten wollen, sie sei lesbisch. Sie war mit einer Freundin gewesen, vielleicht hatten sie sich um die Hüften gefaßt, sahen andere Frauen an, zeigten tatsächlich ein »Benehmen«, das ich an Albertine nie bemerkt hatte. Wer war die Freundin, wo hatte Aimé sie angetroffen, diese schreckliche Albertine?

Ich suchte mir genau zu vergegenwärtigen, was mir Aimé gesagt hatte, um festzustellen, ob es sich auf das beziehen konnte, was ich mir vorstellte, oder ob er bloß schlechte Manieren gemeint hatte. Aber ich konnte mich lange fragen – der Mensch, der die Frage stellte, und der Mensch, der die

Erinnerung zu bieten hatte, waren leider ein und dieselbe Person, meine eigene, die sich für einen Augenblick verdoppelte, ohne sich etwas hinzuzufügen. Ich konnte wohl fragen, die Antwort gab ich selbst, ich erfuhr nichts darüber hinaus. Ich dachte nicht mehr an Mademoiselle Vinteuil. Die Eifersucht, unter der ich jetzt litt, war aus einem neuen Verdacht entstanden, sie selbst war neu oder war vielmehr bloß die Verlängerung, die Ausweitung dieses Verdachts, sie hatte denselben Schauplatz, der nicht mehr Montjouvain war, sondern der Weg, auf dem sich Aimé und Albertine begegnet waren, und sie galt den Freundinnen, von denen an dem Tag die eine oder andere mit Albertine zusammen war. Das konnte eine gewisse Élisabeth sein, oder vielleicht waren es jene beiden Mädchen, die Albertine damals im Spiegel angeschaut hatte, in dem Casino, als sie vorgab, sie nicht zu sehen. Sicher war sie mit ihnen liiert, und außerdem auch mit Esther, der Cousine von Bloch. Wären mir solche Beziehungen von einem dritten offenbart worden, es hätte mich umgebracht; da ich sie mir aber selbst ausdachte, versah ich sie mit so viel Ungewißheit, daß der Schmerz gedämpft wurde.

In der Form des Argwohns verträgt man die Vorstellung, man werde betrogen, tagtäglich in gewaltigen Dosen – dieselbe Vorstellung, die in ganz geringer Menge lebensgefährlich wäre, wenn sie durch die Injektion eines zerstörenden Worts verabreicht würde. Deshalb wohl, und aus einer Spielart des Selbsterhaltungstriebs, scheut sich der Eifersüchtige nicht, aus unverfänglichen Anlässen den ärgsten Verdacht abzuleiten, solange er sich bei dem ersten Beweis, den man ihm zuträgt, der offensichtlichen Tatsache verschließen kann. Auch ist ja die Liebe so unheilbar wie die Anfälligkeit, die bewirkt, daß der Rheumatismus nur nachläßt, um für eine Weile epileptoiden Migränen Platz zu machen. Hatte sich der eifersüchtige Argwohn beruhigt, war ich Albertine böse, weil sie nicht zärtlich gewesen war und sich vielleicht mit Andrée über mich lustig gemacht hatte. Was mochte sie von mir halten, wenn Andrée ihr alle unsere Gespräche hinterbracht hatte? Der Gedanke entsetzte mich, und die Zukunft schien mir unerträglich. Diese Trübsal verließ mich nur, wenn mich ein neuer

Verdacht zu anderen Nachforschungen trieb oder wenn mir Zärtlichkeitsbeweise Albertines im Gegenteil mein Glück wieder belanglos scheinen ließen. Was konnte sie für ein Mädchen sein – ich würde an Aimé schreiben, ihn sehen müssen, um dann seine Aussagen zu überprüfen, indem ich mit Albertine sprach, sie zum Beichten brachte. Inzwischen glaubte ich fest daran, daß es sich um die Cousine Blochs handelte, und bat meinen Freund, der überhaupt nicht begriff, was ich damit wollte, mir wenigstens eine Photographie von ihr zu zeigen oder mich notfalls sogar mit ihr zusammenzubringen.

Wie viele Menschen, Städte, Wege möchten wir unter dem Antrieb der Eifersucht unbedingt kennenlernen! Sie ist ein Wissensdurst, dank dem wir schließlich nach und nach über einzelne, voneinander unabhängige Punkte alles erfahren haben außer dem, was wir wissen möchten. Ein Verdacht kann jederzeit aufkommen; plötzlich erinnern wir uns an eine unklare Mitteilung, an ein Alibi, das uns sicher nicht ohne Absicht gegeben wurde. Dabei hat man die Person seither nicht mehr gesehen; doch es gibt eine nachträgliche Eifersucht, die erst entsteht, wenn man auseinandergegangen ist, eine verspätete Eifersucht. Vielleicht war meine Gewohnheit, gewisse Wünsche in meinem Innern zu hegen – das Verlangen nach einer der höheren Töchter, die ich mit ihren Erzieherinnen vor meinem Fenster vorbeigehen sah, und im besonderen nach dem Mädchen, von dem mir Saint-Loup erzählt hatte, das in Bordelle ging; das Verlangen nach schönen Kammerzofen, besonders nach derjenigen von Madame Putbus; der Wunsch, zum Frühlingsanfang aufs Land zu fahren, Weißdorn und blühende Apfelbäume und Stürme zu sehen, der Wunsch, nach Venedig zu reisen, der Wunsch, mich an die Arbeit zu machen und zu leben wie andere Menschen – die Gewohnheit, all diese Wünsche in mir ungestillt zu bewahren und mich damit zu begnügen, daß ich mir vorgenommen hatte, sie eines Tages zu erfüllen, diese nun schon jahrealte Gewohnheit des beständigen Aufschiebens, das Monsieur de Charlus als »Prokrastination« tadelte – vielleicht war sie in mir so allgemein geworden, daß sie sich auch meines eifersüchtigen Argwohns bemächtigte und mich eine Aussprache mit Albertine wegen des Mädchens oder der Mädchen, mit der oder mit denen sie Aimé begegnet war (dieser Teil des Berichts war unklar, verwischt, meinem Gedächtnis nicht zugänglich), zwar vormerken, aber zugleich auch hinauszögern ließ. Jedenfalls würde ich an diesem Abend mit meiner Freundin nicht davon sprechen, um ihr nicht als eifersüchtig zu erscheinen und sie zu verärgern.

Als mir aber Bloch am nächsten Tag die Photographie seiner Cousine Esther geschickt hatte, beeilte ich mich, sie Aimé zukommen zu lassen. Und in derselben Minute erinnerte ich mich, daß mir Albertine an diesem Morgen etwas verweigert hatte, das sie allerdings hätte anstrengen können. Hatte sie es also für jemand anderen aufsparen wollen? Vielleicht auf den Nachmittag? Für wen? So kommt die Eifersucht nie an ein Ende, denn selbst wenn der Mensch, den wir lieben, sie nicht mehr durch sein Tun wecken kann – wenn er beispielsweise tot ist –, kommt es vor, daß sich Erinnerungen, nach allem, was geschehen ist, in unserem Gedächtnis mit einemmal selbst wie Ereignisse verhalten: Erinnerungen, die wir bisher nicht geklärt hatten, die uns unwichtig schienen und denen wir durch bloße Überlegung, ohne daß von außen noch etwas dazukäme, eine neue und furchtbare Bedeutung geben können. Es braucht nicht zwei Menschen dazu; es genügt, allein in seinem Zimmer zu sein und nachzudenken, damit sich ein neuer Betrug der Geliebten herausstellt, selbst wenn sie gestorben wäre. So müssen wir uns in der Liebe nicht nur wie sonst im Leben vor der Zukunft, sondern auch vor der Vergangenheit fürchten, die sich für uns oft erst nach der Zukunft ereignet, und wir sprechen nicht nur von Vergangenem, das wir nachträglich erfahren, sondern auch von solchem, das wir seit langem mit uns herumtragen und das wir nun plötzlich lesen lernen.

Gleichwohl war ich gegen Ende des Nachmittags glücklich, daß ich nun bald von Albertines Gegenwart die Beruhigung erwarten konnte, die mir notwendig war. Leider war dann der Abend einer von denen, die mir die Ruhe nicht brachten; anders als sonst würde mir Albertines Abschiedskuß so wenig den Frieden geben wie einst der Gutenachtkuß meiner

Mutter, wenn sie verärgert war und ich sie nicht zurückzurufen wagte, dabei aber spürte, daß ich nicht würde einschlafen können. Jetzt waren das die Abende, an denen Albertine für den nächsten Tag einen Plan gefaßt hatte, den ich nicht kennen sollte. Hätte sie ihn mir anvertraut, würde ich seine Ausführung mit einem Eifer betrieben haben, den mir niemand so sehr wie Albertine einflößen konnte. Aber sie sagte mir nichts, und sie brauchte mir auch nichts zu sagen: Sowie sie nach Hause gekommen war und eben erst unter meiner Zimmertür stand, ihren Hut oder ihr Barett noch auf dem Kopf, hatte ich schon ihr ungenanntes, störrisches, begieriges, unzähmbares Verlangen gesehen. So war es oft an eben den Abenden, da ich ihre Rückkehr mit den liebevollsten Gedanken erwartet hatte, da ich ihr mit besonderer Zärtlichkeit um den Hals fallen wollte.

Und jenes gestörte Einverständnis, das ich oft erlebt hatte, wenn ich mit überschwenglicher Zärtlichkeit zu meinen Eltern geeilt war und sie abweisend oder reizbar fand – was ist es im Vergleich mit den Spannungen zwischen zwei Menschen, die sich lieben. Hier ist das Leiden sehr viel weniger oberflächlich, viel schwerer zu ertragen, es wurzelt in einer tieferen Region des Herzens.

An jenem Abend mußte mir Albertine aber von dem Plan, den sie gefaßt hatte, doch etwas sagen: Ich begriff sogleich, daß sie für den nächsten Tag einen Besuch bei Madame Verdurin vorhatte – was mich an sich nicht im mindesten gestört hätte. Doch gewiß wollte sie bei dieser Gelegenheit jemanden treffen, etwas arrangieren. Sonst hätte sie auf den Besuch nicht solchen Wert gelegt. Das heißt, sie hätte mir nicht wiederholt versichert, daß sie keinen Wert auf ihn legte. Der Weg, den ich im Lauf meines Lebens zurückgelegt hatte, war dem jener Völker entgegengesetzt, welche sich der phonetischen Schrift erst bedienen, nachdem sie zuvor die Schriftzeichen als eine Folge von Symbolen aufgefaßt haben. Während vieler Jahre hatte ich das wirkliche Leben und Denken der Leute nur in ihren willentlichen Aussagen zu erfassen gesucht; durch ihre Schuld war ich dazu gelangt, im Gegenteil nur noch auf solche Äußerungen zu achten, die keine vernunftgemäße, analytische Wiedergabe der Wahrheit sind; die Worte selber teilten mir nur noch mit, was uns ein Blutandrang im Gesicht eines Menschen, der verlegen wird, oder ein jähes Verstummen aus ihnen herauslesen läßt. Irgendein Umstandswort (wie es etwa Monsieur de Cambremer verwendete, als er dachte, ich sei ja ein Schriftsteller, und sich, ohne mit mir schon gesprochen zu haben, mitten in seiner Schilderung eines Besuchs bei den Verdurins zu mir wandte und sagte: »Es war *just* de Borelli da«) – ein solches Umstandswort, das wie ein Funken aus dem unfreiwilligen, manchmal gefährlichen Zusammentreffen zweier unausgesprochener Ideen hervorspringt, die ich mit den geeigneten Methoden der Analyse oder der Elektrolyse bestimmen konnte, sagte mir mehr als eine lange Geschichte.

In Albertines Reden trat manchmal eine dieser aufschlußreichen Verbindungen auf, die ich unverzüglich »verarbeitete«, um sie in klare Aussagen zu verwandeln. Es gehört ja für den Verliebten zum Schrecklichsten, daß zwar die einzelnen Tatsachen – die er erleben, die er auskundschaften muß, um sie unter vielen möglichen Verwirklichungen zu erkennen – so schwer zu ermitteln sind, die Wahrheit aber so leicht auszumachen oder doch vorauszuspüren ist. Oft hatte ich in Balbec gesehen, wie Albertine auf junge Mädchen, die vorübergingen, einen raschen, dann aber verweilenden Blick warf, der einer Berührung glich; und kannte ich die Betreffenden, konnte sie sagen: »Sollte man sie kommen lassen? Ich würde ihnen gern ein paar Grobheiten sagen.« Und nun, seit einiger Zeit, seit sie mich ohne Zweifel durchschaut hatte, keine Bitte mehr, irgendwen einzuladen, kein Wort, nicht einmal ein Sich-Umblicken; ihre Augen sahen und sagten nichts mehr, und in Verbindung mit ihrem zerstreuten und leeren Gesichtsausdruck verrieten sie ebensoviel wie früher durch ihr magnetisches Spiel. Es war mir unmöglich, ihr Vorwürfe zu machen oder Fragen zu stellen wegen Dingen, die sie für völlig belanglos und bedeutungslos erklärt hätte – für Kleinigkeiten, die ich aus Freude an Haarspaltereien vorbrächte. Zu fragen: »Warum hast du die und die Person angesehen?« ist schon schwierig, noch viel schwieriger aber: »Warum hast du sie nicht angesehen?« Und doch wußte ich Bescheid oder hätte

Bescheid gewußt, wenn ich nicht lieber den Versicherungen Albertines geglaubt hätte als all jenen kleinsten Elementen, die in einem Blick sind, die bewiesen werden durch ihn und etwa auch durch einen Widerspruch in den Worten, einen Widerspruch, den ich oft erst bemerkte, wenn Albertine längst gegangen war, der mich die ganze Nacht quälte und auf den ich nicht zurückzukommen wagte, der aber meinem Gedächtnis von Zeit zu Zeit dennoch die Ehre seines wiederholten Besuchs erwies.

Oft konnte ich mich fragen, ob jene verstohlenen Blicke am Strand von Balbec oder auf den Straßen von Paris einer Person galten, die nicht nur im Augenblick des Vorübergehens ein Verlangen in Albertine weckte, sondern ihr von früher her bekannt war, oder einem jungen Mädchen, von dem sie gehört haben mochte – was mich verblüffte, wenn ich davon erfuhr, weil es nach ihrem eigenen Urteil unmöglich war, so jemanden zu kennen. Doch das moderne Gomorrha ist ein Puzzle, dessen Stücke da auftauchen, wo man sie am wenigsten erwartet. So hatte ich eines Abends in Rivebelle eine Tischgesellschaft gesehen, deren zehn weibliche Mitglieder ich, dem Namen nach wenigstens, zufällig kannte; sie waren so verschieden wie möglich und dennoch so ganz aufeinander eingestimmt, daß ich nie eine bei aller Ungleichheit homogenere Tafelrunde gesehen habe.

Um auf die jungen Mädchen am Strand und auf der Straße zurückzukommen, so schaute sich Albertine nie mit solcher Aufmerksamkeit – oder aber so unbeteiligt und scheinbar achtlos – nach einer älteren Dame oder nach einem alten Mann um. Die betrogenen Ehemänner wissen nichts und wissen trotzdem Bescheid. Man braucht aber reichhaltigeres Beweismaterial für eine Eifersuchtsszene. Und wenn uns der Argwohn hilft, bei der Frau, die wir lieben, eine gewisse Neigung zur Lüge zu entdecken, steigert er diese Neigung auf das Hundertfache, wenn die Frau unsere Eifersucht entdeckt hat. Sie lügt (in einem Maß, wie sie uns früher nie belogen hat), sei es aus Mitleid, sei es aus Furcht, oder sie entzieht sich unwillkürlich, symmetrisch, durch die Flucht unseren Nachforschungen. Gewiß kommt es vor, daß sich eine leichtlebige

Frau dem Mann, der sie liebt, von Anfang an als tugendhaft darstellt. Aber sehr viele Liebesgeschichten bestehen aus zwei ganz gegensätzlichen Perioden. In der ersten spricht die Frau fast unbesorgt, bloß leicht abschwächend, von ihrem Vergnügungsdrang, von dem munteren Leben, das sie infolgedessen geführt hat – alles Dinge, die sie aufs heftigste abstreiten wird, wenn sie merkt, daß der Gatte eifersüchtig ist und ihr nachspioniert. Nun trauert er der Zeit jener ersten Konfidenzen nach, obwohl ihn die Erinnerung daran auch peinigt. Machte ihm die Frau noch immer solche Geständnisse, sie würde ihm beinahe selbst die Verfehlungen offenbaren, denen er täglich umsonst nachspürt. Und welch eine Hingabe das bewiese, welch ein Vertrauen, welch eine Freundschaft! Wenn sie nicht leben kann, ohne ihn zu betrügen, so wäre sie dabei doch seine Freundin, die ihm erzählte, was sie glücklich macht, und ihn daran teilnehmen ließe. Und so trauert er einem Leben nach, wie es der Anfang ihrer Liebe zu entwerfen schien, wie es ihr Fortgang aber durchkreuzt hat, so daß diese Liebe etwas tief Schmerzliches geworden ist und eine Trennung nun je nach den Umständen unvermeidlich oder unmöglich sein wird.

Manchmal war die Schrift, aus der ich Albertines Lügen herauslas, nicht verschlüsselt; ich brauchte sie nur verkehrt zu lesen. So hatte sie mir an diesem Abend mit gleichgültiger Miene etwas mitgeteilt, das fast unbeachtet durchgehen sollte: »Es könnte sein, daß ich morgen zu den Verdurins gehe, ich weiß zwar überhaupt nicht, ob ich hingehe, ich habe eigentlich keine Lust.« Ein kindliches Anagramm für das Geständnis: »Morgen gehe ich zu den Verdurins, ich gehe ganz sicher hin, es liegt mir sehr, sehr viel daran.« Ihre scheinbare Unschlüssigkeit verriet eine feste Absicht, sie sollte die Bedeutung des Besuchs vermindern und ließ sie dadurch erkennen. Albertine verwendete stets diesen zweifelnden Ton, um unwiderrufliche Entschlüsse zu äußern. Ich war nicht weniger fest entschlossen: Ich sorgte dafür, daß der Besuch bei Madame Verdurin unterblieb. Die Eifersucht ist oft nur ein unruhiges Bedürfnis nach Herrschaft, angewandt auf die Liebe. Von meinem Vater hatte ich wohl das heftige, willkürlich geäußerte Verlangen geerbt, die Menschen, die ich am meisten liebte, in ihren Hoffnungen zu erschüttern und die Sicherheit, mit der sie sich auf sie verließen, als trügerisch zu entlarven; wenn ich sah, daß Albertine heimlich, ohne mein Wissen etwas geplant hatte, das ich ihr auf jede nur mögliche Weise noch leichter und angenehmer gemacht haben würde, wenn sie mich ins Vertrauen gezogen hätte, sagte ich zu ihrem Schrekken ganz beiläufig, ich würde an dem Tag gewiß ausgehen können.

Ich verlegte mich darauf, Albertine für ihre nächste Ausfahrt andere Ziele vorzuschlagen, die den Besuch bei den Verdurins ausgeschlossen hätten, und gab meinen Worten eine künstliche Gleichgültigkeit, um meine Erregung zu verschleiern. Sie war ihr aber nicht entgangen; sie begegnete bei ihr der elektrischen Kraft eines entgegengesetzten Willens, die heftig zurückschlug; in Albertines Augen sah ich die Funken sprühen.

Sie ging, um ihre Sachen abzulegen, und um möglichst schnell Nachricht zu geben, rief ich Andrée an; ich nahm den Telephonhörer, wandte mich an die unerbittlichen Gottheiten, erregte aber nur ihren Zorn, der sich in den Worten »Ist besetzt!« kundtat. Tatsächlich sprach Andrée gerade mit jemandem. Während ich wartete, bis sie damit fertig war, fragte ich mich, wie es kommt, daß sich zwar viele Maler bemühen, die Frauenbildnisse des 18. Jahrhunderts wieder aufleben zu lassen, wo eine erfinderische Inszenierung darauf berechnet ist, Erwartung, Schmollen, Interesse, Verträumtheit zum Ausdruck zu bringen, daß aber keiner unserer modernen Bouchers oder Fragonards anstelle von ›Der Brief‹, ›Am Spinett‹ usw. die Szene malt, die ›Am Telephon‹ heißen könnte und bei der ein Lächeln auf den Lippen der hörenden Person um so echter erschiene, als sie ja weiß, daß niemand es sieht. Endlich hörte mich Andrée: »Holen Sie Albertine morgen ab?« und da ich Albertines Namen aussprach, erinnerte ich mich, mit welchem Neid ich Swann an jenem Fest bei der Prinzessin Guermantes hatte sagen hören: »Kommen Sie Odette besuchen«, und wie ich darüber nachgedacht hatte, daß es trotz allem etwas Großes um einen solchen Vornamen sei, der für jedermann und selbst für Odette einzig in Swanns Mund uneingeschränkt den Sinn des Besitzes hatte.

Wie wohltuend eine solche, in einem einzigen Wort zusammengefaßte Inbesitznahme sein mußte! – so hatte ich jedesmal gedacht, wenn ich verliebt war. Doch wenn man dieses Wort sprechen kann, ist es in Wirklichkeit entweder gleichgültig geworden, oder die Gewohnheit hat das Gefühl zwar nicht abgestumpft, aber dafür gesorgt, daß nun wehtut, was einst wohlgetan hat. Die Lüge ist nichts Besonderes, wir leben mitten in ihr und lächeln darüber, aber die Eifersucht leidet dabei und sieht mehr, als die Lüge verbirgt (oft will unsere Freundin den Abend nicht mit uns verbringen und geht ins Theater einfach deshalb, weil wir nicht bemerken sollen, daß sie schlecht aussieht). Wie blind ist sie oft für das, was die Wahrheit verbirgt!* Aber sie bekommt nichts zu fassen; die Frauen, die schwören, daß sie nicht lügen, würden auch mit dem Messer an der Kehle ihr Geheimnis nicht preisgeben. Ich wußte, daß nur ich zu Andrée auf jene Weise »Albertine« sagen konnte. Und dennoch fühlte ich, daß ich für Albertine, für Andrée, für mich selber nichts war. Und ich begriff, an welcher Unmöglichkeit die Liebe scheitert.

Wir bilden uns ein, sie gelte einem Wesen, das vor unseren Augen liegen kann, eingeschlossen in einen Körper. Aber ach – sie ist die Ausdehnung dieses Wesens nach allen Enden des Raums und der Zeit, die es eingenommen hat und einnehmen wird. Besitzen wir seine Berührung mit jenem Ort, jener Stunde nicht, so besitzen wir es nicht. Wir können aber nicht jeden dieser Punkte erreichen. Würden sie uns gezeigt, wir könnten uns vielleicht bis zu ihnen ausstrecken. Aber wir tasten nach ihnen und finden sie nicht. Daher das Mißtrauen, die Eifersucht, die Quälerei. Wir verlieren kostbare Zeit auf einer abwegigen Spur und gehen ahnungslos an der Wahrheit vorüber.

Aber schon war eine der leicht zu erzürnenden Gottheiten

---

* »Combien, souvent, elle reste aveugle …!« Im Buch: »… comme bien souvent elle reste aveugle …«

mit den schwindelerregend flinken Gehilfinnen aufgebracht, nicht weil ich sprach, sondern weil ich nichts sagte. »Die Linie ist doch frei, seit Sie die Verbindung haben; ich unterbreche jetzt.« Sie tat aber nichts dergleichen, sie beschwor Andrées Gegenwart herauf und umgab sie als die große Dichterin, die ein Telephonfräulein jederzeit ist, mit der besonderen Atmosphäre der Wohnung, des Stadtviertels, ja des Lebens von Albertines Freundin.

»Sind Sie das?« fragte Andrée, deren Stimme mir die Göttin im Augenblick zutrug, da es ihr Vorrecht ist, den Tönen größere Geschwindigkeit als dem Blitz zu verleihen. »Hören Sie, Andrée«, sagte ich, »gehen Sie, wohin Sie wollen, aber nicht zu Madame Verdurin. Man muß Albertine morgen unbedingt von dort fernhalten.« »Aber gerade das hat sie für morgen doch vor.« »Ah!«

Doch ich mußte das Gespräch für einen Moment unterbrechen und Drohgebärden vollführen; denn obwohl uns Françoise mit Hilfe des Telephons manches hätte bestellen können, was sie ohne weiteres wissen durfte, sträubte sie sich nach wie vor, mit dem Apparat umzugehen, als wäre das ebenso unangenehm, wie sich impfen zu lassen, und so gefährlich, wie in ein Luftschiff zu steigen; dafür aber kam sie sofort in mein Zimmer, wenn ich ein Gespräch führte, das persönlich und vertraulich genug war, daß es ihr nun gerade nicht zu Ohren kommen sollte. Als sie hinausgegangen war – nicht ohne noch mehrere Gegenstände zusammenzusuchen, die schon am Vortag dagelegen hatten und sehr wohl noch eine Stunde hätten liegenbleiben können, und ein Scheit ins Feuer zu werfen, was bei der Siedehitze, die ihre unerbetene Anwesenheit und die Furcht, von dem Fräulein unterbrochen zu werden, mir verursachte, ganz unnötig war –, sagte ich zu Andrée: »Entschuldigen Sie, ich bin gestört worden. Ist das ganz sicher, daß sie morgen zu den Verdurins gehen soll?« »Ganz sicher, aber ich kann ihr sagen, das sei Ihnen nicht recht.« »Nein, im Gegenteil, ich komme vielleicht mit.« »Ah!« sagte Andrée; es klang tief verstimmt und so, als erschreckte sie meine Kühnheit, die dadurch nur noch wuchs. »Nun denn, leben Sie wohl, und verzeihen Sie, daß ich Sie für nichts gestört habe.« »Aber gar nicht«, sagte Andrée; und da sich der Gebrauch des Telephons nun eingebürgert hatte und ihm wie voreinst dem »Tee« zu seiner Ausschmückung besondere Phrasen zugewachsen waren, setzte sie hinzu: »Ich habe mich sehr gefreut, Ihre Stimme zu hören.«

Das hätte auch ich sagen können, und aufrichtiger als Andrée; denn ihre Stimme hatte es mir angetan: Bisher war mir nie aufgefallen, wie sehr sie sich von den übrigen unterschied. Nun mußte ich an andere Stimmen denken, an Frauenstimmen vor allem, wie sie durch die Präzision einer Frage und die Konzentration auf einen Gedanken verlangsamt werden oder durch den beschwingten Gang einer Erzählung außer Atem, ja ins Stocken geraten: Nacheinander rief ich mir die Stimmen aller jungen Mädchen ins Gedächtnis, die ich in Balbec kennengelernt hatte, dann Gilbertes Stimme, dann die meiner Großmutter, dann die von Madame de Guermantes; keine war wie die andere, alle waren sie durch die besondere Sprache einer jeden geprägt, spielten auf ihrem besonderen Instrument, und ich überlegte, welch dürftiges Konzert die drei oder vier musizierenden Engel der alten Maler im Paradies geben müssen, wenn ich doch zehn- und hundert- und tausendfach den harmonisch-vielstimmigen Gruß aller Stimmen zu Gott emporsteigen sah. Ich blieb noch am Telephon, um mich mit einigen versöhnlichen Worten bei IHR, die über die Geschwindigkeit der Töne gebietet, dafür zu bedanken, daß sie meinen unbedeutenden Worten mit ihrer Macht hatte beistehen mögen, dank der sie hundertmal schneller wurden als der Donner; doch meine Danksagungen fanden keine andere Antwort als den Abbruch der Verbindung.

Als Albertine wieder hereinkam, trug sie ein Kleid aus schwarzem Atlas, wodurch sie blasser wirkte und zu der hitzigbleichen Pariserin wurde, von schlechter Luft in überfüllten Räumen und vielleicht von einem lasterhaften Leben verzehrt und mit Augen, die um so unruhiger schienen, als keine roten Wangen sie aufhellten. »Rate, mit wem ich gerade telephoniert habe«, sagte ich: »Mit Andrée.« »Mit Andrée?« rief Albertine laut, überrascht und erregt, wie es eine so alltägliche Mitteilung nicht verdiente. »Sie hat dir hoffentlich gesagt, daß wir kürzlich Madame Verdurin angetroffen haben.« »Madame Verdurin? Ich kann mich nicht erinnern«, antwortete ich und tat, als dächte ich an etwas anderes; ich wollte kein Interesse für diese Begegnung zeigen und Andrée nicht verraten, die mir gesagt hatte, wohin Albertine am nächsten Tag gehen würde. Doch vielleicht verriet mich Andrée und erzählte Albertine morgen, daß ich sie gebeten hatte, den Besuch bei den Verdurins unter allen Umständen zu verhindern; sie konnte ihr auch hinterbracht haben, daß ich ihr schon mehrmals solche Aufträge erteilt hatte. Sie hatte mir versichert, sie habe nichts davon weitergesagt, für mich aber wurde der Wert dieser Versicherung aufgewogen durch den Eindruck, daß seit einiger Zeit das Vertrauen, das Albertine so lange zu mir hatte, aus ihrem Gesicht gewichen war.[*]

Merkwürdig ist, daß ich schon ein paar Tage zuvor eine Auseinandersetzung mit Albertine hatte, doch war damals Andrée dabeigewesen. Andrée erweckte, wenn sie Albertine gute Ratschläge gab, immer den Eindruck, als brächte sie ihr etwas Schlechtes bei. »Nun rede doch nicht so, schweig still«, sagte sie ganz beglückt. Ihr Gesicht nahm den hellen, trockenen Himbeerton der frommen Gouvernanten an, die einen Angestellten nach dem anderen entlassen. Während ich Albertine Vorwürfe machte, die ich ihr nicht hätte machen sollen, sah sie so aus, als söge sie mit Behagen an einer Lutschstange. Dann konnte sie ein zärtliches Lachen nicht mehr zurückhalten. »Komm mit mir, Titine. Du weißt, ich bin dein liebes Schwesterchen.« Diese süßliche Vorführung machte mich rasend, und außerdem fragte ich mich, ob Andrée wirklich eine so innige Liebe zu Albertine empfand, wie sie vorgab. Albertine, die Andrée besser kannte als ich, hatte stets nur ein Achselzucken für meine Frage, ob sie der Zuneigung Andrées ganz sicher sei, und versicherte mir immer wieder, daß niemand auf der Welt sie so liebe; ich bin daher heute noch überzeugt, daß diese Zuneigung echt war. In Andrées begüterter, aber provinzieller Familie würde man vielleicht etwas Entsprechendes in Geschäften an der Place de l'Évêché finden, wo bestimmte

[*] Der folgende Abschnitt steht nur in dem Vorabdruck der *Œvres Libres.*

Süßigkeiten im Ruf des »Allerbesten« stehen. Ich weiß aber, daß ich für mein Teil, auch wenn ich stets das Gegenteil angenommen hatte, nun ganz unter dem Eindruck stand, Andrée habe es darauf abgesehen, daß sich Albertine die Finger verbrannte; dadurch wurde meine Freundin mir sogleich sympathisch, und mein Zorn verging.

Das Leiden in der Liebe setzt dann und wann aus, um aber in anderer Form wieder aufzuleben. Wir klagen darüber, daß uns die Frau, die wir lieben, nicht mehr mit der spontanen Zuwendung, mit verliebten Annäherungen begegnet wie anfangs, und wir leiden noch mehr, wenn sie die Neigung, die sie für uns nicht mehr aufbringt, für andere empfindet; von diesem Schmerz aber lenkt uns ein anderer, schlimmerer ab, der Verdacht, daß sie uns über den gestrigen Abend nicht die Wahrheit gesagt, uns ohne Zweifel betrogen habe; auch dieser Verdacht schwindet wieder, die liebevolle Aufmerksamkeit der Freundin beruhigt uns, aber nun fällt uns ein vergessenes Wort wieder ein, man hat uns gesagt, sie sei liebestoll; wir dagegen haben sie nie anders als zurückhaltend gekannt; wir versuchen uns vorzustellen, welchen Rausch sie mit andern erlebt hat, wir spüren, wie wenig wir ihr bedeuten, wir sehen ihre gelangweilte, sehnsüchtige, traurige Miene, wenn wir mit ihr sprechen, und so wie man feststellt, daß der Himmel schwarz verhangen ist, bemerken wir, daß sie sich nachlässig angezogen hat, wenn sie mit uns zusammen ist, denn die Kleider, mit denen sie sich anfangs für uns schön gemacht hat, spart sie nun für die anderen auf. Ist sie aber zärtlich, welche Freude für einen Augenblick! Doch wenn wir dann ihr Zünglein wie zum Anreiz für die Augen spielen sehen, denken wir an die Personen, denen dieses Zeichen so oft gegolten hatte, daß es vielleicht, ohne daß Albertine an sie dachte, gewohnheitsmäßig auch bei mir weiterspielte. Nun stellt sich das Gefühl wieder ein, daß wir sie langweilen. Aber dieser Schmerz läßt mit einemmal nach, wenn wir an das quälend Unbekannte ihres Lebens denken, an die unzugänglichen Orte, wo sie gewesen ist und vielleicht noch ist, wann immer wir nicht bei ihr sind, selbst wenn sie nicht vorhat, für immer dort zu bleiben – die Orte, wo sie weit fort von uns, nicht für uns da ist, und glücklicher als bei uns. Das sind die Drehfeuer der Eifersucht.

Die Eifersucht ist ein Dämon, der sich nicht austreiben läßt und in immer neuer Gestalt wiederkehrt. Könnten wir ihn in jeder austilgen und könnten die Frau, die wir lieben, zeitlebens behalten, dann nähme der Böse Geist eine andere, noch verhängnisvollere Form an: die Verzweiflung darüber, daß wir uns die Treue nur durch Zwang gesichert haben – daß wir nicht geliebt werden.

Zwischen Albertine und mir stand oft die Trennwand eines Schweigens, das wohl deshalb eingetreten war, weil sie auf Klagen nicht zurückkommen mochte, die sie für aussichtslos hielt. So liebevoll Albertine an manchen Abenden war, sie gab sich nicht mehr so unbefangen, wie ich sie in Balbec gekannt hatte, wenn sie mir sagte: »Welch lieber Mensch du doch bist!« und sich der Grund ihres Herzens mir aufzutun schien, ohne einen Gedanken an irgendwelche Kränkungen, wie sie jetzt bestanden – unausgesprochen, weil sie offenbar fand, sie ließen sich weder verwinden noch vergessen – und zwischen ihr und mir die Worte auf Vorsicht stimmten oder ein undurchdringliches Schweigen eintreten ließen.

»Und darf man wissen, warum du mit Andrée telephoniert hast?« »Um sie zu fragen, ob es sie stören würde, wenn ich morgen mit euch käme, um so den Verdurins den Besuch zu machen, den ich ihnen seit der Raspelière schuldig bin.« »Wie du willst. Aber ich warne dich: Heute Abend kommt der dickste Nebel, und morgen bestimmt auch. Ich sage das, weil ich nicht möchte, daß es dir schadet. Du kannst dir denken, daß es mir lieber ist, wenn du mit uns kommst. Allerdings«, fügte sie mit besorgter Miene hinzu, »weiß ich noch gar nicht, ob ich zu den Verdurins gehe. Sie sind so freundlich zu mir gewesen, daß ich eigentlich sollte ... Nach dir sind das doch die Menschen, die mir am meisten Gutes getan haben, aber so gewisse Kleinigkeiten gefallen mir nicht bei ihnen. Ich muß unbedingt zum Bon Marché und zu den Trois-Quartiers gehen, um einen Spitzenkragen zu kaufen; dieses Kleid ist gar zu schwarz.«

Albertine allein in einem großen Geschäft, wo man an so

vielen Menschen vorbeistreift und wo es so viele Ausgänge gibt, daß man draußen sagen kann, man finde seinen Wagen nicht mehr, der weiter vorn wartet – ich war fest entschlossen, das nicht zuzulassen, aber vor allem war ich unglücklich. Und doch machte ich mir nicht klar, daß ich Albertine schon längst hätte aufgeben sollen, da sie für mich in die traurige Phase eingetreten war, in der ein über Raum und Zeit verstreutes Wesen für uns nicht mehr eine Frau ist, sondern eine Folge von Ereignissen, in die wir kein Licht bringen können, eine Folge von unlösbaren Problemen, ein Meer, das wir wie Xerxes kindischerweise zu schlagen versuchen, um es für unsere Schiffbrüche zu bestrafen. Hat diese Phase einmal begonnen, sind wir besiegt. Glücklich die Menschen, die rechtzeitig begreifen und einen nutzlosen, aufreibenden Kampf nicht zu lange fortsetzen, wo uns die Grenzen unserer Vorstellungskraft von allen Seiten beengen und sich die Eifersucht so erniedrigt, daß derselbe Mann, der früher jedesmal, wenn die Frau an seiner Seite nur für einen Augenblick einen anderen ansah, einen Liebeshandel zu entdecken meinte und tausend Qualen litt, es nun zuläßt, daß sie allein und manchmal auch mit dem Mann ausgeht, von dem er weiß, daß er ihr Geliebter ist, weil er dem Ungekannten diese Folter noch vorzieht, die er wenigstens kennt. Es ist eine Frage des Rhythmus: Man nimmt ihn an, um ihm dann aus Gewohnheit zu folgen. Nervöse Menschen können sich ein Abendessen nicht entgehen lassen und sich danach nicht lange genug erholen; Frauen, die eben noch leichtlebig waren, tun Buße. Eifersüchtige, die ihren Schlaf, ihre Mahlzeiten opferten, um ihrer Geliebten nachzuspionieren, geben sich geschlagen vor der Kraft ihres Begehrens, vor der weiten, verschwiegenen Welt, vor der Zeit, sie lassen sie gehen, dann auch reisen, dann trennen sie sich von ihr. Die Eifersucht kommt an ein Ende, weil sie keine Nahrung mehr findet, und hat nur deshalb so lange gedauert, weil sie beständig nach ihr verlangte. Von diesem Zustand war ich weit entfernt.

Gewiß, es gehörte mir jetzt ein viel größerer Teil von Albertines Zeit als damals in Balbec. Es stand mir frei, mit ihr auszufahren, so oft ich wollte. Da rings um Paris nun schon

Anlagen für die Luftschiffahrt entstanden, die für die Flugzeuge dasselbe sind wie die Seehäfen für die Schiffe, und da mir an jenem Tag in der Nähe der Raspelière die fast sagenhafte Begegnung mit einem Flieger, vor dem mein Pferd gescheut hatte, wie ein Inbild der Freiheit erschienen war, wählte ich gern am Ende des Tages ein solches Flugfeld als Ziel unserer Ausflüge – zu Albertines Zufriedenheit, denn sie begeisterte sich für jeden Sport. Wir fuhren zusammen dorthin, angelockt durch das ununterbrochene Wechselspiel der Aufbrüche und der Ankünfte, dem für meerliebende Menschen ein Spaziergang auf dem Hafendamm oder auch nur am Strand und für Liebhaber des Himmels das Schlendern um ein »Flugzentrum« seinen Reiz verdankt. Immer wieder sahen wir, wie inmitten der untätigen, gleichsam vor Anker liegenden Maschinen eine einzelne mühsam von mehreren Mechanikern fortgeschleppt wurde, so wie ein Boot über den Sand geschleift wird, wenn ein Feriengast es bestellt hat, um eine Rundfahrt auf dem Meer zu unternehmen. Dann wurde der Motor in Gang gesetzt, die Maschine fuhr an, kam in Fahrt, und mit einemmal stieg sie langsam im rechten Winkel auf, ekstatisch gespannt, wie bewegungslos, die waagrechte Schnelligkeit jäh verwandelt in eine erhabene, senkrechte Auffahrt.

Albertine konnte sich in ihrer Freude nicht halten und mußte die Mechaniker befragen, die zurückkamen, da die Maschine nun flott war. Der Flieger aber hatte schon Kilometer zurückgelegt, und der große Kahn, den wir mit den Augen weiter verfolgten, war nur noch ein kaum mehr sichtbarer Punkt an dem blauen Himmel; doch würde er nach und nach seine feste Gestalt, seine Größe, seine Ausdehnung wieder annehmen, wenn die Zeit für seine Rundfahrt abgelaufen war, seine Rückkehr zum Hafen bevorstand. Und in dem Augenblick, da der Flieger wieder zur Erde sprang, schauten wir beide mit Neid auf den Mann, der so im Weiten, in den einsamen Himmelskreisen die Ruhe und die Klarheit des Abends genossen hatte. Dann kamen wir miteinander, ob nun von dem Flugfeld oder von einem Museum, von einer Kirche, die wir besucht hatten, zur Abendessenszeit nach Hause. Und doch kehrte ich nicht beruhigt zurück wie in Balbec von selteneren Spazierfahrten, die zu meinem Stolz einen vollen Nachmittag ausgefüllt hatten und auf die ich danach zurückblicken konnte, wie sie sich als schöne Blumenbeete vor dem sonstigen Leben Albertines abhoben wie vor einem leeren Himmel, unter dem man sanft und gedankenlos träumt. Von Albertines Zeit fiel damals nicht so viel für mich ab wie jetzt. Aber sie schien mir damals viel mehr zu gehören, weil ich sie nur nach den Stunden maß, die meine Freundin mit mir verbrachte und die sich meine Liebe als Gunst anrechnete; jetzt dagegen nur nach den Stunden, die sie ohne mich verbrachte und in denen meine Eifersucht ruhelos nach einer Möglichkeit der Untreue suchte.

Nun wünschte sie sich für den nächsten Tag solche Stunden. Ich stand vor der Wahl: Wollte ich aufhören zu leiden oder zu lieben? Denn so wie im Anfang das Begehren die Liebe heranbildet, hält später ein schmerzliches Bangen sie wach. Ich spürte, wie mir ein Teil von Albertines Leben entglitt. Die Liebe fordert im schmerzlichen Bangen wie im glücklichen Begehren ein Ganzes. Sie entsteht nur und dauert nur fort, wenn ein Teil zu erobern bleibt. Man liebt nur, was man nicht ganz besitzt. Albertine log, wenn sie sagte, sie würde wohl nicht zu den Verdurins gehen, so wie ich log, als ich sagte, ich wolle hingehen. Sie suchte bloß zu verhindern, daß ich mit ihr ausging, und meinen plötzlichen Entschluß, den ich keineswegs ausführen wollte, äußerte ich nur, um bei ihr den – wie ich erriet – empfindlichsten Punkt zu treffen, sie auf dem Verlangen zu behaften, das sie verschwieg, und sie zu dem Eingeständnis zu zwingen, daß meine Anwesenheit sie am nächsten Tag daran hindern würde, sich diesen Wunsch zu erfüllen. Sie hatte das eigentlich schon gestanden, als sie mit einemmal nicht mehr zu den Verdurins gehen wollte.

»Wenn du nicht zu den Verdurins kommen willst«, sagte ich, »gibt es im Trocadéro eine ganz wunderbare Benefizvorstellung.« Sie hörte sich meinen Rat, dorthin zu gehen, mit leidender Miene an. Ich begann sie mit Härte zu behandeln wie damals in Balbec, zur Zeit meiner ersten Eifersucht. Die Enttäuschung stand ihr im Gesicht, und ich bediente mich, um sie zu tadeln, derselben Argumente, die mir meine Eltern vorgehalten hatten, als ich klein war, und die dem unverstandenen Kind grausam und uneinsichtig erschienen waren.

»Nein«, sagte ich zu Albertine, »ich kann dich trotz deiner Trauermiene nicht bedauern; das würde ich tun, wenn du krank wärst oder wenn dir ein Unglück zugestoßen wäre, wenn du einen Verwandten verloren hättest – was dir aber vielleicht nichts ausmachen würde, wenn man sieht, wie du deine falsche Empfindsamkeit für nichts verschwendest. Ich halte nichts von der Empfindsamkeit der Leute, die uns versichern, wie sehr sie uns lieben, und doch nicht imstande sind, uns den kleinsten Dienst zu erweisen, und die im Gedanken an uns so zerstreut sind, daß sie vergessen, einen Brief mitzunehmen, den wir ihnen anvertraut haben und von dem unsere Zukunft abhängt.«

Was ich da sagte oder (wie so vieles von dem, was wir reden) nur aufsagte, hatte ich alles von meiner Mutter gehört, die mir gern erklärte, man dürfe die wahre Sensibilität – von den Deutschen, deren Sprache sie trotz des Abscheus meines Vaters vor diesem Volk bewunderte, »Empfindung« genannt – nicht mit »Empfindelei« verwechseln; einmal, als ich gerade wieder weinte, war sie so weit gegangen, mir zu sagen, Nero sei vielleicht nervenschwach gewesen, aber das mache ihn nicht besser. Ganz wie im Fall jener Pflanzen, die sich im Wachstum verdoppeln, trat jetzt dem überempfindlichen Kind, das ich einzig gewesen war, ein Mann des gesunden Verstands gegenüber, ein Mann ohne Nachsicht für die krankhafte Empfindsamkeit der andern, ähnlich wie es in meinen Augen die Eltern gewesen waren. Da doch in jedem Menschen das Leben von Vater und Mutter weitergehen muß, hatte der besonnene, kritische Mann, der in mir nicht von Anfang an existiert hatte, den Empfindsamen eingeholt, und es war nur natürlich, daß ich auch so sein würde, wie meine Eltern gewesen waren.

Ja, in dem Augenblick, da dieses neue Ich sich ausbildete, fand es seine Sprache schon vor in der Erinnerung an die ironischen und tadelnden Reden, die man mir gehalten hatte, die ich jetzt anderen hielt und die ganz natürlich aus meinem Mund kamen, sei es, daß ich sie durch Nachahmung und durch den Rückgriff auf Erinnerungen hervorbrachte, sei es, daß in mir die feinen, geheimnisvollen Muster der Vererbung, wie auf dem Blatt einer Pflanze, ohne mein Wissen den gleichen Tonfall und die Bewegungen, Haltungen derer vorgezeichnet hatten, aus denen ich hervorgegangen war. Wenn ich Albertine gegenüber den Besonnenen spielte, kam es vor, daß ich meine Großmutter sprechen hörte; und hatte nicht auch meine Mutter (da durch die vielen untergründig-unbewußten Strömungen in mir selbst noch die kleinsten Bewegungen meiner Finger in die Lebenskreise meiner Eltern hereineingezogen wurden) gemeint, mein Vater komme herein, so ganz gleich wie er klopfte ich an.

Andererseits ist die Verknüpfung entgegengesetzter Elemente das Gesetz des Lebens, das Prinzip der Befruchtung und, wie man sehen wird, die Ursache vielen Unglücks. Man verabscheut gewöhnlich, was einem gleicht, und von außen gesehen machen uns die eigenen Fehler rasend. Und erst jemand, der zu alt ist, um sie unbefangen an den Tag zu legen, jemand, der in Zuständen höchster Erregung eine eisige Miene annimmt, wie wird er dieselben Untugenden bei einem anderen hassen, der jünger oder argloser oder dümmer ist als er! Empfindsame Leute kann der Anblick der Tränen, die sie selber zurückhalten, in den Augen der anderen abstoßen. Trotz und oft wegen aller Liebe ist die allzu große Ähnlichkeit der Grund dafür, daß in den Familien Zwietracht herrscht.

Vielleicht war bei mir – wie noch bei vielen Menschen – der zweite Mann, der ich geworden war, einfach eine andere Seite des ersten, erregbar und empfindsam sich selbst gegenüber, ein weiser Mentor für die anderen. Vielleicht verhielt sich das auch bei meinen Eltern so, je nachdem, ob man sie in ihrem Verhältnis zu mir oder zu sich selber betrachtete. Und bei meiner Großmutter, bei meiner Mutter war die Strenge, mit der sie mich behandelten, offensichtlich gewollt, kostete sie sogar Überwindung; ob aber vielleicht auch bei meinem Vater die Kälte, die er mir zeigte, nur die Außenseite seiner Empfindsamkeit war? Vielleicht brachte man ja die menschliche Wahrheit dieses Doppelaspekts – der nach innen gerichteten und der gesellschaftlichen Seite des Lebens – zum Ausdruck, wenn man von meinem Vater sagte, was mir früher ebenso falsch wie banal erschienen war: »Unter seiner eisigen Kälte verbirgt er eine außergewöhnliche Sensibilität, er ist ein verschämter Gefühlsmensch.« Verbarg seine Ruhe nicht wirklich beständige und geheime Stürme – eine Ruhe, die nach Bedarf mit lehrhaften Bemerkungen, mit Ironie für ungeschickte Bekundungen der Empfindsamkeit durchsetzt war –, und legte ich nun nicht selbst diese Ruhe gegenüber aller Welt an den Tag, hielt ich nicht in bestimmten Situationen gerade gegenüber Albertine an ihr fest?

Ich glaube, an jenem Tag war ich wirklich im Begriff, mich von ihr zu trennen und nach Venedig zu fahren. Was mich doch wieder festhielt, hatte mit der Normandie zu tun, nicht weil Albertine die Absicht bekundete, dorthin zu fahren, wo ich so eifersüchtig auf sie gewesen war (ihre Pläne rührten zu meinem Glück nie an die schmerzlichen Punkte meiner Erinnerung), aber da ich gesagt hatte: »Es ist, als spräche ich von der Freundin deiner Tante, die in Infreville wohnte«, antwortete sie mir voller Zorn und glücklich wie jeder Mensch, der im Streit so viele Argumente wie möglich für sich haben will, um mir zu zeigen, daß ich im Unrecht und sie im Recht war: »Meine Tante hat doch nie einen Menschen in Infreville gekannt, und ich selbst bin nie dort gewesen.« Sie dachte nicht mehr daran, daß sie mir eines Abends vorgelogen hatte, sie müsse bei einer leicht zu kränkenden Dame unter allen Umständen zum Tee sein, selbst auf die Gefahr hin, wegen dieses Besuchs meine Freundschaft zu verlieren und sich den Tod zu geben. Ich erinnerte sie nicht an diese Lüge. Aber sie bedrückte mich. Und ich schob den Bruch noch einmal hinaus. Man braucht nicht ehrlich zu sein und nicht einmal geschickt zu lügen, damit man geliebt wird. Unter Liebe verstehe ich hier eine wechselseitige Folter. Ich fand an dem Abend nichts Anstößiges dabei, daß ich mit ihr sprach wie einst meine vortreffliche Großmutter, oder daß ich mit meiner Ankündigung, ich würde mit ihr zu den Verdurins gehen, die brüske Art meines Vaters angenommen hatte, der uns einen Beschluß nie anders mitteilte als so, daß wir in eine Aufregung gerieten, wie sie in keinem Verhältnis zu dem Beschluß selbst stand. So hatte er leichtes Spiel, uns albern zu finden, da wir wegen einer solchen Lappalie eine Betroffenheit zeigten, welche doch nur dem Schrecken entsprach, den er uns eingejagt hatte. Da sich die willkürlichen Anwandlungen des Vaters – gleich der unerschütterlichen Lebensweisheit der Großmutter – mit meiner Empfindsamkeit zusammengefunden hatten, der sie so lange Zeit fremd geblieben und während meiner ganzen Kindheit eine Pein gewesen waren, gab diese Empfindsamkeit ihnen genauen Aufschluß über die Punkte, auf die sie zielen mußten: Es gibt keinen besseren Spitzel als einen ehemaligen Dieb oder einen Angehörigen der Nation, gegen die man Krieg führt. In Familien, die das Lügen gewohnt sind, gibt ein Bruder, der den anderen ohne ersichtlichen Anlaß besucht und ihn beim Weggehen, unter der Tür, noch beiläufig um eine Auskunft bittet, auf die er dann gar nicht zu hören scheint, dem Bruder eben dadurch zu verstehen, daß er ihn nur wegen dieser Auskunft besucht hat; denn der Bruder kennt die unbeteiligte Miene und die in letzter Sekunde wie in Klammern gesetzten Worte, weil er sie selbst oft verwendet hat. Aber auch krankhaft veranlagte Familien gibt es, verwandte Gefühlstypen, brüderliche Gemütsarten, die eingestimmt sind auf eine verschwiegene Sprache, dank der sich die Familie ohne Worte versteht. Und was kann so enervierend sein wie ein nervöser Mensch?

In diesem Fall spielte vielleicht in meinem Verhalten noch etwas Allgemeineres, Tieferes mit. In den kurzen, aber unvermeidlichen Augenblicken, da man jemanden nicht erträgt, den man liebt – Augenblicke, die manchmal ein Leben lang dauern, wenn man jemanden nicht liebt –, will man nicht gut erscheinen, um nicht bedauert zu werden, sondern so böse und gleichzeitig so glücklich wie möglich, damit unser Glück wahrhaft hassenswert ist und den kurz oder dauernd mit uns verfeindeten Menschen in der Seele kränkt. Vor wie vielen Leuten habe ich mich nicht verleumdet, nur damit ihnen meine »Erfolge« unmoralisch erschienen und sie um so mehr in Wut versetzten! Man sollte den entgegengesetzten Weg gehen, sollte ohne Stolz seine guten Gesinnungen zeigen, anstatt sie so sehr zu verbergen. Und das wäre leicht, wenn man es verstünde, niemals zu hassen und immer zu lieben.

Dann wäre man glücklich genug, nur das zu sagen, was die anderen glücklich machen, sie rühren und uns ihre Liebe zuwenden kann.

Ich hatte freilich kein reines Gewissen, da ich mich gegen Albertine so unbarmherzig verhielt. »Wenn ich sie nicht liebte«, sagte ich mir, »würde sie mehr Dankbarkeit empfinden, weil ich sie dann nicht quälte; aber würde sich das nicht ausgleichen? Ich wäre dann auch weniger gut zu ihr.« Und zu meiner Rechtfertigung hätte ich ihr sagen können, daß ich sie liebte. Doch dieses Geständnis wäre für Albertine nichts Neues gewesen und hätte vielleicht ihre Gefühle für mich noch mehr abgekühlt als die Härte und die Tücken, für die ja gerade die Liebe die einzige Entschuldigung war. Hart und tückisch zu sein gegen das, was man liebt, ist doch ganz natürlich! Wenn uns das Interesse, das wir den anderen entgegenbringen, nicht daran hindert, sie liebevoll zu behandeln und auf ihre Wünsche einzugehen, dann ist dieses Interesse nicht aufrichtig. Der andere ist uns gleichgültig, und aus Gleichgültigkeit ist man nicht böse.

Es wurde spät; bis Albertine schlafen ging, blieb nicht viel Zeit, wenn wir Frieden schließen, uns wieder küssen wollten. Bisher hatte dazu weder sie noch ich den Anfang gemacht. Und da ich spürte, daß sie ohnehin aufgebracht war, nahm ich die Gelegenheit wahr, von Esther Lévy zu sprechen. »Bloch hat mir gesagt«, behauptete ich, »daß du mit seiner Cousine Esther gut bekannt warst.« »Ich würde sie nicht einmal wiedererkennen«, antwortete Albertine mit unbestimmbarer Miene. »Ich habe mir ihre Photographie angeschaut«, fügte ich zornig hinzu. Ich sah Albertine nicht an, als ich das sagte; so entging mir ihr Gesichtsausdruck, der ihre einzige Antwort gewesen wäre; denn sie sagte nichts.

Was ich an diesen Abenden mit Albertine empfand, war nicht der Friede, den mir in Combray der Kuß meiner Mutter gebracht hatte, sondern im Gegenteil jene Bangigkeit, die mich befiel, wenn mir die Mutter kaum gute Nacht gesagt hatte oder nicht einmal in mein Zimmer gekommen war, sei es, daß sie mir böse war oder daß Gäste sie festhielten. Diese Bangigkeit – nicht ihre Übertragung in die Liebe, sondern sie

selbst, die eine Zeitlang die besondere Form der Liebe angenommen hatte und nur sie betraf, nachdem sich die Leiden-
schaften geteilt und getrennt hatten – schien sich jetzt von
neuem auf sie alle zu erstrecken, wieder gleich unteilbar
geworden zu sein wie in meiner Kindheit, als hätten sich
meine Gefühle allesamt in der Angst, daß ich Albertine nicht
als Geliebte, als Schwester, als Mutter an meinem Bett würde
festhalten können, wieder zu sammeln, zu vereinigen begonnen an dem vorzeitigen Abend meines Lebens, das ebenso
kurz zu sein schien wie ein Wintertag. Doch wenn ich auch
die Bangigkeit meiner Kindheit wieder empfand, es war nun
ein anderer Mensch, der sie mich empfinden ließ, ein anderes
Gefühl, das er mir eingab, mein eigener Charakter hatte sich
verändert, und ich konnte von Albertine nicht verlangen, daß
sie mir den Frieden gebe wie einst meine Mutter.

Ich brachte es nicht mehr fertig zu sagen: Ich bin traurig.
Ich konnte nur noch, den Tod im Herzen, von gleichgültigen
Dingen sprechen, die mich einer glücklichen Lösung nicht
näherbrachten. Mit Banalitäten, die mir wehtaten, trat ich auf
der Stelle. Und mit der geistigen Ichbezogenheit, die jedes
wahre Wort, wie unbedeutend es auch sei, wenn es sich nur
auf unsere Liebe bezieht, als ein großes Verdienst der Person
ansieht, die es vielleicht ebenso zufällig gefunden hat wie eine
Kartenschlägerin, die uns ein banales, aber seither eingetroffe-
nes Ereignis angekündigt hat, war ich nicht weit davon entfernt, Françoise über Bergotte und Elstir zu stellen, weil sie
mir in Balbec gesagt hatte: »Dieses Mädchen wird Ihnen nur
Kummer bereiten.«

Mit jeder Minute kam der Augenblick näher, da mir Albertine gute Nacht sagen würde, und schließlich war es soweit.
Doch an diesem Abend blieb ich nach ihrem Kuß, den sie mir
wie abwesend gab, der gar nicht bis zu mir kam, so beklom-
men, daß ich ihr mit klopfendem Herzen nachschaute, wie sie
zur Tür ging, und dabei dachte: »Wenn ich einen Vorwand
finden will, um sie zurückzurufen und festzuhalten und Frieden zu schließen, dann muß ich mich beeilen, sie braucht nur
noch ein paar Schritte zu machen, um aus dem Zimmer zu
sein, nur noch zwei, nur noch einen, jetzt hält sie die Klinke;

sie tut auf, es ist zu spät, sie hat die Tür zugemacht!« Vielleicht war es doch nicht zu spät. Wie einst in Combray, wenn meine Mutter weggegangen war, ohne mich mit ihrem Kuß beruhigt zu haben, wollte ich Albertine nacheilen; ich spürte, daß es für mich keinen Frieden mehr gab, bevor ich sie wiedergesehen hatte, daß dieses Wiedersehen etwas so Großes sein würde, wie es bisher nie geschehen war, und daß ich, wenn es mir nicht gelang, mich aus eigener Kraft von meiner Nieder-geschlagenheit zu befreien, die unwürdige Gewohnheit an-nehmen könnte, bei Albertine betteln zu gehen; ich sprang aus dem Bett, als sie schon in ihrem Zimmer war, ich ging auf dem Flur hin und her in der Hoffnung, sie würde herauskom-men und mich rufen; ich blieb vor ihrer Tür stehen und rührte mich nicht, um einen leisen Ruf ja nicht zu überhören, ich ging für einen Moment in mein Zimmer zurück, um nach-zusehen, ob die Freundin etwa glücklicherweise ein Taschen-tuch, einen Beutel, irgend etwas vergessen hatte, von dem ich hätte befürchten können, daß es ihr fehle, und das mir den Vorwand geliefert hätte, zu ihr hinüberzugehen. Nein, nichts. Ich postierte mich wieder vor ihrem Zimmer, aber das Fenster in ihrer Tür war jetzt dunkel. Albertine hatte das Licht aus-gemacht, war zu Bett gegangen, ich blieb unbeweglich dort stehen und hoffte auf einen Zufall, der nicht eintrat; und erst viel später legte ich mich, völlig durchfroren, wieder unter meine Decken und weinte die ganze Nacht.

An manchen Abenden nahm ich auch Zuflucht zu einer List, die mir Albertines Kuß eintrug. Da ich wußte, wie schnell sie einschlief, kaum daß sie sich hingelegt hatte (sie wußte es selbst und streifte unwillkürlich, sobald sie sich hinlegte, die Pantoffeln ab, die ich ihr geschenkt hatte, und legte ihren Ring neben sich hin, wie sie es in ihrem Zimmer tat, bevor sie zu Bett ging), und da ich auch ihren tiefen Schlaf und ihr sanftes Erwachen kannte, gab ich vor, etwas holen zu müssen, und ließ sie inzwischen auf meinem Bett ausruhen. Kam ich dann zurück, war sie eingeschlafen, und ich hatte jene andere Frau vor mir, die sie wurde, wenn ich sie ganz von vorn sah. Doch sie verwandelte sich rasch wieder, denn ich legte mich neben sie und sah sie nun von der Seite. Ich konnte meine Hand in ihre legen, auf ihre Schulter, auf ihre Wange; Albertine schlief weiter. Ich konnte ihren Kopf in die Hände nehmen, ihn umwenden und an meine Lippen drücken, konnte mir ihre Arme um den Hals legen, sie schlief weiter wie eine Uhr, die nicht stillsteht, wie ein Tier, das in jeder Stellung weiterlebt, die man ihm gibt, wie eine Ranke, eine Schlingpflanze, deren Zweige an jeder Stütze fortwachsen, die man ihr bietet. Nur ihr Atem veränderte sich bei jeder meiner Berührungen, als wäre sie ein Instrument, auf dem ich spielte und das ich die Tonart wechseln ließ, indem ich auf einer, dann auf einer anderen Saite verschiedene Klänge hervorbrachte. Meine Eifersucht wurde beschwichtigt, da ich spürte, wie Albertine zu einem Wesen geworden war, das atmet und das nichts anderes ist: Der gleichmäßige Atem stand dafür ein, er ließ den rein körperlichen Vorgang sprechen, der schwerelos, frei von der Last der Worte oder des Schweigens, ohne jede Kenntnis des Bösen, mehr wie der Hauch durch ein Schilfrohr als ein menschlicher Atem wahrhaft paradiesisch war, reiner Gesang der Engel für mich, der in diesen Augenblicken das Gefühl hatte, nun sei Albertine allem entzogen, nicht nur physisch, sondern moralisch. Und doch sagte ich mir auf einmal, daß vielleicht das Gedächtnis manche Namen in diesen Atem hineinspielen lasse. Zu seiner Musik trat bisweilen die menschliche Stimme hinzu. Albertine sagte ein paar Worte. Wie gerne hätte ich ihren Sinn erfaßt! Es kam vor, daß ihr der Name einer Person, von der wir gesprochen hatten und die meine Eifersucht weckte, über die Lippen kam, doch ohne mir wehzutun, denn die Erinnerung, die ihn herantrug, schien sich nur auf das Gespräch zu beziehen, das sie mit mir geführt hatte. Eines Abends aber sagte sie im Erwachen, die Augen noch geschlossen, zu mir: »Andrée.«

Ich verbarg meine Bestürzung. »Du träumst, ich bin nicht Andrée«, sagte ich lachend zu ihr. Sie lächelte auch: »Nein, nein, ich wollte dich fragen, was Andrée dir vorhin gesagt hatte.« »Ich nahm fast eher an, du seist so neben ihr gelegen.« »Nein – nie«, sagte sie. Doch bevor sie mir diese Antwort gab, hatte sie einen Augenblick das Gesicht in den Händen verborgen.

Ihr Schweigen war also nichts als Verschleierung, ihre vordergründige Zärtlichkeit drängte lauter Erinnerungen zurück, die mich tief verletzt hätten – ihr Leben war also erfüllt von dem Tun und Treiben, das wir Tag für Tag amüsiert bereden, über das wir vergnüglich Buch führen, wenn es andere, gleichgültige Personen angeht, das uns aber dann, wenn ein Mensch in unser Herz geraten ist, eine so wertvolle Aufklärung über sein Leben zu bieten scheint, daß wir gerne das unsere hingäben, um mit jener untergründigen Welt vertraut zu werden. Wie eine wunderbare, magische Welt erschien mir nun ihr Schlaf, wo dann und wann von einem kaum durchscheinenden Grund her etwas aufsteigt, ein Geheimnis, das man nicht verstehen wird. Gewöhnlich aber schien mir Albertine, wenn sie schlief, ihre Unschuld wiedergefunden zu haben. In der Stellung, die ich ihr gegeben hatte, die sie aber gleich zu der ihren gemacht hatte, war sie ein Bild des Vertrauens. Aus ihrem Gesicht war alles Schlaue und Vulgäre gewichen, und zwischen ihr und mir, nach dem sie ihren Arm ausstreckte, auf dem sie die Hand ruhen ließ, schien vollkommene Hingabe, unlösbare Verbundenheit zu bestehen. Auch trennte ihr Schlaf sie nicht von mir und ließ sie unsere Zärtlichkeit nicht vergessen; eher brachte er alles andere zum Verschwinden; ich umarmte sie, ich sagte ihr, ich würde hinausgehen, ein paar Schritte machen, sie tat die Augen auf und sagte erstaunt – denn es war wirklich schon Nacht –: »Wohin gehst du denn jetzt, mein ...« und nannte mich bei meinem Vornamen, dann schlief sie sofort wieder ein. Ihr Schlaf war nichts anderes als ein Auslöschen ihres übrigen Lebens, ein alles bedeckendes Schweigen, aus dem von Zeit zu Zeit vertraute, zärtliche Worte aufstiegen. Hätte man sie aneinandergereiht, so wäre daraus ein Gespräch ohne falsche Töne entstanden, der heimliche Einklang einer reinen Liebe. Ich freute mich über diesen so ruhigen Schlaf, gleich wie sich eine Mutter, die darin ein gutes Zeichen sieht, über den gesunden Schlaf ihres Kindes freut. Und ihr Schlaf war wirklich der eines Kindes. Ebenso ihr Erwachen; noch ehe sie wußte, wo sie war, verhielt sie sich so natürlich, so zärtlich, daß ich mich manchmal mit Entsetzen fragte, ob sie es schon vor der Zeit, da sie mit mir lebte, gewohnt war, nicht allein zu schlafen und jemanden neben sich zu finden, wenn sie die Augen auftat. Doch ihre kindliche Anmut war stärker. Ich staunte, auch wieder wie eine Mutter, daß sie stets in so guter Stimmung erwachte. Nach wenigen Augenblicken erlangte sie das Bewußtsein, ließ reizende Worte hören, ohne Zusammenhang, ein bloßes Gezwitscher. Durch eine Art Tausch hatte ihr sonst nicht auffälliger, jetzt überraschend schöner Hals die große Bedeutung gewonnen, die ihre vom Schlaf verschlossenen Augen verloren hatten, die Augen, die gewöhnlich mit mir redeten und an die ich mich nicht mehr wenden konnte, seit die Lider sie zudeckten. So wie die geschlossenen Augen dem Gesicht eine unschuldige, ernste Schönheit verleihen, da sie alles tilgen, was die Blicke nur zu deutlich machen, so lag auch in den Worten, die Albertine beim Erwachen sagte und die nicht ohne Sinn waren, aber durch Schweigen zertrennt wurden, eine reine Schönheit, die nicht in einem fort wie die Unterhaltung durch gewohnheitsmäßige oder abgedroschene Wendungen und durch Spuren von sprachlichen Mängeln verdorben wurde. War ich aber einmal entschlossen, Albertine zu wecken, konnte ich es unbesorgt tun, ich wußte, daß ihr Erwachen in keiner Beziehung zu dem vergangenen Abend stand, sondern aus ihrem Schlaf steigen würde wie der Tag aus der Nacht. Sowie sie mit einem Lächeln die Augen erst halb geöffnet hatte, hielt sie mir ihren Mund hin, und noch ehe sie etwas sagte, hatte ich seine beruhigende Frische gespürt wie die eines Gartens in der Stille vor Tagesanbruch.

Im Frühling aber ließ ich mich eines Abends vom Zorn hinreißen. Es war gerade der Abend, an dem Albertine zum erstenmal den blau-goldenen Fortuny-Schlafrock angelegt hatte, der mich an Venedig denken und so noch mehr empfinden ließ, wie vieles ich opferte, ohne daß sie es mir dankte. Ich hatte Venedig nie gesehen, aber ich träumte beständig davon seit jenen Osterferien, die ich dort hätte verbringen sollen, und seit noch früherer Zeit, als Swann mir in Combray die Stiche nach Tizian und die Photographien von Giotto-

Fresken gegeben hatte. Der Fortuny-Schlafrock, den Albertine an dem Abend trug, erschien mir wie der verlockende Schatten dieses unsichtbaren Venedig. Er war voll von arabischen Ornamenten wie die Stadt selbst, wie die venezianischen Paläste, die sich gleich Sultansfrauen hinter einem durchbrochenen steinernen Schleier verbargen, wie die Einbände der Biblioteca Ambrosiana, wie die Säulen mit ihren orientalischen Vögeln, die abwechselnd Leben und Tod bedeuten: Sie kehrten im Spiegelglanz des Gewebes wieder, und unter meinen Augen spielten sie von tiefem Blau in warmes Gold hinüber, so wie sich vor den herangleitenden Gondeln das Azurblau des Canal Grande in funkelndes Metall verwandelt. Und die Ärmel waren kirschrot gefüttert, in dem besonderen venezianischen Farbton, den man Tiepolo-Rosa nennt.

Im Lauf des Tages hatte Françoise mir gegenüber die Bemerkung fallenlassen, Albertine sei mit nichts zufrieden; ob ich ihr sagen lasse, ich würde mit ihr ausgehen, oder ich würde nicht ausgehen, der Wagen werde sie abholen, oder er werde nicht kommen, – sie habe für alles fast nur ein Achselzucken und gebe kaum eine höfliche Antwort. Am Abend, als ich merkte, daß sie verstimmt war – und ich selbst hatte die erste Hitze schlecht ertragen –, konnte ich meine Wut nicht zurückhalten und warf ihr vor, sie sei undankbar. »Du kannst fragen, wen immer du willst«, rief ich außer mir und so laut ich konnte, »du kannst Françoise fragen, alle finden das.« Doch ich erinnerte mich sogleich, daß Albertine mir einmal gesagt hatte, wie schrecklich ich aussähe, wenn ich wütend war, und daß sie auf mich die Worte Esthers bezogen hatte: »Ermeßt, wie diese Stirn, die mir im Zorne droht, mich ganz verzagen läßt in meiner Seelennot. Ach, welches kühne Herz ertrüg'es unbewegt, wenn ihm aus seinem Blick ein Blitz entgegenschlägt.« Ich schämte mich meines Ungestüms. Und um zurückzunehmen, was ich angerichtet hatte, ohne mich aber geschlagen zu geben, so daß mein Friede ein bewaffneter, gefahrvoller Friede sein würde, – um aber gleichzeitig auch zu zeigen, daß ich einen Bruch nicht fürchtete (denn so würde sie ihn nicht in Betracht ziehen): »Verzeih mir, liebe Albertine, ich schäme mich, es ist mir schrecklich, daß ich so heftig war.

Wenn wir uns nicht mehr verstehen können, wenn wir uns trennen müssen, dann nicht auf diese Weise, das wäre unser nicht würdig. Wenn es sein muß, werden wir uns trennen, doch vor allem bitte ich dich jetzt in aller Demut und von ganzem Herzen um Verzeihung.« Ich meinte, um das Geschehene wiedergutzumachen und um sicher zu sein, daß sie vorläufig bleiben wolle, wenigstens bis zu Andrées Abreise, also für die nächsten drei Wochen, wäre es klug, schon am nächsten Tag für eine Unterhaltung zu sorgen, die noch besser wäre als die ihr bisher gebotenen und recht lange vorhielte; um aber den Verdruß, den ich ihr verursacht hatte, aus der Welt zu schaffen, sollte ich vielleicht diesen Augenblick nützen, um ihr zu zeigen, daß ich über ihr Leben besser Bescheid wisse, als sie glaubte. Die Verstimmung, die sie dabei empfinden würde, wäre am nächsten Tag durch meine Gunstbeweise behoben, aber die Warnung würde sie nicht vergessen. »Ja, liebe Albertine, verzeih, daß ich heftig war. Ganz so schuldig, wie du glaubst, bin ich freilich nicht. Es gibt da schlechte Menschen, die uns auseinanderbringen wollen, ich mochte nie darüber reden, um dich nicht zu quälen. Aber manche Anschuldigungen können mich wahnsinnig machen.« Und da ich ihr bei dieser Gelegenheit zeigen wollte, daß ich über die Abreise von Balbec im Bild war: »Du wußtest doch zum Beispiel, daß Mademoiselle Vinteuil an dem Nachmittag, als du im Trocadéro warst, zu Madame Verdurin kommen würde.« Sie wurde rot. »Ja, das wußte ich.« »Kannst du mir schwören, daß du nicht vorhattest, diese Beziehung wieder aufzunehmen?« »Aber natürlich kann ich dir das schwören. Wieso ›wieder aufzunehmen‹? Ich schwöre dir, daß ich nie eine hatte.«

Ich war erschüttert zu hören, wie Albertine log; wie sie bestritt, was offenkundig war und was sie durch ihr Erröten nur zu klar eingestand. Ihre Unaufrichtigkeit erschütterte mich. Und doch tat mir ihre Unschuldsbeteuerung, der ich unwillkürlich zu glauben bereit war, weniger weh als die Ehrlichkeit, mit der sie auf meine nächste Frage antwortete. »Kannst du mir wenigstens schwören, daß du nicht deshalb zu den Verdurins gehen wolltest, weil du Mademoiselle Vinteuil gern wiedergesehen hättest?« »Nein, das kann ich nicht schwören. Ich hätte Mademoiselle Vinteuil sehr gerne wiedergesehen.« Vor einer Sekunde hatte ich ihr übelgenommen, daß sie ihre Beziehung zu Mademoiselle Vinteuil verheimlichte, und jetzt stürzte mich ihr Geständnis, daß sie ihr gern begegnet wäre, in Verzweiflung. Gewiß, ich hatte wieder sehr gelitten, als mich Albertine nach meinem Besuch bei den Verdurins gefragt hatte: »War da nicht auch Mademoiselle Vinteuil eingeladen?« Aber das hatte ich mir dann so zurechtgelegt: »Sie wußte, daß sie kommen würde, und freute sich gar nicht darauf; aber sie hatte wohl hinterher begriffen, daß mich der Gedanke, sie könnte mit einer so übelbeleumdeten Person wie Mademoiselle Vinteuil eine Beziehung unterhalten, in Balbec zu solcher Verzweiflung getrieben hatte, daß ich an Selbstmord dachte; deshalb hat sie mir nicht davon sprechen mögen.« Und jetzt hatte sie zugeben müssen, daß sie sich über die Wiederbegegnung gefreut hätte. Dabei hätte mir schon ihr unerklärlicher Wunsch, zu den Verdurins zu gehen, Beweis genug sein müssen. Doch daran hatte ich nicht mehr gedacht. »Wenn sie mir aber jetzt die Wahrheit sagt, warum gesteht sie nur zur Hälfte? Das ist ja noch dümmer, als es niederträchtig und traurig ist.«

Ich war so zerschmettert, daß ich nicht den Mut hatte, auf diesem Punkt zu beharren, zumal ich dabei nicht gut abschnitt, da ich kein Beweisstück vorlegen konnte; und um meine Überlegenheit wiederherzustellen, kam ich geschwind auf Andrée zu sprechen, weil ich Albertine da in die Enge treiben konnte; Andrées Depesche diente mir als schwer belastendes Zeugnis. »Hör zu«, sagte ich; »man quält mich, man liegt mir in den Ohren mit deinen Beziehungen, und zwar zu Andrée.« »Zu Andrée??« rief sie wutentbrannt, und die Überraschung oder der Wunsch, überrascht zu scheinen, sprach aus ihren weit aufgerissenen Augen: »Das ist ja reizend! Und darf man wissen, wer dir solch schöne Geschichten erzählt hat? Kann ich mit diesen Leuten reden, um zu erfahren, worauf sich ihre Gemeinheiten stützen?« »Meine liebe Albertine, ich weiß doch nicht, es sind anonyme Briefe, aber von Leuten, die du vielleicht ohne Mühe finden würdest (um ihr zu zeigen, daß ich nicht glaubte, sie werde sie suchen), denn sie scheinen dich gut zu kennen. Der letzte allerdings – ich erwähne ihn eben deshalb, weil es sich da um eine Lappalie handelt und es nicht peinlich ist, sie zu zitieren – hat mich ein wenig getroffen. Darin stand, an dem Tag, da wir von Balbec wegfuhren, hättest du deshalb zuerst bleiben und dann abreisen wollen, weil du in der Zwischenzeit einen Brief von Andrée erhalten hättest, worin sie schrieb, sie würde nicht kommen.« »Ich weiß sehr wohl, daß mir Andrée geschrieben hat, sie würde nicht kommen, sie hat mir sogar telegraphiert, ich kann dir die Depesche nicht zeigen, weil ich sie nicht aufbewahrt habe, es war aber nicht an dem Tag, und was sollte es mir ausmachen, ob Andrée nach Balbec kommt oder nicht?«

Dieses »was sollte es mir ausmachen« bewies ihren Zorn und bewies auch, daß es ihr etwas »ausgemacht« hatte, bewies aber nicht unbedingt, daß Albertine nur deshalb nach Paris gekommen war, weil sie Andrée treffen wollte. Wann immer sie sah, daß jemand auf einen wirklichen oder angeblichen Beweggrund ihres Tuns gekommen war, nachdem sie ihm einen andern genannt hatte, wurde sie wütend, selbst wenn das, was sie getan hatte, eben dieser Person galt. Wenn Albertine meinte, jene Auskünfte über sie stammten nicht von ungebetenen anonymen Briefschreibern, sondern ich hätte sie selber begierig eingeholt, so war das im weiteren nicht ihren Worten zu entnehmen, mit denen sie meine Version scheinbar gelten ließ, wohl aber der zornigen Miene, die sie mir zeigte: In diesem Zorn kam nichts anderes zum Ausbruch als ihre schon früher geweckte Verstimmung; ganz als sähe sie in dem Spitzelwesen, auf das ich mich – nach der zweiten Version – eingelassen hätte, nur die letzte Phase einer Überwachung, an der sie längst nicht mehr zweifelte. Ihr Zorn richtete sich nun sogar auf Andrée; gewiß dachte sie, ich würde jetzt auch dann keine Ruhe mehr haben, wenn sie mit Andrée ausginge. »Und außerdem geht mir Andrée auf die Nerven. Sie ist todlangweilig. Ich will nicht mehr mit ihr ausgehen. Das kannst du den Leuten ausrichten, die dir erzählt haben, ich sei ihretwegen nach Paris gekommen. Wenn ich dir sage, daß ich Andrée seit Jahren kenne und nicht einmal weiß, wie sie aussieht, so wenig habe ich sie angeschaut!«

Nun hatte sie mir aber in Balbec, im ersten Jahr, versichert: »Andrée ist reizend.« Das hieß freilich nicht, daß zwischen ihnen ein Liebesverhältnis bestand; auch hatte ich sie damals über solche Beziehungen nie anders als abschätzig reden hören. Aber konnte sie sich nicht verändert haben, selbst ohne es zu bemerken und ohne zu ahnen, daß ihre Spiele mit einer Freundin das gleiche sein könnten wie die amoralischen Beziehungen, die sie bei anderen verurteilte und von denen sie keine klare Vorstellung haben mochte? War das nicht ebensogut möglich wie die gleiche und nicht weniger unbemerkte Veränderung, die in ihrer Beziehung zu mir eingetreten war? Mit welcher Entrüstung hatte sie in Balbec die Küsse abgewehrt, die sie mir selber dann täglich geben sollte und die sie mir, wie ich hoffte, noch lange – und wenigstens im nächsten Augenblick – geben würde. »Aber Liebste, wie soll ich ihnen das ausrichten, wo ich sie doch gar nicht kenne?«

Das war eine so schlagende Antwort, daß sie die Einwände hätte widerlegen und die Zweifel zerstreuen müssen, die ich in Albertines Augen kristallisiert sah. Aber sie ließ sie unberührt. Ich hatte gesagt, was zu sagen war, und doch schaute mich Albertine mit der beharrlichen Aufmerksamkeit an, die man jemandem zeigt, der noch nicht ausgeredet hat. Ich bat sie noch einmal um Verzeihung. Sie antwortete, sie habe mir nichts zu verzeihen. Sie war wieder sehr sanft geworden. Aber mir schien, als sei unter ihrem traurigen, aufgewühlten Gesicht ein Geheimnis entstanden. Ich wußte wohl, daß sie nicht von mir weggehen konnte, ohne es mir vorher zu sagen; sie konnte es auch weder wollen (in acht Tagen sollte sie die neuen Kleider von Fortuny anprobieren) noch anständigerweise tun, wo doch am Ende der Woche meine Mutter zurückkommen würde und ebenso ihre Tante. Wenn es demnach ausgeschlossen war, daß sie wegging, warum sagte ich ihr dann immer wieder, daß wir am nächsten Tag miteinander ausgehen würden, um die venezianischen Gläser zu sehen, die ich ihr schenken wollte, und war erleichtert, als ich sie sagen hörte, das sei ausgemacht?

Als sie mir gute Nacht sagte und ich sie küßte, war sie anders als sonst, sie wandte sich ab – wenige Augenblicke, nachdem ich an die allabendliche Tröstung gedacht hatte, die sie mir in Balbec noch verweigerte –, ohne meinen Kuß zu erwidern. Es schien, als wollte sie mir, da sie sich nun mit mir überworfen hatte, kein Zeichen der Zärtlichkeit geben, das mir später als eine unaufrichtige Verleugnung dieses Zerwürfnisses erscheinen würde. Es war, als stimmte sie ihr Verhalten auf dieses Zerwürfnis ab, doch mit Maß, vielleicht um es nicht ausdrücklich kundzutun, vielleicht auch, weil sie ihre Liebesbeziehung zu mir zwar abbrechen, aber meine Freundin bleiben wollte.

Ich küßte sie ein zweitesmal und drückte die golden schimmernde Bläue des Canal Grande und die Tod und Auferstehung symbolisierenden Vogelpaare an mein Herz. Doch sie entzog sich ein zweites Mal, und anstatt meinen Kuß zu erwidern, wandte sie sich mit dem instinktiven, unheilverkündenden Starrsinn der Tiere ab, die den Tod wittern. Dieses Gefühl, das aus ihr zu sprechen schien, erfaßte auch mich und erfüllte mich mit solcher Bangigkeit, daß ich Albertine, als sie schon bei der Tür war, nicht gehen lassen konnte und sie zurückrief. »Albertine«, sagte ich zu ihr, »ich bin überhaupt nicht müde. Wenn du auch nicht schlafen magst, könntest du noch ein wenig bleiben, wenn du willst; aber es muß nicht sein, und ich will dich ja nicht ermüden.«

Hätte ich sie dazu gebracht, sich auszuziehen und ihr weißes Nachthemd anzulegen, in dem sie rosiger, wärmer, erregender aussah – das wäre dann, meinte ich, die vollständige Versöhnung gewesen. Aber ich zögerte einen Augenblick, denn das blaue Kleid gab ihrem Gesicht etwas Leuchtendes, einen Himmelsschein, eine Schönheit, ohne die es mir härter erschienen wäre. Sie kam langsam zurück und sagte sehr sanft, noch immer mit niedergeschlagener, trauriger Miene: »Ich bin nicht müde, ich kann bleiben, solange du willst.«

Ihre Antwort beruhigte mich; solange sie da war, hatte ich das Gefühl, ich könne an die Zukunft denken; auch eine bestimmte Art von Freundschaft, von Folgsamkeit ließ sie mich spüren, dahinter aber das Geheimnis, das mir ihr trauri ger Blick verriet, ihr Benehmen, das halb unwillkürlich verändert, halb wohl mit Absicht auf etwas mir Unbekanntes schon abgestimmt war. Mir schien aber doch, ich müßte sie nur in dem weißen Hemd und mit bloßem Hals vor mir sehen, so wie damals in ihrem Bett in Balbec, und wäre dann kühn genug, daß sie sich mir überlassen müßte. »Da du schon so lieb bist, bei mir zu bleiben und mich ein wenig zu trösten, solltest du auch dein Kleid ausziehen; es ist zu warm und auch zu steif, ich wage gar nicht an dich heranzukommen, ich würde den schönen Stoff zerknittern, und diese schicksalhaften Vögel sind zwischen uns. Zieh dich aus, Liebe.« »Nein, es wäre unpraktisch, das Kleid hier abzulegen. Ich ziehe mich nachher in meinem Zimmer aus.« »Dann willst du dich also nicht einmal auf mein Bett setzen?« »Doch, natürlich.« Aber sie hielt sich ein wenig abseits, nahe am Fußende. Wir unterhielten uns.[*]

Ich sah, daß sie mich nicht aus eigenem Antrieb küssen würde, und ich begriff, daß dies alles nur verlorene Zeit war, daß die wirklich beruhigenden Minuten erst nach dem Gutenachtkuß beginnen würden; also sagte ich: »Gute Nacht, es ist spät geworden«; denn nun würde sie mich küssen, und wir könnten dann eine Fortsetzung finden. Aber nachdem sie »Gute Nacht, und versuch, gut zu schlafen« gesagt hatte, ließ sie es genau wie die beiden Male zuvor bei einem Kuß auf die Wange bewenden. Nun wagte ich nicht mehr, sie zurückzurufen, mein Herz aber klopfte so heftig, daß ich mich nicht wieder hinlegen konnte.

Wie ein Vogel, der rastlos von einer Ecke des Käfigs zur anderen unterwegs ist, wechselte ich zwischen der Sorge, daß Albertine weggehen könnte, und einer halbwegs beruhigten Stimmung hin und her. Dabei half mir eine Überlegung, auf die ich jede Minute mehrmals zurückkam: »Sie kann unmöglich weggehen, ohne mir etwas zu sagen, und sie hat mit keinem Wort gesagt, daß sie weggehen werde.« Aber kaum

---

[*] Zu den hier fehlenden Sätzen (»Tout d'un coup« bis »modifiés?« III. 901 f. der Pléiade-Ausgabe) hat Proust am Rand notiert: »Dies vielleicht eher zu einem anderen Frühlingsanfang, weiter vorn, wo es noch etwas einzufügen gibt. Hier ist es vielleicht unnötig.«

hatte ich mich ein wenig gefaßt, als ich wieder dachte: »Und wenn sie nun morgen doch einfach fort ist? Meine Unruhe muß ja irgendeinen Grund haben; warum hat sie mich nicht küssen wollen?« Das schnitt mir ins Herz; dann beschwichtigte mich jene Überlegung von neuem ein wenig, doch schließlich bekam ich Kopfschmerzen, weil dieses Hin und Her meiner Gedanken so unablässig und so eintönig war. Es gibt seelische Zustände, wie besonders die Unruhe, die uns nur zwei Alternativen lassen und dadurch ebenso grausam begrenzt sind wie ein körperlicher Schmerz. Immer wieder stellte ich die Überlegung an, die meiner Unruhe recht, und die andere, die ihr unrecht gab und mir Mut machte, und dies auf so engem Raum wie der Kranke, der mit einer inneren Bewegung das Organ, das ihm wehtut, abtastet, dann für einen Moment von der schmerzenden Stelle abläßt und im nächsten Augenblick zu ihr zurückkommt.

Plötzlich drang durch die Stille der Nacht ein Geräusch an meine Ohren, das scheinbar nichts zu bedeuten hatte, das mich aber mit Schrecken erfüllte: Albertine hatte ihr Fenster aufgerissen. Dann hörte ich nichts mehr und fragte mich, warum mir dieses Geräusch solche Angst eingejagt hatte. Es war daran weiter nichts Außergewöhnliches, aber ich gab ihm wohl zwei Bedeutungen, die mir beide gleich unheimlich waren. Zunächst war es eine Regel unseres Zusammenlebens, daß mit Rücksicht auf meine Furcht vor Luftzügen nachts nie ein Fenster geöffnet wurde. Das hatte man Albertine erklärt, als sie ins Haus gekommen war, und obwohl sie es für eine meiner Schrullen und für ungesund hielt, hatte sie mir versprochen, die Vorschrift nie zu übertreten. Und sie hielt sich so ängstlich an all die Dinge, von denen sie wußte, daß ich sie wünschte – auch wenn sie selbst sie für falsch ansah –, daß ich sicher war, sie würde eher im Rauch eines Kaminfeuers schlafen als ihr Fenster öffnen, und würde mich morgens auch wegen einer noch so wichtigen Sache nicht wecken lassen.

Es war nur eine der kleinen Regeln unseres Lebens; doch wenn sie gegen diese verstieß, ohne mir davon gesprochen zu haben, hieß das dann nicht, daß sie keine Rücksicht mehr nahm, daß sie auch alle andern mißachten würde? Außerdem war das Geräusch laut und heftig, fast grob gewesen, als hätte sie das Fenster wutentbrannt aufgestoßen und gesagt: »Bei diesem Leben ersticke ich – macht, was ihr wollt, ich brauche Luft!« Ich dachte das alles nicht genau so, doch das Geräusch von dem Fenster, das Albertine aufgerissen hatte, blieb mir gegenwärtig als Warnung, geheimnis- und unheilvoller als der Ruf einer Eule. In einer Erregung, wie ich sie wohl seit dem Abend in Combray, als Swann bei uns zum Abendessen war, nicht mehr erlebt hatte, ging ich die ganze Nacht auf dem Flur hin und her in der Hoffnung, durch das Geräusch meiner Schritte die Aufmerksamkeit Albertines und ihr Mitleid zu wecken, so daß sie mich rufen würde; doch ich hörte keinen Laut aus ihrem Zimmer.

Ich merkte allmählich, daß es zu spät geworden war. Sie schlief wohl schon lange. Ich ging wieder zu Bett. Am nächsten Morgen klingelte ich – da nie jemand, was auch geschehen mochte, zu mir hereinkam, ohne daß ich gerufen hätte – nach Françoise. Und dabei dachte ich: »Ich werde jetzt gleich mit Albertine über eine Yacht sprechen, die ich ihr bauen lassen will.« Ich nahm meine Post in Empfang und sagte zu Françoise, ohne sie anzuschauen: »Ich möchte Mademoiselle Albertine etwas sagen; ist sie schon auf?« »Ja, sie ist schon früh aufgestanden.« Ich spürte, wie in mir tausend Besorgnisse aufstiegen, die ich in meiner Brust nicht bändigen konnte. Der Tumult war so heftig, daß es mir den Atem verschlug wie in einem Sturm. »Ah! Und wo ist sie denn jetzt?« »Sie muß in ihrem Zimmer sein.« »Ah! gut – nun gut, dann werde ich sie gleich sehen.«

Ich atmete auf, sie war da, meine Aufregung legte sich. Albertine war hier, es war mir fast gleichgültig, daß sie da war. Und wie hatte ich nur annehmen können, sie sei vielleicht nicht da? Ich schlief ein, aber obwohl ich nun sicher war, daß sie nicht weggehen würde, blieb mein Schlaf leicht, und leicht nur, was sie betraf. Die Geräusche, die von Arbeiten im Hof unten herrühren konnten, vernahm ich zwar, aber sie störten mich nicht, während der leiseste Laut, der aus ihrem Zimmer drang, wenn sie geräuschlos hinausging oder hereinkam und ganz sacht auf die Klingel drückte, mich auffahren ließ, mich von oben bis unten durchzuckte, mein Herz klopfen ließ, obwohl ich ihn nur in tiefer Benommenheit hörte, so wie meine Großmutter in ihren letzten Tagen, als nichts die Reglosigkeit mehr störte, in die sie verfallen war und die von den Ärzten Koma genannt wurde, doch einen Augenblick gezittert haben soll wie ein Blatt am Baum, wenn sie die drei Klingelzeichen vernahm, mit denen ich Françoise zu rufen pflegte und die auch in jener Woche, da ich sie leiser gab, um nicht die Stille des Sterbezimmers zu stören, niemand – wie Françoise versicherte – mit den Klingelzeichen eines andern verwechseln konnte, weil ich auf eine mir selbst nicht bewußte besondere Art auf die Klingel drückte. War auch bei mir jetzt die Agonie eingetreten, war ich am Sterben?

An jenem und an dem folgenden Tag gingen wir miteinander aus, weil sie ja nicht mehr mit Andrée ausgehen wollte. Ich sprach ihr nun doch nicht von der Yacht; diese Spazierfahrten hatten mich vollkommen beruhigt. Aber sie küßte mich an den Abenden weiterhin auf dieselbe neue Weise, und das machte mich wütend. Ich konnte darin nur ein Zeichen sehen, daß sie mir schmollte, und das fand ich töricht, wo ich doch nicht aufhörte, sie zu verwöhnen. Und da ich so nicht einmal mehr die sinnliche Befriedigung, die mir wichtig war, bei ihr fand und sie mir in ihrer Mißstimmung häßlich schien, litt ich desto mehr unter dem Verzicht auf alle Frauen und auf die Reisen, zu denen mich diese ersten schönen Tage verlockten. Erinnerungsbruchstücke aus der Gymnasiastenzeit, als ich im schon dicht gewordenen Grün meine ersten Zusammenkünfte mit Frauen hatte, trugen wohl dazu bei, daß mir die Frühlingslandschaft, wo vor drei Tagen die Fahrt unseres Lebensorts durch die Jahreszeiten zum Stehen gekommen war und wo unter einem milden Himmel alle Straßen auf ländliche Frühstücke, Kahnfahrten, Lustfahrten zuliefen, als das Land der Frauen so gut wie der Bäume erschien, das Land, wo sich allenthalben die Lust meinen wiederkehrenden Kräften anbot.

Mich abzufinden mit meiner Trägheit, mit der Enthaltsamkeit – mich darein zu schicken, daß ich die Lust nur bei einer

Frau fand, die ich nicht liebte, daß ich auf mein Zimmer beschränkt war und auf Reisen verzichten mußte – das alles war gestern noch möglich gewesen in der öden Welt des Winters, und war es nicht mehr in diesem neuen, grünenden Universum, in dem ich aufgewacht war wie ein junger Adam, dem sich zum erstenmal die Frage des Daseins, des Glücks stellt und auf dem die zuvor angehäuften Verneinungen nicht mehr lasten.

Albertines Anwesenheit fiel mir zur Last, verdrossen sah ich ihr zu und empfand es als Unglück, daß wir uns nicht entzweit hatten. Ich wollte nach Venedig fahren, ich wollte einstweilen im Louvre die venezianischen Bilder und im Luxembourg die beiden Elstir anschauen, die von der Prinzessin Guermantes, wie ich soeben erfahren hatte, an dieses Museum verkauft worden waren und die ich bei der Herzogin von Guermantes bewundert hatte, die ›Freuden des Tanzes‹ und das ›Porträt der Familie X‹. Aber ich fürchtete, auf dem ersten dieser Bilder könnten gewisse laszive Haltungen in Albertine ein Begehren wecken, eine Sehnsucht nach volkstümlichen Vergnügungen, sie könnten sie darauf bringen, daß ein Leben, das sie nicht geführt hatte, ein Leben mit Feuerwerken und Tanzlokalen, vielleicht seine Reize habe. Schon jetzt befürchtete ich, sie könnte mich am 14. Juli bitten, einen öffentlichen Ball zu besuchen, und sann über ein undenkbares Ereignis nach, das die Durchführung dieses Festes verhindern würde. Und auf jenen Bildern sah man auch Frauenakte in üppiger südlicher Landschaft, die Albertine an gewisse Freuden gemahnen konnten, obwohl Elstir selbst darin nur die klassische Schönheit, die Schönheit weißer Marmorbilder gesehen hatte, wie sie die Körper von Frauen annehmen, wenn sie im Grünen sitzen. So verzichtete ich und beschloß statt dessen, nach Versailles zu fahren.

Da Albertine nicht mit Andrée ausgehen wollte, war sie auf ihrem Zimmer geblieben und las, in einem Hauskleid von Fortuny. Ich fragte sie, ob sie mit mir nach Versailles kommen wolle. Sie hatte die reizende Eigenschaft, daß sie immer zu allem bereit war, vielleicht weil sie von früh auf gewöhnt war, die Hälfte ihrer Zeit bei anderen Leuten zu verbringen; so hatte sie sich auch in zwei Minuten entschlossen, mit uns nach Paris zu kommen. Sie sagte: »Ich kann gleich so mitfahren, wir bleiben ja im Wagen.« Sie schwankte einen Augenblick zwischen zwei Fortuny-Mänteln, die sie über ihr Hauskleid ziehen konnte – so wie man zwischen zwei Freunden wählen und den einen mitnehmen würde –, zog einen wunderbar dunkelblauen an, steckte eine Nadel in einen Hut. Nach einer Minute, bevor ich noch meinen Überzieher genommen hatte, war sie bereit, und wir fuhren nach Versailles. Schon diese Schnelligkeit, diese vollkommene Fügsamkeit beruhigten mich, als hätte es dessen bedurft, wo ich doch gar keinen klaren Grund zur Unruhe hatte. »Ich habe wirklich nichts zu befürchten, sie tut, was ich ihr sage, auch wenn sie neulich nachts das Fenster aufgerissen hat. Kaum habe ich von der Ausfahrt gesprochen, hat sie den blauen Mantel über ihr Hauskleid geworfen und ist gekommen, das würde sie nicht tun, wenn sie nichts mehr von mir wissen wollte«, sagte ich mir auf dem Weg nach Versailles.

Dort blieben wir lange. Der ganze Himmel hatte die strahlende, etwas blasse Bläue, wie sie der Spaziergänger, der auf einer Wiese liegt, bisweilen über sich sieht, so einheitlich aber und so tief, daß man spürt, dieses Blau sei ohne jede Beimischung und in so unerschöpflicher Fülle verwendet worden, daß man immer noch tiefer in sie eindringen und doch keinem Atom einer anderen Substanz begegnen könne als eben diesem Blau. Ich mußte an meine Großmutter denken, die in der menschlichen Kunst wie in der Natur die Größe geliebt hatte und die so gern den Kirchturm von Saint-Hilaire in dasselbe Blau hatte aufsteigen sehen. Mit einemmal empfand ich von neuem die Sehnsucht nach meiner verlorenen Freiheit, als ich ein Geräusch hörte, das ich zuerst nicht erkannte und das auch meiner Großmutter gefallen hätte. Es klang wie das Summen einer Wespe. »Schau«, sagte Albertine, »ein Flugzeug, ganz hoch – ganz hoch.«

Ich blickte nach allen Seiten, doch ich sah nirgends einen schwarzen Punkt, nur das reine, blasse, unvermischte Blau. Und doch hörte ich immer noch das Summen der Flügel, die auf einmal in mein Gesichtsfeld traten. Winzig und dunkel glänzend zogen sie dort oben eine Spur durch die einheitliche, unveränderliche Himmelsbläue. Endlich hatte ich das Geräusch mit seiner Ursache in Verbindung gebracht, mit dem kleinen Insekt, das zitternd dort oben stand, gewiß gute zweitausend Meter über uns; ich sah, wie es summte. Vielleicht hatte zu einer Zeit, als die Entfernungen auf der Erde noch nicht, wie nun seit langem schon, durch die Geschwindigkeit vermindert wurden, das Pfeifen einer Eisenbahn über zwei Kilometer hinweg die gleiche Schönheit, die uns noch für eine Weile im Geräusch eines Flugzeugs berührt, aus einer Höhe von zweitausend Metern – wenn man bedenkt, daß die Entfernungen, die auf solch senkrechter Fahrt zurückgelegt werden, die gleichen sind wie auf der Erde, und daß in dieser anderen Richtung, wo wir ein anderes Maß anlegten, weil uns das Ziel unerreichbar schien, ein Flugzeug auf zweitausend Metern Höhe nicht weiter weg ist als ein zwei Kilometer entfernter Zug – sogar näher, weil derselbe Weg durch ein reineres Medium führt, das den Reisenden nicht von seinem Ausgangspunkt trennt, so wie bei stillem Wetter auf dem Meer das Kielwasser eines schon fernen Schiffs oder auf der Ebene ein leichter Windhauch seine Furche durch Fluten oder Getreide zieht.

Wir kamen sehr spät nach Hause; im Dunkel ließ da und dort am Straßenrand eine rote Hose neben einem Rock ein Liebespaar vermuten. Unser Wagen fuhr durch die Porte Maillot in die Stadt zurück. An die Stelle der Bauwerke von Paris war die reine, lineare, schwerelose Zeichnung der Bauwerke von Paris getreten, so wie man sie von einer zerstörten Stadt angefertigt hätte, um ihr Bild festzuhalten. Und um dieses Bild stieg die blaßblaue Einfassung auf, von der es sich abhob, so zart, daß die Augen begierig noch etwas mehr von dem köstlichen Farbton aufzufangen suchten, der ihnen allzu sparsam zugemessen wurde: Der Mond schien. Wie schön er doch sei, meinte Albertine. Ich wagte ihr nicht zu sagen, daß ich ihn mehr genossen hätte, wäre ich allein oder auf der Suche nach einer Unbekannten gewesen. Ich zitierte ihr Verse oder Sätze über den Mondschein, um ihr zu zeigen, wie er einst silbern gewesen, dann bei Chateaubriand und in Hugos

›Évridanus‹ und seiner ›Fête chez Thérèse‹ blau, bei Baudelaire und Leconte de Lisle aber wieder gelb und metallisch geworden war.

Wie sehr lag ihr Leben, wenn ich darüber nachdenke, unter wechselnden, flüchtigen, oft widersprüchlichen Begierden verborgen! Erst recht wurde es unentwirrbar durch die Lüge: Sie konnte sich an frühere Gespräche nicht genau erinnern, und wenn sie gesagt hatte: »Ah, das war ein hübsches Mädchen und eine gute Golfspielerin«, und auf meine Frage nach dem Namen des Mädchens mit der unbeteiligten, allgemeinen, überlegenen Miene, die immer etwas offenläßt – und über die jeder Lügner verfügt, wenn er auf eine Frage nicht antworten will –, erwidert hatte: »Ah, ich weiß nicht (im Ton des Bedauerns, daß sie mir keine Auskunft geben konnte), ihren Namen habe ich nie gewußt, ich sah sie jeweils beim Golf, aber ich wußte nicht, wie sie hieß«, konnte sie nach einem Monat, wenn ich sagte: »Albertine, das hübsche Mädchen, von dem du gesprochen hast, du weißt schon, die so gut Golf spielte«, ohne weiteres antworten: »Ach ja. Emilie Daltier; ich weiß nicht, was aus ihr geworden ist«; und so übertrug sich die Lüge wie eine fahrbare Befestigungsanlage von dem jetzt preisgegebenen Namen auf die Möglichkeit, seine Trägerin wiederzufinden. »Oh, keine Ahnung, ihre Adresse habe ich nie gewußt. Ich kenne niemanden, der dir das sagen könnte. Nein, nein, Andrée kannte sie nicht. Sie gehörte nicht zu unserem kleinen Trupp, der sich inzwischen ja aufgelöst hat.« Ein andermal war die Lüge einfach entlarvend: »Ah! Wenn ich dreihunderttausend Francs Rente hätte . . .« Sie biß sich auf die Lippe. »Nun, was würdest du tun?« »Ich würde dich bitten«, sagte sie und umarmte mich, »daß ich bei dir bleiben dürfe. Wo könnte ich glücklicher sein?«

Aber auch abgesehen von ihren Lügen war es noch unfaßbar, wie sehr ihr Leben in Phasen zerfiel und wie flüchtig ihre heftigsten Wünsche waren. Sie begeisterte sich für jemanden und hätte drei Tage später seinen Besuch abgelehnt. Sie hielt es keine Stunde mehr aus, bis ich ihr Leinwand und Farben besorgte, weil sie wieder malen wollte. Zwei Tage lang verging sie vor Ungeduld und weinte fast Tränen, die so geschwind trockneten wie die eines Kindes, dem man die Amme genommen hat. Und diese Unbeständigkeit ihrer Gefühle für Menschen, Dinge, Beschäftigungen, Künste und Länder war so allgemein, daß sie am Geld, wenn ihr überhaupt an ihm lag, was ich nicht glaube, nicht länger hing als an allem übrigen. Wenn sie sagte: »Ah! Wenn ich dreihunderttausend Francs Rente hätte«, mochte das einen schlimmen Gedanken enthalten, an dem sie aber nicht lange festhielt – nicht länger als an dem Wunsch, nach Les Rochers zu fahren, nachdem ihr meine Großmutter ein Bild davon in der Ausgabe der Briefe von Madame de Sévigné gezeigt hatte, eine golfspielende Freundin wiederzusehen, in ein Flugzeug zu steigen, die Weihnacht bei ihrer Tante zu verbringen oder wieder zu malen.

»Eigentlich sind wir doch beide nicht hungrig, wir könnten bei den Verdurins vorbeigehen«, sagte sie, »das ist ihre Empfangszeit und ihr Jour.« »Aber du bist doch böse auf sie?« »Oh! Es wird viel geklatscht über sie, aber im Grund sind sie gar nicht so schlimm. Madame Verdurin ist immer sehr nett gewesen zu mir. Und man kann ja nicht immer mit aller Welt im Unfrieden leben. Sie haben ihre Fehler, aber wer hat die nicht?« »Du bist aber nicht richtig angezogen, wir müßten nach Hause fahren, damit du dich anziehen kannst, und dann würde es spät.« »Ja, du hast recht, fahren wir ganz einfach nach Hause«, antwortete Albertine mit der bewundernswerten Gefügigkeit, die mich immer wieder verblüffte.

In jener Nacht tat die schöne Jahreszeit einen Sprung, gleich wie ein Thermometer in der Wärme steigt. Bei Tagesanbruch hörte ich die Trambahn durch die Frühlingsdüfte fahren, und in die Luft mischte sich mehr und mehr die Wärme, die zuletzt ihre mittägliche Dichte und Festigkeit erreichte. Hatte ihr würziger Hauch den Geruch des Waschbeckens, den Geruch des Schranks, den Geruch des Sofas der Reihe nach herausgeschliffen, dann genügten die Klarheit, mit der sie senkrecht und getrennt nebeneinander standen, und der helldunkle Perlmutterglanz, der dem Licht auf den Vorhängen und den atlasbezogenen Sesseln einen weicheren Schimmer verlieh, daß ich mich nicht durch ein bloßes Spiel der Phantasie, sondern auf Grund des wirklich Möglichen im blendenden Sonnenlicht durch Straßen in einem neuen Vorortquartier gehen sah, nicht an öden Fleischerläden und an weißem Quaderstein vorüber, sondern das ländliche Speisezimmer vor Augen, wo ich gleich eintreten könnte und die Gerüche von eingemachten Kirschen und Aprikosen, von Apfelwein und Gruyèrekäse finden würde, die sich als zarte Adern durch das geronnene Helldunkel wie durch eine Achatkugel ziehen, während die Glasprismen der Messerbänkchen in den Regenbogenfarben schillern oder da und dort Pfauenaugen auf die Wachstücher sticken. Wie einen Wind, der gleichmäßig stärker wird, hörte ich mit Vergnügen ein Automobil unter meinem Fenster herankommen. Der Benzingeruch stieg mir entgegen. Er ist nichts für empfindliche Menschen (die stets Materialisten sind und denen er die Landpartie verdirbt) und für gewisse Denker, Materialisten auf ihre Art auch, da sie an die Bedeutung des Tatsächlichen glauben und sich vorstellen, der Mensch wäre glücklicher, zu höherer Poesie fähig, wenn seine Augen mehr Farben zu sehen, seine Nase mehr Düfte zu erkennen vermöchten – die philosophische Vermummung einer naiven Idee: zu glauben, das Leben sei schöner, wenn man anstelle des schwarzen Anzugs prunkvolle Gewänder trage.

Für mich aber, der sich auch über den an sich kaum angenehmen Geruch von Naphtalin oder Vetiver gefreut hätte, der mir die reine Bläue des Meers am Tag meiner Ankunft in Balbec wieder vor Augen führte – für mich ließ der Benzingeruch, der sich so oft zusammen mit dem Rauch, der aus dem Motor entwich, in der blassen Himmelsbläue verloren hatte, da er mir auf meinen Fahrten an jenen Sommernachmittagen gefolgt war, als Albertine malen wollte –, für mich und um mich her ließ er auch jetzt, da ich in meinem dunklen Zimmer lag, Kornblumen, Mohn, roten Klee blühen, er berauschte mich wie ein ländlicher Wohlgeruch, nicht ein so fest umgrenzter wie der Duft vor den Weißdornhecken, der sich in seiner dichten Würze schwebend am Ort hält, sondern einer, vor dem die Wege dahinzogen, der Boden sein Aussehen wechselte, die Schlösser auftauchten, der Himmel verblaßte, die Kräfte sich verzehnfachten, ein Geruch, der Aufschwung und Stärke zu symbolisieren schien und der das Verlangen von damals in Balbec erneuerte, den Käfig aus Glas und Metall zu besteigen, nun aber nicht mehr, um mit einer Frau, die ich allzugut kannte, Besuche auf Familiensitzen zu machen, sondern um an neuen Orten eine Unbekannte zu lieben. Ein Geruch, begleitet vom Hornruf der vorüberfahrenden Automobile, dem ich Worte unterlegte wie einem militärischen Signal: »Steh auf, Pariser, steh auf, zum Frühstück aufs Land, zur Bootsfahrt auf dem Fluß, im Schatten der Bäume, mit einem schönen Mädchen, steh auf, steh auf.« Und all diese Träumereien behagten mir so, daß ich mich zu dem »drohenden Befehl« beglückwünschte, dank dem kein »scheuer Sterblicher«, auch Françoise nicht, auch Albertine nicht, daran denken würde, mich ungerufen »in den Tiefen dieses Palastes« zu stören, »wo meiner Allmacht Schrecken mich den Blicken meines Volks entzieht«.

Doch auf einmal änderte sich die Szene: Nicht mehr die Erinnerung an früher Erlebtes, sondern an ein frühes und ganz vor kurzem durch das blau-goldene Fortuny-Kleid wiedererweckes Verlangen führte mir einen anderen Frühling vor Augen, einen gar nicht mehr grünenden, sondern im Gegenteil seiner Bäume und Blumen entkleideten Frühling, da ich nun auf den Namen gekommen war: Venedig; Essenz eines Frühlings, der das Längerwerden, die steigende Wärme, das Aufblühen seiner Tage nicht mehr durch die Gärung unreiner Erde, sondern eines ohne Blütenkranz jungfräulichen blauen Wassers verrät, das dem Maimonat nur durch den von ihm ausgeführten Widerschein würde antworten können, genau auf ihn eingestimmt in der unbewegt strahlenden Nacktheit des dunkeln Saphirs. Daher lassen die Jahre der neueren Zeit die gotische Stadt gleich unverändert wie die Jahreszeiten ihre blütenlosen Meeresarme; ich wußte es, ich konnte es mir nicht vorstellen, oder indem ich es mir vorstellte, wollte ich mit derselben Begierde, die mir in meiner Kindheit die Kraft zu dem Aufbruch gerade im Eifer des Aufbruchs genommen hatte, dies eine: das vorgestellte Venedig vor mir sehen, das zerteilte Meer betrachten, wie es mit seinen Mäandern, Krümmungen gleichsam des Ozeanflusses, eine urbane und verfeinerte Kultur umschloß, die sich in ihrer azurenen Eingrenzung dennoch entwickelt, ihre besonderen Mal- und Bauschulen hervorgebracht hatte – ein Zaubergarten voller Geräusche und Vögel und bunter Steine, aufgeblüht mitten im Meer, das ihm Kühlung brachte, mit seinem Wellenschlag an die Schäfte der Säulen drang und wie ein blaudunkler Blick aus dem Schatten auf das tiefe Relief der Kapitelle fleckenweise sein Licht warf und es in steter Bewegung hielt. Ja, das war der Augenblick zu fahren.

Albertine zu besitzen war für mich, seitdem sie mir nicht mehr zu grollen schien, nicht mehr das eine Gut, für das man alle anderen herzugeben bereit ist. Das würden wir wohl auch nur tun, um uns von einem Kummer, von einer Angst zu befreien. Es ist uns gelungen, durch einen bespannten Reifen zu springen, nachdem wir einen Augenblick gemeint hatten, wir würden ihn nie durchstoßen. Wir haben das Unwetter weichen, die Heiterkeit und das Lächeln wieder aufkommen lassen. Das quälende Geheimnis eines anscheinend grundlosen, vielleicht endlosen Hasses ist verscheucht. Von nun an stehen wir wieder dem vorübergehend verdrängten Problem eines Glücks gegenüber, von dem wir wissen, daß es undenkbar ist.

Jetzt, wo das Leben mit Albertine wieder möglich geworden war, spürte ich, daß mir aus ihm nur Unglück erwachsen würde, da sie mich ja nicht liebte; es war besser, ich trennte mich von ihr in dem guten Gefühl ihres Einverständnisses, das ich in der Erinnerung fortdauern ließe. Ja, das war der Augenblick; ich mußte mich genau erkundigen, wann Andrée abreiste, und bei Madame Bontemps energisch darauf hinwirken, daß Albertine dann nicht nach Holland oder nach Montjouvain fahren konnte. Wenn wir unsere Liebeserlebnisse besser zu analysieren verstünden, würden wir sehen, daß uns die Frauen oft nur wegen eines Widerparts gefallen: Wir müssen sie Männern streitig machen und leiden dabei in tiefster Seele, weil wir sie ihnen streitig machen müssen; ist der Widerpart beseitigt, schwinden die Reize der Frau. Ein Beispiel dafür, schmerzlich-vorsorglicher Art, bietet die Vorliebe der Männer für Frauen, die sich früher auf alles Mögliche eingelassen haben und von denen sie spüren, daß sie gefährdet sind, daß sie während der ganzen Dauer ihrer Beziehung immer wieder erobert werden müssen; oder das durchaus undramatische Beispiel einer nachträglichen Bemühung, daß ein Mann, den seine Geliebte nicht mehr wie früher bezaubert, unwillkürlich die Regeln, die er herausgefunden hat, anwendet und die Frau, um sicher zu sein, daß er nicht aufhöre, sie zu lieben, in eine gefährliche Umgebung bringt, wo er sie täglich beschützen muß. (Das Gegenteil jener Männer, die von einer Frau verlangen, daß sie das Theater aufgibt, obwohl sie sich eben deshalb in sie verliebt haben, weil sie beim Theater war.)

Wenn also nichts mehr gegen die Trennung von Albertine sprechen würde, galt es einen schönen Tag wie den heutigen zu wählen – solche würde es jetzt viele geben –, an dem mir Albertine gleichgültig wäre und ich von tausend Wünschen verlockt würde; ich müßte sie ausgehen lassen, ohne sie zu sehen; dann würde ich aufstehen, mich schnell bereit machen, ihr eine Nachricht hinterlassen, den Augenblick nutzen, da es für sie keinen Ort gab, der mich beunruhigen würde, und ich verreisen konnte, ohne mir die schlimmen Dinge auszumalen, die sie tun könnte und die mich in diesem Moment auch wenig kümmerten – und nach Venedig fahren, ohne sie nochmals gesehen zu haben. Ich klingelte nach Françoise, um sie zu bitten, daß sie mir einen Reiseführer und einen Fahrplan besorgte, so wie ich es schon als Kind getan hatte, als ich eine Reise nach Venedig vorbereiten wollte, um einem ebenso dringenden Wunsch zu folgen wie dem, der mich jetzt erfüllte; ich dachte nicht daran, daß ich seither auch in Balbec das Ziel einer Sehnsucht erreicht und kein Vergnügen empfunden hatte und daß Venedig, als ebenfalls sichtbare Erscheinung, wohl nicht eher als Balbec einen unfaßbaren Traum verwirklichen konnte, den Traum vom gotischen Zeitalter, das aus einem frühlingshaften Meer aufsteigen würde und das mich im Geist als verzaubertes, schmeichelndes, ungreifbares, geheimnisvolles und verworrenes Bild verfolgte. Françoise hatte mein Klingelzeichen gehört und kam herein, sehr in Sorge, wie ich wohl aufnehmen würde, was sie zu sagen und was sie getan hatte.

»Es ist mir gar nicht recht gewesen«, sagte sie, »daß Monsieur heute so spät nach mir klingelt. Ich habe nicht gewußt, was ich tun soll. Früh um acht wollte Mademoiselle Albertine ihre Koffer haben, ich habe mich nicht getraut, dagegen zu sein, ich hatte Angst, daß Monsieur mit mir schimpfen wird, wenn ich ihn wecke. Ich konnte ihr lang die Leviten lesen und ihr sagen, daß sie noch eine Stunde warten soll, weil ich immer dachte, Monsieur wird gleich klingeln; sie wollte nicht, sie hat mir diesen Brief für Monsieur gegeben, und um neun ist sie fort.«

Und da – so unwissend kann man sein, so wenig sein Inneres kennen wie ich in meiner Überzeugung, daß mir Albertine gleichgültig sei – stockte mein Atem, ich hielt mein Herz fest mit beiden Händen, die plötzlich naß waren von dem gleichen Schweiß wie nur jenes eine Mal, als mir Albertine in der kleinen Eisenbahn von der Freundin Mademoiselle Vinteuils gesprochen hatte, und ich brachte nichts anderes heraus als: »Ah! Sehr gut, Sie haben natürlich recht getan, daß Sie mich nicht geweckt haben, lassen Sie mir noch einen Augenblick Ruhe, ich werde gleich wieder klingeln.«

»Mademoiselle Albertine ist fort!«

DIE FLUCHT

So war das, was ich für ein Nichts gehalten hatte, ganz einfach mein ganzes Leben! Wie wenig man sich kennt. Mein Schmerz mußte augenblicklich aufhören; so liebevoll besorgt um mich selber wie meine Mutter um meine sterbende Großmutter, sagte ich mir mit all dem guten Willen, den man aufbietet, um einen geliebten Menschen nicht leiden zu lassen: »Hab nur ein wenig Geduld, man wird ein Mittel finden, sei ruhig, man läßt dich nicht weiter so leiden. Das ist alles ganz unwichtig, ich sorge dafür, daß sie sofort zurückkommt. Ich muß sehen, wie es sich machen läßt, aber sie wird heute abend in jedem Fall hier sein. Es hat gar keinen Sinn, sich aufzuregen.« »Das ist alles ganz unwichtig«, sagte ich nicht nur zu mir selbst, ich hatte auch bei Françoise diesen Eindruck zu erwekken versucht, hatte mir nichts anmerken lassen. Ich war es so gewohnt, Albertine um mich zu haben, und nun sah ich die Gewohnheit mit einem Mal neu. Bisher war sie mir vor allem als eine zerstörende Macht erschienen, die das ursprünglich Eigene und sogar die bewußte Wahrnehmung unterdrückt; jetzt sah ich in ihr eine furchterregende Gottheit, die mit uns so verwachsen ist, deren nichtssagendes Gesicht sich in unserem Herzen so festgesetzt hat, daß sie sich nicht von uns lösen und abwenden kann, ohne uns schlimmere Schmerzen zu bereiten als jede andere; die Göttin, die wir zuvor kaum bemerkt haben, ist nun grausamer als der Tod.

Zuallererst mußte ich ihren Brief lesen, da ich ja herausfinden wollte, wie ich sie zurückholen würde. Ich fühlte mich dazu durchaus imstande; denn weil die Zukunft erst in unseren Gedanken existiert, glauben wir sie im äußersten Notfall durch unseren Willen noch verändern zu können. Doch gleichzeitig erinnerte ich mich, wie ich hatte zusehen müssen, daß andere Kräfte als die meinen auf sie einwirkten, Kräfte, gegen die ich nichts hätte ausrichten können, soviel Zeit mir auch blieb. Was hilft es uns, daß die Stunde noch nicht geschlagen hat, wenn wir über das, was sich in ihr zutragen wird, nichts vermögen? Solange Albertine im Haus war, hatte ich mir die Initiative zu unserer Trennung unbedingt vorbehalten. Und dann war sie gegangen. Ich öffnete ihren Brief. Er lautete:

»Mein Freund, verzeih mir, daß ich mich nicht getraut habe, Dir das zu sagen, was ich hier schreibe, aber ich bin so feige, ich habe in Deiner Gegenwart immer solche Angst gehabt, daß ich den Mut dazu einfach nicht aufbrachte. Was ich Dir hätte sagen sollen, ist dies: Unser Zusammenleben ist nicht mehr möglich, und Dein Ausfall neulich am Abend hat Dir ja auch gezeigt, daß sich in unserer Beziehung etwas verändert hat. Was sich in jener Nacht noch einrenken ließ, wäre in ein paar Tagen nicht mehr zu retten. Und da wir uns glücklicherweise noch aussöhnen konnten, ist es besser, wenn wir jetzt als gute Freunde auseinandergehen; darum schicke ich Dir dieses Blatt, mein Liebster, und bitte sei Du so gut, mir zu verzeihen, sollte ich Dich ein wenig traurig machen; ich selbst bin es unendlich viel mehr. Mein lieber Großer, ich will nicht Deine Feindin werden, es wird für mich schon hart genug sein, daß ich Dir nach und nach, und wohl ziemlich schnell, gleichgültig werde; und da mein Entschluß unwiderruflich ist, habe ich mir von Françoise meine Koffer holen lassen, noch bevor ich ihr diesen Brief für Dich gebe. Adieu, ich lasse Dir das Beste von mir zurück. Albertine.«

Das hat alles nichts zu bedeuten, sagte ich mir; es ist sogar besser, als ich dachte, denn da sie all das gar nicht meint, hat sie es offensichtlich nur geschrieben, um mir einen tüchtigen Schrecken einzujagen. Fürs erste kommt es jetzt darauf an, daß sie heute abend zurück ist. Traurig zu denken, daß die Bontemps üble Leute sind, die ihre Nichte benutzen, um Geld aus mir herauszuholen. Aber was tut's. Müßte ich Madame Bontemps die Hälfte meines Vermögens geben, damit Albertine heute abend hier ist, hätten wir immer noch genug, um bequem miteinander leben zu können. Und gleichzeitig überlegte ich, ob ich an dem Morgen die Zeit fände, den Rolls Royce und die Yacht zu bestellen, die sie sich wünschte; daß ich es je hatte unklug finden können, sie ihr zu schenken, fiel mir nicht einmal ein; ich kannte kein Zögern mehr. – Selbst wenn das Einverständnis mit Madame Bontemps nicht ausreicht, wenn sich Albertine ihrer Tante nicht fügt und ihre Rückkehr davon abhängig macht, daß sie von nun an ihre völlige Freiheit hat, nun gut, so werde ich sie ihr geben, wie schwer es mir auch fällt, sie wird allein ausgehen, ganz wie sie will; man muß für das, worauf es vor allem ankommt, zu Opfern bereit sein, auch wenn sie sehr schmerzen, und trotz meinen exakten und absurden Überlegungen von heute morgen kommt es vor allem darauf an, daß Albertine hier lebt. – Und müßte ich nicht lügen, wenn ich sagte, daß es mir einfach nur wehtäte, ihr diese Freiheit zu lassen? Der Schmerz darüber, daß sie anderswo schlimme Dinge tun konnte, war doch vielleicht – hatte ich das nicht schon oft gespürt? – geringer als jene trübe Stimmung, die mich beschlich, wenn sie sich bei mir, mit mir langweilte. Hätte sie mich gebeten, sie irgendwohin fahren zu lassen, wo ich vermuten mußte, daß Orgien veranstaltet würden – kein Zweifel, in einem solchen Augenblick hätte ich schwer gelitten. Aber ihr zu sagen: »Nimm unser Boot oder die Eisenbahn, reise für einen Monat in dieses oder jenes Land, das ich nicht kenne, wo ich nicht weiß, was du tun wirst«, das war mir oft als das Richtige erschienen; denn getrennt von mir würde sie vergleichen können, würde mich vorziehen und wäre dann glücklich, wenn sie zurückkam. Und das will sie ja auch, sie wünscht sich gar nicht die Freiheit, die ich von Tag zu Tag, indem ich ihr immer neue Vergnügungen böte, leicht würde einschränken können. Nein, Albertine will von mir nichts anderes, als daß ich sie nicht mehr quäle und vor allem – wie einst Odette von Swann –, daß ich mich entschließe, sie zu heiraten. Wenn sie einmal verheiratet ist, wird ihr nichts mehr an ihrer Unabhängigkeit liegen, wir werden ganz glücklich hier beieinander bleiben. Das hieß freilich, auf Venedig verzichten. Aber die Städte, nach denen man sich am meisten sehnt – erst recht die Gastgeberinnen, die einem am besten gefallen, die Zerstreuungen und, noch viel mehr als Venedig, die Herzogin von Guermantes, das Theater –, noch viele Städte außer Venedig verblassen für uns, werden gleichgültig, tot, wenn eine so schmerzhafte Verbindung mit einem anderen Herzen uns festhält. Dabei hat Albertine völlig recht wegen unserer Heirat. Auch Mama fand alle diese Verzögerungen lächerlich. Schon längst hätte ich sie heiraten sollen, und das muß ich jetzt tun, deswegen hat sie mir diesen Brief geschrieben, der gar nicht ernst gemeint ist; nur um dies zu erreichen, hat sie für ein paar Stunden auf etwas verzichtet, das sie sich ebensosehr wünschen muß, wie ich es mir von ihr wünsche: daß sie zurückkommt. Ja, das ist es, sagte meine mitfühlende Vernunft, das ist die Absicht, mit der sie sich so verhalten hat; aber ich spürte, daß meine Vernunft nur immer die Annahme wiederholte, von der sie ausgegangen war. Und ich merkte sehr wohl, daß die andere Annahme nicht aufgehört hatte, sich zu bestätigen. Diese zweite Annahme wäre freilich nie so kühn gewesen, ausdrücklich zu formulieren, daß Albertine mit Mademoiselle Vinteuil und ihrer Freundin liiert sein könnte. Und doch hatte sie sich in dem Augenblick, da mich bei unserer Einfahrt in den Bahnhof von Incarville jene schreckliche Mitteilung überrumpelte, als richtig erwiesen. Sie hatte danach nie besagt, daß mich Albertine von sich aus verlassen werde, ohne Warnung und so, daß ich keine Zeit fände, sie daran zu hindern. Die Wirklichkeit aber, die sich mir nach dem neuen gewaltigen Sprung, den das Leben mich jetzt hatte tun lassen, aufdrängte, war mir zwar ebenso neu wie die, mit welcher uns die Entdeckung eines Physikers, die Ermittlungen eines Untersuchungsrichters oder die Funde eines Historikers über die Hintergründe eines Verbrechens oder einer Revolution überraschen, sie stellte meine armselige zweite Annahme noch in den Schatten und vervollständigte sie doch. Diese zweite Annahme ging nicht aus vernünftiger Überlegung hervor, und meine panische Angst an dem Abend, als mich Albertine nicht geküßt, in der Nacht, als sie ihr Fenster aufgerissen hatte, war nicht durch Vernunft erklärbar. Aber daß die Vernunft – wie sich in der Folge noch deutlicher zeigen wird und schon aus vielen Episoden hervorgegangen ist – nicht das feinste, geeignetste, wirksamste Instrument für die Erkenntnis des Wahren ist, macht es nur noch ratsamer, von ihr auszugehen und nicht vom Vertrauen auf die Intuitionen des Unbewußten, von einem fraglosen Glauben an Vorgefühle. Zunächst läßt uns das Leben nach und nach, von Fall zu Fall erkennen, daß uns die Dinge, die unser Herz oder unseren Geist am nächsten betreffen, nicht durch die Vernunft, sondern durch andere Kräfte vermittelt werden. Dann aber ist es eben die Vernunft, die sich der Überlegenheit dieser anderen Kräfte beugt und bewußt darauf eingeht, mit ihnen zusammenzuwirken und ihnen zu dienen. Glaube durch Erfahrung. Mir schien, ich hätte von dem unerwarteten Unglück, mit dem ich jetzt rang, ebenso wie von Albertines Freundschaft mit zwei Lesbierinnen, doch auch schon gewußt, hätte den Überdruß und die Abscheu, die sie bei ihrem Sklavendasein empfand, entgegen den Versicherungen meiner Vernunft, die sich auf Albertines eigene Aussagen stützten, an vielen Zeichen erkannt, die hinter ihrem traurigen und ergebenen Blick, ihrem plötzlichen und unerklärlichen Erröten – in dem Geräusch ihres aufgerissenen Fensters – wie mit unsichtbarer Tinte geschrieben standen. Offensichtlich hatte ich es nicht gewagt, sie völlig auszudeuten und dem Gedanken eine klare Form zu geben, daß Albertine plötzlich weggehen könnte. Seelisch im Gleichgewicht gehalten durch Albertines Gegenwart, hatte ich nur an ein Weggehen gedacht, das ich mir selbst für eine unbestimmte Zukunft vorbehielt, das also in eine nicht existierende Zeit gehörte; ich hatte mir folglich nur eingebildet, an ein Weggehen zu denken – so wie man meint, man fürchte den Tod nicht, wenn man an ihn denkt, solange man gesund ist, und in Wirklichkeit nur eine rein negative Vorstellung in sein Wohlergehen aufnimmt, mit dem nicht mehr zu rechnen ist, wenn der Tod sich nähert. Wäre mir aber der Gedanke, daß Albertine aus eigenem Antrieb weggehen könnte, auch tausendmal und in aller Klarheit gekommen, ich hätte doch nicht geahnt, was dies in Wirklichkeit für mich sein würde, welch besonderes, schreckliches, nie gekanntes Geschehen, welch völlig neues Unglück. Hätte ich es vorausgesehen, ich hätte jahrelang ununterbrochen darüber nachsinnen können, und doch hätten meine Gedanken, alle zusammengenommen, auch nicht die leiseste Ahnung aufkommen lassen von der Gewalt, ja vom bloßen

Aussehen der unvorstellbaren Hölle, über der Françoise den Vorhang aufgehen ließ, als sie sagte: »Mademoiselle Albertine ist fort.« Um sich eine unbekannte Situation vorzustellen, hilft sich die Phantasie mit bekannten Elementen aus und stellt sie sich eben deshalb nicht vor. Die Empfindung aber, auch die rein körperliche, nimmt das besondere und für lange Zeit unauslöschbare Merkzeichen des neuen Ereignisses wie den Einschlag eines Blitzes in sich auf. Und kaum wagte ich mir einzugestehen, daß ich vielleicht auch dann, wenn ich Albertines Flucht vorausgesehen hätte, nicht imstande gewesen wäre, sie mir in ihrer Abscheulichkeit vorzustellen, und daß ich sie, selbst wenn Albertine sie mir angekündigt hätte, weder durch Drohen noch durch Bitten hätte verhindern können. Wie fern lag mir jetzt der Wunsch, nach Venedig zu fahren! So fern wie damals in Combray der Wunsch, Madame de Guermantes kennenzulernen, wenn die Stunde kam, da nur für mich noch eines zählte: daß Mama in mein Zimmer kam. Und wirklich waren nun all die Ängste, die ich seit meiner Kindheit empfunden hatte, herbeigeeilt auf den Ruf dieser neuen Bedrängnis, um sie zu verstärken, mit ihr zu verschmelzen zu einer einzigen Masse, die mich erdrückte.

Den physischen Schlag, den eine solche Trennung dem Herzen versetzt und der dank dem unbarmherzigen Erinnerungsvermögen des Körpers alle Phasen unseres Lebens, in denen wir gelitten haben, im Schmerz jetzt gleichzeitig werden läßt – den Schlag, auf den die Person, die ihn uns zufügt, vielleicht rechnet (so wenig sorgen wir uns um den Schmerz der anderen), damit unser Leid so schwer wie möglich wird, sei es, daß sich die Frau nur zum Schein entfernt, um günstigere Lebensbedingungen zu verlangen, sei es, daß sie für immer – für immer! – geht und den Schlag führt, um sich zu rächen oder um weiter geliebt zu werden oder um ein gutes Andenken zu hinterlassen, indem sie das Netz des Überdrusses, der Gleichgültigkeit zerreißt, von dem sie spürte, daß es sich um sie zusammenzog – diesen Schlag hatte man freilich vermeiden wollen, man stellte sich eine gütliche Trennung vor. Aber wie selten trennt man sich gütlich, da man sich doch, wenn man gut miteinander stünde, nicht trennen würde!

Und zudem hat die Frau, gegen die man sich so gleichgültig zeigt, dennoch das unbestimmte Gefühl, durch gemeinsame Gewohnheit habe man sich allem Überdruß zum Trotz mehr und mehr an sie gebunden, und sie überlegt, daß eine gütliche Trennung kaum möglich ist, wenn man dem anderen nicht sagt, daß man weggehen wird. Doch dadurch fürchtet sie die Trennung zu verhindern. Jede Frau spürt, daß sie gerade von einem Mann, über den sie große Macht hat, nur fortkommt, indem sie flieht. Flüchtig, weil Königin, so verhält es sich. Nun liegt ein unendlicher Abstand zwischen dem Überdruß, den sie soeben noch einflößen konnte, und dem wilden Drang, sie wiederzuhaben, da sie nun fort ist. Aber dafür gibt es Gründe noch über die hinaus, die in diesem Buch schon genannt worden sind und noch genannt werden. Zunächst geht die Trennung oft in dem Augenblick vor sich, da die Gleichgültigkeit – sei sie echt oder nur vermeintlich – am größten ist, den äußersten Punkt des Pendelschlags erreicht hat. Die Frau sagt sich: »Nein, so kann das nicht weitergehen«, eben weil der Mann nur davon spricht, daß er sie verlassen wird, oder daran denkt; und nun verläßt sie ihn. Da jetzt das Pendel nach der anderen Seite ausschlägt, ist der Abstand am größten. In einer Sekunde kommt es auf diesen Punkt zurück; nochmals: das ist, von allen Begründungen abgesehen, ganz natürlich. Das Herz pocht; und die Frau, die den Mann verlassen hat, ist ja nicht mehr die gleiche wie die Frau, die da war. Zu dem Leben, das sie mit uns geführt hat und das wir nur zu gut kennen, fügen sich jene anderen Leben, auf die sie sich nun gewiß einlassen wird, und eben um sich auf sie einzulassen, mag sie fortgegangen sein. So wirkt das reich gewordene Leben der Frau, die uns verlassen hat, auf die Frau zurück, die bei uns war und wohl schon vorhatte, uns zu verlassen. Den psychologischen Umständen, auf die wir schließen können und die zu ihrem Zusammenleben mit uns gehören – unser zu deutlich gezeigter Überdruß, auch unsere Eifersucht (die dafür sorgt, daß die Männer, die von mehreren Frauen verlassen worden sind, fast immer auf dieselbe Weise verlassen wurden, wegen ihres Charakters und ihres stets gleichen, berechenbaren Verhaltens: jeder hat seine eigene Art, betrogen zu werden, so gut wie seine Art, sich zu erkälten) – diesen für uns nicht allzu geheimnisvollen Umständen entsprachen offenbar andere, die uns entgangen sind. Die Frau muß seit einiger Zeit schriftlich oder mündlich oder durch Dritte mit jenem Mann oder jener Frau in Verbindung gestanden, auf Zeichen gewartet haben, die wir vielleicht selbst unwissentlich gaben, als wir sagten: »Herr X hat mich gestern besucht«, sie aber mit diesem Herrn X verabredet hatte, er werde mich besuchen, wenn er sie am nächsten Tag sehen wollte. Was ist nicht alles möglich. Und doch nur möglich. Allein der Möglichkeit nach hatte ich mir die Wahrheit zurechtlegen wollen, als ich eines Tages versehentlich einen Brief an eine meiner Geliebten öffnete, der in vereinbarter Sprache lautete: »Warte immer auf Zeichen, um den Marquis de Saint-Loup zu besuchen, gib Nachricht telephonisch morgen«, und daraus auf einen Fluchtplan schloß; der Name des Marquis de Saint-Loup mußte etwas anderes bedeuten, denn meine Geliebte kannte Saint-Loup nicht, hatte mich aber von ihm sprechen hören; und außerdem war der Brief völlig formlos mit einer Art Spitznamen unterzeichnet. Nun war der Brief gar nicht an meine Geliebte gerichtet, sondern an eine Person, die im selben Haus wohnte und anders hieß, man hatte ihren Namen aber falsch gelesen. Der Brief war nicht in vereinbarter Sprache, sondern in schlechtem Französisch geschrieben, nämlich von einer Amerikanerin, die mit Saint-Loup tatsächlich befreundet war, wie ich von ihm erfuhr. Und die seltsame Weise, in der diese Amerikanerin bestimmte Buchstaben schrieb, hatte dazu geführt, daß ein durchaus wirklicher, aber ausländischer Name wie ein Spitzname aussah. Ich hatte mich also an jenem Tag in allem und jedem getäuscht. Doch das gedankliche Gerüst, das meine durchwegs falschen Vermutungen zusammengehalten hatte, war als solches die richtige, feststehende Form der Wahrheit, die sich herausstellte, als meine Geliebte (die zu der Zeit nichts anderes vorhatte, als ihr ganzes Leben mit mir zu verbringen) mich drei Monate später verließ, und zwar in genau der Weise, die ich mir damals zusammengereimt hatte. Ein Brief kam, der dieselben Eigentümlichkeiten, die ich jenem ersten Brief irrtümlich zugeschrieben hatte, aufwies, der aber nun wirklich als Zeichen gemeint war.

Dieses Unglück war das größte meines ganzen Lebens. Und doch wurde der Schmerz, den es mir zufügte, vielleicht noch übertroffen durch die Neugier: ich wollte die Ursachen dieses Unglücks kennen; zu wem hatte es Albertine gezogen, wen hatte sie wiedergefunden? Aber die Quellen solch großer Ereignisse sind wie die Quellen der Flüsse, wir können die Erdoberfläche absuchen, wir finden sie nicht. Hatte Albertine schon lange an Flucht gedacht? Ich habe nicht erwähnt (weil es mir damals nur als übellauniges Getue erschienen war, »den Kopf machen«, wie man von Françoise sagte), daß sie seit dem Tag, an dem sie mich nicht mehr hatte küssen wollen, eine Leidensmiene zur Schau trug, sich steif und gerade hielt, bei jeder Gelegenheit einen Trauerton anschlug, sich langsam bewegte und nicht mehr lächelte. Nichts wies für mich darauf hin, daß sie mit der Außenwelt in Verbindung gestanden war. Wohl war Françoise, wie sie mir später erzählte, zwei Tage vor ihrer Abreise in ihr Zimmer gekommen, hatte dort niemanden gesehen, die Vorhänge waren zugezogen, doch Gerüche und Geräusche verrieten ihr, daß das Fenster offenstand. Und tatsächlich war Albertine auf dem Balkon gewesen. Man kann sich aber nicht vorstellen, mit wem sie sich von dort aus verständigen konnte, und daß die Vorhänge hinter dem offenen Fenster geschlossen waren, rührte gewiß davon her, daß sie meine Furcht vor dem Luftzug kannte; zwar boten die Vorhänge kaum einen Schutz, doch sie konnten verhindern, daß Françoise vom Gang aus sah, daß die Fensterläden schon so früh offen standen. Nein, ich sehe einzig einen kleinen Hinweis, und nur darauf, daß sie am Vorabend wußte, daß sie weggehen würde. Da nahm sie aus meinem Zimmer, ohne daß ich es bemerkte, eine große Menge Papier und Packleinwand mit, mit der sie die Nacht hindurch ihre unzähligen Schlafröcke und Hauskleider einpackte, um am Morgen wegzufahren. Das war das einzige, das war alles. Dem Umstand, daß sie mir an jenem Abend tausend Francs, die sie mir schuldete, geradezu aufdrängte, kann ich keine Bedeutung beimessen; denn sie war in Geldsachen äußerst gewissenhaft.

Sie nahm an dem Vorabend also Packpapier mit; aber sie wußte nicht erst am Vorabend, daß sie fortgehen würde. Denn nicht der Kummer bewog sie, auszuziehen; vielmehr gab ihr der Entschluß dazu, ihr Verzicht auf das Leben, von dem sie geträumt hatte, jenen kummervollen und mir gegenüber fast feierlich kalten Ausdruck. Nur an dem letzten Abend, nachdem sie länger bei mir geblieben war, als sie vorhatte – was mich wunderte, da sie ihren Aufbruch sonst immer hinausschob –, sagte sie mir unter der Tür noch: »Adieu, mein Liebster, adieu.« Aber ich achtete in dem Augenblick nicht darauf. Françoise hat mir erzählt, am nächsten Morgen, als ihr Albertine sagte, daß sie verreise (aber das erklärt sich auch aus der Müdigkeit, denn sie war nicht aus den Kleidern gekommen und hatte die ganze Nacht gepackt, mit Ausnahme der Sachen, um die sie Françoise bitten mußte und die nicht in ihrem Zimmer oder im Bad waren), habe sie sich noch gerader und steifer gehalten als an den Tagen zuvor und sei so traurig anzusehen gewesen, daß Françoise meinte, sie würde umfallen, als sie zu ihr »Adieu, Françoise« sagte. Wenn wir das erfahren, wird uns klar, daß die Frau, die uns jetzt soviel weniger gefiel als all jene, die man auf jedem Spaziergang antreffen kann, und der wir grollten, weil wir um ihretwillen auf die andern verzichten mußten, im Gegenteil die ist, die man ihnen tausendmal vorzieht. Denn nun geht es nicht mehr um den Unterschied zwischen einem Vergnügen, das sich durch Gewohnheit und vielleicht auch wegen seiner Mittelmäßigkeit fast ganz verflüchtigt hat, und anderen, lockenden und reizenden Vergnügungen, sondern um den Abstand zwischen diesen Vergnügungen und etwas viel Stärkerem – dem Mitgefühl mit dem Schmerz.

Ich hatte mir selbst versprochen, Albertine werde am Abend hier sein, und so hatte ich das Dringendste getan, hatte die Wunde, die entstanden war, als die Gefährtin meines Lebens sich von mir losriß, mit einem neuen Glaubenssatz zugepflastert. Aber wie rasch auch mein Selbsterhaltungstrieb eingegriffen hatte, ich war doch, als ich den Bericht von Françoise hörte, eine Sekunde lang wehrlos gewesen und konnte nun lange wissen, daß Albertine am Abend zurück sein würde, der Schmerz, den ich in dem Augenblick gespürt hatte, bevor ich mir selbst ihre Rückkehr ankündigte (in dem Augenblick, der den Worten gefolgt war: »Mademoiselle Albertine wollte ihre Koffer haben«, »Mademoiselle Albertine ist fort«), dieser Schmerz lebte in mir von selbst wieder auf, so wie er gewesen war, als ob ich noch nichts von Albertines baldiger Rückkehr wüßte. Freilich, sie mußte zurückkommen, aber von sich aus. Wie immer die Dinge standen, es durfte nicht aussehen, als unternähme ich etwas, damit sie zurückkomme, als bäte ich sie darum; das würde das Gegenteil bewirken. Wohl hatte ich nicht mehr die Kraft, auf sie zu verzichten, so wie ich auf Gilberte hatte verzichten können. Ich wollte sie wiedersehen, zuerst aber mußte die körperliche Angst aufhören, der mein Herz nicht mehr wie früher gewachsen war. Auch hatte ich es mir angewöhnt, nicht zu wollen, ob es sich um eine Arbeit oder um etwas anderes handelte, und war deshalb mutlos geworden. Vor allem aber war diese Angst ungleich größer als früher, und vielleicht nicht in erster Linie deshalb, weil ich zu Madame de Guermantes und zu Gilberte in keiner sinnlichen Beziehung gestanden hatte; sondern weil ich sie nicht täglich und zu jeder Stunde sah, nicht die Gelegenheit dazu und also auch nicht das Bedürfnis danach hatte, fehlte in meiner Liebe zu ihnen die überwältigende Macht der Gewohnheit. Da es nun für mein Herz, das nicht imstande war, zu wollen und den Schmerz aus freien Stücken zu ertragen, nur eine mögliche Lösung gab, Albertines Rückkehr um jeden Preis, wäre mir die entgegengesetzte Lösung – der Verzicht, die allmähliche Einwilligung – vielleicht romanhaft und lebensfremd vorgekommen, hätte ich sie nicht selbst einst gewählt, als es um Gilberte ging. Ich wußte also, daß auch diese andere Lösung zumutbar war, und für ein und denselben Mann; denn ich war ungefähr der gleiche geblieben. Nur hatte jetzt die Zeit ihr Werk getan, die Zeit, die mich älter gemacht hatte, die Zeit auch, die Albertine beständig um mich sein ließ, als wir unser gemeinsames Leben führten. Doch obwohl ich auf sie nicht verzichtete, blieb mir doch etwas von dem, was ich für Gilberte empfunden hatte: der Stolz, kein klägliches Spielzeug in Albertines

Händen zu werden, indem ich um ihre Rückkehr bat; ich wollte, daß sie zurückkam, aber es sollte nicht aussehen, als liege mir daran. Ich stand auf, um keine Zeit zu verlieren, doch der Schmerz ließ mich innehalten: Es war das erstemal, daß ich aufstand, seitdem sie gegangen war. Ich mußte mich aber schnell ankleiden, um mich bei Albertines Hausmeister zu erkundigen.

Der Schmerz, in dem sich eine seelische Erschütterung fortsetzt, strebt danach, eine andere Form anzunehmen; man hofft, er löse sich auf, wenn man Pläne mache, Erkundigungen einziehe; er soll unzählige Metamorphosen durchmachen; dazu gehört weniger Mut als dazu, seinen Schmerz rein zu erhalten; das Bett, in das man sich mit ihm legt, ist zu eng, zu hart und zu kalt. Also stand ich auf und ging mit äußerster Vorsicht im Zimmer umher, vermied es, Albertines Sessel und das Pianola vor Augen zu haben, auf dessen Pedale sie ihre goldenen Pantoffeln gesetzt hatte – nur einen der Gegenstände ihres täglichen Gebrauchs, die nun alle in der besonderen Sprache, die meine Erinnerung sie gelehrt hatte, eine Übersetzung, eine neue Lesart liefern wollten, um mir Albertines Verschwinden noch einmal anzukündigen. Aber ich sah sie, auch ohne sie anzuschauen, meine Kräfte verließen mich, ich sank auf einen der blauen Atlas-Sessel, deren Schimmer im Helldunkel des vom ersten Tageslicht befriedeten Zimmers mir so liebevoll gehegte und nun so fremd gewordenen Träume eingegeben hatte. Ach, ich hatte mich bis zu dieser Minute nie dort hingesetzt, ohne daß Albertine hier war. Ich hielt das nicht aus, ich mußte wieder aufstehen; und so meldete sich in jedem Augenblick eines der unzähligen und unscheinbaren Ichs, aus denen wir zusammengesetzt sind, ein Ich, das noch nicht wußte, daß Albertine fort war und dem man es mitteilen mußte, dem man – was schlimmer war, als wenn es Fremde gewesen wären, die meine Leidensbereitschaft nicht geteilt hätten – das Unglück zur Kenntnis bringen mußte, das all diesen Lebewesen, all diesen Ichs widerfahren war, die es noch nicht wußten; jedes von ihnen kam an die Reihe und mußte zum erstenmal hören: »Albertine hat sich ihre Koffer geben lassen, die sargförmigen Koffer, die ich in Balbec gesehen hatte, als man sie neben denen meiner Mutter einlud – Albertine ist fort.« Jedes von ihnen mußte mein Leid vernehmen, nicht als betrübliches Fazit, das man in freier Erwägung aus einer Summe von widrigen Umständen zieht, sondern als ungewolltes und ungleichmäßiges Wiederaufleben eines bestimmten Eindrucks, der uns von außen getroffen hat, den wir nicht gewählt haben. Unter diesen Ichs gab es solche, die ich schon lange nicht mehr gesehen hatte. Zum Beispiel (es war mir nicht eingefallen, daß an diesem Tag der Friseur kam) das Ich, das ich war, wenn ich mir die Haare schneiden ließ. Ich hatte dieses Ich vergessen; als es auftauchte, brach ich in Tränen aus, so wie man weinen muß, wenn man bei einer Beerdigung einen alten ehemaligen Diener erscheinen sieht, der die Verstorbene gekannt hat. Dann erinnerte ich mich plötzlich, daß mich seit acht Tagen immer wieder eine panische Angst ergriffen hatte, die ich mir nicht eingestand. Dabei war ich in solchen Momenten mit mir zu Rate gegangen und hatte mir gesagt: »Mit der Möglichkeit, daß sie auf einmal weggehen könnte, braucht man ja nicht zu rechnen. Das ist absurd. Wenn ich mit einem klugen, verständigen Menschen darüber spräche (und das hätte ich auch getan, um mich zu beruhigen, wenn mich die Eifersucht nicht gehindert hätte, jemanden ins Vertrauen zu ziehen), würde er mir gewiß sagen: ›Bist du wahnsinnig? Das ist ausgeschlossen.‹ Und wir hatten tatsächlich nie einen Streit gehabt. ›Man hat doch einen Grund wegzugehen. Man nennt ihn. Der andere muß antworten können. Man verschwindet nicht einfach so. Nein, das ist kindisch. Das ist die einzige wirklich absurde Annahme.‹« Und doch hatte ich täglich, wenn ich am Morgen klingelte und sah, daß sie da war, einen tiefen Seufzer der Erleichterung ausgestoßen. Und als Françoise mir Albertines Brief übergeben hatte, war mir augenblicklich klar gewesen, daß es sich um eben das handelte, was nicht sein konnte: um die Abreise, die ich trotz jenen beruhigenden Vernunftgründen seit Tagen vorausgespürt hatte. In all meiner Verzweiflung hatte ich doch beinahe mit Stolz meine Voraussicht bestätigt gefunden, so wie ein Mörder, der weiß, daß man nicht auf ihn kommen wird, der aber Angst hat und der nun auf einmal sieht, daß der

Name seines Opfers auf dem Dossier des Untersuchungsrichters steht, der ihn vorgeladen hat.

Ich konnte nur hoffen, daß Albertine in die Touraine, zu ihrer Tante gefahren sei, wo sie einigermaßen unter Aufsicht stehen würde und nicht viel tun konnte, bevor ich sie zurückbrächte. Meine ärgste Befürchtung war, sie sei in Paris geblieben, sei nach Amsterdam oder nach Montjouvain gereist – entwichen also, um einer Affäre willen, die sich ohne mein Wissen vorbereitet hätte. Solange ich aber Paris oder Amsterdam, Triest oder Balbec, also verschiedene Ziele erwog, dachte ich nur an mögliche Orte; als mir dann Albertines Hausmeister sagte, sie sei zu ihrer Tante gefahren, kam es mir vor, als sei dieser Aufenthalt, der mir so wünschenswert erschienen war, der schlimmste von allen, weil er etwas Wirkliches war und weil ich mir jetzt, in meiner Bedrängnis durch eine unzweifelhafte Gegenwart und eine zweifelhafte Zukunft, zum erstenmal vorstellen mußte, wie Albertine ein Leben begann, das sie ohne mich führen wollte, lange vielleicht, für immer vielleicht, um jenes Unbekannte zu verwirklichen, das mich früher so oft beunruhigt hatte, in einer Zeit aber, da ich zu meinem Glück das besaß und liebkosen konnte, was seine Außenseite war, das sanfte, undurchdringliche Gesicht meiner Gefangenen. Diesem Unbekannten galt im Tiefsten meine Liebe.

Vor Albertines Haustür traf ich ein armes kleines Mädchen, das mich mit großen Augen anschaute und so liebenswert aussah, daß ich sie fragte, ob sie nicht zu mir kommen wolle; ich hätte dasselbe mit einem treuherzig dreinblickenden Hund getan. Ihr war es anscheinend recht. Zu Hause hielt ich sie eine Weile auf den Knien, doch bald ertrug ich ihre Anwesenheit nicht mehr; allzusehr ließ sie mich Albertines Abwesenheit fühlen. Ich gab ihr fünfhundert Francs und bat sie wegzugehen. Und doch half mir wenig später allein der Gedanke, ein anderes kleines Mädchen um mich zu haben – der Traum, nie alleinzubleiben ohne den Beistand einer unschuldigen Gegenwart –, die Vorstellung ertragen, daß Albertine für einige Zeit nicht zurückkommen würde.

Albertine selbst existierte in mir fast nur als ihr Name, der sich unausgesetzt, bis auf seltene Schonfristen beim Erwachen, in mein Gehirn einschrieb. Ich hätte ihn, wenn ich laut gedacht hätte, in einem fort wiederholt, und mein Geplapper wäre ebenso eintönig, ebenso beschränkt gewesen, wie wenn ich mich in einen Vogel verwandelt hätte, einen Märchenvogel, dessen Ruf unaufhörlich den Namen der Frau wiederholte, die er als Mensch geliebt hatte. Man sagt ihn sich vor, und da man ihn nicht ausspricht, ist es, als trage man ihn in sich ein, als lasse er seine Spur im Gehirn, bis es wie eine Wand, die jemand vollgekritzelt hat, von oben bis unten mit dem tausendmal hingeschriebenen Namen der Geliebten bedeckt ist. Man schreibt ihn in Gedanken immer wieder, solange man glücklich, und erst recht, wenn man unglücklich ist. Und diesen Namen uns vorzusagen, ohne daß er uns etwas anderes mitteilt, als was wir schon wissen, ist ein Bedürfnis, das sich beständig erneuert, doch auf die Dauer ermüdet es uns. An sinnliche Befriedigung dachte ich gar nicht; ich sah nicht einmal Albertines Bild vor mir, wo ich doch ihretwegen so ganz außer Fassung war, ich nahm ihren Körper nicht wahr, und hätte ich auf die Idee kommen wollen, die sich mit meinem Leiden verband – denn eine solche gibt es ja immer –, so wäre es abwechslungsweise der Zweifel gewesen, ob sie in der Absicht gegangen war, wiederzukommen oder fortzubleiben, und die Frage, wie ich sie zurückholen konnte. Es mag ein Symbol, eine Wahrheit darin liegen, daß in unserer Bangnis der Mensch, auf den sie sich bezieht, einen sehr kleinen Platz einnimmt. Seine Person zählt in fast all den Erregungs- und Angstzuständen, die wir ihretwegen schon durchgemacht haben und von ihr nun gewohnt sind, tatsächlich nicht viel. Ein Beweis dafür ist (noch mehr als die Langeweile, die man in glücklichen Tagen empfindet), wie sehr uns die Frage, ob wir diesen Menschen sehen oder nicht sehen, ihm gefallen oder nicht, über ihn verfügen können oder nicht, gleichgültig wird, wenn wir sie uns nur noch im Hinblick auf ihn stellen müssen (oder gar nicht mehr stellen, so müßig ist sie geworden), weil nun die Angst- und Erregungszustände vergessen sind, wenigstens soweit sie sich auf ihn bezogen; denn sie mögen sich erneuert haben, nun jedoch einer anderen Person gelten.

Solange sie noch ihm galten, glaubten wir, unser Glück hänge von seiner Person ab, es hing aber bloß davon ab, daß unsere Angst aufhörte. Unser Unbewußtes sah also in diesem Augenblick klarer als wir, da es die Gestalt der geliebten Frau so klein machte – wir konnten sie fast vergessen haben, vielleicht kannten wir sie nicht gut und hielten sie für belanglos –, und dies in dem furchtbaren Drama, wo geradezu unser Leben davon abhängen konnte, daß wir sie wiederfanden, um nicht länger auf sie warten zu müssen. Die winzigen Proportionen der Frau ergeben sich logisch und notwendig aus der Weise, in der sich die Liebe entwickelt; sie sind eine klare Allegorie der subjektiven Natur dieser Liebe.

Ihr Weggang war ganz gewiß ähnlich gemeint wie ein Armeemanöver, das der diplomatischen Arbeit vorangeht. Sie konnte nur abgereist sein, damit ich ihr bessere Bedingungen zugestand, mehr Freiheit, mehr Luxus. Wenn sich das so verhielt, wäre der Vorteil auf meiner Seite, sofern ich die Kraft hätte abzuwarten, den Augenblick abzuwarten, da sie sehen würde, daß sie nichts erreichte, und von selbst zurückkommen würde. Während man aber beim Kartenspiel oder im Krieg, wo es nur darauf ankommt zu gewinnen, dem Bluff widerstehen kann, schaffen Liebe und Eifersucht (um vom Schmerz nicht zu reden) andere Voraussetzungen. Wenn ich es, um abzuwarten, um es »auszusitzen«, zuließ, daß Albertine mehrere Tage, vielleicht mehrere Wochen fortblieb, dann machte ich zunichte, was ich seit mehr als einem Jahr angestrebt hatte: daß sie nicht eine Stunde allein war. All meine Vorsorge war nutzlos geworden, wenn ich ihr Zeit und Gelegenheit gab, mich nach Belieben zu hintergehen, und wenn sie am Ende aufgab, würde ich die Zeit nicht vergessen können, da sie allein war; selbst wenn ich zuletzt der Gewinner wäre, würde ich dennoch in der Vergangenheit, also unwiderruflich, der Besiegte sein.

Was aber nun die Mittel betraf, Albertine zurückzuholen, so versprachen sie um so mehr Erfolg, je überzeugender die Annahme schien, daß sie nur in der Hoffnung gegangen war, unter besseren Bedingungen wiederzukommen. Und für jemanden, der nicht an ihre Aufrichtigkeit glaubte, wie etwa für

Françoise, war diese Annahme zweifellos stichhaltig. Meiner Vernunft aber, die sich, noch ehe ich etwas wußte, gewisse Verstimmungen, gewisse Verhaltensweisen nur durch den Plan einer endgültigen Trennung hatte erklären können, fiel es jetzt schwer, die vollzogene Trennung nur für ein Täuschungsmanöver zu halten. Meiner Vernunft – nicht mir.

Die Annahme einer bloßen Vorspiegelung wurde mir um so notwendiger, je weniger überzeugend sie war, und gewann an Kraft, was sie an Wahrscheinlichkeit einbüßte. Wenn man am Rand des Abgrunds steht und sich von Gott verlassen glaubt, zögert man nicht mehr, ein Wunder von ihm zu erwarten. Ich muß zugeben, daß ich in dieser ganzen Angelegenheit der trägste, wenn auch der leidendste Detektiv war. Albertines Flucht hatte mir aber die Fähigkeiten nicht wiedergegeben, die mir meine Gewohnheit, sie von anderen überwachen zu lassen, geraubt hatte. Ich dachte nur an eines: die Nachforschung einem anderen aufzutragen; dieser andere war Saint-Loup, und er willigte ein. Daß so die Unruhe, die mich tagelang verfolgt hatte, auf einen anderen überging, stimmte mich froh, der Erfolg schien mir sicher, und ich rieb mir die Hände, die mit einemmal wieder trocken waren, nachdem sie ins Schwitzen geraten waren, als Françoise mir sagte: »Mademoiselle Albertine ist fort.« Und es war nicht nur das. Man erinnert sich, daß ich beschlossen hatte, mit Albertine zu leben und sie sogar zu heiraten, weil ich sie beaufsichtigen wollte; ich mußte wissen, was sie tat, mußte sie daran hindern, ihre Beziehung zu Mademoiselle Vinteuil wieder aufzunehmen. Ich war schwer erschüttert gewesen durch ihr Geständnis in Balbec, als sie mir wie etwas Selbstverständliches – es war das Schlimmste, was ich je erlebt hatte, doch es gelang mir, so zu tun, als fände ich es selbstverständlich – Dinge erzählt hatte, die ich mir in meinen ärgsten Mutmaßungen nie vorzustellen gewagt hätte (es ist erstaunlich, wie wenig Phantasie die Eifersucht, die ihre Zeit damit verbringt, unzutreffende kleine Vermutungen anzustellen, dann an den Tag legt, wenn es darum geht, die Wahrheit zu entdecken). Die Liebe, die also vor allem aus dem Bedürfnis entstanden war, Albertine an ihrem schlimmen Tun zu hindern, hatte danach die Spur ihrer

Herkunft bewahrt. Mit ihr zusammenzusein, bedeutete mir wenig, wenn ich nur verhüten konnte, daß dieses flüchtige Wesen da- oder dorthin lief. Um sie daran zu hindern, hatte ich mich auf die Augen, auf die Anwesenheit derer verlassen, die sie begleiteten, und solange sie mir am Abend einen netten kleinen Bericht lieferten, lösten sich meine Befürchtungen in heitere Stimmung auf.

Da ich mir selbst versichert hatte, Albertine werde, was immer ich täte, noch an dem Abend wieder zu Hause sein, war der Schmerz aufgehoben, den mir Françoise zugefügt hatte, als sie mir sagte, daß Albertine fort war (denn in meiner Überraschung hatte ich da einen Augenblick lang gemeint, sie sei endgültig fortgegangen).

Als aber nach einer Unterbrechung der anfängliche Schmerz aus eigener Lebenskraft in mir wieder aufstieg, war er immer noch ebenso grausam, weil er älter war als mein tröstlicher Vorsatz, Albertine noch am selben Abend zurückzuholen; von dem Versprechen, das ihn hätte lindern können, wußte mein Schmerz nichts. Um die Mittel anzuwenden, mit denen ihre Rückkehr zu bewerkstelligen war, mußte ich jetzt – nicht weil dieses Verhalten mir je besonders geglückt wäre, sondern weil ich es immer geübt hatte, seit ich Albertine liebte – noch einmal so tun, als liebte ich sie nicht, als litte ich nicht unter ihrer Abwesenheit; ich blieb dazu verurteilt, sie zu belügen. Ich würde ihre Rückkehr um so wirksamer betreiben können, wenn ich mir den Anschein gäbe, als hätte ich auf sie verzichtet. Ich nahm mir vor, Albertine einen Abschiedsbrief zu schreiben, in dem ich ihre Abreise als endgültig betrachten würde, während ich Saint-Loup ausschickte, damit er Madame Bontemps wie ohne mein Wissen unter massivsten Druck setzte, um Albertine so geschwind wie möglich herauszubekommen. Ich hatte zwar damals bei Gilberte erfahren, wie gefährlich Briefe sein können, aus denen eine zuerst noch gespielte, mit der Zeit aber echte Gleichgültigkeit spricht. Und diese Erfahrung hätte mich daran hindern sollen, Albertine Briefe zu schreiben, wie ich sie Gilberte geschrieben hatte. Doch was man Erfahrung nennt, ist nichts anderes als die Offenbarung eines Charakterzugs, den wir selber an uns entdecken und der natürlicherweise von neuem erscheint und sich um so nachdrücklicher wieder meldet, da wir ihn selbst schon einmal an den Tag gelegt haben; die spontane Regung, die uns beim erstenmal leitete, wird nun verstärkt durch alle Register der Erinnerung. Das Plagiat, vor dem ein Mensch am wenigsten sicher ist (und das gilt auch für ein Volk, das auf seinen Fehlern beharrt und sie so noch verschlimmert), ist das Plagiat seiner selbst.

Saint-Loup, von dem ich wußte, daß er in Paris war, wurde unverzüglich herbeigerufen, kam so schnell und so hilfsbereit, wie er einst in Doncières gewesen war, und willigte ein, sofort nach der Touraine aufzubrechen. Ich unterbreitete ihm den folgenden Plan. Er sollte in Châtellerault aussteigen, sollte sich das Haus von Madame Bontemps zeigen lassen und warten, bis Albertine ausginge, weil sie ihn möglicherweise erkannt hätte. »Ja, kennt mich denn das Mädchen, von dem du sprichst?« fragte er. Ich sagte, ich glaubte es nicht. Dieses Vorhaben machte mich ganz glücklich. Es stand freilich ganz im Widerspruch zu meinem anfänglichen Vorsatz, mir nicht den Anschein zu geben, als ließe ich Albertine suchen; und eben dieser Anschein war nun unvermeidlich. Aber dem gegenüber, was das »Richtige« gewesen wäre, hatte es den unschätzbaren Vorteil, daß ich mir sagen konnte, ein von mir Abgesandter werde jetzt Albertine sehen und sie zurückbringen. Und hätte ich mir gleich anfangs ins Herz blicken können, würde ich auch vorausgesehen haben, daß diese im Dunkel verborgene Lösung, die mir ungünstig schien, vor den anderen, vor den Geduldsproben den Vorzug erhalten werde – daß ich aus Mangel an Willenskraft entschlossen war, sie zu wollen. Da Saint-Loup schon einigermaßen überrascht war zu hören, daß ein junges Mädchen einen ganzen Winter lang bei mir gewohnt hatte, ohne daß er es wußte, und da er andererseits oft von dem jungen Mädchen in Balbec gesprochen hatte, ohne daß ich ihm sagte: »Sie wohnt ja hier«, hätte er mir meinen Mangel an Vertrauen wohl übelnehmen können. Auch würde ihm Madame Bontemps vielleicht von Balbec sprechen. Aber ich war viel zu ungeduldig, daß er nun abreise und daß er ankomme, um an die möglichen Folgen dieser

Fahrt zu denken. Daß er Albertine erkennen würde (in Doncières hatte er es beharrlich vermieden, sie anzusehen), war kaum wahrscheinlich; jedermann fand, sie habe sich sehr verändert, sei voller geworden. »Hast du keine Photographie? Das wäre sehr nützlich für mich.« Ich verneinte zuerst, denn meine Photographie, die ungefähr aus der Zeit von Balbec stammte, hätte es ihm leichtgemacht, Albertine zu erkennen, obwohl er sie damals nur in der Eisenbahn kurz gesehen hatte. Ich besann mich aber, daß sie sich auf dem letzten Bild schon ebensosehr von der Albertine in Balbec unterschied wie jetzt die lebende Albertine und daß er sie auf der Photographie nicht eher erkennen würde als in der Wirklichkeit. Während ich danach suchte, fuhr er mir sanft mit der Hand über die Stirn, wie um mir Trost zuzusprechen. Es rührte mich, daß der Schmerz ihm wehtat, den er bei mir erriet. Mochte er sich auch von Rachel getrennt haben, jene Erfahrung lag noch nicht so weit zurück, daß er nicht ein besonderes Mitgefühl mit dieser Art von Leiden empfunden hätte, so wie man sich jemandem näher fühlt, der die gleiche Krankheit hat wie man selbst. Außerdem war er mir so zugetan, daß er den Gedanken an meine Qual nicht ertrug. Für diejenige, die sie mir verursachte, empfand er daher einen mit Bewunderung vermischten Groll. Er hielt mich für ein so hochstehendes Wesen, daß er sich einen Menschen, von dem ich abhängig war, nur als ein ganz außergewöhnliches Geschöpf vorstellen konnte. Ich erwartete zwar, daß er Albertine auf dem Photo hübsch finden werde, aber da ich mir doch nicht einbildete, daß sie auf ihn den gleichen Eindruck machen müsse wie Helena auf die trojanischen Greise, sagte ich während des Suchens bescheiden: »Oh, mach dir nur keine Illusionen, es ist erstens ein schlechtes Bild, und zweitens ist sie nicht umwerfend, sie ist keine Schönheit, sie ist einfach sehr lieb.« »O doch, sie muß wunderbar sein«, sagte er arglos und ehrlich begeistert, bemüht, sich das Wesen vorzustellen, das mich in solche Verzweiflung und Aufregung stürzen konnte. »Ich bin ihr böse, weil sie dich quält, aber man mußte doch annehmen, daß du als durch und durch künstlerischer Mensch, der die Schönheit in allem so inständig liebt, mehr als ein anderer zu leiden bestimmt warst, wenn sie dir in einer Frau begegnen würde.«

Endlich hatte ich die Photographie gefunden. »Sie ist gewiß wunderbar«, sagte Saint-Loup nochmals; er hatte nicht gesehen, daß ich ihm das Bild hinhielt. Auf einmal bemerkte er es und nahm es für einen Augenblick in die Hand. Sein Gesicht drückte eine Verblüffung aus, die an Blödheit grenzte. »Das ist also das Mädchen, das du liebst?« fragte er schließlich mit einer Stimme, in der die Furcht, mich zu kränken, die Verwunderung dämpfte. Er sagte nichts weiter, er hatte eine vernünftige, vorsichtige und unwillkürlich etwas herablassende Miene angenommen, wie man sie einem Kranken zeigt, der zwar bisher eine durchaus bemerkenswerte Persönlichkeit und ein guter Freund war, aber nicht mehr er selbst ist, sondern in jäher Verblendung von einem himmlischen Wesen spricht, das ihm erschienen ist und das er noch immer erblickt an der Stelle, wo man als gesunder Mensch nur ein Federbett sieht. Ich verstand Roberts Verblüffung sofort und begriff auch, daß es dieselbe war, in die mich der Anblick seiner Geliebten versetzt hatte, nur mit dem Unterschied, daß ich in ihr einer Frau begegnet war, die ich schon kannte, während er glaubte, Albertine noch nie gesehen zu haben. Aber auch diesmal sah jeder von uns etwas ganz anderes in ein und derselben Person. Es war lange her, daß ich in Balbec begonnen hatte, in sehr kleinen Schritten von dem Eindruck, den Albertines Anblick mir machte, zu Wahrnehmungen des Geschmacks, des Geruchs und des Fühlens weiterzugehen. Seither waren tiefere, zartere, schwerer zu benennende, dann auch schmerzliche Empfindungen hinzugekommen. Und nun war Albertine, gleich einem Stein, um den sich der Schnee angesammelt hat, nur noch die Mitte eines übergroßen Gebildes, das vom Grund meines Herzens aufstieg. Robert, dem alle diese Erlebnisschichten unsichtbar blieben, erfaßte nur einen Bodensatz, den wiederum ich nicht wahrnehmen konnte. Was Robert verwirrt hatte, als er die Photographie Albertines sah, war nicht die Ergriffenheit der trojanischen Greise, die bei Helenas Anblick sagen: »Ein einziger Blick von ihr wiegt unser Unglück auf«, sondern die genau entgegengesetzte Betroffenheit, mit der man sagt: »Was, also dafür hat er sich so gequält, so sich umtreiben lassen, sich so töricht benommen!« Tatsächlich ist eine solche Reaktion auf die Erscheinung einer Person, die jemanden, den wir gern haben, leiden läßt, sein Leben durcheinanderbringt, unter Umständen seinen Tod verursacht, unendlich viel häufiger als jene der trojanischen Greise; sie ist ganz einfach normal. Nicht nur weil die Liebe etwas Individuelles ist oder weil jemand, der sie nicht empfindet, stets dazu neigen wird, sie für vermeidbar zu halten und sich seine Gedanken über die Torheit der andern zu machen. Vielmehr ist dann, wenn die Liebe den Grad erreicht hat, wo sie solches Unglück hervorbringt, das Gefüge der Empfindungen, das sich zwischen das Gesicht der Frau und die Augen des Liebenden schiebt, die schmerzende Umhüllung, die es wie der Schnee einen Brunnen verbirgt, schon so groß geworden, daß der Punkt, der die Blicke des Liebenden aufhält, der Punkt, an dem er auf seine Freuden und seine Leiden trifft, von dem Punkt, wo die andern es sehen, so weit entfernt ist wie die wirkliche Sonne von dem Ort, wo wir ihr gesammeltes Licht am Himmel erblicken. Und überdies hat inzwischen unter der Larve aus Schmerzen und zärtlichen Gefühlen, die für den Liebenden die bedenklichsten Verwandlungen der Geliebten verhüllt, das Gesicht alle Zeit gehabt, alt zu werden und sich zu verändern. So verschieden daher das Gesicht, das der Liebende zum erstenmal gesehen hat, von demjenigen ist, das er sieht, seit er liebt und leidet, so verschieden ist es umgekehrt auch von demjenigen, das der unbeteiligte Betrachter jetzt sieht. (Was wäre geschehen, wenn Robert an Stelle der Photographie eines jungen Mädchens das Bild einer alten Mätresse gesehen hätte?) Und wir müssen die Frau, die solche Verheerungen angerichtet hat, auch gar nicht zum erstenmal sehen, um doch erstaunt zu sein. Oft kannten wir sie schon, so wie mein Großonkel Adolphe mit Odette bekannt war. Die Verschiedenheit der Optik betrifft dann nicht nur die äußere Erscheinung, sondern den Charakter, die Bedeutung der Person. Es ist leicht möglich, daß die Frau, die den Mann leiden läßt, der sie liebt, stets eine gute Seele war für jemanden, der sich nicht viel aus ihr machte – so wie die für Swann so grausame Odette jene zuvorkommende »Dame in Rosa« meines Großonkels Adolphe war –, oder daß die Person, auf deren Beschlüsse der Liebende sich mit gleich großer Furcht wie auf die einer Gottheit gefaßt macht, demjenigen, der sie nicht liebt, als belanglos und unbegrenzt willfährig erscheint, so wie mir die Geliebte Saint-Loups, in der ich nur jene »Rachel vom Herrn erhört« sah, die man mir so oft angeboten hatte. Ich erinnerte mich an meine Verblüffung, als ich sie zum erstenmal mit Saint-Loup zusammen gesehen hatte, an mein Erstaunen darüber, daß man sich quälen konnte, weil man nicht wußte, was eine solche Frau an dem und dem Abend getan hatte, was sie zu jemandem so leise gesagt haben mochte, warum sie es auf einen Bruch hatte ankommen lassen. Nun spürte ich, daß die Vergangenheit – nun aber diejenige Albertines –, auf die sich jede Faser meines Lebens, meines Herzens in fiebrigem und unbeholfenem Leiden richtete, Saint-Loup ebenso belanglos scheinen mußte und es eines Tages vielleicht auch für mich sein würde – daß ich vielleicht, was die Bedeutung oder die Belanglosigkeit von Albertines früherem Leben betraf, Schritt um Schritt von meinem jetzigen Geisteszustand zu demjenigen Saint-Loups übergehen würde; denn ich machte mir keine Illusionen darüber, was Saint-Loup denken mochte und was jeder andere als der Liebende denken mag. Und darunter litt ich nicht sehr. Überlassen wir die hübschen Frauen den phantasielosen Männern. Ich erinnerte mich an die tragische Erklärung so vieler Lebensgeschichten, die aus einem genialen, aber nicht ähnlichen Porträt spricht, wie aus demjenigen Odettes von Elstir, das weniger das Porträt einer Geliebten als ein Bild der entstellenden Liebe ist. Es fehlte hier nur, was viele Bildnisse zeigen: daß es zugleich von einem großen Maler und einem Liebenden stammt (man erzählte aber, Elstir sei Odettes Geliebter gewesen). Diese Unähnlichkeit spricht aus dem ganzen Leben eines Liebenden, dessen Leidenschaft niemand begreift, aus dem ganzen Leben eines Swann. Ist aber der Liebhaber dazu noch ein Maler wie Elstir, wird das Geheimwort ausgesprochen, und wir haben die Lippen vor uns, die man an dieser Frau nie bemerkt hat, die Nase, die niemand kannte, die unvermutete Haltung; das Porträt sagt: »Was ich geliebt habe, was mich leiden ließ, was ich immerzu sah, das ist es.«

Ich hatte versucht, in Rachel all das hineinzudenken, was Saint-Loup ihr von sich aus hinzugefügt hatte; nun bemühte ich mich umgekehrt, mir alles wegzudenken, was meine Gefühle in Albertines Bild eingetragen hatten, und sie mir so vorzustellen, wie sie Saint-Loup erscheinen mußte – so, wie mir Rachel erschienen war. Doch was bedeutet das? Würden wir diesen Unterschieden, auch wenn wir sie selber sähen, noch eine Bedeutung zuschreiben? Als mich Albertine damals in Balbec erwartete, unter den Arkaden von Incarville, und in meinen Wagen sprang, war sie noch nicht »voller« geworden, sie hatte sogar abgenommen, weil sie zuviel Sport trieb; sie ließ mich, schmächtig und durch einen häßlichen Hut verunziert, unter dem bloß die Spitze einer unschönen Nase und bleiche, an weiße Maden erinnernde Wangen von der Seite zu sehen waren, nicht viel von ihr wiedererkennen, und doch genug, daß ich bei ihrem Sprung in den Wagen wußte, daß sie es war, daß sie pünktlich gekommen, daß sie nicht anderswohin gegangen war. Und das genügt; was man liebt, liegt zu tief in der Vergangenheit, besteht zu sehr in der gemeinsam verlorenen Zeit, als daß man die ganze Frau brauchte; man will nur sicher sein, daß sie es ist, daß man sich nicht täuscht über ihre Identität, die für Liebende so viel wichtiger ist als die Schönheit; die Wangen können einfallen, der Körper kann abmagern – selbst den Männern, die sich einst in den Augen der andern am meisten darauf einbildeten, über eine Schönheit zu gebieten, genügt dieser Mundwinkel, dieses eine kleine Zeichen, in dem sich die fortdauernde Persönlichkeit einer Frau noch immer zusammenfaßt, dieser algebraische Auszug, diese Konstante: so daß ein Mann, der in der vornehmsten Gesellschaft erwartet wird (und sie auch liebte), über keinen seiner Abende verfügen kann, weil er seine Zeit damit verbringt, der geliebten Frau bis zur Schlafenszeit das Haar zu ordnen und wieder zu lösen oder auch einfach bei ihr zu bleiben, mit ihr zusammenzusein, oder weil sie mit ihm oder doch nicht mit anderen zusammensein soll.

»Bist du auch sicher«, fragte er mich, »daß ich dieser Frau so geradewegs dreißigtausend Francs für das Wahlkomitee ihres Gatten anbieten kann? Hat sie da gar keine Hemmungen? Wenn das wirklich stimmt, würden auch dreitausend genügen.« »Nein, bitte, denk nicht ans Sparen bei einer Sache, die mir so sehr am Herzen liegt. Du mußt ihr sagen, was ja auch teilweise stimmt: ›Mein Freund hatte einen Verwandten um diese dreißigtausend Francs für das Komitee des Onkels seiner Verlobten gebeten. Man hatte sie ihm auf Grund dieser Verlobung gegeben. Und er hat mich gebeten, sie Ihnen zu bringen, damit Albertine nichts davon wisse. Und da verläßt ihn jetzt Albertine. Er weiß nicht mehr, was er tun soll. Er muß die dreißigtausend Francs zurückgeben, wenn er Albertine nicht heiratet. Und wenn er sie heiratet, müßte sie wenigstens der Form halber unverzüglich zurückkommen, weil es sich gar zu schlecht ausnehmen würde, wenn sie noch länger ausbliebe.‹ Du meinst, das sei alles erfunden?« »Nein, nein«, sagte Saint-Loup, liebenswürdig und diskret, wie er war, und auch weil er wußte, daß die Umstände oft seltsamer sind, als man glaubt. Es war ja am Ende nicht ausgeschlossen, daß die Geschichte mit den dreißigtausend Francs zum großen Teil stimmte, wie ich ihm gesagt hatte. Nicht ausgeschlossen, aber nicht wahr, und gerade daß etwas Wahres daran sei, war eine Lüge. Doch Robert und ich belogen einander, wie es in allen Unterredungen geschieht, wo ein Freund ehrlich bestrebt ist, seinem Freund, der aus Liebe verzweifelt, zu helfen. Er kann – Rat, Stütze und Trost – die Not des andern beklagen, ohne sie nachzufühlen, und dient ihm um so besser, je mehr er lügt. Und der andere gesteht ihm, was zu seiner Hilfe notwendig ist, doch eben damit ihm geholfen wird, läßt er manches beiseite. Der Glückliche ist immerhin der, der sich Mühe gibt, eine Reise unternimmt, einen Auftrag ausführt, aber seelisch nicht leidet. Ich war in diesem Augenblick derjenige, der Robert in Doncières gewesen war, als er meinte, Rachel habe ihn verlassen. »Nun, wie du willst; wenn ich beschimpft werde, nehme ich es um deinetwillen im voraus hin. Und dieser unverblümte Handel kommt mir zwar etwas merkwürdig vor, aber ich weiß auch, daß es in unseren Kreisen überaus gottesfürchtige Herzoginnen gibt, die für dreißigtausend Francs schwierigere Dinge tun würden, als ihrer Nichte zu sagen, sie solle nicht in der Touraine bleiben. Auch freut es mich doppelt, dir einen Dienst zu erweisen, weil dich das dazu bringt, mich sehen zu wollen. Wenn ich heirate«, fügte er hinzu, »werden wir uns dann nicht öfter sehen? Wirst du dann nicht mein Haus ein wenig zu deinem machen? ...« Er brach plötzlich ab, weil ihm einfiel (so nahm ich damals an), daß Albertine, sollte ich meinerseits heiraten, für seine Frau nicht als Freundin in Frage käme. Und ich erinnerte mich, was mir die Cambremers von seiner wahrscheinlich bevorstehenden Heirat mit der Tochter des Prinzen von Guermantes erzählt hatten. Er schaute im Eisenbahnfahrplan nach und sah, daß er erst am Abend abreisen konnte. Françoise fragte mich: »Soll man das Bett von Mademoiselle Albertine aus dem Arbeitskabinett wegschaffen?« »Im Gegenteil«, sagte ich, »man soll es richten.« Ich hoffte, daß sie von einem Tag auf den andern zurückkäme, und Françoise sollte nicht einmal auf den Gedanken kommen, daß es da einen Zweifel gab. Es sollte so aussehen, als wäre Albertines Abreise zwischen uns vereinbart worden und bedeute keineswegs, daß sie mich nicht mehr liebte. Aber Françoise sah mich an mit einer Miene, die wenn nicht Ungläubigkeit, so doch Zweifel ausdrückte. Auch sie hatte ihre zwei Annahmen. Ihre Nasenflügel weiteten sich, sie witterte das Zerwürfnis, sie mußte es schon seit langem gespürt haben. Und wenn sie nicht ganz sicher war, dann vielleicht nur deshalb, weil sie wie ich Bedenken hatte, an das zu glauben, was sie am meisten gefreut hätte.

Saint-Loup konnte noch kaum abgereist sein, als ich im Vorraum auf Bloch stieß, den ich nicht hatte klingeln hören, so daß ich gezwungen war, mich einen Augenblick mit ihm zu unterhalten. Er hatte mich vor kurzem mit Albertine angetroffen (die er von Balbec her kannte), als sie gerade in schlechter Stimmung war. »Ich war bei Monsieur Bontemps zum Abendessen«, erzählte er mir, »und da ich auf ihn einen gewissen Einfluß habe, sagte ich ihm, es betrübe mich, daß seine Nichte dich nicht freundlicher behandle; er solle ihr doch in diesem Sinn zureden.« Ich war nahe daran, vor Wut zu ersticken; diese Klagen und Bitten machten alles zunichte, was Saint-Loup erreichen sollte, und brachten mich bei Albertine selbst ins Spiel wie einen Bittsteller. Zu allem Unglück war Françoise im Vorraum geblieben und hörte jedes Wort. Ich überhäufte Bloch mit Vorwürfen, sagte ihm, ich hätte ihm gar nichts Derartiges aufgetragen, und außerdem verhielte es sich überhaupt nicht so. Bloch hörte währenddessen nicht auf zu lächeln, wohl weniger aus Belustigung als aus Verlegenheit, weil er mir in die Quere gekommen war. Er lachte und gab sich erstaunt, daß er solchen Zorn erregt habe – vielleicht, um seinem taktlosen Verhalten in meinen Augen eine geringere Bedeutung zu geben, oder weil er ein nichtswürdiger Charakter war, der fröhlich und träge im Lügenbereich dahinschaukelte wie die Seequallen auf dem Wasser, oder weil auch dann, wenn er ein anderer Mensch gewesen wäre, niemand denselben Standpunkt einnehmen kann wie wir, um zu begreifen, welchen Schaden ein von ungefähr gesprochenes Wort für uns anrichten mag.

Ich verabschiedete ihn, ohne ein Mittel gegen seinen Mißgriff gefunden zu haben, und kaum war er fort, wurde wieder geklingelt, und Françoise brachte mir eine Vorladung des Polizeichefs. Von den Eltern des kleinen Mädchens, das ich für eine Stunde mit mir nach Hause genommen hatte, lag eine Anzeige wegen Verführung einer Minderjährigen vor. In bestimmten Augenblicken des Lebens entsteht eine Art von Schönheit aus der Vielfalt der auf uns eindringenden, wie Wagners Leitmotive ineinander verschränkten Ärgernisse und zugleich aus der Einsicht, daß das, was geschieht, nicht in der Gesamtheit der Bilder zu finden ist, die der armselige kleine Spiegel uns zeigt, den der Verstand vor sich herträgt und den er die Zukunft nennt – daß es vielmehr von außen kommt und so plötzlich auftaucht wie jemand, der gerade dazu kommt, wenn ein Verbrechen begangen wird. Schon für sich allein verändert sich ein Ereignis, sei es, daß der Mißerfolg es für uns vergrößert oder die Genugtuung es verkleinert. Aber es ist selten allein. Die Gefühle, die jedes von ihnen weckt, wirken einander entgegen, und auf dem Weg zum Polizeichef stellte ich fest, daß die Trauer zumindest vorübergehend ein Stück weit verdrängt werden kann durch die Furcht. Auf der

Wache fand ich die Eltern des Mädchens vor, die mich beschimpften und mir mit den Worten: »Auf so etwas lassen wir uns nicht ein« meine fünfhundert Francs zurückgaben, die ich nicht annehmen wollte, und der Polizeichef griff, um sich als leuchtendes Beispiel richterlicher Schlagfertigkeit hervorzutun, aus jedem Satz, den ich sagte, ein Wort heraus, das er mit einer geistreichen und belastenden Erwiderung bedachte. Von meiner tatsächlichen Unschuld war schon gar nicht die Rede; niemand wollte sie auch nur für einen Augenblick als Möglichkeit in Betracht ziehen. Weil jedoch der Nachweis meiner Schuld auf Schwierigkeiten stieß, kam ich mit einer Verwarnung davon, die äußerst scharf gehalten war, solange die Eltern noch da waren. Nachdem sie sich aber entfernt hatten, schlug der Polizeichef, der selbst etwas für kleine Mädchen übrig hatte, einen anderen Ton an und tadelte mich wie von gleich zu gleich: »Ein andermal machen Sie das geschickter. Teufel auch, wenn man eine so plötzlich aufgabelt, muß es ja schiefgehen. Außerdem finden Sie überall kleine Mädchen, bessere als die da, und viel weniger teuer. Der Betrag war unsinnig hoch.« Ich stand so sehr unter dem Eindruck, daß er mich nicht verstehen würde, wenn ich versuchte, ihm den wahren Sachverhalt zu erklären, daß ich von seiner Erlaubnis, mich zurückzuziehen, wortlos Gebrauch machte. Bis ich zu Hause war, sah ich in jedem Passanten einen Inspektor, der den Auftrag hatte, mein Verhalten zu überwachen. Doch dieses Leitmotiv verging so gut wie mein Zorn auf Bloch und ließ nur dem einen noch Raum, dem Verschwinden Albertines. Ihm aber gab nun die Abreise Saint-Loups eine beinahe fröhliche Wendung. Seitdem er es übernommen hatte, zu Madame Bontemps zu gehen, lastete die Angelegenheit nicht mehr auf meinem überforderten Geist, sondern auf Saint-Loup; ich war im Augenblick seiner Abreise sogar in gehobener Stimmung, weil ich eine Entscheidung getroffen hatte: »Ich habe blitzschnell reagiert.« Und mein Leiden hatte sich verflüchtigt. Ich meinte, das rühre daher, daß ich gehandelt hätte, ich meinte es wirklich, denn wir wissen ja nie, was sich in unserer Seele verbirgt. Was mich glücklich machte, war aber im Grunde nicht, wie ich meinte, daß ich meine Unentschlossenheit auf Saint-Loup abgewälzt hatte. Ich täuschte mich zwar nicht ganz; das besondere Heilmittel gegen einen unglücklichen Vorfall (und zu drei Vierteln sind die Vorfälle unglücklich) ist eine Entscheidung; denn sie vermag durch eine plötzliche Umstellung unseres Denkens den Fortgang der Überlegungen zu unterbrechen, die aus jenem Vorfall hervorgegangen sind und seine Schwingungen weitertragen, und kann ihm durch eine entgegengesetzte Gedankenfolge begegnen, die von außen herein, aus der Zukunft kommt. Diese neuen Gedanken sind aber hauptsächlich dann wohltätig für uns (und sie waren es jetzt für mich), wenn sie aus der Zukunft eine Hoffnung an uns herantragen. Was mich im Grunde so glücklich machte, war die heimliche Gewißheit, daß Saint-Loups Vorhaben nicht scheitern konnte und Albertine zurückkommen mußte. Das wurde mir klar; denn als ich am ersten Tag noch keine Nachricht von Saint-Loup erhielt, begann ich wieder zu leiden. Also war nicht der Entschluß, ihm alle Vollmacht zu geben, der Grund meiner Freude, die dann hätte fortdauern können, sondern jenes »Der Erfolg steht fest«, das ich gedacht hatte, wenn ich mir sagte: »Geschehe, was mag.« Und der Gedanke, den nun die Verzögerung weckte: daß auch etwas anderes eintreten konnte als der Erfolg, war mir so schrecklich, daß meine Freude verging. Tatsächlich ist es unser Vorausblick, unsere Hoffnung auf glückliche Ereignisse, die uns mit einer Freude erfüllt, der wir andere Gründe zuschreiben und die uns in Kummer und Sorge zurückfallen läßt, wenn wir nicht mehr so sicher sind, daß sich unser Wunsch erfüllen wird. Immer ist es ein verborgener Glaube, der das Gebäude unserer Empfindungswelt aufrecht erhält und ohne den es ins Wanken gerät. Wir haben erkannt, daß er für uns den Wert oder die Bedeutungslosigkeit der Menschen bestimmt, das Entzücken oder den Überdruß, mit dem wir sie sehen. Und er macht es uns möglich, ein Unglück zu ertragen, das uns einfach deshalb, weil wir überzeugt sind, daß es aufhören wird, nicht weiter schwer erscheint, oder er läßt es mit einemmal überhandnehmen bis zu dem Grad, daß uns die Gegenwart eines anderen ebensoviel und oft sogar mehr bedeutet als unser Leben. Etwas aber bewirkte, daß mein

Schmerz so durchdringend wurde, wie er tatsächlich nur in der ersten Minute und seither nicht mehr gewesen war: Ich las einen Satz in Albertines Brief wieder. Wir können einen Menschen noch so sehr lieben, der Schmerz, ihn zu verlieren, ist dann, wenn wir mit unserem Leiden allein sind und in einem gewissen Maß seine Form wählen können, erträglich und unterscheidet sich von jenem anderen, weniger menschlichen, weniger eigenen, der uns ebenso unerwartet trifft und seltsam erscheint wie eine Störung im moralischen Bereich und in der Gegend des Herzens – dessen Ursache weniger in dem Menschen selbst liegt als in der Weise, wie wir erfahren haben, daß wir ihn nicht mehr sehen werden. Ich konnte an Albertine denken und leise weinen, während ich mich damit abfand, daß ich sie an dem Abend so wenig wie am vorangegangenen sehen würde; aber wiederzulesen: »Mein Entschluß ist unwiderruflich«, das war etwas anderes, es war wie das Einnehmen eines gefährlichen Medikaments, das eine vielleicht tödliche Herzkrise herbeiführt. In den Dingen, in den Ereignissen, in den Scheidebriefen steckt eine eigentümliche Bedrohung, die den Schmerz, den ein Mensch uns antun kann, noch vermehrt und entstellt. Doch dieses Leiden war nicht von Dauer. Ich war mir trotz allem des Erfolgs, den Saint-Loups Geschicklichkeit haben würde, so gewiß, Albertines Rückkehr schien mir so sicher, daß ich mich fragte, ob es richtig gewesen war, sie zu wünschen. Trotzdem freute ich mich auf sie.[*]

Nun würde ich gleichzeitig mit den Automobilen die schönste Yacht kaufen, die es damals gab. Sie war zu haben, aber so teuer, daß sich kein Käufer fand. Außerdem würden die Unterhaltskosten, auch wenn unsere Kreuzfahrten nur vier Monate dauerten, jährlich mehr als zweihunderttausend Francs betragen. Wir würden mit einem Aufwand von mehr als einer halben Million im Jahr leben. Ob ich ihn länger als sieben oder acht Jahre bestreiten könnte? Aber wie immer – wenn mir nur noch eine Rente von fünfzigtausend Francs

[*] Der folgende Abschnitt (bis »nach meinem Tod«) steht nur in dieser Fassung; vgl. aber unten S. 297 (Anm.).

bliebe, könnte ich sie Albertine hinterlassen und mich umbringen. Diesen Entschluß faßte ich. Er bewirkte, daß ich an
mich dachte. Weil nun das Ich, solange es lebt, an eine Menge
von Dingen denkt, weil es das Denken dieser Dinge ist, findet
es in dem Augenblick, da es zufällig nicht sie vor sich hat,
sondern an sich selber denkt, nur einen leeren Apparat, einen
Gegenstand, den es nicht kennt und dem es, um ihn einigermaßen wirklich zu machen, die Erinnerung an ein Gesicht
hinzufügt, das es im Spiegel gesehen hat. Das also, dieses
komische Lächeln, dieser ungleichmäßige Schnurrbart, wird
von der Erdoberfläche verschwinden. Würde ich mich in fünf
Jahren umbringen, könnte ich nicht mehr an all die Dinge
denken, die unaufhörlich durch meinen Geist zogen. Ich wäre
nicht mehr auf der Erdoberfläche und käme nie wieder, mein
Denken stünde für immer still. Und mein Ich erschien mir
noch nichtiger, weil ich in ihm schon etwas sah, das nicht
mehr existierte. Wie könnte es schwierig sein, ihr, auf die
unser Denken ständig gerichtet ist (die wir lieben), dieses
andere Wesen zu opfern, an das wir nie denken: uns selbst? So
erschien mir der Gedanke an meinen Tod, gleich wie das Bild
meines Ichs, als etwas Seltsames; er war mir keineswegs unangenehm. Mit einemmal aber fand ich ihn furchtbar traurig;
denn mir war eingefallen, daß ich deshalb nicht über mehr
Geld verfügte, weil meine Eltern noch lebten, und ich dachte
an meine Mutter. Und ich ertrug die Vorstellung nicht, wie
sie leiden würde nach meinem Tod.

Ich hatte gemeint, die Polizei-Angelegenheit sei erledigt,
aber zu meinem Unglück mußte mir Françoise melden, daß
ein Inspektor gekommen war, um sich zu erkundigen, ob ich
oft junge Mädchen in unserer Wohnung hätte, und daß der
Pförtner im Glauben, Albertine sei gemeint, das bestätigt
hatte; nun wurde das Haus offenbar überwacht. Von jetzt an
könnte ich nie mehr ein kleines Mädchen kommen lassen, um
mich in meinem Kummer zu trösten, ohne daß zu meiner
Schande ein Inspektor auftauchte und das Mädchen mich für
einen Übeltäter hielt. Und gleichzeitig merkte ich, wie man
mehr, als man meint, für gewisse Träume lebt; denn durch die
Unmöglichkeit, je wieder ein kleines Mädchen auf den Knien

zu halten, schien mir das Leben für alle Zeit seinen Wert zu verlieren; außerdem aber begriff ich, warum es den Menschen leichtfällt, den Reichtum zu verschmähen und den Tod zu riskieren, wo man doch meint, Gewinnsucht und Todesfurcht beherrschten die Welt. Nur schon ein unbekanntes kleines Mädchen, das beim Erscheinen der Polizei schlecht von mir denken könnte, war eine so unerträgliche Vorstellung, daß ich mich lieber umgebracht hätte. Es war nicht möglich, die eine Bedrängnis mit der andern auch nur zu vergleichen! Es wird eben zu wenig bedacht, daß jemand, dem man Geld anbietet oder den man mit dem Tod bedroht, eine Geliebte oder auch einfach einen Freund haben kann, deren Achtung ihm wichtig ist, selbst wenn es ihm an Selbstachtung fehlt. Auf einmal aber schien mir – auf Grund eines Irrtums, den ich nicht bemerkte: Albertine war ja volljährig und konnte nicht nur bei mir wohnen, sondern auch meine Mätresse sein –, man könnte im Zusammenhang mit Albertine gleichfalls von »Verführung Minderjähriger« sprechen. So war mein Leben dann von allen Seiten abgeriegelt. Und bei dem Gedanken, daß ich mit ihr nicht keusch gelebt hatte, kam es mir vor, als entspreche die Strafe dafür, daß ich ein unbekanntes kleines Mädchen auf den Knien gehalten hatte, dem Verhältnis, das zwischen den menschlichen Züchtigungen beinahe immer besteht: Es gibt fast nie eine gerechte Verurteilung oder einen Justizirrtum, dafür aber eine Art Harmonie zwischen dem falschen Bild, das sich der Richter von einer unschuldigen Handlung macht, und den schuldhaften Tatbeständen, die ihm entgangen sind. Wenn ich mir aber vorstellte, daß mir Albertines Rückkehr eine schimpfliche Verurteilung eintragen könnte, die mich in ihren Augen herabsetzte und ihr selber vielleicht ein Unrecht zufügte, das sie mir nicht verzeihen würde, hoffte ich nicht mehr auf ihre Rückkehr, ich fürchtete mich davor. Ich hätte ihr telegraphieren mögen, sie solle nicht wiederkommen. Und sogleich überwältigte mich der leidenschaftliche Wunsch, sie möchte wiederkommen, und ließ alles andere versinken. Ich hatte an die Möglichkeit, ihr zu sagen, sie solle nicht kommen – an die Möglichkeit, ohne sie zu leben –, nur einen Augenblick denken müssen, und schon war ich bereit, alle Reisen, alle Vergnügungen, alle Arbeit zu opfern, damit Albertine zurück-kehrte!

Ach! Ich hatte voraussehen wollen, was aus meiner Liebe zu Albertine würde, da ich wußte, wie es mir mit Gilberte ergangen war – und wie völlig entgegengesetzt hatte sich diese Liebe entwickelt! Wie ganz unmöglich war es mir, ohne Albertine zu leben! Für jede Bewegung, noch für die geringfügigste, die zuvor aber in das Glücksgefühl ihrer Gegenwart getaucht gewesen war, mußte ich mit jedesmal neuer Anstrengung, neuem Schmerz die Lektion der Trennung lernen. Dann wieder drängten sich andere Lebensformen vor, und der neue Schmerz trat ins Dunkel zurück; und während ich darauf wartete, daß Saint-Loup mit Madame Bontemps sprechen konnte, fand ich in diesen ersten Tagen des Frühlings ein paar Augenblicke wohltuender Ruhe, wenn ich an Venedig und an unbekannte schöne Frauen dachte. Sowie ich das feststellte, fühlte ich einen panischen Schrecken. Die Ruhe, die ich verspürt hatte, war das erste Erscheinen jener großen, dann wieder versiegenden Kraft, die in mir mit dem Schmerz und mit der Liebe kämpfen und sie zuletzt überwinden würde. Für einen Augenblick hatte ich einen Vorgeschmack, eine erste Ankündigung dessen erhalten, was später für mich ein dauernder Zustand sein würde, ein Leben, in dem ich nicht mehr für Albertine leiden konnte, weil ich sie nicht mehr liebte. Und meine Liebe, die jetzt den einzigen Feind erkannt hatte, der sie besiegen konnte: das Vergessen, begann zu zittern wie ein Löwe, der in seinem Käfig auf einmal die Pythonschlange erblickt, die ihn verschlingen wird.

Ich dachte beständig an Albertine, und Françoise konnte mir, wenn sie ins Zimmer kam, nie schnell genug sagen: »Es sind keine Briefe gekommen«, um meiner Beklemmung ein Ende zu machen. Von Zeit zu Zeit gelang es mir indessen, wenn ich die eine oder andere Gedankenfolge durch meinen Kummer ziehen ließ, die verdorbene Luft in meinem Herzen ein wenig zu erneuern und aufzufrischen; am Abend aber war es, wenn ich einschlafen konnte, als wäre die Erinnerung an Albertine die Medizin, die mir dazu verhalf und durch das Nachlassen ihrer Wirkung mich wecken würde. Im Schlaf dachte ich unaufhörlich an Albertine. Es war ein Schlaf, den nur sie mir geben konnte und in dem ich auch nicht, wie im Wachen, die Freiheit hatte, an etwas anderes zu denken. Der Schlaf, die Erinnerung an sie, das waren die beiden Mittel, wie man sie uns für die Nacht einnehmen läßt. Dagegen litt ich, wenn ich erwacht war, von Tag zu Tag nicht etwa weniger, sondern mehr. Zwar tat das Vergessen sein Werk, doch es förderte eben damit die Idealisierung des Bilds, dem ich nachtrauerte, und ließ mein anfängliches Leiden mit anderen, verwandten Leiden, die es noch vermehrten, zusammenwachsen. Und jenes Bild war noch zu ertragen. Mußte ich aber unversehens an ihr Zimmer denken, wo ihr Bett leer blieb, an ihr Klavier, an ihr Automobil, verließ mich alle Kraft, ich schloß die Augen, ich ließ den Kopf auf die linke Schulter sinken wie jemand, der ohnmächtig wird. Das Geräusch der Türen tat mir fast ebenso weh, weil nicht sie es war, die sie öffnete. Wenn ein Telegramm von Saint-Loup da sein konnte, wagte ich nicht zu fragen: »Ist ein Telegramm gekommen?« Endlich kam eines, das aber bloß alles hinausschob; denn es lautete: »Die Damen sind für drei Tage verreist.«

Wenn ich die vier Tage, die seit ihrer Abreise schon vergangen waren, ertragen hatte, dann zweifellos deshalb, weil ich mir sagte: »Das ist nur eine Frage der Zeit, noch vor Ende der Woche wird sie zurück sein.« Diese Überlegung verhinderte aber nicht, daß die Aufgabe, die sich meinem Herzen, meinem Körper stellte, dieselbe war: ohne sie zu leben, nach Hause zu kommen und sie nicht zu finden, an der Tür ihres Zimmers vorbeizugehen – sie zu öffnen fand ich den Mut noch nicht – und zu wissen, daß sie nicht da war, ohne sie zu Bett zu gehen, ihr nicht gute Nacht zu sagen: mit all diesen Dingen in ihrer schrecklichen Gesamtheit mußte mein Herz fertig werden, und eben doch so, als sollte ich Albertine nicht mehr sehen. Daß es dies nun schon viermal getan hatte, bewies, daß es weiterhin damit fertig würde. Und vielleicht würde ich den Grund, der mir so weiterleben half – die baldige Rückkehr Albertines – bald nicht mehr brauchen (ich würde mir sagen können: »Sie kommt nie zurück.«), wie ein Verwundeter wieder gehen und auf seine Krücken verzichten kann. Gewiß

fand ich noch, wenn ich abends nach Hause kam, die endlose
Abfolge der Erinnerungen, die mir den Atem nahmen, mich
ersticken ließen in der Leere der Einsamkeit; ich mußte an all
die Abende denken, an denen Albertine auf mich wartete.
Aber ich fand auch schon die Erinnerung an den letzten, den
vorletzten, die beiden vorangehenden Abende, an diese vier
seit Albertines Weggang, als ich ohne sie war, allein war und
doch gelebt hatte, vier Abende schon, ein sehr dünnes Band
aus Erinnerungen, verglichen mit jenem anderen; aber jeder
Tag, der verging, konnte es wohl verstärken. Ich will hier nicht
von der Liebeserklärung berichten, die ich gerade jetzt von
einer Nichte der Herzogin von Guermantes erhielt, die als das
hübscheste Mädchen von Paris galt, und davon, daß der Herzog bei mir im Auftrag der Eltern vorsprach, die sich um des
Glücks ihrer Tochter willen mit der ungleichen Partie, mit
einer so unstandesgemäßen Heirat abfanden. Solche Zwischenfälle, die der Eigenliebe schmeicheln könnten, sind zu
schmerzlich, wenn man liebt. Man wünschte, und wäre doch
nicht so taktlos, sie der Frau mitzuteilen, die uns weniger
günstig beurteilt und davon im übrigen auch nicht abweichen
würde, wenn sie erführe, daß man ganz anderer Meinung über
uns sein kann. Was die Nichte des Herzogs mir schrieb, hätte
Albertine nur geärgert.

Vom Augenblick des Erwachens an, als ich meinen Kummer an der Stelle wieder aufnahm, wo ich ihn beim Einschlafen gelassen hatte, so wie ein Buch für eine Weile geschlossen
bleibt, und da er mich nun bis zum Abend begleiten würde,
sammelten sich alle Eindrücke, ob sie von außen oder von
innen kamen, stets nur um einen Gedanken, der Albertine
galt. Es klingelte: Das ist ein Brief von ihr, vielleicht ist sie es
selbst! Wenn ich mich wohl und nicht allzu unglücklich fühlte,
war ich nicht mehr eifersüchtig, war ihr nicht mehr böse und
hätte sie gern gleich wiedergesehen, sie umarmt, voller Freude
mein ganzes Leben mit ihr verbracht. Mir schien, als sei es ganz
einfach geworden, ihr zu telegraphieren: »Komm schnell«, als
hätte meine neue Stimmung nicht nur meine Absichten, sondern auch die Dinge außerhalb meiner selbst verändert und
leichter gemacht. Wenn ich in düsterer Stimmung war, lebte

mein ganzer Groll gegen sie wieder auf, ich hatte keine Lust mehr, sie zu umarmen; ich spürte, wie unmöglich es war, durch sie jemals glücklich zu werden, ich wollte ihr nur noch wehtun und sie daran hindern, den anderen zu gehören. Doch diese entgegengesetzten Stimmungen hatten dasselbe Ergebnis: Albertine mußte so schnell wie möglich zurückkommen. Wie sehr ich mich aber über ihre Rückkehr zuerst auch freuen würde, ich fühlte doch, daß die gleichen Schwierigkeiten bald wieder auftreten würden und daß es ebenso naiv war, das Glück in der Befriedigung des seelischen Verlangens zu suchen, wie den Horizont erreichen zu wollen, indem man auf ihn zugeht. Je stärker das Verlangen wird, um so weiter zieht sich der wahre Besitz zurück. Um das Glück zu finden oder wenigstens von Schmerzen frei zu werden, muß man nicht die Befriedigung des Verlangens anstreben, sondern seine Verminderung, sein Erlöschen. Man versucht zu sehen, was man liebt; man sollte versuchen, es nicht zu sehen; nur das Vergessen führt schließlich das Ende des Verlangens herbei. Und ich stelle mir vor, daß ein Schriftsteller, der solche Wahrheiten ausspräche, das Buch, in denen sie stünden, einer Frau widmete, um sich ihr so zu nähern, und ihr erklärte: »Dieses Buch gehört dir.« Und so würde er in dem Buch wohl Wahrheiten sagen, in seiner Widmung aber lügen; denn daran, daß das Buch dieser Frau gehöre, liegt ihm nur auf die gleiche Weise, wie ihm an einem Stein liegt, den er von ihr hat und der ihm nur so lange etwas bedeutet, als er sie liebt. Was uns mit einem anderen Menschen verbindet, existiert einzig in unserem Denken. Wenn die Erinnerung schwächer wird, löst es sich auf, und trotz der Illusion, durch die wir getäuscht werden möchten und durch die wir aus Liebe, aus Freundschaft, aus Höflichkeit, aus menschlicher Achtung, aus Pflicht die anderen täuschen, sind wir mit uns allein. Der Mensch ist das Wesen, das nicht aus sich heraus kann, das die anderen nur in sich selbst kennt und lügt, wenn es das Gegenteil sagt. Und davor, daß man mir das Bedürfnis nach ihr, die Liebe zu ihr, wenn man dazu imstande wäre, entzöge, hatte ich solche Angst, daß ich mir einredete, sie seien etwas Kostbares für mein Leben. Ohne Bezauberung, ohne Schmerz die Namen der Orte nennen zu hören, durch die der Zug in die Touraine fuhr, wäre mir als Verminderung meiner selbst erschienen, ganz einfach, weil es bewiesen hätte, daß mir Albertine gleichgültig wurde; ich sagte mir, es sei gut, daß ich mich unablässig fragte, was sie wohl eben jetzt tat, was sie sagte, was sie wollte, ob sie vorhätte, ja im Begriff sei, zurückzukommen; denn so hielte ich die Verbindungstür offen, die meine Liebe in mir erstellt hatte, und fühlte, wie das Leben einer anderen durch geöffnete Schleusen das Becken auffüllte, das nicht wieder austrocknen wollte. Da ich weiterhin nichts von Saint-Loup hörte, schob sich eine zweite Unruhe – die Erwartung eines Telegramms, einer telephonischen Nachricht – vor die erste, die Frage nach dem Erfolg, danach, ob Albertine zurückkommen würde. Auf jedes Geräusch zu horchen, das ein Telegramm ankündigen konnte, wurde mir so unerträglich, daß mir schien, was immer es brächte, die Ankunft dieses Telegramms, das jetzt das einzige war, woran ich dachte, würde meinem Leiden ein Ende machen. Doch als ich endlich ein Telegramm von Robert erhielt, in dem er mir mitteilte, er habe Madame Bontemps gesehen, er sei aber auch von Albertine trotz allen Vorsichtsmaßnahmen gesehen worden und das habe alles verdorben, geriet ich vor Wut und Verzweiflung außer mir; gerade das hatte ich ja vermeiden wollen. Wenn Albertine von Saint-Loups Reise wußte, so schloß sie daraus, daß mir an ihr lag, und das konnte nur verhindern, daß sie zurückkam; und mein Grauen vor dieser Bloßstellung war das einzige, was mir von dem Stolz noch blieb, den meine Liebe zu Gilbertes Zeit hatte und der nun verloren war. Ich verwünschte Robert und sagte mir dann, wenn dieser Versuch gescheitert sei, würde ich einen anderen unternehmen; da doch der Mensch auf die Außenwelt einwirken kann, wie sollte ich nicht mit List und Verstand, Eigennutz und Zuneigung durchsetzen, daß dieser schreckliche Zustand aufhörte: Albertines Abwesenheit? Man glaubt, man werde die Dinge um einen her nach seinen Wünschen verändern; man glaubt das, weil man keine andere glückliche Lösung sieht. An die häufigste und ebenfalls glückliche Lösung denkt man nicht: daß es uns nicht gelingt, die Dinge nach unserem Wunsch zu verändern, daß sich jedoch unser Wunsch allmählich verändert. Der Zustand, den wir zu ändern hofften, weil wir ihn nicht ertrugen, wird uns gleichgültig. Wir haben das Hindernis nicht überwinden können, wie wir unbedingt wollten, aber das Leben hat uns daran vorbei und weiter geführt, und wenn wir uns dann zu der fernen Vergangenheit zurückwenden, erkennen wir es kaum mehr, so wenig ist es noch sichtbar.

Ich hörte, wie eine Nachbarin im unteren Stockwerk Melodien aus ›Manon‹ spielte. Ich bezog die mir bekannten Worte auf Albertine und mich, und ein so tiefes Gefühl ergriff mich, daß mir die Tränen kamen. Es war die Stelle:

> »Der Vogel flieht, was er für Knechtschaft hält,
> doch ach, er kehrt zur Nacht
> verzweifelt wieder und pocht an die Fenster.«

Und Manons Tod:

> »Manon, antworte mir, du einzige Geliebte,
> ich habe heute erst dein reines Herz erkannt.«

Weil Manon zu Des Grieux zurückkommt, schien es mir nun, als sei ich für Albertine die einzige Liebe ihres Lebens. Hätte sie jedoch in diesem Augenblick die gleiche Melodie gehört, so hätte sie aller Wahrscheinlichkeit nach unter dem Namen Des Grieux nicht mich geliebt, und wäre ihr selbst der Gedanke an mich gekommen, so hätte die Erinnerung bei ihr keine Rührung aufkommen lassen; dabei entsprach diese Musik ihrer Geschmacksrichtung, auch wenn sie kunstvoller und feiner war. Ich aber fand nicht den Mut, mich dem süßen Gedanken zu überlassen, daß mich Albertine »du einziger Geliebter« nenne und ihren Irrtum über das, »was sie für Knechtschaft hielt«, erkannt habe. Ich wußte, daß man keinen Roman lesen kann, ohne der Heldin die Züge der Frau zu geben, die man liebt. Doch kann das Buch noch so glücklich enden, unsere Liebe ist dadurch um keinen Schritt weitergekommen, und wenn wir es schließen, dann liebt uns sie, die im Roman endlich zu uns zurückgekehrt ist, im Leben darum nicht mehr. Voller Zorn telegraphierte ich Saint-Loup, er solle so schnell wie möglich nach Paris kommen, damit es wenigstens nicht so aussähe, als beharrte er auch noch auf einem Vorstoß, der doch unbedingt hätte geheim bleiben sollen.*

Ich war überzeugt, daß Albertine nicht bei ihrer Tante war, sondern sich bei der Frau in der Konditorei versteckt hielt, wo wir kurz vor ihrer Abreise eingekehrt waren. Ich ging wieder dorthin, ich schmeichelte der Kuchenbäckerin mit Bezeugungen einer Sympathie, die ich in diesem Augenblick auch empfand, da sie so viel für mich tun konnte; ich bat sie um die Gunst, ihr ganzes Haus sehen zu dürfen. Sie ging darauf ein. Aber das Haus wurde renoviert, man ließ mich da und dort warten, um Ordnung zu machen, und so blieb Zeit genug, daß meine Freundin nach und nach das Zimmer wechseln konnte. In einem lag, wie die Frau mir sagte, ein krankes Mädchen, ihr Adoptivkind. Ich bestand darauf, einzutreten. »Nein, Sie würden sie wecken.« Schließlich ließ sie mich ein, sie küßte die Kleine, ohne sie zu wecken, auf die Stirn. Es war nicht Albertine. Doch gegenüber lag ein Zimmer mit geschlossenen Türvorhängen, das man nicht öffnete, weil kein Schlüssel da war; ich bat und flehte, ich anerbot mich, einen Schlosser kommen zu lassen. Umsonst; ich war überzeugt, daß hinter dem Vorhang Albertine stand.

Bevor aber Saint-Loup nach meiner Weisung zurückkam, erhielt ich von Albertine selber ein Telegramm: »Lieber Freund, Du hast Deinen Freund Saint-Loup zu meiner Tante geschickt; das war unsinnig. Wenn Du mich brauchtest, mein Lieber, warum hast Du nicht einfach mir geschrieben? Ich wäre nur zu gern zurückgekommen. Bitte unternimm keine solch törichten Vorstöße mehr.«

»Ich wäre nur zu gern zurückgekommen«! Wenn sie das sagte, so bereute sie also, daß sie fortgegangen war, und suchte nur einen Vorwand, um wiederzukommen. Dann mußte ich ja nur tun, was sie mir sagte – ihr schreiben, daß ich sie brauchte –, und sie würde zurückkommen. Ich würde sie wiedersehen, die Albertine von Balbec (denn das war sie für mich seit ihrem Weggang wieder geworden. Wie eine Mu-

---

* Auch der folgende Abschnitt (bis »Albertine stand«) findet sich nur in dieser Fassung. In dem Vorabdruck ›Précaution inutile‹ (in unserem Band: ›Nutzlose Vorsorge‹) fehlt dagegen die Episode in der Konditorei.

schel, die man nicht mehr beachtet, wenn sie immer auf der Kommode liegt, und an die man erst wieder denkt, wenn man sich von ihr getrennt hat, um sie zu verschenken, oder wenn man sie verloren hat, erinnerte sie mich an die heitere Schönheit der blauen Wellengebirge des Meers). Und nicht nur sie war ein imaginäres, und das heißt, ein begehrenswertes Wesen geworden, sondern auch das Leben mit ihr war ein imaginäres, das heißt ein von allen Schwierigkeiten befreites Leben geworden, so daß ich mir sagte: »Wie glücklich werden wir sein!« Da ich nun aber sicher sein konnte, daß sie zurückkam, sollte nicht der Eindruck entstehen, als hätte ich es besonders eilig; ich mußte im Gegenteil die ungute Wirkung von Saint-Loups Reise ausgleichen, von der ich später immer noch sagen konnte, der Freund habe sie von sich aus unternommen, weil er unsere Heirat stets befürwortet hatte. Indessen las ich ihren Brief noch einmal und war doch enttäuscht zu sehen, daß ein Brief so wenig von einer Person enthält. Die Schriftzüge drücken gewiß unsere Gedanken aus, ebenso wie die Gesichtszüge; wir haben immer einen Gedanken vor uns. In der Person tritt er uns aber doch erst auf dem Gesicht entgegen, wenn er darin aufgeblüht ist, sich entfaltet hat wie eine Seerose. Das verändert ihn einigermaßen. Und zum Teil mögen unsere beständigen Enttäuschungen in der Liebe von den Abweichungen herrühren, die uns bei jeder Begegnung mit dem Idealwesen, das wir lieben, eine Person aus Fleisch und Blut zeigt, die schon nicht mehr viel von unserem Traum enthält. Und wenn wir uns dann von ihr etwas wünschen, bekommen wir einen Brief, wo auch von der Person nur noch wenig übrigbleibt, so wie aus den Buchstaben der Algebra die arithmetischen Zahlen verschwunden sind, die ihrerseits von den zusammengerechneten Früchten oder Blumen nichts mehr erkennen lassen. Und doch übersetzen vielleicht die Buchstaben von »Liebe«, »geliebt werden«, wie unbefriedigend es auch sei, vom einen zum anderen überzugehen, die gleiche Wirklichkeit; denn der Brief scheint uns ja nur dann ungenügend, wenn wir ihn lesen, während wir Blut schwitzen, solange er ausbleibt, und er vermag uns immerhin zu beruhigen, wenn er auch mit seinen kleinen schwarzen Zeichen unser Verlangen nicht stillt, das hier einen bloßen Ersatz für ein Wort, ein Lächeln, einen Kuß und nicht diese Dinge selbst zu spüren bekommt.* Außerdem fand ich den Brief jedesmal, wenn ich ihn las, wieder anders. Ich hatte ihn als enttäuschend in Erinnerung und war nun von Worten bezaubert, die mir nicht aufgefallen waren. Und die Zuversicht, die mir diesmal zurückblieb, verflüchtigte sich, wenn ich ihn von neuem las. So nehmen alle Dinge verschiedene Farben an, je nachdem, ob die Morgenröte oder das Herdfeuer oder der violette Lampenschirm des Sturms oder das matte Kristallgehänge der Regenflut sie beleuchtet. Ich schrieb an Albertine:

»Liebe Freundin, ich wollte Dir gerade schreiben und danke Dir jetzt dafür, daß Du sagst, Du wärest gleich gekommen, wenn ich Dich gebraucht hätte. Es ist schön von Dir, Deine Verbundenheit mit einem langjährigen Freund auf so hochstehende Weise aufzufassen; meine Achtung vor Dir kann dadurch nur steigen. Aber nicht doch, ich hatte Dich nicht darum gebeten und werde Dich nicht darum bitten; uns wiederzusehen, wäre – wenigstens noch auf lange Zeit hinaus – für eine fühllose junge Person wie Dich zwar nicht schmerzlich, für mich aber, der Dir oft so gleichgültig schien, wäre es das sehr. Das Leben hat uns getrennt. Du hast eine Entscheidung getroffen, die ich für sehr klug halte; Du hast den Augenblick dafür selbst gewählt, und mit einem erstaunlichen Vorgefühl; denn Du bist fortgegangen, als ich soeben die Einwilligung meiner Mutter erhalten hatte und Dich um Deine Hand bitten konnte. Das hätte ich Dir an dem Morgen gesagt, als ich ihren Brief (zugleich mit dem Deinen!) bekommen hatte. Du hättest vielleicht gefürchtet, mir wehzutun, wenn Du daraufhin weggegangen wärest. Und vielleicht hätten wir uns für das ganze Leben verbunden, und das hätte unser Unglück sein können. Wenn es so hätte kommen müssen, dann segne ich Deine Klugheit. Aller Gewinn, den wir aus ihr ziehen, würde verlorengehen, wenn wir uns wiedersähen. Gewiß wäre das eine Versuchung für mich. Aber es ist kein großes Verdienst dabei, daß ich ihr widerstehe. Du weißt, wie unbeständig ich bin

---

* Die Sätze von »Außerdem« bis »beleuchtet« nur in dieser Fassung.

und wie leicht ich vergesse. So bin ich nicht sehr zu bedauern. Du hast mir oft gesagt, ich sei vor allem ein Gewohnheitsmensch. Die Gewohnheiten, die ich jetzt annehme, sind noch nicht sehr stark. In diesem Augenblick sind natürlich jene andern noch stärker, die ich mit Dir zusammen hatte und die durch Dein Fortgehen gestört worden sind. Sie werden es nicht lange bleiben. Eben deshalb hatte ich diese paar letzten Tage nutzen wollen, da für mich ein Wiedersehen noch nicht das gewesen wäre, was es in zwei Wochen sein würde, vielleicht schon früher – verzeih meine Offenheit: eine Störung; die Tage vor dem endgültigen Vergessen habe ich nutzen wollen, um mit Dir die kleinen materiellen Fragen zu regeln, in denen Du, liebe und gute Freundin, dem Mann, der sich fünf Minuten lang für Deinen Verlobten gehalten hat, einen Dienst leisten könntest. Da ich an der Zustimmung meiner Mutter nicht zweifelte und andererseits wünschte, daß jeder von uns all die Freiheit habe, die Du mir so hingebungsvoll aufgeopfert hast – ein Opfer, das wohl für ein gemeinsames Leben von ein paar Wochen zu verantworten war, das aber Dir wie mir unerträglich geworden wäre, wenn wir nun unser ganzes Leben zusammen verbringen sollten (es tut mir, da ich dies schreibe, fast weh, daran zu denken, daß es so hätte sein können, daß nur ein paar Sekunden gefehlt haben) –, wollte ich diesem Leben eine möglichst große Unabhängigkeit geben; angefangen damit, daß ich Dir jene Yacht geschenkt hätte, mit der Du ausfahren konntest, während ich Dich, durch mein Leiden behindert, am Hafen erwartete; ich hatte an Elstir geschrieben, um mich von ihm beraten zu lassen, da sein Geschmack Dir zusagt. Und für das Festland solltest Du ein Automobil ganz allein für Dich haben, mit dem Du ausfahren und nach Lust und Laune auf Reisen gehen konntest. Die Yacht war schon fast bereit, sie heißt, wie Du es Dir in Balbec gewünscht hattest, ›Der Schwan‹. Und weil ich mich erinnerte, daß Du den Rolls allen anderen Wagen vorzogst, hatte ich einen bestellt. Da wir uns nun nie mehr sehen werden und ich nicht hoffen kann, daß Du die Yacht oder den Wagen von mir annehmen würdest – da sie also nutzlos geworden sind (ich selbst habe keine Verwendung für sie), habe ich mir gedacht, Du könntest sie vielleicht abbestellen, denn ich hatte sie bei einem Mittelsmann, aber auf Deinen Namen bestellt, und Du würdest mir so diese nutzlosen Anschaffungen ersparen. Doch über all das und über manch anderes hätten wir miteinander sprechen müssen. Und solange ich noch damit rechnen muß, daß ich mich wieder in Dich verlieben könnte, was nicht mehr lange der Fall sein wird, wäre es doch wohl Wahnsinn, uns wegen eines Segelboots und eines Rolls Royce zu sehen und so Dein Glück aufs Spiel zu setzen – da Du ja annimmst, es bestehe darin, ohne mich zu leben. Nein, es ist besser, ich behalte den Rolls und sogar die Yacht. Und da ich sie nicht benutzen werde, die eine also vermutlich für immer im Hafen bleiben wird, verankert und abgetakelt, und der andere in der Garage, lasse ich auf den … der Yacht (ich traue mich nicht, eine falsche Bezeichnung für einen Schiffsteil hinzusetzen und eine Ketzerei zu begehen, die Dich schockieren würde) die Verse Mallarmés eingravieren, die Dir gefielen – Du erinnerst Dich, es ist das Gedicht, das mit ›Le vierge, le vivace et le bel aujourd'hui‹ beginnt. Ach, unser Heute ist nicht mehr jungfräulich und nicht mehr schön. Aber die Menschen, die wie ich gewiß sind, daß sie daraus schon sehr bald ein erträgliches Morgen machen werden, sind wohl selbst kaum erträglich. Zu dem Rolls hätten eher jene anderen Verse desselben Dichters gepaßt, von denen Du sagtest, Du verstündest sie nicht: ›Sag, ich könne nicht fröhlich sein,/ Donnerhall und Rubin an den Naben / zu sehen, wie in durchflammter Luft / im Kreis verstreuter Königreiche / das Rad purpurn zu sterben scheint / an meinem einen abendlichen Wagen.‹[*] Lebwohl für immer, meine liebe Albertine, und sei für die schöne Fahrt noch einmal bedankt, die wir am Tag vor unserer Trennung unternahmen. Das ist für mich eine gute Erinnerung.

P. S. Ich will auf das gar nicht eingehen, was Du mir schreibst: Saint-Loup (von dem ich mir nicht denken kann, daß er sich in der Touraine aufhält) habe Deiner Tante irgend-

---

[*] Proust zitiert aus dem Gedächtnis die Terzette des Sonetts ›M'introduire dans ton histoire‹ von Stéphane Mallarmé.

welche Vorschläge gemacht. Das ist Sherlock Holmes. Wofür hältst Du mich?«

So wie ich Albertine einst sagte: »Ich liebe dich nicht«, damit sie mich liebe, »Ich kann mich nicht an Leute erinnern, die ich nicht sehe«, damit sie mich möglichst oft sehen wolle, »Ich bin entschlossen, mich von dir zu trennen«, damit nicht sie an eine Trennung denke, schrieb ich ihr jetzt: »Lebwohl für immer«, weil ich unbedingt wollte, daß sie innerhalb einer Woche zurückkomme, »Ich hielte es für gefährlich, dich zu sehen«, weil ich sie sehen wollte, »Du hattest recht, wir wären unglücklich miteinander«, weil mir ein Leben ohne sie schlimmer schien als der Tod. Ach, als ich diesen verlogenen Brief schrieb, um mir den Anschein zu geben, als liege mir nichts an ihr (der einzige Stolz, der mir von meiner Liebe zu Gilberte in meiner Liebe zu Albertine blieb), und auch um Dinge zu sagen, die mich weich stimmten, aber nicht sie, hätte ich voraussehen müssen, daß ihre Antwort das, was ich sagte, bestätigen könnte, also ablehnend sein würde, und daß dies sogar wahrscheinlich war; denn wäre Albertine auch weniger intelligent gewesen, als sie tatsächlich war, sie hätte mir nicht einen Augenblick geglaubt. Ganz unabhängig von den Absichten, die ich in dem Brief kundtat, und abgesehen davon, daß er auf Saint-Loups Vorstoß folgte, mußte ihr schon die bloße Tatsache, daß ich ihn schrieb, beweisen, daß ich ihre Rückkehr herbeiwünschte, und ihr nahelegen, mich weiterhin am Angelhaken zappeln zu lassen. Hätte ich aber die Möglichkeit einer ablehnenden Antwort einmal erkannt, dann hätte ich weiter voraussehen müssen, daß auf diese Antwort hin meine Liebe zu Albertine sogleich aufs heftigste wieder aufgelebt wäre. Und ich hätte mich, bevor ich meinen Brief abschickte, fragen müssen, ob ich in dem Fall, daß sie mir in demselben Ton antworten würde und nicht zurückkommen wollte, meinen Schmerz bezwingen und fähig sein würde zu schweigen, ihr nicht zu telegraphieren: »Komm zurück«, oder wieder jemanden auszusenden – was ihr, nachdem ich ihr geschrieben hatte, wir würden uns nie mehr sehen, mit der letzten Deutlichkeit zeigen mußte, daß ich nicht ohne sie sein konnte; sie würde mir dann noch energischer absagen, ich würde meine Angst nicht mehr aushalten, ihr nachreisen und vielleicht nicht einmal vorgelassen werden. Und das wäre dann nach drei unsäglichen Mißgriffen der schlimmste von allen; danach würde mir nichts mehr übrigbleiben, als mich vor ihrem Haus zu erschießen. Aber das heillose Muster, nach dem das psychopathologische Universum eingerichtet ist, will es so haben, daß eben der Mißgriff, die Handlung, die man in jedem Fall unterlassen sollte, genau das ist, was uns beruhigen kann, was bis zu dem Augenblick, da wir das Ergebnis kennen, neue Hoffnungen vor uns auftut und uns für kurze Zeit von dem unerträglichen Schmerz befreit, den die Verweigerung in uns erzeugt hat. Und so stürzen wir uns, wenn der Schmerz zu groß ist, in das falsche Verhalten, das darin besteht, Briefe zu schreiben, durch jemanden bitten zu lassen, hinzufahren – zu beweisen, daß man nicht leben kann ohne die Frau, die man liebt.

Doch ich sah nichts von all dem voraus. Ich meinte im Gegenteil, mein Brief könne nur bewirken, daß Albertine unverzüglich zurückkam. Und der Gedanke an diesen Erfolg gab mir beim Schreiben ein köstliches Gefühl. Aber ich weinte auch immerzu, während ich schrieb, ein wenig wie damals, als ich ihr einen Abschied vorgespielt hatte; denn ich stellte mir unter den Worten das vor, was sie ausdrückten, obschon sie das Gegenteil meinten und logen, um aus Stolz meine Liebe nicht einzugestehen; sie trugen in sich selbst ihre Wehmut. Doch außerdem ahnte ich auch, daß an dem, was sie sagten, etwas Wahres sei.* Die Zeit vergeht, und alles Erlogene wird nach und nach wahr; mit Gilberte hatte ich das nur zu gründlich erfahren. Die Gleichgültigkeit, die ich vorgetäuscht hatte, während ich noch vor mich hin schluchzte, stellte sich schließlich ein; was ich Gilberte mit einer unaufrichtigen Formel erklärt hatte – daß uns das Leben getrennt habe –, wurde nachträglich wahr. Ich erinnerte mich, ich sagte mir: »Wenn Albertine ein paar Monate vorübergehen läßt, werden meine Lügen wahr werden. Und da nun das Schlimmste

---

* Der Rest des Abschnitts (bis »verblassen wird«) folgt in der ›Pléiade‹-Fassung an späterer Stelle (unten S. 292).

vorüber ist, muß ich nicht wünschen, daß sie diesen Monat verstreichen läßt? Wenn sie zurückkommt, werde ich auf das wahre Leben verzichten, das ich jetzt freilich noch nicht zu genießen vermag, das aber mit der Zeit beginnen kann, mir seine Reize zu zeigen, während die Erinnerung an Albertine verblassen wird.«

Da ich am Erfolg meines Briefs nicht zweifelte, reute es mich, daß ich ihn abgeschickt hatte. Wenn ich mir Albertines Rückkehr vorstellte, die alles in allem ja leicht zu erreichen war, kamen mir plötzlich die Gründe, die gegen unsere Heirat sprachen, so eindringlich wie nur je zu Bewußtsein. Ich hoffte, sie werde sich weigern wiederzukommen. Ich überlegte gerade, daß von ihrer Weigerung meine Freiheit, meine ganze Zukunft abhing, daß ich eine Dummheit gemacht hatte, als ich ihr schrieb, daß ich meinen Brief hätte zurückziehen sollen, der leider schon fort war; da brachte mir Françoise zugleich mit der Zeitung auch den Brief wieder. Sie wußte nicht, wie sie ihn frankieren sollte. Aber sogleich besann ich mich anders: Ich wünschte, daß Albertine nicht zurückkäme, aber ich wollte, daß die Entscheidung von ihr ausging und mich von meiner Angst befreite; ich würde Françoise den Brief wieder geben.

Ich schlug die Zeitung auf. Sie meldete den Tod der Berma. Das erinnerte mich daran, daß ich ›Phädra‹ auf zwei verschiedene Arten erlebt hatte, und auf eine dritte Weise dachte ich jetzt an die Szene ihres Geständnisses. Mir kam es so vor, als spräche das, was ich für mich selber so oft rezitiert und im Theater gehört hatte, die Gesetze aus, die ich in meinem Leben erproben mußte. Es gibt Dinge in unserer Seele, von denen wir nicht wissen, wieviel sie uns bedeuten. Entweder leben wir ohne sie, weil wir aus Furcht, zu scheitern oder zu leiden, es Tag für Tag aufschieben, von ihnen Besitz zu nehmen. So war es mir mit Gilberte ergangen, als ich auf sie zu verzichten glaubte. Bis wir uns ganz von diesen Dingen gelöst haben, weit über die Zeit hinaus, da wir glaubten, uns von ihnen gelöst zu haben – wenn zum Beispiel das Mädchen eine Verlobung eingeht –, beherrscht uns ein Wahn, wir können das Leben nicht mehr ertragen, das uns so schwermütig still erschien. Oder wir haben, was wir wollten, und nun meinen wir, es belaste uns, wir würden es gerne los sein; so war es mir mit Albertine ergangen; wenn uns aber das, was uns gleichgültig war, entzogen wird – sich entzieht –, können wir nicht mehr leben. Führt nun nicht das Thema der ›Phädra‹ diese beiden Fälle zusammen? Hippolyt wird reisen. Bisher hat sich Phädra seine feindliche Haltung gefallen lassen, vom Gewissen ermahnt, wie sie sagt (oder der Dichter sie sagen läßt), doch eher weil sie nicht sieht, was sonst daraus würde, und weil sie spürt, daß er sie nicht liebt. Nun widersteht sie nicht mehr. Sie entschließt sich, ihm ihre Liebe zu gestehen, und diese Szene hatte ich so oft für mich rezitiert:

»Man sagt, o Herr, du willst uns schnell verlassen.«

Die Nachricht von Hippolyts Abreise könnte man für einen nebensächlichen Grund halten, verglichen mit dem Gerücht vom Tod des Theseus. Und auch wenn Phädra etwas später vorgibt, sie sei falsch verstanden worden:

»Bewahrt ich meine Ehre denn so wenig?«

kann man das darauf beziehen, daß Hippolyt ihr Geständnis zurückgewiesen hat:

»Vergissest du,
Daß Theseus dein Gemahl, daß er mein Vater?«

Aber hätte er sich nicht entrüstet, so konnte Phädra angesichts des Glücks, das sie dann erlangt hätte, immer noch das Gefühl haben, es sei nicht viel wert. Doch sowie sie sieht, daß Hippolyt glaubt, er habe sie falsch verstanden, und sich entschuldigt, will sie – ebenso wie ich, als ich Françoise meinen Brief wieder geben wollte –, daß die Weigerung von ihm komme; bis zum Äußersten wagt sie ihr Glück:

»Grausamer, du verstandst mich nur zu gut.«

Und selbst das harte Verhalten Swanns gegen Odette, von dem man mir erzählt hatte, und mein eigenes gegen Albertine, ein Verhalten, das an die Stelle der früheren Liebe eine andere setzt, die aus Wehgefühl, Sentimentalität und Drang nach

Gefühlsäußerungen besteht und nur eine Variante der ersten ist, fehlt nicht in dieser Szene:

> »Du haßtest
> Mich desto mehr, ich – liebte dich nicht minder,
> Und neue Reize nur gab dir dein Unglück.«[*]

Daß Phädras wichtigste Sorge nicht die Bewahrung ihrer Ehre ist, wird dadurch bewiesen, daß sie Hippolyt verzeihen und sich von Œnones Ratschlägen freimachen würde, wenn sie nicht eben jetzt erführe, daß Hippolyt Aricia liebt. Soviel lauter redet die Eifersucht, die in der Liebe jedes Glück schwinden läßt, als die Gefahr für den guten Ruf. Jetzt läßt sie Œnone (die nichts anderes ist als der schlechteste Teil ihrer selbst) Hippolyt verleumden, ohne daß sie sich »bemüht, ihn zu verteidigen«, und damit liefert sie den, der nichts von ihr wissen will, einem jammervollen Schicksal aus, das sie selber keineswegs trösten wird; ihr freiwilliger Tod folgt ja ohne Verzug dem Untergang Hippolyts. Wenn ich von den »jansenistischen« Gewissensbissen, wie Bergotte sie genannt hätte, absah, die Racine der Phädra zuschreibt, um ihre Schuld zu mildern, erschien mir diese Szene wie eine Voraussage meiner eigenen Liebeserfahrungen. Dabei hatten diese Überlegungen an meinem Entschluß nichts geändert; ich gab Françoise meinen Brief wieder, damit sie ihn endlich zur Post bringe, und um bei Albertine doch den Versuch gemacht zu haben, der mir unerläßlich schien, seit ich wußte, daß er nicht unternommen worden war. Wir haben natürlich Unrecht zu meinen, es sei nicht so wichtig, daß unsere Wünsche erfüllt würden; denn sobald wir an ihrer Erfüllung zweifeln, werden sie uns wieder wichtig, und daß es sich nicht gelohnt habe, sie durchzusetzen, glauben wir erst, wenn wir wissen, daß uns das gelungen ist. Aber wir haben auch Recht. Wenn uns das Glück, die Erfüllung unserer Wünsche erst unwichtig scheinen, wenn sie uns sicher sind, bleiben sie doch etwas Ungewisses, das nur Kummer hervorbringen kann. Und der Kummer wird um so größer sein, je vollständiger sich unsere Wünsche erfüllt ha-

---

[*] Hier nach Schillers Übertragung zitiert.

ben, und ist um so schwerer zu ertragen, wenn das Glück entgegen dem Naturgesetz über einige Zeit hin fortgedauert und die Weihe der Gewohnheit empfangen hat.

Noch in einem anderen Sinn trägt beides – daß ich meinen Brief abschicken wollte und daß ich es bereute, ihn abgeschickt zu haben – seine Wahrheit in sich. Einerseits ist es nur zu verständlich, daß wir unserem Glück, oder unserem Unglück, nachjagen und daß wir gleichzeitig durch die neue Maßnahme, die nun ihre ersten Folgen zeitigen wird, eine Erwartung erzeugen, die uns nicht der völligen Verzweiflung überläßt; daß wir also versuchen, das Übel, das uns quält, in andere Formen überzuführen, von denen wir meinen, sie würden uns weniger schmerzen. Doch das entgegengesetzte Verhalten ist nicht weniger wichtig; denn da es aus dem Glauben an den Erfolg unseres Unternehmens entspringt, ist es bloß der vorweggenommene Anfang der Enttäuschung, die wir empfinden würden, wenn wir unseren Wunsch erfüllt sähen, des Bedauerns darüber, daß wir uns diese Form des Glücks auf Kosten der anderen, die uns nun verwehrt sind, gesichert haben. Sowie mein Brief fort war, stand Albertines Rückkehr für mich wieder unmittelbar bevor. Sie ließ in mir freilich auch Bilder aufsteigen, die durch ihre Reize die Gefahren dieses Neubeginns aufwiegen konnten. Die seit langem entbehrte Freude, sie um mich zu haben, berauschte mich.* Das heißt nicht, das Vergessen habe sein Werk nicht auch schon begonnen. Doch das Vergessen wirkte sich eben darin aus, daß ich mich an manch Unerfreuliches nicht mehr erinnerte, an langweilige Stunden, die ich mit Albertine verbracht hatte und die nun kein Grund mehr waren, sie wegzuwünschen wie damals, als sie noch da war; es gab mir ein allgemeineres und durch Erfahrungen, die ich in der Liebe zu anderen Frauen gemacht hatte, verschöntes Bild von ihr. Auf diese besondere Weise ließ mich das Vergessen, das mich doch an die Trennung gewöhnen wollte, Albertines Rückkehr um so mehr wünschen, da sie mir nun begehrenswerter und schöner erschien.

* Hier folgt in der Buchausgabe der mit »Die Zeit vergeht« beginnende Passus (oben S. 288).

Seit Albertine fortgegangen war, klingelte ich oft – wenn mir schien, man könne nicht sehen, daß ich geweint hatte – nach Françoise und sagte zu ihr: »Man muß nachsehen, ob Mademoiselle Albertine nichts vergessen hat. Räumen Sie ihr Zimmer auf, damit alles in Ordnung ist, wenn sie zurückkommt.« Oder einfach: »Letzthin, ja richtig, gerade am Tag vor ihrer Abreise sagte mir Mademoiselle Albertine ...« Ich wollte die widerwärtige Freude, die Albertines Weggang ihr machte, verringern, indem ich andeutete, er sei nicht von Dauer. Ich wollte Françoise auch zeigen, daß ich mich nicht scheute, von dieser Abreise zu sprechen, ich wollte sie ihr – so wie gewisse Generäle von einem geplanten strategischen Rückzug sprechen, wenn sie zurückweichen müssen – als gewollte Maßregel darstellen, deren Zweck ich zur Zeit noch für mich behielte, und nicht als das Ende meiner Beziehung zu Albertine. Und schließlich wollte ich dadurch, daß ich sie fortwährend erwähnte, etwas von ihr wie ein wenig frische Luft in das leer gebliebene Zimmer einlassen, in dem ich nicht mehr atmen konnte. Man versucht, die Ausmaße seines Schmerzes zu vermindern, indem man ihn einordnet in die Alltagssprache, zwischen das Bestellen eines Anzugs und die Weisungen für das Abendessen.

Beim Aufräumen von Albertines Zimmer öffnete Françoise in ihrer Neugier die Schublade eines Tischchens aus Rosenholz, in der meine Freundin die persönlichen Dinge versorgte, die sie zum Schlafen abgelegt hatte. »Oh, Monsieur, Mademoiselle Albertine hat ihre Ringe vergessen, sie sind in der Schublade geblieben.« Zuerst wollte ich antworten: »Man muß sie ihr nachschicken.« Aber das hätte so gewirkt, als sei ich nicht sicher, daß sie zurückkäme. »Schön«, sagte ich nach einem Augenblick, »das lohnt nicht die Mühe für die kurze Zeit, die sie noch fort ist. Sie können sie mir geben, ich kümmere mich darum.« Françoise übergab sie mir etwas mißtrauisch. Sie verabscheute Albertine, mich aber schätzte sie nach sich selbst ein und fand, man könne mir einen Brief von der Hand meiner Freundin nicht geben, ohne fürchten zu müssen, daß ich ihn öffnete. Ich nahm die Ringe. »Monsieur muß achtgeben, daß sie nicht verlorengehen«, sagte Françoise,

»das sind wirklich sehr schöne Ringe. Ich weiß nicht, wer sie ihr geschenkt hat, Monsieur selbst oder ein anderer, aber man sieht, daß es jemand mit viel Geld und einem guten Geschmack war.« »Ich war es nicht«, erwiderte ich, »und außerdem kommen die beiden nicht von derselben Person, den einen hat sie von ihrer Tante erhalten, und den anderen hat sie gekauft.« »Nicht von derselben Person!« rief Françoise. »Monsieur macht wohl Spaß, sie sind doch ganz gleich bis auf den Rubin, den man bei dem einen noch dazugetan hat, auf allen beiden ist der gleiche Adler, und inwendig stehen die gleichen Anfangsbuchstaben ...« Ich weiß nicht, ob Françoise merkte, wie weh sie mir tat, aber auf ihrem Gesicht erschien ein Lächeln, das nicht mehr verging. »Wieso der gleiche Adler? Auf dem Ring ohne Rubin ist allerdings ein Adler, in den anderen ist aber eine Art Menschenkopf eingeschnitten.« »Ein Menschenkopf! Wo sieht Monsieur einen Menschenkopf? Nur schon mit meinem Lorgnon habe ich sofort sehen können, daß hier der eine Adlerflügel ist, und wenn Monsieur seine Lupe nimmt, sieht er den anderen Flügel auf der anderen Seite und in der Mitte den Kopf und den Schnabel. Man sieht jede Feder. Ah! Das ist eine schöne Arbeit.« In meinem angstvollen Drang, zu erfahren, ob Albertine mich belogen hatte, dachte ich nicht daran, daß ich gegenüber Françoise ein wenig Würde bewahren und sie um das boshafte Vergnügen bringen sollte, mich zu quälen oder doch meiner Freundin zu schaden. Ich rang nach Luft, während Françoise meine Lupe holte, ich nahm sie und ließ mir von Françoise den Adler auf dem Rubinring zeigen; ohne Mühe erkannte ich nun die Flügel, die in gleicher Weise stilisiert waren wie auf dem anderen Ring, das Relief jeder Feder, den Kopf. Sie machte mich auch auf Inschriften aufmerksam, die sich glichen, zu denen aber auf dem Rubinring noch andere hinzukamen. Auf der Innenseite trugen beide die Initialen Albertines. »Das wundert mich aber, daß Monsieur erst jetzt sieht, daß das ein gleicher Ring ist. Man muß gar nicht genau hinschauen, so merkt man die gleiche Arbeit, die gleiche Art, das Gold zu behandeln, die gleiche Form. Ich hätte sofort geschworen, daß die aus derselben Werkstatt kommen. So etwas erkennt man wie die Küche einer guten Köchin.« Ihrer Dienstbotenneugier, die vom Haß noch geschürt wurde und die darauf eingestellt war, jede Einzelheit unerbittlich genau zu erfassen, war bei dieser Expertise ihr Geschmack zu Hilfe gekommen, derselbe Geschmack, den sie tatsächlich auch in der Küche bewies, noch unterstützt vielleicht – wie ich bei der Abreise nach Balbec an ihrer Art, sich zu kleiden, bemerkt hatte – durch die Koketterie der Frau, die einmal hübsch gewesen ist und auf den Schmuck, die Toilette der andern geachtet hat. Hätte ich zwei Medikamente verwechselt und eines Tages, nachdem ich zuviel Tee getrunken hatte, statt Veronal ebensoviel Koffein eingenommen, mein Herz hätte nicht heftiger klopfen können. Ich bat Françoise hinauszugehen. Ich hätte Albertine unverzüglich sehen wollen. Zum Entsetzen über ihre Lüge, zur Eifersucht auf den Unbekannten kam noch der Schmerz, zu sehen, daß sie sich so hatte beschenken lassen. Von mir bekam sie tatsächlich mehr; aber eine Frau, für die wir aufkommen, scheint uns keine »ausgehaltene Frau« zu sein, solange nicht andere für sie sorgen. Da ich aber beständig so viel Geld für sie aufwandte, hatte ich sie trotz dieser moralischen Minderwertigkeit akzeptiert, hatte die Minderwertigkeit in ihr fortdauern lassen, hatte sie vielleicht noch verstärkt, vielleicht auch erst erzeugt. Da wir aber die Fähigkeit haben, Geschichten zu erfinden, um unseren Schmerz zu besänftigen, so daß wir, den Hungertod vor Augen, uns einreden können, ein Unbekannter vermache uns demnächst hundert Millionen, stellte ich mir nun vor, daß Albertine in meinen Armen liege und mir mit einem Wort erkläre, sie habe den anderen Ring wegen der ähnlichen Machart gekauft und selber ihre Initialen eingravieren lassen. Doch diese Erklärung war noch wenig gesichert, noch nicht verwurzelt in meinem Geist, und so schnell ließ sich mein Schmerz nicht besänftigen. Und ich überlegte, daß viele Männer, die den anderen erzählen, ihre Geliebte sei gut zu ihnen, ähnliche Qualen erdulden. Sie belügen so die anderen und sich selbst. Sie lügen nicht nur; sie verbringen mit dieser Frau wahrhaft köstliche Stunden; doch die Liebe, die sie vor ihren Freunden zeigt, so daß sie sich vor ihnen rühmen können, und die Liebe, die sie ihnen zeigt, wenn sie mit dem Geliebten allein ist, so daß er sie segnen kann – wie viele Stunden decken sie zu, von denen man nichts weiß, in denen der Mann gelitten, gezweifelt und sich vergebens bemüht hat, die Wahrheit zu erkennen! Mit solchen Leiden ist das Glück verknüpft zu lieben, sich an den belanglosesten Reden einer Frau zu ergötzen; man weiß, wie belanglos sie sind, aber der Duft der Geliebten erfüllt sie. Die Erinnerung an jenen, der von Albertine ausging, konnte mich in diesem Augenblick nicht mehr beglücken. Niedergeschmettert, die beiden Ringe in der Hand, betrachtete ich den unbarmherzigen Adler, dessen Schnabel mein Herz zerfleischte, dessen Flügel mit ihrem hervortretenden Gefieder mein Vertrauen in die Freundin davontrugen, unter dessen Krallen mein gemarterter Geist den Fragen nach jenem Unbekannten ausgesetzt blieb, dessen Namen der Adler symbolisieren mußte, ohne daß ich ihn lesen konnte. Gewiß hatte sie diesen Unbekannten geliebt, gewiß hatte sie ihn noch vor kurzem wiedergesehen, denn ich hatte an dem schönen, ungetrübten Tag unserer Spazierfahrt in den Bois de Boulogne zum ersten Male den zweiten Ring bemerkt, auf dem der Adler seinen Schnabel in das helle Blut des Rubins zu tauchen schien.

Wenn ich noch immer von morgens bis abends unter Albertines Weggang litt, heißt das indessen nicht, daß ich nur an sie dachte. Einerseits hatte der Reiz, der von ihr ausging, schon seit langem mehr und mehr auf Dinge übergegriffen, die schließlich kaum noch etwas mit ihr zu tun hatten und doch mit der Spannung geladen waren, die meine Gefühle für sie erzeugten: Ein Schmerz durchzuckte mich, wenn ich an Incarville oder an die Verdurins oder an eine neue Rolle Leas erinnert wurde. An Albertine zu denken, bedeutete andererseits für mich, daran zu denken, wie ich sie zur Rückkehr bewegen, mit ihr wieder zusammenkommen und erfahren konnte, was sie tat. Wenn man in diesen Stunden der beständigen Folter die Bilder hätte aufzeichnen können, die mein Leiden begleiteten, hätte man die Gare d'Orsay gesehen, die Geldscheine für Madame Bontemps und Saint-Loup, wie er sich über das Stehpult eines Telegraphenamts beugt, um ein Depeschenformular auszufüllen, aber nie das Bild Albertines.

So wie unser Egoismus ein Leben lang die Ziele vor sich sieht, die unserem Ich teuer sind, aber nie dieses Ich selbst ansieht, das immerfort an sie denkt, so sinkt das Verlangen, das unsere Handlungen lenkt, zwar in sie hinab, steigt aber nicht wieder zu sich empor, sei es, daß es sich allzu zweckgebunden in das Tun stürzt und das Erkennen verschmäht – nicht die Zukunft erforscht, um den Enttäuschungen der Gegenwart zu begegnen –, sei es, daß die Trägheit des Geistes es drängt, den bequemen Hang der Phantasien hinunterzugleiten, statt den steilen Anstieg der Selbstbetrachtung auf sich zu nehmen.* In solchen Stunden der Krise, da wir unser ganzes Leben aufs Spiel setzen würden, offenbart sich immer mehr, welch unermeßlichen Raum die Person für uns einnimmt, von der dieses Leben abhängt, so daß auf Erden nichts mehr übrigbleibt, das sie nicht aus den Angeln höbe; im selben Maß aber schwindet das Bild dieses Menschen allmählich dahin, bis es nicht mehr wahrnehmbar ist. Alles bezeugt uns seine Gegenwart durch die Erregung, die wir empfinden, ihn selber, die Ursache, finden wir nirgends. Ich war in diesen Tagen so wenig imstande, mir Albertine vorzustellen, daß ich fast hätte glauben können, ich liebte sie nicht, ganz wie meine Mutter in jenen Monaten ihrer Verzweiflung, da sie sich meine Großmutter nie hatte vorstellen können (außer bei einer zufälligen Begegnung im Traum, die ihr so wertvoll erschien, daß sie noch im Schlaf alles daran setzte, sie nicht enden zu lassen) und sich hätte vorwerfen können – sich tatsächlich auch vorwarf –, sie traure nicht um ihre Mutter, deren Tod ihren Lebensnerv traf, an deren Gesicht sie sich aber nicht mehr erinnerte.

Warum hätte ich glauben sollen, Albertine liebe keine Frauen? Weil sie, vor allem in letzter Zeit, gesagt hatte, sie liebe sie nicht; aber beruhte unser Leben nicht auf beständiger Lüge? Nie hatte sie mich gefragt: »Warum kann ich nicht frei umhergehen, warum fragst du die anderen, was ich tue?« Dabei war

* In der Übersetzung von Eva Rechel-Mertens (1957), S. 3384–3386, wird hier die Passage von »Ich würde ... kaufen« bis »nach meinem Tod« (oben S. 273 f.) in einer Fußnote hinzugesetzt. In der Pléiade-Ausgabe (IV, 1059 f.) wird in einer Anmerkung zu dem zweiten Brief an Albertine (unten S. 300 f.) auf sie verwiesen. Diese Passage muß aber dem ersten Brief an Albertine (oben S. 284 ff.) vorangehen.

dieses Leben tatsächlich so merkwürdig, daß sie mich wohl gefragt hätte – es sei denn, sie hätte den Grund schon erkannt. Und war es nicht verständlich, daß meinem Schweigen über die Gründe ihrer Gefangenschaft ein gleiches Schweigen von ihrer Seite entsprach, ein hartnäckiges Schweigen über ihr beständiges Verlangen, ihre vielen Erinnerungen, ihre zahllosen Wünsche und Hoffnungen? Françoise schien sicher zu sein, daß ich log, wenn ich auf die baldige Rückkehr Albertines anspielte. Und ihre Überzeugung konnte nicht nur auf der Einsicht beruhen, die sie gewohntermaßen leitete: daß sich die Herrschaft vor den Bediensteten keine Blöße geben will und ihnen nur soviel Einblick in die Wirklichkeit zugesteht, wie sich mit einer schmeichelhaften, den Respekt noch wahrenden Fiktion verträgt. Diesmal beruhte ihre Überzeugung anscheinend auf etwas anderem; es war, als habe sie selber das Mißtrauen in Albertine geweckt und genährt, ihren Groll gereizt, kurz, sie am Ende so weit gebracht, daß sie die Flucht meiner Freundin als etwas Unvermeidliches hätte voraussagen können. Wenn das stimmte, dann hatte meine Version einer kurzen Abwesenheit, von der ich gewußt und die ich gebilligt hätte, bei Françoise natürlich keinen Glauben gefunden. Weil sie aber Albertine für berechnend hielt und in ihrem Haß den »Profit« überschätzte, den Albertine ihrer Meinung nach aus mir zog, war sie ihrer Sache doch nicht ganz sicher. Daher schaute mich Françoise, wenn ich die baldige Rückkehr Albertines als etwas Selbstverständliches erwähnte, ebenso an, wie wenn ihr unser Diener, um sie zu ärgern, eine politische Meldung in entstellter Form vorlas und sie der Sache nicht traute – daß man zum Beispiel die Kirchen geschlossen und die Pfarrer verschleppt habe – und sie vom anderen Ende der Küche instinktmäßig und gierig auf die Zeitung schaute, die sie nicht zu lesen bekam; auch in meinem Gesicht schien sie lesen zu wollen, ob ich nichts Erfundenes sagte, ob es da wirklich so stand. Als sie aber sah, daß ich die genaue Adresse von Madame Bontemps suchte, nachdem ich einen langen Brief geschrieben hatte, wuchs ihre bis dahin noch unbestimmte Angst, daß Albertine zurückkommen könnte. Und als sie mir am nächsten Tag einen Brief aushändigen mußte, auf dem sie Albertines Handschrift erkannt hatte, war sie vollends bestürzt. Sie fragte sich, ob diese Abreise nicht einfach eine Komödie gewesen sei, und war nun doppelt betroffen, weil Albertine endgültig und für alle Zukunft im Haus bleiben würde und weil es für mich, also für ihre Herrschaft und damit für sie selbst, beschämend war, daß Albertine ihr Spiel mit mir getrieben hatte. So sehr ich darauf brannte, den Brief meiner Freundin zu lesen, ich mußte Françoise einen Augenblick anschauen, aus deren Miene alle Hoffnung geschwunden war, und aus diesem Vorzeichen schließen, daß Albertines Rückkehr bevorstand, so wie sich ein Liebhaber des Wintersports auf den Einbruch der Kälte zu freuen beginnt, wenn er sieht, daß die Schwalben fortziehen. Endlich ging Françoise hinaus, und als ich sicher war, daß sie die Tür wirklich zugemacht hatte, öffnete ich leise, um keinen Übereifer zu verraten, den Brief, der so lautete:

»Mein Freund, ich danke Dir für all das Gute, das du mir schreibst, und bin gern bereit, den Rolls abzubestellen, wenn Du meinst, daß ich das tun kann, und ich kann es wohl, Du mußt mir nur den Namen Deines Mittelsmanns angeben. Du würdest Dich von diesen Leuten erwischen lassen, die es nur aufs Verkaufen abgesehen haben, und was würdest Du mit einem Auto anfangen, wo Du doch gar nie ausgehst? Es hat mich sehr berührt, daß Du unsere letzte Spazierfahrt in guter Erinnerung hast. Glaube mir, daß auch ich diese Fahrt in die Dämmerung nie vergessen werde – eine zweifache Dämmerung, weil es Nacht wurde und wir uns trennen sollten. Ich werde an sie denken, bis es endgültig Nacht wird.«

Ich merkte wohl, daß diese letzten Worte nur Worte waren und daß Albertine nicht bis zu ihrem Tod eine so schöne Erinnerung an eine Ausfahrt bewahren konnte, die ihr gewiß keine Freude gemacht hatte, da sie ja nur darauf brannte, mich zu verlassen. Aber ich staunte auch, wie gelehrig die Radfahrerin, die Golfspielerin von Balbec war, die nichts als ›Esther‹ gelesen hatte, bevor sie mich kennenlernte, und wie recht ich hatte, wenn ich fand, daß sie bei mir neue Vorzüge angenommen, sich verändert und vervollkommnet hatte. Und so waren die Worte, die ich ihr in Balbec gesagt hatte: »Ich glaube, daß meine Freundschaft für Sie von Wert sein wird, daß gerade ich Ihnen geben könnte, was Ihnen fehlt« (ich hatte ihr als Widmung auf eine Photographie geschrieben: »In der Gewißheit, vorausbestimmt zu sein«), diese Worte, die ich sagte, ohne an sie zu glauben, nur damit sich Albertine einen Gewinn davon versprach, mich zu sehen, und die Langeweile in Kauf nahm, die sie dabei empfinden mochte, auch diese Worte erwiesen sich nun als wahr; und hatte ich ihr nicht auch gesagt, ich wolle sie nicht sehen, weil ich fürchten müßte, sie dann zu lieben, während ich wußte, daß gerade im Gegenteil meine Liebe im beständigen Umgang schwand und die Trennung sie anfachte? Nun aber war aus dem beständigen Umgang ein Bedürfnis nach ihrer Nähe entstanden, das unendlich viel stärker war als die Liebe jener Anfangszeit in Balbec, und so war auch dieses Wort wahr geworden.

Indessen brachte Albertines Brief keine Fortschritte. Er handelte bloß davon, wie der Mittelsmann zu benachrichtigen sei. Man mußte über diesen Zustand hinauskommen, die Sache beschleunigen, und nun fiel mir folgendes ein. Ich ließ Andrée unverzüglich einen Brief bringen, in dem ich ihr schrieb, Albertine sei bei ihrer Tante, ich fühlte mich einsam und sie würde mir eine sehr große Freude machen, wenn sie ein paar Tage zu mir käme; ich wolle nichts im geheimen tun und bäte sie, dies Albertine mitzuteilen. Gleichzeitig schrieb ich an Albertine so, wie wenn ich ihren Brief noch nicht erhalten hätte:

»Liebe Freundin, Du wirst mir verzeihen, was Du sehr gut verstehen wirst; ich hasse Heimlichkeiten, und so wollte ich, daß Du es von ihr und von mir erfährst. Ich habe in Deiner mir so lieben Gegenwart die schlechte Gewohnheit angenommen, nicht allein zu sein. Da wir nun beschlossen haben, daß Du nicht wiederkommst, habe ich gedacht, am ehesten könnte Andrée an Deine Stelle treten; sie würde mein Leben am wenigsten verändern und mich am meisten an Dich erinnern; und ich habe sie gebeten, zu mir zu kommen. Damit das alles nicht überstürzt erscheint, habe ich ihr nur von ein paar Tagen gesprochen, doch unter uns gesagt, glaube ich wohl, daß es diesmal für immer ist. Was meinst Du, habe ich nicht recht?

Du weißt, daß eure kleine Mädchengruppe in Balbec für mich stets die Gemeinschaft gewesen ist, die mir am meisten bedeutete, und daß ich überglücklich war, ihr eines Tages anzugehören. Diese Anziehungskraft spielt gewiß auch jetzt wieder mit. Das Verhängnis, das unsere Wesensarten bestimmt, und die Unbill des Lebens haben es nicht gewollt, daß meine liebe Albertine meine Frau sein werde, und so glaube ich doch eine Frau zu finden – nicht so bezaubernd wie sie, aber dank einer mir gemäßeren Natur vielleicht eher imstande, mit mir glücklich zu werden – und das wird Andrée sein.«

Nachdem ich aber diesen Brief abgeschickt hatte, kam mir mit einemmal der Verdacht, daß jener Satz: »Ich wäre sehr gern zurückgekommen, wenn Du mir selber geschrieben hättest« nur deshalb in Albertines Brief stand, weil ich ihr nicht geschrieben hatte; sie wäre auch dann nicht zurückgekommen, wenn ich sie darum gebeten hätte, und nun würde es ihr ganz recht sein, wenn Andrée bei mir war und meine Frau wurde, wenn nur sie selber frei war; denn schon seit einer Woche konnte sie jetzt treiben, was ihr gefiel, und konnte die stündlichen Vorsichtsmaßnahmen zunichte machen, die ich in Paris sechs Monate lang getroffen hatte und die nutzlos geworden waren, da sie seit acht Tagen gewiß all das tat, woran ich sie von Minute zu Minute gehindert hatte. Ich nahm an, daß sie von ihrer Freiheit dort einen unguten Gebrauch machte, und diese Vorstellung stimmte mich traurig, aber sie blieb im Allgemeinen, sie zeigte mir nichts Bestimmtes, und da sie mich eine Unzahl von möglichen Liebhaberinnen vermuten ließ, hielt sie meine Gedanken in einer unaufhörlichen Bewegung, die zwar nicht schmerzlos war, doch der Schmerz war erträglich, weil ich nichts Greifbares vor mir hatte. Er blieb es aber nicht, sondern wurde zur Folter, als Saint-Loup zurückkam. Doch bevor ich sage, warum mich seine Mitteilungen so unglücklich machten, muß ich über einen Zwischenfall berichten, der sich unmittelbar vor seinem Besuch zutrug und der mich noch nachträglich so verstörte, daß die Erinnerung zwar nicht den quälenden Eindruck, den unser Gespräch dann bei mir hervorrief, aber seine praktische Bedeutung verminderte. Der Zwischenfall bestand in folgendem.

In meiner Ungeduld erwartete ich Saint-Loup (was ich nicht hätte tun können, wenn meine Mutter dagewesen wäre, denn nichts auf der Welt, außer einer Unterhaltung durch das Fenster, verabscheute sie so) auf der Treppe, als ich jemanden sagen hörte: »Ja, wissen Sie denn nicht, wie man jemanden los wird, der einem nicht paßt? Das ist doch nicht schwierig. Sie müssen bloß zum Beispiel die Sachen verstecken, die er holen soll; dann hat die Herrschaft es eilig, man ruft ihn, er findet nichts, er verliert den Kopf, meine Tante wird wütend und fragt Sie nach ihm: ›Was macht er denn nur?‹ Schließlich kommt er, es ist spät geworden, jedermann ist aufgebracht, und er hat nicht, was man braucht. Wenn das vier- oder fünfmal passiert ist, können Sie sicher sein, daß man ihn entläßt, besonders wenn Sie noch in aller Stille dafür sorgen, daß die Dinge schmutzig sind, die er in sauberem Zustand zu bringen hat, und was man noch alles anstellen kann.« Ich blieb stumm vor Entsetzen, denn es war Saint-Loups Stimme, die so machiavellistisch und bösartig sprach. Da ich ihn immer als einen gütigen, mitfühlenden Menschen betrachtet hatte, wirkte das auf mich, als spielte er eine Satansrolle; konnte er denn im eigenen Namen so reden? »Aber es muß doch jeder sein Brot verdienen«, sagte der andere, den ich als einen Lakaien der Herzogin von Guermantes erkannte. »Das kann Ihnen doch egal sein, solange Sie selbst gut wegkommen«, war Saint-Loups zynische Antwort. »Und Sie haben erst noch Ihren Spaß an einem Prügelknaben. Sie können ihm ohne weiteres Tinte auf seine Livree gießen, wenn er gerade bei einem großen Diner servieren muß; Sie lassen ihn keine Minute zur Ruhe kommen, bis er am Ende von selber geht. Und ich werde nachhelfen und meiner Tante sagen, ich bewunderte Ihre Geduld, daß Sie neben einem so ungepflegten Tölpel servieren.« Ich machte mich bemerkbar, Saint-Loup kam auf mich zu, aber mein Vertrauen in ihn war erschüttert, seit ich ihn so anders hatte reden hören, als ich ihn kannte. Und ich fragte mich, ob jemand, der fähig war, einem armen Teufel so grausam mitzuspielen, nicht auch die Rolle eines Verräters gespielt haben konnte, als er für mich zu Madame de Bontemps fuhr. Diese Überlegung half mir, als er weggegangen war, seinen Mißerfolg nicht als Beweis dafür zu nehmen, daß ich keinen Erfolg haben konnte. Doch solange er da war, dachte ich doch an den Saint-Loup von einst und namentlich an den Freund, der jetzt eben von Madame Bontemps kam. Er fing damit an, daß er sagte: »Du bist unzufrieden mit mir, das habe ich deinen Depeschen entnommen, aber du bist ungerecht, ich habe getan, was ich konnte; du meinst, ich hätte öfter mit dir telephonieren sollen, aber es hieß immer, du seist besetzt.« Doch mein Leiden wuchs ins Unerträgliche, als er sagte: »Um dir gleich einmal zu berichten, wie es nach meinem letzten Telegramm weiterging: Ich kam durch eine Art Wagenschuppen ins Haus, und am Ende eines langen Korridors ließ man mich in einen Salon treten.« Bei den Wörtern Wagenschuppen, Korridor, Salon, und noch bevor sie ganz ausgesprochen waren, geriet mein Herz aus dem Takt, schneller als durch einen elektrischen Schlag, denn die Kraft, die in einer Sekunde die meisten Runden um die Erde macht, ist nicht die Elektrizität, sondern der Schmerz. Wie ich sie mir wiederholte, diese Wörter, als Saint-Loup gegangen war – wie ich den Schock nach Belieben erneuerte: Wagenschuppen, Korridor, Salon! In einem Schuppen kann man sich mit einer Freundin verstecken. Und was tat Albertine in dem Salon, wenn ihre Tante nicht da war? Wie denn – ich hatte mir also vorgestellt, das Haus, in dem Albertine wohnte, könne weder einen Schuppen noch einen Salon haben? Nein; ich hatte mir das Haus gar nicht vorgestellt, oder nur als etwas ganz Unbestimmtes. Ich hatte einen ersten Schmerz empfunden, als sich der Ort, wo sie war, geographisch zu erkennen gab, als ich erfuhr, daß sie sich nicht an zwei oder drei möglichen Orten aufhielt, sondern in der Touraine; die Auskunft ihres Hausmeisters hatte in meinem Herzen wie auf einer Landkarte die Stelle bezeichnet, die mich nun schmerzen sollte. Aber nachdem ich mich einmal an den Gedanken gewöhnt hatte, daß sie in einem Haus in der Touraine war, hatte ich das Haus nicht gesehen; die schreckliche Vorstellung, daß es da einen Salon, einen Wagenschuppen, einen Korridor gab, war mir nie gekommen; jetzt erschienen sie vor mir, auf der Netzhaut Saint-Loups, der sie gesehen hatte, diese Räume, in denen Albertine aus und ein ging, in denen sie lebte, diese besonderen Räume und nicht eine Unzahl möglicher Räume, die einander verdrängten. Mit den Wörtern Wagenschuppen, Korridor, Salon trat mir meine Verblendung vor Augen, in der ich Albertine eine Woche lang an diesem verwünschten Ort gelassen hatte, dessen Existenz (und nicht seine bloße Möglichkeit) sich mir nun offenbart hatte. Als aber Saint-Loup mir noch erzählte, daß er in jenem Salon von einem Nebenzimmer her hatte singen hören und daß es Albertine war, die dort aus vollem Halse sang, begriff ich zu meiner Verzweiflung, daß Albertine glücklich war! Sie hatte sich von mir losgemacht, hatte ihre Freiheit zurück-erobert. Und ich hatte gemeint, sie würde jetzt gleich an Andrées Stelle zu mir kommen wollen! Freigelassen, dem Käfig entronnen, wo ich sie tagelang nicht in mein Zimmer kommen ließ, hatte sie für mich ihren ganzen Wert wiederge-wonnen, war sie von neuem der wunderbare Vogel der ersten Tage geworden, dem alles nachlief. Mein Schmerz verwandel-te sich in Wut auf Saint-Loup. »Gerade das hatte ich dir doch aufgetragen: dafür zu sorgen, daß sie von deinem Kommen nichts wisse.« »Meinst du, das sei so einfach gewesen? Man hatte mir versichert, sie sei nicht zu Hause. Doch um es kurz zu machen: Über die Geldfrage bin ich mir nicht klargewor-den; als ich mit dieser Frau sprach, schien sie mir so zartfühlend zu sein, daß ich Angst hatte, ich würde sie krän-ken. Und sie hat keinen Ton gesagt, als ich ihr von Geld sprach. Etwas später sagte sie dann, wie wohltuend es sei, daß wir uns so gut verstünden. Aber alles, was sie weiter noch sagte, war so fein und so kultiviert, daß ich ihr ›Wie gut wir uns verstehen‹ unmöglich auf das Geld beziehen konnte, das ich ihr anbot; ich benahm mich ja eigentlich wie ein Tram-pel.« »Aber sie hat dich vielleicht nicht verstanden, du hättest es ihr nochmals sagen sollen, dann hätte bestimmt alles ge-klappt.« »Warum sollte sie es nicht verstanden haben, ich habe mit ihr so gesprochen wie jetzt mit dir, sie ist weder taub noch verrückt.« »Und sie hat gar nichts dazu gesagt?« »Nichts.« »Du hättest darauf zurückkommen sollen.« »Wie konnte ich darauf zurückkommen? Schon beim Hereinkommen, sowie ich sie sah, habe ich gedacht, du seist da im Irrtum, du ließest mich eine Taktlosigkeit begehen, es würde furchtbar schwierig sein, ihr dieses Geld einfach so anzubieten. Ich habe es dir zuliebe trotzdem getan, dabei war ich sicher, sie werde mich hinauswerfen lassen.« »Das hat sie aber nicht getan. Also hat sie es entweder nicht gehört, und dann mußtest du es wiederholen, oder du hättest weiter davon reden können.« »Du sagst: ›Sie hat es nicht gehört‹, weil du hier sitzt, aber wenn du dabei gewesen wärest – wie gesagt, es war alles still, und ich bin grad herausgerückt, sie hat es mit Sicherheit verstanden.« »Aber sie ist doch jedenfalls überzeugt, daß ich ihre Nichte schon immer heiraten wollte?« »Nein, wenn du mich fragst, sie war gar nicht der Meinung, daß du Heiratsabsichten hättest. Sie hat mir gesagt, du selbst hättest ihrer Nichte gesagt, du wolltest dich von ihr trennen. Ich bin nicht einmal sicher, ob sie jetzt so recht daran glaubt, daß es dir um eine Heirat zu tun ist.« Das beruhigte mich ein wenig, weil es mir zeigte, daß ich nicht wirklich gedemütigt war, also noch geliebt werden konnte und einen entscheidenden Schritt wagen durfte. Trotzdem machte ich mir Sorgen. »Es tut mir leid, daß du offenbar nicht mit mir zufrieden bist.« »Doch, doch, ich bin dankbar für deine Hilfsbereitschaft, sie rührt mich, ich meine nur, du hättest vielleicht . . .« »Ich habe getan, was ich konnte. Ein anderer hätte nicht mehr tun können, oder nicht einmal so viel. Versuch es mit einem andern.« »Nein eben, hätte ich das gewußt, hätte ich dich nicht geschickt, aber nach deinem Mißerfolg kann ich es nicht nochmals versuchen.« Ich machte ihm Vorwürfe: Er hatte mir einen Dienst tun wollen und keinen Erfolg gehabt. Saint-Loup war jungen Mädchen begegnet, die hereinkamen, als er dort wegging. Daß Albertine in jener Gegend junge Mädchen kannte, hatte ich schon oft vermutet, jetzt tat es mir zum ersten Mal weh. Man muß tatsächlich annehmen, daß es unserem Geist von der Natur gegeben ist, ein Gegengift auszuscheiden, das die Vermutungen auslöscht, die wir beständig und doch auch gefahrlos anstellen. Nichts aber machte mich gegen die Mädchen immun, denen Saint-Loup begegnet war. Und dennoch – waren es nicht eben solche Einzelheiten, die ich über Albertine hatte erfahren wollen, hatte nicht Saint-Loup, obwohl von seinem Oberst zurückbeordert, deshalb unbedingt kommen müssen, weil ich Genaueres über sie wissen wollte, hatte ich also nicht selber danach verlangt, oder eher mein ausgehungerter Schmerz, der zu wachsen und sich aus ihnen zu nähren begehrte? Und dann erzählte mir Saint-Loup noch, er habe ganz in der Nähe als einziges bekanntes Gesicht eine gute Freundin Rachels angetroffen, eine hübsche Schauspielerin, die dort ihre Sommerfrische verbringe – eine glückliche Überraschung für ihn, eine Erinnerung an frühere Zeiten. Und der Name dieser Schauspielerin genügte; schon sagte ich mir: »Vielleicht mit der«; schon sah ich Albertine strahlend und rot vor Lust in den Armen einer Frau, die ich nicht einmal kannte. Und warum hätte das nicht sein können? Hatte ich denn nicht immer an Frauen gedacht, seit ich Albertine kannte? Hatte ich nicht an dem Abend, als ich zum erstenmal bei der Prinzessin Guermantes gewesen war, beim Nachhausekommen viel weniger an sie gedacht als an das junge Mädchen, von dem mir Saint-Loup gesprochen hatte und das in Bordelle ging, oder an die Zofe von Madame Putbus? War ich nicht wegen dieser Frau wieder nach Balbec gefahren? Und noch vor kurzem hatte ich große Lust gehabt, nach Venedig zu reisen; warum also hätte Albertine keine Lust haben sollen, in die Touraine zu fahren? Nur merkte ich jetzt, daß ich mich nicht von ihr getrennt hätte, nicht nach Venedig gereist wäre; ja, ich hatte selbst dann, wenn ich dachte: »Ich werde mich bald von ihr trennen«, im Grund meines Herzens gewußt, daß ich mich von ihr nicht mehr trennen würde, so gut wie ich wußte, daß ich mich nicht mehr an die Arbeit machen, daß ich kein gesundes Leben beginnen würde, und was der Dinge mehr waren, die ich mir stets für den nächsten Tag vornahm. Doch was ich auch immer im Grunde geglaubt hatte, es war mir klüger erschienen, sie unter der Drohung einer endgültigen Trennung leben zu lassen. Und dank meiner widerwärtigen Klugheit hatte ich sie nur zu gründlich überzeugt. Jetzt aber konnte das so nicht weitergehen, ich konnte sie nicht mit diesen Mädchen, mit dieser Schauspielerin in der Touraine lassen; ich konnte den Gedanken an das Leben, das sich meinen Blicken entzog, nicht ertragen. Ich würde ihre Antwort auf meinen Brief noch abwarten: Wenn sie es wirklich schlimm trieb, kam es jetzt leider auf einen Tag mehr oder weniger auch nicht an (und vielleicht dachte ich das, weil ich es nicht mehr gewohnt war, jede ihrer Minuten überwachen zu lassen und wegen eines einzigen unbeaufsichtigten Augenblicks in Verzweiflung zu geraten, weil daher für meine Eifersucht nicht mehr die gleiche Zeiteinteilung galt). Sobald aber ihre Antwort da war und wenn Albertine nicht kam, würde ich sie holen; ich würde sie, ob sie wollte oder nicht, ihren Freundinnen entreißen. Und war es nicht besser, selbst hinzugehen, da ich jetzt Saint-Loups Bösartigkeit kannte, von der ich bisher nichts geahnt hatte? Konnte er nicht ein ganzes Komplott geschmiedet haben, um mich von Albertine zu trennen? – Hatte ich mich verändert? Oder konnte ich damals nicht annehmen, daß ich eines Tages durch natürliche Ursachen in diese ungewöhnliche Lage gebracht würde? Wie hätte ich aber jetzt gelogen, hätte ich ihr geschrieben, was ich ihr in Paris immer sagte: Ich wünschte, es werde ihr kein Unfall zustoßen! Wäre ihr jetzt einer zugestoßen, mein Leben hätte an Stelle des Gifts fortwährender Eifersucht vielleicht nicht das Glück, aber Ruhe gefunden, wäre befreit gewesen von seinem Leiden.

Befreit vom Leiden? Habe ich das jemals wirklich glauben können – glauben können, daß der Tod nur das auslöscht, was existiert, und das Übrige nicht verändert, daß er den Schmerz hinwegnimmt aus dem Herzen des Menschen, für den die Existenz des anderen nur noch Schmerzen bedeutet – daß er den Schmerz wegnimmt und nichts an seine Stelle setzt? Befreit vom Leiden! Wenn ich die Unfallmeldungen in den Zeitungen überflog, bedauerte ich, daß ich nicht den Mut hatte, mir den gleichen Wunsch einzugestehen wie Swann. Wäre Albertine verunglückt und am Leben geblieben, hätte ich einen Vorwand gehabt, zu ihr zu eilen, und wäre sie dabei umgekommen, hätte ich nach den Worten Swanns die Freiheit zu leben wiedergefunden. Glaubte ich es? Er hatte es geglaubt, der Mann, der so vieles durchschaute und sich selbst gut zu kennen meinte. Wie wenig weiß man davon, was im eigenen

Herzen vorgeht! Wie hätte ich ihm wenig später, wäre er noch am Leben gewesen, klarmachen können, daß sein Wunsch nicht nur schuldhaft, sondern auch unsinnig war, daß ihn der Tod der Frau, die er liebte, von nichts befreit hätte! Ich ließ allen Stolz gegenüber Albertine fahren, ich schickte ihr ein verzweifeltes Telegramm, worin ich sie bat, zurückzukommen unter welchen Bedingungen auch immer, sie würde tun können, was sie wollte, ich bäte sie nur, mich zwei oder dreimal in der Woche während einer Minute zu küssen, bevor sie zu Bett ging. Und hätte sie gesagt: nur einmal, ich hätte mich auch damit abgefunden.

Sie kam nie zurück. Mein Telegramm war eben erst abgegangen, als ich eines erhielt. Es kam von Madame Bontemps. Die Welt ist nicht ein für allemal für jeden von uns geschaffen. Im Lauf des Lebens kommen Dinge dazu, von denen wir nichts ahnten. Ach, das war nicht die Befreiung vom Leiden, was die ersten zwei Zeilen des Telegramms in mir hervorriefen:

»Mein armer Freund, unsere liebe Albertine ist nicht mehr, verzeihen Sie mir, daß ich Ihnen, der sie so liebte, diese schreckliche Nachricht gebe. Sie ist bei einem Ausritt am Ufer der Vivonne von ihrem Pferd gegen einen Baum geworfen worden. All unsere Bemühungen haben sie nicht ins Leben zurückrufen können. Wäre ich doch an ihrer Stelle gestorben!«

Nein, keine Befreiung − ein neuer, nicht gekannter Schmerz: zu erfahren, daß sie nicht zurückkommen würde. Aber hatte ich mir nicht schon mehrmals gesagt, daß sie vielleicht nicht zurückkäme? Doch, das hatte ich mir gesagt, jetzt aber merkte ich, daß ich es nicht einen Augenblick lang geglaubt hatte. Weil ich ihre Gegenwart, ihre Küsse brauchte, um das Leiden zu ertragen, das mein Argwohn mir brachte, hatte ich seit Balbec die Gewohnheit angenommen, immer mit ihr zusammenzusein. Noch wenn sie aus dem Haus gegangen, noch wenn ich allein war, hielt ich sie fest. Ich hatte sie nicht losgelassen, als sie abgereist war. Ich war weniger auf ihre Treue angewiesen als auf ihre Rückkehr. Und wenn mein Verstand es bisweilen gewagt hatte, an dieser Rückkehr zu zweifeln, ließ ich in meiner Phantasie keinen Augenblick davon ab, sie mir vorzustellen. Unwillkürlich fuhr ich mit der Hand über meinen Hals, über die Lippen, die Albertines Küsse spürten, seit sie fortgegangen war, und die nie mehr von ihr geküßt würden, ich fuhr mit der Hand über sie, so wie mich Mama gestreichelt hatte nach dem Tod meiner Großmutter, als sie mir sagte: »Mein armer Liebling, deine Großmutter, die dich so sehr geliebt hat, wird dich nun nicht mehr umarmen.« – Durch die Worte »am Ufer der Vivonne«* wurde meine Verzweiflung noch unerträglicher. Denn daß mir Albertine damals in dem Bähnchen gesagt hatte, sie sei mit Mademoiselle Vinteuil befreundet und daß der Ort, wo sie war, seit sie mich verlassen hatte und wo sie gestorben war, in der Umgebung von Montjouvain lag, das konnte keine zufällige Übereinstimmung sein; zwischen dem Montjouvain jener Mitteilung in der Eisenbahn und der Vivonne, die mir Madame Bontemps jetzt ahnungslos verriet, strahlte ein Licht auf. An dem Abend also, da ich zu den Verdurins gegangen war und ihr gesagt hatte, ich würde mich von ihr trennen, hatte sie gelogen! – Mein ganzes zukünftiges Leben war mir aus dem Herzen gerissen. Mein künftiges Leben? So hatte ich nie daran gedacht, es ohne Albertine zu verbringen? Nein, nie! So hatte ich seit langem jede Minute meines Lebens bis zu meinem Tod ihr zugedacht? Gewiß doch! Diese von ihr nicht zu trennende Zukunft hatte ich nicht wahrnehmen können, jetzt aber, da sie entsiegelt war, fühlte ich, welchen Platz sie in meinem aufgebrochenen Herzen einnahm. Françoise, die noch nichts wußte, kam herein; ich rief voller Zorn: »Was gibt's denn?« Da aber sagte sie (es gibt Worte, die eine andere Wirklichkeit an die Stelle der uns nächsten setzen und uns wie ein Schwindel betäuben): »Monsieur braucht sich nicht zu ärgern. Er wird sich im Gegenteil freuen. Da sind zwei Briefe von Mademoiselle Albertine.« Ich merkte nachträglich, daß ich sie angeschaut haben mußte wie jemand, der den Verstand verliert. Ich war nicht einmal glücklich und auch

---

* Sowohl diese Worte in dem Telegramm von Madame Bontemps wie die hier folgenden Sätze (bis »gelogen!«) stehen nur in dieser Fassung.

nicht ungläubig. Ich war wie jemand, der am selben Platz in seinem Zimmer ein Kanapee und eine Grotte sieht. Da ihm nichts mehr wirklich erscheint, fällt er zu Boden. Die beiden Briefe von Albertine mußten kurz vor dem Ausritt geschrieben sein, bei dem sie verunglückt war. Der erste lautete:

»Mein Freund, ich danke Dir für den Vertrauensbeweis, den Du mir damit gibst, daß Du mir Deine Absicht mitteilst, Andrée kommen zu lassen. Ich bin sicher, daß sie mit Freuden annehmen und daß das für sie ein großes Glück sein wird. Begabt, wie sie ist, wird sie die Gesellschaft eines Mannes wie Du und den erstaunlichen Einfluß, den Du auf einen Menschen ausübst, zu nutzen wissen. Ich glaube, daß Du da etwas vorhast, woraus ebensoviel Gutes für sie wie für Dich entstehen kann. Sollte sie also nur im mindesten widerstreben (was ich nicht glaube), dann telegraphiere mir, und ich werde ihr zureden.«

Der zweite war einen Tag später datiert. Tatsächlich mußte sie beide Briefe ganz kurz nacheinander, vielleicht miteinander geschrieben und den ersten um einen Tag vordatiert haben. Ich hatte mir ja absurde Gedanken über ihr Vorhaben gemacht, das nur darin bestanden hatte, zu mir zurückzukommen, und das ein Außenstehender, ein Mensch ohne Einbildungskraft, ein Friedensvermittler oder ein Kaufmann, der ein Geschäft abschließen soll, richtiger beurteilt hätte als ich. In dem Brief stand nur dies:

»Ob es zu spät ist, daß ich zu Dir zurückkommen kann? Wenn Du Andrée noch nicht geschrieben hast, wärest Du wohl bereit, mich wieder zu nehmen? Ich werde mich Deiner Entscheidung fügen, ich bitte Dich inständig, sie mich so schnell wie möglich wissen zu lassen, Du kannst Dir denken, mit welcher Ungeduld ich sie erwarte. Um zurückzukommen, würde ich den nächsten Zug nehmen. Von ganzem Herzen die Deine, Albertine.«

Um meine Leiden beenden zu können, hätte Albertines Sturz sie nicht bloß in der Touraine, sondern in mir töten müssen. Noch nie war sie da so lebendig gewesen. Um in uns einzudringen, hat ein Mensch sich anpassen müssen: an die Form, an die Maße der Zeit; da er uns nur von Minute zu

Minute vor Augen trat, hat er uns immer nur eine Ansicht seiner Person, nur diese eine Photographie zeigen können. Eine große Schwäche, kein Zweifel: daß ein Mensch in einer bloßen Ansammlung von Augenblicken besteht; und auch eine große Kraft; er lebt aus der Erinnerung, und die Erinnerung an einen Augenblick weiß nichts von all dem, was seither geschehen ist; der Augenblick, den sie festgehalten hat, dauert fort, er lebt noch und mit ihm der Mensch, der sich in ihm gezeigt hat. Und diese Zerstückelung läßt nun die Tote nicht bloß weiterleben, sie vervielfacht sie auch. Um Trost zu finden, hätte ich nicht eine Albertine, sondern unzählige vergessen müssen. Wenn ich dahin gekommen war, den Schmerz um den Verlust der einen zu ertragen, mußte ich mit einer anderen, mit hundert anderen von neuem beginnen.

Da veränderte sich mein Leben vollkommen. Was seinen Reiz – nicht wegen Albertine, sondern neben ihr her, wenn ich allein war – ausgemacht hatte, war eben die von gleichen Augenblicken immer wieder hervorgerufene Wiederkehr früherer Augenblicke gewesen. Das Geräusch des Regens hatte mir den Fliederduft von Combray wiedergebracht; der Wechsel des Sonnenlichts auf dem Balkon, die Tauben der Champs-Élysées; der gedämpfte Straßenlärm des heißen Vormittags, die erfrischende Kühle der Kirschen; der Wind und die Wiederkehr der Osterzeit, die Sehnsucht nach der Bretagne oder nach Venedig. Der Sommer kam, die Tage waren lang, es war heiß. Das war die Zeit, da Schüler und Lehrer am frühen Morgen die Anlagen aufsuchen, um ihre letzten Prüfungen unter den Bäumen vorzubereiten, wo sie noch einen Tropfen Frische auffangen können, den ein noch nicht in der Tageshitze entflammter, aber schon unfehlbar reiner Himmel entläßt. Mit der Beschwörungskraft, die mir geblieben war, durch die ich aber nur noch litt, spürte ich in meinem dunklen Zimmer, daß draußen in der drückenden Luft die sinkende Sonne das Vertikale an Häusern und Kirchen mit einem rötlichen Anstrich versah. Und wenn Françoise wieder hereinkam und die Falten der großen Vorhänge unabsichtlich verschob, mußte ich einen Schrei unterdrücken, weil mich jener Sonnenstrahl von damals durchbohrt hatte, der die neue Fassade von Bricqueville l'Orgueilleuse schön erscheinen ließ, als Albertine zu mir sagte: »Sie ist restauriert worden.« Weil ich nicht wußte, wie ich Françoise meinen Seufzer erklären sollte, sagte ich: »Ah! Ich habe Durst.« Sie ging hinaus, kam wieder herein, doch ich wandte mich heftig ab, von einer der tausend unsichtbaren Erinnerungen getroffen, die in jedem Augenblick aus dem Dunkel auf mich eindrangen: Sie hatte Apfelwein und Kirschen gebracht, den Apfelwein und die Kirschen, die uns in Balbec ein Bauernjunge an den Wagen gebracht hatte – die beiden Gestalten, unter denen ich einst am vollkommensten mit dem gebrochenen Licht, das an brennend heißen Tagen in die verdunkelten Eßzimmer dringt, hätte kommunizieren können. Nun fiel mir zum erstenmal wieder die Bauernwirtschaft von Les Écorres ein, und ich sagte mir, daß Albertine an bestimmten Tagen, wenn sie mir in Balbec gesagt hatte, sie sei nicht frei, sie müsse mit ihrer Tante ausgehen, vielleicht mit einer ihrer Freundinnen in einem Landgasthof war, wo sie wußte, daß ich nicht hinkommen würde, und wo sie zur selben Zeit, da ich noch in Marie-Antoinette war, wo man mir gesagt hatte: »Wir haben sie heute nicht gesehen«, zu ihrer Freundin das gleiche sagte wie zu mir, wenn wir miteinander ausgingen: »Er denkt nicht daran, uns hier zu suchen; so werden wir sicher nicht gestört.« Um den Sonnenstrahl nicht mehr zu sehen, wies ich Françoise an, die Vorhänge wieder zuzuziehen. Aber er sickerte weiter, und ebenso ätzend, durch mein Gedächtnis. »Sie gefällt mir nicht, sie ist restauriert, aber morgen gehen wir nach Saint-Martin-le-Vêtu und übermorgen …« Morgen, übermorgen, so begann die Zukunft eines gemeinsamen, vielleicht für immer gemeinsamen Lebens; mein Herz strebt ihr zu, aber sie ist nicht mehr da, Albertine ist tot.

Ich fragte Françoise nach der Zeit. Sechs Uhr. Endlich würde, gottlob, die drückende Hitze vergehen, über die wir uns seinerzeit beklagt hatten, Albertine und ich, und die wir so liebten. Der Tag ging zu Ende, aber was gewann ich dabei? Die Abendkühle stieg auf, die Sonne ging unter; in meiner Erinnerung sah ich sie am Ende eines Wegs, auf dem wir miteinander nach Hause gingen, hinter dem letzten Dorf wie ein fernes Ziel, unerreichbar für diesen Abend, an dem wir in Balbec haltmachen würden, noch immer zusammen. Damals zusammen. Jetzt galt es, vor diesem selben Abgrund haltzumachen: sie war tot. Es genügte nicht mehr, die Vorhänge zuzuziehen, ich versuchte die Augen und die Ohren meines Gedächtnisses zu verschließen, um nicht den orangefarbenen Streifen des Sonnenuntergangs wieder zu sehen, die unsichtbaren Vögel zu hören, die einander von Baum zu Baum antworteten, rechts und links von mir, den sie damals so zärtlich umarmte, sie, die jetzt tot war. Ich versuchte die abendliche Feuchtigkeit des Laubs, das Auf und Ab der gewölbten Landstraßen nicht zu spüren; aber schon hatten mich diese Empfindungen wieder gepackt und hatten mich weit von dem gegenwärtigen Augenblick weggezogen; sie holten aus zu dem Schwung, den es brauchte, damit ich von neuem getroffen würde von dem Gedanken, daß Albertine tot war. Ach, ich würde nie mehr in einen Wald, nie mehr zwischen den Bäumen gehen! Aber würden für mich die weiten Ebenen weniger quälend sein? Wie oft hatte ich, um Albertine abzuholen, um sie zurückzubegleiten, die große Ebene von Cricqueville überquert, bald bei dunstigem Wetter, wenn die Nebelfluten uns glauben ließen, wir befänden uns mitten auf einem riesigen See, bald an klaren Abenden, wenn der Mondschein der Erde ihre Schwere nahm und sie vor unseren Füßen so durchsichtig scheinen ließ, wie sie es tagsüber nur in der Ferne ist, und wenn er die Felder, die Wälder mit dem Firmament, dem er sie angeglichen hatte, zusammenschloß in den Achat einer einzigen Himmelsbläue.

Françoise mußte wohl glücklich sein über Albertines Tod, und es ist ihr anzurechnen, daß sie aus einer Art von Schicklichkeits- und Taktgefühl keine Trauer mimte. Aber ihre alten, ungeschriebenen Anstandsregeln und das herkömmliche Verhalten der Bäuerin, die weint wie in den Heldengedichten des Mittelalters, waren tiefer verwurzelt als ihr Haß auf Albertine und selbst auf Eulalie. So bemerkte sie an einem solchen Spätnachmittag, als ich meinen Schmerz nicht rasch genug verbarg, meine Tränen mit dem angeborenen Instinkt der kleinen Bäuerin, die früher Tiere eingefangen und mißhandelt hatte, die es bloß lustig fand, den Hühnern den Hals umzudrehen, die Krebse lebendig zu kochen und mein schlechtes Aussehen, wenn ich krank war, so zu beobachten wie die Verletzungen, die sie einem Käuzchen beigebracht hätte, um dann im Trauerton davon zu künden wie von einem Vorzeichen des Unheils. Doch ihr dörflicher Sittenkodex erlaubte nicht, daß sie Tränen und Kummer leichtnahm – Dinge, die ihr ebenso schädlich erschienen wie keinen Flanell zu tragen oder sich zum Essen zu zwingen. »Oh! Bitte nicht, Monsieur, Sie dürfen nicht so weinen, das würde Ihnen schaden!« Und sie wollte mit einer Besorgnis, als wären es Ströme von Blut, meine Tränen aufhalten. Ich nahm aber leider eine abweisende Miene an, die ihren Ergießungen, die vielleicht aufrichtig gewesen wären, Einhalt gebot. Vielleicht ging es ihr mit Albertine ebenso wie mit Eulalie; da meine Freundin jetzt keinerlei Nutzen mehr aus mir ziehen konnte, hatte Françoise aufgehört, sie zu hassen. Indessen legte sie Wert darauf, mir zu zeigen, daß sie meine Tränen sehr wohl bemerkt hatte und daß sie sehen konnte, wie ich mich nach dem verhängnisvollen Vorbild meiner Eltern nur nicht »verraten« wollte. »Sie dürfen nicht weinen, Monsieur«, sagte sie, diesmal ruhiger und eher um mir ihren Scharfblick zu beweisen als ihr Mitgefühl zum Ausdruck zu bringen. »Das mußte so kommen, sie war zu glücklich, die Arme, sie wußte ihr Glück nicht zu schätzen.«

Wie langsam das Tageslicht stirbt an diesen endlosen Sommerabenden. Als blasses Luftgebilde ließ das gegenüberliegende Haus seine beharrliche Helligkeit wie in Wasserfarben noch immer vor dem Himmel erscheinen. Endlich wurde es Nacht in der Wohnung, ich stieß mich an den Möbeln des Vorraums, doch in der Tür zum Treppenhaus, mitten in der Schwärze, die mich vollkommen dünkte, war die Verglasung durchscheinend und blau, von dem Blau einer Blume, eines Insektenflügels, von einem Blau, das mir schön vorgekommen wäre, hätte ich nicht gespürt, daß es ein letzter Widerschein war, schneidend wie Stahl, ein letzter Streich, den der Tag in seiner unermüdlichen Grausamkeit gegen mich führte.

Schließlich wurde es trotz allem völlig finster; nun aber

genügte der Anblick eines Sterns neben dem Baum im Hof unten, um mich daran zu erinnern, wie wir uns im Wagen auf unseren Rückfahrten nach dem Abendessen dem Wald von Chantepie genähert hatten, dem das Mondlicht seinen Umhang überwarf. Und selbst auf der Straße sah ich bisweilen, wie auf der Lehne einer Bank, mitten unter den künstlichen Lichtern von Paris, ein Mondstrahl in seiner natürlichen Reinheit erschien, um in meiner Vorstellung die Stadt für einen Augenblick in die Natur, in die unendliche Stille der wieder heraufbeschworenen Felder zurückzuführen und über Paris die schmerzliche Erinnerung an meine Spaziergänge mit Albertine auszubreiten. Ach, daß die Nacht doch enden würde! Doch im ersten frischen Hauch der Morgenfrühe schauderte mich, er rief mir jenen schönen Sommer ins Gedächtnis, da wir einander so oft von Balbec nach Incarville, von Incarville nach Balbec heimbegleitet hatten, bis der Tag heraufkam. Mir blieb nur noch die eine Hoffnung für die Zukunft – eine Hoffnung, die viel peinigender war als eine Furcht –, Albertine zu vergessen. Ich wußte, daß ich sie eines Tages vergessen würde, ich hatte Gilberte und Madame de Guermantes, ich hatte auch meine Großmutter vergessen. Und das ist unsere gerechteste und grausamste Strafe für das Vergessen, das so vollständig ist, so friedlich wie auf den Friedhöfen, das uns von denen löst, die wir nicht mehr lieben: daß wir als etwas Unvermeidliches dieses selbe Vergessen vorausahnen, das den Menschen gilt, die wir noch lieben. Wir wissen, daß es ein schmerzloser Zustand, ein Zustand der Gleichgültigkeit ist. Doch weil ich nicht gleichzeitig an das denken konnte, was ich gewesen war, und an das, was ich sein würde, dachte ich voller Verzweiflung an die ganze Hülle aus Liebkosungen, Küssen, gemeinsamen Stunden des Schlafs, die mir nun bald für immer entrissen würde. Der Andrang dieser köstlichen Erinnerungen brach sich an dem Gedanken, daß Albertine tot war, der Widerstreit so entgegengesetzter Strömungen beklemmte mich, so daß ich nicht stillhalten konnte; ich stand auf, hielt aber plötzlich ein, niedergeschmettert: Der gleiche Tagesanbruch, wie ich ihn sah, wenn ich von Albertine wegging, noch beglückt und erhitzt von ihren Küssen, hatte über

den Vorhängen seinen jetzt unheilverkündenden Streifen gezogen, dessen kalte, verdichtete, unbarmherzige Helligkeit
mich wie ein Messerstich traf.

Bald würden die Geräusche auf der Straße einsetzen, und
an den Abstufungen ihres Widerhalls würde der Grad der
immerfort steigenden Hitze, in der sie ertönten, sich ablesen
lassen. In der Hitze aber, die in ein paar Stunden mit dem Duft
der Kirschen getränkt sein würde, fand ich − wie in einer
Arznei, bei der man nur einen Bestandteil durch einen andern
ersetzen muß, damit sie nicht mehr stimulierend wirkt und
euphorisch stimmt, sondern depressiv macht − statt des Verlangens nach Frauen die Angst, die mir Albertines Verschwinden einflößte. Auch war die Erinnerung an meine Wünsche
ebensosehr von Angst und von Leid gezeichnet wie die Erinnerung schöner Erlebnisse. Nach Venedig, wo Albertines Gegenwart mich gestört hätte, wie ich meinte (gewiß weil ich das
unklare Gefühl hatte, ich würde sie brauchen), wollte ich jetzt,
da sie nicht mehr lebte, lieber nicht fahren. Albertine war mir
als Hindernis erschienen, das sich zwischen mich und die
Dinge stellte, weil sie für mich das Gefäß war, das sie alle
enthielt und aus dem ich sie schöpfen konnte. Da dieses Gefäß
jetzt zerbrochen war, fand ich nicht mehr den Mut, nach
ihnen zu greifen, es blieb nicht eines mehr, von dem ich mich
in meiner Trübsal nicht abgewandt hätte, auf das ich nicht
lieber verzichtete. So tat sich mir durch die Trennung von ihr
der Raum der möglichen Freuden nicht auf, von dem ich
geglaubt hatte, ihre Anwesenheit verschließe ihn mir. Und
überdies hatte, wie es immer geschieht, das Hindernis, das ihre
Gegenwart vielleicht wirklich gewesen war, da sie mich davon
abhielt, zu reisen und mich zu vergnügen, nur eben die anderen Hindernisse verdeckt, die jetzt unversehrt wieder zum
Vorschein kamen, als jenes eine verschwunden war. So war es
mir auch früher gegangen: Ein erfreulicher Besuch hatte mich
am Arbeiten gehindert, und wenn ich am nächsten Tag allein
war, arbeitete ich deswegen nicht mehr. Wenn eine Krankheit,
ein Duell, ein durchgehendes Pferd uns den Tod aus der Nähe
zeigen, würden wir das Leben, die Lust, die unbekannten
Länder, die uns entgehen wollen, aus vollen Zügen genießen.

Und ist die Gefahr vorüber, finden wir das gleiche trübe Leben wieder, in dem es das alles für uns nicht gab.

Auf die Dauer konnten die Nächte ja nicht so kurz bleiben. Es würde wieder Winter werden, und dann brauchte ich mich vor der Erinnerung an unsere Spaziergänge bis in ein allzu frühes Morgengrauen nicht mehr zu fürchten. Aber würden mir die ersten Fröste nicht auch den Keim meines ersten Verlangens wiederbringen, aufbewahrt in ihrem Eis − da ich Albertine um Mitternacht kommen ließ und die Zeit mir lang wurde, bis ich ihr Klingeln hörte, ihr Klingeln, auf das ich jetzt ewig umsonst warten konnte? Würden sie mir nicht den Keim meiner ersten Unruhe wiederbringen − da ich zweimal meinte, sie käme nicht? Ich sah sie zu jener Zeit nur selten; die wochenlangen Abstände aber, die zwischen ihren Besuchen lagen und nach denen sie aus einem unbekannten Leben, das ich nicht zu besitzen trachtete, wieder auftauchte, verschafften mir Ruhe, da sie meinen eifersüchtigen Regungen immer wieder ein Ende setzten und sie daran hinderten, sich zusammenzuballen, sich zu verfestigen in meinem Herzen; und doch standen diese Unterbrechungen, so beruhigend sie zu jener Zeit gewesen sein mochten, nachträglich im Zeichen des Leidens, seitdem mir das, was sie inzwischen getan haben konnte, nicht mehr gleichgültig war, vor allem aber jetzt, da ich nie mehr einen Besuch von ihr zu erwarten hatte; so daß jene Januarabende, an denen sie kam und die mir deshalb so lieb waren, mir jetzt in ihrer scharfen Bise eine Unruhe, die ich damals nicht kannte, heranwehen und den ersten Keim meiner Liebe zutragen würden, als ein Gift nun aber, aufbewahrt in ihrer Kälte. Und wenn ich daran dachte, daß ich den Wiederbeginn der kalten Zeit sehen würde, die mir seit Gilberte und meinen Spielen auf den Champs-Élysées immer so traurig erschienen war, wenn ich daran dachte, daß solche Abende wiederkommen würden wie jener Schneeabend, an dem ich bis weit in die Nacht hinein auf Albertine gewartet hatte, dann fürchtete ich, wie ein Kranker aus körperlicher Besorgnis für seine Brust, aus seelischer Bedrängnis für meinen Kummer, für mein Herz nichts so sehr wie die Wiederkehr der großen Kälte, und ich sagte mir, vielleicht würde gerade der Winter am schwersten zu überstehen sein. Ich hätte, um die Erinnerung an Albertine auszulöschen, die sich mit allen Jahreszeiten verband, sie alle vergessen müssen, um sie danach wieder kennenzulernen, so wie ein alter Mann nach einer halbseitigen Lähmung noch einmal lesen lernt; ich hätte auf das Universum verzichten müssen. Nur ein wirklicher Tod meiner selbst, so sagte ich mir, wäre imstande (aber er ist ja nicht möglich), mich über den ihren zu trösten. Ich überlegte nicht, daß der eigene Tod weder unmöglich noch ungewöhnlich ist; er vollzieht sich ohne unser Wissen und im Notfall gegen unseren Willen von Tag zu Tag. Ich würde unter der Wiederkehr von Tagen aller Art leiden, wie sie nicht nur die Naturgesetze, sondern auch künstlich erzeugte Umstände, Übereinkünfte in eine Jahreszeit hineintragen. Bald würde die Zeit wiederkommen, da ich nach Balbec gefahren war, im vergangenen Sommer, als meine Liebe noch nicht mit der Eifersucht untrennbar verbunden war, sich nicht darum sorgte, was Albertine tagsüber tat, und noch viele Wandlungen durchmachen mußte, um schließlich so ganz anders zu werden, daß mir dieses letzte Jahr, in dem sich Albertines Schicksal zu wenden begann und sein Ende fand, so ereignisreich, vielfältig, weitläufig wie ein Jahrhundert erschien. Dann würde die Erinnerung an spätere Tage in früheren Jahren folgen, verregnete Sonntage, an denen doch alle außer Haus waren und die Leere des Nachmittags, das Rauschen des Winds und des Regens mich einst bewogen, als »Philosoph unter den Dächern« zu Hause zu bleiben: Mit welcher Bangnis würde ich nun die Stunde heranrücken sehen, da Albertine mich so unerwartet besucht hatte, mich zum erstenmal gestreichelt und sich dabei unterbrochen hatte, als Françoise mit der Lampe hereinkam, in jener zweifach toten Zeit, als Albertine es war, die sich mir zuwandte und meinem Liebesbedürfnis so berechtigte Hoffnung gab. Die Flöte des Ziegenhirten würde ich hören, die Rufe der Straßenhändler, deren Waren wir verzehrten. Und noch später im Jahr, an jenen verklärten Abenden, da die Büros, die Mädchenschulen, wie Kapellen halb geöffnet, durch Goldstaub verschleiert, Halbgöttinnen in ihrem Strahlenkranz auf die Straße entlassen und wir danach fiebern, in ihre mythologische Existenz einzudringen, wenn sie nicht weit von uns miteinander plaudern, würde ich mich nur noch an die Zärtlichkeit Albertines erinnern, wenn sie bei mir war und mich daran hinderte, mich ihnen zu nähern.

ZWEITES KAPITEL

Meine Mutter hatte mich für ein paar Wochen nach Venedig mitgenommen, und da es Schönheit ebenso wie in den unscheinbarsten auch in den kostbarsten Dingen geben kann, nahm ich dort Eindrücke auf, wie ich sie einst in Combray hatte, doch nun übertragen in eine ganz andere, reichere Tonart.[*] Wenn morgens um zehn Uhr meine Fensterläden geöffnet wurden, sah ich anstatt des schwarzen Marmors, zu dem die Schiefersteine von St-Hilaire im Morgenglanz wurden, den goldenen Engel des Campanile von San Marco. Schimmernd in einer Sonnenhelle, die seinen Umriß dem Blick beinahe entzog, verhieß er mir mit seinen weit geöffneten Armen – da ich in einer halben Stunde auf der Piazzetta sein würde – eine Freude, gewisser, als er sie einst wohl den Menschen guten Willens zu verkündigen hatte. Ich konnte, solange ich noch lag, nur ihn sehen, da aber die Welt eine einzige große Sonnenuhr ist, auf der ein beleuchteter Abschnitt uns gleich die Stunde verrät, fielen mir schon in der Frühe die Läden von Combray ein, die am Sonntag gerade geschlossen wurden, wenn ich zur Messe ging, während vom Marktplatz in der schon heißen Sonne ein kräftiger Strohgeruch aufstieg. Doch was ich schon am zweiten Tag beim Erwachen sah und weswegen ich geschwind aufstand (da es in meinem Gedächtnis und meinem Verlangen die Erinnerungen von Combray abgelöst hatte), das waren die Eindrücke meines ersten Morgengangs in Venedig – in Venedig, wo das Alltags-

---

[*] Dieser Schlußteil von ›Albertine disparue‹ in der von Proust 1922 gekürzten Fassung entspricht, bis auf die inzwischen veränderte und erweiterte Episode mit Madame de Villeparisis und Monsieur de Norpois, dem 1919 in den *Feuillets d'Art* erschienenen Vorabdruck (vgl. ›Der gewendete Tag‹, S. 149–162).

leben nicht weniger wirklich war als in Combray und wo man am Sonntagmorgen ebenso wie in Combray das Vergnügen empfand, auf eine festtägliche Straße hinauszutreten, wo diese ganze Straße jedoch aus saphirenem Wasser bestand, das von lauen Lüften gefächelt wurde und dessen Farbe so festen Grund bot, daß meine ermüdeten Augen, um sich zu entspannen, ohne Furcht, daß sie nachgeben könnte, den Blick auf ihr ruhen ließen. Wie in Combray die braven Bürger der Rue de l'Oiseau kamen auch an dem neuen Ort die Bewohner aus Häusern, die an der Hauptstraße nebeneinander in einer Reihe standen; doch die Rolle von Häusern, die ein wenig Schatten vor ihre Füße werfen, war hier Palästen aus Porphyr und farbigem Marmor anvertraut, über deren Torbogen das Haupt eines bärtigen Gottes aus der Baulinie vorragte wie der Türklopfer eines Haustors in Combray, mit dem Ergebnis, daß nicht das Braun des Erdbodens dunkler wurde, sondern das strahlende Blau des Wassers, auf dem seine Form widerschien. Auf der Piazza kam der Schatten, der in Combray die Markise eines Modegeschäfts oder das Ladenschild des Coiffeurs geworfen hätte, von den blauen Blümchen, die das Relief einer Renaissance-Fassade auf die Wüste des sonnenbeschienenen Pflasters zu seinen Füßen sät. Nicht daß man bei starkem Sonnenschein in Venedig nicht ebenso wie in Combray genötigt gewesen wäre, die Rouleaus herunterzulassen, selbst auf den Kanal hinaus. Aber sie waren zwischen das Laubwerk und die Palmetten gotischer Fenster gespannt. Das galt auch für unser Hotel, wo meine Mutter jeweils am Geländer über dem Kanal mit einer Geduld auf mich wartete, die sie mir einst in Combray nicht bewiesen hätte, da sie noch Hoffnungen, die sich seither nicht erfüllt hatten, in mich setzte und mir nicht zeigen wollte, wie sehr sie mich liebte. Jetzt aber spürte sie, daß ihre scheinbare Kälte nichts mehr geändert hätte, und so glich die große Zärtlichkeit, die sie mir zuwandte, der verbotenen Kost, die man Kranken nicht mehr verweigert, wenn einmal feststeht, daß sie nicht mehr gesund werden. Ja, die kleinen Besonderheiten, die das Fenster meiner Tante Léonie über der Rue de l'Oiseau zu etwas Einmaligem machten, seine Asymmetrie wegen des ungleichen Abstands zu den benachbarten Fenstern, die ungewöhnliche Höhe seines hölzernen Simses und die gewinkelte Stange, mit der man die Läden aufstieß, die beiden Bahnen aus schillerndem blauen Satin, die eine Vorhangschlaufe auseinanderzog, sie alle hatten ihr Gegenstück in dem Hotel in Venedig, und auch die besonderen und beredten Worte vernahm ich dort, an denen wir schon von weitem die Behausung erkennen, in die wir zum Mittagessen zurückkehren, und die uns später in Erinnerung bleiben wie zum Beweis, daß diese Behausung eine Zeitlang die unsere war; doch sie auszusprechen war in Venedig nicht wie in Combray und fast überall sonst den unscheinbarsten, den unansehnlichsten Dingen überlassen, sondern dem halb noch arabischen Spitzbogen an seiner Fassade, der in sämtlichen Abgußsammlungen und illustrierten Kunstbüchern als ein Meisterwerk weltlicher Baukunst des Mittelalters gezeigt wird; von weitem schon, und kaum war ich an San Giorgio Maggiore vorbei, erkannte ich den Bogen, der mich gesehen hatte, und im Schwung seiner durchbrochenen Rippen verband sich das Lächeln seines Willkomms mit der Würde eines höher gerichteten, beinahe unverstandenen Blicks. Und weil hinter den verschiedenfarbigen Marmorsäulen seines Geländers Mama mich erwartete, das Gesicht hinter einem Tüllschleier, dessen Weiß mir ebenso wie das Weiß ihrer Haare das Herz zerriß, da ich wußte, daß meine Mutter, die hinter ihm ihre Tränen verbarg, ihn an den Strohhut geheftet hatte, um für das Hotelpublikum »angezogener« auszusehen, vor allem aber, um mir nicht mehr so in Trauer, nicht mehr so betrübt, fast getröstet über den Tod meiner Großmutter zu erscheinen; weil sie mir in dem Augenblick, da ich sie (die mich nicht gleich erkannte) von der Gondel aus anrief, vom Grund ihres Herzens ihre Liebe zusandte, die erst da nicht weiter kam, wo ihr nichts Stoffliches mehr einen Halt bot – wo sich ihr inniger Blick noch so nahe wie möglich zu mir heran, mir entgegen hob und ihre vorgeschobenen Lippen mich lächelnd zu küssen schienen –, in dem Rahmen und unter dem Baldachin des noch heimlicheren Lächelns jenes Bogens im Schein der Mittagssonne: Deshalb hat dieses Fenster in meinem Gedächtnis die Süße der Dinge angenommen, die gleichzeitig mit uns, neben uns ihren Teil hatten an einer bestimmten Stunde, derselben, die ihnen und uns schlug; und so reich an wunderbaren Formen seine Fassung auch ist, für mich bewahrt das berühmte Fenster doch das Persönliche, wie wir es an einem großen Mann kennen, mit dem wir einen Monat am selben Ort auf dem Lande verbracht haben und der dort mit uns so etwas wie Freundschaft geschlossen hat; und wenn ich seitdem, sooft ich einen Abguß dieses Fensters in einem Museum erblicke, die Tränen zurückhalten muß, so einfach deswegen, weil es mir das sagt, was mich am tiefsten rührt: »Ich erinnere mich sehr gut an Ihre Mutter.«

Und wenn ich dann meiner Mutter entgegenging, die das Fenster verlassen hatte, und die Hitze draußen zurückblieb, empfand ich wohl auch die Kühle, wie ich sie einst in Combray gespürt hatte, wenn ich in mein Zimmer hinaufging; doch in Venedig brachte die Meeresluft sie hervor, nicht auf einer engen Holztreppe mit schmalen Tritten, sondern über der edlen Glätte von Marmorstufen, die jeden Augenblick ein meergrüner Sonnenstrahl übersprühen konnte und die zu dem einst empfangenen Unterricht Chardins die Lektion Veroneses hinzufügten. Und da es in Venedig den Kunstwerken, den Prunkgegenständen obliegt, uns die vertrauten Eindrücke des Lebens zu vermitteln, heißt es den Charakter dieser Stadt verfälschen, wenn man sie – unter dem Vorwand, das Venedig gewisser Maler erscheine in seinen berühmtesten Ansichten kalt ästhetisch – nur in ihren Elendserscheinungen darstellt, wo sich (außer in den großartigen Skizzen von Maxime Dethomas) das verflüchtigt, was ihren Glanz ausmacht, und wenn man Venedig, um es echter und wahrer zu zeigen, aussehen läßt wie Aubervilliers. Viele Künstler haben im begreiflichen Widerspruch gegen das Pseudovenedig der schlechten Maler den Fehler gemacht, sich ausschließlich an das, wie sie glaubten, wirklichkeitsnähere Venedig der ärmlichen Campi, der verlassenen kleinen Kanäle zu halten. Dieses Venedig durchstreifte ich oft am Nachmittag, wenn ich nicht mit meiner Mutter ausging. Dort fand ich leichter junge Frauen aus dem Volk, solche, die Streichhölzer verkaufen, Perlen aufziehen, Glas bearbeiten oder Spitzen herstellen, kleine Arbeiterinnen mit großen schwarzen, gefransten Umhängen. Meine Gondel folgte den schmalen Kanälen; sie schienen mir wie die verborgene Geisterhand, die mich durch die verschlungenen Gassen dieser orientalischen Stadt geführt hätte, nach und nach, so wie ich dahinfuhr, eine Bahn aufzutun, mitten ins Herz eines Viertels, das sie zerteilten, indem sie nur eben durch eine willkürlich gezogene Rille die hohen Häuser mit ihren kleinen maurischen Fenstern auseinanderschoben; und als hätte der unsichtbare Lotse eine Kerze gehalten und mir die Durchfahrt erhellt, ließen sie einen Sonnenstrahl aufleuchten und bahnten ihm seinen Weg.

Man spürte, daß zwischen den armen Behausungen, die der kleine Kanal soeben getrennt hatte und die sonst ein festes Ganzes gebildet hätten, kein Platz übrig gewesen war. So hingen der Campanile der Kirche oder die Weinlauben der Gärten über den Rio wie in einer überfluteten Stadt. Aber Kirchen wie Gärten – dank derselben Übertragung wie am Canal Grande, wo das Meer die Aufgabe eines Verbindungswegs übernimmt, stiegen zu beiden Seiten des kleinen Kanals die Kirchen des alten volkstümlichen Viertels, der ärmlichen, dicht bewohnten Pfarreien aus dem Wasser empor und wiesen den Stempel ihrer Notwendigkeit, des Kommens und Gehens vieler kleiner Leute auf, und die Gärten, durch die der Kanal gedrungen war, ließen Laub oder Früchte zu ihrem Erstaunen ins Wasser hängen; und auf dem Vorsprung des Hauses, dessen grob gespaltener Sandstein noch rauh war, als sei er eben erst hastig zersägt worden, ließen Buben, überrascht ihr Gleichgewicht wahrend, die Beine schön senkrecht baumeln, wie Matrosen auf einer Drehbrücke, deren Hälften sich voneinander gelöst und dem Meer einen Durchgang gewährt haben.

Mitunter erschien ein schöneres Bauwerk, stand da wie eine Überraschung in einem Kästchen, das wir soeben geöffnet haben, ein kleiner Elfenbeintempel mit seinen korinthischen Säulen und mit seiner allegorischen Figur am Giebel, ein wenig verloren, wie er so zwischen Gebrauchsgegenständen herumstand, und die Vorhalle, die der Kanal ihm einräumte, glich trotz allem einer Landestelle für Gemüsehändler.

Die Sonne stand noch hoch am Himmel, wenn ich meine

Mutter auf der Piazzetta wieder traf. Die Gondel trug uns auf dem Canal Grande zurück, wir sahen, wie die Paläste, an denen wir vorbeifuhren, das Licht und die Stunde auf ihren rosa Mauern spiegelten und sich mit ihnen veränderten, weniger nach der Art von Wohnhäusern und berühmten Bauwerken als von Marmorhängen, an deren Fuß man abends im Boot entlangfährt, um den Sonnenuntergang zu betrachten. So erinnerten die Häuser beidseits dieser Wasserstraße an Naturerscheinungen, eine Natur jedoch, die ihre Werke mit menschlicher Phantasie geschaffen hätte. Aber dank dem besondern, fast mitten im Meer dennoch städtischen Aussehen Venedigs, wo sich zweimal am Tag das Steigen und Sinken des Wassers bemerkbar macht, das die prachtvollen Aufgänge zu den Palästen bei Flut bedeckt und bei Ebbe enthüllt, begegneten wir nicht anders als in Paris auf den Boulevards, den Champs-Élysées, im Bois, auf jeder breiten, vielbegangenen Avenue, im Streulicht des Abends den eleganten Frauen, fast lauter Ausländerinnen, die weich auf die Kissen ihrer schwimmenden Equipagen gelagert einander folgten, vor einem Palast anhalten ließen, wo sie eine Freundin besuchen wollten, und fragen ließen, ob sie zu Hause sei; und während sie in Erwartung der Antwort für alle Fälle ihre Karte bereitmachten, um sie dazulassen, wie sie es auch am Tor des Hôtel de Guermantes getan hätten, schauten sie in ihrem Reiseführer nach, in welche Epoche, zu welchem Stil der Palazzo gehörte, wobei sie wie auf dem Kamm einer blauen Welle von der unruhigen Bewegung des funkelnden Wassers geschaukelt wurden, das sich in der Enge zwischen der tanzenden Gondel und dem widerhallenden Marmor aufbäumte. So war das Spazierenfahren, selbst wenn es einzig Visiten oder Einkäufen galt, dreifach und einmalig in dieser Stadt, wo das bloße Kommen und Gehen des Gesellschaftslebens zugleich die Form und den Zauber eines Museumsbesuchs und einer Meerfahrt annimmt.

Am Canal Grande waren mehrere Paläste in Hotels umgewandelt worden, und aus einem Wunsch nach Abwechslung oder aus Liebenswürdigkeit gegenüber Madame Sazerat, die wir hier angetroffen hatten – die unerwartete und unerwünschte Bekannte, der man auf jeder Reise begegnet –

und die Mama eingeladen hatte, wollten wir eines Abends statt in unserem Hotel in einem anderen essen, wo die Küche als besser galt. Während meine Mutter den Gondoliere bezahlte und mit Madame Sazerat in den Salon trat, den sie reserviert hatte, schaute ich für einen Augenblick in den großen Speisesaal mit seinen schönen Marmorpfeilern und seinen Fresken, die einst alle Wände bedeckten und seither schlecht restauriert worden sind. Zwei Kellner unterhielten sich in einem Italienisch, das ich übersetze:

»Essen die Alten auf ihrem Zimmer? Sie sagen nie Bescheid. Es ist lästig, ich weiß nie, ob ich ihren Tisch für sie freihalten soll. Na schön, dann ist er eben besetzt, wenn sie kommen! Ich verstehe das nicht, *forestieri* wie die in einem so feinen Hotel. Was haben sie hier zu suchen.«

Seiner Verachtung zum Trotz hätte der Kellner gern gewußt, was er mit dem Tisch machen sollte, und er wollte gerade dem Liftboy auftragen lassen, er solle sich oben erkundigen; doch da erhielt er schon die Antwort: Er sah, wie die alte Dame hereintrat. Trotz des Gepräges der Trauer und Müdigkeit, das die wachsende Last der Jahre einem Gesicht verleiht, und trotz einer Art von Ekzem, einem roten Ausschlag, der das ihre bedeckte, erkannte ich unter ihrer Haube, in ihrem taillenlosen schwarzen Kleid, das bei W… gearbeitet war, für Unkundige aber dem einer alten Hausmeisterin glich, mühelos die Marquise de Villeparisis. Der Zufall wollte, daß der Ort an der schönen marmorverkleideten Längswand, wo ich stand, um die Spuren eines Freskos zu betrachten, gerade hinter dem Tisch lag, an den Madame de Villeparisis sich gesetzt hatte.

»Da wird Monsieur de Villeparisis auch gleich kommen. Seit einem Monat sind sie hier, und nicht einmal hat er oder sie allein gegessen«, sagte der Kellner.

Ich fragte mich noch, mit welchem Verwandten sie wohl hergereist sei, den man Monsieur de Villeparisis nannte, als ich auch schon in dem Herrn, der auf ihren Tisch zuging und sich neben sie setzte, ihren alten Liebhaber erkannte, Monsieur de Norpois.* Sein hohes Alter hatte den vollen Klang seiner

---

* Das Folgende bis »antun können« fehlt in dem Vorabdruck der *Feuillets d'Art*.

Stimme gedämpft, dafür aber seine einst so gemessene Rede zum Überborden gebracht. Das erklärte sich vielleicht aus ehrgeizigen Hoffnungen, von denen er spüren mochte, daß zu ihrer Verwirklichung nicht mehr viel Zeit blieb, und die ihn mit um so mehr Unrast und Ungestüm erfüllten, und vielleicht daraus, daß er in naivem Wunschdenken seinen Platz in der Politik zurückzuerobern glaubte, indem er mit verletzender Kritik denjenigen zusetzte, deren Stelle er alsbald einnehmen würde. So sind Politiker oft überzeugt, daß sich die Regierung, der sie nicht angehören, keine drei Tage mehr halten wird. Dabei waren Monsieur de Norpois die Traditionen der diplomatischen Sprache nicht ganz abhanden gekommen. Sowie es um »hohe Politik« ging, war er, wie man sehen wird, wieder der Mann, den wir kennen; sonst aber verbreitete er sich über dies und jenes mit der senilen Heftigkeit gewisser Achtzigjähriger, die auf diese Weise über Frauen herfallen, denen sie nicht mehr viel antun können.

Madame de Villeparisis bewahrte während einiger Minuten das Schweigen einer betagten, in Erinnerungen versunkenen Frau, der die Schwäche des Alters die Rückkehr in die Gegenwart schwer macht. Dann, mit schwacher, aber doch gebieterischer Stimme wieder bei den ganz praktischen Fragen, in denen eine wechselseitige Liebe noch weiterklingt:

»Bist du bei Salviati gewesen?« »Ja.« »Schicken sie's morgen?« »Ich habe die Schale selbst hergebracht, ich zeige sie dir nach dem Essen. Sehen wir uns die Karte an. Als Vorspeise gibt es Rötlinge; nehmen wir sie?« »Ich schon; aber du darfst sie nicht essen, du weißt doch. Du könntest Risotto nehmen, aber der ist hier nicht gut.« »Das macht nichts. Garçon, die Rötlinge für Madame und Risotto für mich, und zwei halbe Evian.«

Wieder ein langes Schweigen.

»Ach ja, ich habe dir Zeitungen mitgebracht, den ›Corriere della Sera‹, die ›Gazzetta del Popolo‹ und noch andere. Du weißt, daß jetzt alle Welt von Umbesetzungen in der Diplomatie spricht? Der erste Sündenbock wäre Paléologue, der in Serbien offensichtlich versagt hat. Er könnte durch Lozé ersetzt werden, und dann würde Konstantinopel frei werden.

Allerdings«, fügte Monsieur de Norpois rasch und mit scharfer Betonung hinzu, »wäre es ratsam, für einen so anspruchsvollen Posten in einem Land, wo Großbritannien jederzeit den ersten Platz am Verhandlungstisch einnehmen wird, Persönlichkeiten mit Erfahrung ins Auge zu fassen, die besser gerüstet sind, mit den Schlingen der Feinde unserer britischen Verbündeten fertig zu werden, als Diplomaten der jungen Generation, die ihnen Kopf voran ins Garn gehen würden.« Die reizbare Zungenfertigkeit, mit der Monsieur de Norpois diese letzten Worte aussprach, rührte vor allem davon her, daß die Zeitungen nicht, wie er es ihnen empfohlen hatte, seinen Namen ins Spiel brachten, sondern einen jungen Mann im Außenministerium als »großen Favoriten« bezeichneten. »Gott weiß, daß es den altgedienten Männern völlig fernliegt, sich durch irgendwelche dunklen Machenschaften auf den Platz und an die Stelle mehr oder weniger unfähiger Nachwuchskräfte zu drängen. Ich habe genug gesehen von all diesen angeblichen Diplomaten der pragmatischen Schule, die ihre ganze Hoffnung in einen Luftballon setzten, den ich bei erster Gelegenheit platzen ließ. Freilich, wenn die Regierung so unklug ist, die Zügel des Staates vorwitzigen Händen anzuvertrauen, wird ein Rekrut auf den Ruf der Pflicht stets mit ›Hier!‹ antworten. Aber wer weiß (und Monsieur de Norpois' Miene verriet, daß er sehr wohl wußte, von wem er sprach), ob das nicht auch der Fall wäre, wenn man sich eines Tages nach einem Veteranen mit großer Erfahrung und ungebrochenem Diensteifer umsähe. Ich bin der Meinung – andere mögen es anders sehen –, man sollte den Posten in Konstantinopel erst annehmen, wenn wir mit Deutschland die zwischen uns anhängigen Meinungsverschiedenheiten bereinigt haben. Wir sind niemandem etwas schuldig, und es ist unzumutbar, daß man uns alle sechs Monate mit arglistigen Manövern irgendein Zugeständnis abzwingt, das von einer käuflichen Presse immer schon aufs Tapet gebracht worden ist. Das muß aufhören, und natürlich würde ein hochqualifizierter Mann, der sein Können bewiesen hat und auf den, wenn ich so sagen darf, Kaiser Wilhelm hört, ein größeres persönliches Gewicht einsetzen können, um einen Schlußstrich unter den Konflikt zu ziehen.«

Ein Herr, der gerade seine Mahlzeit beendete, grüßte Monsieur de Norpois.

»Ah, das ist ja Fürst Foggi«, sagte der Marquis. »Ah – ich weiß nicht genau, wen du meinst«, seufzte Madame de Villeparisis. »Doch natürlich, Fürst Odon Foggi. Der direkte Schwager deiner Cousine Doudeauville. Du erinnerst dich doch, ich war mit ihm auf der Jagd in Bonnétable.« »Ah! Odon, ist das der, der auch malte?« »Aber nein, das ist der, der die Schwester des Großherzogs N... geheiratet hat.« Monsieur de Norpois sagte das alles in dem ungnädigen Ton eines Lehrers, der mit seiner Schülerin nicht zufrieden ist, und richtete einen strengen Blick aus seinen blauen Augen auf Madame de Villeparisis.

Als der Fürst seinen Kaffee getrunken hatte und aufbrach, erhob sich Monsieur de Norpois, ging in beflissener Haltung auf ihn zu, trat dann aber mit einer ausladenden Geste zur Seite und stellte ihn Madame de Villeparisis vor. Und während der paar Minuten, die der Fürst bei ihnen verweilte, wandte Monsieur de Norpois die blauen Augen nicht von Madame de Villeparisis ab, überwachte sie mit dem Wohlgefallen oder der Strenge des alten Liebhabers oder noch eher in Sorge, sie könnte sich eine der ausfälligen Bemerkungen gestatten, die er goutiert hatte, die er aber fürchtete. Sowie sie zu dem Fürsten etwas sagte, das nicht ganz stimmte, berichtigte er ihre Äußerung und hielt seinen Blick mit der beharrenden Eindringlichkeit eines Magnetiseurs auf die benommene, fügsame Marquise gerichtet.

Ein Kellner kam, um mir zu sagen, meine Mutter warte auf mich; ich ging hinüber und entschuldigte mich bei Madame Sazerat; ich sagte, es habe mir Spaß gemacht, Madame de Villeparisis zu sehen. Bei diesem Namen wurde Madame Sazerat blaß und schien einer Ohnmacht nahe. Sie nahm sich aber zusammen:

»Madame de Villeparisis – Mademoiselle de Bouillon?« fragte sie. »Ja.« »Könnte ich sie nicht einen Augenblick sehen? Das ist mein größter Traum.« »Dann dürfen Sie keine Zeit verlieren, Madame, sie wird mit dem Essen gleich fertig sein. Aber was interessiert Sie so sehr an ihr?« »Madame de Villeparisis war doch in erster Ehe die Herzogin von Harvé, schön wie ein Engel, böse wie ein Dämon – sie hat meinen Vater um den Verstand gebracht, hat ihn ruiniert und gleich danach verlassen. Nun, und jetzt, da mein Vater tot ist – sie mag an ihm gehandelt haben wie die letzte Dirne, sie war schuld, daß ich und die Meinen als kleine Leute in Combray leben mußten, jetzt tröste ich mich damit, daß mein Vater die schönste Frau seiner Zeit geliebt hat, und da ich sie nie gesehen habe, wird es mir trotz allem wohl tun . . .«

Ich begleitete Madame Sazerat, die vor Aufregung zitterte, bis zur Tür des Speisesaals und zeigte ihr Madame de Villeparisis.

Aber wie bei einer Blinden, die ihrem Blick eine falsche Richtung gibt, blieben Madame Sazerats Augen nicht auf den Tisch gerichtet, an dem Madame de Villeparisis saß, sondern suchten nach einer anderen Stelle im Saal.

»Sie muß schon fort sein; dort, wo Sie meinen, sehe ich sie nicht.«

Und sie suchte weiter, von dem verhaßten und bewunderten Traumbild geleitet, das seit so langer Zeit in ihrer Phantasie lebte.

»Doch – da, am zweiten Tisch.« »Dann zählen wir nicht vom selben Punkt aus. So wie ich zähle, ist der zweite Tisch der, an dem nur ein alter Herr sitzt und neben ihm eine greuliche kleine, rotgesichtige Bucklige.« »Das ist sie.«*

Inzwischen hatte Madame de Villeparisis den Fürsten Foggi durch Monsieur de Norpois bitten lassen, sich zu ihnen zu setzen, und eine liebenswürdige Unterhaltung kam zwischen den dreien in Gang; man sprach von politischen Dingen, der Fürst erklärte, das Schicksal der Regierung kümmere ihn weiter nicht und er werde noch eine gute Woche in Venedig verweilen. Er hoffe, daß bis dahin von einer Krise nicht mehr die Rede sein werde. Er meinte im ersten Augenblick, Monsieur de Norpois interessiere sich nicht für diese politischen Fragen; denn der Marquis, der sich noch eben so heftig geäu-

---

* So wie die politischen Expektorationen Monsieur des Norpois' (oben S. 326 f.) fehlt in den *Feuillets d'Art* auch die folgende längere Passage bis zu dem Neuansatz, unten S. 335 (»Nach dem Frühstück . . .«).

ßert hatte, wahrte nun plötzlich ein fast engelhaftes Schweigen; es schien, als könnte daraus, wenn die Stimme einst wiederkehrte, nur ein reiner, melodischer Gesang von Mendelssohn oder César Franck emporsteigen. Der Fürst erwog auch, ob dieses Schweigen die Zurückhaltung eines Franzosen ausdrücken könnte, der vor einem Italiener nicht über italienische Angelegenheiten sprechen will. Der Fürst befand sich ganz und gar im Irrtum. Das Schweigen, die gleichgültige Miene hatte man bei Monsieur de Norpois nicht als Merkmal der Zurückhaltung zu verstehen, sondern als das gewohnte Vorspiel einer Wortmeldung zu wichtigen Angelegenheiten. Der Marquis strebte nichts Geringeres an als den Botschafterposten in Konstantinopel, zuvor aber die Lösung der deutschen Frage, für die er sich des Kabinetts in Rom zu versichern gedachte. Er war tatsächlich der Meinung, ein Schachzug von internationaler Tragweite könnte die verdiente Krönung seiner Laufbahn bilden, vielleicht sogar den Beginn einer neuen, ehrenvollen und schwierigen Tätigkeit, auf die er nicht verzichtet hatte. Das Alter nimmt uns zuerst die Fähigkeit, etwas zu tun, und nicht, es zu wünschen. Erst in einer dritten Phase haben die Menschen, die sehr alt werden, ihren Wünschen entsagt, so wie sie zuvor das Handeln aufgeben mußten. Sie kandidieren dann nicht einmal mehr bei unbedeutenden Wahlen wie etwa der des Präsidenten der Republik, wo sie so oft ihr Glück versucht hatten. Sie begnügen sich damit, auszugehen, zu essen, die Zeitungen zu lesen, sie überleben sich selbst.

Um dem Marquis seine vermeintliche Befangenheit zu nehmen und ihm zu zeigen, daß er ihn als Landsmann betrachtete, kam der Fürst auf die möglichen Nachfolger des derzeitigen Ministerpräsidenten zu sprechen. Der Nachfolger würde vor einer schwierigen Aufgabe stehen. Erst als Fürst Foggi mehr als zwanzig Namen von Politikern genannt hatte, die nach seiner Meinung in Frage kamen – Namen, die sich der ehemalige Botschafter mit halb geschlossenen Lidern über den blauen Augen und ohne jede Bewegung anhörte –, brach Monsieur de Norpois das Schweigen, um jene Worte auszusprechen, über welche dann zwanzig Jahre lang in den

Staatskanzleien gesprochen wurde; später, als man sie vergessen glaubte, wurden sie von der einen oder anderen Persönlichkeit wieder aufgetischt, die mit »Ein Wohlunterrichteter« oder mit »Testis« oder »Machiavelli« zeichnete, in einer Zeitung, wo ihnen gerade die Vergessenheit, in die sie geraten waren, dazu verhalf, noch einmal Aufsehen zu erregen. Fürst Foggi hatte also dem Diplomaten, der unbeweglich und stumm wie ein Tauber dasaß, mehr als zwanzig Namen genannt, als Monsieur de Norpois den Kopf leicht erhob und in eben der Form, die er seinen folgenreichsten diplomatischen Noten gegeben hatte, doch diesmal mit größerer Kühnheit und nicht ganz so knapp, die Frage einwarf: »Und hat denn niemand den Namen Giolitti genannt?« Bei diesen Worten fielen dem Fürsten Foggi die Schuppen von den Augen; er vernahm ein überirdisches Raunen. Gleich danach wandte sich Monsieur de Norpois irgendwelchen anderen Dingen zu und scheute sich nicht, ein wenig laut zu sein, so wie man nach dem Verklingen des letzten Tons eines weihevollen »Air« von Bach wieder zu sprechen wagt und zur Garderobe geht, um seine Sachen zu holen. Ja, er verdeutlichte diesen Abschluß noch, indem er den Fürsten bat, ihren Majestäten dem König und der Königin seine Huldigung darzubringen, wenn er sie sehen sollte – eine Endformel, die dem Ruf nach dem Ende eines Konzerts entsprach: »Der Kutscher Auguste aus der Rue de Belloy!« Wir wissen nicht genau, welches die Eindrücke des Fürsten Foggi waren. Gewiß war er entzückt, das Meisterwerk gehört zu haben: »Und Giolitti, hat denn niemand diesen Namen genannt?« Denn Monsieur de Norpois, dessen schönste Eigenschaften durch das Alter geschwächt oder in Verwirrung geraten waren, hatte dafür jene kurzen »Läufe« vervollkommnet, so wie bejahrte Instrumentalisten, die in jeder anderen Hinsicht nachlassen, sich bis zu ihrem letzten Tag noch eine Meisterschaft in der Kammermusik aneignen, die sie zuvor nicht besaßen.

Tatsache ist, daß Fürst Foggi, der noch zwei Wochen in Venedig hatte bleiben wollen, noch am selben Tag nach Rom zurückfuhr und wenige Tage später vom König in Audienz empfangen wurde; dabei ging es um Ländereien, die der Fürst, wie wir wohl schon erwähnt haben, in Sizilien besaß. Das Kabinett hielt sich länger, als man geglaubt hätte, über Wasser. Nach seinem Sturz beriet sich der König mit verschiedenen Politikern über einen geeigneten Chef der neuen Regierung. Dann ließ er Giolitti kommen, der den Auftrag annahm. Drei Monate später berichtete eine Zeitung über die Begegnung des Fürsten Foggi mit Monsieur Norpois. Das Gespräch wurde ebenso wiedergegeben wie hier, mit dem Unterschied, daß man statt »... die Frage einwarf« las: »... mit seinem feinen und gewinnenden Lächeln die Frage einwarf«. Monsieur de Norpois fand, daß »einwarf« für einen Diplomaten schon stark genug und der Zusatz unangebracht sei. Ein offizielles Dementi von Seiten des Quai d'Orsay wäre ihm lieb gewesen, aber am Quai d'Orsay wußte man weder aus noch ein. Monsieur Barrère kabelte stündlich mehrere Male nach Paris, um festzuhalten, daß es einen regulären Botschafter beim Quirinal gebe, und über das Mißfallen zu berichten, das diese Angelegenheit in ganz Europa erregt habe. Ein solches Mißfallen gab es gar nicht, aber man war zu höflich, um Monsieur Barrère zu widersprechen, der darauf bestand, daß alle Welt empört sei. Monsieur Barrère, der nur auf das hörte, was er zu hören meinte, nahm dieses höfliche Schweigen als Zustimmung. Er telegraphierte sogleich nach Paris: »Ich habe mich eine Stunde lang mit dem Marquis Visconti-Venosta unterhalten usw.« Seine Sekretäre waren zu Tode erschöpft.

Es gab aber in Frankreich eine sehr alte Zeitung, auf die Monsieur de Norpois stets zählen konnte; sie hatte ihm sogar 1870, als er französischer Geschäftsträger in einem deutschen Land war, einen großen Dienst erwiesen. Diese Zeitung wurde hervorragend redigiert, und das galt noch besonders für den ungezeichneten Leitartikel. Sie erregte aber unendlich viel größeres Aufsehen, wenn dieser Leitartikel (der in jenen fernen Zeiten ›Premier-Paris‹ hieß und heute aus unerfindlichen Gründen ›Éditorial‹ genannt wird) ungeschickt abgefaßt war, wenn er von Wortwiederholungen und anderen Stilfehlern wimmelte. Jedermann spürte dann mit Bewegung, daß der Artikel »inspiriert« war. Vielleicht von Monsieur de Norpois, vielleicht von einem anderen Großmeister der Stunde. Um uns von den italienischen Ereignissen im voraus ein Bild zu machen, wollen wir zeigen, wie Monsieur de Norpois im Jahr 1870 jene Zeitung benutzte – ohne Erfolg, wie man finden wird, denn der Krieg kam dennoch, aber sehr wirkungsvoll in den Augen Monsieur de Norpois', dessen Prinzip es war, in erster Linie die öffentliche Meinung vorzubereiten. Seine in jedem Wort sorgfältig abgewogenen Artikel glichen den zuversichtlichen Bulletins, die dem Tod des Patienten unmittelbar vorangehen. 1870 zum Beispiel, am Vorabend der Kriegserklärung, als die Mobilmachung nahezu abgeschlossen war, hatte es Monsieur de Norpois (der natürlich unsichtbar blieb) für richtig gehalten, dem großen Blatt den folgenden Leitartikel zu senden:

»In den maßgeblichen Kreisen scheint die Auffassung vorzuherrschen, daß seit der Mitte des gestrigen Nachmittags die Lage zwar nicht etwa als besorgniserregend, aber als ernst und in mancher Hinsicht sogar als eventuell kritisch angesehen werden könnte. Monsieur le Marquis de Norpois soll mehrere Gespräche mit dem preußischen Minister geführt haben, um im Geiste der Entschlossenheit und der Verständigungsbereitschaft sowie auf ganz konkrete Weise die verschiedenen Gründe der bestehenden Spannung (wenn man so sagen kann) zu prüfen. Wir waren bei Redaktionsschluß bedauerlicherweise noch nicht im Besitze der Meldung, daß sie sich auf eine Formel hätten einigen können, die als Grundlage einer diplomatischen Vereinbarung dienen könnte.«

Letzte Nachricht: »In wohlunterrichteten Kreisen hat man mit Genugtuung erfahren, daß in den französisch-preußischen Beziehungen eine leichte Entspannung eingetreten zu sein scheint. Ganz besondere Beachtung dürfte man der Tatsache beimessen, daß Monsieur de Norpois ›Unter den Linden‹ den britischen Gesandten getroffen und sich während zwanzig Minuten mit ihm unterhalten hat. Diese Nachricht wird in den wohlunterrichteten Kreisen als ›befriedigend‹ angesehen.«

Und am nächsten Tag war dann auf der ersten Seite zu lesen: »Es scheint nun trotz aller Verhandlungskunst des Marquis de Norpois, dem für die geschmeidige Tatkraft, mit der er die unveräußerlichen Rechte Frankreichs zu verteidigen gewußt hat, jedermann Anerkennung zollt, so gut wie kaum mehr eine Aussicht zu bestehen, daß ein Bruch vermieden werden könnte.«

Das Blatt konnte nicht umhin, einem solchen redaktionellen Artikel einige Kommentare folgen zu lassen, die auch wieder von Monsieur Norpois stammten. Man hat vielleicht bemerkt, daß er im diplomatischen Schriftenverkehr den Konditional unter den grammatikalischen Formen bevorzugte (»Besondere Beachtung dürfte man der Tatsache beimessen« statt »scheint man der Tatsache beizumessen«). Aber nicht weniger teuer war ihm der Indikativ Präsens, wenn auch nicht in seiner gewöhnlichen Verwendung, sondern in derjenigen des alten Optativs.

»Nie hat die Öffentlichkeit eine so bewundernswürdige Gelassenheit an den Tag gelegt (Monsieur de Norpois hätte das gern gesehen, fürchtete aber das Gegenteil). Müde, wie es der fruchtlosen Aufregungen ist, hat es mit Genugtuung zur Kenntnis genommen daß die Regierung Seiner Majestät ihre Verantwortung je nach den Entwicklungen, die sich ergeben könnten, wahrnehmen dürfte. Die Öffentlichkeit erwarte nichts Besseres.* Zu ihrer prachtvollen Kaltblütigkeit, die selbst schon ein Vorzeichen des Erfolgs ist, werden wir durch eine Nachricht noch beitragen, die wohl geeignet ist, die öffentliche Meinung in ihrer Gefaßtheit zu bestärken. Man versichert uns nämlich, daß Monsieur de Norpois, der aus Gesundheitsgründen schon lange zu einer kurzen Behandlung nach Paris kommen sollte, Berlin verlassen haben dürfte, wo er seine Anwesenheit nicht mehr für dienlich erachtete.«

Letzte Nachricht: »Seine Majestät der Kaiser ist heute von Compiègne nach Paris abgereist, um sich mit dem Marquis de Norpois, mit dem Kriegsminister und mit Marschall Bazaine, in den die öffentliche Meinung ein besonderes Vertrauen setzt, zu beraten. Seine Majestät der Kaiser hat das Diner abgesagt, das er für seine Schwägerin die Herzogin von Alba geben wollte. Dies hat, sowie es bekannt wurde, überall einen beson-

---

* »Le public n'en demande [gleichlautend wie Indikativ, aber als Optativ zu lesen] pas davantage.«

ders günstigen Eindruck hervorgebracht. Der Kaiser hat die Truppen inspiziert, deren Begeisterung nicht zu beschreiben ist. Einem Aufgebot folgend, das unmittelbar nach dem Eintreffen des Kaiserpaars erlassen wurde, haben sich einige Korps im Hinblick auf jeden möglichen Fall in Richtung des Rheins in Bewegung gesetzt.«

Nach dem Frühstück ging ich, wenn ich nicht allein durch Venedig streifen wollte, auf mein Zimmer und machte mich zurecht, um mit meiner Mutter auszugehen. Die schroff nach innen gewinkelte Mauer ließ mich die Einschränkung fühlen, die das Meer verfügte, den Mangel an Baugrund. Und wenn ich hinunterging, um meine Mutter zu treffen, die mich um die Zeit erwartete, da es in Combray so angenehm war, im Dunkeln hinter den geschlossenen Fensterläden die Sonne ganz nahe zu spüren, wurden hier über die ganze Marmortreppe, bei der man so wenig wie auf einem Gemälde der Renaissance wußte, ob sie in einen Palast oder auf eine Galeere gehörte, die gleiche Kühle und das gleiche Gefühl der Helligkeit draußen von dem wehenden Sonnensegel an den stets offenen Fenstern erzeugt, durch die laues Dämmer- und grünliches Sonnenlicht in einem ununterbrochenen Luftzug wie auf einer schwankenden Fläche hereindrang und an die bewegte Nachbarschaft, das Leuchten, die spiegelnde Unstete des Wassers gemahnte. Am Tag vor unserer Abreise kamen wir bis Padua, zu jenen »Lastern« und »Tugenden«, deren Reproduktionen mir Swann geschenkt hatte; nachdem wir im hellen Sonnenschein durch die Anlagen der Arena gegangen waren, trat ich in die Giotto-Kapelle, wo die ganze Wölbung und der Hintergrund der Fresken von solchem Blau sind, daß es scheint, als sei zugleich mit dem Besucher auch der strahlende Tag über die Schwelle geschritten, für einen Augenblick in den Schatten und in die Kühle mit seinem blauen Himmel, der höchstens ein wenig dunkler wurde, da ihn das Sonnenlicht nicht mehr vergoldete – so wie die schönsten Tage eine kurze Unterbrechung erfahren, wenn die Sonne einmal, ohne daß man eine Wolke gesehen hat, ihren Blick abwendet und das Azur des Himmels etwas dunkler und dabei noch weicher wird –; auf dem bläulichen Stein flogen Engel mit solchem himmlischen oder wenigstens kindlichen Eifer umher, daß sie als Flügelwesen einer besonderen Gattung erschienen, die wirklich existiert und in der Naturkunde zur Zeit des Alten und Neuen Testaments figuriert hätten, und die stets vor den Heiligen herfliegen, wenn sie spazierengehen; immer sind einige über ihnen losgelassen, und da sie wirkliche und tatsächlich fliegende Geschöpfe sind, sieht man sie aufsteigen, Kreise ziehen, mit der größten Leichtigkeit »Loopings« vollführen, kopfüber auf die Erde zustürzen und sich mit großem Geflatter in einer Lage behaupten, die den Gesetzen der Schwerkraft widerspricht, und sie erinnern viel eher an eine Vogelart oder an junge Schüler Foncks, die den Schwebeflug üben, als an die Engel der Renaissance oder späterer Zeit, deren Flügel nur noch Embleme sind und deren Haltung gewöhnlich die gleiche ist wie die von ungeflügelten Himmelsbewohnern.

Am Abend ging ich allein durch die verzauberte Stadt, mitten in fremden Vierteln wie eine Gestalt aus Tausendundeiner Nacht. Fast immer entdeckte ich so, vom Zufall geleitet, einen großen unbekannten Platz, von dem kein Führer, kein Reisender mir gesprochen hatte.

Ich war in ein Netz von kleinen Gäßchen, von Calli geraten, die durch das abgeteilte Stück Venedig zwischen einem Kanal und der Lagune nach allen Richtungen ihre Furchen zogen, so daß es diesen unzähligen winzig-zarten Formen entsprechend kristallisiert schien. Auf einmal kam es mir vor, als träte in der kristallisierten Materie eine Entspannung ein. Ein Campo, den ich so weit und prachtvoll in diesem Netz kleiner Gassen gewiß nicht vermutet und nicht einmal untergebracht hätte, dehnte sich vor mir aus, umgeben von zauberhaften Palazzi im blassen Mondschein. Es war eines jener architektonischen Gebilde, auf die in einer anderen Stadt die Straßen zulaufen, deuten und hinführen. Hier schien es in einem Gewirr von Gäßchen absichtlich verborgen zu sein wie jene Paläste in orientalischen Märchen, in die man eines Nachts jemanden geleitet, der noch vor Tag nach Hause gebracht wird und die verwunschene Stätte nicht wieder finden darf, so daß er am Ende glaubt, er sei nur im Traum dort gewesen.

Am nächsten Morgen machte ich mich auf die Suche nach dem schönen nächtlichen Platz, ich folgte den Calli, die alle einander glichen und mir nicht den leisesten Wink gaben, es sei denn, um mich noch mehr in die Irre zu führen. Bisweilen weckte in mir ein flüchtiges Zeichen, das ich zu erkennen glaubte, die Erwartung, daß mir der schöne verschwiegene Platz in seiner Umfriedung, seiner Stille und Einsamkeit nun sogleich erscheinen werde. Dann ließ mich ein böser Geist, der die Gestalt einer unbekannten Calle angenommen hatte, wider besseres Wissen umkehren, und plötzlich fand ich mich am Canal Grande wieder. Und da es zwischen der Erinnerung an einen Traum und der Erinnerung an etwas Wirkliches keine großen Unterschiede gibt, fragte ich mich zuletzt, ob ich nicht geschlafen hatte und sich in einer dunkeln venezianischen Kristallisierung die Bilder verschoben hatten, um den Mondschein über einen weiten, von romantischen Palästen umgebenen Platz meditieren zu lassen.

Als ich an demselben Tag, an dem wir nach Paris zurückreisen wollten, erfuhr, daß Madame Putbus und also auch ihre Zofe soeben in Venedig angekommen waren, bat ich meine Mutter, die Abreise um ein paar Tage zu verschieben; ihre Art, meine Bitte nicht in Betracht zu ziehen und nicht einmal ernst zu nehmen, weckte in meinen vom venezianischen Frühling erregten Nerven das alte Verlangen nach Widerstand gegen ein vermeintliches Komplott meiner Eltern (die sich vorstellten, ich würde ja doch gehorchen müssen) – das Kampfbedürfnis, das mich früher dazu trieb, gerade denen, die ich liebte, meinen Willen aufzuzwingen, immer bereit, mich dem ihren zu fügen, wenn es mir einmal gelungen war, sie zum Nachgeben zu bewegen. Ich sagte meiner Mutter, ich würde nicht abreisen, sie aber hielt es für klüger, darauf gar nicht einzugehen; sie antwortete nicht einmal. Darauf sagte ich noch, sie werde schon sehen, ob es mir ernst sei oder nicht. Und als die Stunde gekommen war, da sie mitsamt meinem ganzen Gepäck zum Bahnhof fuhr, bestellte ich mir ein Getränk auf die Terrasse über dem Kanal, ließ mich dort nieder und betrachtete den Sonnenuntergang, während auf einer Barke dem Hotel gegenüber ein Musikant »Sole mio« sang.

Die Sonne sank tiefer und tiefer. Meine Mutter konnte nicht mehr weit vom Bahnhof sein. Bald würde sie abgereist sein, ich würde allein in Venedig bleiben, allein mit dem traurigen Wissen, daß sie meinetwegen bekümmert war, und ohne ihre Gegenwart, die mich getröstet hätte. Die Abfahrtszeit rückte näher. Meine unwiderrufliche Einsamkeit stand so nahe bevor, daß mich dünkte, sie sei schon angebrochen und sei vollkommen.

Die Dinge waren mir fremd geworden. Ich hatte nicht mehr die Ruhe, meinem pochenden Herzen ein wenig Stetigkeit abzugewinnen und sie ihnen zu geben. Die Stadt, die ich vor mir hatte, war nicht mehr Venedig. Ihre Persönlichkeit, ihr Name erschienen mir als lügenhafte Erfindung; ich hatte nicht mehr den Mut, sie in die Steine hineinzulesen. Von den Palästen sah ich nur noch die Bestandteile, bloße Massen von Marmor, wie es sie überall gibt, und im Wasser eine Verbindung von Wasser- und Stickstoff, ewig und blind, vor und außer jedem Zusammenhang mit Venedig, ohne eine Ahnung von den Dogen und von Turner. Und dieser beliebige Ort hatte doch etwas Eigentümliches, wie ein Ort, an dem wir eben erst angekommen sind, der uns noch nicht kennt – wie einer, von dem wir abgereist sind und der uns schon vergessen hat. Ich konnte ihm von mir nichts mehr sagen, konnte nichts mehr von mir auf ihn übergehen lassen, ich blieb verkrampft vor ihm sitzen, ich war nur noch ein pochendes Herz und bange Aufmerksamkeit für den Ablauf von »Sole mio«. Ich konnte mich noch so verzweifelt auf die schöne charakteristische Bogenlinie des Rialto konzentrieren, er kam mir in all der Mittelmäßigkeit des Eindeutigen wie eine Brücke vor, die nicht nur hinter der Vorstellung, die ich von ihm hatte, zurückblieb, sondern dieser Vorstellung ebenso fremd war, wie ich von einem Schauspieler trotz seiner blonden Perücke und seinem schwarzen Gewand gewußt hätte, daß er im Kern seines Wesens nicht Hamlet sei. So war den Palästen, dem Kanal, dem Rialto die Idee genommen, die ihre

Individualität ausmachte, sie waren aufgelöst in ihre gemeinen stofflichen Elemente. Aber gleichzeitig schien mir dieser mittelmäßige Ort weit entfernt. Das Hafenbecken des Arsenals zeigte infolge eines gleichfalls naturwissenschaftlichen Elements – seines Breitengrads – die Eigenart der Dinge, die sich auch dann, wenn sie denen unseres Landes anscheinend gleichen, als fremd, als unter andere Himmel verbannt darstellen; mir war, als sei der Horizont, so nahe zwar, daß ich ihn in einer Stunde hätte erreichen können, doch eine ganz andere Krümmung der Erde als jene vor Frankreichs Küsten, eine ferne, durch den Kunstgriff der Reise in meiner Nähe verankerte Krümmung; so daß dieses gleichzeitig unbedeutende und entfernte Becken des Arsenals mich mit jener Mischung von Ekel und Schrecken erfüllte, die ich als kleines Kind empfunden hatte, da ich zum ersten Mal meine Mutter zu den Deligny-Bädern begleitete; vor der gespenstischen Szene, dem düsteren Gewässer, über dem es nicht Himmel noch Sonne gab und von dem man doch spürte, daß es, durch Kabinen begrenzt, mit unsichtbaren, von Menschenleibern in Badehosen bedeckten Tiefen verbunden war, hatte ich mich gefragt, ob nicht diese durch Bretterbuden vor den Sterblichen verborgenen, von der Straße aus nicht zu vermutenden Tiefen der Eingang zu den Eismeeren sei, ob nicht die Pole mit eingeschlossen seien und ob dieser enge Raum nicht selber das freie Polarmeer sei; das unwirkliche, mir nicht zugetane Venedig, wo ich nun allein bleiben würde, schien mir nicht weniger abgesondert, nicht weniger unwirklich; das »Sole mio«, das wie ein Klagelied auf das Venedig erklang, das ich gekannt hatte, schien meine Herzensangst als Zeugen anzurufen. Kein Zweifel, ich durfte ihm nicht länger zuhören, wenn ich meine Mutter noch einholen und zusammen mit ihr den Zug nehmen wollte, ich mußte mich augenblicklich zum Aufbruch entschließen, doch eben dies konnte ich nicht: Ich blieb reglos sitzen, unfähig aufzustehen, ja auch nur aufstehen zu wollen.

Mein ganzes Denken sammelte sich, um jeder Entscheidung auszuweichen, auf die Abfolge der Strophen von »Sole mio«, die ich innerlich mitsang, auf das Ansteigen der Melodie, durch das ich mich mitziehen ließ, um mit ihr wieder zu sinken.

Gewiß, dieser hundertmal vernommene Singsang war mir ganz gleichgültig. Ich tat weder mir noch sonst jemandem einen Gefallen, indem ich ihm bis zum Ende mit solcher Andacht zuhörte. Auch konnte keiner der mir so geläufigen Verse des Gassenhauers mir den Entschluß nahelegen, den ich jetzt fassen mußte; vielmehr wurde jede Strophe, wenn sie an die Reihe kam, zu einem Hindernis für die Verwirklichung dieses Entschlusses, ja sie nötigte mich zu der entgegengesetzten Entscheidung − nicht abzufahren −, indem sie mich aufhielt. So nahm die ohnehin freudlose Beschäftigung, mir »Sole mio« anzuhören, eine tiefe, fast verzweifelte Traurigkeit an. Ich spürte wohl, daß ich schon durch mein Sitzenbleiben die Entscheidung traf, nicht abzureisen; mir zu sagen: »ich reise nicht«, was ich in dieser direkten Form nicht vermochte, gelang mir zwar in dieser andern: »Ich will mir noch eine Strophe von ›Sole mio‹ anhören«; aber die praktische Bedeutung dieser übertragenen Rede entging mir nicht, und wenn ich mir sagte: »Ich will mir ja nur noch die nächste Strophe anhören«, wußte ich, daß dies bedeutete: »Ich bleibe allein in Venedig.« Und vielleicht machte diese Traurigkeit wie eine Art von betäubender Kälte den verzweifelten, aber berückenden Zauber dieses Gesangs aus. Jeder Ton, den der Sänger mit prahlerischer und fast muskulärer Kraft ausstieß, traf mich mitten ins Herz. Und als die Strophe abgeschlossen, das Stück anscheinend beendet war, hatte der Sänger noch nicht genug und fing wieder von vorn an, als müßte er noch einmal meine Einsamkeit und meine Verzweiflung verkünden.

Meine Mutter mußte am Bahnhof angekommen sein. Bald würde sie fort sein. Mich würgte die Angst, die mir angesichts des Kanals, der so klein geworden war, seit die Seele Venedigs aus ihm gewichen, und angesichts der banalen Brücke, die kein Rialto mehr war, die verzweifelte Klage einflößte, zu der »Sole mio« nun wurde und die, vor wankenden Palästen ausgestoßen, sie vollends zusammenstürzen ließ und die Zerstörung Venedigs besiegelte; ich wohnte der langsamen Herstellung meines Unglücks bei, wie es ohne Hast, nach den Regeln der Kunst, Ton um Ton geformt wurde von dem Sänger, auf den die Sonne verwundert herabsah, da sie jetzt hinter San

Giorgio Maggiore stand, so daß diese Abendbeleuchtung in meinem Erinnern mit meinem Schaudergefühl und mit der metallischen Stimme des Sängers eine zweideutige, unveränderliche und peinigende Verbindung eingehen sollte.

So saß ich unbeweglich, willenlos, ohne Anzeichen einer Entscheidung; zweifellos ist sie in solchen Augenblicken schon getroffen: Unsere Freunde können sie sogar oft voraussehen. Aber wir selber sehen sie nicht, sonst würde uns viel Leid erspart bleiben.

Doch schließlich stieg aus Tiefen, dunkler noch als die, aus denen der Komet auftaucht, den man vorausberechnen kann – dank der ungeahnten Widerstandskraft der eingefleischten Gewohnheit, dank den verborgenen Reserven, die sie aus plötzlichem Antrieb im letzten Augenblick in die Schlacht wirft –, das Handeln in mir empor, ich lief, was ich konnte, und kam, als die Wagentüren schon geschlossen waren, noch rechtzeitig bei meiner Mutter an, die rot vor Aufregung ihre Tränen zurückhalten mußte, weil sie glaubte, ich käme nicht mehr. Dann fuhr der Zug ab, und wir sahen Padua, Verona, wie sie uns entgegen- und fast bis zur Bahn kamen, um von uns Abschied zu nehmen, und dann – als wir weiterfuhren – zurückblieben, ihr Leben wieder aufnahmen, das eine in seiner Ebene, das andere an seinem Hügel.*

Die Stunden vergingen. Meine Mutter beeilte sich nicht, die beiden Briefe zu lesen, die sie eben erst geöffnet hatte, und wollte, daß auch ich nicht gleich die Brieftasche hervorzöge, um den Brief zur Hand zu nehmen, den mir der Hotelportier übergeben hatte. Sie fürchtete stets, daß mir die Reisen zu lang würden und mich ermüdeten, und um mich in den letzten Stunden zu beschäftigen, schob sie den Augenblick so lang wie möglich hinaus, da sie die hartgekochten Eier auspacken, mir die Zeitungen weiterreichen, das Paket mit den Büchern aufschnüren würde, die sie ohne mein Wissen gekauft hatte. Ich schaute zuerst meiner Mutter zu, wie sie ihren Brief mit Erstaunen las; dann hob sie den Kopf und schien ihre Augen abwechselnd auf weit auseinanderliegende Erinnerungen zu

* Hier endet der Vorabdruck in den *Feuillets d'Art*.

richten, die sie nicht miteinander vereinbaren konnte. Inzwischen hatte ich auf meinem Briefumschlag die Handschrift Gilbertes erkannt. Ich öffnete ihn. Gilberte zeigte mir ihre Heirat mit Robert de Saint-Loup an. Sie schrieb, sie hätte mir auch nach Venedig telegraphiert, aber keine Antwort erhalten. Ich erinnerte mich, daß man mir gesagt hatte, der Telegraphendienst funktioniere schlecht. Ich hatte ihre Depesche nicht erhalten. Das würde sie mir vielleicht nicht glauben. Mit einemmal spürte ich, wie in meinem Gehirn ein Umstand, der dort als Erinnerung seinen Platz hatte, diese Stelle verließ und sie einem anderen einräumte. Die Depesche, die ich vor kurzem erhalten und von der ich geglaubt hatte, sie käme von Albertine, war von Gilberte. Da die etwas künstliche Originalität ihrer Handschrift vor allem darin bestand, daß sie beim Schreiben einer Zeile mit dem Querstrich des *t* in die obere Zeile hineinfuhr und dort die Wörter oder die Sätze zu unterstreichen oder mit den *i*-Punkten die darüberstehenden Sätze zu trennen schien, andererseits die Unterlängen der Buchstaben in die nächste Zeile hinunterzog, war es nur natürlich, daß der Angestellte des Telegraphenamts die Schleifen der *s* oder *y* der oberen Zeile als ein »ine« am Ende des Textes las. Der *i*-Punkt auf Gilbertes Namen war hinaufgeraten und bildete dort ein Satzzeichen. Ihr *G* aber sah aus wie ein gotisches *A*. Waren außerdem noch zwei oder drei Wörter falsch gelesen, verwechselt worden (einige hatte ich auch gar nicht verstanden), so genügte das, um meinen Irrtum im einzelnen zu erklären, und es war nicht einmal notwendig. Wie viele Buchstaben eines Wortes und wie viele Wörter eines Satzes liest ein zerstreuter und voreingenommener Mensch, der annimmt, der Brief sei von einer bestimmten Person? Man errät beim Lesen, man erfindet; alles geht von einem ersten Irrtum aus; die weiteren (und das gilt nicht nur für das Lesen von Briefen und Telegrammen, nicht nur für das Lesen überhaupt) mögen demjenigen seltsam erscheinen, der nicht von demselben Punkt herkommt, aber sie sind ganz natürlich. Ein guter Teil dessen, was wir bis in die letzten Schlüsse hinein ebenso hartnäckig wie aufrichtig glauben, stammt aus einer ersten Täuschung über die Prämissen.

NACHWORT

Per me si va tra la perduta gente.

Wie war es, als ...? Wie ist es, wenn ...? Erzählung und Reflexion: sie treten in ›À la recherche du temps perdu‹ nicht immer gleich deutlich auseinander. Albertine hat sich von Marcel getrennt – wir nennen ihn Marcel, weil Proust ihn zweimal, ohne sich mit ihm zu identifizieren, so nennt –, und wir hören, wie hektisch der Verlassene und Verzweifelte die Rückkehr der Geliebten zu erzwingen versucht. Auch über seine Gefühle gibt der Erzähler genaueste Auskunft; und in das fast klinische Protokoll der inneren Vorgänge schiebt er Betrachtungen ein, die dem Verhalten und dem Empfinden der Menschen (er sagt bald »man« und bald »wir«) in solchen Situationen gelten. »Die Annahme einer bloßen Vorspiegelung wurde mir um so notwendiger, je weniger überzeugend sie war, und gewann an Kraft, was sie an Wahrscheinlichkeit einbüßte. Wenn man am Rand des Abgrunds steht und sich von Gott verlassen glaubt, zögert man nicht mehr, ein Wunder von ihm zu erwarten. Ich muß zugeben, daß ich ...«

Dieses Hin und Her – oft von Satz zu Satz, noch öfter von einer längeren Passage zur anderen – zwischen Bericht und Betrachtung ist nicht so zu lesen, daß der Erzähler (oder der Autor) es sich zur Aufgabe machte, den Einzelfall aus allgemeinen Gesetzmäßigkeiten oder sie aus ihm abzuleiten. Indem er das eine Geschehen mit der Wiederkehr des von andern, von vielen Erlebten verknüpft, folgt er der Seelenarbeit dessen, der jetzt überleben muß. Schon lange vor Marcel hat Swann, »während er in einem Maße litt, daß er glaubte, den Schmerz nicht lange ertragen zu können, gedacht: ›Das Leben ist wirklich sonderbar; schöne Überraschungen hält es bereit‹ ...« Und eine Szene in ›Phädra‹ kann zur Voraussage eigener Liebeserfahrungen werden. Der Verzweifelte selbst gewinnt einen ersten Halt an der Wahrnehmung, daß bei dem Schicksalsschlag, der ihn getroffen hat, etwas Überpersönliches im Spiel ist.

Erzählung und Reflexion greifen aber auch feiner, enger, nicht so leicht sichtbar ineinander, und ihr Zusammenspiel bildet ein Strukturelement der ›Recherche‹. Marcel geht zu einer Soiree bei dem Prinzen Guermantes, ohne ganz sicher zu sein, daß er eingeladen ist. Die Hausherrin nimmt ihn freundlich auf, nun muß er sich aber dem Gastgeber vorstellen lassen und weiß nicht, wer ihm da helfen kann. Er sieht den Baron Charlus, von dem er wiederum nicht recht weiß, wie er zu ihm steht; er sieht, während er noch auf der Suche nach einer vermittelnden Person ist, und dann in der nicht mehr sehr langen Zeit, die er in dem Palais verbringt (denn er ist für den späteren Abend mit Albertine verabredet), wie der Baron mit Monsieur de Sidonia spricht, wie er neben dem deutschen Botschafter am Geländer der Treppe zum Garten steht und sich von vielen Gästen begrüßen läßt, wie er mit dem Botschafter, dem Nuntius und noch jemandem Whist spielt, wie er nach wiederum vielen anderen Personen plötzlich auch ihn, Marcel, begrüßt, wie er mit Monsieur de Vaugoubert plaudert und diese Konversation wieder aufnimmt, nachdem er der Gräfin Molé mit auffälligem Eifer den Hof gemacht hat, wie er sich in den Anblick der Söhne von Madame de Surgis vertieft, wie er Madame de Saint-Euverte beleidigt, wie er von seiner Unterhaltung mit Madame de Surgis und ihren Söhnen nicht loskommt und wie er mit seinem Bruder, dem Herzog von Guermantes, so lange redet, bis seine Schwägerin ungeduldig zum Aufbruch mahnt.

Das bedeutet nun nicht, daß Charlus dies alles getan hat, sondern daß er all dies tut: Er *ist* der, der an Soireen so auftritt, als wäre er selbst der Gastgeber (während man, ganz in seinem Sinn, von dem Hausherrn kaum etwas sieht oder hört: Er ist nur indirekt, durch eine Anekdote präsent, die Swann erzählt und die Proust bei Saint-Simon entlehnt hat); Charlus *ist* der, der sich im gesellschaftlichen Verkehr äußerst wählerisch verhält und maßlos verletzend sein kann, der aber dem Zwang unterliegt, hübsche Dummköpfe zu vergöttern; er ist der snobistische Kunstverständige, der empfindliche Gönner, der sentimentale Bruder, und wir überblicken in einem Zeitraum, der für eine Whistpartie allenfalls ausgereicht hätte, diese und andere Erscheinungen seiner Person, zu einem Mosaik zusammengefügt, dessen Leuchtkraft nicht nur von den wechselnden Farben, sondern auch von den ungleichen Stellungen der Steine herrührt.

★

Am Strand von Balbec hat Marcel einen Mann gesehen, der seiner Meinung nach ein Dieb oder ein Geistesgestörter sein konnte. Das stimmte beides nicht: es handelte sich um den Onkel seines Freundes Saint-Loup, einen äußerst vornehmen Herrn. Da er für seine Person den uralten Namen und Titel eines Barons Charlus gewählt hat, kommt Marcel, als er mit ihm bekannt wird, nicht rechtzeitig auf den familiären Zusammenhang; im Gespräch mit ihm nennt er den Duc de Guermantes einen Idioten. »Das ist ja reizend, was Sie da sagen; ich werde es meinem Bruder erzählen.« Saint-Loup dagegen bewundert den Onkel als *homme à femmes* – zu einer Zeit, da er selbst noch einer zu sein glaubt.

So kann man sich täuschen ... Aber wer sich mit dieser banalen Feststellung zufriedengeben möchte, erhält von Proust oft genug einen Wink, der auch sie in Zweifel zieht. Es verhielt sich zwar anders (wird dann gesagt), aber einfach nur falsch war die Annahme, die Vermutung, der Verdacht vielleicht doch nicht. Und das wiederum soll uns nicht bloß zur Wiedererwägung auffordern, sondern auf eine – auf die entscheidende – Qualität der Wirklichkeit hinweisen: daß sie Möglichkeiten ausschließt *und* einschließt. Charlus gilt als Liebhaber Odettes, der Frau seines Freundes Swann. Nun weiß aber Swann, daß »nichts passieren kann«, wenn Odette mit Charlus zusammen ist. Sobald wir den Baron näher kennenlernen, können wir uns leicht erklären, warum Swann das weiß: Sein Freund ist so veranlagt, daß in seiner Gesellschaft nur Männern, nicht Frauen etwas »passieren« kann. Marcel nun, der sich davon soeben selbst überzeugt hat, fragt Swann auf der Soiree bei den Guermantes, ob es stimme, was man von Charlus erzähle (womit er »doppelt lügt«; denn er braucht nicht zu fragen, und er hat nichts erzählen hören). Und da bestreitet Swann mit allem Nachdruck, daß der Baron für Männer andere als freundschaftliche Gefühle haben könnte.

Dann hätte er Odette deshalb so unbesorgt seiner Obhut anvertraut, weil er ihn als loyalen Freund kannte? Weil er »wußte«, daß Charlus ihn nicht hintergehen würde? Das ist möglich. Oder weiß er doch auch anderes, hält sich aber gegenüber Marcel zurück? Möglich auch das. Und warum nicht annehmen, daß sich Proust selber nach Jahren nicht mehr an das »Wissen« erinnerte, das er Swann einmal zugeschrieben hatte – ohne daß da schon ersichtlich wurde, worin es bestand? Solche Versehen kommen in der ›Recherche‹ vor; die Entstehungsgeschichte des Werks, die Arbeitsweise des Autors erklären sie. Aber man kann sie nicht immer (und muß sie nicht) von den Ungewißheiten trennen, durch die der Erzähler uns führt – und geführt wird; denn er wird sich selber erst am Ende seines Gangs durch die *città dolente* der menschlichen Verhältnisse einigermaßen zurechtfinden.

So entdeckt er zuletzt, daß die beiden Wege (nach Guermantes, nach Méséglise), die er in Combray während seiner ganzen Kindheit gekannt, zu kennen geglaubt hat, in Wirklichkeit ein und derselbe Weg sind. In Wirklichkeit; gehört aber zur Wirklichkeit nicht auch das, was man sich unter ihr vorgestellt hat? Fällt von einem Weg, von einer Stadt, von einer Person all das ab, wofür wir sie hielten und was sie nun offenbar nicht sind? Monsieur de Charlus ist kein Geistesgestörter, aber er kam Marcel am Strand von Balbec so vor; er war nicht Odettes Liebhaber, aber man konnte es meinen. Es gibt in der ›Recherche‹ nur zwei Personen, die sich in ihm nicht zuerst einmal täuschen: Marcels Großmutter, die sich damit begnügt, an ihm eine *sensibilité féminine* festzustellen, und den Schneider Jupien, der in ihm augenblicklich den Artgenossen errät. Für alle anderen, *in* allen anderen ist er eine Quelle von Mißverständnissen.

Nur sind die Mißverständnisse – sofern sie nicht Banalitäten betreffen – immer auch Erkenntnisse: dessen, was eine Person zwar nicht ist, aber sein könnte; und was jemand sein könnte, ist er nicht einfach nicht. Die Dialektik von Wirklichkeit und Möglichkeit tritt in der ›Recherche‹ an vielen, besonders deutlich aber an zwei Personen und an ihnen auf verschiedene Weisen hervor: an Charlus und Albertine.

★

Im Fall des Barons vollzieht sich ein Prozeß, den man geradlinig nennen könnte, wenn es in diesem Werk gerade Linien gäbe; also eher: die Spirale verläuft, leicht zu verfolgen, auf den Punkt der Demaskierung, der Entkleidung, der Auflösung zu. Charlus, der alles Mögliche hätte sein können, nähert sich mit Schritten, von denen jeder eine Erscheinungsform – Pose, Fiktion, Prätention, oder wie immer man sie nachträglich nennen mag – hinter sich läßt, einer Restform (man wagt kaum von »Kern« zu sprechen) seiner Individualität. Auf der Soiree bei den Guermantes sehen wir ihn, noch beinahe unangezweifelt, in einigen Rollen, die er nicht mehr sehr lange wird spielen können. Die Wirklichkeit seiner Homosexualität, um nur das eine und allerdings wichtigste Beispiel zu nennen, wird die Möglichkeit *homme à femmes,* die er noch zur Schau stellt, indem er Madame de Molé den Hof macht, bald nur zu deutlich ausschließen. Dieser Vorgang ist unwiderruflich; alle die Charlus, die man sich hatte vorstellen können und die er auch selbst der Welt vorgeführt hat, müssen untergehen; aber sie werden gerächt, denn der eine, der übrig bleibt, mag zwar der wirkliche sein und ist doch nur noch ein Schatten.

In Balbec, am selben Strand, wo ihm Charlus erschienen ist, begegnet Marcel einer Gruppe oder Bande von jungen Mädchen, die ihn durch ihr loses Betragen und dann auch durch eine ganz gesittete Kameradschaftlichkeit faszinieren: durch gegensätzliche Signale. Eine von ihnen, »die kleine Simonet«, zieht ihn besonders an, und ebenso wie von den meisten Personen, die er im Lauf der Erzählung kennenlernt, hat er auch von ihr schon gehört, bevor er sie zum ersten Mal sieht. »Sie wird sicher einmal ›very fast‹, aber vorläufig benimmt sie sich etwas merkwürdig«, hat Gilberte von ihr gesagt. Was ist mit »very fast« gemeint? Was bedeutet »etwas merkwürdig«? Und man könnte drittens noch fragen: Warum »aber«? Jedenfalls kann man sich unter dem Mädchen alles Mögliche vorstellen, und das tut Marcel auch, solange er nur erkennt, daß sich in Albertine, in ihr noch besonders, die Mischung von Wildheit und Fürsorglichkeit, Abenteuersinn und Schülerinnen-Mentalität verkörpert, die er an der ganzen Gruppe beobachtet.

Dann aber wird er ihr vorgestellt – was er sich dringend gewünscht hat und jetzt nicht einfach beglückend findet. Denn die Möglichkeiten, aus denen die *fameuse Albertine,* von der er gehört, die er von weitem gesehen hatte, bestand – ihre Mehrzahl, an der er in anderer Weise festhält, wenn er immer wieder erklären wird, er habe in ihr alle anderen Mädchen jenes Balbec-Sommers geliebt –, weichen der einen Wirklichkeit: Marcel muß sich damit abfinden, daß Albertine eine ganz bestimmte Person ist. Doch dieser Vorgang erweist sich als widerruflich; die Reduktion der Möglichkeiten auf die Wirklichkeit ist hier nicht abgeschlossen, und sie wird es nie – oder genauer, wenn auch schwerfälliger gesagt: immer wieder doch nicht sein.

★

Und zwar führt gerade die Annäherung, in der Form des Kennenlernens, des Sich-Verliebens, zu neuen Ungewißheiten. Albertine hat, in der Sprache bürgerlicher Beurteilung gesprochen, eine Vergangenheit. Nicht in dem Sinn, daß sie es mit einem Mann »zu tun hatte«, sondern sie war von sehr früher Jugend an eng mit Frauen verbunden, stand möglicherweise in erotischen Beziehungen zu der einen und anderen. Das könnte Marcel gleichgültig sein, wenn er sich nicht in Albertine verliebt hätte, und vielleicht könnte er sich damit abfinden, wenn er sie liebte. Vor allem aber: er könnte sich darüber, was Albertines »Vorleben« für ihn bedeutet, klarwerden, wenn sie es ihm erzählte – wenn an die Stelle der beunruhigenden Möglichkeiten eine gesicherte Wirklichkeit träte.

Er selber weiß, daß er in der ersten Zeit einer unbefangenen Kameradschaft alles hätte erfahren können, ohne viel fragen zu müssen. Als ihm dann daran gelegen ist, ihre Geschichte zu kennen, hat Albertine (wie er feststellt) die Unbefangenheit verloren, sie ihm zu erzählen. Und den Verlust ihrer Unbefangenheit erklärt er sich damit, daß sie nun glaube, er liebe sie. Ebenso deutlich wird, daß es auch um seine eigene Unbefangenheit geschehen ist; denn als er sie jetzt zu fragen beginnt, wird daraus ein Verhör, aus dem die Eifersucht spricht und das zu nichts anderem führt, als daß an die Stelle der unbekannten Möglichkeiten eine verheimlichte Wirklichkeit tritt. Marcel kennt das: Auch Swann hat, als er Odette mit seinen Fragen bedrängte, nur widersprechende Aussagen, halbe Geständnisse, entrüstetes Leugnen zu hören bekommen. Aber die Kenntnis der Muster schützt nicht vor ihrer Wiederkehr.

Und gerade an diesem Punkt – wo Marcel in seinem fruchtlosen Bemühen, die Wahrheit über Albertine zu erfahren, auf einen unüberwindlichen (und voraussehbaren) Widerstand stößt – tritt eine Störung im Verhältnis zwischen Bericht und Betrachtung ein. Alle anderen Gestalten der ›Recherche‹ lösen sich für Marcel aus trügerischen Vorstellungen oder irreführenden ersten Eindrücken, und so gewinnen sie ihre Konturen für ihn, der an ihrem Leben teilnehmen will, aber zu ihnen auch wieder Distanz finden kann; und im Zug solch beobachtenden Mitlebens charakterisieren sie zugleich die Welt, in der sie ihren Platz einnehmen. Auch der Geschichte Albertines folgt der Erzähler mit Marcels Augen, die hier aber die Augen des Betroffenen bleiben. Die Person, von der nun fortwährend die Rede ist, wird kaum anders faßbar als im Spiegel seiner eigenen verworrenen Gemütsverfassung. »Ich kannte mich damals sicherlich schlecht«: In der Rückschau des Erzählers charakterisiert Marcel sich selbst, wie er in seiner Not den Blick nach allen Seiten richtet, auch gebannt auf seine eigenen Gefühle starrt und trotzdem nicht – oder nie rechtzeitig – weiß, wie ihm geschieht. Albertine bleibt für ihn das Erlebnis, das er nicht aus sich heraus- und nicht vor sich hinstellen kann, und auch die Erzählung arbeitet ihre Figur nie ganz aus dem Stoff seines Seelenlebens heraus; so aber wird sie zur unausdrücklich vernichtenden Darstellung des neurotischen kleinen Tyrannen, der Marcel in seiner Beziehung zu Albertine war.

Diese Beziehung erweist sich als Labyrinth ohne Ausgang. Aus Marcels Fragen und Albertines Antworten entsteht kein festes Bild. Er kann feststellen, daß sie lügt. Doch was hilft das? Ein Mensch, der verdächtigt wird, etwas getan zu haben, erfindet vielleicht eine Geschichte, die beweisen soll, daß er es nicht getan haben *kann,* und die in all ihrer Unglaubwürdigkeit doch nicht beweist, daß er es getan hat. Die Aporie, in die Marcel gerät, ist indessen noch tiefer begründet als durch sein Unvermögen, aus widersprechenden Angaben und Anzeichen zu den wahren Verhältnissen vorzudringen. Er leidet unter der Vielfalt dessen, was sein könnte, und fürchtet sich vor dem einen, das *ist.* Nach Albertines Flucht weiß er zuerst nur, daß sie zu ihrer Tante gereist ist und daß die Tante in der Touraine wohnt. Dieses ungefähre Wissen verlangt nach Präzisierung, und Saint-Loup, sein Abgesandter, liefert sie ihm: Nun sieht er eine ganz bestimmte Villa vor sich, den Korridor, den Salon, und im Nebenzimmer hört er Albertine singen. Wieder tritt an die Stelle der Möglichkeiten die Wirklichkeit: die er erkennen wollte und nicht erträgt.

★

In dem vollständigen Text von ›Albertine disparue‹ wird mit insistierender Ausführlichkeit berichtet, wie Marcel seine Bemühung, die Wahrheit über Albertine zu erfahren, noch lange nach ihrem Tod fortsetzt. Er hat zwar erkannt, daß es für die Qual, zwischen dem Möglichen und dem Wirklichen hin und her gezogen zu werden, nur ein Heilmittel gibt: das Vergessen. Aber wie könnte es ihm nicht auch davor grauen. Er weiß, daß er eines Tages nicht mehr an Albertine denken wird; ihrem Tod wird der Tod seiner Gefühle für sie und so auch ein Stück seines eigenen Todes folgen: eine zwiespältige Befreiung, die er hinausschiebt, indem er da und dort nachforschen läßt, manches erfährt, keinen größeren Zusammenhang herstellen kann – und wieder bleibt es uns überlassen, das Problem da zu sehen, wo er es nicht sieht: in seiner Schwäche, die noch immer nicht zulassen kann, daß die Frau, die ihn liebte, eine Existenz für sich hatte.

Warum ist gerade auch dieser Teil des Romans der

Kürzung, zu der sich Proust so spät noch entschlossen hat, zum Opfer gefallen? Die Erzählung springt auf die Episode in Venedig über, und die Proportionen verschieben sich zu Gunsten des Auftritts von Monsieur de Norpois, dem die vollständige Fassung nur einen bescheidenen Platz am Rand der Albertine-Geschichte zuweist. Gegenüber dem Vorabdruck von 1919 ist aber die Episode in dem Hotel, wo Norpois und Madame de Villeparisis als greises Liebespaar nochmals erscheinen, wesentlich erweitert durch eine Parodie der Selbstpropaganda, die der Marquis einst betrieben hat: ein *pastiche* nach dem Modell viel früherer Texte des Autors. Andererseits läßt die Kurzfassung von ›Albertine disparue‹ nur ein Echo des gespenstischen Nachhalls hören, der aus einer nun schon vergangenen Zeit nach Venedig dringt: Wie er von der Toten (oder doch nicht Toten?) ein Telegramm zu erhalten glaubt, wird hier nicht erzählt, wir erfahren erst nachträglich, daß er eine Nachricht von Gilberte so mißverstanden hat ...

Wir müssen uns also damit abfinden, daß Proust die Suche nach Albertine fallenläßt. Ob er Marcel − und damit sich selbst − zur Ordnung rufen wollte: Es sei nun genug, all das führe zu nichts? Das Übergewicht, das den Erlebnissen in Venedig anscheinend zufällt, rechtfertigt sich von einer anderen Seite her. Marginale Figuren vollziehen nach, was die Hauptgestalten erlebt haben. Madame Sazerat will die schönste Frau ihrer Zeit sehen, die ihren Vater um den Verstand und um sein Vermögen gebracht hat; man will sie ihr zeigen, aber sie blickt sich im Speisesaal des Hotels vergeblich um − sie könnte da nur eine greuliche Alte sehen. Und Norpois plant seine Rückkehr in den diplomatischen Dienst, denkt sich weltpolitische Entwicklungen aus, die zu seiner Berufung in ein wichtiges Amt führen könnten, und läßt die Tatsache, daß niemand mehr nach ihm fragt, nicht in sein Bewußtsein dringen. So gehen in der Zeit, die sich verliert, auch hier die Möglichkeiten unter; die Wirklichkeit aber ist schwer zu ertragen. Erst in der »Fülle der Zeit« (ein Wort der Mystik; Proust sagt *le temps retrouvé*) wird sie für den zu ertragen sein, der in ihr − reflektierend, erzählend − die Möglichkeiten wieder aufleuchten sieht.

Marcel sitzt am letzten Abend auf der Terrasse vor dem Hotel in Venedig, und für ihn geht die Zeit minutenweise verloren, da er aufstehen und zum Bahnhof eilen sollte. In diesen Minuten wird der Rialto zu einer banalen Brücke, aus dem Canal Grande weicht »die Seele Venedigs«, die Paläste stürzen ein, die Stadt geht unter, Marcel wohnt der »langsamen Herstellung« seines Unglücks bei. Im letzten Augenblick gelingt es ihm, sich aufzuraffen, und er rettet sich zum Bahnhof, in die Eisenbahn, zur Mutter ... Noch einmal bleibt in der Schwebe, ob auch er zu den Verlorenen gehört.

Hanno Helbling